KB022682

완역 정본 택리지

이중환 지음 | 안대회 · 이승용 외 옮김

완역
정본
택리지

Humanist

일러두기

• 이 책은 이중환의 《택리지》 개정본을 중심으로 200여 종에 이르는 《택리지》
  이본 중 선본 23종을 선정하고, 이들을 교감하여 정본을 확정한 뒤 번역하였다.
• 이 책의 본문은 〈택리지 서〉, 〈서론〉, 〈팔도론〉, 〈복거론〉, 〈결론〉, 〈발문〉 순서로
  이루어져 있다. 이전에 통용되어 온 구성과 편목을 《택리지》의 성격과 지은이의
  저술 의도에 부합하도록 바로잡았다.
• 중국이나 몽골 등의 인명과 지명은 한국식 한자음으로 표기했다.
• 각주는 옮긴이 주다.
• 독자의 이해를 돕기 위해 간단한 설명은 본문의 괄호 안에 넣었고, 긴 것은 각주
  를 달았다.

해제

명저 중의 명저

이 책은 이중환李重煥(1690~1756)의 명저 《택리지》의 정본을 만들어 우리말
로 옮긴 것이다. 정본을 먼저 만들고, 이를 저본으로 삼아 정확하게 번역
하고 상세한 주석을 붙여 믿고 읽을 수 있는 번역서로 출간하였다.

　1751년 여름에 홀연히 세상에 나온 《택리지》는 국토의 지리 현상을 전
면적으로 다룬 인문지리학의 명저이다. 아니 인문지리학을 넘어 정치와
역사, 경제와 사회, 문화와 전설, 산수와 명승 등 인문과 사회의 많은 영
역을 두루 다룬 책이다. 세상에 나온 이래 지금까지 끊임없이 많은 독자
가 읽어 대중적 인기까지 얻었다.

　국토지리에 관한 지식과 정보를 국가가 비밀스럽게 관리하고 문헌을
편찬하던 시대에, 지은이는 완전히 새롭고 창의적인 시각으로 국토지리
를 해석하고 평가한 저술을 썼다. 그로부터 250여 년 동안 독자에게 큰
영향을 끼쳤고, 이 책을 능가한 저술이 새로 나오지 않았다고 할 만큼
획기적이고 독창적이다. 넓고 큰 시야로 한국의 지리와 자연을 훌륭하
게 안내하는 선구적 저술이다. 지나치게 높이 평가한 혐의를 가질 수 있
으나 200종이 넘는 이본異本의 존재가 입증하듯이 아주 어긋난 평은 아
니다.

명저로 인정받아 널리 읽히고는 있으나 《택리지》는 아직 제대로 된 정본도, 정본에 바탕을 둔 번역서도 나와 있지 않다. 이른 시기에 우리말로 번역한 언해본諺解本이 나오기는 했으나 그뿐, 19세기 말엽에 일본어와 중국어로 먼저 번역 출간되었다. 그 후 100여 년 동안 한국어 번역서가 몇 종, 외국어 번역서가 몇 종 출간되었으나 하나같이 1912년 최남선崔南善 (1890~1957)이 편집하여 간행한 광문회본 《택리지》를 저본으로 삼았다. 광문회본이 200여 종 가운데 하나일 뿐이고, 원 저작과는 상당히 차이가 나는 판본임에도 모두 이를 표준으로 삼았다. 따라서 지금까지 《택리지》는 엄밀한 학술적 검토를 거치지 않은 허술한 텍스트를 기반으로 삼아 번역도 하고 연구도 한 셈이다.

《완역 정본 택리지》는 이런 현황을 반성하고 명저를 신뢰할 만한 정확한 텍스트로 읽을 수 있도록 공을 들인 책이다. 수십 종의 선본을 추려서 정밀하게 교감하여 정본을 만들고, 이를 바탕으로 번역하고 주석을 달았다. 2012년부터 아홉 명의 한문학 전공 연구자와 함께 번역에 착수하여 이제 그 결과를 세상에 내어놓는다. 이 책이 《택리지》를 정확하고 즐겁게 읽는 데 기여하고, 한국 고전을 엄밀한 학술적 태도로 연구하여 번역한 사례로 인정받기를 기대한다.

이중환의 정치적 좌절과 기구한 인생

《택리지》의 지은이는 이중환으로, 자字는 휘조輝祖, 호는 청담淸潭 또는 청화산인靑華山人이다. 본관은 여주로 그의 집안은 소릉少陵 이상의李尙毅 이래 수많은 고위 관료와 학자, 문인을 배출하면서 남인 당파를 주도한 명문가였다. 뛰어난 서예가 청선聽蟬 이지정李志定은 고조부이고, 도승지와 충청도관찰사를 지낸 서예가 성재省齋 이진휴李震休는 부친이다. 저명

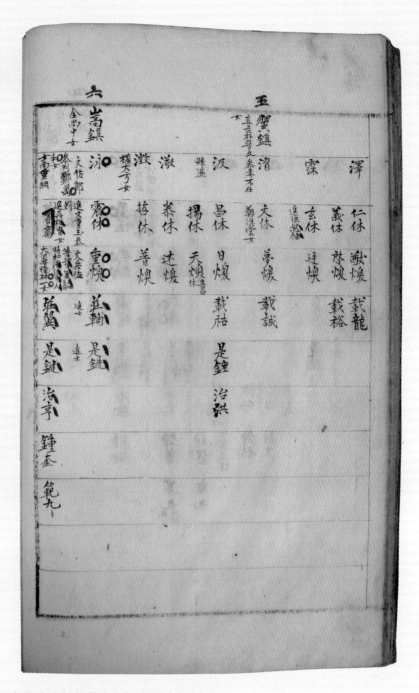

《남보南譜》에 실린 이중환의 가계, 성균관대 존경각 소장

남인 주요 집안의 가계를 기록한 당파보黨派譜. 이중환의 직계 가족을 상세하게 다루었다. 아버지 이진
휴의 삼형제 중 막내인 이연휴李延休는 이항李沆의 양자가 되었다. 청담이 《택리지》의 지은이이고, 당시
에 청류淸流(명분과 절의를 지키는 깨끗한 사람들)와 어울렸다고 밝힌 설명에서 후대의 남인이 이중환을
어떻게 보았는지 알 수 있다.

한 실학자 성호星湖 이익李瀷은 집안 할아버지로 이중환은 이분과 가깝게 지냈다.

청담 이중환의 직계와 방계 가족은 관직과 문학, 서예에서 대단히 명성이 높았다. 글씨만 보더라도 고조부는 초서로 유명하여 작품이 보물로 지정되었고, 부친의 경우 비문 글씨가 곳곳에 남아 있다. 이상의 이래 집안의 문학적 성과는 이진휴가 편찬한 《여강세고驪江世稿》에 갈무리되어 있다. 청담은 출중한 능력을 바탕으로 가학을 이어받아 일찍부터 뛰어난 문인으로 인정받았다.

청담의 생애는 사후에 이익이 세운 묘갈명墓碣銘(죽은 사람의 행적과 인적 사항을 적은 묘비의 일종)에 간명하게 밝혀져 있을 뿐이어서 자세한 사실은 알 수 없다. 20대와 30대에 거친 주요한 관력과 정치적 파란만이 실록과 《승정원일기》에 비교적 잘 밝혀져 있다. 외아들로 태어난 청담은 어린 시절부터 명석하여 시문을 잘 지었고 박식하였다. 1713년 24세의 젊은 나이로 문과에 급제하여 관료의 길에 훌쩍 들어섰다. 이후 김천도찰방, 승정원주서, 성균관전적, 병조좌랑, 부사과, 병조정랑 등을 역임하였다. 숙종 말엽~경종 치세 동안 남인의 기대를 한 몸에 받았다. 그 시절 당파 사이의 갈등은 극에 달했고, 권력을 독점하다시피 한 노론의 위세에 눌려 남인은 위태롭게 세력을 유지하였다.

청담의 기구한 인생은 30대 초반부터 조짐이 나타났다. 촉망받던 관료이자 문인이었던 청담은 노론 4대신이 경종을 시해하려 했다고 고발한 목호룡睦虎龍의 고변告變 사건에 연루되어 완전히 몰락했고, 1728년 소론과 남인 세력이 일으킨 무신란戊申亂에 가담한 사천 목씨 집안의 사위라는 이유로 정계에서 완전히 축출당했다. 친구 이희李熹가 "청담은 성품이 뻣뻣하고 깨끗하여 아첨과 비방을 싫어했기에 특히 미움을 받았다."라고 증언한 데서 알 수 있듯이 비슷한 처지의 남인 관료보다 다른 당인黨人들로부터 더 크게 미움을 받아 더 혹독하게 배척당했다.

1723년 5월 11일 좌승지 오명항吳命恒의 발언이 사건의 발단이 되었다. 4년 전인 1719년 김천도찰방으로 재직할 때 목호룡에게 역말을 빌려준 해묵은 일을 들고 나와 청담을 목호룡의 배후 세력으로 몰았다. 청담은 옥에 갇혔으나 대사면 덕분에 9월 2일 일단 풀려났다.

영조가 등극한 이듬해 1725년 2월부터 노론의 보복이 본격화되었다. 목호룡 사건을 재조사할 때 청담은 처남 목천임睦天任과 함께 의금부에 하옥되어 네 차례에 걸쳐 모진 고문을 당하였으나 끝내 혐의를 인정하지 않았다. 극형에 처해질 위기에 몰렸다가 증거가 없는 애매한 안건이라 하여 절도에 유배되었다가 풀려났다. 이후 다시 의금부에 갇혔으나 소론이 잠시 정권을 잡은 1727년 정미환국丁未換局으로 풀려났다. 청담을 역모죄로 얽어매려는 민진원閔鎭遠 등의 겁박과 처절하게 항거하는 청담의 고투는 《추안급국안推案及鞫案》에 상세한 기록으로 남아 있다. 청담은 친국을 받을 때 남인을 몰아내려는 노론의 표적이기에 자신의 죄가 날조되었다고 영조에게 항변한 바 있다. 그러나 항변은 묻혀버렸다. 청담은 죽다 살아났고, 정치생명은 완전히 끝났다.

한데 그것도 끝이 아니었다. 곧이어 재기를 꿈도 꾸지 못하도록 무신란이 터졌다. 이때는 청담의 처가가 완전히 쑥대밭이 되었다. 청담의 처조부는 목내선睦來善이고, 장인은 목임일睦林一이다. 목내선은 기사환국己巳換局을 통해 서인을 몰아낸 인물이었다. 목임일은 아들 넷과 딸 둘을 두었는데 그중 청담의 처남 목천현睦天顯, 목천임과 처조카인 목성관睦聖觀 등은 문과에 급제하고 재능이 뛰어난 인재였으나 큰 해코지를 당했다. 목호룡 사건으로 청담과 함께 의금부에서 큰 고초를 겪었던 목천임은 무신란에 가담했다는 이유로 장살杖殺당했고, 목천현과 목성관은 진도에 유배되었다. 목임일의 사위는 청담과 유뢰柳耒인데 유뢰는 해남에 유배되었다가 이듬해 그곳에서 죽었다. 유뢰의 형 유래柳徠(1687~1728)도 장살당했다. 유뢰의 아들이 바로 유명한 시인 해암海巖 유경종柳慶種(1714~1784)이니 그에게 청담은 이모부였다. 《만가보》에 수록된 사천 목씨 목임일 직계 가족 현황을 보면 무신란으로 해를 입지 않은 사람이 거의 없으며, 여섯 명 가운데 세 명이 장살당한 것으로 나온다.

유배에서 풀려났다 해도 청담은 노론의 집요한 방해로 죄를 사면받지 못했다. 목천임과 유래도 마찬가지였다. 그들이 신원된 시기는 20년이 지난 1753년과 1754년이었다. 청담은 목천임과 함께 숙종 때 주서注書로서 임금을 가까이 모셨음을 인정받아 당상관인 통정대부로 품계를 올려주는 교지를 받았다. 유래 역시 다음 해에 직첩을 돌려받았다. 겨우 역모죄의 굴레에서 벗어났으나 그저 명예만 회복된 것뿐이었다.

나머지 행적은 역사 기록에 나타나지 않는다. 집안의 큰일에 참석하고 집안 문헌을 정리하며, 생계를 꾸리고 살 곳을 구하려고 여기저기 전전했다는 단편적인 행적이 띄엄띄엄 나타날 뿐이다. 오로지 뚜렷한 것은 《택리지》를 저술했다는 사실뿐이다.

청담의 부인은 사천 목씨 집안 출신으로 명문가 규수였으나 남편과 친정 형제들이 겪은 참혹한 고난을 두루 지켜보다가 1733년에 갑자기 사망하였다. 염습하고 나자 시신에서 무지갯빛 같기도 하고 달빛 같기도 한 빛이 나더니 중천으로 날아갔다고 한다. 청담은 이런 사연을 담은 〈서광편瑞光篇〉을 지어 애도하였다. 부인의 묘는 연기현燕歧縣 소학동巢鶴洞 자좌子坐의 언덕에 있었다고 하니 지금의 세종특별자치시에 있는 청담 직계 가족의 선산이다. 다만 지금 그곳에는 부인의 묘를 찾을 수 없다.

청담은 부인 사천 목씨와 가정을 꾸려 아들 둘과 딸 셋을 두었다. 장남은 장보莊輔로 서울에 살았고, 차남은 장익莊翼으로 황해도 배천白川에 살았다. 모두 진사 시험에 급제하였다. 그의 맏손자는 이시선李是銑(1743~?)으로 진사 시험에 급제하였고, 문장을 잘 짓는다는 평이 있었으나 끝내 문과에 급제하지는 못하였다. 청담은 1756년에 사망한 뒤 황해도 금천金川 설라산雪羅山에 있는 또다른 선영에 묻혔으니 부친이 잠든 곳이다.

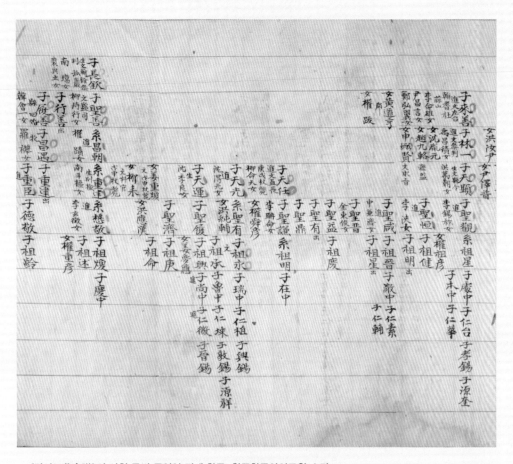

《만가보萬家譜》의 사천 목씨 목임일 직계 항목, 한국학중앙연구원 소장

목임일의 아들 넷과 사위 둘이 기재되어 있다. 본디 목임일은 딸이 셋이고 장녀는 강필신姜必慎에게 시집갔다. 강필신이 누락되고 그의 성과 이중환의 이름을 착오하여 강중환姜重煥으로 썼다. 청담이 무신란에 연루되어 장살당했다고 잘못 기록되어 있다. 청담은 〈문과방목〉에도 1725년에 사망한 것으로 나온다. 무신란에 목임일 일족이 회복할 수 없는 해를 당한 탓이다. 청담은 사대부 세계에서 완전히 망각된 인물로서 살아도 산 것이 아닌 존재였다.

청담의 행적에서 꼭 기억할 것은 30대 초반 젊은 시절의 시사 활동이다. 연배가 비슷한 남인 청년 관료인 강박姜樸, 강필신姜必愼, 이인복李仁復, 이희 등과 1721년 윤6월 백련봉白蓮峰(지금의 서울특별시 서대문구 그랜드힐튼서울 뒷산) 아래 정토사淨土寺에서 시사를 결성하였다. 이 시사는 백련시사白蓮詩社, 또는 정토시사淨土詩社, 그리고 줄여서 연사蓮社로 불렸는데 청담은 시사의 구심점이었다. 청담은 동료 시인 가운데 가장 유명했다고 한다.

시사는 창작 활동을 표방했으나 정치적 결사도 겸하였다. 미수眉叟 허목許穆(1595~1682)을 정점으로 하여 사림 정치의 원칙을 견지하여 청류로 활동하겠다는 목표를 세우고, 윤휴尹鑴와 허적許積, 민암閔黯을 비롯한 남인 정치가와는 다른 새로운 노선을 걷고자 했다. 1722년 여름부터 동인들은 정치적 색채를 분명히 드러내 활동했고, 사람들은 그들을 문외파門外派라 불렀다. 그러나 영조가 등극하고 청담이 의금부에 갇히면서 시사는 해체되었고, 청담과 달리 큰 해를 입지 않은 강박과 오광운을 중심으로 명맥을 유지했다.

《택리지》 저술 동기와 과정

청담이 독창적 저술을 짓게 된 동기는 대략 다섯 가지로 볼 수 있다.

첫째는 정계에서 완전히 몰락하고 사대부 사회에서 철저하게 배척당한 지식인의 자기표현 욕구이다. 1725년 이후 청담은 30여 년 동안 관계에서 완전히 축출된 상태로 지냈다. 만년에 당상관 품계를 받기는 했으나 죽을 때까지 정치적 상황이 호전되지 않았다. 게다가 일부 친족을 제외하고는 왕래하고 시문을 교환하는 따위의 평범한 교유 관계도 전혀 맺지 않았다. 청류를 지향한 문외파인 데다 노론의 극심한 배척 대상이라, 다른 당파 사람은 말할 나위도 없고 남인조차도 청담을 꺼리고 가까이

하지 않았다. 주변이 너무도 괴괴하여 살아 있어도 산 사람 같지 않았다. 《택리지》는 그렇게 철저히 몰락하고 고립된 사대부의 존재감을 표현한 저술이다.

둘째는 지은이에게 닥친 실존적 위기이다. 살육전으로 치달은 극심한 당쟁에서 패배하여 생존의 위기에 내몰렸고 유배를 벗어난 이후에도 만년까지 생계를 잇기 힘들 만큼 궁핍해졌다. 목회경睦會敬은 발문에서 "사방을 떠돌아다니는 신세가 되어 집을 지어 살 터전조차 없어졌다. 종국에는 늙은 농부나 늙은 나무꾼이라도 되려고 했으나 그마저도 얻을 수 없었다.《택리지》를 지은 동기가 여기에 있다."라고 밝히고 있다.

양반 사대부가 관직에서 배제되는 것은 곧 경제적 궁핍과 서울 생활의 청산을 의미하였다. 목구멍에 풀칠조차 하지 못하는 나락에 떨어진 이들은 관직을 얻기는커녕 생존 자체가 어려웠다. 더는 서울에서 버티지 못하고 부랑하는 존재가 되어 새로운 주거지를 찾을 수밖에 없었다. 그런 처지로 몰린 청담은 궁핍을 혼자만의 특수한 상황이 아니라 사대부라면 누구나 겪을 수 있는 구조적인 문제로 간주하였고, 오랫동안 직접 겪고 견문하여 얻은 정보를 종합하여 비슷한 처지의 사대부에게 새로운 주거지를 골라서 살아보라 제안하였다. 청담의 제안은 실존적 위기를 해결하는 돌파구가 될 수 있었다. 이 책이 세상에 나오자 폭발적인 인기를 누린 이유가 여기에 있다. 새로운 주거지를 찾아 삶의 희망을 이어가려는 수많은 뿌리 뽑힌 존재들에게 이보다 실용적이고 자기계발적인 저술은 없었다.

셋째는 지리와 경제에 대한 청담의 관심이다. 특히 경제적 관점은 청담이 지리를 보는 근본적이고 절대적인 요인이다.《택리지》가 모델로 삼은 저술은 멀리는《사기》〈화식전貨殖傳〉이고, 가까이로는 허목의《지승地乘》이다. 청담이 학문과 정치의 모델로 삼은 허목은 이 저작에서 조선 팔도를 권역별로 묘사하되 자연지리보다는 풍속과 인심, 물산 등에 더 비중을 두었다. 청담이 60세 전후하여 이익에게 몇 종의 저술을 보여주었을 때 이익은 "몸과 집안을 다스리는 내용에서 산천, 토속, 풍요風謠, 물산에 이르기까지 갖추어 기술하지 않은 것이 없다. 요컨대 일상에서 빼놓을 수 없는 것들이다."라고 평하였다. 청담이 일상생활에 밀착한 주제를 즐겨 저술에 담았음을 밝혔는데 마치《택리지》의 주된 성격을 설명한 것 같다.《택리지》는 평생에 걸친 지리와 경제를 향한 청담의 관심이 드러난 결과이지 갑자기 불쑥 튀어나온 저술이 아니다.

넷째는 국토 여행과 산수유람의 취향이다. 1723년 의금부에서 풀려나 이인복과 소백산 일대를 노닐었을 때 청담의 심경을 이희는 이렇게 설명했다. "청담은 평소 산수를 즐겨 유람했는데 이때부터 더욱 어디에도 얽매이고 싶지 않아서 나귀를 타고 종에게 시통詩筒을 들려서 서둘러 단양의 운석雲石으로 들어가 초연히 속세를 벗어나 신선이 되기로 마음먹었다." 국토를 순례하고 산수를 유람하는 행위 자체가 취미이자 기호였다. 청담 스스로 전라도와 평안도를 제외한 온갖 지역을 많이 돌아다녔다고 밝혔다. 직접 탐방하고 경험하지 않으면 하지 못할 묘사와 표현이《택리지》에는 상당히 많다.〈팔도론〉과〈복거론〉'산수'에서 전국의 아름다운 산수와 명승을 비중 있게 다룬 대목이나 각 장소에 내린 촌철살인의 평가에서 산수의 애호와 진정한 체험, 깊이 있는 미의식을 확인할 수 있다.

마지막 동기는 사색당파의 다툼이 없고 사대부가 농부와 공인과 상인의 일을 해도 좋은 사회가 되고, 나아가 사농공상의 귀천과 차별이 완화되는 나라가 되기를 바라는 마음이다. 겉으로는 지리와 산수, 생리를 표현하고 주장했으나 이면에는 다툼과 차별이 없는 세상에서 살기를 희망하는 꿈을 실었다. 청담은 발문에서 "글을 살려서 읽을 줄 아는 분이라면 문장 밖에서 참뜻을 찾아보는 것이 좋으리라."라고 했는데 문장 밖에 실려 있는 참뜻이 바로 진정한 동기이다.

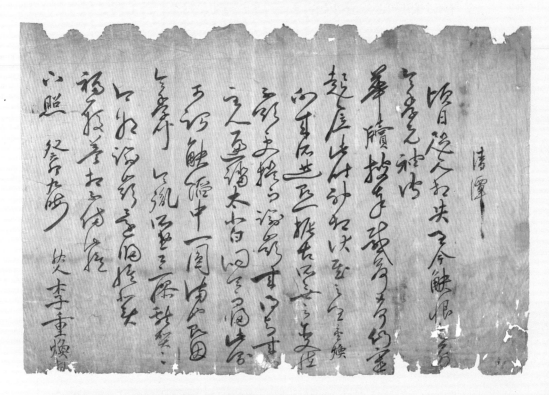

이중환의 간찰, 안동 임청각臨淸閣 소장, 한국학중앙연구원 기탁

계묘년(1723, 경종 3년) 9월 그믐에 임청각의 고성 이씨 누군가에게 보낸 편지이다. 목호룡의 배후 세력으로 몰려 의금부에 갇혔다가 9월 2일 풀려난 뒤 이인복과 함께 태백산 일대를 유람하던 때 쓴 편지이다. "제가 근래에 겪은 일은 예전에 없던 하나의 변괴인지라 다시 꺼내 말하고 싶지 않습니다. 그러나 조령을 넘어와서 내 주인來主人(이인복)과 함께 태백산과 소백산의 경치 좋은 곳을 두루 유람하고 돌아왔으니, 이것만은 결함의 세계에서 한 가지 흡족한 일이라 하겠습니다."라고 심경을 밝혔다.

《택리지》를 짓게 된 동기를 다섯 가지로 꼽아보았다. 그렇다면 청담은 언제 이 책을 썼을까? 청담 자신이 1751년 4월 초순에 쓴 발문에서 "예전에 내가 황산黃山 강가에 머물 때, 여름날에 할 일이 없어 팔괘정八卦亭에 올라 더위를 식히면서 우연히 논의한 내용을 책으로 저술하였다"라고 밝혔다. '예전'이라는 말의 함의를 생각하면 1751년이 아니라 1750년 여름이나 그 이전 어느 해 여름에 원고를 썼다는 말이다. 언제라고 확정할 수는 없으나 발문을 쓴 1751년 4월 초순 이전에 초고를 완성한 것이 분명하다.

눈길을 끄는 대목은 책을 쓴 장소이다. 책을 썼다는 팔괘정은 지금도 충남 논산시 강경읍 황산리에 잘 보존돼 있는 규모가 큰 정자이다. 강경은 지은이가 가장 살기 좋은 도회로 손꼽은 곳이요, 팔괘정은 노론의 거두 송시열宋時烈이 강학했던 누정이다. 송시열의 스승 김장생金長生은 가까운 곳에 임리정臨履亭을 지었고, 주변에는 노론 사람이 세운 죽림서원竹林書院이 있다. 노론의 본거지요 주된 활동 공간인 팔괘정에서 당파의 색채가 현저히 드러난 책을 저술한 것인데 청담이 입은 피해와 저술 내용으로 볼 때 이해하기 힘들다.

1751년에 썼다는 초고가 바로 현재 널리 읽히는 《택리지》의 완성본일까? 그렇지 않다. 학계에서는 1751년에 나온 《택리지》 원고를 곧 완성본으로 간주하였으나, 이제 청담이 초고를 개정하여 새 원고를 완성했다는 관점으로 수정해야 한다. 초고를 쓴 뒤 청담은 이익을 비롯한 지인들에게 서문과 발문을 받았다. 1751년 여름부터 1753년 초여름 사이에 받았는데 이들은 가까운 친인척 다섯 명과 홍중인이다. 하나의 저작에 두세 해 만에 여섯 명이나 서문과 발문을 쓴 것은 조선 후기 학술사에서 유례가 드물다. 게다가 이들은 책을 읽고 난 뒤 오류의 수정과 내용의 변경을 권하는 의견을 제시하였다. 이에 대한 청담의 반응은 알려지지 않았으나 서명을 《사대부가거처士大夫可居處》에서 《택리지》로 바꾼 점에서 알 수 있다시피 적극적으로 수용했다고 생각한다. 언제 개정본을 완성했는지는 콕 집어 말하지 못하나 1756년 사망하기 이전 어느 시점일 것이다.

수십 종의 이본을 검토해본 결과 지은이 자신이 초고를 수정하여 개정본을 만들었고, 초고본과 개정본이 독서 시장에 함께 나와 혼란스럽게 필사된 실태를 확인하였다. 이본 가운데 잠용본과 연세본, 칠리본, 소화본, 목석본, 청허본, 성산본, 증보본, 그리고 고려대 신암문고본《동국산수지東國山水志》, 오사카부립도서관 소장본《팔역가거지》,《아주잡록鵝州雜錄》에 초록되어 있는《사대부가거처》, 서유구《임원경제지》의《상택지相宅志》에 초록된《택리지》가 초고본이다. 초고본은 검토한 이본 가운데 대략 3분의 1 정도의 비중을 차지하였다. 초고본과 개정본의 내용상 차이는 분명하여〈복거론卜居論〉'지리地理'에 나오는 다음 구절을 비교하여 알아본다.

　　초고본: 산은 반드시 근본을 얻어 물과 잘 배합된 뒤에야 생성과 화육化育의 오묘함을 다 발휘할 수 있다. 그러나 물은 반드시 흘러오고 흘러감이 이치에 맞은 뒤라야 정기를 모아 인재를 훌륭하게 기르는 길吉함을 이룰 수 있다. 따라서 감여가堪輿家의 정론定論을 한결같이 따라서 집터의 왼쪽으로 돌아나가는 물은 모름지기 바른 오행五行과 쌍산오행雙山五行으로 빠지게 하고, 집터의 오른쪽으로 돌아나가는 물은 다만 차뒤 오행으로 빠지게 한다. 주택의 좌향坐向은 또 모름지기 흘러오는 물과 더불어 정음淨陰 정양淨陽의 방법과 부합하여야 비로소 순수하게 좋다.

　　개정본: 물이 없는 땅은 본래 살 수 없는 곳이다. 산은 반드시 근본을 얻어 물과 잘 배합된 뒤에야 생성과 화육의 오묘함을 다 발휘할 수 있다. 그러나 물은 반드시 흘러오고 흘러감이 이치에 맞아야만 정기를 모아 인재를 훌륭하게 기르는 길함을 이룰 수 있다. 이것을 다룬 감여가의 책이 있

으므로 굳이 자세하게 논하지 않겠다. 그렇지만 집터는 못자리와는 다르다. 물은 재물을 주관하므로 큰 물가에 부잣집과 이름난 마을, 번성한 촌락이 많다. 비록 산속이라도 또한 시냇물이 모여들면 대를 이어 오랫동안 살 만한 거주지가 된다.

주거지를 선택할 때 물을 중시해야 하는 이유를 설명한 대목이다. 앞쪽 서술은 거의 똑같고 중간 이후는 큰 차이를 보인다. 초고본은 길흉을 판단하는 풍수설을 인용하여 설명하였고, 개정본은 초고본에서 언급한 풍수설을 논외로 하겠다고 밝히고서 물을 재물과 연관하여 중시해야 한다고 서술했다. 논의한 주제는 같으나 제시한 근거와 서술 방향은 크게 달라졌다.

개정본에는 "이것을 다룬 감여가의 책이 있으므로 굳이 자세하게 논하지 않겠다."라고 말한 대목이 있다. 이는 필사자가 개입하여 수정할 수준을 넘어선 것으로 이로써 청담 자신이 쓴 글임을 알 수 있다. 이처럼 두 계통의 크고 작은 차이는 상당히 많은 곳에서 확인할 수 있다. 청담은 사망하기 이전 일정 시기까지 초고를 수정하였으나 초고본은 이미 지은이 스스로도 어찌할 수 없을 만큼 인기리에 필사되었고, 개정본 역시 세상에 널리 퍼졌다.

개정본은 초고본에 비해 내용이 더 풍부해지고, 논리가 정연해졌다. 풍수나 지리 현상의 설명을 줄이는 대신 인문적 요소를 더하고 합리적 서술을 강화하는 방향으로 개정되었다. 정본은 지은이가 직접 개정한 텍스트를 앞세우는 것이 합당하다. 그렇다고 초고본의 가치를 무시해서도 안 된다.

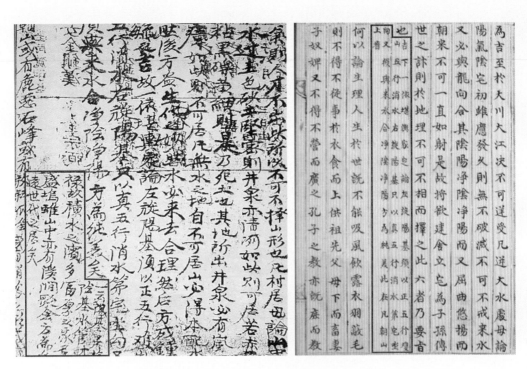

《동국산수지》(고려대 소장, 신암 B10A3G)와 와세다본 《택리지》(와세다대 소장)

〈복거론〉 '지리'에서 "감여가의 정론"을 다룬 내용을 초고본과 개정본에서 어떻게 반영했는지를 보여주는 대목이다. 초고본 계열인 《동국산수지》에서는 문장 끝에 '일운一云'이라 하여 소자쌍항小字雙行으로 개정본 내용을 기재하였고, 개정본 계열인 와세다본 《택리지》에서는 이와 반대로 〈복거론〉 '지리' 본문 끝에 소자쌍항으로 초고본 내용을 기재하였다.

《택리지》의 편목과 구성

《택리지》를 더 정밀하게 이해하자면 서명과 편목, 구성을 이해해야 한다. 보통 책과는 달리 《택리지》에서는 이 사항을 가볍게 넘길 수 없다. 서명과 편목, 구성은 이본에 따라 큰 차이가 나고, 근대 이후 크게 왜곡되어 읽혀서 일반 독자는 물론이고 전문가조차도 혼란에 빠지기 쉽다. 이에 수십 종의 이본을 꼼꼼히 교감하고 분석하여 잘못된 텍스트와 구성을 바로잡은 과정을 설명하겠다.

먼저 《택리지》의 서명이다. 원래 서명은 《사대부가거처》로 '사대부가 거처할 만한 곳'이라는 뜻이다. 전국을 대상으로 살 만한 지역과 그렇지 못한 지역으로 구분하여 독자에게 취사선택하도록 안내하는 제목이라는 점에서 더 구체적이고 내용에 부합한다.

이본만큼이나 서명도 다양해서 대략 50여 가지에 이른다. 택리지, 팔역지八域誌, 복거설卜居說, 팔역가거지八域可居誌, 팔역가거처八域可居處, 사대부가거처 등이 가장 많고, 조금 변형된 서명에는 해동팔역지海東八域誌, 동국팔역지東國八域志, 조선팔로가거지朝鮮八路可居誌, 동국산수록가거지東國山水錄可居誌, 택승지擇勝誌, 택인지擇仁誌, 조선팔도복거론朝鮮八道卜居論, 기방복거설箕方卜居說 등이 있다. 이 밖에 크게 변형된 서명도 많아서 진유승람震維勝覽, 동국산수록東國山水錄, 동국총화록東國總貨錄, 총화總貨, 박종지博綜誌, 소화지小華誌, 소화승람小華勝覽, 팔도산수기八道山水記, 동국별집록東國別集錄, 구우지邱隅誌, 동우지東寓志, 청구지靑邱志, 접역통지鰈域通志, 가람可覽, 박람博覽, 잡유雜糅, 팔역요람八域要覽, 동여휘람東輿彙覽, 지세내력론地勢來歷論, 여지통론輿地通論, 청화만록靑華漫錄, 조선지리朝鮮地理, 조선총론朝鮮摠論, 동악소관東嶽小管, 동국산천東國山川 등이 있다. 책 한 종에 이렇게 다양한 서명이 붙은 것 역시 비슷한 예를 찾아보기 어렵다.

많은 사본과 다양한 서명은 독자에게 큰 인기를 끌었고, 다양한 관점

에서 읽혔다는 사실을 말해준다. 우리말로 완역한《동국지리해東國地理解》
도 출현하여 여성들에게도 읽혔음을 알 수 있다. 특히, 서명의 다양함은
책을 읽는 관점의 차이를 드러내는데, '복거'나 '가거'라는 표현이 들어간
서명은 주거지 선택의 지침서로, '팔역' '조선' '동국' 같은 말이 들어간
서명은 조선 팔도의 지리지로, '산수'나 '승람' 등의 말이 들어간 서명은
명승지 안내서로, '총화' 같은 말이 들어간 서명은 경제가 활성화된 지역
안내서로 간주한 것이다.

다음으로 편목과 구성을 살펴본다. 서문과 발문을 제외한《택리지》의
편목과 구성을 〈표 1〉에 제시하였다. A는 이 책에서 새롭게 설정한 편목
과 구성이고, B는 광문회본 계열에서 채택한 편목과 구성으로 현재 통용
되고 있다. C는 광문회본 외의 다수 이본에 보이는 편목과 구성에서 중
요한 것을 조사하여 제시한 내용이다. B를 배제하고 A와 같이 새롭게 편
목과 구성을 설정한 이유는 다음과 같다.

현재 거의 모든 번역본과 논문에서는 B에서 보듯이 1) 사민총론 2) 팔
도총론 3) 복거총론 4) 총론(사민총론) 5) 저자 후발이라는 편목과 구성
을 따르고 있다. 최남선이 1912년 조선광문회朝鮮光文會에서 간행한 활자
본에서 이렇게 정했는데 점차 표준으로 인정받아 통용되었다. 그런데 이
본을 조사하고 분석한 결과 편목을 설정한 이본 자체가 많지 않고, 더욱
이 그 편목이 극소수 사본에나 나타나 대표성을 인정하기가 어려웠다.
대표성은 없더라도 합리적이고 쓸모가 있다면 사용해도 좋으나 실제로
는《택리지》의 올바른 이해를 방해하고 혼란을 가중시켰다. 따라서《택
리지》의 성격과 지은이의 저술 의도에 부합하도록 1) 서론 2) 팔도론 3)
복거론 4) 결론 5) 저자 후발이라는 편목과 구성으로 바꾸는 것이 합리
적이다. 구체적인 근거는 필자의 논문에서 밝혔으므로 여기서는 자세히
설명하지 않는다.

한편, 〈복거론〉 '생리'와 〈복거론〉 '산수'에서는 하위 편목을 새롭게 설

〈표 1〉《택리지》의 편목과 구성

	A. 완역 정본 택리지		B. 광문회본 계열		C. 기타 이본	
서론序論			사민총론四民總論		택리지서擇里志敍	
팔도론 八道論	팔도론 서설八道論 序說		팔도 총론 八道 總論	팔도총론	팔도대강八道大綱, 총론總論, 아국我國, 총론연혁풍요摠論沿革風謠, 동국연혁東 國沿革	
	평안도平安道			평안도	평안도 관서關西	
	함경도咸鏡道			함경도	함경도 관북關北	
	황해도黃海道			황해도	황해도 해서海西	
	강원도江原道			강원도	강원도 관동關東	
	경상도慶尙道			경상도	경상도 영남嶺南	
	전라도全羅道			전라도	전라도 호남湖南	
	충청도忠淸道			충청도	충청도 호서湖西	
	경기도京畿道			경기도	경기도 경기京畿	
복거론 卜居論	복거론 서설卜居論 序說		복거 총론 卜居 總論	복거총론	복거卜居, 총론總論, 총론복거령요總論卜 居領要, 산수총론山水總論	
	지리地理			지리	지리, 생거지리生居地理	
	생리 生利	무역과 운송貿遷		생리	생리	생리生利, 토옥土沃, 지산地産
						무천貿遷, 무천교역貿遷交易, 교역 交易, 통화通貨
	인심人心			인심	인심	인심
	산수 山水	산천의 큰 줄기山水通論		산수	산수	명산명찰名山名刹, 산세명산명찰 山勢名山名刹, 십이산十二山, 사찰 寺刹, 통론국중명산通論國中名山
		명산과 명찰名山名刹				도읍은둔都邑隱遁, 국도國都, 도회 都會, 제산諸山, 국도형승國都形勝
		도읍과 은둔都邑隱遁				해산海山, 제주제도濟州諸島, 해중 산中山, 해중산수海中山水
		바다 위의 산海山				영동산수嶺東山水(관북산수關北山 水), 명승名勝, 승구勝區, 영동嶺東, 관동승경關東勝景
		영동의 산수嶺東山水				사군산수四郡山水, 사군四郡, 지세 地勢
		네 고을의 산수四郡山水				강거江居, 택가거처擇可居處
		강가의 주거지江居				계거溪居
		시냇가의 주거지溪居				
결론結論			총론總論 (사민총론四民總論)		아국총론我國總論, 인품人品	
저자著者 후발後跋			저자 후발		저자 후발	

정하였다. 본문을 읽으면 지은이가 의식적으로 내용을 구분하여 썼음을 분명히 알 수 있으므로 하위 편목을 설정하는 것이 합당하다. 물론 대부분 이본에서는 하위 편목을 설정하지 않았다. 다만 히라키 마코토平木實의 일본어 번역본에서는 하위 편목을 설정하였다. 광문회본도 마찬가지여서 그에 따라 지금까지 나온 번역서에서는 하위 편목을 따로 설정하지 않았다. 그러나 광문회본 계열에 속하는 덕유본, 총화본, 고서본은 물론이고, 초고본에 속하는 소화본에는 하위 편목이 달려 있으며 제목도 거의 똑같다. 해당 편목은 〈표 1〉의 C에 수록하였다. 이 책에서는 내용을 이해하는 데 유용하고 합리적인 편목 설정이라 판단하여 거의 그대로 수용하였다. 다만 〈복거론〉 '산수'의 서론에 해당하는 맨 앞의 독립된 글에는 어느 이본에도 편목이 설정되지 않았으나 이 책에서는 편목을 두어 '산천의 큰 줄기'라는 제목을 새롭게 붙였다. 광문회본 계열 외의 이본에 실린 하위 편목은 C에 제시해두었다. 앞으로는 이 편목과 구성이 널리 사용되기를 기대한다.

새롭게 설정한 편목에 따라 전체의 구성과 내용을 간략하게 설명한다. 먼저 오랫동안 〈사민총론〉과 〈총론〉(또는〈사민총론〉)으로 명명한 〈서론〉과 〈결론〉부터 설명한다. 본론의 앞뒤에 실린 두 편의 글은 책의 저술 동기와 과정을 가볍게 밝힌 글이 절대 아니다. 주거지 선택의 문제가 발생하는 역사적 과정과 사회적 구조를 예리하게 분석하고, 이를 바라보는 지은이의 시각과 기준을 제시한 깊이 있는 의론문議論文이다. 따라서 두 편의 글을 서문이나 머리말, 발문이나 맺음말 같은 제목으로 쓰는 것은 옳지 않다.

서론에서는 먼저 사농공상 네 부류 인민의 하나로서 사대부의 본질과 정체성에 의문을 표하였다. 신분과 직업의 차별이 없는 이상사회가 무너진 현실에서 사대부의 위신을 지키며 살기 위해서는 행실이 발라야 하고 이렇게 하려면 최소한의 경제적 부를 갖춰야 한다고 주장하였다. 또 이어지는 본론에서는 부를 얻으려면 어떤 선택을 해야 하는지를 논할 것임을 안내하고 있다. 결론에서는 온갖 명예와 혜택을 누리던 사대부가 이제는 지위와 가치를 상실해가는 현상을 역사적·사회적으로 분석하고, 몰락한 사대부가 갈 곳을 찾아봤으나 실제로는 아무 데도 없다는 절망 섞인 현실을 진단하였다. 본론에서 살 만한 땅을 안내하기는 했으나 조선 전체가 '사람이 살 수 있는 땅이 아닌 땅'이 되어간다는 암울한 진단을 내놓았다. 청담의 비관적 전망은 조선 후기 사회가 안고 있는 구조적 문제를 폭로하고 있다.

본론은 〈팔도론〉과 〈복거론〉 두 부문으로 이루어졌다. 전자가 광역 지역별 서술이라면 후자는 주제별 서술로, 청담은 전 국토를 지역과 주제 두 개의 범주로 구분하여 설명함으로써 지리를 입체적으로 보는 새로운 틀을 만들었다.

〈팔도론〉은 전국 팔도를 주거지 관점에서 설명하였다. 팔도의 지리를 부문별로 구분하여 평가하지 않고 유기적으로 비교하여 서술하였다. 행정과 교통, 물산, 풍속, 인심, 역사, 인물, 산수 등 다양한 각도에서 서술하고 있으나 농지의 비옥함, 물자 유통, 교통의 편리함, 특용작물 생산, 시장 활성화 등 경제적 관점에서 보려는 태도가 전편에 흐르고 있다. 청담이 주목한 지역은 행정 중심지보다는 교통 요지나 산업의 중심지이고, 전통적 명소보다는 경제적 활력이 넘치는 신흥 지역이었다. 예컨대, 함경도 원산이나 충청도 강경 등이 새롭게 부각시킨 대표적 지역이다. 특히, 왕도王都가 속한 경기도부터 서술하지 않고 서울로부터 멀리 떨어진 평안도와 함경도에서 시작해 국토의 중심부인 충청도 경기도를 차례로 서술해가는 큰 변화를 보여주었다. 관찬官撰 지리지에서 서술하는 방식과는 크게 다르다.

〈복거론〉은 지리를 보는 관점으로 지리, 생리, 인심, 산수라는 네 가지 기준을 제시하였다. 이 기준을 내세운 근거와 그에 어울리는 지역을 차례로 거론하였는데, 지리학자로서 청담의 탁월함과 참신성은 이 주제적 분류와 서술에서 찾을 수 있다.

첫째로 제시한 기준은 '지리'로 청담은 주거지 선택에서 지리적 특성을 고려해야 한다고 말하는데, 풍수지리의 관점이 두드러진다.

둘째로 제시한 기준은 '생리'인데 실질적으로 서술상 가장 우선에 둔 관점이다. 경제활동이 왕성하고 교통과 물류가 원활한 지역을 제시하는 등 경제지리적 관점을 분명히 드러내고 있다.

셋째 기준은 '인심'이다. 지역의 인심과 풍속이 상식적인 기준이다. 청담은 팔도 인심을 총평하며 출발하고는 있으나 곧바로 사색당파의 역사적 전개에 초점을 맞춰 서술하였다. 사대부가 사는 곳은 인심이 고약하다고 진단하고 사대부가 살지 않는 곳을 주거지로 선택해야 한다는 뜻밖의 결론을 냈다. '인심'은 조선 후기 당론의 전개 과정을 잘 정리한 글로도 알려졌다.

마지막 기준은 '산수'로 분량도 많고 비중도 크다. 전국 산수와 명승의 현황을 정확하고 균형감 있게 파악하여 설명하였고, 평가가 합리적이고 묘사가 아름다워 명승 전문서로서 《택리지》의 가치를 높였다.

지리를 보는 시각과 특징

이제 《택리지》가 어떤 시각으로 국토지리를 논했고, 이 평가가 어떤 가치를 지니는지 간명하게 설명하고자 한다. 먼저 서술 전체에 드러난 특징 두 가지를 살펴본다.

첫째 특징은 청담이란 특정 학자의 개성이 담긴 저술이라는 점이다. 지도나 지리지는 관례상 대체로 공적 차원에서 만들어졌다. 이전에 나온 지리지를 보면 그 수가 많지도 않거니와 거의 모두 국가가 편찬을 주도하였다. 이와 같은 관찬 지리지는 행정과 군사, 교통 등 공공의 목적과

越積議稿類給川森貝卷安山八邑居仁住菁仍泉仁京作云一津此
比太省爲仁川富平金浦通津渡江爲江華府地漁鹵菌甚少小數旱亚下者
爲燈山西亚於海左右多名村次壬迎原而有魚鹽之利多世居士大夫南

支由州原又西玄爲南陽以北花梁與忠清唐津隔一小海即令公海下流
海道稍狹處地勢左右挾浦港突入海中鹽方數百里罹於南北海汀渡
海末十里爲之保昌岱漁戸所居故南陽西面獨擅漢南魚鹽之多凡海上
之山多懶弱少氣勢而惟安山与南陽不然無一點殺氣而皆騰躍翔舞生
氣淋漓不比京師野邑而最多可居慶漢水南惟安城龍仁士沃收多水田
灌溉如三南安城則居坡湖海峽之間貨物委輸工商交集爲漢南都會然
邑治外雜平善地有殺氣不可居漢水北則王城在果川以北鐵嶺一脈南
至揚州由良方斜逼以入聲勢爲萬丈石峯爲三角白岳他官城之宣而東
南壯公大江西通海潮盤結於衆水之間爲一國山水聚氣精冲之
霰揚州抱川加平永平爲東郊二郡俱土薄民
貧京城少居豪士大夫或家貧兵勢下三南七弦保有家世發郡古寒
儉洞殘軹兵婚雅之一二嬌之淺多美爲品古平民美自瀋陽西壯九十里
有陰城即長端西行四十里有開城府芒言頏王氏兩都也自
瓦嶺山起伏爲松岳之之南有瓦治端月臺左右立言碩正殿基址宗史亭

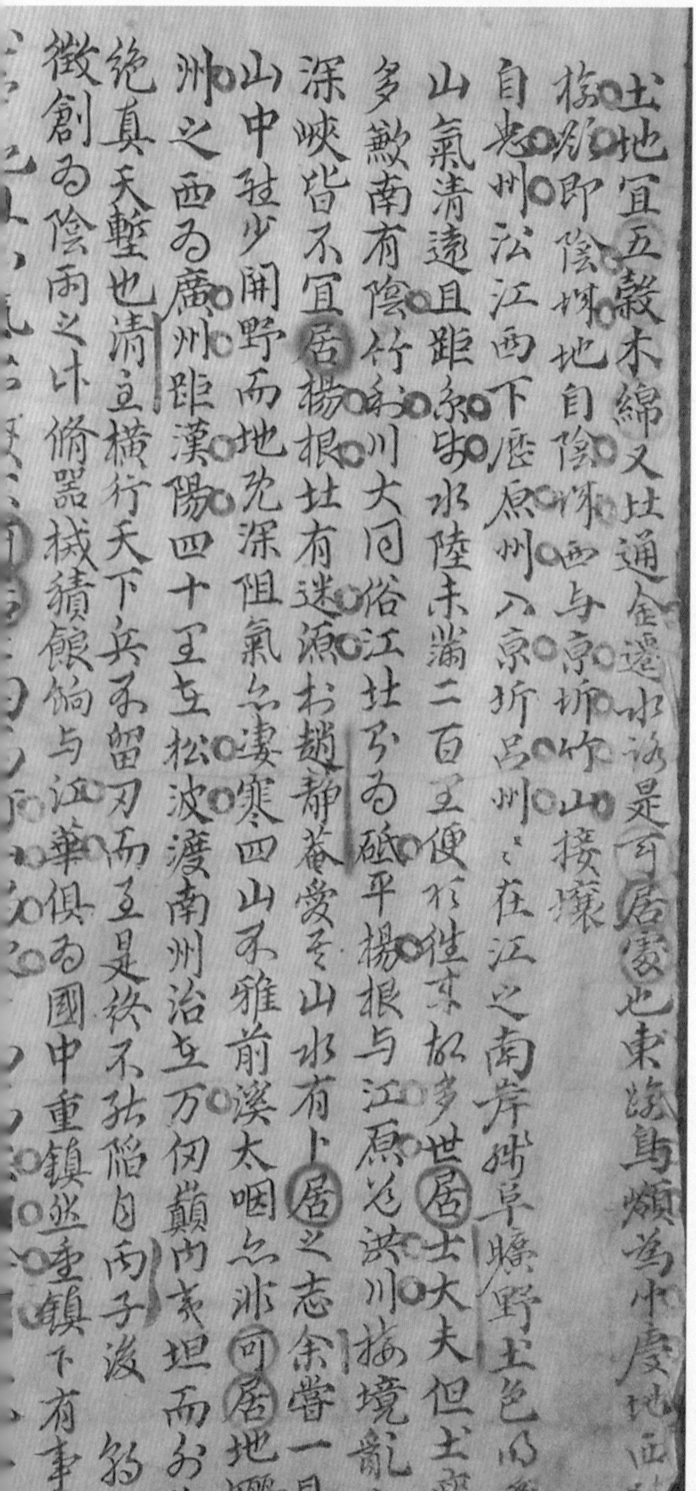

土地宜五穀木綿又壯通金遷水諸是可居處也東涨鳥嶺爲中慶地區

楊州即陰城地自陰城西與京城竹山接壤

自光州松江西下歷原州八京折呂州在江之南岸妹草屯野土色肥

山氣淸遠且距水陸末端二百里便於往來故多世居士大夫但土薄

多歉南有陰竹利川大同俗江壯多石砥平楊根与江原之堤川接境亂山

深峽皆不宜居楊根土有迷源故趙靜菴愛之山水有上居之志余嘗一見

山中鈺少開野而地尤深阻氣色淒寒四山不雅前溪太咽乃非可居地驪

州之西有廣州距漢陽四十里互松波渡南州治立万伺巓內袁坦而石陰

絶真天整也淸㵎橫行天下兵子留刃而丑是終不�百餡自丙子後羽家

徵創㐱陰雨之牛倘器械積餽餉与迊華俱㐱國中重鎮兹重鎭下有事當

수요에 뿌리를 두고 종합적이고 표준적인 정보를 집적하였다. 대표적인 저술이 《신증동국여지승람新增東國輿地勝覽》으로 이 책은 자연스럽게 공적 권위를 부여받았다. 이 책 이후에 나온 지리서는 그 체제와 내용을 복제하고 개선하는 수준에 머물러 그 이후 크게 변한 조선 사회의 산업과 교통, 문화의 구체적 현실과 변화된 실상을 제대로 반영하지 못했다.

이에 반해 《택리지》는 오로지 개인의 저술로서 공적 지리지의 성격을 완전히 탈피하여 지리를 창의적으로 해석하고 독특한 시각을 드러냈다. 18세기 전반기의 지리적 현상을 실상에 부합하게 설명하여 국토지리의 참모습을 궁금해하는 당시 조선 사람의 갈증을 시원하게 해소하였고, 지리에 관한 새로운 욕구를 창출하였다. 관찬 지리서가 제공해온 정보나 지식의 한계를 넘어서 유익한 정보와 새로운 지식을 대거 반영하였다.

둘째 특징은 지리를 서술하는 방식이 독창적이라는 것이다. 청담은 국토의 지리 정보를 취합하여 나열하거나, 객관적인 지식을 정리하여 보여주거나, 잘못 알려진 지리 정보를 바로잡는 서술을 좋아하지 않았다. 대신에 지리적 현상을 합당한 논리를 갖춰 설명하고 해석하고 평가하는 평론가의 태도를 보였다. 특정한 지역을 설명할 때 어떤 관점으로 보아야 하는지를 말하고, 이에 따라 좋고 나쁨을 평가하였다. 때로는 다른 지역과 비교하여 우열을 판단하고 근거를 밝혔다. 청담의 평론은 때로는 논리를 세워 치밀하고, 때로는 심미적이고 감성적이며, 때로는 경제 감각과 문화 감각이 예민하게 작동해서 날카롭다. 지역의 위치와 산천, 풍속과 경제, 전란과 국방을 놓고 역사적으로 분석하고 전략적으로 판단하며, 입체적이고 종합적인 평가를 이끌어냈다. 청담은 날카로운 혜안을 갖춘 조선 국토의 평론가이다.

어디에 살 것인가?
청담은 낙토樂土를 찾아 거주하고 싶다는 주거의 욕구를 국토지리의 평가에 도입하였다. 《택리지》라는 서명은 마을 선택의 지침서를 의미한다. 원래 서명인 《사대부가거처》는 '사대부가 거처할 만한 곳'이란 의미로 훨씬 구체적이다. 어떤 서명이든 "당신이 현재의 직업이나 주거가 열악하여 더는 삶을 이어가기 힘들 때 어디로 터전을 옮겨 살면 좋겠는가?"라는 질문을 던지고 해답을 찾으려는 의도가 담겨 있다. 이와 같이 《택리지》는 1750년대에 만든 주거지 선택의 지침서로, 유사 이래 지어진 적이 없는 획기적이고 창의적인 저술이다.

질문에 대한 해답으로 청담은 조선 팔도에서 거주할 만한 적합한 장소를 찾아서 제시하였다. 〈팔도론〉에서는 크고 작은 단위 지역으로 나누어 살 만한 곳과 살 만하지 못한 곳을 제시하였고, 〈복거론〉에서는 크고 작은 주제로 나누어 살 만한 곳과 살 만하지 못한 곳을 제시하였다. 상황을 현대로 옮겨 가볍게 이해하면, 어느 동네 아파트를 사면 값이 오르고, 어떤 지역에 땅을 사놓으면 나중에 값이 오를지 여부를 몇 가지 조건을 고려하여 예측한 것과 같다. 그만큼 실용적이고 실질적인 문제의식을 담고 있다. 잘못된 정보나 비현실적 지식을 내세울 수 없었다.

청담이 살기 좋은 곳, 아름다운 명승으로 평가한 낙토는 크게 주목을 받았고, 당시 사람들이 이주하고 여행하는 데 실제로 영향을 미쳤다. 훗날 이규경李圭景은 "사는 곳의 선택에 관한 책은 이중환이 처음 저술하였는데 사람들이 그 책에 많이 현혹되어 폐단이 끝없다."라고 걱정한 바 있다. 사람들이 이중환의 판정에 따라 땅을 평가하고 이주했음을 알 수 있다. 이 같은 부정적이고 우려 섞인 시선이 없지 않았으나 청담은 당시 누구보다 지리 현상을 잘 포착하여 크고 작은 지역의 좋고 나쁨을 분명하게 평가하였고, 누구도 하지 못했던 예측과 판단을 내려 먼 후대의 독자까지 그의 설명과 판단을 공감하고 신뢰하였다.

실리에 기반을 둔 경제지리

청담은 〈복거론〉 '서설'에서 지리, 생리, 인심, 산수라는 기준을 제시하고, "네 가지 조건 가운데 하나라도 빠지면 살기 좋은 땅이 아니다."라고 했다. 겉으로 보아 비중이 동등한 네 가지 기준을 장소를 평가할 때 적절히 적용하였다. 가장 중요하고도 창의적인 기준은 바로 생리였다.

청담은 생계를 유지하기에 적합한 장소를 최적의 주거지로 보았다. 먹고사는 문제가 해결되고, 한 걸음 나아가 재산을 축적하여 후손까지도 잘 살 수 있는 조건을 갖춘 장소를 찾고자 한 것이다. 하지만 그것은 조선 시대 지식인이 감히 내세울 수 있는 조건이 아니었다. 지금은 당연하게 여기는 조건이라도 당시에는 거의 적용하기 불가능했다. 사대부는 이익을 말해서는 안 되기 때문이다.

이 책이 나온 뒤에 홍중인洪重寅은 《아주잡록》에 《사대부가거처》를 초록하고 발문을 써서 자신의 생각을 밝혔다. 그 글에서 "대저 사람들이 길을 잘못 들어가는 원인으로는 이익을 탐하는 것이 가장 중대하다. 향촌 사람들이 누군가를 천하게 여기고 이웃끼리 원망하는 원인 또한 오로지 여기에 있다."라며 생리를 조건으로 내세운 《택리지》의 관점을 비판하였다. 홍중인은 아예 〈복거론〉 '생리'를 삭제하고 싣지 않았다. 거의 모든 사대부가 이와 같은 관점을 지닌 전통 사회에서 청담은 이단적 사유의 소유자였다.

바로 그 이단적 사유가 《택리지》의 독창성을 보장하고 가치를 드높인다. 사대부라 해도 마음속에는 경제적 이윤을 남기고 싶은 욕망이 숨어 있는데, 이 욕망을 적극적으로 드러내 실현할 수 있는 장소를 《택리지》는 알려주었다. 관찬 지리지에서 제공해온 정보나 지식으로는 불가능한 일이다. 《택리지》는 전국 지방을 파악하는 근본적으로 다른 이해의 틀을 제시하여 국토를 새롭고 혁신적으로 이해할 수 있게 하였다. 〈복거론〉 '생리'뿐만 아니라 〈팔도론〉 전체에서 각 지역을 살펴볼 때도 생리의 기준을 비중 있게 적용하였고, 산수를 다룬 〈복거론〉 '산수'에서도 마찬가지였다.

하나의 사례로 〈팔도론〉 '함경도'를 보면 국경 지대와 함흥 그리고 원산이 비중 있게 서술되었다. 국경 지대와 감영 소재지 함흥은 당연히 중시해야 하지만 많은 행정 중심 도회지를 제치고 덕원부德源府의 작은 어촌에 불과한 원산촌元山村을 함경도 전체의 경제 중심지로 평가한 대목은 청담의 남다른 시각을 보여준다. 도내에서 제일가는 경제 중심지로서 활력이 넘치는 이 지역을 거주할 만한 장소로 본 것인데 원산에 대한 이중환의 평가는 조선 말기에 들어와서 국가와 학계가 추인하게 된다.

〈복거론〉 '산수'에서는 산수의 아름다움이 지역 평가의 주된 잣대이다. 그러나 여기에서도 생리는 중요한 기준으로 적용되고 있다. 예컨대, 큰 들에 위치한 명촌名村으로 꼽은 공주의 갑천은 지역을 둘러싼 산수의 맑고 화려함에 더해 넓은 들과 관개의 편리함, 1묘畝에 1종鍾이나 되는 소출, 목화 재배의 유리함을 갖추었음을 근거로 살기 좋은 명촌이라 평가하였다. 전주 외곽의 율담도 산수의 아름다움에 더하여 물고기 잡고 농사짓는 이로움을 갖추었고, 더욱이 대도회지인 전주와 가까워 이용후생의 조건을 구비하고 있어서 생리 면에서 우월하다고 평가하였다. 산수가 아름다운 조건의 심층을 파고들면 생리의 조건이 버젓하게 개입해 있음을 알 수 있다.

청담은 행정 중심지보다 경제적으로 새롭게 부상하는 지역을 적극적으로 발굴하여 소개하였다. 교통과 물류 거점 지역을 부각시켰고, 한양과 떨어진 거리를 기준으로 지방을 평가하였으며, 산과 들의 접경지, 육지와 바다가 서로 통하는 경계 지역을 중시했는데 이러한 시각은 지극히 현대적이다. 생리를 중시한 청담의 사유는 독창적이고 획기적이다.

산수와 명승 탐방의 지침서

《택리지》에서는 여행과 관광의 관점을 도입하여 조선 팔도의 산수와 명승 전체를 균형을 갖춰 적절히 평가하였다. 전국 산수의 아름다움과 가치를 심미적으로 잘 포착하여 요령 있게 표현하였다. 청담은 논리와 감성의 언어를 잘 구사하여 독자로 하여금 어느 지역의 어떤 산과 강을, 어떤 누정과 명소, 문화유적을 찾아가면 좋은지 찬찬히 안내하였다. 20세기 이전에 여행과 관광을 계획하는 이에게 안내서와 지침서로 추천할 만한 가장 좋은 책이 바로《택리지》였다. 한 권의 책으로 그와 같은 역할을 충실하게 하는 또 다른 대안은 찾기 어렵다.《택리지》는 주거지 선택의 지침서에 머물지 않고 경관의 탐방을 안내하는 훌륭한 지침서로 높은 평가를 받았고, 이 점은 오늘날에도 마찬가지이다.

〈팔도론〉에서도 주요한 산수와 명승을 적절하게 안배하여 지역을 여행과 관광의 대상으로 다루었으며, 〈복거론〉 '산수'에서는 본격적으로 전국의 주요한 산수와 명승을 조리 있게 소개하였다. '명산과 명찰'에서는 금강산을 비롯한 열두 개 명산과 부석사를 포함한 아홉 개 명찰을 설명하였고, '도읍과 은둔'에서는 도읍지를 품을 만한 명산 일곱 개와 은둔할 만한 명산 열아홉 개를 꼽아서 장단점을 서술하였다. '바다 위의 산'은 섬에 있는 명산으로 한라산을 비롯한 여섯 개 산이 이에 해당한다. '영동의 산수'와 '네 고을의 산수'에서는 특별히 명승이 많은 영동 지역과 관북 지역, 충북 단양 주위의 명승지를 꼽아서 설명하였다. 이 밖에 '강가의 주거지'와 '시냇가의 주거지'에서는 특별한 명산과 명승지가 있지는 않으나 '평온한 아름다움과 정갈한 운치'가 깃든 경관에 더해 생리 조건도 훌륭한 지역을 두루 꼽아서 안내하였다. 더 구체적으로는 각각의 산수를 세밀하게 나누어서 설명하였는데 이처럼 산수와 명승을 다양한 관점을 적용하여 평가하고 소개한 점은 높이 평가할 만하다.

《택리지》에서 산수와 명승을 다룬 내용은 양적으로도 풍부할 뿐만 아니라 질적으로도 우수하다. 당시 독자들은 그 점에 착안하여《택리지》를 아예 산수와 명승의 안내서 위주로 재편하여 읽고자 하였다. 유중림柳重臨

이 1766년 이전에 〈복거론〉 '산수'를 저술의 중심에 놓고 재편집하여《동국산수록東國山水錄》을 만들어《증보산림경제增補山林經濟》에 수록하였다. 《증보산림경제》만 해도 70여 종의 이본이 있을 만큼 널리 읽힌 책이므로 《택리지》는 사실상 가장 효과적인 산수 여행의 지침서였다.

지역 문화와 지역 전설의 보고

《택리지》는 각 지방의 문화를 지리적 특징을 드러내는 주요한 요소로 간주하였다. 각지의 생활상, 민속, 전설을 비롯한 문화는 서울 중심의 중앙 문화와 차이가 클 뿐 아니라, 유가적 합리주의 시각에서 볼 때 비루함과 저급함, 신이성과 허구성의 요소가 있어 서술상 제약이 크다. 일반 지리지가 과거의 문헌에 의존하거나 공공성이나 보편적 지식에 집착하여 그런 요소를 배제했다면, 청담은 현지의 토속 문화를 존중하여 관련 기사를 수록하였다. 청담 개인의 지적 관심을 충실히 따른 결과이다.

그중에서도 전국 각 지역에 분포하는 구비전설을 적극적으로 채록한 점은 높이 평가할 일이다. 현지 체험과 견문을 통해 채록한 수십 종의 전설은 해당 지역의 문화적 지리적 색채를 선명하게 보여준다. 청담에게 구비전설은 현지인의 삶과 의식을 파악하고 지역적 색채를 드러내는 요소였다. 청담은 보통의 유학자와 달리 신이성과 허구성을 띤 전설이라 해도 거침없이 채록하여 해당 지역의 문화적 자산으로 간주하였다. 비중이 큰 구비전설만 꼽아도 40여 가지가 넘는다. 1750년 이전까지 그렇게 많은 지역 전설을 채록한 유례가 없다. 또 청담이 처음으로 문헌에 정착시킨 전설이 많다. 20세기 이후에 비로소 구비전설을 본격적으로 채록하고 연구했는데《택리지》는 전통시대 거의 유일한 구비전설집으로 학술사적 의의가 크다. 단언컨대,《택리지》는 20세기 이전 가장 오래되고 신뢰할 만한 구비문학의 보고이다.

도덕적 가치관과 유가적 합리성을 중시하는 시대에 현지에 전승되는 구비전설을 적극적으로 채록한 것은 생리의 가치관을 내세운 혁신만큼이나 보기 드문 혁신이다. 문화지리적 시각을 선도했다는 점에서 매우 중요한 의의가 있다.

정본화 작업과 충실한 번역

《택리지》는 세상에 나오자마자 큰 호응을 불러일으켰고, 현재에 이르기까지 많은 독자를 거느린 고전 중의 고전이다. 18세기 중반 이후 글을 읽을 줄 아는 식자라면 누구나 한번쯤 읽은 책이다. 독자가 많았다는 뚜렷한 증거는 수많은 사본이다. 지은이가 마지막에 수정한 원본은 아직 확인되지 않았다. 소재처를 확인한 사본만 160여 종이 넘으므로 미처 확인하지 않은 개인소장본까지 포함하면 못해도 200여 종의 이본이 있다. 조선 후기에 나온 저작으로 이렇게 많은 이본이 있는 책은 거의 없다.

200종에 이르는 이본은 크고 작은 텍스트의 차이로 인해 똑같은 이본이 거의 없다. 작게는 글자가 다르고 구절과 문장이 다르며, 심지어는 특정한 항목이 첨가되거나 삭제되는 등 필사본에서 나타날 수 있는 온갖 경우의 수가 다 보인다. 어떤 사본은 차이가 상당히 커서 교감이 불가능할 정도이다. 자기가 사는 지역 정보와 지식을 새롭게 첨가한 것도 있고, 불만스러운 서술을 삭제한 사본도 있는데, 그런 텍스트 역시 나름의 가치가 있다.

지금까지는 광문회본 《택리지》를 저본으로 삼았다. 지은이의 의도를 잘 반영한 선본인지 검토하지 않은 채 연구와 번역의 표준이 되었다. 그러나 선본의 하나이기는 해도 표준으로 삼기에는 적합하지 않다. 최남선은 편집자로서 텍스트에 과도하게 개입하여, 근대적 민족주의 관점에 따라 많은 어구를 자의적으로 수정하였고, 일부 내용을 삭제하거나 첨가하

〈표 2〉 교감 대상 《택리지》 이본 목록

No.	서명	소장처	기호	약호	서지와 특징
1	擇里志	규장각	古 4790-55	덕유본	개정본. 편목 있음(사민총론, 팔도총론, 복거총론, 사민총론). 내제는 팔역가거처八城可居處. 서발문 앞에 일괄 수록: 정언유, 이중환 외 3명. 81장. 소장인: 덕유德裕.
2	擇里志	개인소장		잠용본	초고본. 편목 없음. 서: 이익, 발: 이중환.《와유록臥遊錄》 뒤에 수록. 잠용 남하행 친필본. 41장.
3	擇里志	규장각	古 915.1-Y58t	취원본	개정본. 편목 없음. 서론: 택리지 서, 발: 이중환 외 3명. 57장. 소장인: 취원翠園.《성호사설》〈생재生財〉〈조적糶糴〉 수록. 평창후인平昌後人 수춘재壽春齋.
4	博綜誌	규장각	奎 3742	금범본	편목 없음. 장서인: 유환당留還堂, 해교海嶠. 금범錦帆 윤치희尹致羲 친필본. 장서각 소장《박종지》와 유사.
5	震維勝覽	규장각	古 915.1-J563	상백본	편목 있음. 상하권. 서발문 없음. 필사자 주석. 장서각 소장《동여휘람東輿彙覽》과 매우 유사.
6	擇里誌	연세대 도서관	고서(Ⅰ) 915.1 이중환 택	연세본	초고본. 편목 있음. 발: 이중환 외 2명.〈당난보신복지當難保身福地〉 수록. 상하 2책.
7	擇里誌	연세대 도서관	칠리 915.1 택리지 95 가	칠리본	초고본. 편목 상세. 발: 홍중인. 서론+결론 수록. 상하권. 자의적 수정이 많다. '인심' 뒤에 수록.
8	士大夫可 居處	국립중앙 도서관	古 2700-105	국립본	편목 없음. 서: 정언유, 발: 이중환 외 3명.《성호사설》〈생재生財〉〈조적糶糴〉 수록. 71장.
9	東國 八城志	연세대 도서관	고서(Ⅲ) 4294 0	목석본	초고본. 편목 없음. 서: 이익, 발: 이중환. 93장. 필사기: 임자유화절壬子流火節 목석기인서우숙야재중木石畸人 書于夙夜齋中.
10	登覽	수경실		등람본	편목과 서발 없음. 복거론을 앞에, 팔도론을 뒤에 배치함.
11	可居誌	수경실		청허본	초고본. 편목 없음. 발: 이중환. 서두: 서론+결론 수록. 끝에 〈당난보신복지當難保身福地〉 수록. 을해중추청허 당장乙亥仲秋淸虛堂藏.
12	擇里誌		1912년 발행	광문회본	개정본. 편목 있음(사민총론, 팔도총론, 복거총론, 총론). 조선광문회. 근대 민족주의 의식 반영.
13	八城誌		1910년 발행	고서본	개정본. 편목 있음(사민총론, 팔도총론, 복거총론, 사민총론). 조선고서간행회朝鮮古書刊行會. 서발 없음. 저본은 총화본임.
14	卜居說	국립중앙 도서관	승계 古 2701-4	승계본	편목 없음. 발: 이중환. 55장. 필사기: 적상산하괴목서당 종편赤裳山下槐木書堂終篇.
15	小華誌	국립중앙 도서관	성호 古 2700-81	소화본	초고본. 편목 있음. 서: 이익, 발: 이중환. 건곤 2책. 장서인: 목성민睦聖玟. 이익 집안 소장본으로 전해짐.《성호사설》〈생재〉 부록.

16	靑華漫錄	국립중앙도서관	古2701-5	청화본	편목 없음. 서: 정언유, 발: 이중환, 목성관, 목회경. 권수제: 복거설卜居說.《성호사설》〈생재〉 부록.
17	擇里志	와세다대도서관	미상	총화본	개정본. 편목 있음(사민총론, 팔도총론, 복거총론, 사민총론). 권수제: 총화總貨.
18	擇里志	와세다대도서관	미상	와세다본	개정본. 편목 없음. 발: 이중환. 건乾 곤坤 2책. 〈당난보신복지當難保身福地〉 수록. 서론+결론 수록.
19	擇里志	성균관대존경각	B16AB-0007a	존경본	개정본. 이수봉 소장《팔역지八域誌》와 매우 유사하고, 광문회본과도 유사함.
20	八域誌	이규필		팔역본	편목 없음. 발: 이중환, 이봉환, 정언유, 홍중인. 권수제: 사대부가거처.
21	八域可居誌	안대회		성산본	초고본. 편목 없음. 발: 이중환. 필사기: 성산星山 김씨金氏 김진하金鎭夏 을묘乙卯(1855)년. 1809년에 필사 시작.
22	八域可居誌	동양문고		증보본	초고본. 편목 없음. 발: 이중환.《증보산림경제》의 부록.
23	東國地理解	프랑스국립도서관	애산학보 3	언해본	편목 없음. 서: 정언유, 서론: 택리지 서, 발: 이중환. 번역이 정확함. 개정본. 89장.

여 지은이의 의도를 왜곡하였으며, 편목을 체계 없이 설정하였다. 최남
선은 이런 식으로 편집에 개입하여《택리지》를 올바로 이해하는 데 좋지
않은 영향을 끼쳤다.

　《택리지》를 올바로 이해하려면 무엇보다 먼저 많은 이본을 수집하여
정본을 만들고 이를 바탕으로 번역을 해야 한다.《완역 정본 택리지》는
여기에 목표를 두었다. 공공도서관과 개인이 소장한 사본을 두루 검토한
다음 〈표 2〉에 수록한 선본 23종을 교감 대상으로 삼았다. 목록에서 나
타나듯이 그동안 학계에서 검토하지 않았던 다수의 선본이 새롭게 포함
되었다. 이 밖에도 선본이 더 있을 수 있으나 다양한 이본을 대표하기에
는 23종으로 충분하다.

　번역에 동참한 연구자들이 정밀하게 교감하여 정본을 확정하였다. 정
본은 개정본을 중심으로 하되 많은 사본에서 채택한 어휘를 위주로 텍스
트를 확정하였다. 실제로 교감한 내용은 대단히 많았으나 의미에 큰 영

향을 미치는 중요한 교감 사항만을 각주에 반영하였다. 번역문 뒤에 수록한 원문과 각주에서 확인하기 바란다. 이로써《택리지》가 광문회본의 오랜 그늘에서 완전히 벗어나게 되었다.

이본을 교감하여 정본을 만드는 과정에서 이본의 계통을 확인하였다. 핵심 계통은 초고본과 개정본인데 계통의 나뉨과 내용의 차이는 앞에서 간략하게 설명하였다. 개정본 계통에서는 광문회본 계열이 대표적이고 덕유본과 총화본, 고서본, 광문회본이 여기에 속하는데, 편목을 두었다는 점이 두드러진 특징이다. 다음으로 중요한 계통은《동국산수록》계통으로, 유중림이 1766년 이전에《택리지》를 재편집하여《동국산수록》을 만들어《증보산림경제》에 수록함으로써 성립되었다. 〈복거론〉이 앞에, 〈팔도론〉이 뒤에 나오며 특히 〈복거론〉 '산수'를 크게 부각한, 독자적인 성격과 의의를 지닌 계통이다. 〈표 2〉에 있는 금범본, 등람본 등이 여기에 해당한다.

그동안 나온 번역서를 간명하게 검토한다. 가장 먼저 나온 책은《동국지리해》로 번역자와 번역한 시기는 알 수 없다. 대략 18세기 후반에서 19세기 전반기로 추정한다. 상당히 정확하게 한글로 번역하여 가치가 높다. 이후에는 일본인이《택리지》를 적극적으로 번역하였다. 1881년에 곤도 마스키近藤眞鋤가 일본어로 번역하여《조선팔역지朝鮮八域誌》(東京, 日就社)라는 서명을 붙여 간행하였다. 그는 초대 부산 주재 일본 영사를 지낸 외교관이었다. 이 책을 저본으로 하여 강경계江景桂가 1885년에 한문으로 번역하여《조선지리소지朝鮮地理小志》라는 서명으로 간행하였다. 두 책 모두 완역이 아닌 초역抄譯으로, 구한말 조선 지리 사정에 목마른 외국인이 이 책의 가치를 높이 평가한 점을 알 수 있다. 실제로 1879년 조선 해안을 측량하고 개항장을 물색하는 일본군 측량장교 손에는《택리지》사본이 들려 있었다.

이후 호소이 하지메細井肇(1886~1934)가《팔역지》라는 서명으로 1921년에 경성의 자유토구사自由討究社에서 초역본을 냈다. 근자에는 1983년에 가지이 노보루梶井陟(1927~1988)가 번역하여 세이코쇼보成甲書房에서 출간하였고, 히라키 마코토가 2006년에 '근세 조선의 지리서'라는 부제를 달아 헤이본샤平凡社에서 출간하였다. 영역본은 최인실의 번역으로 1998년에 오스트레일리아 시드니에서 출간되었고, 개역본의 출간을 앞두고 있다.

북한은 이른 시기부터 민족 고전의 번역에 적극적으로 나서 1964년에 첫 번역본을 출간했다. 남한에서는 그보다 뒤인 1971년에 이익성의 번역본이 나온 이래 노도양, 이영택, 이민수, 허경진 등이 번역하였다. 이 밖에도 《택리지》를 초역하거나 활용하여 내놓은 저술이 몇 종 있으나 굳이 언급하지 않는다. 모두 광문회본을 저본으로 삼았고, 이본을 교감하지는 않았다.

《완역 정본 택리지》는 오래전부터 계획하여 출간한 책이다. 필자는 25년 전에 《임원경제지》의 《상택지相宅志》에 실린 《택리지》를 번역했는데 기회가 닿으면 전체를 충실하게 번역하고 싶다는 꿈을 품었다. 학술성과 대중성을 지닌 창의적인 저술로서 학문적 영감을 주는 고전이었고, 남들에게 읽기를 추천하는 책이었다. 새 이본을 확인할 때마다 정본 작업과 함께 번역서를 내야겠다는 생각을 굳혔다. 다만 혼자 힘으로 그 많은 수량의 이본을 교감하기는 불가능하였다. 이에 성균관대학교 한문학과 박사과정 학생들과 함께 2012년부터 세미나를 시작하여 2년에 걸쳐 초고를 완성하였고, 다시 1년 동안 전체 원고를 읽고 수정하였다. 그 후 2년 동안 원고를 묵혀두었다가 지난해 말부터 1년 정도 몰두하여 완성된 원고로 만들었다. 오래 묵은 소망을 완수하여 후련한 마음으로 책을 내놓는다.

《완역 정본 택리지》에서 이본의 교감을 통해 정본 텍스트를 확정한 점에 무엇보다 큰 의의를 두고 싶다. 사본 전체는 아니라 해도 선본 23종을 교감하여 정본을 확정했으니 우리 학계가 이제야 학술적으로 신뢰할 만한 《택리지》 텍스트를 소유했다고 자부한다. 또 800개에 이르는 주석을 달아서 깊이 있는 이해의 토대를 구축했고, 오래 답습된 많은 오역을 수정하는 등 충실하게 번역하여 원저의 내용을 정확하고 분명하게 전달하려고 노력하였다. 이 책의 교감과 주석과 번역은 엄밀한 학문적 노력의 결과이니 독자들이 이용할 경우 전거를 밝혀주시기 바란다. 자부가 지나친 면이 있다면 이 책에 쏟은 노력과 정성을 소중히 여긴 탓이라 여기고 너그럽게 보아주시기 바란다. 부족하고 미진한 부분은 수정할 기회를 꼭 마련하고자 한다.

이 책을 출간하는 동안 많은 분들의 도움을 받았다. 훌륭한 선본을 제공해준 박철상, 김영진, 이규필 선생에게 먼저 감사를 드리고, 국립중앙도서관, 연세대학교 중앙도서관, 성균관대학교 존경각, 서울대학교 규장각의 담당자에게도 고마운 마음을 전한다. 실학박물관에서 책의 출간을 위해 연구비를 제공하여 세미나를 진행하는 데 도움을 주었다. 무엇보다 오랫동안 힘든 작업을 함께 해준 이승용 박사를 비롯한 공동 번역자들에게 감사한다. 이들은 그사이에 모두 박사학위를 받았거나 학위논문을 준비하고 있어 견실한 학자로 성장하는 중이다.

2018년 10월 대동문화연구원 원장실에서
안대회 씀

차례

《택리지》서

이익李瀷[1]

마을을 가려서 산다는 말은 공자와 맹자에게서 나왔다.[2] 마을을 가려서 살지 않으면, 크게는 교화敎化를 펼치지 못하고, 작게는 편안하게 살지 못한다. 따라서 군자는 반드시 마을을 가려서 살고자 한다.

공자는 "도가 행해지지 않으니 뗏목을 타고 바다로 떠날까 보다."[3]라고 하였다. 제나라나 노나라 앞바다에 배를 띄우겠다고 하셨는데 어찌 가려는 목적지가 없이 그냥 해본 말씀이랴? 바로 이런 뜻에서 구이九夷의 땅에 가서 살고 싶다고 한 것이다. 성인께서는 본디 고국을 버리고 싶지 않았으나 부득이한 상황에 처하자 "누추함이 무슨 문제랴?"라고 탄식하셨으니[4], 의중을 알 만하다.

---

1 18세기의 저명한 실학자로 자는 자신子新, 호는 성호星湖이다(1681~1763). 이중환에게는 재종조再從祖가 되고, 9세 연상이다. 한평생 벼슬하지 않고 경기도 안산의 첨성촌瞻星村에 파묻혀 학문 연구에 전념하였다.
2 《논어論語》〈이인里仁〉에서 공자는 "마을 풍속이 어질어야 아름답다. 어진 마을을 가려서 살지 않으면 어찌 지혜롭다 하겠는가?[里仁爲美, 擇不處仁, 焉得知?]"라고 했다. 유향劉向의 《열녀전列女傳》에는 맹자의 어머니가 자식 교육을 위해 세 번이나 이사한 데서 나온 맹모삼천孟母三遷이라는 고사가 실려 있다.
3 《논어》〈공야장公冶長〉에 나오는 공자의 탄식이다.

《이아爾雅》를 살펴보면, 구이九夷·팔적八狄·칠융七戎·육만六蠻이란 말이 나오는데[5] 설명하는 자가 이름을 열거하면서 교묘하게 수를 맞춰 넣었으니 이는 잘못이다. 백이白夷·황이黃夷·왜노倭奴를 성인께서 좋아하셨을 리가 있겠는가?《주례周禮》〈직방씨職方氏〉와《예기禮記》〈명당위明堂位〉에서는 모두 이夷를 첫째에 두었고, 구九니 팔八이니 하는 수는 관직의 등급을 가리키는 데 불과하니[6] 당연히 태평한 동방 지역보다 더 좋은 곳은 아무 데도 없었으리라!

기자箕子가 조선 땅에 봉해진 다음 여덟 조항의 가르침이 비로소 시행되었다. 오륜五倫 이외에 전하는 가르침은 3장章으로 한나라 고조가 이를 취해 법을 간략하게 시행하여 천하를 안정시켰다.[7] 성인께서 조선 땅에 오고자 하였으나 안타깝게도 뜻을 이루지 못해, 우리나라가 은나라 문물과 주나라 문화로 바뀌는 혜택을 입지 못하였다. 그러나 질박함을 숭상

<hr>

4 《논어》〈자한子罕〉에 "공자께서 구이의 땅에 살고 싶어 하셨다. 누군가가 '누추한 곳일 텐데 어떻게 사시렵니까?'라고 묻자 공자는 '군자가 거처하는데 누추함이 무슨 문제랴?'라고 하였다.〔子欲居九夷, 或曰: 陋如之何. 子曰: 君子居之, 何陋之有.〕"라는 대화가 실려 있다.

5 《이아》〈석지釋地〉에서 "구이, 팔적, 칠융, 육만을 사해四海라 부른다."라고 하였다. 형병邢昺은 주석을 달아 "〈동이전東夷傳〉에 따르면, 이夷는 9종으로 견이畎夷, 우이于夷, 방이方夷, 황이, 백이, 적이狄夷, 현이玄夷, 풍이風夷, 양이陽夷이다. 일설에는 첫째가 현도玄菟, 둘째가 낙랑樂浪, 셋째가 고려高驪, 넷째가 만식滿飾, 다섯째가 부갱鳧更, 여섯째가 색가索家, 일곱째가 동도東屠, 여덟째가 왜인倭人, 아홉째가 천비天鄙이다."라고 설명하였다.

6 한족漢族 외에 이민족의 명칭 앞에 붙이는 숫자를 두고 서로 다른 주장이 많다. 이익은 《성호사설星湖僿說》〈구이와 팔만九夷八蠻〉에서 "구九니 팔八이니 하는 숫자는 구명九命, 팔명八命과 같은 품질의 고하를 가리키는 것일 뿐 나라의 많고 적음을 가리키는 것이 아니다. 예를 들면 진秦나라에 오대부五大夫나 칠대부七大夫가 있다."라고 하였다.

7 유방劉邦이 진秦나라 수도 함양咸陽을 함락한 뒤 가혹한 진나라 법령을 폐지하고 세 가지 법을 시행하겠다고 약속하였다. 살인자는 죽이고 남을 상해하고 도둑질한 자는 처벌한다는 법령으로 이것이 '약법삼장約法三章'이다.

하여 행한 교화가 지금도 남아 사라지지 않았으니, 정전井田을 구획한 평양의 유적과 흰옷을 입는 풍습 등에서 확인할 수 있다.

남자가 큰 갓을 쓰고 여자가 머리에 쪽을 지는 우리나라 풍습에는 뿌리가 있다고 나는 생각한다. 의관은 세월이 흘러 풍습으로 굳어지면 오랜 시간이 지나도 잘 바뀌지 않는다. 고려 때 충렬왕이 한 차례 의관을 바꾸려고 했으나 성공하지 못했고,[8] 우왕 때 다시 바꾸려고 했으나 역시 성공하지 못했다.[9] 몽골이 위세를 써서 바꾼 적이 있으나 얼마 지나지 않아 예전 풍습으로 돌아갔다. 지금 천하 모든 나라가 옷을 찢고 관을 망가뜨렸으나 오로지 한 조각 조선 땅에서는 여전히 선왕先王의 제도를 지키고 있다. 아! 정말 다행이다. 공자가 다시 살아난다면, 뗏목을 타고 조선으로 가겠노라고 탄식만 토하지 않고 꼭 올 것이다.

조선 땅에도 지형이 험준한 곳과 평탄한 곳이 있고, 풍속이 아름다운 곳과 추악한 곳이 있다. 단군과 기자의 시대에는 관서 지역에 도읍을 정하여 동남쪽 지역에는 교화가 미치지 못했다. 호강虎康[10]이 바다를 건너 마한馬韓으로 들어간 뒤로는 정통이 남방으로 옮겨갔다. 그 뒤로 여러 세대 동안 정통이 끊어졌다가 신라에 통합되었다. 신라의 풍속은 질서가 잡혀 있어 사람들은 예의를 지켜 남에게 양보하였고, 재능과 덕망을 갖춘 인재가 대를 이어 흥하였다. 명분과 지조를 귀하게 여기고 명성과 이익을 천하게 여겼다. 그린 까닭에 경전經典을 부여안고 초야에 숨어 살면서 자중하는 사람이 더러 있었다. 그런 사람을 향리에서 추켜세워 문벌

---

8 충렬왕은 재위 4년째인 1278년에 몽골 옷을 입도록 하고 머리는 변발하게 하였다.(《고려사》 권72 〈여복지輿服志〉)

9 우왕 14년, 1388년 4월에 몽골 의복을 입으라고 명했다가 같은 해 6월에 다시 명나라 의복을 입으라 명한 일이 있다.(《고려사》 권137 〈열전列傳〉)

10 기자조선의 마지막 임금인 기준箕準의 시호이다. 이익은 기준이 전라도 익산 지역에 마한을 세워 동방의 정통을 이었다고 보았다.

있는 집안 사람처럼 대우하니 나라 안에서 가장 살기 좋은 지역이 되어, 때를 만나지 못한 선비들은 꼭 들어가 살 곳으로 여겼다.

관서 지방은 백성들이 처음 정착해 살았던 지역이지만, 조선왕조에서는 완악한 무리의 소굴이라 여겨 배척하였기에 인재가 재능을 펼치지 못했다. 산골인 강원도와 변방인 함경도 지방은 문풍이 진작되지 않았고, 충청도와 전라도 지방 역시 거칠어서 기예는 뛰어나도 유학의 풍모는 씻은 듯이 사라졌다. 경기 지방의 경우에는 오로지 벼슬하는 집안 한 부류만을 세상 사람들이 부러워하여 그 틈에 끼어 살면 제 힘으로는 벗어날 길이 없다.

무릇 의식衣食이 부족한 곳이나 사기士氣가 사그라진 곳, 무력만을 앞세우는 곳이나 사치하는 풍속이 만연한 곳, 또 시기하는 풍습이 드센 곳에서는 살지 못한다. 몇 가지 조건에 따라 가려낸다면 어느 곳을 선택해야 할지 잘 알 수 있다.

이제 우리 집안 사람 휘조^(이중환의 자)가 책 한 권을 편찬하여, 수천 글자에 이르는 긴 글로 사대부가 살 만한 곳을 알리고자 하였다. 이로써 산맥과 수세水勢를 비롯하여 풍토와 민속, 재화의 생산과 수륙의 운송 등을 조리를 갖춰서 분간하고 설명하였다. 나는 일찍이 이런 글을 본 적이 없다. 나는 이제 늙어서 죽을 날이 멀지 않다. 오소리는 죽을 때 제가 살던 언덕을 향해 머리를 두고, 쥐는 제가 드나들던 구멍을 떠나지 못한다는 말이 있듯이 나는 이 강가의 저습한 땅을 떠나지 못하는 처지라 나도 모르게 몸을 어루만지며 탄식을 토해낸다. 이 서문을 책머리에 기록하여 어린 손자[11]가 잘 살펴보도록 남겨준다. 신미년⁽¹⁷⁵¹⁾ 중춘仲春에 쓴다.

---

11 곧 이구환李九煥(1731~1784)으로 자는 원양元陽, 호는 가산可山이다. 자세한 행적은 알려지지 않았다.

《택리지》서

정언유鄭彦儒[1]

선비와 군자가 살던 곳을 멀리 떠나 좋은 땅을 골라 거주하려는 뜻을
품고 있다면, 살기에 적합한 곳을 찾아서 실행에 옮기면 되지 굳이 글
을 써서 과시할 필요까지는 없다. 그렇다면 이 책을 무엇 때문에 지었을
까? 《주역》에서 말한 '시기적절한 은둔'[2]을 하는 의로운 사람이 드물어진
지는 이미 오래다. 이 책을 지은 분은 혹시라도 여기에 뜻을 두었을까?

　가장 나은 처신은 세상을 피하는 것이고, 그에 버금가는 처신은 땅을
피하는 것이다.[3] 옛날에 소부巢父와 허유許由[4]는 기산箕山과 영천潁川에, 동
원공東園公과 기리계綺里季[5]는 상산商山에, 그리고 방덕공龐德公은 녹문산

1　자는 임종林宗, 호는 우헌迂軒, 본관은 동래이다(1687~1764). 병조좌랑, 사간, 진주와
　　제주의 목사 등을 지냈다. 이중환의 할머니가 정만화鄭萬和의 딸로서 정언유와 같은 동
　　래 정씨이므로 같은 집안 사람임을 짐작할 수 있다. 문집 《우헌집迂軒集》이 계명대 동산
　　도서관에 소장되어 있고, 여기에 이 글이 실려 있다.

2　《주역》돈괘遯卦의 효사爻辭이다. 중정中正의 도道를 얻어서 때맞춰 멈추고 때맞춰 행하
　　는 것을 아름답게 여긴다는 뜻에서 나왔다.

3　《논어》〈헌문憲問〉에 있는 "현자는 세상을 피하고, 그다음은 땅을 피한다.〔賢者避世, 其次
　　避地.〕"라는 말에서 나왔다. 주자朱子는 "세상을 피한다는 말은 은둔을 말하고, 땅을 피한
　　다는 말은 어지러운 나라를 피해 잘 다스려지는 나라로 가는 것을 말한다."라고 풀이하
　　였다.

鹿門山에, 사마덕조司馬德操⁶는 양양襄陽에 숨어 살았다. 세상을 피하고 땅을 피한 차이는 있으나 은둔했다는 점에서는 누구도 다르지 않다.

이들보다 후배로서 시끄러운 세상 밖으로 훌쩍 떠나 산수 좋은 곳에서 활개 치며 살면서 자취를 숨기고 재능을 감추며 본성을 따라서 편안하게 늙는 사람이 있다면, 또한 고니새⁷처럼 속세를 떠나고 지선地仙⁸처럼 세상을 누빈다고 일컬을 만하다.

옛날에 두보杜甫는 아스라한 무릉도원武陵桃源을 그리워하며 무기력한 자기 신세를 한탄하였는데,⁹ 황당무계한 말에 휩쓸려 그런 데가 틀림없이 있다고 생각하여 직접 가보려 했겠는가? 아마도 어지러운 세상을 떠돌아다니다 보니 살기 좋은 곳으로 가고 싶어서 한 번 내뱉은 말이리라!

나는《초사楚辭》에서 〈복거卜居〉나 〈원유遠遊〉 같은 글을 읽을 때마다 굴

====

4 요임금 때 사람으로 기산에 숨어 살았다. 요임금이 허유를 찾아가 천하를 맡아 다스리라 요청하자 허유는 더러운 말을 들었다 하여 바로 영천에 달려가 귀를 씻었다. 때마침 소부가 소를 몰고 와서 물을 먹이다가 귀를 씻는 까닭을 물었다. 허유가 이유를 말하자 소부는 더러운 말을 듣고 귀를 씻은 물을 소에게 먹일 수 없다 하며 소를 몰고 갔다고 한다.

5 이 두 사람과 하황공夏黃公, 녹리선생甪里先生을 합해 상산사호商山四皓라 한다. 진秦나라 때 어지러운 세상을 피해 상산에 숨어 살았다.

6 이 두 사람은 동한 말기의 은사이다. 방덕공은 방통龐統의 숙부로, 유표劉表가 여러 차례 불렀으나 세상에 나오지 않고 녹문산에서 약초를 캐며 살았다. 사마덕조는 사마휘司馬徽로, 유비劉備에게 제갈량과 방통을 천거하고 자신은 양양에 숨어 살았다.

7 원문은 황곡黃鵠으로 속세를 벗어나 은거한 현자를 비유한다. 굴원屈原은 〈복거〉에서 "차라리 고니새와 날개를 나란히 하여 날까? 아니면 닭이나 오리와 먹이를 다툴까?〔寧與黃鵠比翼乎? 將與雞鶩爭食乎?〕"라고 하였다.

8 명산名山에서 한가롭게 노니는 사람을 일컫는 말이다. 진晉나라 갈홍葛洪의 《포박자抱朴子》〈논선論仙〉에 "상사上士는 육신을 지닌 채 하늘 속으로 올라가니 이를 천선天仙이라 하고, 중사中士는 명산에서 유유자적하게 노니니 이를 지선地仙이라 하며, 하사下士는 죽은 뒤에 육신을 벗으니 이를 해선解仙이라 한다."라고 하였다.

9 무릉도원은 도연명이 지은 〈도화원기桃花源記〉에서 나온 말로 평화로운 이상향의 대명사이다. 두보는 〈북정北征〉에서 "아스라한 무릉도원을 그리워하니, 서툰 세상살이 더욱 한탄스럽네.〔緬思桃源內, 益歎身世拙.〕"라 하였다.

원이 살던 때를 생각하고 그의 심사를 가늠하며 슬퍼하였다.[10] 그가 진정으로 왕실을 영원히 하직하고 멀리 떠나고자 했다면, 천하는 넓고도 크니 두루 구경하며 돌아다니다 보면 살 만한 데가 한 곳이라도 없었겠는가? 그러나 굴원은 머뭇거리고 뒤돌아보며 차마 훌쩍 떠나지 못하고 끝내 상강湘江 물에 빠져 죽으면서도 후회하지 않았다. 대대로 벼슬해온 집안의 신하는 의리상 서울을 떠나는 일 또한 마음 내키는 대로 경솔히 하지 못하고 마땅히 주어진 처지에 순응하며 천명을 기다리는 것이 정녕코 옳다. 그렇기 때문에 주자는 굴원을 충신으로 인정하였던 것이다.[11]

청화자青華子(이중환의 호인 청화산인青華山人의 준말)는 명문가의 자손으로 젊은 나이에 재주를 드날려 문장으로 세상에 이름이 났다. 화려한 벼슬과 높은 품계에 있는 명사들과 아침저녁으로 걸음을 함께하다가 불행히도 조정에서 쫓겨나 실의에 빠져 지낸 지 수십 년이 다 되었다. 지금은 성인의 시대라 혼미한 초나라 때와는 사정이 다르지만 내쫓겨 버림받았다는 점에서는 똑같다. 그러니 청화자가 살 곳을 정해 세상을 벗어나 숨고자 하는 것은 당연한 일이다.

우리나라의 산하에는 360여 고을이 있다. 그러니 죽령 남쪽의 영남과 호남·호서 사이에는 몸을 숨기고 머물러 살 만한 복된 땅이 왜 없겠는가? 두어 칸의 집을 지어 7척의 몸을 누일 만한 적당한 땅이 어딘들 없겠는가? 그러나 때를 놓쳐 허송세월하다가 끝내 떨치고 일어나 과감히 떠

---

10 《초사》는 한나라 유향이 편찬한 굴원의 작품집이다. 〈복거〉는 부패한 사회에 동조하지 않고 청렴함과 지조를 지키려고 한 굴원의 정신을 드러냈고, 〈원유〉는 어지러운 속세를 떠나 맑고 고고하게 살겠다는 굴원의 의지를 담았다. 굴원은 전국시대 초나라 사람으로 회왕을 보좌해 삼려대부라는 높은 직위에 올랐으나 동료의 모함을 받아 추방되자 분한 심정을 이기지 못하고 상강에 몸을 던져 죽었다.

11 주자는 《초사집주楚辭集註》 서문에서 "굴원은 그 뜻과 행동이 더러 중용에서 벗어난 점이 있어서 본보기가 아니다. 그러나 이는 모두 충군, 애국의 진실한 마음에서 우러나왔다. [原之爲人, 其志行雖或過于中庸, 而不可以爲法, 然皆出于忠君愛國之誠心.]"라고 하였다.

나지는 못하고 한낱 종이 위에 이렇게 빈말만 늘어놓았는가?

아득히 먼 무릉도원을 그리던 두보의 심정에서 썼다고 한다면, 지금은 그처럼 혼란한 시대가 아니라고 말해주겠노라. 떠나온 서울을 못 잊어 하던 굴원의 마음에서 썼다고 한다면, 청화자는 시대를 뛰어넘어 굴원과 공감하는 점이 틀림없이 있었으리라. 그렇다면 기산과 영천, 상산에 숨 었던 이들의 고상한 운치와 녹문산과 양양에 숨었던 고인들의 그윽한 발 자취, 고니새처럼 속세를 뜨고 지선처럼 세상을 누비는 행위는 아예 무 엇 하나 말할 것이 못 된다.

옛날에는 시장에 숨거나 술집에 숨어 살던 자들[12]이 있었고 그들은 세 상 사람들과 뒤섞여 묻혀 살면서 세상일에는 아무런 관심이 없는 듯했다. 그렇더라도 나아가서는 백성을 걱정하고 물러나서는 임금을 걱정하는[13] 마음이 끊긴 적이 없었다. 저들이 어찌 새나 짐승과 한데 어울려 지내는 부류이겠는가? 틀림없이 훗날에는 청화자의 의중을 분간해줄 사람이 나 타나리니, 그때에는 이 책이 청화자의 뜻이 무엇인지 밝혀줄 것이다.

계유년(1753) 늦봄에 내성萊城(東萊) 사람 정언유가 쓰다.

---

12 전국시대 말기의 유명한 자객인 형가荊軻나 전한前漢의 술사術士로 알려진 엄준嚴遵 같은 사람을 가리킨다.《사기》에 따르면, 형가는 연나라에 있을 적에 저자에서 개백정 인 고점리高漸離와 어울려 지냈고,《한서漢書》에 따르면 엄준은 촉나라 성도成都 시내에서 점을 쳐서 생활하면서 하루에 100전錢만 벌면 문을 닫고 방 안에 들어앉아《노자》강 의와 저술에 전념하였다. 술을 마시며 숨어 산 자는 진晉나라 초기에 술과 청담淸談으 로 세월을 보냈던 '죽림칠현竹林七賢'으로 완적阮籍, 혜강嵇康, 유령劉伶 등과 같은 사 람들이다.

13 범중엄范仲淹은 〈악양루기岳陽樓記〉에서 "조정에서 높은 지위에 앉아 있으면 백성을 걱정하고, 물러나 멀리 강호에 거처하면 임금을 걱정하니, 이렇게 나아가도 근심하고 물러나도 걱정한다.(居廟堂之高則憂其民, 處江湖之遠則憂其君, 是進亦憂, 退亦憂.)"라고 하였다.

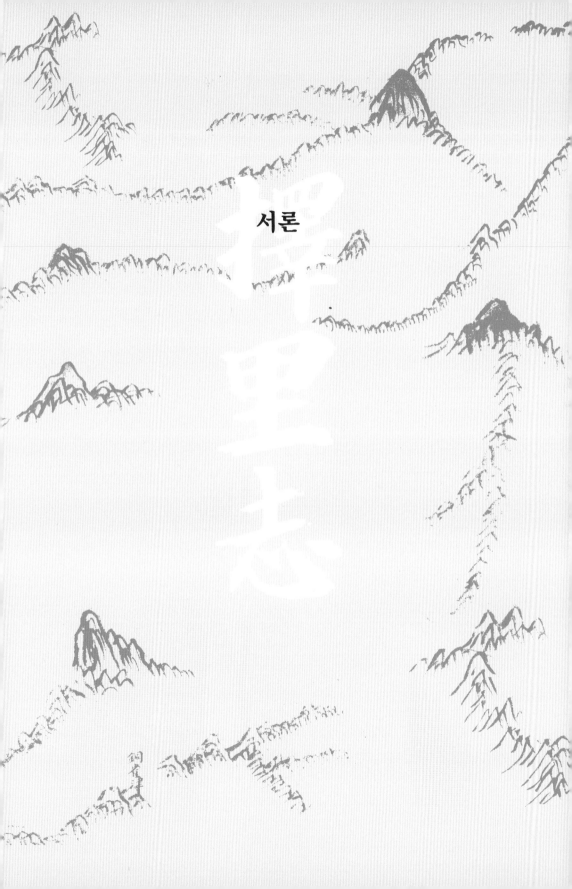

서론

나는 이렇게 말한다. 옛날에는 사대부가 없었고, 누구나 백성이었다. 백성에는 네 부류[1]가 있으니, 선비가 어질고 덕망을 갖추고 있으면 나라의 임금이 그에게 벼슬을 시켰다. 벼슬하지 않는 사람은 농부가 되거나 공인이 되거나 상인이 되었다.

옛날에 순임금은 역산歷山에서 밭을 갈았고, 황하 물가에서 질그릇을 구웠으며, 뇌택雷澤에서 물고기를 잡았다.[2] 밭갈이는 농부의 일이고, 질그릇 굽기는 공인의 일이며, 고기잡이는 상인의 일이다. 그래서 선비로서 임금을 섬기며 벼슬하지 않는 이는 당연히 농부가 되거나 공인이 되거나 상인이 되어 백성의 신분으로 돌아갔다.

저 순임금은 천고千古에 백성으로 살아가는 자의 본보기이다. 지극히 잘 다스려진 그때에는 너 나 없이 누구나 백성이 되어 우물을 파고 밭을 갈면서 희희낙락 삶을 즐겼으니,[3] 어디에 등급이나 호칭의 차이가 있었던가?

이 세계가 생성된 지도 참 오래되었다. 무릇 예절이 복잡해지면 호칭이 달라지고, 호칭이 달라지면 등급이 많아지는 법이라, 성인이 만든 예의와 법령, 제도와 기준이 너무나 많아졌다. 하, 은, 주 삼대三代 때에는

---

1 사농공상을 가리킨다.《서경書經》〈주관周官〉에서 사민四民이라고 일컬은 이래 백성을 네 갈래로 분류하였다. 보통은 사족士族을 우두머리로 두고 농민, 공민, 상민의 순서로 각자 종사하는 직업을 구별하여 이해하였다. 그러나《곡량전穀梁傳》〈성공원년成公元年〉에서는 "옛날에 네 부류의 백성이 있었으니 바로 사민士民, 상민商民, 농민農民, 공민工民이다."라고 하여 상민을 사족 아래, 농민 위에 두기도 했다.

2 역산은 중국 산동성 만남시 교외에 있고 순경산舜耕山 혹은 천불산千佛山이라고도 한다. 뇌택은 중국 산동성 복현 동남쪽에 있는 연못이다.

3 요임금 때에 노인이 지었다는 〈격양가擊壤歌〉에서 "해가 뜨면 일어나고 해가 지면 쉰다. 우물 파서 물 마시고 밭을 갈아 밥 먹나니, 임금님의 힘이 내게 무슨 상관이랴?(日出而作, 日入而息, 鑿井而飮, 耕田而食. 帝力於我何有哉?)"라고 한 구절에서 유래하였다. 여기서는 순임금 때의 일로 보았다.

제후들이 많았는데 세습되는 경卿과 세습되는 대부大夫[4]들이 제각기 예법을 바탕으로 부유함과 고귀함을 얻었다. 벼슬하지 않는 사대부들은 비록 귀하게 쓰이지 않더라도 옛 성인의 본을 따랐다. 그들이 집안을 다스리고 자기 한 몸을 수양할 때, 역량은 경, 대부와 대등했고 분수에 넘치지 않았으며 시詩와 서書를 외우고 인의와 예악 행하기를 본업으로 삼았다. 그리하여 사대부란 이름이 나오게 되었다.

호칭이 만들어지자 길이 달라졌다. 따라서 농부, 공인, 상인은 마침내 천해지고 사대부란 호칭은 더욱 존귀하게 되었다. 진秦나라가 봉건 제후를 멸망시킨 이래로 천자 외에는 조정에서 벼슬하는 사람이나 재야에 있는 사람이나 누구를 막론하고 선비가 하는 일에 종사하면 이들을 모두 사대부라 불렀다. 그래서 사대부가 더욱 많아졌다.

그러나 이는 상고上古시대의 제도가 아니다. 따라서 순임금은 요임금 때의 사대부로서 농부, 공인, 상인이 되는 것을 부끄러워하지 않았다고 말하였다. 그렇다면 도대체 후세에는 무엇 때문에 농부, 공인, 상인이 되기를 꺼리게 되었는가? 사대부로서 농부, 공인, 상인을 업신여기는 마음을 품거나, 농부, 공인, 상인으로서 사대부를 부러워하는 마음을 품는다면 그가 누구든 근본을 모르는 자들이다.

저 성인의 법[5]을 어찌 사대부만이 잘 행하겠는가? 농부, 공인, 상인

---

4 원문은 세경世卿과 세대부世大夫로 아버지가 죽은 뒤 아들이 세습한 경과 대부를 말한다.《춘추春秋》은공隱公 3년조의 "여름 4월에 윤씨가 죽었다.〔夏四月辛卯, 尹氏卒.〕"라는 경문經文에 대해《공양전公羊傳》에서는 "윤씨가 누구인가? 천자의 대부이다. 그런데 왜 윤씨라고 칭하였는가? 폄하한 말이다. 왜 폄하했는가? 세경을 비난한 것이니, 세경은 예가 아니기 때문이다.〔尹氏者何? 天子之大夫也. 其稱尹氏何? 貶. 曷爲貶? 譏世卿, 世卿非禮也.〕"라고 하였다. 세경과 세대부는 지위를 세습하는 제도로 이익은《성호사설》인사문과 경사문 두 곳에서 '세경'이란 표제를 달아 올바른 제도가 아님을 역설했고, 유수원柳壽垣 역시《우서迂書》권2〈문벌의 폐해를 논한다(論門閥之弊)〉에서 이를 비판하였다. 이중환 역시 지위의 세습을 강하게 비판하였다.

도 얼마든지 잘할 수 있거니와, 이들 사이에 과연 어떤 차이가 있단 말인가? 그렇더라도 후세 사람은 수준이 옛사람에 미치지 못하여, 하늘로부터 받은 능력에는 어질고 어리석음의 차이가 있고, 하는 일에는 잘하고 못함의 차이가 있다. 사대부가 농부, 공인, 상인의 일을 잘할 수는 있어도 농부, 공인, 상인을 본업으로 하는 자는 사대부의 일을 잘하지 못한다. 그리하여 사대부를 존중하지 않을 수 없게 되었다. 이 또한 후세에 자연스럽게 형성된 추세이다.

그렇기 때문에 사대부라 하는 자는 정계에서 유세하여 한 시대의 권력을 나눠 갖기도 하고, 고상하게 행동하면서 만승萬乘 제왕에게 뻣뻣하게 맞서기도 한다. 그뿐만 아니라 논밭을 갈고, 짐승을 키우고, 채마밭을 가꾸고, 질그릇을 굽고, 땔나무를 팔고, 약을 파는 사람 사이에 뒤섞이기도 하는 등 못할 일이 없어서 귀천을 정하거나 지위를 높이고 낮추는 일도 사대부 마음먹기에 달려 있다. 이처럼 기세가 넘치고 제멋대로 방자한 태도를 누가 막을 수 있겠는가? 그러니 천하에서 지극히 아름답고 좋은 것이 사대부라는 호칭이다.

그러나 사대부라는 호칭을 잃지 않는 이유는 그가 옛 성인의 법을 지키기 때문이다. 선비가 되든, 농부가 되든, 공인이나 상인이 되든 따질 것 없이 한결같이 사대부다운 행실을 해야 한다. 그런데 이것은 예를 지키지 않으면 못하는 일이고, 예는 부를 쌓지 못하면 제대로 확립될 수 없다.[6] 그리하여 어쩔 도리 없이 집안을 세우고 논밭을 마련하여, 관혼상제의 네 가지 의례를 지켜 위로는 부모를 받들어 섬기고 아래로는 자식을

5   앞에 나오는 '옛 성인의 본'과 함께 제왕의 신분으로 농사도 짓고, 공인의 일도 하고, 상인의 일을 한 순임금의 행동을 가리킨다.

6   《논어》〈태백泰伯〉에 나오는 "시에서 흥기하고, 예에서 서며, 음악에서 완성한다.〔興於詩, 立於禮, 成於樂.〕"라는 공자의 말을 염두에 둔 것이다.

길러 가문을 보전하는 계획을 세우지 않을 수 없다. 이런 이유로《사대부가거처》를 지었다. 무릇 시기에는 이롭고 이롭지 않은 차이가 있고, 땅에는 좋고 나쁜 구별이 있으며, 사람에게는 나아가고 물러나는 다름이 있다.

팔도론

팔도론 서설

곤륜산崑崙山[1] 한 줄기가 고비사막 남쪽으로 뻗다가 동쪽으로 향하여 의무려산醫巫閭山[2]이 된다. 의무려산에서 산줄기가 한바탕 크게 끊겨 요동 벌판이 되고 요동 벌판을 건넌 산줄기가 다시 솟구쳐 백두산이 된다. 이 산이 바로《산해경山海經》에서 말한 불함산不咸山[3]이다. 백두산 정기가 북쪽으로 1000리를 뻗어가다 두 강[4]을 끼고 남쪽으로 선회하여 영고탑寧固塔[5]이 되고, 등 뒤에서 하나의 맥이 뽑혀 나와 조선 산맥의 머리가 된다.

---

1 중국 서부의 청해성에 있는 큰 산. 풍수지리의 고전인《인자수지人子須知》권2에서 큰 산맥을 논하는 첫째 글이 바로 "곤륜산이 모든 산의 조종임을 논한다.〔論崑崙爲諸山之祖.〕"이다. 여기에는 중국의 산수는 모두 서북에서 발원하고, 천하의 산맥은 모두 곤륜산에서 발원한다는 설이 실려 있다.

2 중국 요녕성에 있는 큰 산으로 조선에서 북경으로 가는 길목에 있다.

3 《산해경》에서 "큰 황무지 가운데 산이 있으니 이름하여 불함산으로 숙신씨의 나라가 여기에 있다.〔大荒之中有山, 名曰不咸, 有肅慎氏之國.〕"라고 하였다. 곽박郭璞은 이 책의 주석에서 지금의 장백산長白山이 바로 옛날의 불함산이라고 밝혔다. 백두산의 명칭 가운데 문헌에 가장 먼저 나오는 것이 불함산이다.

4 구체적으로 어떤 강을 가리키는지 명확하지 않으나 영고탑 북쪽을 흐르는 흑룡강黑龍江과 혼동강混同江을 가리키는 것으로 추정한다.

5 만주어 닝구타의 한자 표기로 중국 흑룡강성 영안현성寧安縣城의 청나라 때 지명이다. 청나라의 발상지로 조선의 최북단 회령 북쪽에 있었다.

龍總覽之圖

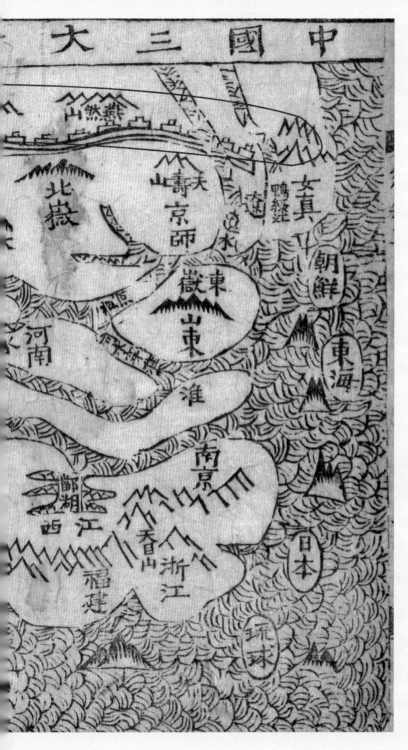

〈중국삼대간룡총람지도中國三代幹龍總覽之圖〉,《인자수지人子須知》권2, 서선계徐善繼 저, 국립중앙도서관 소장

곤륜산의 3대 대간大幹. 가장 널리 읽힌 풍수지리 책 중의 하나인 이 책에서 아시아 대륙의 3대 산맥을 제시하였다. 지도에 표기되어 있지는 않으나 본문의 서술에서는 백두산이 왼쪽 상단의 곤륜산에서 시작하여 오른쪽 상단의 의무려산과 백두산까지 뻗은 곤륜산맥 제일 대간임을 밝혔다. 모든 산맥의 조종祖宗이라는 곤륜산과 백두산을 연결시켜 보는 것은 당시의 통념이었다.

조선에는 팔도가 있다. 첫째는 평안도로 심양瀋陽과 인접하고, 둘째는 함경도로 여진[6]과 이웃한다. 다음은 강원도로 함경도를 이어받고, 그다음은 황해도로 평안도를 이어받는다. 다음은 경기도로 강원도와 황해도 남쪽에 있고, 경기도 남쪽에는 충청도와 전라도가 있고, 전라도 동쪽에는 바로 경상도가 있다.

경상도는 옛적 신라와 변한卞韓과 진한辰韓의 땅이고, 경기도·충청도·전라도는 옛적 마한과 백제의 땅이다. 함경도·평안도·황해도는 옛적 고조선과 고구려의 땅이고, 강원도는 따로 떨어진 예맥濊貊의 땅이다. 이들 나라의 흥망은 자세하게 알려지지 않았다. 당나라 말엽에 우리 땅에서는 태조 왕건이 나와 삼한을 통합하여 고려를 세웠고, 이어 우리 조선이 고려의 국운을 계승하였다.

동쪽과 남쪽, 서쪽이 모두 바다이고, 북쪽 한 길만이 여진의 요동·심양과 통한다. 산이 많고 들이 적으며, 백성은 유순하고 부지런하지만 도량과 기상이 좁다. 남북으로는 3000리에 뻗어 있으나 동서로는 채 1000리가 되지 않는다. 바다를 건너 남쪽으로 가면 얼추 중국 절강성의 오현吳縣[7]과 회계會稽[8] 어름에 이르게 된다. 평안도 북쪽에 있는 의주는 도계道界의 첫 고을(界首邑)[9]로, 이 땅 너머는 중국의 청주靑州[10] 지역에 해당한다. 우

---

6 만주 동북부에 살던 퉁구스계 민족으로, 10세기 이전에는 시대에 따라 숙신肅愼·읍루挹婁·물길勿吉·말갈靺鞨로 불렸다. 17세기 초 청나라를 세운 만주족의 전신이다.

7 중국 남부의 행정구역 명으로, 지금의 강소성 소주시 영역에 있었다. 진시황 26년에 오현을 설치하고, 회계군을 치소治所(관청을 설치한 곳)로 삼았다.

8 중국 고대의 군 명郡名으로, 지금의 강소성과 절강성에 걸쳐 있었다.

9 도계의 첫머리에 위치한 고을로 주로 서울을 기점으로 첫째에 해당하는 고을을 가리켰으나 평안도는 위치상 국경의 첫째 도시인 의주를 행정 및 군정의 요지가 되는 계수읍으로 삼았다.

10 고대 중국의 구주九州 가운데 하나로서 지금의 산동반도 일대에 위치했던 제나라 지역에 해당한다.

리나라는 대략 일본과 중국 사이에 위치한다.

옛적 요임금 때에 신인神人이 나타나 평안도 개천현价川縣 묘향산 박달나무 아래 바위굴 속에서 사람으로 탈바꿈하여 이름을 단군이라 하였다. 그가 드디어 구이의 군장이 되었으나 자세한 연대나 자손은 기록해놓은 사료가 없어서 알 수 없다. 이후에 기자가 중국을 떠나 조선에 봉해져 평양에 도읍하였다.[11] 그의 후손인 기준은 진秦나라 초엽에 연나라 사람 위만衛滿에게 쫓겨 바다에 배를 띄워 전라도 익산군으로 도읍을 옮기고 국호를 마한이라 하였다. 기씨箕氏의 나라 마한의 경계는 역사책에 자세히 밝혀져 있지는 않으나 진한, 변한과 함께 나라를 유지하여 삼한을 이루었다.

혁거세赫居世는 한선제(재위 기원전 74~49) 때 일어나 경상도 지역을 모조리 차지했다. 진한·변한의 모든 지역을 복속시켜 국호를 신라라 하고 경주에 도읍하여 박씨, 석씨, 김씨 세 성씨가 돌아가며 임금이 되었다. 위만조선은 한무제 때에 멸망하였다. 한나라가 이곳 백성들을 이주시키고 땅을 버리자, 주몽朱蒙이 나타나 말갈의 영역에서 옮겨와 평양을 차지하고 국호를 고구려라 칭했다. 주몽이 죽고 나서 그의 둘째 아들 온조溫祚가 남쪽으로 내려가 한강 이남의 일부를 차지하고 마한을 멸망시켰다. 이어 국호를 백제라 하고 부여에 도읍하였다. 고구려와 백제는 모두 당고종(재위 649~683) 때에 멸망하였다. 당나라 군대가 점령지를 버리고 철수하자 두 나라의 땅은 모조리 신라에 편입되었다. 신라 말에 궁예弓裔와 견훤甄萱이 이 땅을 나누어 차지하더니, 고려에 이르러 하나로 통일되었다. 우리나

---

11 기자는 중국 은나라 왕인 문정文丁의 아들로 폭군 주왕의 숙부이다. 주무왕이 은나라를 멸망시키자 유민을 이끌고 조선에 들어와 기자조선을 세웠다. 이에 무왕이 그를 조선에 봉하고 평양에 도읍하였다. 이것이 이른바 기자동래설箕子東來說로 조선 시대에는 역사적 사실로 받아들였다. 그러나 기자동래설은 사실이 아닌 주장으로 현재는 부정되고 있다.

라가 건국하고 도읍을 세운 발자취를 이와 같이 정리하였다.

통일신라 이전에는 삼국 간에 전쟁이 끊이지 않았다. 그래서 문헌이 드물어 고려 때부터 비로소 역사를 서술할 수 있다. 고려 때에는 사대부란 명칭이 아직 확립되지 않았고, 대부분 서리胥吏에서 입신하여 경대부卿大夫와 정승이 되었다. 한번 경대부와 정승이 되면 그들의 자손 역시 사대부가 되어 모두 서울에 집을 장만하니, 서울이 마침내 사대부의 본거지가 되었다. 그러자 지방에 사는 사람은 조정에 등용되는 경우가 드물어졌다. 쌍기雙冀[12]가 과거제도를 만들어 사대부를 선발하자, 지방 사람들도 차츰차츰 조정에서 높은 벼슬을 할 수 있었다. 그러나 서북 출신 중에는 무신이 많았고, 동남쪽 출신 중에는 문사가 많았다. 고려 말에 이르러 문풍을 크게 떨쳐 이따금 중국의 과거시험에 합격하는 사람이 나타났으니, 이는 원나라와 교류한 효과다. 지금까지 세상에서 명문거족으로 일컬어지는 집안은 대부분 고려 시대 경대부와 정승의 후손이다. 사대부의 계통과 내력은 고려 때부터 비로소 서술할 수 있다.

---

12 후주의 관료로 고려에 사신으로 왔다가 귀화하였다. 광종은 그를 한림학사로 임명하였고, 그의 건의에 따라 958년 과거제를 실시하였다.

평안도

평안도는 압록강 남쪽, 대동강(浿水)[1] 북쪽에 있고, 기자가 봉해진 땅이다. 옛날 우리나라 국경은 압록강을 넘어 청석령靑石嶺[2]까지 이르렀으니, 당나라 역사서에서 말한 안시성과 백암성[3]이 그 사이에 있었다. 고려 초부터 거란에 땅을 잃어버려 압록강을 국경선으로 삼았다.

평양은 감사가 다스리는 도회로 대동강가에 있고, 실제로 기자가 도읍으로 삼은 곳이다. 기자가 도읍한 곳이라서 구이 가운데 풍속과 문물이 가장 먼저 발달하였다. 기씨는 1000년간 평양에 도읍했고, 위씨衛氏(위만조선)와 고씨高氏(고구려)는 800년간 평양에 도읍했다. 고려 이래로 지금까지 나라의 요충지로 위세를 떨친 기간이 또 1000년이다. 일대에는 지금도 기자가 시행한 정전井田[4]의 유적과 기자묘箕子墓[5]가 남아 있다. 국가에서는

---

1 이 패수浿水의 위치를 두고 서로 다른 주장이 있으나 일반적으로 대동강을 가리킨다.

2 만주에 있는 지역으로 봉황성과 요양遼陽 사이에 있다.

3 안시성은《삼국사기》〈지리지地理志〉에 따르면, 안촌홀安寸忽로 고구려 국경지대에 있던 요충지이며, 위치를 두고는 주장이 서로 갈린다. 백암성 역시 요동에 있던 고구려 성으로 안시성 가까운 곳에 있었다. 안시성은《구당서舊唐書》와《신당서新唐書》에 나오고, 백암성은《신당서》에 나온다.

선우씨鮮于氏를 기자의 후손이라 여겨서, 기자묘 옆에 숭인전崇仁殿[6]을 세우고 선우씨로 하여금 전감殿監(숭의전을 관리하는 관리)을 대대로 세습하여 제사를 받들도록 했으니, 중국 곡부曲阜[7]의 공씨孔氏와 비슷하다. 평안도는 강산이 대단히 기이하고, 주몽 때의 유적이 매우 많다. 다만 전해오는 말에는 허황하고 해괴한 내용이 많아 다 믿기는 어렵다.

평양성은 대동강가에 있고, 대동강 절벽 위에는 연광정練光亭이 있다. 강 밖의 아득한 산이 긴 숲 멀리서 드넓은 벌판을 감싸서 맑고 아름다우며 수려하고 고운 풍광을 이루 말로 다 표현할 수 없다. 고려 때 시인 김황원金黃元이 연광정에 올라서 온종일 골똘히 풍광을 표현할 시를 구상하였으나 단지 다음 한 구절만을 얻었다.

긴 성곽 한편에는 넘실넘실 흐르는 물이요   長城一面溶溶水

넓은 들 동쪽 끝에는 점점이 산이로다   大野東頭點點山

---

4 정전은 900묘의 땅을 우물 정井 자 모양으로 100묘씩 아홉 등분 하여 바깥의 800묘는 사전私田으로 여덟 농가에서 나누어 경작하고, 중앙의 100묘는 공전公田으로 공동 경작하여 나라에 바치도록 만들어놓은 농지를 말한다. 평양의 잘 구획된 농지를 정전의 유적으로 본 학자들이 많았다. 《고려사》〈지리지〉에서 "평양에는 옛 성터가 두 곳이 있다. 하나는 기자 때 쌓은 것으로, 성안의 구획을 보면 정전제도를 실시하였음을 알 수 있고, 또 하나는 고려 성종 때 쌓은 것이다."라고 했다. 정전을 연구한 학자가 많은데, 대표적으로 한백겸韓百謙(1552~1615)이 1607년에 〈기전도箕田圖〉와 〈기전도설〉을 지어 이를 설명한 바 있다.

5 평양시 기림리에 있는 기자의 묘로 고려 숙종 때 조성된 것으로 알려졌다. 무덤의 진위를 두고 논란이 있으나 조선 시대에는 사실로 인정받아 존숭의 대상이 되었다.

6 지금 북한의 평양특별시 중구역 종로동에 있는 사당으로 기자에게 제사를 바친다. 고려 충숙왕 때인 1325년에 건립하여 기자사箕子祠라 하였고, 1612년에 건물을 개수하면서 이름을 숭인전으로 바꾸고 선우씨를 기자의 후손이라 하여 정6품 숭인전감에 임명했다.

7 중국 산동성 곡부현으로 공자의 고향이다. 공자의 사당인 대성전大成殿과 유지遺址 그리고 비석 등이 남아 있다.

그러고는 시상이 말라버려 이어 짓지 못하고 목 놓아 울고서 연광정을 내려왔다. 그 사연이 정말 우습고, 시마저도 아름답지 않다.[8]

명나라 주지번朱之蕃[9]이 사신으로 왔다가 연광정에 올라 멋지다고 탄성을 지르며 '천하제일강산天下第一江山' 여섯 글자를 써서 현판을 만들어 걸었다. 정축년(1637)에 청나라 황제가 회군할 때에 현판을 보고서 "중원에는 금릉金陵(지금의 남경)이나 절강浙江이란 절경이 있거늘 어떻게 여기에 제일이란 말을 쓸 수 있겠는가?"라 말하고, 사람을 시켜 부숴버리게 했다. 조금 있다가 잘 쓴 글씨가 아까워서 '천하天下' 두 글자만 잘라내게 하였다.

연광정을 돌아서 북쪽으로 가면 청류벽清流壁[10]이 있고, 청류벽이 다 끝나는 곳에 이르면 부벽루浮碧樓[11]가 있다. 이 누각은 평양성 모퉁이에 위

---

8 김황원은 고려의 저명한 시인으로 자는 천민天民이다(1045~1117). 문과에 급제하여 예부시랑과 한림학사 등을 지냈다. 그의 일화는 이인로李仁老의 《파한집破閑集》에 처음 나온다. "서경 영명사永明寺의 남헌南軒은 천하 절경으로, 이 절은 본디 홍상인興上人이 창건하였다. 남쪽으로 큰 강을 내려다보고 있는데 강 밖으로는 넓은 들이 아스라하여 끝이 보이지 않는다. 오직 동쪽 끝 물가에 멀리 보이는 봉우리가 있는 듯 없는 듯 나타났다 사라지곤 한다. (중략) 내 선조이신 평장사 이오李頲 공께서 그때 마침 옥당玉堂에 계시다가 임금님의 행차를 따라 이곳에 올라 부벽료浮碧寮라 이름 붙이시고 시를 지어 그 역사를 상세히 기록하셨다. 산천의 기세는 중국의 척서정滌暑亭과 서로 우열을 다툴 만하나 수려함은 그보다 뛰어나다. 학사 김황원이 서경에 잠시 머물 때 정자에 올라 관리에게 명하여 고금의 현인들이 남긴 시판을 모두 거둬 태워버리고는 난간에 기대어 기분 내키는 대로 읊조렸다. 해가 지도록 괴롭게 시를 읊어 마치 달빛 아래 울부짖는 원숭이를 방불케 했는데 단지 다음의 한 연만을 얻었다. (중략) 그러고는 시상이 고갈되어 다시 시를 짓지 못하고 통곡하고 내려왔다." 이 글에 따르면, 본래 김황원은 연광정이 아닌 부벽루에서 시를 지었으나, 후대에는 대부분 연광정에서 지은 일화로 받아들였다.

9 명나라 관료이자 서화가, 문인으로 금릉 출신이다(1546~1624). 자는 원개元介, 호는 난우蘭嵎이다. 1595년 과거에 장원급제하고, 예부우시랑에 올랐다. 1606년 황태손皇太孫 탄생을 조선에 반포하는 사신단의 정사正使가 되어 양유년梁有年과 함께 왔다. 대제학 유근柳根이 원접사로 그를 응접하였다. 서화와 시문에 뛰어나 조선 문인들의 이목을 사로잡았다. 저서에 《봉사고奉使稿》가 있다.

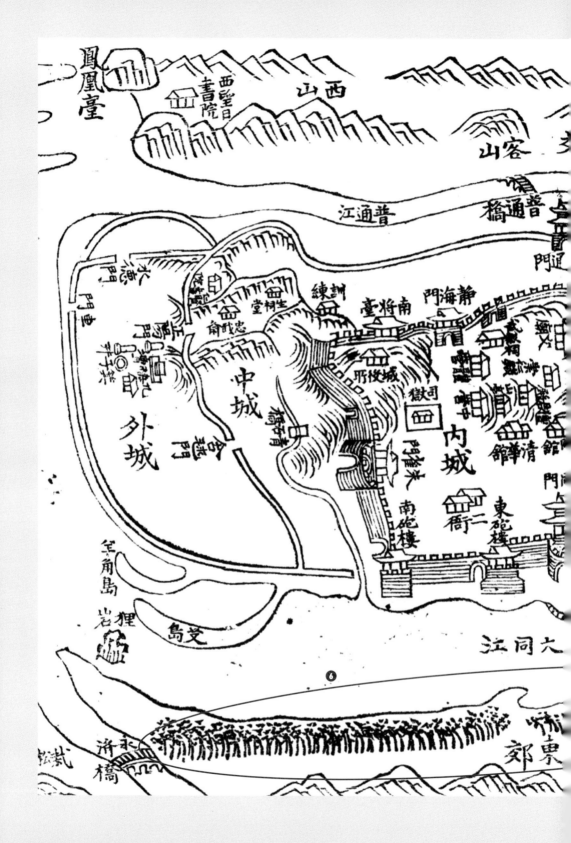

〈평양관부도平壤官府圖〉, 《속평양지續平壤志》,
윤유尹游 편, 1730년, 국립중앙도서관 소장
연광정①, 청류벽②, 영명사③, 부벽루④, 기자묘⑤,
동교東郊의 장림長林⑥ 등 18세기 초반 평양성
내외의 주요 건물을 간략하게 표시했다. 산천, 내
성과 중성, 외성의 성곽 형태 및 주요 관아, 누정,
교량, 역사 유적 등 평양을 상징하는 명소의 위치
와 방향 등을 명료하게 파악할 수 있다.

치한 영명사[12] 앞에 있다. 명종 때 하곡荷谷 허봉許篈[13]이 유생 신분으로 친한 벗들과 평양에 놀러 갔다. 하곡은 평안감사의 사위와 더불어 부벽루에서 기생과 어울려 풍악을 크게 벌이기로 약속하였다. 그런데 감사 부인이 기생을 끼고 노는 사위에게 화가 나서, 감사를 시켜 나졸을 풀어서 함께 놀고 있는 기생을 모조리 붙잡아 옥에 가두었다. 기분을 잡친 하곡은 허둥지둥 돌아와 〈봄에 부벽루에서 노닐다春遊浮碧樓〉[14]라는 시 한 편을 지어 조롱하니 그 시가 일시에 널리 퍼졌다. 감사는 이 일로 인해 세상 사람들에게 비웃음을 샀다.

땅이 오곡과 면화 재배에 알맞기는 하나 방죽의 용수와 냇물이 적어서 단지 밭농사만 짓는다. 그러나 대동강 하류에는 벽지도碧只島[15]란 섬이 강 가운데 있다. 강물이 빠지면 섬에 진흙이 드러나서 주민들이 논을 만드

---

10 지금의 평양시 중구역 경상동에 속하는, 모란봉 동쪽 대동강 기슭에 있는 벼랑이다. 장경문에서 부벽루 가는 강변에 푸른 낭떠러지가 깎아지른 듯이 서 있고, 바위 면에 '청류벽' 세 글자가 큰 글씨로 새겨져 있다. 부벽루와 대동강을 연결하는 아름다운 절벽으로 손꼽힌다.

11 평양 대동강 기슭에 있는 누각이다. 본디 고구려 때 세운 영명사의 부속 건물로 영명루永明樓라 불렸다. 고려 때부터 부벽루로 불렸으며, 진주의 촉석루, 밀양의 영남루와 함께 유명한 누각이다.

12 4세기경 고구려 때 지어진 절로 금수산錦繡山에 있는 평양의 대표적인 사찰이자 명승지이다.

13 조선 중기의 문신이자 문인으로 자는 미숙美叔, 호는 하곡, 본관은 양천이다(1551~1588). 허엽許曄의 아들로 18세에 생원시에 장원급제하고, 22세에 문과에 급제하였다. 1583년 7월 전한典翰으로 재직할 때 율곡 이이를 탄핵하여 창원부사로 좌천되었다가 곧 갑산으로 유배를 가서 박근원朴謹元, 송응개宋應漑와 함께 이른바 삼찬三竄의 한 사람이 되었다.

14 1570년 허봉의 나이 19세 때 지은 7언고시 72구의 장편시이다. 평양 명승의 화려함과 호방하고 낭만적인 잔치를 묘사한 뒤에 갑자기 흥을 깨는 나졸의 침입과 사위를 닦달하는 감사 부인의 신경질적 반응을 흥미롭게 풀어놓은 작품이다.

15 평양에서 서남쪽으로 25리에 있는 섬으로 둘레가 40리이다. 세조 때에 공신 장말손張末孫에게 하사한 땅이었으나 영조, 정조 대에는 섬 주민이 개간하여 농사를 많이 지었다.

니 수확량은 어디나 1묘에 1종[16]이다.

대동강은 백두산 서남쪽에서 발원하여 300리를 흘러 영원군에 이르고, 여기에서 물줄기가 커져서 강을 이룬다. 강동현江東縣에 이르러서는 양덕陽德과 맹산孟山에서 오는 물과 합류하고, 부벽루 앞에 이르러 대동강을 이룬다. 대동강 남쪽 둑에는 긴 숲이 10리에 걸쳐 뻗어 있다. 관가에서 나무를 베거나 가축을 기르지 못하게 하여 기자 때부터 지금까지 수목이 울창하다. 매년 봄여름이면 녹음이 짙게 드리워 하늘의 해가 보이지 않는다.[17]

평양 동쪽에는 성천부成川府가 있다. 이곳은 송양왕松讓王[18]의 나라였고 주몽에 의해 합병되었다. 성천부 읍치邑治는 비류강沸流江가에 있다. 광해군이 임진왜란 때에 종묘사직의 신주를 받들고 성천부로 피란하였다. 광해군은 왕위에 오른 후 성천부사 박엽朴燁[19]에게 객관 옆에 강선루降仙樓

---

16 묘畝는 전답의 넓이를 세는 단위로 면적은 시대마다 다르다. 조선 세종 때에는 1묘를 대략 260제곱미터로 계량하였다. 종鍾은 부피의 단위로, 이 역시 시대에 따라 다르나 대략 6곡斛 4두斗로 보았다. 1묘에 1종을 거두었으니 비옥한 토지임을 알 수 있다. 대다수 사본에서 원문이 "收皆畝種"으로 되어 있는데, 種은 鍾의 오기로 보인다. 《상택지》를 비롯한 몇 개의 이본에서는 묘종畝鍾으로 표기하여 오류를 바로잡았다. 비슷한 표현이 《택리지》에 네 군데 나오는데, 대체로 묘종畝種으로 표기하였고, 그 의미를 이해하지 못해 자의적으로 문장을 고친 이본이 많다. 이 표현은 이중환이 큰 영향을 받은 《사기史記》〈화식전貨殖傳〉에 나온다. "성곽을 끼고 있는 1000묘는 1묘마다 1종을 수확하는 전답이다.〔帶郭千畝畝鍾之田.〕" "1묘마다 1종을 수확하는 전답〔畝鍾之田〕"을 이중환은 비옥한 토지를 표현하는 말로 즐겨 썼다.

17 대동강 능라도에 몇 킬로미터에 걸쳐 펼쳐진 능수버들의 긴 숲〔長林〕은 고지도에도 표시될 만큼 평양의 명승 가운데 하나였다. 박제가는 《북학의》내편 '도로'에서 "지금 평양의 대동강변에만 나무 숲이 곧게 수십 리 길에 뻗어 있어 아름다운 장관을 이루고 있다."라고 높이 평가하였다.

18 고구려 건국기에 동가강佟佳江 유역에 있었던 비류국沸流國의 왕이다. 비류국은 다물국多勿國 또는 다물도多勿都라 표기한다. 송양왕은 고구려 건국 이전에 동가강 유역의 지배자였으나 주몽에게 지배권을 상실하였다.

를 크게 지으라 명하였다.[20] 누각은 300여 칸 규모로 구조가 웅장하여 팔
도 누정 가운데 으뜸이다. 강선루 앞에는 흘골산紇骨山의 열두 봉우리가
펼쳐져 있다. 그러나 돌의 빛깔이 아름답지 않고, 강물이 얕고 물살이 급
하며, 들이 좁아서 평양에는 훨씬 못 미친다.

광해군은 박엽을 유능하다고 보아 평안감사로 발탁하였다. 그때 마침
만주족이 난을 일으켜 관서 지방에는 일이 많아졌다. 박엽은 재능과 식
견이 있어 광해군이 그를 의지하고 중시하였다. 박엽은 10년 동안 평안
감사 자리를 떠나지 않았다. 박엽은 재물을 잘 활용했고, 첩자를 잘 썼
다. 순찰하다가 구성龜城에 이르렀을 때 마침 청나라 군대가 성을 포위하
였다. 한밤중에 만주족 한 사람이 성을 넘어 박엽의 침소에 침입하여 귓
속말을 하고 돌아갔다. 다음 날 아침 박엽이 사람을 시켜 성을 포위한 청
나라 군사에게 술을 먹이고, 쇠고기로 만든 긴 꼬치구이를 나누어 주도
록 하였는데, 남지도 모자라지도 않고 군사의 수와 딱 맞았다. 만주족 장

---

19 광해군 때의 문신으로 자는 숙야叔夜, 호는 약창藥窓이다(1570~1623). 문과에 급제하
    고 광해군의 총애를 받아 평안도관찰사를 오래 지냈다. 포악하게 다스렸으나 만주족의
    침략에 잘 대비하였기 때문에 만주족이 조선을 침략하지 못했다는 평가를 받았다. 박
    엽이 죽임을 당해 침략을 당했다고 생각하여 그를 동정한 지식인이 많았다.

20 강선루는 성천군 성천읍 서쪽 비류강가에 있는 누정으로 관서팔경關西八景의 하나이
    다. 흘골산은 비류강 기슭에 있는 산으로 열두 개의 봉우리가 늘어선 모습이 매우 아름
    다워 예로부터 경치가 훌륭한 명승으로 알려졌다. 심노숭은 《자저실기自著實記》에서
    "광해군이 세자로서 일찍이 평안도 성천에서 국정을 볼 때 그곳의 산수를 좋아하여 오
    래도록 잊지 못하였다. 박승종朴承宗이 의중을 파악하고서 평안도관찰사 박엽에게 강
    선루를 짓게 하였다. 선정전宣政殿을 모방하여 짓고, 광해군에게 관서로 행차하여 동
    궁에게 전위傳位하게 할 생각이었다. 강선루가 완성되기도 전에 광해군은 폐위되었고
    박승종도 죽었다."라고 하였다. 《광해군일기》에는 1616년 9월 29일에 광해군이 성천부
    사 박엽에게 "성천부는 내가 오랫동안 머물던 곳인데 불행히 관사館舍가 불타버렸으
    니 중건하지 않을 수 없다. 공사에 필요한 재목과 인력은 본도의 감사와 병사로 하여금
    상세히 의논하여 편의를 봐주게 할 테니, 게으름 피우지 말고 기어이 복구하라. 앞으로
    사신을 보내어 살필 것이다."라고 지시한 사실이 실려 있다.

수가 몹시 놀라 괴상하게 여기면서 귀신같다 하고는 바로 화친을 청하더니 포위를 풀고 떠나갔다.

계해년(1623) 여름에 박엽의 비장裨將 한 사람이 시간 좀 내어달라고 하면서 다음과 같은 말을 꺼냈다.

"조정은 곧 패합니다. 공은 주상께서 총애하는 신하라 반드시 앙화殃禍를 함께 받을 텐데요, 차라리 몰래 청나라와 줄을 대고 있다가, 만약 조정에 일이 생겼을 때 이 땅을 떼어 할거割據한다면 충분히 몸을 보전할 수 있습니다. 그렇지 않다면 화를 모면하기 어려울 것입니다."

하지만 박엽은 "나는 문과 급제자이다. 어찌 반란을 일으키는 신하가 되겠느냐?"라며 그의 말을 듣지 않았다. 비장은 곧장 박엽을 버리고 도망갔다. 얼마 지나지 않아 인조께서 반정을 일으키고, 즉시 사자를 파견하여 박엽을 임소에서 베어 죽였다.

평양에서 서쪽으로 100여 리 떨어진 지역에 안주가 있다. 청천강가에는 백상루百祥樓가 있고, 백상루 옆에는 칠불사七佛寺가 있다. 고구려 때 수나라 군대가 강가에 이르렀을 적에 스님 일곱 명이 나타나 앞에서 건너는데 강물이 무릎에도 차지 않았다. 그것을 보고 수나라 군사들이 스님의 뒤를 좇아서 "와!" 하고 몰려갔다가 선봉에 선 부대원들이 모두 강물에 빠져 죽었다. 군대가 물러가자 스님들도 이내 보이지 않았다. 지역 사람들이 고맙게 여겨 절을 세우고 그들에게 제사 지냈다.

안주 동북쪽에는 영변부寧邊府가 있다. 산의 지형을 따라 성을 세웠는데 절벽이 가파르고 아주 험준하여 철옹성이라 불린다. 평안도 전체에서 오로지 이곳만이 마지막까지 버틸 수 있는 성이다. 영변부 북쪽에는 검산령劍山嶺이 있다. 고구려 환도성 자리인데 옛 유적이 아직도 남아 있다.

검산령에서 큰 고개 두 개[21]를 넘으면 강계부江界府가 나온다. 강계부 동쪽에서 백두산까지는 500여 리 길인데, 그 사이에 있는 지역이 폐사군廢四郡[22]의 땅이다. 세종 때에 네 개 군을 폐지하여 강계부에 속하게 하고 주민을 이주시켜 사람이 살지 않는 땅으로 만들었는데, 지금은 수목이 울창하게 하늘을 찔러 인적 드문 골짜기가 되었다. 인삼이 많이 산출되어 봄가을에만 백성들이 들어가 인삼을 채취하도록 하고 이를 관아에 바쳐 세금으로 충당하게 하였다. 따라서 강계는 나라 안에서 인삼을 생산하는 고을로 불린다.

강계부 서쪽은 위원渭原 땅으로 명나라 이성량李成樑[23]의 출신지이다. 이성량의 아버지는 위원 사람으로 살인을 저지르고 광녕廣寧 땅으로 도망가서 이성량을 낳았다. 그래서 이여송李如松은 일찍이 "나는 본래 조선 사람이다."라고 말했다.

위원 서쪽에는 여섯 개의 고을이 있다. 의주는 도계의 첫 고을로 심양으로 통하는 중요한 통로이다. 읍치는 압록강가에 있다. 압록강 밖 만주 땅에서 두 개의 큰 물이 동북쪽으로 흘러들어와 만났다가[24] 고을 북쪽에 이르면 세 개의 강으로 갈라진다. 압록강에 장마가 져서 물이 크게 불어

---

21 마유령馬踰嶺과 적유령을 가리킨다.

22 조선 세종 때 최윤덕崔潤德 등을 보내 여진족을 토벌하고 압록강 상류의 여연閭延, 자성慈城, 무창茂昌, 우예虞芮 4군을 설치하였으나 훗날 유지하기가 쉽지 않다는 이유로 철폐하였다.

23 명나라 말엽의 명장으로 요녕遼寧 철령위鐵嶺衛 사람이다(1526~1615). 그의 아버지는 평안도 위원 출신이다. 동남 지역의 척계광戚繼光, 동북 지역의 이성량이 변방을 지킨 양대 장군으로 유명하다. 요동좌도독을 지내며 요동 지역을 30여 년 동안 안정시켰고, 그 공으로 영원백에 봉해졌다. 아들 둘이 곧 제독 이여송과 총병 이여매李如梅로 모두 임진왜란에 참전하였다. 이들의 후손은 명나라가 망한 뒤 조선에 들어와 살았다.

24 정약용丁若鏞은《대동수경大東水經》에서 이 내용을 인용하고 두 개의 큰물이 서강西江과 애하靉河임을 고증하였다. 서강은 곧 중강中江으로 청나라와 무역하는 중강개시中江開市가 설치된 장소이다.

나면 세 개의 강이 하나로 합해져 바다로 흘러가는데 그곳에 위화도威化島란 섬이 있다.

고려 말에 최영이 우왕에게 청하여 요동 공격에 나섰다. 최영은 우왕과 더불어 평양에 이르러 우리 태조 대왕으로 하여금 6만 명의 군사를 거느리고 이 섬에 주둔하게 하였다. 때마침 무더운 한여름이라 태조가 군사들의 의향에 따라 세 번이나 상소하여 파병 중지를 청했으나 최영이 듣지 않았다. 이에 태조가 회군하여 최영을 죽일 것을 장수들과 의논하였다. 전군이 기뻐하며 따르자 드디어 회군을 감행하였다. 최영이 변고를 듣고 우왕과 함께 달아났다. 태조가 뒤를 쫓아서 궁성을 포위하고 최영을 잡아 죽였다. 태조는 우왕 부자를 폐위시키고 공양왕을 옹립하였다가 오래지 않아 선양을 받았다.

대체로 청천강 이남을 청남淸南이라 하는데, 지형은 동서로 좁다. 청천강 이북은 청북淸北이라 하는데, 동서로 길게 뻗은 지형이라 면적이 대단히 넓다.

평안도에서 동쪽은 산맥 등성이[嶺脊]에 가까워 산이 많고 평지가 드물다. 또 경작지에 물을 댈 만한 강이나 호수가 드물다. 따라서 논은 대단히 적고, 들에서는 모두 밭농사를 짓는다. 기자조선과 고구려가 융성하던 시대에는 땅은 좁아도 백성은 많아서 산을 깎아 개간을 많이 했으나, 한나라 군대 탓에 여러 차례 주민이 이주하면서 땅이 많이 황폐해졌다. 게다가 고려가 삼국을 통일한 이후로 백성들은 삼남 지방으로 흘러 들어갔다. 지금은 들은 넓고 인구는 매우 부족하여 산지에서 농사짓는 사람이 많지 않다.

서쪽은 바다와 가까워 여러 고을에서는 바닷물을 막아 논을 만들었다. 그래도 밭보다는 적은 편이다. 따라서 평안도 한 도의 쌀값은 언제나 삼남보다 비싸다.

이 지방 풍속은 이렇다. 뽕과 삼을 심고 길쌈을 많이 하며 물고기와 소금은 대단히 귀하다. 바다와 인접한 고을이라도 소금을 굽는 곳이 많지 않다. 땅에서는 대나무와 감나무, 닥나무, 모시가 나지 않는다. 청북 지역은 지대가 유난히 높고 기온이 낮으며, 국경에 가까워서 화훼와 과일이 나지 않는다. 산출되는 물건은 종류가 얼마 안 되고 양도 대단히 적다. 백성들은 대부분 생활이 매우 어려워 근근이 살아간다.

오로지 평양과 안주 두 개 고을은 큰 도회지로 시장에는 중국 물건이 넘쳐난다. 상인들은 사신을 따라 중국을 오가며 늘 이익을 많이 남겨 부유한 자가 많다.

또 청남 지역은 서울과 가까워 풍속이 문학을 숭상하는 반면, 청북 지역은 풍속이 거칠어 무武를 숭상한다. 오로지 정주만이 과거에 급제한 문사文士가 많다.[25]

완
역
정
본
택
리
지

────────

25 평안도 정주는 조선 시대에 한양을 제외하고는 가장 많은 문과 급제자를 배출한 지역이다.

76

함경도

평안도 동쪽에서 백두산의 큰 맥이 남쪽으로 내려오다가 하늘로 치솟아 마천령이 된다. 마천령 동쪽 지역이 바로 함경도로 옛날의 옥저沃沮[1] 땅이다. 남쪽 경계는 철령[2]이고, 동북쪽 경계는 두만강이다. 남북의 길이는 2000리가 넘지만, 바다에 바짝 붙어 있어서 동서로는 100리가 채 안된다.

옛날에는 숙신[3]에 속해 있다가 한나라 때에 이르러 현도군[4]에 속하게 되었다. 뒤에는 주몽이 차지하였고, 고구려가 망하자 여진이 차지하였다. 고려 때에는 함흥 남쪽에 있는 정평부定平府(함경남도 정평군)를 경계로 삼았다. 고려 중엽에 이르러 윤관尹瓘[5]이 군사를 거느리고 여진을 쫓아내

---

1 함경남도 해안 지대에서 두만강 유역 일대에 걸쳐 살았던 고대의 종족이다. 함흥 일대를 중심으로 거주하던 종족의 나라를 동옥저東沃沮라 하고, 두만강 유역에 거주하던 종족의 나라를 북옥저北沃沮라 하였다.
2 강원도 회양군과 함경남도 안변군 사이에 있는 큰 고개이다.
3 고대에 중국 동북 지방과 산동반도 및 러시아 연해주 지방에 살았던 퉁구스계 민족이 세운 왕국이다. 읍루, 물길, 말갈이란 이칭이 있다. 이들의 영역은 발해와 여진이 다스린 지역이다.
4 한무제 때 설치한 한사군 중 하나이다.

고 두만강 너머 700리를 더 가 선춘령先春嶺[6]에 이르러 경계로 삼았다. 이후 금나라에 북쪽 땅을 돌려주고, 함흥을 경계로 삼았다. 우리나라 장헌대왕莊憲大王(세종) 때에 이르러 김종서金宗瑞[7]가 북쪽으로 1000여 리의 땅을 개척하고, 두만강에 이르러 육진六鎭[8]과 병영을 설치하였다. 그리하여 백두산 동남쪽에 있던 여진의 근거지가 전부 우리나라 영역에 편입되었다.

숙종 정유년(1717)에 강희제[9]가 목극등穆克登[10]으로 하여금 백두산에 올라 두 나라의 경계를 자세히 조사하여 확정하게 하였다. 두만강을 따라 회령의 운두산성雲頭山城[11]에 이르렀을 적에 성 밖 큰 고개에 있는 많은 무덤을 보았는데, 주민들이 이를 황제릉皇帝陵이라 하였다. 목극등이 사람을 시켜 파헤치다가 무덤 옆에서 작은 빗돌을 발견하였는데 빗돌에는 '송제지묘宋帝之墓'라는 네 글자가 새겨져 있었다. 목극등이 무덤의 봉분을 높이 쌓으라고 하고서 떠났다. 그제야 금나라 사람이 말하던 오국성

---

5 고려 중기의 문신이자 장군으로 자는 동현同玄, 본관은 파평이다(?~1111). 관직은 지추밀원사 겸 한림학사승지에 이르렀다. 1107년에 대군을 이끌고 여진을 정벌하고, 9성城을 설치하여 영토를 확장하였다.

6 고려 예종 때 윤관 등이 동북 여진을 축출하고 새로 개척한 지역의 동북쪽 경계에 있었다. 이종휘李種徽는 1769년에 쓴 〈선춘령기先春嶺記〉에서 이곳 지리와 역사를 고증하였다.

7 조선 전기의 문신으로 자는 국경國卿, 호는 절재節齋, 본관은 순천이다(1383~1452). 육진을 개척하고 우의정에 올랐으나 왕위를 찬탈한 세조에게 죽임을 당하였다.

8 조선 세종 때 동북 방면 여진족의 침입에 대비해 두만강 하류 남안에 설치한 국방 요충지 여섯 곳으로 경원, 경흥, 부령, 온성, 종성, 회령이다.

9 청나라 4대 황제로 재위 기간은 1661~1722년이다.

10 청나라 무신으로 성은 부찰富察이고 길림성 오랍烏拉 사람이다(1664~1735). 1712년에 강희제의 명을 받고 오랍총관烏拉總管으로서 조선과 중국의 국경을 정하고자 조선의 접반사 박권朴權, 군관 이의복李義福, 역관 김응헌金應憲과 백두산에 올라 회담하고, 백두산 분수령에 정계비를 세웠다.

11 함경북도 회령 서쪽에 있는 고구려의 옛 성이다. 북한에서는 국가지정문화재 보존급 제476호로 지정해놓고 있다.

五國城[12]이 운두산성임을 알게 되었다. 다만 '송제宋帝'라고만 되어 있어서 휘종徽宗의 무덤인지 흠종欽宗의 무덤인지는 알 수 없다.

운두산성은 동해로부터 겨우 200리 떨어져 있어서 바닷길로는 중국에서 여기까지 빨리 올 수 있다. 게다가 고려의 전라도하고 중국의 항주杭州는 작은 바다를 사이에 두고 있어서 순풍을 타고 가면 7일 만에 이를 수 있다. 만약 송나라 고종[13]이 은밀히 고려를 후대하고, 고려로 하여금 동해에 배를 띄워 군사 1000명으로 운두산성을 육로로 습격해 휘종과 흠종과 황후를 탈출시킨 뒤 바닷길을 따라 뭍에 올랐다가 전라도에서 배를 띄워 항주에 정박하게 했다면, 참으로 천하의 기이한 사건이 되었으리라. 안타깝다! 고종은 아비를 살리려는 의지가 전혀 없어서 한갓 항주의 서호西湖에서 잔치를 벌이고 쾌락에 빠져 있었다. 그가 불효하여 지은 죄는 하늘에까지 뻗칠 것이니, 천고에 크게 한스러운 일이다.

고종은 죽은 지 채 100년도 지나지 않아 도적 같은 승려에게 무덤이 파헤쳐지는 화를 당했다.[14] 반면에 휘종은 죽어서 타향에 묻히기는 했으나 지금까지 무덤을 보존하고 있으니, 돌고 도는 하늘의 이치는 이처럼 알 수가 없다. 주민들이 언덕 위에서 밭을 갈다가 더러 오래된 제기나 술

---

12 정강의 난 때 송나라는 금나라의 침략을 당해 수도 변경汴京이 함락되고, 황제 휘종이 아들 흠종과 함께 포로가 되었다. 두 황제는 돌아오지 못하고 금나라 오국성에 묻혔다. 오국성이 바로 함경북도 회령 땅의 운두산성이라는 설이 정계비를 세운 이후 널리 퍼졌다. 유득공柳得恭의 《고운당필기古芸堂筆記》 권1 〈오국성〉, 한진서韓鎭書의 《해동역사》, 성해응成海應의 〈오국성변五國城辨〉 등이 대표적이다.

13 이름은 조구趙構, 자는 덕기德基로 휘종의 아홉째 아들이다(1107~1187). 정강의 난에 아버지 휘종과 큰형 흠종이 금나라에 포로로 잡혀가자 남경南京에서 황제로 즉위하여 남송 시대를 열었다.

14 원나라 때 서역의 승려 양련진가楊璉眞伽가 벌인 소행을 말한다. 그는 세조의 총애를 받아 강남석교총통직에 있을 때 송나라의 능묘陵墓를 발굴할 것을 주청하여 전당錢塘과 소흥紹興 등지에 있는 제왕의 능과 대신의 무덤 101기를 발굴하였다.(《원사元史》 권202)

함경도 회령 일대, 《여지도輿地圖》, 19세기, 버클리대 소장

회령의 보을하진① 아래에 운두산성②을, 운두산성 왼쪽으로 황제총③이 있음을 표시하고 "북쪽에 송 황제의 능이 있다."라고 밝혔다. 1872년에 그린 회령부지도에서는 황제총 부근에 시신총侍臣塚도 그려넣고 그곳이 금나라의 오국성임을 밝혔다.

항아리, 솥, 화로 따위를 얻으니 이는 휘종의 능인 듯하고, 나머지는 궁인과 시종하던 관료의 무덤으로 보인다. 주민들이 전하기를, 두만강에서 북쪽으로 10리쯤 되는 곳에도 황제의 능이 있다 한다. 이는 흠종의 능인 듯하나 자세한 사실은 알 수 없다.

함흥 이북은 풍속이 굳세고 사나우며, 산천이 거칠고 험준할 뿐 아니라 춥고 척박하다. 곡식은 오직 조와 보리뿐이며, 찹쌀과 멥쌀은 적고 면화와 솜이 나지 않는다. 주민들은 개가죽 옷을 입어 겨울 추위를 막는데, 굶주림과 추위를 잘 견디는 천성을 지녀 여진족과 다름이 없다. 산에는 담비와 산삼이 풍부하고 주민들은 담비 털가죽과 산삼을 남쪽 상인들의 면포와 바꾸어야 비로소 옷을 얻을 수 있다. 그마저도 부유한 사람이 아니면 입지를 못한다. 바다가 가까워서 생선과 소금은 풍부하다. 그러나 바닷물이 맑고 파도가 거칠며 바다 밑에는 암석이 많아서 생선과 소금의 맛이 서해의 깊고 두터운 맛에는 미치지 못한다.

함흥부咸興府는 감사의 치소가 있는 곳이다. 처음에는 함경도 전체가 학문을 몰랐다. 나의 10대조이신 경헌공敬憲公 이계손李繼孫[15] 어른이 성종 임금 때 감사로 부임하여 재주가 뛰어난 소년을 가려 뽑아 당신의 녹봉으로 먹이고 글공부를 시키고 행실과 도덕을 가르쳤다. 이로부터 학문이 크게 융성하여 간간이 과거에 급제하는 사람이 나오자 주민들이 파천황破天荒의 일[16]이라 하였다. 경헌공이 세상을 떠나자 고을 사람들이 사당을

---

15 자는 인지引之, 호는 경헌敬憲이다. 1447년 문과에 급제하고, 1469년 함경도관찰사로 부임하여 이시애李施愛의 난으로 흉흉한 민심을 진정시키고, 학교를 세우고 유생을 교육해 과거 급제자를 잇달아 배출하였다. 벼슬은 병조판서에 이르렀다. 함흥의 문회서원文會書院, 영흥의 흥현서원興賢書院, 안변의 옥동서원玉洞書院에서 제향을 받았다. 이계손의 행적을 최립崔岦이 《간이집簡易集》 권9 〈경헌공 관북사당 사록敬憲公關北祠堂事錄〉에 자세히 기록하였다. 이진휴는 《여강세고》의 이계손 항목에서 여러 문헌자료를 모아 수록했다.

세우고 제사를 지내어 지금에 이른다.

함흥성은 군자하^{君子河17}가에 있고, 군자하 위에는 만세교^{萬歲橋}가 놓여 있다. 만세교의 길이는 5리이다. 함흥성 남문 위에는 낙민루^{樂民樓}가 있는데, 함흥의 고을 풍광이 한눈에 보여서 평양의 연광정과 더불어 빼어남이 선두를 다툰다. 낙민루에서 내려다보면 들이 드넓게 펼쳐져서 바다에까지 이어지고 풍모와 기상이 웅장하지만 또 한편 사나워서, 수려하고 부드러우며 환하고 아름다운 평양 들녘 풍경에는 미치지 못한다. 들 가운데에 태조께서 왕이 되기 전에 살던 고택¹⁸이 있어 여기에 태조의 화상을 안치하여 두고 있다. 조정에서는 관원을 파견하여 지키게 하고 때마다 제사를 지내니 우리 왕조가 태동한 고을이기 때문이다.

영흥^{永興}에서 남쪽으로 100여 리 떨어진 땅이 안변부^{安邊府}로 철령 북쪽에 있다. 안변부 읍치 서북쪽에는 석왕사^{釋王寺19}란 절이 있다. 태조가 등

---

16 원래는 처음 과거 급제자를 배출한다는 말인데, 전에 이루지 못한 일을 처음 실현했다는 뜻으로 많이 쓰인다. 중국 형주荊州에서 해마다 향시鄕試에 합격한 공생貢生을 서울로 보냈어도 대과大科에 급제한 사람이 나오지 않아서 천황天荒이라 하였는데, 유예劉蛻가 처음으로 급제하자 천황을 깨뜨렸다는 뜻에서 파천황이라 일컬었다.(손광헌孫光憲의 《북몽쇄언北夢瑣言》 권4, 〈파천황해破天荒解〉)

17 함흥에 있는 강으로 성천강成川江이란 이름으로 더 많이 불린다.

18 함흥본궁咸興本宮을 말한다. 함경남도 함흥시 사포구역에 있는 사당으로 북한 국보 문화유물 제107호로 지정되어 있다. 이성계가 왕이 된 뒤 조상이 살던 집터에 세웠고, 풍패루豐沛樓 등의 건물이 있다. 이성계는 왕위에서 물러난 뒤에 이 집에 머물렀다. 함흥본궁을 설명한 이 글 뒤에는 광문회본과 등람본의 경우 함흥차사咸興差使와 관련한 긴 기사가 실려 있어 《택리지》에 실린 유명한 이야기로 알려져 있다. 그러나 대부분의 이본에는 실려 있지 않은 기사로, 지은이가 본래 수록하지 않았다고 판단하여 《완역 정본 택리지》에는 싣지 않는다. 자세한 내용은 안대회, 《택리지》의 구전口傳 지식 반영과 지역 전설 서술의 시각〉, 《대동문화연구》 93호, 2016에 설명되어 있다.

19 함경남도 안변군 석왕사면 사기리 설봉산雪峰山에 있는 사찰로 북한 국보 문화유물 제94호로 지정되었다. 태조 이성계가 꾼 꿈을 임금이 될 길조로 보고 풀이한 연기설화緣起說話로 유명하다. 이 일은 이성계가 즉위하기 8년 전의 일이다.

〈낙민루도樂民樓圖〉, 이방운李昉運 작, 18세기 말, 개인 소장
함흥의 명승 낙민루①를 중심으로 만세교②와 성천강의 장관을 그렸다. 이들은 함경도의 대표적 명승으로 시와 그림의 소재로 많이 등장한다.

극하기 전에 꿈을 꾸었다. 서까래 세 개를 등에 짊어지고 있는데 꽃잎이 날리며 거울이 떨어졌다. 무학無學 스님에게 해몽을 부탁했더니 무학이 이렇게 대답하였다.

"등에 짊어진 서까래 세 개는 임금 왕王 자입니다. 꽃잎이 날렸으니 종국에는 열매를 맺을 테고, 거울이 떨어졌으니 큰 소리가 나지 않겠습니까?"

태조가 크게 기뻐하며 마침내 절을 짓고 석왕사라 이름하고 수륙도량水陸道場20을 크게 베풀었다. 그랬더니 이틀 뒤에 500명의 나한羅漢21이 허공에서 모습을 드러내는 영험이 나타났다.

안변에서 서북쪽은 덕원德源 경내이고, 바닷가에는 원산촌이란 마을이 있다. 포구에 모여 사는 백성들은 물고기 잡고 해산물을 채취하며 생계를 잇는다. 바닷길이 동북쪽으로 육진六鎭과 통하여 육진과 바닷가에 있는 모든 고을의 상선들이 여기에 돛을 내리고 정박한다. 무릇 생선과 소금, 해삼, 올이 가는 고운 베, 가벼운 다리(여자들이 머리숱이 많아 보이라고 덧넣었던 민머리), 담비, 산삼, 널 만드는 데 쓰이는 목재 따위의 물건이 모두 여기 원산촌에서 팔려나간다. 따라서 강원도와 황해도, 평안도, 경기도 등지의 많은 상인들이 밤낮으로 떼를 지어 몰려들고 온갖 물산들이 쌓여 큰 도회지를 이루고 있다.

백성들 가운데 물건을 사고파는 일로 큰 부자가 된 사람이 많다. 조정에서는 여기에 원산창元山倉을 설치하여 경상도의 곡물을 뱃길로 운반해 창고에 쌓아두었다. 함경도에 흉년이 들거나 필요한 때에 여러 고을에 뱃

---

20 불교의 법회 가운데 하나로, 승려들이 단壇을 쌓고 불경을 읊으면서 음식을 두루 베풀어 수륙水陸의 죽은 망령亡靈을 위해 올리는 재를 말한다.

21 존경과 공양을 받을 만한 500명의 불교 성자로서 아라한阿羅漢, 즉 깨달음의 경지에 오른 이들을 일컫는다. 이성계는 해몽을 들은 뒤 기원사찰로 석왕사를 짓고 길주의 천불사千佛寺에서 오백 나한을 배로 실어 날라 오백나한재五百羅漢齋를 지냈는데, 이 사실과 관련되는 설화이다.

길로 곡물을 운반하여 진휼賑恤(흉년에 가난한 백성을 돕는 일)하는 물자로 삼았다.[22]

안변 동남쪽에는 황룡산黃龍山[23]이 있고, 황룡산 위에는 용추龍湫가 있는데, 산수가 대단히 기이하다. 여기가 함경도와 강원도의 경계를 이루는 곳이다. 황룡산 남쪽에는 흡곡현歙谷縣[24]이 있다.

태조가 장수로서 고려 왕씨로부터 선양을 받았다. 그때 곁에서 도운 공신들 가운데 서북 지방 출신의 맹장이 많았다. 나라를 얻은 후에 태조는 "서북 사람은 크게 쓰지 말라."라고 유언을 남겼다. 그런 탓에 평안도와 함경도 두 개 도는 300년 이래로 현달顯達한 관리가 없다. 어쩌다 과거에 급제한 자가 나오더라도 관직은 현령에 지나지 않았다. 간혹 대간臺諫(사헌부, 사간원의 벼슬)으로 국왕을 시종하는 지위에 오른 사람이 있기는 하나 이 또한 드물었다. 오로지 정평定平 출신 김이金杝[25]와 안변安邊 출신 이지온李之馧[26]이 참판에 이르렀고, 철산 출신 정봉수鄭鳳壽[27]와 경성鏡城 출신 전백록全百祿[28]이 무장으로서 겨우 병사兵使에 이르렀다.

---

22 인조 이래로 원산에 곡물 창고를 만들어 흉년의 진휼에 대비하였고, 숙종 때에 이를 확대하였다. 1737년(영조 13년) 왕명에 따라 함경도의 덕원에 교제원산창交濟元山倉을 설치해서 구황救荒에 대비한 곡식을 저장하였다. 원산창의 상대로 경상도에는 포항창浦項倉을 설치하여 이를 교제창交濟倉이라 하고, 여기 쌓아둔 곡식을 교제곡交濟穀이라 하였다. 이후에는 창고가 더욱 확대되었다. 이때 경상도관찰사를 지낸 조현명趙顯命은 함경도와 경상도의 상호 구제용 창고가 원산과 포항에 설치된 과정과 의의를 《귀록집歸鹿集》 권18 〈포항창기浦項倉記〉에서 상세하게 밝혔다.

23 일명 오압산烏鴨山이라 한다. 안변부에서 동쪽으로 60리 떨어진 곳에 있다. 지극히 높고 남쪽으로 철령과 이어져 있다. 산마루에 용추가 있어 가뭄이 들 때 기우제를 지내면 효과가 있다고 전한다. 산골짜기에는 아홉 개의 용연龍淵이 있다.

24 고구려 때의 습비곡현習比谷縣으로 신라 때에 습계習磎로 고쳐서 금양군金壤郡 관할 현으로 삼았고, 고려 때에 지금 이름으로 고쳤다.

25 자는 지중止中, 호는 유당柳塘, 본관은 전주이다(1540~1621). 1613년 병조참판에 제수되었고, 관직은 황해도관찰사에 이르렀다.

26 자는 자문子聞, 호는 빈교貧郊, 본관은 공주이다(1603~1671). 관직은 한성부좌윤에 이르렀다. 1669년에 형조참판에 임명되었다.

게다가 나라 풍속이 문벌을 소중히 여겨 경성京城 사대부는 평안도나 함경도 사람과는 더불어 혼인하거나 대등한 벗으로 사귀려 하지 않았고, 평안도와 함경도 사람들도 감히 경성의 사대부와 더불어 대등하게 교제하지 못했다. 이로 인해 마침내 평안도와 함경도 두 개 도에는 사대부가 사라졌고, 그 지역에 가서 거주하려는 사대부도 없어졌다. 오로지 함종 어씨咸從魚氏와 청해 이씨靑海李氏, 안변 조씨安邊趙氏만이 풍양豐壤을 본관으로 하고, 국초에 모두 현달한 관직에 올라갔다. 이들 집안은 나중에 경성으로 이주해 살면서 대대로 과거 합격자를 냈다. 이 밖에는 거론할 인물이 없다. 이런 까닭에 관서와 관북의 함경도와 평안도 두 개 도는 살 만한 곳이 못 된다.

---

27 조선 후기의 무신으로 자는 상수祥叟, 본관은 하동이다(1572~1645). 전라도병마절도사를 지냈고, 철산 충무사忠武祠의 제향되었다.

28 조선 후기의 무신으로 자는 천수天授, 본관은 황간黃澗이다(1645~1712). 황해도병마절도사를 지냈고, 1711년에는 선천부사를 지냈다.

황해도

황해도는 경기도와 평안도 사이에 있다. 백두산 남쪽 줄기가 함경도 함흥부 서북쪽에 이르러 풀썩 떨어져 나와 검문령劒門嶺[1]이 되고, 다시 남쪽으로 내려와 노인치老人峙[2]가 된다. 여기 노인치에서 두 줄기로 나뉘어 한 줄기는 남쪽으로 뻗어가서 삼방치三方峙[3]를 지나면서 조금 끊겼다가 곧바로 다시 일어나 철령이 되고, 한 줄기는 서남쪽으로 뻗어가서 곡산谷山을 지나 학령鶴嶺[4]이 된다.

학령에서 산은 다시 세 줄기로 나뉜다. 첫째 줄기는 토산兎山과 금천金川을 지나 오관산五冠山과 송악산이 되는데, 여기가 고려의 옛 도읍지이다. 둘째 줄기는 신계新溪를 지나 평산平山의 면악綿岳(멸악산滅惡山)이 되는데, 이

---

1 지금의 검산령으로, 평안남도 대흥군 흑수리와 함경남도 함주군 상창리 경계에 있는 고개이다. 험준한 낭림산맥으로 가로막힌 평안도와 함경도를 연결하는 주요 길목이다.
2 함경남도 안변군에 있는 고개로 강원도와 함경도를 연결하는 주요 길목이다.
3 함경남도 안변군 신고산면(강원도 세포군)에서 강원도 평강군으로 넘어가는 고개로 이른바 분수령分水嶺이다. 안변 남쪽에 삼방협三方峽 협곡이 있어 삼방치로도 불린다. 이 협곡에 강원선 철로가 설치되었다.
4 곡산에 있는 큰 고개를 가리키나 지도나 다른 문헌에 잘 나타나지 않는다. 여기 설명된 산세로 보아 곡산과 수안의 접경지대에 있는 총령蔥嶺으로 추정되는 교통의 요지이다.

것이 황해도 전체의 조산祖山이다. 산줄기는 다시 서쪽으로 가서 해주의 창금산昌金山과 수양산首陽山이 된다. 여기에서 다시 들로 내려가 평평한 구릉이 되었다가 서북쪽으로 방향을 틀어 신천信川의 추산雛山이 되고, 또 북쪽으로 돌아가서 문화文化의 구월산이 되어 그친다. 여기가 단군의 옛 도읍지이다. 셋째 줄기는 곡산과 수안遂安을 지나며 큰 산과 높고 험준한 고개로 되어 가로 뻗어서 끊기지 않는다. 자비령이 되거나 절령이 된 산 줄기는 서쪽으로 뻗어 황주黃州의 극성棘城에서 그친다.

황주는 절령岊嶺 북쪽에 자리 잡아 평안도 중화부中和府와 경계가 맞닿 아 있다. 황주에 병마절도사 병영을 두어서 평안도로 통하는 길목을 막 고 있다. 황주에서 남쪽으로 절령을 넘고, 봉산鳳山과 서흥瑞興, 평산, 금천 네 개 고을을 거쳐 개성에 이른다. 이것이 남북을 직통하는 길이다.

남북 직통로 동쪽에는 수안과 곡산, 신계, 토산兔山 등의 고을이 모두 첩첩산중에 박혀 있어 지형이 험하고 백성들이 사나우며, 두메산골이 깊 고 응달져서 산도적 떼가 많이 출몰한다. 예로부터 학문을 하거나 높은 관직에 나아간 사람이 드물다. 남북 직통로에 있는 다른 고을도 다 마찬 가지이다.

오로지 평산과 금천에는 다른 지역에서 흘러들어와 사는 사대부가 제 법 많다. 그중에서 금천은 강음현江陰縣과 우봉현牛峯縣을 합쳐서 군을 만 들었다. 옛날부터 풍토병이 있었으나 근래 들어 더욱 심해져 살기에 좋 지 않다. 평산도 풍토병이 있다. 평산 서쪽에 있는 면악의 동쪽 산기슭에 화천동花川洞[5]이 있다. 화천동 산꼭대기에 큰 무덤이 있는데, 세상에 전해 오는 말에 따르면 청나라 황실 조상의 무덤이라고 한다.[6] 화천동 아래에 는 평야가 상당히 드넓게 펼쳐져 있고, 토지 또한 비옥하므로 부유하고

=====

5 일명 꽃내마을로 지금의 황해도 평산군 청수리에 있다. 멸악산에서 가장 높은 잠두봉 계
   곡에서 발원한 시내가 마을 안으로 흘러들어 꽃내라 한다.

번성한 마을이 많고, 높은 관직에 오른 사대부도 나왔다.

　자비령[7]은 옛날에는 북쪽과 통하는 대로大路였으나 고려 말부터 수목을 크게 길러 막아 폐쇄하였다. 대신 절령 길을 개척하여 남북으로 통하는 큰 관문으로 삼았다. 산맥이 절령을 지나 10리를 못 가서 끊겨 낮은 멧부리가 되고, 멧부리 앞으로는 넓은 들판이 펼쳐지는데, 여기가 극성[8] 벌판이다.

　고려 시대에 몽골군이 절령을 피하여 극성을 통해 개경으로 쳐들어왔다. 인조 때 청나라 군대도 극성을 통해 기습적으로 쳐들어왔다. 극성 들녘은 동서의 넓이가 10여 리이고, 들녘 서쪽은 남오리강南五里江[9]에서 그친다. 남오리강의 하류는 밀려왔다 나가는 바닷물 때문에 얼음이 얼지 않는다. 만약 자비령부터 장성長城을 쌓아서 극성의 남오리강 기슭까지 뻗게 한다면, 남북의 통행을 막을 수 있어 천연의 요새가 되었으리라. 절령은 구월산과 동서로 대치하여 온전히 큰 수구水口를 이루고, 남오리강은 들 한가운데를 가로질러 북향하여 대동강으로 흘러 들어간다. 대동강

6　화천동 꼭대기에 있는 무덤을 금나라 황실 완안씨完顔氏의 조상 묘로 보기도 한다.

7　황해북도 서흥군과 봉산군 경계에 있는 고개이다. 예전에 이곳에 절령역岊嶺驛이 있어서 절령이라고도 부른다. 《신증동국여지승람》 권41에 "자비령은 서흥도호부에서 서쪽으로 60리 떨어진 지점에 있으며 절령이라고도 하고, 평양에서 서울로 통하는 옛길이다. 세조 때에 범에게 해를 많이 입었고, 중국 사신이 모두 극성 길을 경유하여 통행하므로 길이 폐지되었다."라고 했다. 동선관洞仙關이 있어서 동선령洞仙嶺이라고도 부른다. 자비령의 이칭인 절령과 그 대안으로 만들어진 절령은 서로 다른 지역이나 크게 혼동되어 사용된다.

8　고려 때 설치한 극성진棘城鎭이 있던 곳이다. 지금도 황주군 침촌리 정방산 북쪽 기슭에 성터가 남아 있다. 본디 북쪽의 침략자가 쳐들어오는 요충지로 병란을 자주 겪었다. 고려 말에 관군이 홍건적을 맞아 싸우다가 몰살당한 뒤로 백골이 들판에 나뒹굴고 못된 돌림병을 일으키는 음산한 기운이 서려서 조정에서 관리를 파견하여 제사를 지냈다.

9　황해남도 신천군 지남산에서 발원하여 북쪽으로 흘러 송림시 남쪽에서 대동강과 합류하는 강으로 지금의 재령강이다. 〈복거론〉 '산수'의 '도읍과 은둔'에 소개된 남오리강과 함께 보는 것이 좋다.

동쪽에는 황주와 봉산, 서흥, 평산이 있고, 대동강 서쪽에는 안악安岳과 문화, 신천, 재령載寧이 있다.

　여덟 개 고을은 풍속이 대체로 같고, 모두 면악과 수양산 북쪽에 있다. 토질은 매우 비옥해서 오곡과 면화를 재배하기에 알맞고, 납과 철광석이 바둑판에 바둑돌이 놓인 것처럼 곳곳의 산에서 산출된다. 남오리강의 동쪽 기슭과 서쪽 기슭에는 긴 방죽을 쌓았고 방죽 안쪽에 펼쳐진 논에서 벼농사를 짓는다. 아득히 멀고 드넓게 펼쳐진 평야가 마치 중국의 소주蘇州나 호주湖州[10]와 같다. 게다가 이곳에서 나오는 쌀은 알이 길고 크며 맛이 찰질 뿐 아니라 기름져 다른 지역에서 나오는 쌀과는 다르다. 궁궐 수라간에서 쓰는 어공미御供米는 오직 이곳의 쌀이다.

　수양산과 추산에서 구월산으로 이어진 산줄기는 높낮이가 다르기는 하나 참으로 큰 산등성이다. 이 큰 산등성이 밖에서 바다를 바라보고 고을이 형성되어 있다. 남쪽에 있는 고을이 해주이고, 해주 동쪽에 강령康翎과 옹진이 있으며, 서쪽에는 장연부長淵府가 있다. 장연부 북쪽에 송화와 은율, 풍천이 있고, 산줄기는 장련長連에서 그친다. 장련은 평안도 삼화부三和府와 작은 바다를 사이에 두고 떨어져 있다. 추산 한 줄기는 장연부 남쪽을 따라가다가 서쪽으로 내달려 장산곶에서 그친다. 장산곶 산봉우리는 구불구불하고, 골짜기는 깊고 가로막혀 있다. 고려 때부터 호남의 변산, 호서의 안면도와 함께 소나무숲이 조성되었고 궁궐을 짓고 선박을 만들 때 쓰려고 재목을 비축하고 있다.

　장산곶 북쪽에는 금사사金沙寺란 절이 있다. 절 앞의 해안은 모두 모래 언덕이다. 모래가 지극히 가늘고 금빛을 띠어 햇빛을 받아 반짝거리는 모래밭이 20리에 걸쳐 펼쳐져 있다. 바람이 불 때마다 깎아지른 듯한 높

10　중국의 강소성 소주시와 호주시로 태호太湖의 동쪽과 남쪽에 있다. 비옥한 평야 지대로 벼농사와 양잠업이 발달하여 중국 남부의 정치와 경제, 문화의 중심지였다.

〈장연금사진도長淵金沙鎭圖〉, 1872년, 규장각한국학연구원 소장

1872년에 만들어진 지방지도이다. 지도에는 황해도 장연의 금사사①와 금사진②이 표시되어 있다. 금사진은 군사기지로 이 일대는 황당선이 출몰하는 요해처로서 이를 막기 위해 승려로 구성한 진을 설치하였다. 백사장인 금사정③과 사봉④으로 표기한 모래언덕이 그려져 있다. 남쪽에 표시한 몽금포⑤는 이 지역의 유명한 포구이다. 지도 상단의 주기注記에 자세한 설명이 달려 있다.

은 봉우리가 생기는데, 아침저녁으로 여기 생겼다 저기 생겼다 하여 어떤 때는 동쪽에 산을 만들고, 어떤 때는 서쪽에 산을 만들다가 갑자기 좌우로 움직여서 일정치 않다. 그러나 모래밭 위에 솟은 웅장하면서도 아름다운 탑묘塔廟는 끝내 모래에 파묻히거나 눌리지 않으니, 이야말로 괴이한 일이다. 어떤 사람은 "바다의 용이 벌이는 짓이다."라고 하였다.[11]

금사사 모래 밑에서 해삼이 나오는데 방풍防風[12]과 비슷하게 생겼다. 매년 4월이나 5월이면 중국의 등주登州와 내주萊州[13]에서 바닷배가 대단히 많이 몰려온다. 관청에서 장교와 아전을 징발하여 쫓아내면 그들은 바다로 나가 닻을 내리고 기다리다 사람이 없을 때를 틈타 해안에 올라와 해삼을 채취해서 돌아간다.[14]

장산곶 아래의 바닷속에서는 전복鰒魚과 흑충黑虫이 나는데, 흑충은 뼈가 없고 단지 한 덩어리의 검은 살이 있으며 마치 오이처럼 몸통에 오돌토돌한 거스러미가 있다. 중국인들은 이것을 가져다 비단을 검게 염색하는 데 쓴다.

전복은 《한서漢書》에서 "왕망王莽이 즐겨 먹었다."[15]라고 말한 해산물로 등주와 내주에서도 나기는 하지만 진귀하고도 깊은 맛은 우리 연해에서

---

11 금사사 백사장의 명승은 매우 유명하여 이를 묘사한 많은 시문이 남아 있는데, 조선 전기 남곤南袞(1471~1527)과 조선 후기 김수증金壽增(1624~1701)의 〈유백사정기遊白沙汀記〉가 명문으로 알려져 있다.

12 한약재로 방풍나물의 묵은 뿌리를 가리킨다.

13 등주는 중국 산동반도에 있는 고을로 봉래蓬萊의 옛 이름이고, 내주는 중국 산동성 연태煙台에 있었던 도시이다.

14 이덕무李德懋의 《청장관전서青莊館全書》 권62 《서해여언西海旅言》에서 4월에서 8월까지 황해도 해안에 나타나는 이들 중국 어선을 황당선荒唐船이라 부르고, 그들이 허가를 받지 않고 방풍과 해삼 등을 채취하여 돌아가는 구체적인 상황을 묘사하였다. 서해안에 출몰하는 황당선은 조선 시대 내내 골칫거리였다.

15 《한서》 권99 하 〈왕망전王莽傳〉에서 "왕망은 고민이 깊어 음식을 먹지 못할 때도 술과 전복만은 즐겨 먹었다.〔莽憂懣不能食, 亶飮酒, 啖鰒魚.〕"라고 하였다.

나는 전복에는 훨씬 미치지 못한다. 그래서 중국인들이 해삼을 따러 올 때 전복도 함께 채취해 간다. 이문이 매우 많이 나기 때문에 등주와 내주의 어선이 해가 갈수록 더 많이 몰려와 연해의 백성들에게 큰 피해를 입힌다.

여덟 개 고을이 바다를 끼고 있는 지형의 이점을 누리고는 있으나 토지가 척박한 곳이 많다. 오직 풍천과 은율은 토지가 가장 기름진 고을이다. 조산평造山坪[16]이란 들이 하나 있어 볍씨 한 말을 뿌리면 벼 몇 백 말을 수확한다. 수확이 아무리 적어도 100말 아래로 내려가지 않는다. 밭의 소출도 논과 똑같으니, 이런 경우는 삼남 지방에서도 드물다.

그러나 장연 이북은 남쪽이 장산곶에 막혀 있어서 주민들은 북쪽 평안도만 오간다. 곡물과 면화가 아주 흔해서 소작인이나 지체 낮은 향족鄕族들이 부유함을 과시하면서 다들 자칭 사족이라 한다.

장연 남쪽 큰 바다에는 대청도와 소청도라는 두 개의 섬이 있는데[17] 섬 둘레가 제법 넓다. 원나라 문종文宗이 순제順帝[18]를 대청도로 귀양을 보냈다. 순제는 집을 짓고 살면서 순금 불상 한 점을 모셔두고, 해가 뜰 때마다 고국으로 돌아가게 해달라고 기도하였다. 얼마 되지 않아 순제는 원나라로 되돌아가 황제로 등극하였다. 순제는 장인 100여 명을 파견하고 내시를 시켜 공사를 감독하여 해주 수양산에 사찰을 크게 지었으니,

---

16 황해남도 은율군에 있던 평야로 예로부터 이름난 옥토沃土였다.

17 대청도와 소청도는 인천광역시 옹진군 대청면에 있는 두 개의 섬이다.《세종실록지리지》에 따르면, 1317년(충숙왕 4년)에 원나라 황제가 위왕魏王 아목가阿木哥를 이 섬에 귀양 보냈다가 1323년에 소환하였고, 다음 해에 발라태자勃剌太子(훗날 순제)를 이 섬에 귀양 보냈다가 1329년 3월에 소환하였다. 이듬해 또 선제의 태자 도우첩목아陶于帖木兒를 이 섬에 귀양 보냈다가 1332년 12월에 소환하였다.

18 원나라 11대 칸(재위 1333~1368)인 타환첩목이妥懽帖睦爾이다. 순제는 명나라에서 부여한 시호이고, 정식 묘호는 혜종이다. 훗날 고려 출신인 기씨를 황후로 맞이하였다.

바로 신광사神光寺[19]이다. 건물이 교묘하고 화려하여 나라 안에서 최고이다. 중간에 화재를 당하여 다시 지었으나 예전 수준에는 전혀 미치지 못한다. 지금은 섬이 황폐해져 사람이 살지 않고, 수목이 하늘을 찌를 듯하다. 순제가 심은 뽕나무[20]와 옻나무, 채소 따위가 가시덤불 속에서 저절로 났다가 열매와 잎이 저절로 떨어진다. 궁궐의 섬돌과 주춧돌 등 유적이 완연하게 남아 있다.

해주는 감사의 치소治所, 곧 해주감영이 있는 고을로 수양산[21] 남쪽에 있다. 바닷물이 두 산 사이로 비집고 들어와서 수양산 앞에 모여들어 맴돌며 한 개의 큰 호수를 이루었으니, 주민들은 이를 소동정호小洞庭湖라 일컫는다. 결성潔城은 빼어난 경치를 홀로 누리는 위치에 자리 잡았는데 풍광을 위에서 내려다보는 운치가 있다.

옛날에 율곡栗谷 이이李珥[22]가 감사를 지내면서 수양산에서 산수가 아름다운 석담石潭이란 장소를 발견하였다. 관직에서 물러난 율곡이 그곳에

---

19 황해남도 해주시 북숭산北嵩山에 있는 사찰이다. 《신증동국여지승람》 권43 '해주목' 조에 "지정至正 2년에 원나라 황제가 원찰願刹이라 이름 붙이고, 태감 송골아宋骨兒로 하여금 공장工匠 서른일곱 명을 거느리고 와서 시중 김석견金石堅, 밀직부사 이수산李守山 등과 함께 설계 건축을 감독하게 하였다."라고 설명되어 있다.

20 순제가 대청도에 심었다는 뽕나무는 곧 상기생桑寄生을 말한다. 대단히 희귀한 약재로 대청도와 소청도, 백령도 등에서만 산출되므로 채취하여 궁궐에 바쳤다. 광해군 때에 백령도첨사 김기명金基命이 관재棺材로 쓰려고 베어버려 멸종된 것으로 알려졌다. 이수광의 《지봉유설》과 이대기의 《백령도지》 등에 그 실상이 기록되어 있다.

21 황해남도 해주시와 신원군 경계에 있는 산이다.

22 자는 숙헌叔獻, 호는 율곡, 본관은 덕수이다(1536~1584). 관직은 이조판서에 이르렀다. 1574년 39세 때 황해도관찰사가 되었다. 1576년 해주 석담에 머물며 청계당聽溪堂을 지었고, 1578년에 청계당 동쪽에 은병정사隱屛精舍를 지었다. 1583년 관직에서 물러나 석담으로 거처를 옮기기 전까지는 여기에 오래 머물지 않았다. 율곡이 세상을 떠난 뒤 은병정사에 사당을 세우고 석담서원石潭書院이라 했고, 훗날 사액(임금이 사당이나 서원에 이름을 지어 새긴 편액을 내리던 일)을 받아 소현서원紹賢書院이 되었다. 이 서원은 북한 국보 문화유물 제79호로 지정되어 있다.

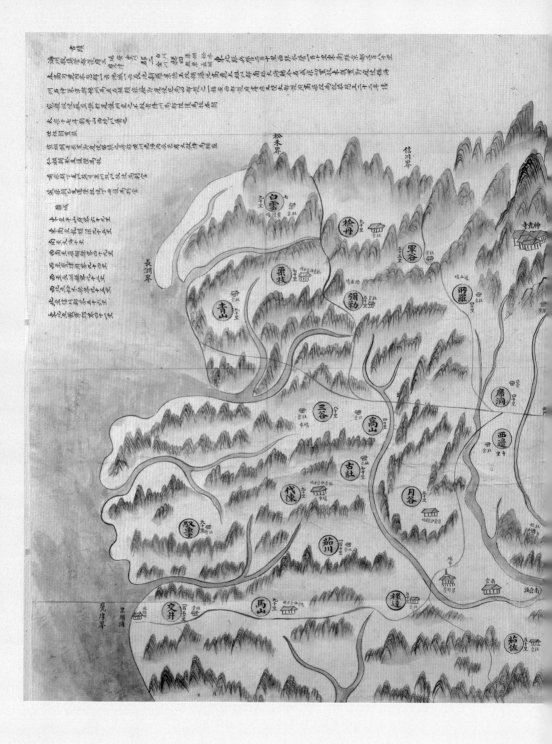

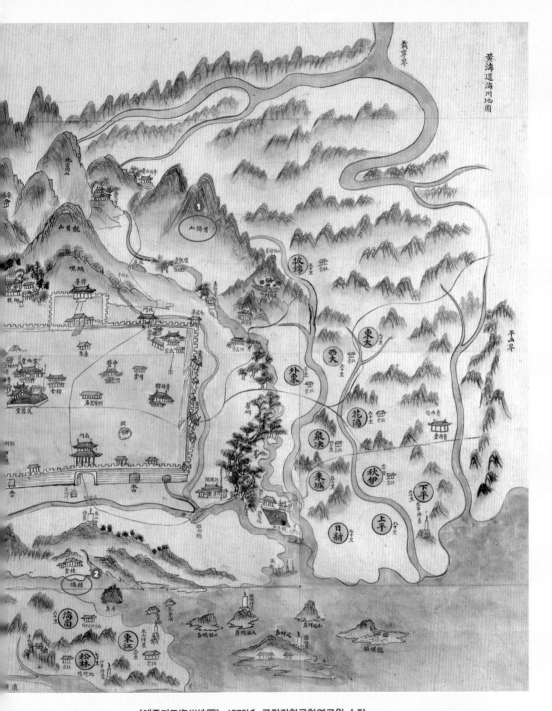

《해주지도海州地圖》, 1872년, 규장각한국학연구원 소장
1872년에 작성된 지방지도이다. 해주는 황해도 감영이 자리 잡은 도회로 감영 뒤에는 수양산①
이, 앞에는 결포②가 있다. 결포는 결성포結城浦 또는 결성潔城이라 하는 포구로 그 앞에 만들어
진 천연 호수를 소동정호라 불렀다. 1784년 4월 12일 해주를 유람한 유만주俞晩柱(1755~1788)
는 〈유결성기遊潔城記〉를 써서 포구의 멋진 풍광과 주민 생활을 아름답게 묘사하였다.

집을 짓고 학문을 가르치자, 서울을 비롯하여 사방에서 공부하려는 선비들이 많이 찾아와 따랐다. 율곡이 세상을 뜬 뒤에는 사람들이 사당을 짓고 제사를 지냈다. 또 문인의 자손이 대를 이어 거주하면서 율곡의 가르침과 예법을 받들었다. 그래서 과거 급제자가 황해도에서 으뜸이었다. 훗날 풍속이 쇠퇴하자 지역 사람들이 서원을 차지하고 붕당으로 나뉘어 원수처럼 서로를 공격하였으므로 세상에서 못된 고을(惡鄕)로 이곳을 지목하였다.

면악 한 줄기가 해주를 거슬러 동쪽으로 달려 연안延安과 배천白川이 된다. 이 고을들은 해주 동쪽에 있는 후서강後西江 서쪽과 보련강寶輦江 하류의 북쪽에 자리 잡고 있다. 큰 산과 넓은 강, 큰 들과 긴 시내가 여기에 다 모여들고 게다가 조수도 통한다. 평탄하고 드넓으며 환하고 빼어나서 풍기風氣가 마치 중국의 양자강과 회수淮水 사이의 땅과 같으니, 가장 살만한 곳이다. 그러므로 한양에서 흘러들어와 사는 사족들이 있다. 다만 토질이 척박하여 가뭄이 쉽게 들고, 면화 재배에 적당하지 않다.

주민들은 즐겨 배를 이용하여 강과 바다에서 통상하여 이익을 얻으려 한다. 동쪽으로는 두 곳의 서울[23]과 통하고, 남쪽으로는 호서와 호남과 교통하여 화물을 수송하여 무역을 하고 재화를 교환함으로써 항상 큰 이윤을 남긴다.

무릇 황해도는 한양 서북쪽에 위치하고, 땅은 평안도나 함경도와 인접하여 풍속이 활 쏘고 말 타는 것을 좋아하는 반면 학문하는 선비가 적다. 산과 바다 사이에 끼어 있어서 납과 철광석, 면화와 찹쌀, 멥쌀 그리고 생선과 소금을 생산하고 팔아 이익을 얻는다. 따라서 부유한 사람이 많으나 대신 사대부 가문은 드물다.

---

23 고려 수도인 개경과 조선 수도인 한성을 가리킨다. 조선 전기에는 양경兩京체제를 유지했으나 조선 후기에는 유명무실해졌다.

그렇지만 평야에 있는 여덟 개의 고을은 토질이 비옥하고, 바닷가에 있는 열 개의 고을은 명승지가 많으므로 거주하지 못할 정도의 땅은 아니다. 땅의 형세가 서해로 불쑥 들어가서 삼면이 바다를 등지고 있고, 동쪽 한 방면에만 남북으로 통하는 큰길이 있다. 그러나 북쪽으로 절령에 가로막히고, 남쪽으로는 예성강과 임진강에 막혀 있다. 안과 밖이 산과 강이고, 내륙에는 요새와 성곽이 많으며, 비옥한 평야가 펼쳐져 참으로 하늘이 만들어준 곡창지대이자 무력을 키울 만한 땅이다. 천하의 요충지로서 큰일이 나면 전쟁이 벌어지기 십상이니 이것이 황해도의 단점이다.

강원도

강원도는 함경도와 경상도 사이에 있다. 서북쪽으로 황해도 곡산부^{谷山府}나 토산현^{兎山縣} 등과 이웃해 있고, 서남쪽으로 경기도와 충청도 두 개 도와 붙어 있다. 산맥 등성이^{〔嶺春〕}가 철령으로부터 남쪽 태백산까지 이어져 하늘 높이 떠 있는 구름인 양 가로질러 뻗어 있다. 산맥 동쪽에는 아홉 개 군이 있으니 바로 흡곡[1]과 통천, 고성, 간성, 양양, 강릉[2], 삼척, 울진, 평해[3]이다.

이 아홉 개 군은 모두 동해 바닷가에 자리를 잡아 남북으로는 1000리나 떨어져 있지만 동서로는 함경도와 마찬가지로 100리도 채 안 떨어져 있다. 산맥 등성이가 서북쪽과 교통을 막고 있으나 동남쪽으로는 바다와 나란하게 이어져 주민들은 멀리까지 오간다. 큰 산 아래에 자리 잡아 지세는 협소하지만, 들로 내려앉은 산지에는 낮고 평탄하며 환하고 빼어난 곳이 많다. 동해는 조수가 없기 때문에 바닷물이 혼탁하지 않아 깊고 푸르러 벽해^{碧海}로 불린다. 차항^{汊港}[4]이나 섬으로 가로막힌 데가 없어서 마

---

1 **원주**: 북쪽으로 함경도 안변과 맞닿아 있다.
2 **원주**: 먼 옛날에 예맥의 도읍지였다.
3 **원주**: 남쪽으로 경상도 영해부^{寧海府}와 맞닿아 있다.

완역 정본 택리지

치 큰 호수나 평탄한 연못을 위에서 내려다보는 느낌이 들 정도로 광활하고 웅장하다.

또 이 땅에는 이름난 호수와 기이한 바위가 많아서 높은 곳에 오르면 끝없이 펼쳐진 푸른 바다를 볼 수 있고, 산골짜기에 들어가면 곱고 예쁘게 펼쳐져 있는 물과 바위를 감상할 수 있으니 풍경이 참으로 나라 안에서 제일간다. 빼어난 풍경을 자랑하는 누대와 정자가 많아서 나라 사람들이 관동팔경關東八景이라 부르니, 흡곡에는 시중대侍中臺, 통천에는 총석정叢石亭, 고성에는 삼일포三日浦, 간성에는 청간정淸澗亭, 양양에는 청초호靑草湖, 강릉에는 경포대鏡浦臺, 삼척에는 죽서루竹西樓, 울진에는 망양정望洋亭이 있다.

아홉 개 군의 서쪽에는 금강산, 설악산, 오대산, 두타산, 태백산 등이 있다. 산과 바다 사이에는 경치가 빼어난 곳이 많고, 골짜기가 깊고 그윽하며, 물과 바위가 맑고 깨끗해서 신선의 기이한 자취를 전해오기도 한다.

주민들은 나들이하고 잔치하는 것을 중시한다. 어른들이 기녀와 악공을 대동하고 술과 고기를 싣고서 호수와 산 사이에서 질탕하게 노니는 것을 좋아한다. 이렇게 노는 것을 큰 일로 간주하므로 자제들이 그 풍속에 물들어 학문에 힘쓰는 자가 적다. 서울·개경과 아주 멀리 떨어져 있어서 예로부터 현달한 자가 드물었다. 오로지 강릉만은 과거에 급제하는 사람을 제법 많이 배출하였다.

또 토지가 매우 척박하여 논에 볍씨 한 말을 뿌리면 겨우 10여 말을 수확한다. 다만 고성과 통천은 논이 일대에서 가장 많고 토지가 그다지 메마르거나 척박하지 않다고 한다. 그에 버금가는 곳이 삼척으로 논에 볍

---

4 바다와 강이 만나는 어귀에 만들어진 항구로 서해와 남해에 많다.

씨 한 말을 뿌리면 40말을 거둔다고 한다. 그러나 이 세 고을에서는 인물이 나오지 않는다.

대체로 아홉 개 군은 어디나 바닷가라서 주민들이 오직 물고기를 잡거나 소금을 구워 생계를 꾸려가고 있으므로 토지가 척박하더라도 부유한 자들이 많다. 다만 서쪽에 있는 산등성이가 너무 높아서 외떨어진 지역이나 마찬가지라 잠시 유람하기는 좋으나 오래 거처할 곳은 아니다.

강릉 서쪽에 대관령이 있고, 대관령 북쪽에는 오대산이 있다. 우통수于筒水[5]가 여기에서 솟아나오니 이곳이 바로 한강의 발원지이다. 대관령 남쪽으로 향하여 쌍계령雙溪嶺과 백봉령白鳳嶺 두 고개를 지나면 두타산이 나온다. 두타산에는 옛사람이 돌로 쌓은 성[6]이 있고, 산 아래에는 중봉사 重峯寺[7]가 있다. 중봉사 북쪽에는 강릉의 임계역臨溪驛[8]이 있다.

고려 때 이승휴李承休[9]가 이곳에서 은거하였고, 근래에 찰방을 지낸 이자李﨎[10]가 벼슬을 버리고 여기에 집을 짓고 살았다. 산 가운데 평지가 조금 있어서 주민들이 논을 만들었다. 계곡과 바위로 이루어진 경관이 대

---

5 강원도 평창군 진부면에 있는 오대산의 해발 1200미터 지점에서 흘러나오는 물로 한강의 발원수이다. 권근權近이 지은 〈오대산 서대 수정암 중창기五臺山西臺水精菴重創記〉에 서대西臺 아래의 우통수에 관한 사연이 실려 있다.

6 두타산성頭陀山城을 가리킨다. 102년에 처음 세워졌고, 1414년에 김맹손金孟孫이 다시 쌓은 성으로 험준한 지형을 이용하여 지었다.

7 어떤 절인지 알 수 없으나 두타산에는 중봉계곡이란 명승이 있어 중봉사와 관련이 있는 듯하다. 이곳에 있는 삼화사三和寺가 고찰로 유명하다.

8 조선 시대 강릉에 위치한 역으로, 보안도保安道에 속해 있었다.

9 자는 휴휴休休, 호는 동안거사動安居士이며, 가리 이씨加利李氏의 시조이다(1224~1300). 고려 충렬왕 때 두타산 간장암看藏庵에 머물며 《제왕운기帝王韻紀》 등을 저술했다.

10 어떤 인물인지 알려진 바 없다. 성해응成海應은 《연경재전집研經齋全集》 외집外集 권64 《명오지名塢志》의 '임계역촌臨溪驛村'에서 "본조의 참봉 이축李蓄도 세상을 피해서 여기에 집을 짓고 살았다〔本朝參奉李蓄, 亦辟世築室其中.〕"라고 하였다. 이축 역시 어떤 인물인지는 명확히 알 수 없다.

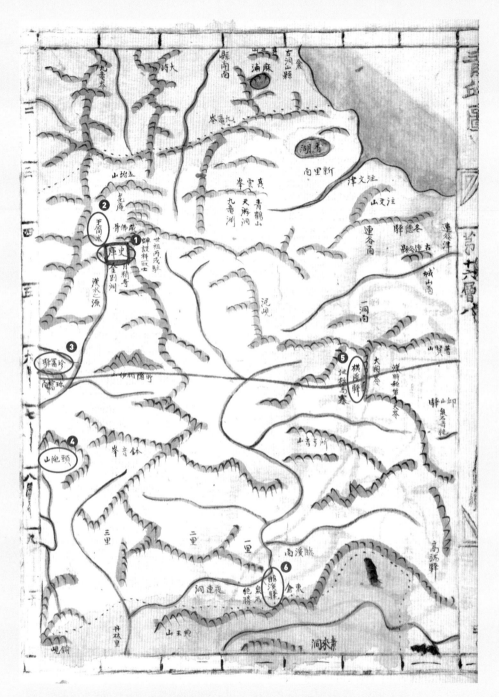

오대산 우통수와 대관령 일대. 《청구도青邱圖》(부분), 1834년, 규장각한국학연구원 소장

오대산에 사고①와 한강의 발원수인 우통수②를 표시해놓았고, 우통수 아래에 한강물의 발원지라고 밝혀놓았다.
우통수의 물이 한강 중심부를 흐르면서 물맛을 일정하게 유지한다고 생각하였다. 오대산 아래로 진부역③과 두
타산④을, 대관령 옆에 주요한 역인 횡계역⑤과 임계역⑥을 표시하였다.

단히 아름다워 농사를 지어도 좋고 물고기를 잡아도 좋으니 이야말로 또 하나의 별천지이다.

계곡물은 영월의 상동上東[11]을 경유하는데 영월읍에 들어서기에 앞서 임계역 서쪽 산기슭의 남쪽에 있는 정선 여량역餘粮驛[12] 마을을 지난다. 우통수가 북쪽에서 흘러와서 여량역 마을을 감싸 안고 흐른다. 강물 양쪽 언덕이 상당히 넓고, 언덕 위의 큰 소나무와 흰 모래밭이 맑은 물살과 어우러져 참으로 은자隱者가 살 만한 곳이다. 논이 없어 유감이기는 하지만 마을 사람들은 모두 풍족하여 만족스럽게 살아간다.

계곡물이 영월읍 동쪽에 이르면 상동의 물과 만나고, 서쪽으로 조금 흘러가서 주천강酒泉江[13]과 만난다. 두 개의 강 사이에는 단종의 능인 장릉莊陵이 있다. 숙종 임금께서는 병자년(1696)에 단종의 위호位號(지위와 호칭)를 추복追復(훗날에 회복함)하고 왕릉을 개봉改封(봉한 것을 다시 고쳐 봉함)하도록 하셨다.[14] 또 이 일에 앞서 장릉 부근에 육신묘六臣廟를 건립하게 하셨으니 대단히 융숭한 조치이다.[15]

---

11 지금의 강원도 영월군 상동읍을 가리킨다.

12 지금의 강원도 정선군 여량면에 있던 역을 가리킨다.

13 강원도 평창군과 횡성군에 걸쳐 있는 태기산에서 발원하여 영월군 수주면, 주천면, 한반도면에 걸쳐 흐르는 강이다.

14 조선 제6대 국왕 단종(재위 1452~1455)은 세조에게 왕위를 빼앗기고 노산군으로 강봉되어 1457년 영월에서 죽임을 당했다. 동강에 버려진 단종의 시신은 엄흥도嚴興道가 몰래 수습하여 암장하였다. 숙종 7년(1681)에 단종을 노산대군으로 추봉하였다가 숙종 24년(1698) 11월 다시 단종으로 추봉하였고, 능호를 장릉으로 정하였다. 따라서 단종으로 추봉한 해는 병자년(1696)이 아니라 무인년(1698)이 맞다.

15 단종의 복위를 꾀하다가 처형당한 사육신 등을 모신 사당의 건립을 말한다. 본디 장릉 옆에 육신창절사六臣彰節詞가 있었는데, 숙종 11년(1685) 강원도관찰사 홍만종洪萬鍾이 개수하여 사육신과 호장 엄흥도, 박심문朴審問 등을 모시고 창절사라 하였다. 그러나 왕릉 옆에 신하의 사당을 둘 수 없다 하여 1795년 육신묘를 영월군 영월읍 영흥리로 이전하였다.

대체로 강원도는 북쪽 회양淮陽에서 남쪽 정선에 이르기까지 모두 산이 험준하고 골이 깊으며, 물은 모두 서쪽으로 흘러 한강으로 들어간다. 주민들은 대부분 화전火田이나 자갈밭을 일궈서 경작하고, 논은 대단히 적다. 바람은 높이 불고 기온이 차서, 땅은 척박하고 백성은 굼뜨다. 두메산골에는 산수가 기이한 곳이 많기는 하나 한때 난리를 피하기에 좋을 뿐 대대로 살기에는 적당하지 않다.

오직 춘천과 원주만은 사정이 조금 낫다. 춘천은 인제 서쪽에 위치하여 수로와 육로로 서남쪽에 있는 한양에 이르며 거리는 200여 리 떨어져 있다. 춘천 읍치 북쪽에 청평산淸平山이 있고, 청평산에는 청평사淸平寺가 있다. 청평사 곁에는 고려 때의 처사處士 이자현李資玄[16]의 곡란암鵠卵菴[17] 옛 터가 있다. 이자현은 왕비의 인척으로서 젊은 시절부터 혼인도 하지 않고 벼슬도 하지 않은 채 이곳에 숨어 살면서 도를 닦았다. 이자현이 죽은 후에 절의 승려가 부도浮屠[18]를 세우고 유골을 안치해두었는데 지금까지도 남아 있다.

청평산에서 남쪽으로 10여 리에 소양강과 맞닿은 땅이 있으니 바로 예맥의 천년 고도古都이다. 이 지역 주변에 우두牛頭[19]라는 큰 들판이 있으니, 한무제가 팽오彭吳[20]를 보내 우두주牛頭州와 소통하게 했다는 곳이다. 산중에 평야가 드넓게 펼쳐져 있고, 두 개의 강(소양강과 모진강)이 흘러들어와

---

16 본관은 인주仁州, 자는 진정眞精, 호는 식암息庵이다(1061~1125). 고려 문종 때 과거에 급제하였고, 27세 되던 해에 대악서령으로 재직하다가 아내를 잃자 세상을 완전히 떠나 청평산으로 들어가 문수원文殊院을 짓고 살았다.

17 《파한집破閑集》에 따르면, 이자현은 그윽하고 깊은 청평산 골짜기에 식암息菴을 지었는데 모양이 고니 알(鵠卵)처럼 둥글었다. 양쪽 무릎을 겨우 꿇을 수 있을 정도의 크기였으나 말없이 앉아서 여러 날이 되어도 나오지 않았다. 이 식암을 곡란암이라 불렀다.

18 지금의 청평사 입구에 서 있는 '청평사 진락공眞樂公 이자현 부도'를 가리킨다.

19 춘천시 우두동 일대의 우두평야이다. 우두주는 신라의 행정구역 이름이다.

풍기가 단단하게 응축되어 있다. 강산이 맑고도 트여 있으며, 토지가 비옥하여 대대로 터 잡고 살아가는 사대부가 많다.

원주는 영월 서쪽에 있고, 강원도 감영이 있다. 서쪽으로 한양과 250리 떨어져 있고, 동쪽으로 대관령 산골로 이어져 있으며, 서쪽은 지평현砥平縣[21]과 인접해 있다. 산골짜기 사이에 들판이 듬성듬성 펼쳐져 있는데 들이 밝고 수려하며 그다지 험준하지 않다. 경기도와 영남 사이에 끼어 있어서 동해의 해산물과 소금, 인삼, 관곽棺槨(시체를 넣는 속 널과 겉 널을 아울러 이르는 말)과 궁전의 목재가 들어오니 강원도의 물산이 모이는 도회이다. 산골과 가까워 난리가 생기면 피해 숨기가 쉽고, 서울과 가까워 난리가 그치면 벼슬하러 가기도 편하다. 그래서 이곳에 살고자 하는 한양 사대부가 많다.

원주 동쪽에는 치악산이 있는데 고려 말에 운곡耘谷 원천석元天錫[22]이 여기에서 은거하면서 제자들을 가르쳤다. 우리 태조께서 잠저潛邸(임금이 되기 전의 시기)에 계실 때 어린 공정대왕恭定大王(태종)을 운곡에게 보내 수학하게 하셨는데, 공정대왕께서는 학업을 마치고 돌아와 18세에 과거에 합격하셨다. 태조가 위화도에서 회군한 뒤에 왕좌를 물려받으려는 낌새를 보이자 운곡은 글을 써서 간언하였다. 세월이 흘러 공정대왕께서 등극하시고 치악산에 행차하시어 운곡을 방문하셨다. 운곡은 자리를 피해 보이지 않았고 단지 예전에 밥을 지어주던 노파만 남아 있었다. 태종께서 운곡 선

---

20 한무제 때 인물로 팽오는 복성複姓이고 이름은 가賈이다. "팽오가 예맥과 조선으로 가는 길을 뚫고 창해군滄海郡을 설치하였다.〔彭吳穿穢貊·朝鮮, 置滄海郡.〕"《한서》 권24)라고 하였다.

21 경기도 양평군 지제면 일대의 옛 행정구역 명이다.

22 자는 자정子正, 운곡은 호이고, 본관은 원주이다(1330~?). 고려 말에 절개를 지킨 학자이다. 혼란한 정국을 개탄하여 치악산에 들어가 살면서 조선 조정에 출사하지 않았다. 저술로는 《운곡행록耘谷行錄》이 남아 있다.

생은 어디 가셨냐고 묻자 태백산에 친구를 만나러 갔다고 노파가 대답하였다. 대왕은 노파에게 후한 상을 내리고, 운곡의 아들을 기천현감에 제수한다는 교지를 남겨두고 떠나셨다.[23] 이를 두고 사람들이 "엄릉嚴陵[24]보다 훨씬 더 고매하니, 환영桓榮[25] 같은 천박한 자에 견줄 바가 아니다"라고 운곡을 평가하였다.

원주 북쪽에는 횡성현橫城縣 읍치가 있다. 산골짜기에서 농지를 개간하여 넓고 환한 들이 시원스럽게 펼쳐져 있고, 물이 맑고 산이 평탄하여 다른 곳과 달리 형용하기 어려운 맑은 기운이 있다. 고을 안에는 대를 이어 사는 사대부들이 많다.

원주 동북쪽으로 오대산의 서쪽 계곡물이 흘러들어오는데, 서남쪽으로 흘러 원주에 이르면 섬강蟾江이 되고, 흥원창興元倉[26] 남쪽으로 흘러들어 충주강忠州江의 하류와 만난다. 마을은 두 개의 강 사이에 자리를 잡고서 두 개의 강을 청룡과 백호로 삼았으니 마을 앞에 모여들어 깊은 못을 이룬다. 오대산 서쪽의 치악산 줄기는 여기에 이르러 완전히 맥이 끊긴다.

---

23 태종이 원천석을 만나러 가서 머물렀던 자리는 강원도 횡성군 강림면에 있는 태종대太宗臺이다. 처음에는 주필대駐蹕臺라고 불렀으나 태종이 다녀간 이후 태종대라고 부르고, 비석과 비각을 세워 보호하였다. 노파에게 스승이 간 곳을 물었다는 빨래터 역시 노고소老姑沼라는 이름으로 남아 있다.

24 후한 때의 고사高士인 엄광嚴光이다. 엄광은 젊었을 때 광무제와 같이 공부하였는데, 광무제가 황제가 된 뒤 간의대부에 제수했으나 나아가지 않고, 부춘산富春山에서 농사짓고 낚시질하며 살았다. 당시 엄릉은 광무제를 만나보았으나 원천석은 태종을 아예 만나지도 않아서 더 뛰어나다고 평한 것이다.

25 후한 때 사람으로 태자소부에 임명되어 광무제에게 수레와 말을 하사받았다. 그는 수레와 말, 인수印綬를 늘어놓고는 유생들에게 "내가 이 하사품을 받은 것은 다 옛것을 공부한 덕분이니, 그대들은 힘써 노력해야 할 것이다."라고 하였다.

26 강원도 원주에 설치한 조창漕倉으로 고려 때에 설치한 열두 개 조창의 하나이다. 원주, 영월, 평창, 정선, 횡성의 전세田稅를 거두어 한양으로 조운하는 요충지이다. 충주에서 서북으로 흐르는 한강의 본류와 원주를 지나 서남으로 흐르는 섬강이 합류하는 지점 인근에 있었다.

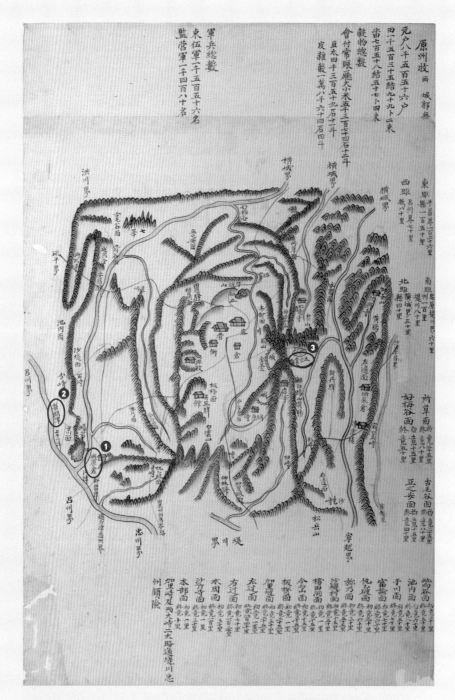

원주의 태종대와 흥원창 일대,《해동지도海東地圖》, 1750년대 초, 규장각한국학연구원 소장

강원도 감영 소재지 원주 일대를 그린 지도로 오대산에서 흘러오는 섬강과 충주에서 흘러오는 충강忠江, 곧 남한강이 흥원창① 남쪽에서 합류하여 여주의 이호梨湖②로 흘러가 여강驪江이 되는 물줄기가 선명하다. 치악산 아래에 태종과 원천석의 전설이 서린 태종대③를 표시하였다.

강 너머 산들이 좌우로 오므려 닫혀[關鎖][27] 있어서 지리가 더할 나위 없이 좋다. 강원도에서 한양으로 향하는 물자가 수송되고 사람이 모이는 장소가 되어 대대로 거주하는 사대부가 많고, 선상船商 무역으로 부자가 된 자들 또한 많다.

옛날 광해군 때 백사白沙 이항복李恒福[28]이 위태로운 처신을 하면서 정충신鄭忠信[29]에게 한강 상류 쪽에 물러나 살 만한 곳을 봐달라고 부탁하였다. 정충신이 이곳에 도착하여 지형을 그려서 바치자 백사가 집을 지으려 했으나 마침 북청北靑으로 유배를 떠나느라 뜻을 이루지 못했다. 내가 일찍이 이곳을 지나다 백사의 사연을 떠올리고 다음 시를 지었다.

강산을 둘러보면 예전과 다름없으니	俛仰江山似昔年
영웅의 안목이라 본디부터 훌륭했구나	英雄眼力故依然
서풍에 왕손王孫 더럽힐 획책을 겁내어[30]	西風恐汚王孫畵
온 집안을 이끌고 상류로 옮기려 했지	欲徙全家上水邊

---

27 관쇄關鎖는 풍수 용어로, 청룡과 백호가 좌우에서 서로 끝부분을 맞잡거나 한쪽이 다른 쪽을 감싸 안아 물이 빠지는 곳이 오므려져 좁아진 상태를 말한다. 이 책에서는 '오므려 닫힘'으로 옮긴다.

28 선조와 광해군 때의 명신으로 본관은 경주이고, 자는 자상子常, 호는 백사白沙이다 (1556~1618). 광해군이 즉위한 후 대북파가 주도한 폐모론廢母論에 반대하다가 1618년에 삭탈관직당했다. 이후 북청으로 유배되었다가 현지에서 죽었다.

29 조선 중기의 무신으로 자는 가행可行, 호는 만운晚雲이다(1576~1636). 광주光州의 통인通印인 그를 이항복이 인정하고 발탁하여 무장으로 성장시켰다. 1618년 인목대비 폐모론에 함께 반대하였고, 이항복이 북청으로 유배를 떠날 때 동행했다. 이괄李适의 난을 평정하고 진무공신 1등으로 금남군錦南君에 봉해졌다.

30 광해군이 인목대비를 폐하고, 영창대군을 죽이려고 모의한 일을 말한다. 이항복은 1613년 인재를 잘못 천거했다는 구실로 북인의 공격을 받고 물러난 뒤 불암산 아래 동강정사東岡精舍를 새로 짓고 동강노인東岡老人이라 자칭하고 지냈다.

그러나 이 지역은 두 개의 강에 바짝 붙어서 논이 없으므로 농업에서 이익을 얻지는 못한다.

마을 동남쪽에 있는 언덕을 넘으면 덕은촌德隱村[31]이 나오는데, 동쪽으로 충주 청룡리青龍里와 인접해 있다. 산골짜기 사이에 논이 많고, 산수가 맑고 그윽하여 숨어 살기에 좋다.

철령과 금강산의 물이 남쪽으로 흘러내려 춘천의 모진강牟津江[32]이 되고, 이어 용진龍津[33]에 이르러 한강으로 흘러 들어간다. 춘천에서 모진강을 건너 서쪽으로는 양구와 김화, 금성, 철원, 평강, 안협, 이천의 일곱 개 고을이 있는데 모두 경기도 북쪽, 황해도 동쪽에 위치한다.

이 가운데 철원부는 태봉泰封의 국왕 궁예가 도읍한 고을이다. 궁예는 신라의 왕자로 젊어서는 무뢰배로 지내다, 장성해서는 죽산竹山과 안성 사이에서 힘을 키워 도적이 되었다. 고구려와 예맥의 땅을 차지하고 왕을 자처하다가 잔학한 짓을 하여 부하에게 쫓겨났다. 태조 왕건이 마침내 뭇 신하들에게 추대되었으니, 궁예는 고려를 위해 길을 닦아준 셈이다.

철원은 강원도에 속해 있기는 하지만 들판에 만들어진 고을이다. 서쪽으로 경기도 장단長湍과 맞닿아 있다. 토지가 척박하기는 해도 넓은 들과 나지막한 산이 넓게 펼쳐져 밝고 시원하며, 두 개의 강(북한강과 한탄강) 사이에 있으니 산골짜기에 자리 잡은 어엿한 도회지이다. 그러나 들판인데도 물이 깊고, 벌레 먹은 듯한 검은 돌[34]이 있으니 놀랍고 기이한 일이다.

---

31 충청북도 충주시 소태면 인근 지역을 가리킨다.
32 강원도 춘천시 사북면 중앙을 흐르는 하천으로 북한강 수계의 일부 구간을 지칭하는 옛 이름이다. 상류는 모진강으로 불렸으나 하류는 오매강吾梅江과 신연강新淵江으로 불렸다.
33 북한강과 남한강이 합수하는 경기도 양근의 나루로 양평 양수리의 옛 이름이다.
34 한탄강 주변을 비롯하여 철원 지역에서 흔히 볼 수 있는 현무암을 가리킨다.

한양에서 출발하여 동쪽으로 용진을 건너고 양근楊根[35]과 지평砥平을 지나 갈현葛峴[36]을 넘으면 강원도 경내로 들어가게 된다. 여기서 동쪽으로 하룻길을 더 가면 강릉부의 서쪽 경계인 운교역雲橋驛[37]이 나온다.

옛날에 나의 선친께서 계미년(1703) 연간에 강릉부사로 부임하셨는데[38] 당시 내 나이 14세였다. 부모님의 행차를 따라가느라 운교역에서 강릉부 서쪽 대관령에 이르렀다. 평지나 높은 고개 따질 것 없이 수많은 나무 사이로 길이 나 있고, 올려다봐도 하늘의 해를 보지 못한 채 무려 나흘 동안이나 길을 갔었다. 그러나 수십 년 전부터 산과 들이 모두 개간되어 농경지가 되었고, 촌락이 서로 이어져서 산에는 한 치 크기의 나무도 안 남아 있었다. 이것으로 미루어볼 때, 다른 고을 또한 같은 실정임을 알 수 있다. 태평성대라 백성들의 수가 점차 불어나는 만큼 산천도 조금씩 피해를 입는 정황이 엿보인다. 옛날 인삼이 나던 곳은 모두 대관령 서쪽 깊은 산골짜기였으나 산은 벌거벗고 들판은 불에 타는 바람에 인삼의 소출이 점차 드물어졌다. 홍수가 나고 산사태가 일어날 때마다 흙이 한강으로 유입되어 한강의 수위가 점차 얕아지고 있다.

---

35 경기도 양평에 속한 옛 지명으로, 양평은 조선 말기에 양근과 지평을 합하여 만들어졌다.

36 양평군 청운면 갈운리에서 횡성군 서원면 유현리 풍수원으로 넘어가는 도덕고개이다.

37 평창군 방림면 운교리 인근에 있던 역참驛站이다.

38 지은이의 부친 이진휴는 1703년 강릉부사로 부임하였다가 그해 9월에 함경도관찰사에 임명되었다. 《숙종실록》 29년(1703) 9월 24일 기사에는 이진휴가 함경도관찰사에 임명되어 강릉에서 바로 부임하였다고 기록돼 있다.

경상도

경상도는 지리가 가장 아름답다. 강원도 남쪽에 있어 서쪽으로는 충청도·전라도와 맞닿았고, 북쪽에는 태백산이 있다. 풍수가風水家가 말하는 하늘로 치솟은 수성(漲天水星)[1]의 형국으로, 태백산 왼편에서 큰 지맥이 하나 나와 동해에 바짝 붙어서 내려오다 동래 바닷가에서 멈추고, 태백산 오른편에서 또 하나의 큰 지맥이 나와 소백산·작성산鵲城山·주흘산主屹山·희양산曦陽山·청화산靑華山·속리산·황악산黃岳山·덕유산·지리산 등을 이루고 남해 바닷가에서 멈춘다. 두 지맥 사이에는 비옥한 평야가 1000리에 걸쳐 뻗어 있다.

황지潢池[2]는 천연 연못으로 태백산 상봉上峯 아래에 있다. 산을 뚫고 물이 솟아나 북쪽에서 남쪽으로 흐르고, 예안禮安에 이르러 동쪽으로 한 번

---

1 장천수성漲天水星은 하늘로 솟은 산들이 구불구불 내려간 모양을 가리키는 풍수 용어이다. 풍수지리에서 산의 모양을 오성五星과 구요九曜로 분류하는데, 수성은 오성의 하나로 산의 능선이 물이 구불구불 흐르듯 큰 굴곡 없이 위에서 아래로 부드럽게 뻗어간 모양을 말한다.

2 강원도 태백시 황지동에 있는 낙동강 발원지이다. 태백시를 둘러싼 태백산, 함백산, 백병산白屛山, 매봉산 등의 줄기를 타고 땅속으로 스며들었던 물이 모여 이루어진 연못으로, 시내를 흘러 구문소를 지난 뒤 경상도를 거쳐 부산의 을숙도에서 남해로 유입된다.

꺾였다가, 서쪽으로 안동 남쪽을 따라 흐른다. 용궁龍宮과 함창咸昌 경계에 이르러 비로소 남쪽으로 꺾이면 낙동강이 된다. 낙동洛東이란 말은 상주尙州(옛 이름이 상락上洛임)의 동쪽이라는 뜻이다. 낙동강은 김해로 흘러 들어가기까지 경상도 한가운데를 가르면서 지나가니 강의 동쪽을 좌도, 서쪽을 우도라 한다. 두 갈래로 나뉜 큰 지맥 역시 김해에서 합쳐지므로 일흔 개 고을이 하나의 수구를 공유하면서 거대한 형국[3]을 이루고 있다.

상고시대에는 도내에 사방 100리 크기의 나라가 매우 많았으나 신라가 나와서 많은 나라를 모두 정벌하여 통일하였다. 신라는 나라를 유지하는 1000년 동안 경주에 도읍하였으니, 옛날에 "계림鷄林은 군자국君子國이다."[4]라고 말한 곳이다. 지금은 동경東京이라 부르며 부윤을 두어 다스리고 있다. 경주의 읍치는 태백산 왼편에서 뻗은 지맥 한가운데 있으니 풍수가가 말하는 용이 휘돌다가 머리를 돌려 처음 일어난 곳을 돌아보는 형국[5]에 해당한다. 서북쪽이 트인 지세로 형국 안을 흐르는 물이 동쪽으로 흘러 큰 강을 이루고 바다로 들어간다. 신라 때의 반월성半月城[6]과 포석정鮑石亭[7] 그리고 괘릉掛陵[8]의 옛터가 남아 있다.

신라가 영남 지역의 모든 나라를 차지하고, 고구려와 백제가 쇠망해가

---

3 국국局의 번역어로 풍수 용어이다. 집터나 묫자리의 혈穴(땅의 기운이 몰려 있는 주요한 자리)과 사砂(혈 주위의 산수가 합해서 하나의 형세를 이룬 곳)이다. 혈에서 내룡來龍(산 능선의 형세)이나 수구(혈을 감싸는 지형에서 청룡과 백호 사이로 흐르는 두 물이 만나는 지점)의 방위에 따라 국을 분류한다.

4 《신당서》 권220 〈동이열전東夷列傳〉에서 당나라 현종이 "신라는 군자국이라 불리며,《시경》과《서경》을 잘 안다.〔新羅, 號君子國, 知詩書.〕"라고 한 이래로 여러 문헌에 언급된 말이다.

5 원문은 회룡고조回龍顧祖로, 산의 지맥이 빙빙 돌아서 조산祖山, 즉 본산本山과 서로 마주하는 형국을 가리킨다.

6 경북 경주시 인왕동에 있다. 신라 때 구릉을 깎아 흙과 돌로 쌓은 성곽으로 이 모양이 반달 같다 하여 반월성 또는 월성이라 한다.

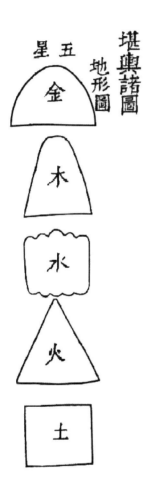

〈지리地理〉,《삼재도회三才圖會》, 국립중앙
도서관 소장

풍수지리의 주요한 개념의 하나인 오성五星
으로,《삼재도회》의 〈지리〉 편에 수록된 그림
이다.《택리지》에는 풍수지리 개념이 적지 않
게 쓰이고 있는데, 오성도 그중의 하나로 산
의 생김새를 설명한다. 금성金星은 부드럽게
둥근 원圓의 모양이고, 목성木星은 손톱처럼
곧은 직直의 모양이고, 수성水星은 구불구불
이어진 곡曲의 모양이고, 화성火星은 불꽃처
럼 날카로운 예銳의 모양이고, 토성土星은 네
모나서 반듯한 방方의 모양이다.

는 틈을 타서 삼국을 통일하였다. 신라 말엽에 진성여왕이 왕위에 올라 법령을 제대로 시행하지 못하고, 불교를 지나치게 숭상하여 사찰이 산골마다 들어찼고, 백성들은 죄다 승려가 되었다. 이에 궁예가 옛 고구려 땅을 점거하여 후고구려라 하고, 견훤이 옛 백제 땅에서 반란을 일으켜 후백제라 하였으나 고려 태조가 나와 후고구려와 후백제를 통합하였다. 그러자 신라는 나라를 바치고 귀속하였다.

신라 때에는 북쪽으로 발해와 거란에 길이 막혀서 오로지 바닷길을 통해 당나라와 교류하였는데, 오가는 사신의 행렬이 끝없이 이어졌다. 교화와 문물⁹에서 중국을 본받아 번듯하게 성취하였으니 높이 평가할 일이다.

고려로부터 우리 조선에 이르는 기간만 해도 거의 1000년 세월인데, 위아래로 수천년 동안 경상도는 장수와 정승, 공경대부, 문장 잘하고 덕행을 지닌 선비, 공훈을 세우거나 절의를 지킨 사람, 선인仙人과 승려, 도사道士 등을 많이 배출하여 인재의 창고라 일컬어졌다. 우리 조선조에서 선조 임금 이전에 국정을 담당한 사람은 모두 경상도 사람이었고, 문묘文廟에 배향된 네 명의 현자¹⁰ 역시 경상도 사람이었다.

───────

7 경주시 배동에 있는 통일신라 때의 정원 시설물이다. 돌로 구불구불한 도랑을 만들고 도랑을 따라 물이 흐르게 하였다. 귀족들은 물줄기 둘레에 둘러앉아 흐르는 물에 잔을 띄우고 시를 읊으며 화려한 연회를 벌였다.

8 신라 때의 봉분 방식으로, 조선 시대 경주부에서 간행한《동경잡기東京雜記》에는 작은 연못을 메우고 왕릉을 조성했는데, 능의 내부 현실에 물이 고여서 바닥에 관을 놓지 못하고 허공에 걸어놓아 붙여진 이름이라 설명하였다.

9 원문은 성명문물聲名文物로《춘추좌씨전春秋左氏傳》환공桓公 2년 조의 "문물로 벼리를 삼고, 성명으로 발현한다.〔文物以紀之, 聲明以發之.〕"에서 나온 말이다. 성명聲明 또는 성명聲名은 교화라는 말이고, 문물은 문화라는 뜻이다.

10 한훤당寒暄堂 김굉필金宏弼, 정암靜菴 조광조趙光祖, 회재晦齋 이언적李彦迪, 퇴계 이황을 가리킨다. 여기에 일두一蠹 정여창鄭汝昌을 합하여 다섯 명의 현자라고 하고, 광해군 2년(1610) 문묘에 종사從祀하였다.

인조 임금께서 율곡 이이와 우계牛溪 성혼成渾, 백사 이항복의 문생 또는 자손들과 함께 반정을 일으켰고, 이때부터 한양의 경화세족京華世族 출신들만 기용하였다. 최근 100년 사이에 영남 출신으로 판서에 오른 사람은 두 명뿐이고, 참판에 오른 사람은 네다섯 명, 정승에 오른 이는 단 한 명도 없다. 영남인이 차지한 관직은 높이 올랐다고 해봐야 삼품三品에 불과하고, 아래로는 지방 주현州縣의 원님에 불과하였다.

그러나 선인들이 남긴 풍습과 영향은 이제껏 사라지지 않아서 예의와 문물을 숭상하는 풍속이 남아 있으니, 지금도 과거에 급제하는 사람의 수가 어느 도보다 많다. 경상 좌도는 토지가 척박하고 백성이 곤궁하기는 해도 문사가 많고, 경상 우도는 토지가 비옥하고 백성이 부유하여 사치하기를 좋아하지만 게을러서 학문에 힘쓰지 않기에 귀하게 되고 현달한 선비가 드물다. 이것이 대략의 영남 풍속이다. 그렇지만 토지가 비옥하고 척박한 정도가 고을마다 다르고, 인재는 여기저기에서 배출된다.

예안과 안동, 순흥順興, 영천榮川, 예천醴泉 등의 고을은 태백산과 소백산 남쪽에 있는데 신령神靈이 서린 복된 땅이다. 큰 산 아래의 평탄한 산지와 넓은 들녘은 밝고 수려하며 흰 모래와 단단한 흙은 기운과 빛깔이 완연히 한양과 같다.

예안은 퇴계退溪 이황李滉의 고장이고, 안동은 서애西厓 유성룡柳成龍의 고장이니, 고을 사람들이 두 분이 지내던 곳에 사당을 세워두고 제사를 올린다. 그러므로 이 다섯 고을은 이웃하여 서로 가깝게 지내고, 사대부가 매우 많으니 모두 퇴계와 서애 문인의 자손들이다. 윤리를 밝히고 도학을 중시해서 아무리 궁벽한 촌락이나 작은 마을일지라도 어디서나 책 읽는 소리가 들리고, 해진 옷을 입고 쓰러져가는 집에 살아도 역시 다들 도덕과 성명性命을 말한다. 그러나 근래에는 풍속이 점점 쇠약해져서 질박하고 공손하기는 해도 구속됨이 많고 악착같으며, 실질은 적고 떠벌리고 다투기를 즐기니 이로써 그들이 선조들보다 못함을 알 수 있다. 그렇기는 해도 좌도의 많은 고을은 어디나 이들 다섯 고을보다 못하다.

안동부의 읍치는 화산花山[11] 남쪽에 있다. 황수潢水가 북동쪽에서 흘러와 여기에 이르고, 청송의 읍천邑川[12]은 임하臨河에서 흘러와 여기 이른다. 두 물은 안동 동남쪽에서 만나 읍성을 감싸고 돈 후에 서남쪽으로 흘러간다. 안동 남쪽에는 영호루映湖樓[13]가 있다. 고려 공민왕이 남쪽으로 몽진하였을 때 이 누각에서 자주 잔치를 벌였다. 누각의 편액 글씨는 바로 공민왕이 쓴 것이다. 영호루 북쪽에는 신라 때의 고찰[14]이 있었으나 지금은 폐사廢寺가 되어 승려가 없다. 다만 사찰의 정전正殿이 들판 사이에 따로 떨어져 있으나 조금도 기울거나 무너지지 않아서 사람들이 노나라의 영광전靈光殿[15]에 비유한다. 안동 서쪽에는 서악사西岳寺[16]가 있고, 서악사에는 관제묘關帝廟와 석상이 있는데 임진왜란 때 왜적을 토벌하던 명나라 장수가 지었다. 안동 동남쪽에는 귀래정歸來亭[17]이 있는데 유수를 지낸

---

11 안동시 풍천면 병산리에 있는 산으로 높이는 해발 460미터이다.

12 《조선지형도》에서는 '읍전천邑前川', 곧 '읍 앞에 있는 내'로 표기했으며,《대동여지도》에서는 '남천南川'이라 표기했고, 지금은 '용전천龍纏川'이라 한다.

13 안동시 정하동에 있는 고려 시대 정자이다. 공민왕이 1361년에 홍건적의 침입으로 개경이 함락되자 안동으로 몽진하였다. 이때 자주 영호루에 나아가 군사훈련을 참관하고 군령을 내렸으며, 배를 타고 유람하거나 물가에서 활을 쏘며 심회를 달랬다. 홍건적이 물러나고 개경으로 환도한 후에도 이곳을 잊지 못하여 1366년 겨울에 친히 영호루 석 자를 써서 판전교시사 권사복權思復을 불러들여 면전에서 주었다. 영호루는 여러 번의 물난리로 유실과 중수가 거듭되어 지금에 이르고 공민왕의 현판 역시 지금까지 전해진다.

14 지금의 영호루 북쪽에 통일신라 시대의 유적으로 추정되는 평화동平和洞 삼층석탑만이 남아 있다.

15 한나라 경제의 아들 노공왕이 세운 전각으로 산동성 곡부현 동쪽에 있었다. 한나라 중기에 도적들에 의하여 미앙궁未央宮과 건장궁建章宮 등은 다 무너졌으나 영광전만은 그대로 보존되었다.

16 안동시 태화동에 있는 사찰이다. 이 절의 동북쪽에 관왕묘가 있는데 1598년 명나라 장수 설호신薛虎臣이 지었다고 전한다.

17 안동시 정상동에 있는 정자로 와부탄瓦釜灘, 지금의 반변천가에 있다.

이굉李浤[18]이 지었고, 동쪽에는 임청각臨淸閣[19]이 있어 고성 이씨가 대대로 살고 있다. 영호루와 더불어 고을의 명승지이다.

안동 북쪽으로 얼추 200리 되는 거리에 태백산이 있고, 태백산 아래에는 내성奈城과 춘양春陽, 재산才山, 소천召川 네 곳의 촌락이 있으니 모두 깊은 산골이다. 산골 백성들이 옹기종기 모여 마을을 지키면서 강원도 바닷가의 생선과 소금을 교역하여 이익을 얻고 있다. 여기도 전쟁을 피하거나 세상을 피해 숨어 살 만하다. 네 곳의 촌락 동쪽에 영양英陽과 진보眞寶 두 고을이 있는데, 풍속이 대체로 같다. 진보에서 동쪽으로 읍령泣嶺[20]을 넘으면 영해寧海가 나오는데, 북쪽으로 강원도 평해와 맞닿아 있다.

안동에서 남쪽으로 황수를 건너면 팔공산이 있고, 팔공산 북쪽이자 황수 남쪽에 의성을 비롯한 여덟아홉 개의 고을이 있으며, 이 고을 동남쪽에는 경주가 있다. 북쪽 영해로부터 남쪽 동래에 이르기까지 산맥 등성이〔嶺脊〕너머로 아홉 개 고을이 있는데 이들 또한 지형이 남북으로 길고 동서로 협소하다. 모두 바닷가에 바짝 붙어서 생선과 소금을 팔아 이익을 얻는다. 경주가 아홉 개 고을 가운데 가장 큰 도회지이다. 여전히 옛 도읍의 풍속이 남아 있고, 우리 조선의 인물로 회재 이언적의 고장이기도 하다.

팔공산 남쪽에는 대구가, 서쪽에는 칠곡이, 동남쪽에는 하양河陽과 경산, 자인慈仁 등의 고을이 있다. 도내에는 적을 방어하기에 적합한 성곽이

---

18 자字는 심원深源, 호는 낙포洛蒲, 본관은 고성이다(1441~1516). 1480년 병과에 급제, 개성부유수를 지냈다. 1513년에 선친의 유지를 받들어 안동에 귀래정을 지었다.

19 세종 때 좌의정을 지낸 이원李原(1368~1429)의 여섯째 아들인 영산현감 이증李增이 안동에 정착하였는데, 그의 셋째 아들 형조좌랑 이명李洺이 세웠다. 조선 후기에 안동의 명승지로 유명하였다. 일제가 의도적으로 이곳에 철도를 건설함으로써 풍광을 훼손하고, 임청각의 행랑채 일부와 문간채, 중층 문루도 헐어냈는데 현재 복원을 추진하고 있다.

20 영양군 영양읍에서 영덕군으로 넘어가는 산마루로 '울티' 또는 '울팃재'라고 부른다.

없고 오로지 칠곡 읍치에만 성곽[21]이 만길 높이 산 위에 자리 잡았는데 남북으로 뻗은 큰길을 가로막고 있어서 요충지이자 큰 방어 거점이다.

대구는 감사의 치소가 있는 고을이다. 사방이 산으로 높게 둘러싸여 있으며 가운데에 큰 들판이 펼쳐져 있다. 들판 가운데로 금호강이 지나가는데 동쪽에서 서쪽으로 흘러 낙동강 하류와 만난다. 대구 읍치는 금호강 남쪽, 경상도 중앙에 위치하여 남북의 경계에 이르는 거리가 비슷하다. 또한 풍광도 빼어나고 도회지로서 입지도 훌륭하다.

대구 동남쪽에서 동래에 이르는 지역에는 여덟 개 고을이 있는데, 토지는 비옥하지만 왜국倭國과 가까워 살 만한 곳이 못 된다. 오직 점필재佔畢齋 김종직金宗直의 고향인 밀양과 한훤당 김굉필의 고향인 현풍玄風만이 낙동강을 끼고 바다와 가까워서 생선과 소금을 팔아 이문을 남기고, 뱃길의 이로움을 누린다. 이들은 또한 번화하고 경치가 빼어난 고을이다. 한양의 역관 무리들은 이곳에 귀중한 재물을 많이 쟁여두고서 왜국과 교역하여 이익을 얻는다.

밀양 동남쪽에 동래가 있다. 동남쪽 바닷가 고을로 일본인이 우리나라에 상륙할 때 처음 발을 내디디는 땅이다. 임진왜란 이전에 동래의 남쪽 바닷가에 왜관倭館[22]을 처음 설치하였다. 왜관 둘레는 수십 리로, 목책木柵을 설치하여 경계를 만들고 병졸을 두어 지키면서 우리나라 사람들이 출입하며 오가는 행위를 금지하였다.

---

21 칠곡군 가산면 가산리에 위치한 가산산성架山山城을 가리킨다. 높이가 해발 901.6미터에 이르는 험준한 골짜기를 이용하여 내성, 중성, 외성으로 축성한 요새이다. 현재 사대문지와 암문, 수구문, 건물지 등의 시설이 남아 있다. 성안에 물이 풍부하여 외적이 쳐들어왔을 때 주변 고을 주민들과 군사들이 식량과 가재도구 등을 챙겨 들어가 적들이 물러갈 때까지 주둔하면서 방어하는 산성입보의 시설을 갖추고 있다.

22 15세기 초에 일본인이 입항할 수 있는 포구를 부산포釜山浦, 웅천熊川의 제포薺浦로 한정해두고 여러 시설을 설치하였다. 그 뒤에 울산의 염포鹽浦가 추가되어 이들을 '삼포왜관三浦倭館'이라 불렀다.

해마다 대마도 사람들이 도주島主의 문서를 받아서 수백 명을 이끌고 왜관에 와서 머물렀다. 조정에서는 경상도의 조세를 일부 떼어서 왜관에 머문 왜인에게 주었는데, 왜인은 이 중 절반을 도주에게 바치고, 절반을 남겨두어 사용하였다. 그자들은 특별히 하는 일 없이 다만 조선과 일본 간의 서신 왕래와 재화를 교역하는 일을 맡아보았다. 교역할 때도 물건 대금을 바로 주지 않고 순서대로 해마다 조금씩 나누어 지급하기로 약속하니, 이를 피집被執23이라 한다. 일본에는 온 나라에 장독瘴毒이 낀 샘이 많아서 풍토병이 많이 발생하는데, 인삼을 물통에 넣어두면 탁한 장독이 가신다. 그러므로 인삼을 대단히 소중하게 여겨 먼 지역에 사는 왜인들이 모두 대마도에서 구입한다. 조정에서 해마다 공급하는 일정한 수량을 정해두고 사적인 거래를 엄격히 금한다. 그러나 이익이 크기 때문에 심지어 목을 베는 형벌을 내려도 막지 못한다. 근래 들어 금령이 조금씩 느슨해지자 사사로이 금령을 어기는 이들이 많아져서 우리나라에서 날이 갈수록 인삼 값이 뛰고 품귀 현상이 일어난다.

옛날에 장헌대왕께서 장수를 파견하여 대마도를 토벌하여 평정하고는24 관리를 두어 다스리지 않고 다시 도주에게 돌려주었다. 그때는 아마도 왜관이 없었을 터이니 이 제도가 언제부터 시작되었는지 모르겠으

---

23 먼저 물품을 구입하고 대금은 나중에 분할 지급하는 상거래를 가리킨다. 조선 시대에 일본과 무역할 때 상품의 대가로 무명을 내주었는데(이를 공목公木이라 불렀다), 영조 때부터 인삼을 사서 일본 상인에게 대납하는 방식이 도입되었다. 19세기에 인삼이 귀해지고 일본 상인도 다시 공목을 원하면서 그 제도가 혁파되었다(《만기요람萬機要覽》).

24 1419년의 대마도 정벌, 일명 기해동정己亥東征을 말한다. 1418년 대마도에 흉년이 들어 식량이 부족해지자 왜구들이 명나라 해안으로 향하다가 조선의 비인현庇仁縣 도두음곶都豆音串과 해주 해안을 약탈하였다. 조선은 다음 해에 삼군도체찰사 이종무李從茂를 비롯한 장수들에게 삼남의 병선 227척, 병사 1만 7000명을 주었고 군대는 마산포를 출발하여 대마도를 원정하였다. 당시 일본에서는 규슈[九州]의 제후를 총동원하여 대마도를 방어하였기 때문에 원정군이 대마도 전체를 토벌하지는 못했으나 큰 타격을 주고 그해 6월에 회군하였다.

나 사실상 아무런 의미가 없는 짓이다. 대마도는 본디 왜국에 속하지 않고 두 나라 사이에 끼어 있다. 일본 핑계를 대며 우리나라에게 무언가를 요구하거나, 우리나라 핑계를 대고 왜국에서 좋은 대우를 받으며 박쥐같은 짓을 하고 이익을 취할 뿐이므로 토벌하여 복속시키는 것이 상책이다. 여의치 않으면 도주로 하여금 해마다 한 번씩 조회하게 하고 신하로서 복종한다면, 앞서 준 금액 정도를 상으로 내리면 좋을 것이다. 그러나 왜관을 지어 머무르게 하고 조세를 실어다가 그들에게 주는 지경에까지 이르렀다. 이는 공물을 바치는 일이나 마찬가지여서 명분이 똑바르지 않으므로 서둘러 없애야 옳다.

대개 대마도는 토지가 척박한 데다 인구가 많고 조밀하여 고려 말에 바다에서 도적질한 해적은 모두 이 섬의 주민들이다. 그자들을 달래서 도적질하지 못하게 하려는 제도라고 하지만 임시방편에 불과할뿐더러 선례도 없다. 더구나 우리 땅에 들어온 다음에 복색을 바꾸고 우리말을 배워 나라의 일을 정탐할 우려가 있다. 또 임진왜란 때에는 아무 이유 없이 철수하였으니, 두 나라가 전쟁할 때에는 털끝만큼이라도 도움을 주기는커녕 도리어 해만 끼쳤음을 잘 알 수 있다. 그러나 시행한 지가 이미 오래된지라, 갑자기 갈등을 일으키는 것도 좋지 않다. 마땅히 먼저 군대의 위세를 떨친 후에 다시 조약을 맺어야 할 일이다.

경상 우도에서 문경은 조령[25] 밑에 있다. 북쪽으로 험준한 주흘산이 위세를 떨치고 있고, 남쪽으로 견탄大灘[26]이 굳세게 자리 잡고 있으며, 서쪽에는 희양산과 청화산, 동쪽에는 천주산天柱山과 대원산大院山이 있다. 사

25　경북 문경시와 충북 괴산군 사이에 있는 고개이다.
26　문경시 호계리 인근에 있으며, 용연龍淵의 하류이다. 이곳에는 견탄진大灘津이란 나루가 있었다. 권근은 《양촌집》제12권의 〈견탄원루기大灘院樓記〉에서 "호계현虎溪縣 북쪽에 있고, 온 나라에서 가장 중요한 요충要衝이자 한 도道에서 가장 험한 요새이다." 라고 평했다.

방을 에워싼 산 가운데 들이 자못 넓게 펼쳐져 있다. 영남 경계에 있는 첫째 고을로, 남북으로 통하는 큰길에 자리 잡고 있다. 임진왜란 때에 왜적이 북상하여 견탄에 이르렀을 때 크게 두려워하다가 염탐하여 지키는 부대가 없음을 확인한 후에 비로소 지나갔다. 조령에 이르러서도 마찬가지였다.[27] 그러나 문경은 바위로 둘러싸인 고을로 겹겹의 험준한 산지에 위치하므로 풍수가가 말하는 탈살脫殺이 덜 된 곳[28]이다.

문경 남쪽에는 함창咸昌의 들판이 펼쳐져 있고, 함창 남쪽에는 상주가 있다. 상주는 일명 낙양洛陽으로 조령 아래의 큰 도회지이다. 산이 웅장하고 들이 넓으며, 북쪽으로 조령이 가깝고 충주와 경기도로 통하며, 동쪽으로 낙동강이 있어서 김해와 동래까지 통한다. 물건을 말로 운반하고 배로 실어가며 남쪽과 북쪽에서 수로와 육로를 통해 장사치가 모여드니 무역과 운송이 편리하기 때문이다. 이 지방에는 부유한 자들이 많고, 이름난 선비와 현달한 관리도 많이 배출되었다. 우복愚伏 정경세鄭經世[29]와 창석蒼石 이준李埈[30]이 상주 사람이다.

---

27 임진왜란 당시 신립申砬 장군이 전략상 요충지인 문경새재를 포기하고 평지인 탄금대에서 8000여 명의 군사로 배수진을 치고 싸워 몰살당한 전술상의 패착을 말한다.

28 풍수에서 '살殺'은 형체의 억셈과 단단함, 날카로움과 뾰족함, 험함과 급함, 곧음을 모두 포함하는 표현이다. 탈살은 이런 살을 벗어난 지형을 가리키는데 이후에는 '살기를 벗어난 곳'으로 번역한다. "탈살이 덜 된 곳"은 산세가 험하여 흉살凶殺의 기운이 남아 있는 지역이라는 말이다.

29 본관은 진주, 자는 경임景任, 호는 우복愚伏으로 유성룡의 문인이다(1563~1633). 1586년 문과에 급제하였으며 임진왜란이 일어나자 의병을 일으켰다. 광해군 때 정인홍鄭仁弘과 반목한 끝에 삭직되었다가 인조반정 후에 이조판서 겸 대제학에 올랐다. 저서에 《우복집》과 《주문작해朱文酌解》 등이 있다.

30 본관은 흥양, 자는 숙평叔平, 호는 창석蒼石으로 유성룡의 제자이다(1560~1635). 1591년 문과에 급제하였으며 임진왜란이 일어나자 정경세와 함께 의병을 일으켰고, 1627년 정묘호란 때 역시 의병을 모집하였다. 정인홍과 반목을 거듭하였으며, 인조 때 부제학에 올랐다.

상주 서쪽에는 화령火嶺[31]이 있고, 화령의 서쪽 지역은 충청도 보은 땅이다. 화령은 소재蘇齋 노수신盧守愼의 고장이고, 동쪽에는 인동仁同이 있으니 바로 여헌旅軒 장현광張顯光의 고장이다. 남쪽은 선산善山으로 산천이 상주보다 더욱 밝고 빼어나다. 속담에 "조선 인재는 절반이 영남에서 나고, 영남 인재는 절반이 선산에서 난다."[32]라고 할 정도로 옛날부터 학문에 뛰어난 선비들이 많았다. 임진왜란에 참전한 명나라 군사가 이곳을 지나갈 때 술사術士가 우리나라에 인재가 많은 것을 꺼려서 군졸을 시켜 고을 뒤편의 산맥을 끊고 벌겋게 달아오른 숯으로 뜸질을 하게 하였다. 또 큰 쇠못을 박아 땅의 정기를 눌렀으니 이때부터 땅이 쇠잔하여 인재가 나오지 않는다.

김산金山[33] 서쪽에는 추풍령[34]이 있고, 추풍령 서쪽에는 황간黃澗이 있다. 황악산과 덕유산 동쪽에서 흘러나온 물이 만나 감천甘川을 이루고 동쪽으로 흘러 낙동강에 합류한다. 감천 유역의 고을은 지례知禮, 김산, 개령開寧, 선산으로 모두 물대기가 편리한 이점을 누려서 논이 대단히 비옥하다. 주민들이 이 땅에 편안하게 살면서 죄짓기를 겁내고 사악한 짓을 멀리하기 때문에 대대로 터 잡고 사는 사대부가 많다. 김산은 판서를 지낸 최선문崔善門[35]의 고장이다. 선산에는 금오산이 있으니 곧 주서注書를

---

31 소백산맥의 줄기를 타고 조령과 추풍령 중간에 자리 잡은 화령재(火嶺峙)를 가리킨다.

32 노경임盧景任(1569~1620)은 《경암집敬菴集》〈숭선지서崇善誌序〉에서 "세상에서 이른 바 조선 인재는 절반이 영남에서 나고, 영남 인재는 절반이 선산에서 난다는 말을 어찌 믿지 않겠는가![世所謂: 朝鮮人才, 半在嶺南; 嶺南人才, 半在善山者, 豈不信歟!]"라고 말했다.

33 경북 김천 지역의 옛 지명이다.

34 충북 영동군 추풍령면과 경북 김천시 봉산면 경계에 있는 고개이다.

35 본관은 화순, 자는 경부慶夫, 호는 동대東臺이다(?~1455). 문종 때 이조판서에 제수되었으나 부임하지 않고, 뒤에 공조판서를 지냈으나 단종이 수양대군에게 양위하자 사직한 뒤 끝내 관직에 나아가지 않았다. 김산에 있는 경렴서원景濂書院에 배향되었다.

지낸 길재吉再의 고장이다. 최선문은 노산군魯山君에게 충절을 지켰고, 길재는 고려에 충절을 지켰다.

감천 남쪽에는 선석산禪石山[36]이 있고, 선석산 남쪽에는 성주와 고령이 있는데, 고령은 옛 가야국 지역이다. 또 고령 남쪽에는 합천이 있으며 이들은 모두 가야산 동쪽에 있다. 세 고을의 논은 영남에서 가장 비옥해서 파종을 적게 해도 곡식을 많이 수확한다. 그러므로 대대로 이 땅에 정착해 사는 사람들은 모두 살림이 넉넉해서 다른 곳으로 이주하는 이가 없다. 성주는 산천이 밝고 수려하며, 고려 때부터 이름난 사람과 현달한 선비가 많았고, 우리 조선에 이르러서는 동강東岡 김우옹金宇顒과 한강寒岡 정구鄭逑가 이 고을에서 나왔다.

합천 남쪽은 삼가三嘉로 남명南溟 조식曺植의 고장이다. 김우옹과 정구, 그리고 정인홍은 남명의 문인이다. 정인홍이 학자로 자처하며 남명을 높이고 퇴계를 공격하였는데, 따르는 학자들이 매우 많아서 사방에서 악영향을 많이 받았다. 동강은 벼슬을 그만두고 전원으로 돌아올 때 정인홍을 피해 고향인 성주로 돌아가지 않고 청주의 정좌산鼎坐山[37] 아래에 터를 잡고 살다가 생을 마쳤다. 정인홍은 광해군 때 대북大北의 우두머리로 영의정에까지 올랐으나 인조반정에 이르러 저잣거리에서 죽임을 당하였다. 성주 사람들이 의로운 일을 행하기 좋아하고, 집안이 보존된 것은 동강과 한강이 남긴 은택 덕분이다.

덕유산 동남쪽에는 안음현安陰縣[38]이 있으며 동계桐溪 정온鄭蘊의 고장이다. 정온은 관직이 이조참판에까지 올랐다. 병자호란 때 청나라 군대가

---

36 성주군 월항면과 칠곡군 약목면, 북삼읍 경계에 있는 산을 가리킨다.
37 지금의 세종특별자치시 연서면에 위치한 산이다.
38 경남 함양군 안의면 일대의 옛 행정구역 명으로, 1767년 이름이 안의安義로 바뀌었고, 1914년 함양군에 통합되었다.

남한산성을 포위했을 때 정온은 명나라를 배반하고 청나라에 항복해서는 안 된다고 주장하였다. 인조가 남한산성을 나가 항복하자 정온은 칼로 배를 찔러서 기절하였다. 그의 자제들이 창자를 도로 집어넣고 배를 꿰매었더니 한참 지나 정신이 돌아왔다. 청나라 군대가 돌아간 후에 바로 고향으로 내려가 종신토록 조정에 출사하지 않았다.

안음 동쪽에는 거창이, 남쪽에는 함양과 산음山陰[39]이 있고 이들은 지리산 북쪽에 있다. 이 네 개의 고을은 모두 토지가 비옥하다. 함양은 특히 산수굴山水窟[40]이라 불리며 거창, 안음과 함께 이름난 고을이다. 오직 산음만은 기운이 흐리고 어두워서 살 만한 곳이 못 된다. 네 고을의 물이 만나 영강瀯江[41]을 이루고 진주 고을 남쪽을 돌아서 낙동강으로 흘러 들어간다.

진주는 지리산 동쪽에 있는 큰 고을로 장수와 정승을 많이 배출하였다. 토지가 비옥한 데다 강산의 풍광도 빼어나서 사대부들이 부유함을 자랑하여 저택과 누정 가꾸기를 즐겼다. 이들은 설령 벼슬을 하지 않아도 잘 노는 귀공자라는 이름은 떨치고 있다. 임진왜란 때 진주가 왜적에게 함락당했을 때 창의사倡義使 김천일金千鎰[42]과 병사兵使 최경회崔慶會[43]가 싸우다 죽었다. 지역 사람들이 사당을 세워서 제사를 올리고, 조정에서는 충렬사忠烈祠[44]를 사액하여 표창하였다.

---

39 산청군의 옛 명칭이다.

40 산이 높고 물이 많은, 경치가 좋은 고장을 가리킨다.

41 진주 남강의 옛 명칭으로, 덕유산에서 발원하여 덕천강德川江과 합류하고, 진주에서 북동으로 유로流路를 바꾸어 함안군 대산면에서 낙동강과 합류한다. 남강 또는 촉석강矗石江으로 불리기도 한다.

42 자는 사중士重, 호는 건재健齋, 본관은 언양이다(1537~1593). 호남에서 명망이 높았던 이항李恒의 문하에서 수학하였다. 임진왜란이 일어나자 의병을 조직하여 왜군을 물리쳤다. 1593년 6월에 진주성에서 왜적과 싸우다가 성이 함락되자 자결하였다.

숙종 때 어떤 진주목사가 사당을 중수重修하려고 병사兵使에게 도움을 청하였으나 병사가 들어주지 않았다.[45] 목사가 홀로 녹봉을 털어서 중수하자 사당의 모양이 새롭게 바뀌었다. 목사가 밤에 꿈을 꾸었더니 여러 장수가 감사 인사를 하고서 말하기를, "공께서는 문관인데도 우리를 잊지 않고 있거늘 저 병사는 장수의 처지로 돌아보지도 않으니 마땅히 그 죄를 다스리겠습니다."라고 하였다. 새벽이 되어 병사가 밤사이 갑자기 죽었다는 소식이 들려왔으니 귀신이 작용하는 바가 없다고 할 수 없다.

진주 동쪽에는 의령과 초계草溪가 있는데, 진주와 풍속이 대체로 같다. 영강 남쪽에 있는 열세 개 고을에는 예로부터 현달한 사람이 적다. 바다와 가까워서 일본과 인접해 있고, 물에 모두 장기瘴氣(축축하고 더운 땅에서 생기는 독한 기운)가 있어서 살 만한 곳이 못 된다. 오직 하동은 일두一蠹 정여창鄭汝昌의 고장으로 지리산 남쪽에 있으며, 전라도 광양현光陽縣과 맞닿아 있다. 그러므로 "경상 좌도는 귀하게 되고 경상 우도는 부유하게 된다."라고 한다. 1000년 동안 이름난 마을이 군데군데 있기는 하지만 땅이 외져 경성에서 멀기 때문에 이 지방 사람이 아니면 사대부들이 불쑥 여기로 가기가 쉽지 않다. 땅의 형세로 인해 닿기도 어렵고 소요 시간도 길어 쉽게 가기 어렵다.

---

43 자는 선우善遇, 호는 삼계三溪, 본관은 해주이다(1532~1593). 양응정梁應鼎과 기대승奇大升에게 수학하였으며, 1567년 문과에 급제하였다. 임진왜란이 일어나자 의병을 모집하여 1593년 6월에 진주성에서 항전하다가 성이 함락되자 자결하였다.

44 진주성 전투 때 전사한 충신들의 신위는 진주시 남성동의 창렬사彰烈祠에 모셔져 있다. 창렬사는 1595년 경상감사 정사호鄭賜湖가 건립하였고, 1607년에 사액되었으며, 1712년 병사 최진한崔鎭漢이 중수하였다. 일부 문헌에는 창렬사가 충렬사라고 기록돼 있다.

45 충렬사의 내력을 기록한 《충렬실록忠烈實錄》에 《택리지》 기사를 수록하고 당시의 진주목사가 홍경렴洪景濂(1645~?)임을 밝혔다. 《계서야담》 권5에서도 《택리지》 기사를 싣고 홍경렴의 음덕으로 자손이 문과에 급제했다고 했다.

전라도

전라도는 동쪽으로는 경상도와 맞닿고, 북쪽으로는 충청도와 맞닿아 있다. 본디 백제 땅으로 후백제의 견훤이 신라 말에 이 지역을 점령하고 고려 태조와 여러 차례 전투를 벌여 태조를 자주 위험에 빠트렸다. 태조는 견훤과 그 아들을 평정한 뒤로 백제 사람을 미워하였다. 그래서 차령 이남은 물이 모두 개경을 등지고 흐른다는 이유를 들어 차령 이남 사람을 등용하지 말라는 유훈을 남겼다.¹ 고려 중엽에 이르도록 간혹 재상에 등용된 이가 나타나긴 했으나 그것은 드문 일이었다. 우리 조선에 들어와서 이 금령은 마침내 사라졌다.

전라도는 토지가 넉넉하고 비옥하며, 서쪽과 남쪽이 바다를 접하고 있어서 생선과 소금, 메벼와 벼, 비단실과 무명실, 모시와 닥종이, 대나무와 목재, 귤과 유자 등의 작물에서 이익을 많이 얻었다. 풍속이 음악과 여

---

1 고려 태조가 남긴 〈훈요십조訓要十條〉 여덟째 조목에 "차현車峴 이남의 공주강 밖으로는 산 모양과 지세가 모두 배반하고 거스르는 추세이거니와, 인심도 마찬가지이다. 저 아랫녘 군민이 조정에 참여해 왕후나 국척國戚과 혼인을 맺고 국정을 잡게 되면 나라를 어지럽히거나, 통합의 원한을 품고 임금을 범하거나 난을 일으킬 수 있다.〔車峴以南, 公州江外, 山形地勢, 並趨背逆, 人心亦然. 彼下州郡人, 參與朝廷, 與王侯國戚婚姻, 得秉國政, 則或變亂國家, 或銜統合之怨, 犯蹕生亂.〕"라고 말한 내용에 뿌리를 두고 있다.

자, 사치를 숭상하고, 경박하고 교활한 사람이 많으며 학문을 중시하지 않는다. 따라서 과거에 급제하여 현달한 사람이 경상도보다 적다. 학문에 힘쓰고 행실을 닦는 사람으로 자처하는 이들이 적은 탓이다.

그러나 땅의 기운을 받고 태어난 뛰어난 인재가 본래 적지 않다. 고봉高峯 기대승[2]은 광주 사람이고, 일재一齋 이항[3]은 부안 사람이며, 하서河西 김인후金麟厚[4]는 장성 사람으로 이들은 모두 도학으로 이름이 높았다. 제봉霽峯 고경명高敬命[5]과 건재健齋 김천일金千鎰은 광주 사람으로 절의로 이름이 높았다. 고산孤山 윤선도尹善道[6]는 해남 사람이고, 묵재默齋 이상형李尙馨[7]은 남원 사람으로 문학으로 이름이 높았다. 장군을 지낸 정지鄭地[8]와

───────

2 자는 명언明彦, 호는 고봉高峯, 본관은 행주이다(1527~1572). 1558년 문과에 급제하고 이후 성균관대사성, 대사간, 공조참의를 지냈다. 조선 중기를 대표하는 유학자의 한 사람으로 월봉서원月峯書院에 모셔져 있다.

3 자는 항지恒之, 호는 일재一齋, 본관은 성주이다(1499~1576). 일찍부터 성현의 글에 뜻을 두어 벼슬에 나아가지 않고 학문에 전념했다. 1566년 명경행수明經行修(경서에 밝고 행실을 닦음)하는 선비를 뽑을 때 첫째로 추천되었다. 사헌부장령, 장악원정 등을 역임했다. 이중환은 이항을 부안 사람이라 했으나 오늘날 정읍시 태인면 사람이다.

4 자는 후지厚之, 호는 하서河西, 본관은 울산이다(1510~1560). 1540년 문과에 급제, 정자正字에 등용되었다가 사가독서賜暇讀書(유능한 젊은 문신들을 뽑아 휴가를 주어 독서당에서 공부하게 하던 일)하였다. 을사사화 이후 병을 이유로 사직하고 고향인 장성에 돌아가 성리학 연구에 정진하였다.《하서집》이 남아 있다.

5 자는 이순而順, 호는 제봉霽峰, 본관은 장흥이다(1533~1592). 1558년 문과에 장원으로 급제하고, 호당湖堂에서 사가독서했다. 홍문관교리 등을 지내고, 임진왜란이 발발하자 의병장으로 왜적을 막다가 순절했다.

6 자는 약이約而, 호는 고산孤山, 본관은 해남이다(1587~1671). 1633년 문과에 급제하였다. 1659년 남인의 거두로서 자의대비의 복상服喪 문제를 놓고 서인과 다투다가 삼수三水에 유배되었다. 저명한 시조 시인으로 해남군 현산면과 완도군 보길도 등지에 거주하였다. 문집에《고산유고孤山遺稿》가 있다.

7 자는 덕선德先, 호는 천묵재天默齋, 본관은 전주이다(1586~1645). 지금의 임실군 오수면에 거주하였다. 1625년 문과에 급제하여 홍문관부수찬 등을 역임했고, 1636년 병자호란 때에는 척화를 주장, 화의를 건의하는 최명길崔鳴吉 등을 탄핵하였다.

금남錦南 정충신은 광주 사람으로 장수로 이름이 높았다. 찬성을 지낸 오겸吳謙[9]은 광주 사람이고, 의정을 지낸 이상진李尙眞[10]은 전주 사람으로 재상으로 이름이 높았다. 문장에 뛰어난 자는 고부 사람인 옥봉玉峯 백광훈白光勳[11]과 영암 사람인 고죽孤竹 최경창崔慶昌[12]이 있다. 타지에서 흘러온 자로는 부윤을 지낸 신말주申末舟[13]가 순창에 살았고, 찬성을 지낸 이계맹李繼孟[14]이 김제에 살았으며, 판서를 지낸 이후백李後白[15]이 해남에 살았고,

---

8 본관은 나주이다(1347~1391). 1374년 유원정柳爰廷의 추천으로 중랑장으로 전라도안무사에 발탁되었고, 왜구를 격파하는 공훈을 세웠다. 1388년 최영 등이 요동을 정벌할 때 위화도 회군에 동참하여 2등 공신에 봉해졌다.

9 자는 경부敬夫, 호는 지족암知足庵, 본관은 나주이다(1496~1582). 1532년 문과에 급제하여 형조정랑이 되었다. 1550년에 금양군錦陽君에 봉해졌고, 판서를 거쳐 우의정에까지 올랐다.

10 자는 천득天得, 호는 만암晚庵, 본관은 전의이다(1614~1690). 전주에 거주하였다. 1645년 문과에 급제하고 이조판서, 우의정을 역임하였다. 1689년 왕비의 폐위 문제가 거론되었을 때 그 부당함을 직언하여 종성으로 귀양 갔다. 후에는 부여에 있는 집에서 지내다 세상을 떠났다.

11 자는 창경彰卿, 호는 옥봉玉峯, 본관은 해미이다(1537~1582). 거주지는 장흥으로 고부 사람이라 쓴 것은 오류이다. 조선 중기를 대표하는 시인으로 최경창, 이달李達과 함께 삼당시인三唐詩人이라 불렸다. 저서에 《옥봉집玉峯集》이 있다.

12 자는 가운嘉運, 호는 고죽孤竹, 본관은 해주이다(1539~1583). 1568년에 문과에 급제하여 북평사, 사간원정언 등을 지냈다. 저명한 시인으로 문집에 《고죽집孤竹集》이 있다.

13 자는 자집子楫, 호는 귀래정歸來亭, 본관은 고령이다(1439~1503). 신숙주申叔舟의 아우이다. 1454년 문과에 급제하고 대사간에 올랐으나 단종이 왕위에서 물러난 이후로 벼슬을 사임하고 물러나 순창에 살았다.

14 자는 희순希醇, 호는 묵곡墨谷, 본관은 전의이다(1458~1523). 1489년 문과에 급제하고, 호조·형조·예조판서 등을 역임하였다. 1519년 기묘사화 때 사류士類들에 대한 처리가 지나치자 김제에 있는 농막으로 퇴거하였다.

15 자는 계진季眞, 호는 청련靑蓮, 본관은 연안이다(1520~1578). 1555년 문과에 급제하고 평안도관찰사, 이조판서 등을 지냈다. 종계변무宗系辨誣(200년간 명나라에 잘못 기록된 태조 이성계의 종계를 고쳐 수록할 것을 주청한 일)의 공으로 1590년 광국공신光國功臣 2등에 책봉되었고 연원군延原君에 추봉되었다. 해남 두륜산 북쪽 어성포漁城浦 부근의 송정松亭에 살았고, 자손들이 후대까지 터를 지키고 살았다.

판서를 지낸 임담林墰[16]이 무안에 살았다. 단학丹學으로 이름난 자를 들자면 도사였던 남궁두南宮斗[17]가 함열咸悅 사람이고, 청하靑霞 권극중權克中[18]이 고부 사람인데, 수련과 방술로 이름이 높았다. 이들은 모두 호탕한 기개와 뛰어난 재주로 후세에 명성을 떨친 사람들이다.

덕유산은 충청도, 전라도, 경상도 세 도가 만나는 지점에 자리 잡고 있다. 서쪽으로 한 줄기가 나와서 전주 동쪽에 이르러 마이산의 쌍석봉雙石峯이 되는데 높게 솟구쳐 하늘에 닿을 듯하다. 옛날에 공정대왕께서 호남 지역에서 강무講武(임금이 신하와 백성들을 모아 함께 사냥하며 무예를 닦던 행사)하실 때 생김새가 말의 귀를 닮았다고 하여 마이산이라 이름을 붙이셨다. 마이산 한 줄기가 서남쪽으로 내려가다가 임실任實과 전주 사이에서 갈라지는데 한 줄기는 서쪽으로 가서 금구金溝의 모악산母岳山[19]이 되어 만경강萬頃江과 동진강東津江 사이에서 그치고 다른 한 줄기는 서남쪽으로 내려가서 순창 복흥산復興山[20]과 정읍의 노령蘆嶺[21]이 된다. 여기가 남북을 오가는 데 이용하는 큰길이다.

---

16 자는 재숙載叔, 호는 청구淸臞, 본관은 나주이다(1596~1652). 1635년 문과에 급제하고, 이조판서 등을 역임했다. 1652년 의금부판사에 올라 청나라 사신의 반송사伴送使로 의주에 갔다가 돌아오는 길에 죽었다.

17 1555년 진사과에 급제하였다(1526~1620). 임피臨陂에서 살다가 애첩과 당질 간의 간통을 목격하고서 두 사람을 살해하고 중이 되었다. 이후 도교의 방술에 뛰어난 노승을 무주에서 만나 신선술을 익혔다. 조선 중기의 저명한 도사로《해동이적海東異蹟》등의 문헌에 자주 등장한다.

18 자는 정지正之, 호는 청하靑霞이다(1585~1659). 1612년에 진사시에 합격, 잠시 성균관에 유학하였으나 곧 낙향하였다. 도사로 유명하며 저서에는《청하집》,《참동계주해參同契註解》등이 있다.

19 전북 완주군과 김제시의 경계에 있는 산이다. 예로부터 명산으로 알려져 난리를 피하는 피난처이자 무속 신앙의 본거지 역할을 하였다.

20 순창에 있는 산으로 복흥산福興山 또는 복흥산卜興山으로 표기하기도 한다. 지금의 순창군 계룡산으로 추정하며 복흥면이란 행정 명에 흔적이 남아 있다.

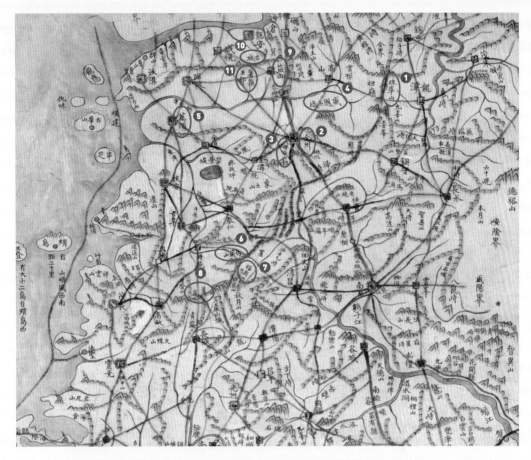

전주와 주줄산 산줄기, 《팔도지도八道地圖》(부분), 1790년, 규장각한국학연구원 소장
주줄산① 왼편에 전주②와 모악산③, 위봉산성④이 표시되어 있다. 오른쪽의 주줄산 산줄기가 전주
와 임실 사이에서 갈라져 서쪽으로 뻗어 만경⑤에서 끊어지고, 다른 한 줄기가 아래로 뻗어 내장산⑥
과 복흥산⑦이 되었다가 정읍의 노령⑧이 되는 줄기를 확인할 수 있다. 익산⑨에는 용화산이 기준
의 고성⑩임을 밝혔고, 서여薯蕷의 왕도라 하여 백제 무왕의 왕도⑪임을 표시하였다.

노령에서 산줄기가 여러 갈래로 갈라져서 서쪽으로는 영광에서 그치고, 서남쪽으로는 무안에서 그치며, 북쪽으로는 부안의 변산에서 그친다. 또 동남쪽으로 달려가 담양과 광주 아래쪽의 산이 된다. 복흥산은 전라도 중앙에 위치하며, 양쪽에 산을 끼고 들판이 펼쳐져 큰 동네를 형성하고 시내가 동쪽으로 흐른다. 사람들이 성읍을 설치할 만한 터라 말하고, 숙종 임금 때 이곳에 병영을 설치하려 하였으나 성사되지는 않았다.[22]

마이산 줄기가 북쪽으로 가서 주줄산珠峯山[23]이 되는데 진안과 전주 사이에 있다. 주줄산에서 서쪽으로 한 맥이 나와 전주부全州府를 이루고, 이곳에 전라감영이 있다. 전주 동쪽으로 가면 위봉산성威鳳山城[24]에 이르고, 조금 북쪽에는 기린봉麒麟峯[25]이 있다. 기린봉에서 한 맥이 나와서 전주부 서쪽에 이르면 건지산乾止山[26]을 이루는데, 전해오는 말에 따르면 왕실

---

21 전남 장성군 북쪽에 위치하여, 북이면 원덕리와 전북 정읍시 입암면 등천리와 남북으로 경계를 이루는 고개이다. 《대동지지大同地志》 장성 조에서 "노령은 북쪽 40리에 있고, 정읍과 경계이며, 대로大路로서 요해要害이다."라고 밝혔다. 《지승》 장성 조에는 노령이 정읍을 경계로 소노령小蘆嶺과 대노령大蘆嶺으로 구분되어 있고, 《광여도》에는 대노치大蘆峙와 소노치小蘆峙로 표기되어 있다.

22 강진에 있는 병영을 이전하려 할 때 장흥 또는 장성의 입암笠巖과 함께 가장 많이 언급된 곳이 순창의 복흥산이었다. 정조 때만 해도 사직 윤면동尹冕東과 집의 고택겸高宅謙이 복흥산 이전을 주장했고, 정약용 역시 《경세유표經世遺表》 권3에서 같은 주장을 했다. 특히 순창 사람인 고택겸은 복흥산이 천연의 요새로 사방이 험준할 뿐 아니라 안쪽은 넓고 비옥한 평야로서 예로부터 삼재三災가 들어오지 않는 땅이라고 하며 이전을 주장하였다.

23 진안군과 완주군에 걸쳐 있는 운장산雲長山의 옛 이름으로 구절산九折山이라고도 한다.

24 완주군 소양면 대흥리에 있는 산성이다. 1407년에 축성하여 1675년에 중수하였다. 태조의 영정을 봉안하기 위하여 축성하였다.

25 전주시 우아동과 풍남동에 걸쳐 있는 산이다.

26 전주시 덕진구 덕진동에 있는 산이다. 전주 이씨의 시조인 사공공 이한의 능이 있다고 전해져 조선 후기에 현창顯彰과 보호 사업을 진행하였다. 1899년에는 고종 황제가 황명을 내려 조경단肇慶壇을 쌓았다.

조상의 능이 있다. 영조 임금께서 경술년(1730)에 감사에게 명하여 백성의 무덤을 모조리 옮기고 10리를 구획하여 표를 세워 금양禁養하도록 하였다.[27]

건지산의 한 맥을 따라 서쪽으로 가면 덕지德池[28]가 있는데 상당히 깊고 넓다. 덕지를 지나면 평탄한 언덕이 나타나 넓은 들판을 둘러싸고 있으며, 만마동萬馬洞[29]에서 흘러 들어오는 물을 역으로 맞아들이고 있다. 지리가 매우 아름다워서 참으로 살 만한 곳이다.

주줄산 서쪽에 있는 여러 골짜기의 물은 고산현高山縣[30]을 거쳐 전주 경내로 흘러서 율담栗潭, 양전포良田浦, 오백주五百洲[31]가 된다. 큰 시냇물로 물을 대니 토지가 매우 비옥하고, 벼·물고기·생강·토란·대나무·감 등을 기르고 팔아 이익을 얻으므로 마을마다 살아가는 데 필요한 물자를 다 갖추고 있다.

전주 서쪽 사탄斜灘[32]에서는 배가 오가고 생선과 소금이 거래되며, 전주부 치소는 인구가 조밀하고 재화가 쌓여 있어서 한양과 별 차이가 없으니 참으로 큰 도회지이다. 노령 북쪽 10여 개 고을은 모두 장기가 있으나

---

27 《조선왕조실록》에는 기유년(1729)에 영조가 건지봉乾止峯을 개수하도록 명하였고, 당시 전라도관찰사 이광덕李匡德이 상달上達하여 옛 제도에 따라 개축하였다고 밝혔다. 금양은 특정 지역의 산림에서 수목 벌채, 분묘 설치, 농지 개간, 토석 채취 등을 금지하고, 대신 소나무를 심고 육성하는 데 힘쓰는 조치를 말한다.

28 전주감영 북쪽 건지산 서쪽에 있던 연못으로 지도에는 덕진지德眞池, 덕진제德津堤, 덕진연德津淵 등으로 나오는 전주의 명승 가운데 하나였다. 지금의 전주시 덕진공원 내에 있는 덕진연못 일대이다.

29 전북 완주군 상관면에 있는 골짜기로 만마도관萬馬道關이라는 요새가 있었다. 완산 승경完山勝景 가운데 하나다.

30 완주군 고산면 일대에 있었던 행정구역이다.

31 만경강 상류 유역에 있는 지명으로 《동여도》에 그 위치를 밝혀 놓았다.

32 전북 북부를 남서류하는 만경강의 옛 이름으로 횡탄橫灘으로도 쓴다.

전주에 있는 건지산과 덕지의 도형, 《전주건지산도형全州乾止山圖形》, 1899년, 한국학중앙연구원 장서각 소장
조선 왕실의 시조인 사공공司空公 이한李翰의 능역을 그린 회화식 지도이다. 대한제국 시기에 고종 황제는 묘역 앞
에 조경단을 세우고 이 지도를 그리게 하였다.

오직 전주만은 맑고 깨끗해서 거처하기에 가장 적합하다.

　주줄산 북쪽 한 줄기가 서쪽으로 내려가서 탄현炭峴[33]과 용화산龍華山[34]이 되었다가 옥구沃溝[35]에서 그친다. 탄현 너머 서북쪽에는 여산礪山 등 다섯 개 고을이 있다. 여산은 충청도 은진恩津과 맞닿아 있고, 토질이 점토질인데, 장기가 있어서 살 만한 곳이 못 된다. 용화산 위에는 기준이 세운 도읍의 성곽과 궁궐 터가 남아 있다.

　주줄산의 다른 한 줄기가 북쪽으로 뻗어 여산 서북쪽에서 채운산彩雲山[36]이 된다. 봉우리 하나가 들판 가운데 우뚝 솟아 있고, 이 봉우리 위에는 양음養蔭과 영천靈泉이 있는데, 백제 의자왕이 연회를 베풀며 놀던 곳이라고 전해온다. 채운산에서 작은 들판을 건너면 황산촌黃山村[37]이 나온다. 돌산이 강에 바짝 붙어 솟아 있고, 은진의 강경촌江景村과 작은 포구를 사이에 두고 배로 왕래하는데 경치가 뛰어나다.

　황산촌 서쪽에는 용안龍安·함열咸悅·임피臨陂가 있는데 모두 진강鎭江 남쪽에 있으며, 임피의 오성산五城山은 경치가 매우 뛰어나고 기이하다. 금강 양편에서 마주보는 형국이 펼쳐지고, 서지포西枝浦[38]라는 큰 마을이 있다. 배가 정박하는 포구로 강경, 황산과 함께 강가의 이름난 마을로 일컬어진다. 임피 서쪽 지역은 옥구로 서해를 접하고, 자천대自天臺[39]라는 작은 동산이 바닷가 모래사장을 뚫고 들어가 있다.

33　탄치炭峙, 숯고개라 부르는데 익산시 왕궁면 신탄마을에 있다. 고려 왕건의 군대가 후백제군을 치기 위해 넘은 고개로 알려졌다.

34　익산시 금마면에 있는 산으로, 마한의 옛 도읍지로 추정하기도 한다.

35　군산시 옥구읍 일대에 있었던 조선 시대 행정구역이다.

36　충남 논산시 강경읍 채산리에 위치한 산이다.

37　논산시의 옛 지명으로 조선 시대에는 여산현에 속해 있었다.

38　군산시 나포면 서포리에 있는 수해나루 일대를 가리킨다. 수해나루는 조선 시대에 서포西浦, 서지포西支浦, 서시포西施浦 등으로 불렸다.

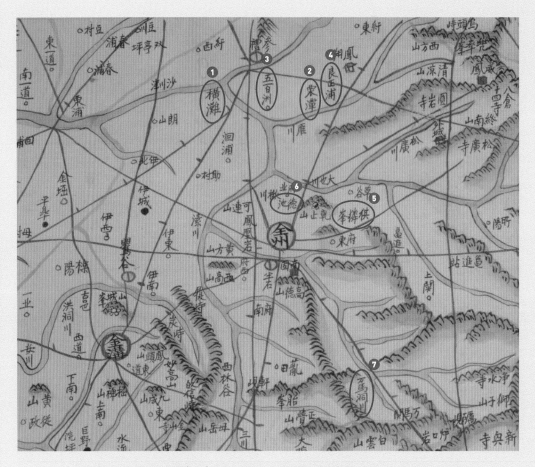

전주 일대, 《동여도東輿圖》(부분), 19세기 중엽, 규장각한국학연구원 소장

횡탄①은 사탄斜灘이라고도 하는 강으로 현재의 만경강이다. 배가 운행하여 전주 서북부의 물류를 담당하였고, 상류의 율담②, 오백주③, 양전포④는 포구이자 비옥한 평야였다. 기린봉⑤, 덕지⑥, 만마동천⑦은 전주 부근의 명소이다.

자천대 위에는 돌 항아리 두 개가 있어 신라의 최치원崔致遠[40]이 태수를 지낼 때 항아리 안에 비밀문서를 감추어두었다고 전한다. 커다란 돌 항아리가 동산에 방치되어 있어도 사람들이 함부로 열어보지 못하였다. 끌어당겨 움직여보기라도 하면 바다에서 갑자기 비바람이 몰아쳤다. 마을 사람들이 이 점을 이용해서 가뭄이 들 때마다 수백 명이 모여 큰 밧줄로 항아리를 끌면 바다에서 비가 억수같이 쏟아져서 논밭을 흠뻑 적셔주었다. 그러나 봉명사신奉命使臣(임금의 명을 받든 사신)이 옥구현에 올 때마다 번번이 가서 구경하느라고 고을에 큰 폐를 끼쳐 옥구 사람들이 괴로워했다. 옛날에 자천대에 있던 정자를 100년 전에 허물었고 돌항아리도 땅에 묻어 흔적을 없애버렸다. 지금은 가서 구경하는 이가 없다.

탄현 동쪽에 고산현高山縣이 있고, 용화산 남쪽에는 익산현益山縣이 있는데 모두 장기가 있다. 고산현은 산수가 아주 험악해서 토지가 아무리 비옥하더라도 절대 살 만한 곳이 못 된다.

모악산 서쪽에는 금구金溝와 만경萬頃 두 개 현縣이 있다. 물과 샘이 제법 맑고 산세 또한 살기를 벗은 채로 들녘을 감돌아 흐른다. 두 개의 물줄기 양쪽이 오므려 닫혀서 기운과 맥이 흐트러지지 않아 살 만한 곳이 상당히 많다. 이 밖에 산지와 가까운 태인과 고부 그리고 바다와 가까운 부안과 무장茂長 등의 고을은 대체로 어디나 장기가 있다. 오직 부안의

---

39 자천대紫泉臺로도 표기한다. 군산시 옥구읍 선연리 하제에 있던 작은 바위산을 가리킨다. 최치원의 전설이 서려 있는 명승이다. 지금은 유적 전체가 사라졌으며 여기 있던 누각을 옥구 향교 경내에 옮겨 자천대 또는 경현재라 부르고 있다.

40 《택리지》에 실린 자천대 설화는 당시 민간에 널리 유포된 전설을 채록한 것으로 추정한다. 《택리지》의 영향을 깊이 받은 후대의 《옥구군지》에도 설화가 실려 있는데 다음과 같다. "최치원 선생의 아버지는 신라의 무관으로 내초도에 수군장으로 주둔하였으며 이때 최치원 선생이 태어났다. 선연리 바닷가에서 어린 시절을 보낸 선생은 자천대에 올라 글을 읽었는데 글 읽는 소리가 당나라 천자에게까지 들려 당나라 사신이 건너와 선생을 데려갔다."

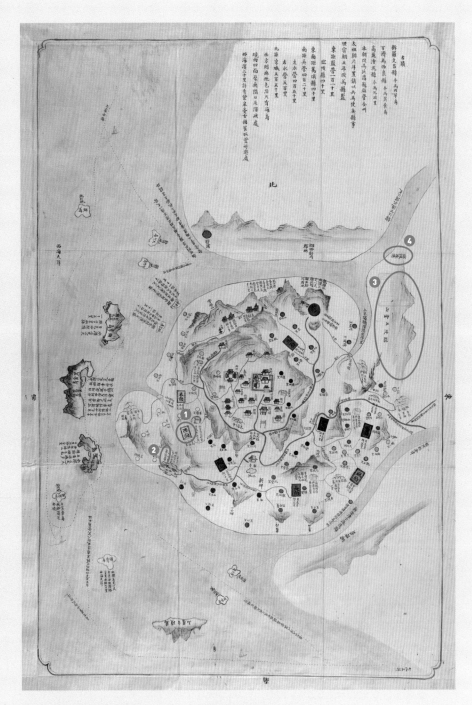

옥구현과 자천대, 〈옥구현지도〉, 1872년, 규장각한국학연구원 소장

지금의 군산시에 편입된 옥구현 지도이다. 서해를 바라보고 있는 서면西面① 지역 바위산에 자천대②를 표시하고, 전설을 소개하여 이 지역의 주요한 문화유산임을 분명히 하였다. 금강 하류인 진강鎭江을 사이에 두고 서천을 마주보고 있고, 동쪽에는 경치가 아름다운 임피의 오성산③과 가장 살기 좋은 곳이라는 서포④를 표시하였다. 서포는 서지포 또는 서시포라고도 하는 금강 하류의 포구로 강가의 이름난 주거지로 꼽혔다.

변산 부근과 흥덕興德의 장지長池[41] 아래는 토지가 비옥하고 호수와 산의 경관도 아름답다. 이들 지역 가운데 샘물에 장기가 없는 땅은 살기에 적합하다.

노령 서쪽에는 영광, 함평, 무안이 있고, 남쪽에는 장성, 나주가 있는데, 이 다섯 개 고을은 물과 샘에 장기가 없으므로 노령 북쪽 고을과는 비교가 되지 않는다.

영광의 법성포法聖浦[42]는 바닷물이 밀물을 따라 법성포 앞에 모여들어 맴돌고, 강산이 곱고 트여 있으며, 여염집들이 즐비하게 늘어서 사람들이 작은 서호西湖[43]라 부른다. 바닷가 인근 여러 고을에서 이곳에 창고를 두어 조세로 바치는 쌀을 조운선에 싣는 거점으로 삼고 있다. 장성 또한 토지가 비옥하고 산수 경관도 아름답다.

나주는 노령 아래에 있는 큰 도회지로 금성산錦城山[44]을 등지고 남쪽으로 영산강을 내려다보고 있다. 고을의 형세가 한양과 매우 유사하여 옛날부터 유명한 벼슬아치 집안이 많았다.

영산강은 서쪽으로 무안과 목포로 흐르는데, 강을 따라 이름난 명승과 살기 좋은 고을이 많다. 강을 건너면 드넓은 평야가 펼쳐져 동쪽으로는 광주와 인접하고, 남쪽으로는 영암과 통한다. 풍기가 활달하고 트였으며, 산물이 풍성하고 땅이 넓어서 마을이 별처럼 펼쳐졌다. 게다가 서남

---

41 고창군 성내면 신성리에 있는 동림저수지를 가리킨다.

42 전남 영광군 법성면에 있는 포구로 지금은 굴비 산지로 유명하다. 조선 후기에는 경외京外의 어선이 모여들어 조기를 사고팔던 큰 포구였고, 바닷물이 내륙 깊숙이 밀고 들어와 서호西湖라 불린 명승지였다. 또 수군 병영이 있었고, 인근 열두 개 고을의 전세와 대동미大同米를 한양으로 운송하던 법성창이 설치되었던 큰 포구였다.

43 중국 절강성 항주杭州 서쪽에 있는 호수로, 바다와 인접해 있고 주위가 산으로 둘러싸여 있어서 풍경이 매우 뛰어나다.

44 나주시 경현동과 대호동에 걸쳐 있는 산이다.

쪽의 강과 바다로 물건을 수송하고 물산이 모이는 이익을 독차지하여 광주와 함께 이름난 고을이다.

나주 서쪽에는 칠산七山[45] 바다가 있다. 예전에는 수심이 깊었으나 근래에는 모래와 뻘이 퇴적하여 점차 얕아져 썰물 때면 수심이 무릎에 닿을 정도이다. 가운데 한 길만이 마치 강줄기같이 깊어서 배들이 여기로 지나다닌다. 나주 서남쪽에 있는 영암군은 월출산月出山[46] 아래에 자리 잡고 있다. 월출산은 더없이 맑고 수려해서 깎아지른 듯한 높은 산들이 하늘에 조회(火星朝天)[47]하는 형국을 이루고 있다.

월출산 남쪽은 월남촌月南村[48]이고 서쪽은 구림촌鳩林村[49]으로 모두 신라 때부터 이름난 마을이다. 땅이 서해와 남해가 교차하는 지점에 있어 신라에서 당나라로 갈 때에는 모두 영암군 바닷가에서 배를 출발시켰다. 배를 타고 바닷길로 하루를 가면 흑산도에 이르고, 흑산도에서 하루를 더 가면 홍의도紅衣島(홍도)에 도달한다. 또 하루를 더 가면 가가도可佳島(가거도)에 이른다. 북동풍으로 사흘을 가면 태주 영파부 정해현定海縣[50]에 이르

---

45 영광군 해역인 칠산 바다를 가리킨다.

46 영암군 영암읍과 강진군 성전면의 경계에 있는 산이다.

47 풍수지리에서 화성火星은 '날카로움〔銳〕'의 형상을 나타내며 뾰족뾰족하고 날카로운 산세를 상징한다.

48 강진군 성전면 월남리 일대로 월남사지月南寺址와 진각국사비眞覺國師碑 등의 유적이 남아 있다.

49 영암군 군서면 일대로 도선국사道詵國師의 출신지로 유명하다. 신라 진덕왕 말년에 영암 성기산聖起山에 사는 처녀 최씨崔氏가 겨울철에 개울가에서 빨래하다 푸른 오이를 건져 먹은 뒤 아기를 낳았다. 최씨는 갓난아기를 대나무 숲에 버렸는데 비둘기들이 날개로 감싸 보호하자 신기하게 여겨 다시 아기를 거두어 길렀다. 이 아기가 성장하여 도선국사가 되었다. 도선국사가 버려진 마을 숲이 구림촌이고, 아기를 버린 바위가 바로 국사암國師巖이다.

50 중국 절강성 동북부에 있으며 과거에 외국과 여러 해상 도시를 이어주는 국제 항로의 요충지였다.

고, 만일 순풍을 타고 가면 하루 만에 도착한다. 남송이 고려와 교류할 때에도 정해현에서 배를 출발시켜 일주일이면 고려의 경계에 이르러 육지에 오를 수 있었으니 바로 이곳이다.[51]

당나라 때 신라인들은 사통팔달의 포구와 중요한 나루터에 배가 끊이지 않고 드나들 듯이 당나라에 들어갔다. 최치원과 김가기金可紀, 최승우崔承祐 등이 상선에 몸을 맡겨 당나라에 들어가서 다 함께 과거시험에 합격하였다.

그중에서 최치원은 고변高騈[52]의 종사관을 지냈고, 사륙변려문四六騈儷文에 뛰어난 재능을 보였으니 지금 《여문儷文》[53]에 실려 있는 〈황소黃巢를 토벌하는 격문〉이 바로 그의 작품이다. 최치원은 김가기와 최승우 두 사람과 함께 서안西安의 종남산終南山 산사에서 신천사申天師[54]를 만나 신선이 되는 비법을 터득하였고, 훗날 고국에 돌아와 다 같이 신선술을 수련하여 신선이 되었다.

복흥산 동쪽에는 임실, 순창, 남원, 구례가 있으며 모두 산골에 있는 고

---

51 《송사宋史》 권487 〈고려전高麗傳〉에서 "명주明州 정해현에서 출발하여 편풍을 만나면 사흘 만에 바다로 들어가고, 또 닷새 만에 묵산에 도착하여 그 국경에 들어간다.〔自明州定海遇便風, 三日入洋, 又五日抵墨山, 入其境.〕"라고 하였다. 여기서 묵산은 흑산도를 가리킨다. 당시의 흑산도는 지금의 우이도牛耳島이고, 지금의 흑산도는 과거에 대흑산도大黑山島라 하였다.

52 당나라 희종 때의 무신으로 황소의 난이 일어나자 제도행영병마도통이 되어 난을 평정하여 명성을 떨쳤다. 훗날 황제의 신임을 잃고서 신선술을 닦으며 무료하게 보내다가 필사탁畢師鐸에게 죽임을 당했다.

53 사륙변려문四六騈儷文의 줄임말이다. 《여문》은 사륙변려문을 선집한 유근의 《여문주석儷文註釋》과 이식李植의 《여문정선儷文程選》, 김진규金鎭圭의 《여문집성儷文集成》의 줄임말로, 이 3종의 선집에는 한국 문인이 쓴 글 가운데 유일하게 최치원의 이 글만을 빠짐없이 수록하였다.

54 당나라 개원開元 연간의 도사인 천사天師 신원지申元之를 가리킨다. 명산을 두루 돌아다니며 방술을 익혀 신선술을 터득했다고 한다.

을이다. 마이산 남쪽 골짜기의 물이 임실을 지나 남쪽으로 남원에 이르러 요천蓼川[55]과 만나 잔수진潺水津[56]과 압록진鴨綠津[57]이 되는데, 강 서쪽에 옥과·동복·곡성이 있다. 강은 압록진에서 비로소 동쪽으로 꺾여서 악양강岳陽江[58]이 되어 남해의 조수와 만났다가, 지리산 남쪽을 따라 돌아가며 섬진강이 되어 남하하여 남해로 흘러 들어간다. 이리하여 섬진강은 전라도와 경상도의 경계가 된다.

남원성[59] 성곽은 임진왜란 때에 명나라 장수 양원楊元이 쌓았다가 정유재란 때에 왜적에게 함락되었다. 이 땅에는 여전히 어렴풋이 살기가 서려 있다.

남원 동쪽으로 노령을 넘으면 운봉현雲峯縣이 나온다. 지리산 북쪽의 팔량치八良峙[60] 위에 있어서 전라도와 경상도를 잇는 큰길이다. 고을 앞에는 황산荒山이 있는데 고려 말에 우리 태조께서 이곳에서 왜구를 크게 섬멸하셨다.[61]

남원 동남쪽에 있는 마을은 성원星園[62]으로 최씨들이 대대로 사는 곳이고, 산수의 경치가 상당히 아름답다. 남쪽에는 구례현이 있다. 성원에서 구례까지 하나의 들판이 펼쳐져 있고, 1묘에 1종을 수확하는 비옥한 논이

---

55 전북 장수군과 경남 함양군의 경계에 있는 백운산白雲山에서 발원한 강으로, 남쪽으로 흘러 남원시 동쪽 변두리를 지나 곡성군 접경 지역에서 섬진강에 합류한다.
56 구례군 남쪽과 순천시 북쪽 경계에 자리 잡은 나루터로 압록진 하류에 있다.
57 구례군 구례읍 계산리와 곡성군 오곡면 압록리 사이에 자리 잡은 나루터이다.
58 섬진강 상류 지류의 옛 명칭이다.
59 성이 지어진 시기는 알 수 없다. 임진왜란 발발 후 왜적의 침입에 대비하여 1597년 5월에 성을 크게 개축하였는데, 그해 8월 전라병사 이복남李福男과 명나라 부총병 양원 등 조명 연합군이 왜군과 싸웠으나 대패하였다.
60 지금의 경남 함양군 함양읍과 전북 남원시 인월면 사이에 있는 큰 고개를 가리킨다.
61 1380년에 이성계가 삼도 도순찰사로서 남정南征하여 운봉의 황산荒山에서 발호하던 왜구 아지발도阿只拔道 무리를 정벌하였다. 그 지역에 황산대첩비가 세워져 있다.

많다. 구례 서쪽에는 산수가 기이한 봉동鳳洞이 있고, 동쪽에는 화엄사[63]
와 연곡사[64] 등의 명승지가 있으며, 남쪽에는 구만촌九灣村[65]이 있다.

임실에서 구례까지 강가를 따라 이름난 마을, 경치가 뛰어난 곳, 큰 촌
락이 많다. 하지만 오로지 구만촌만이 강가에 바짝 접하여 뛰어난 경치
와 비옥한 토지 그리고 뱃길과 생선, 소금을 통해 이익을 얻을 수 있어서
가장 살 만한 곳이다.

그러나 남원과 구례는 모두 지리산 서쪽에 자리 잡았고, 강 서쪽에 있
는 옥과·동복·곡성의 세 개 고을과 함께 옛날부터 물에 장기가 있어서
좋지 않은 땅으로 알려졌다. 근래에는 조금 맑고 시원해졌다고 한다.

복흥산 남쪽 줄기가 담양과 창평을 지나면 광주 무등산이 된다. 무등
산 동쪽에 옥과를 비롯한 세 고을이 있으며, 서남쪽에는 광주와 화순·남
평·능주가 자리 잡았다. 이 고을은 영암 동북쪽에 있다. 광주는 서쪽으
로 나주와 통하고, 풍기가 원대하고 화창해서 옛날부터 이름난 마을이
많고 신분이 높고 현달한 사람도 많이 나왔다.

영암의 동남쪽 바닷가에는 여덟 개 고을이 있고, 풍속이 대체로 같다.
그중에서 해남과 강진은 제주에서 뭍으로 나오는 길목이라서 말, 소, 피

---

62 지금의 전남 구례군 산동면 일대로 추정한다. 이 일대에 삭녕朔寧 최씨 최항崔恒의 후
   손들이 세거하였다. 조선 중기에 미능재未能齋 최상중崔尙重과 성만星灣 최연崔葕 부
   자 등이 문과에 급제하여 조정에서 벼슬하면서 대방帶方 최씨 가문의 명성을 떨쳤다.
   최연의 호인 성만星灣이 바로 성원星園이란 지명과 호응한다. 남원의 명가로서 이들의
   저술은《대방세고帶方世稿》로 전해온다. 성원星院으로도 표기한다.

63 구례군 마산면에 자리 잡은 사찰로 통일신라 때에 창건되었으나 임진왜란 때 소실되었
   다가 이후 재건되었다.

64 구례군 토지면에 자리 잡은 사찰로 신라 진흥왕 때 화엄사를 건립한 연기조사가 연못
   에 날아든 제비를 보고 못을 메워 창건했다고 한다. 임진왜란 때 소실되었다가 이후 재
   건되었다.

65 구례군 광의면 구만리 일대로 구연九淵이라고도 한다. 〈복거론〉 '산수'에서 자세히 설
   명하고 있다.

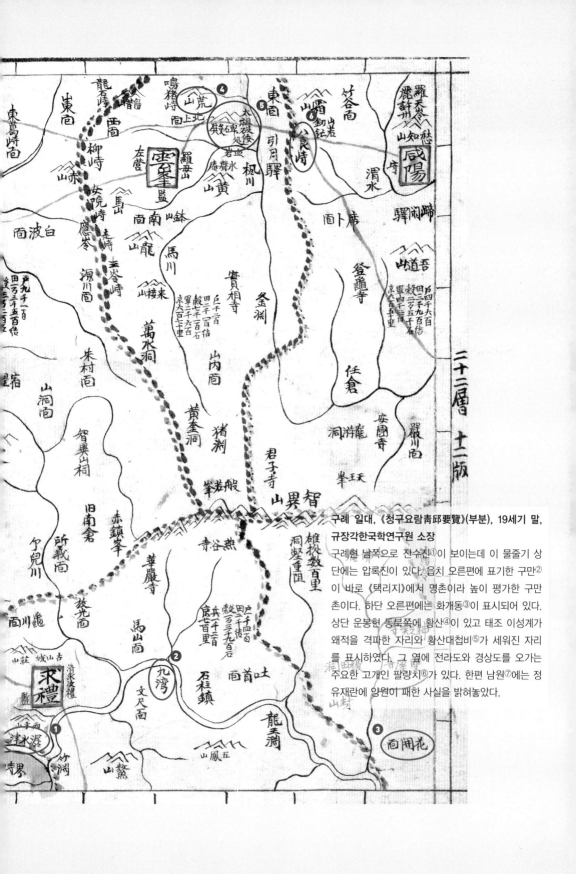

구례 일대, 《청구요람靑邱要覽》(부분), 19세기 말, 규장각한국학연구원 소장

구례현 남쪽으로 잔수진①이 보이는데 이 물줄기 상단에는 압록진이 있다. 읍치 오른편에 표기한 구만②이 바로 《택리지》에서 명촌이라 높이 평가한 구만촌이다. 하단 오른편에는 화개동③이 표시되어 있다. 상단 운봉현 동북쪽에 황산④이 있고 태조 이성계가 왜적을 격파한 자리와 황산대첩비⑤가 세워진 자리를 표시하였다. 그 옆에 전라도와 경상도를 오가는 주요한 고개인 팔랑치⑥가 있다. 한편 남원⑦에는 정유재란에 양원이 패한 사실을 밝혀놓았다.

혁, 진주, 자개, 귤, 유자, 말총, 대나무를 거래하여 이익을 얻고 있다. 그러나 이 여덟 개 고을은 모두 서울과 멀리 떨어져 있고 남해와 가까워 겨울에도 초목이 시들지 않고 벌레가 동면을 취하지 않으며, 산바람과 바다 기운 탓에 후덥지근하여 장기와 전염병이 생긴다. 게다가 일본과 아주 가까워서 토질이 아무리 비옥하더라도 살기 좋은 곳이 아니다.

해남현 삼주원三洲院[66]에서부터 석맥石脈이 바다를 가로질러 진도군이 만들어지는데, 물길로 30리 떨어진 벽파정碧波亭[67]은 실로 중요한 길목이다. 물속의 석맥이 삼주원에서 벽파정에 이르기까지 마치 들보처럼 가로지르고 있는데, 석맥 위아래가 마치 계단처럼 끊겨 있다. 바닷물이 여기에 이르러 밤낮으로 동쪽에서 서쪽으로 흐르는데, 마치 폭포수가 쏟아지는 것처럼 물살이 매우 급하다.

임진왜란 때 왜적의 승려인 현소玄蘇[68]가 평양에 이르러 의주의 행재소行在所에 편지를 보내 "수군 10만이 또 서해를 따라 올라와 수륙으로 함께 진격하면, 대왕의 행차가 의주에서는 어디로 갈지 모르겠습니다."라고 하였다. 당시에 왜적의 수군이 남해에서 북상 중이었는데 수군 대장 이순신李舜臣이 쇠사슬을 물속 바위 들보 위에 가로질러 놓고 기다리고 있었다. 왜적의 선박은 석맥 위에 이르자 쇠사슬에 걸려 곧장 뒤집혔다. 석맥 위에 있던 배에서는 아래쪽이 보이지 않아서 앞선 배가 뒤집힌 사

---

66 보통 삼지원三枝院으로 표기한다. 해남군 황산면 옥동리에 있는 조선 시대 역원驛院으로 진도 벽파진에서 10리 떨어져 있는, 진도로 가는 포구이다.

67 진도군의 동부 해안가에 있는 벽파진 인근의 정자이다. 1207년에 중국을 왕래하는 사절을 위해 지었다. 이순신 장군의 명량해전이 벌어진 현장으로 지금 정자는 남아 있지 않고, 이충무공 벽파진 전첩비가 세워져 있다.

68 일본 승려로 도요토미 히데요시豊臣秀吉의 수하로 들어가 임진왜란 발발 후 고니시 유키나가小西行長가 이끄는 선봉군에 국사國使와 역관 자격으로 종군하였다(?~1612). 이후 임진강을 사이에 두고 조명 연합군과 대치할 때 고니시가 제안한 강화회담에 참여하는 등 전시 외교 활동에 종사하였다.

실을 모르고 석맥을 다 건너갔다고 판단하여 물길을 따라 곧장 내려가서 모두 거꾸로 엎어졌다. 게다가 물살이 석맥에 가까워질수록 더욱더 거세져서 배가 한 번 급류에 휩쓸리면 되돌릴 겨를이 없었다. 500여 척의 적선이 한순간에 모조리 몰살당하여 군사들의 갑옷 한 벌도 남지 않았다.

당시 심유경沈惟敬[69]이 왜군의 사신을 속여 평양에 오래 머물도록 하였다. 왜적은 수군을 기다렸다가 함께 북상하려고 했기 때문에 거짓으로 신의를 지키는 척하며 명나라군을 속여 뒷일을 도모하며 한참을 기다렸으나 수군이 도착하지 않았다. 양쪽에서 서로 속이는 가운데 이여송[70]은 틈을 엿보아 습격하여 왜적을 격파하였으니, 이는 하늘이 도운 것이다. 만일 이순신이 바다에서 왜적을 몰살하지 않았다면 수십 일이 지나지 않아 왜적의 수군이 평양에 도달했을 것이고, 만약 그러했다면 왜적이 어찌 심유경과 맺은 약속을 지켜서 군사를 움직이지 않았겠는가?

이런 사실을 모르고서 '왜국을 국왕으로 봉하고 조공을 허락한다'는 구구한 말 따위로 왜적의 마음을 얻었다고 말하니 참으로 가소롭다. 사정이 이러하니 이여송이 평양에서 세운 전공은 바로 이순신의 힘이었던 것이다.

그 후 명나라 장수 진린陳璘[71]이 바닷가에 군사를 주둔시켰다. 병신년 (1596), 정유년(1597) 연간에 왜적의 수군이 연이어 바닷가 여러 고을을 침공

---

69 임진왜란 때의 명나라 사신이다(?~1597). 평양성에서 고니시 유키나가와 만나 휴전 협상을 하였으나 실패하였다. 1596년에 일본에 건너가 도요토미 히데요시를 만나 재차 협상을 진행하였으나 결렬되었고 이후 매국노로 몰려 처형되었다.

70 중국 명나라 장군으로 자는 자무子茂, 호는 앙성仰城이다(1549~1598). 조선 출신인 이성량의 아들이다. 임진왜란 때 제독으로 방해어왜총병관이 되어 군사 4만을 인솔하고 들어와 조선군과 연합하여 평양성을 포위 공격하여 수복하였다. 도망가는 왜적을 추격하여 1593년 12월 25일 벽제관碧蹄館에 이르렀으나 왜장 고바야카와 다카카게小早川隆景, 다치바나 무네시게立花宗茂 등의 반격으로 대패하여 개성으로 후퇴하였다가 평양에 주둔하며 심유경을 고니시에게 보내 화의를 유지하게 하였다.

하였을 때 이순신이 수전을 잘 이끌어 여러 번 왜적을 격파하여 수급을 얻었으나 그때마다 진린에게 넘겨주어 공적을 보고하게 하였다. 진린이 크게 기뻐하며 조정에 글을 올려 "통제사 이순신은 천지를 경륜할 만한 재능과 하늘을 깁고 해를 목욕시킨 공훈[72]을 세웠습니다."라고 하였다.

진린은 이순신 덕분에 적의 수급을 가장 많이 얻어 무술년(1598)에 명나라로 돌아가서 보고한 수급이 다른 명나라 장수보다 유독 많았다. 《명사明史》에서 조선 출병 때 공훈을 논한 기록을 보니 진린을 으뜸으로 삼아 땅을 하사하고 봉작까지 주었다.[73] 중국에서야 이순신의 공임을 어찌 알겠는가? 경리經理 양호楊鎬[74]는 공이 있었는데도 잡혀가고, 진린은 다른 사람 덕분에 공훈을 얻어 홀로 수많은 상을 하사받았으니, 명나라에서 논공행상을 잘못 시행한 실태가 이와 같다.

---

71 중국 명나라 수군 도독으로 자는 조작朝爵이고 호는 용애龍厓이다(1532~1607). 임진왜란 때 부총병으로 발탁되었으나 병부상서 석성石星의 탄핵으로 물러났다가 정유재란 때 다시 발탁되었다. 총병관으로 수병대장을 맡았고 수군 5000명을 이끌고 강진군 고금도에 도착하였다. 이순신과 연합하여 싸웠으나 전투에는 소극적이고 공적에만 욕심이 많았다. 노량해전에서 이순신과 공동작전을 펼쳐 왜군을 물리쳤다.

72 나라에 큰 공훈을 세웠음을 비유하는 말이다. 여와女媧가 이지러진 하늘을 메웠다는 전설에서 나온 보천補天과 회화羲和가 해를 목욕시켰다는 전설에 나오는 욕일浴日, 이 두 가지 신화에서 유래한 성어로 이순신 장군의 공훈을 상징하는 말로 굳어졌다. 신경申炅의 《재조번방지再造藩邦志》에서는 "진린이 임금께 글을 올려 '통제사는 천지를 경륜할 만한 재능을 가졌고 하늘을 깁고 해를 목욕시킨 공훈을 세웠습니다'라 하였으니 대개 마음으로 감복한 결과였다."라고 기록하였다.

73 《명사明史》 권247 〈진린열전〉에서 "공훈을 논하니 진린이 으뜸이요, 유정劉綎이 다음이고, 마귀麻貴가 또 그다음이었다. 진린을 도독동지로 승진시키고, 지휘첨사를 세습하도록 하였다.[論功, 璘爲首, 綎次之, 貴又次之. 進璘都督同知, 世廕指揮僉事.]"라고 하였다.

74 중국 명나라 장수로 자는 경보京甫, 호는 풍균風筠이다(?~1629). 1597년 정유재란 때 경략조선군무사가 되어 총독 형개, 총병 마귀, 부총병 양원 등과 함께 참전하였다. 소사전투에서 대승하였으나 울산 도산성 전투에서 크게 패했는데도 승리했다고 보고하였다가 들통 나서 파면되었다.

무릇 전라도는 나라의 최남단에 자리 잡아 토지가 비옥하고 물산이 풍족하다. 산골에 있는 고을은 샘물과 시냇물로 물을 대어서 흉년이 드물고 수확은 많으며, 바닷가 고을은 둑을 막아 물을 대었다. 신라 때부터 큰 둑이 많았으나 우리 조선에 들어와서 모두 방치해둔 탓에 가뭄이 잦고 수확이 적다.

옛날에 사마광司馬光이 "민閩 땅 사람들은 교활하고 음흉하다."[75]라고 말하였으나 주자 때에 이르러 현자가 많이 배출되었다. 만일 현자가 거처하면서 부유하고 넉넉한 산업을 바탕으로 예절과 겸양, 학문과 덕행[76]을 가르친다면, 또한 살 만한 땅이 되지 않겠는가? 게다가 기이하고 아름다운 산천이 많은데도 고려에서 조선에 이르도록 현달한 이들이 그다지 많지 않았으니 마땅히 한 차례 산천의 기운이 뭉쳐 인재를 길러낼 것이다. 다만 당장은 거리가 너무 멀고, 풍속이 어지러워서 살 만한 곳이 못 된다.

---

75 사마광은 북송의 정치가이자 역사학자로 《송사전문宋史全文》에 다음과 같은 기록이 있다. "임금이 '근래 승상 진승지陳升之를 두고 밖에서는 무엇이라 하는가?'라고 물었다. 사마광이 대답했다. '민 땅 사람은 교활하고 음흉하며, 초 땅 사람은 경솔하고 가볍습니다. 지금 승상 둘이 모두 민 땅 사람이고, 참정 둘은 모두 초 땅 사람이라, 훗날 자기 고을 사람을 끌어들여 조정을 꽉 채울 테니 천하의 풍속을 어떻게 다시 바로잡겠습니까?'〔上問: "近相陳升之外議云何?" 光曰: "閩人狡險, 楚人輕易. 今二相皆閩人, 二叅政皆楚人, 必將援引鄕黨之士, 充塞朝廷, 天下風俗, 何以得更淳厚?"〕민 땅은 지금의 중국 남방에 위치한 복건성 지역을 가리키는 말로 여기서는 조선의 전라도 지역과 대비되고 있다.

76 원문은 예양문행禮讓文行으로 모두 《논어》에 나오는 공자의 말이다. 예절과 겸양에 대해 〈이인〉 편에서 "예절과 겸양으로 나라를 다스린다면 무슨 어려움이 있겠는가?〔能以禮讓爲國乎, 何有?〕"라고 하였고, 학문과 덕행에 대해서는 〈술이述而〉 편에서 "공자께서는 네 가지 기준으로 가르치셨으니, 학문과 덕행과 충성과 신의였다.〔子以四敎, 文行忠信.〕"라고 하였다.

충청도

충청도는 경기도와 전라도 사이에 있다. 서쪽은 바다와 접해 있고 동쪽은 경상도와 접해 있다. 동북쪽 모서리의 경우 충주 등의 고을이 강원도 남부로 쑥 들어가 있다. 충청도 남쪽 절반은 차령[1] 남쪽에 있어 전라도와 가깝고, 북쪽 절반은 차령 북쪽에 있어 경기도에 인접해 있다. 물산의 풍부함은 경상도와 전라도에 미치지 못하지만, 산천이 평탄하고 아기자기하며 서울에서 가깝고 남쪽에 위치하여 자연스레 벼슬아치들이 모여 사는 본거지가 되었다. 서울의 명문가들이 너 나 할 것 없이 도내에 전답과 살 집을 마련하여 근본 터전으로 삼고 있다. 게다가 서울과 가까워서 풍속이 크게 다르지 않으니 선택하여 거주할 만한 최적지이다.

충청감사의 치소는 공주에 있으니, 백제 말엽 당나라 유인원劉仁願이 웅진도독부熊津都督府[2]를 설치했던 곳이다. 서울과 300리 떨어져 있고, 차령 남쪽, 금강錦江 아래에 있다. 공주에서 금강을 건너고 차령을 넘어 천안과 직산稷山을 지나면, 북쪽으로 경기도 양성陽城에 이르고, 진위振威와

---

1 충남 예산군 신양면과 공주시 유구읍 사이에 있는 높이 240미터의 고개이다. 공주 북서쪽 22킬로미터 지점에 있고, 높고 험준하지는 않으나 수목이 울창하며 내포의 여러 고을로 통하는 중요한 길목이다.

수원, 과천을 지나면 한양에 다다른다. 연도沿道 위에 있는 직산 북쪽은 어디나 곳곳에 들이 있으나 토지가 척박하며 산적이 많아 살 만한 곳이 못 된다.

충청도는 내포內浦[3]가 가장 좋다. 공주에서 서북쪽으로 200리쯤 되는 곳에 가야산[4]이 있다. 가야산 서쪽은 큰 바다이고, 북쪽은 대진大津(아산만)을 사이에 두고 경기도 바닷가 고을과 인접해 있는데 여기는 서해가 내륙으로 깊숙이 들어온 곳이다. 가야산 동쪽은 큰 들이 펼쳐져 있고 들판 가운데 큰 포구가 있어 이름을 유궁진由宮津이라 한다. 유궁진은 밀물이 가득 차올라야만 배를 운항할 수 있다.

가야산 남쪽 산자락에는 오서산烏棲山[5]이 있다. 가야산에서 뻗은 산자락으로 이 산 동남쪽을 거쳐야만 공주와 통한다.

가야산 앞뒤로 열 개의 고을이 있어 다 함께 내포라 부른다. 한 모퉁이에 외따로 떨어져 큰길에 접해 있지 않은 지형이라 임진년(1592)과 병자년(1636)에 남쪽과 북쪽에서 두 부류의 외적이 침략하였으나 아무도 여기에 이르지 않았다. 토지는 비옥하고 물가나 평지나 평탄하고 드넓다. 물고기와 소금이 흔해 부자가 많고 세거하는 사대부가 많다. 다만 바다에 가

---

2 유인원은 나당연합군이 백제를 공격할 당시 당군을 지휘한 장수이다. 백제가 멸망하고 소정방蘇定方의 주력부대가 물러간 뒤에 고토에 주둔하여 부흥 운동을 저지하였다. 웅진도독부는 당나라가 백제를 멸망시킨 뒤 백제의 옛 땅을 다스리기 위해 설치한 행정관청이다.

3 충남 아산에서 보령에 이르는 서부 바닷가의 넓은 지역을 가리키는 말이다. 그 범위는 논자에 따라 조금씩 차이가 있으나 《택리지》에서는 차령산맥 서쪽에 있는 가야산 주위의 열 개 고을을 가리키고 있다.

4 충남 예산군 덕산면과 서산시 운산면, 해미면에 걸쳐 있는 산이며, 일명 상왕산象王山이라 한다. 거찰인 가야사伽倻寺가 있었고, 지금은 개심사開心寺 등의 명찰이 있다. 흥선대원군 이하응이 가야사를 파괴하고 그 자리에 남연군 묘를 조성하는 짓을 저질렀다.

5 충남 홍성군 광천읍과 보령군 청소면 경계에 자리 잡은 서해안의 명산이다. 높이는 약 790미터이다.

까운 지역 주민들은 학질과 종기를 많이 앓는다. 산천은 평탄하여 좋고, 드넓어 활짝 트였으나 멋지고 빼어난 느낌이 적다. 구릉과 습지대는 작고 아기자기하고 부드럽고 선이 가늘지만, 기이하고 빼어난 산천풍경이 부족하다. 그중에서 보령은 산수가 가장 빼어나다. 보령현 서쪽에는 수군절도사의 수영水營이 있고, 수영에 영보정永保亭[6]이 있다. 호수와 산의 경치가 아기자기하고 호탕하며, 너르고 트여 있어 빼어난 명승이라 불린다.

보령 북쪽에 결성結城과 해미海美가 있고, 서쪽으로 큰 갯벌을 사이에 두고 안면도가 있다. 이 세 개의 고을은 가야산 서쪽에 위치한다. 또 북쪽으로는 태안과 서산이 있어 작은 바다를 사이에 두고 강화도와 남북에서 마주보고 있다. 서산 동쪽에는 면천沔川과 당진이 있다. 동쪽으로 큰 갯벌을 건너면 아산이 나온다. 북쪽으로 비껴서 경기도 남양南陽의 화량花梁[7]과 작은 바다를 사이에 두고 마주보고 있다. 이 네 개의 읍은 가야산 북쪽에 있다.

가야산 동쪽 지역은 홍주洪州(홍성군), 덕산德山으로 나란히 유궁진 서쪽에 있어 내포 동쪽에 위치한 예산, 신창新昌[8]과 더불어 배를 타고 서울에 대단히 빠르게 오갈 수 있는 곳이다. 홍주 동남쪽에는 대흥大興[9]과 청양靑陽이 있으며 대흥은 옛 백제 임존성任存城이 있던 곳이다. 이 열한 개 고을[10]은 나란히 오서산 북쪽에 자리 잡고 있다.

━━━━━

6 충남 보령시 오천면 소성리에 있던 충청수영忠淸水營에 세워졌던 조선 시대 누정으로 현재 복원되었다. 조선 시대 서해안을 대표하는 명승이었다.

7 남양은 경기도 화성시 남양읍으로 남쪽에는 남양만이 있다. 화량은 남양만에 있는 포구로 수군 진영인 화량진花梁鎭이 설치되어 있었다.

8 아산시 신창면 일대로 조선 시대에는 해운이 번창했던 곳이다.

9 예산군 대흥면 일대이다. 본래 백제의 임존성 또는 금주今州 지역이다. 대흥면 상중리에는 삼국시대에 쌓은 임존성의 유적이 남아 있다.

10 오서산 북쪽에 있다는 고을의 개수가 정확하지 않다. 본문에서 언급한 고을은 열한 개가 아니라 열세 개다. 오서산 북쪽에 있다고 한 청양은 실은 오서산 동남쪽에 있다.

오서산 앞으로 하나의 산줄기가 서남쪽으로 뻗어가 성주산聖住山[11]이
된다. 성주산 서쪽에는 비인庇仁[12]과 남포藍浦가 있다. 토지가 대단히 비옥
하고, 서쪽으로 큰 바다에 임하여 어업과 제염, 벼농사로 이익을 얻는다.
성주산 남쪽 지역은 서천舒川과 한산韓山[13], 임천林川[14]이다. 진강鎭江가에
있어 모시를 재배하기에 알맞아 모시로 얻는 이익이 온 나라에서 으뜸이
다. 강과 바다 사이에 위치하여 선박을 운행하여 한양에 못지않은 이익
을 얻는다. 진강 남쪽은 곧 전라도에 맞닿아 있다.

성주산 동북쪽에는 홍산鴻山과 정산定山[15]이 있다.[16] 홍산은 임천 북쪽에
있고, 동쪽으로 강경[17]과 강을 사이에 두고 마주보고 있다. 정산은 청양
동쪽에 있고, 공주와 경계를 접하고 있다. 이 일곱 개 고을은 풍속이 똑
같고, 세거하는 사대부가 많다. 다만 청양과 정산 두 고을은 어디나 땅에
장기가 있어 살 만한 곳이 못 된다.

공주는 면적이 대단히 넓어서 금강 남쪽과 북쪽에 걸쳐 있다. 지역 사

---

11 충남 보령시 미산면과 성주면에 접쳐 있는 산으로 높이는 680미터이다. 신라 태종무열
    왕의 8세손인 무염無染이 이 산에 있는 성주사聖住寺에 머물렀기 때문에 성주산으로
    불렸다고 한다. 성주사 터에는 최치원이 짓고 쓴 〈성주사지낭혜화상탑비聖住寺址郎慧
    和尙塔碑〉가 있다.
12 서천군 비인면이다. 조선 시대 군사상 요지이자 영남과 호남의 세곡선稅穀船이 지나는
    교통의 요지였다.
13 서천군 한산읍이다. 이 지방을 중심으로 생산되는 한산모시는 예로부터 특산물로 알려
    졌다.
14 부여군 임천면 일대이다. 금강 하류에 위치하여 조선 시대에는 해창海倉을 설치하였다.
15 청양군 정산면 일대이다. 홍성과 청양, 공주를 잇는 교통의 요지이다.
16 홍산이 실제로는 성주산 동북쪽이 아닌 남쪽에 있고, 강경과 마주하고 있으므로 방위
    설명에 착오가 있다.
17 논산시 강경읍 일대이다. 조선 후기에 서해안에서 상업과 물류 운송, 교통이 가장 번성
    했던 포구이다. 《택리지》에서 가장 적극적으로 평가한 지역이다. 이곳의 황산리에는
    현재 도 지정 유형문화재인 임리정臨履亭과 팔괘정이 있는데, 팔괘정은 이중환이 《택
    리지》를 완성한 곳이다.

람들이 "첫째는 유성儒城이요, 둘째는 경천敬天, 셋째는 이인利仁, 넷째는
유구維鳩이다."라고 말하거니와 살기에 좋은 땅이라는 말이다. 공주에서
동남쪽으로 40리 떨어진 지역에는 계룡산이 있다. 전라도 마이산의 산줄
기가 끝나는 곳으로 금강 남쪽에 있다. 계룡산 한 줄기가 서쪽으로 내려
가 크게 끊겨서 판치板峙[18]가 되었다가 다시 줄기가 일어나 월성산月城山[19]
이 되는데 이것이 공주의 진산鎭山이다. 금강은 동쪽에서 흘러와 공주 북
쪽에 이르렀다가, 남쪽으로 꺾여 웅진熊津이 되고 백마강이 되고 강경강
江景江이 되며, 또 서쪽으로 꺾여 진강鎭江이 되어 바다로 들어간다.[20]

공주 동쪽에서 금강 남쪽 언덕을 따라서 계룡산 뒤에 자리 잡은 첩첩한
고개를 넘으면 유성의 넓은 들판이 나온다. 이곳은 계룡산 동북쪽이다.[21]
조선 초에 계룡산 남쪽 골짜기를 도읍지로 삼으려 했으나 성사되지 않았
다.[22] 이 골짜기의 물이 들판 한가운데를 가로질러 서쪽에서 동쪽으로 흘
러가는데, 진산珍山[23]과 옥계玉溪[24]의 물과 합류하고 북쪽으로 흘러 금강으
로 들어가니, 이름을 갑천甲川[25]이라 한다. 갑천 동쪽에는 회덕현懷德縣이

---

18 지금의 무네미고개를 말하며, 공주시 계룡면 기산리 원골 남쪽에 있다.

19 충남 공주시 옥룡동과 소학동에 있는 산으로 높이는 313미터이다.

20 한강과 마찬가지로 금강 역시 위치에 따라 이름이 달리 불린다. 웅진은 공주시와 백마
강 사이를 가리키고, 백마강은 낙화암 부근을, 강경강은 논산시 강경읍 부근을, 진강은
강경 이하 하류를 지칭한다.

21 원문은 간유艮維이다. 4유방四維方 가운데 하나인 간방艮方을 가리키며 동북방東北方
을 말한다. 지금의 대전광역시 유성구 일대이다.

22 조선 태조는 장차 옮겨갈 도읍지를 물색하던 중 1393년(태조 2년) 2월 계룡산으로 결
정하여 공사에 착수하였다. 그러나 그해 12월 경기좌우도관찰사 하륜河崙의 진언進言
에 따라 중지하였다. 지금의 충남 계룡시 신도안면 일대이다.

23 진산은 금산錦山의 옛 지명이고, 금산에서 내려온 물은 지금의 유등천을 가리킨다. 유
등천은 금산군 복수면에서 발원하여 대전천과 합류하여 갑천으로 흘러 들어간다.

24 지금의 대전천을 말한다. 충남 금산군에서 발원하여 서구 삼천동에서 유등천과 합류하
고 갑천으로 흘러 들어간다.

있고 서쪽에는 유성촌儒城村과 진잠현鎭岑縣이 있다.

동서에 있는 두 개의 산이 남쪽으로부터 들을 감싸 안아서 북쪽에 이르러 합쳐진다. 또 사방에는 산이 높게 솟아 들판을 둘러싸고 있는데, 낮은 산등성이는 구불구불 이어지고, 아기자기한 산기슭은 정밀하고 빼어나다. 구봉산九峰山과 보문산寶文山[26]이 남쪽에 우뚝 솟았는데, 청명한 기상은 한양 동쪽 교외보다 나은 듯하다. 경작하는 토지가 지극히 비옥하고 드넓으나 바다가 조금 멀어 서쪽 강경에서 물자를 운송해와야 한다. 하지만 강경까지는 채 100리 길도 안 된다.

계룡산 서남쪽에는 네 개의 읍이 있고, 모두 큰 들 가운데 있다. 서쪽은 강경 나루에 이르고, 북쪽은 공주와 접해 있다. 계룡산 사련봉四連峯[27] 가운데 한 줄기가 서쪽으로 내려와 경천촌敬天村이 된다. 이 마을은 판치 남쪽에 위치하고, 땅이 비옥하고 산이 웅장하며, 주민은 부유하고 물산은 풍부하다. 계룡산 동쪽에는 공주 대장촌大庄村이 있고, 서쪽에는 이산尼山[28]과 석성石城이, 또 남쪽에는 연산連山과 은진이 있다. 이산과 연산은 계룡산과 가까우나 토지가 비옥한 반면, 은진과 석성은 들판에 있으나

---

25 대둔산大屯山에서 발원하는 벌곡천과 계룡산에서 발원한 신도천 물이 대전광역시 서구 용촌동에서 합류하여 갑천을 이루고, 이후 유등천, 대전천과 합류하여 금강으로 흘러 들어간다.

26 모두 대전광역시 남서쪽에 있는 산으로 높이가 구봉산은 263미터이고, 보문산은 457미터이다.

27 계룡산 관음봉에서 연천봉 사이에는 네 개의 봉우리가 나란히 서 있어 사련봉이라 부른다. 생김새가 붓 같다고 해서 문필봉이라고도 한다.

28 논산시 노성면 일대의 옛 지명이다. 조선 제22대 임금 정조의 본명이 이산李祘이기에 세손에 봉해진 뒤 이름을 피휘避諱하여 이성尼城으로 개칭하였다가 어명의 발음을 '이성'으로 변경한 정조 말엽 이후 다시 노성魯城으로 변경하였다. 지명의 변천은《택리지》의 필사 시기와 지도의 제작 시기를 파악하는 기준으로 활용된다. 안대회, 〈정조正祖 어휘御諱의 개정: '이산'과 '이성'―《규장전운》의 편찬과 관련하여〉,《한국문화》52권, 2010에 자세히 설명되어 있다.

토지가 척박하여 홍수와 가뭄의 재해를 자주 겪는다. 이 네 개의 고을은 경천촌과 큰 들판을 통해 연결되어 있다. 바닷물이 강경을 통해서 드나들기 때문에 들에 있는 모든 시내와 계곡은 뱃길로 인한 이익을 누리고 있다.

강경은 은진 서쪽에 있다. 들녘 가운데 작은 산(옥녀봉) 하나가 금강에 바짝 다가서서 불쑥 솟아 있고, 동쪽을 보고 좌우에서 두 줄기의 큰 냇물을 역으로 맞아들인다. 산을 등진 큰 강에는 바닷물이 들어오는데 물맛은 그다지 짜지 않다. 마을에는 우물이 없고, 마을 전체가 땅속에 큰 독을 파묻어놓고 강물을 길어 독에 담아둔다. 며칠이 지나면 더러운 찌끼는 아래로 가라앉고 윗물은 맑고 시원해진다. 여러 날이 지나도 맛이 변하기는커녕 시간이 흐를수록 더 시원해진다. 수십 년간 창병瘡病(장기로 인한 병)을 앓던 자들도 1년만 이 물을 마시면 곧장 병이 싹 낫는다. 어떤 이는 "강과 바다가 서로 만나는 곳에서 얻을 수 있는, 소금물과 민물이 섞인 물은 풍토병을 고치는 데 제일이다. 그중에서도 이 강물이 제일 좋다."라고 말한다.

은진 동북쪽에는 사제천沙梯川[29]이 있어서 동남쪽에 위치한 진산 경내와 통한다. 여기에는 80리에 걸쳐 기다란 산골짜기가 있으나 어디든 샘에도 땅에도 장기가 있어 살 만한 곳이 못 된다.

공주 서남쪽 백마강[30]가에 부여가 있다. 백제의 옛 수도로 조룡대釣龍臺[31]와 낙화암落花岩[32], 자온대自溫臺[33], 고란사皐蘭寺[34]가 있으니 이들은 백제

---

29 지금의 논산천으로 금산에서 발원하여 고산현을 지나 석성현과 은진현 사이의 사진泗津을 지나는 사수泗水를 가리킨다.

30 부여 부근을 흐르는 금강을 가리키는 말로 부여읍 정동리의 범바위부터 부여읍 현북리 파진산 모퉁이까지 약 16킬로미터 구간에 해당한다.

31 부여의 백마강 물속에 있는 바위이다. 당나라 장수 소정방이 백마를 미끼로 용을 낚았다는 전설이 전해지는 바위로 사람 한 명이 겨우 앉을 만한 크기이다.

때의 오래된 유적이다. 강을 내려다보는 암벽이 기이하고 수려하여 경치가 대단히 빼어나다. 또 땅이 지극히 비옥해 부유한 사람이 많다. 그러나 도읍지로 논한다면, 형국이 조금 비좁아 평양이나 경주에는 미치지 못한다.

이인역利仁驛[35]은 부여 동북쪽, 공주 서쪽에 있다. 산이 평평하고 들이 평탄하며, 무논이 비옥하여 살 만한 곳이라 일컬어진다.

금강 북쪽, 차령 남쪽은 땅은 비옥하나 살기를 벗지 못하였다. 그러나 금강가에는 사송정四松亭[36]과 금벽정錦壁亭[37], 독락정獨樂亭[38]이란 정자가 세워

---

32 부여의 부소산扶蘇山에 있는 바위이다. 서기 660년 나당연합군의 침공으로 성이 함락되자 궁녀 3000여 명이 이 바위에서 투신하여 죽었다는 전설이 전한다.

33 부여군 규암면 규암리에 있는 바위이다.《삼국유사三國遺事》에 따르면, 백제 왕이 왕흥사王興寺에 예불하러 갈 때 먼저 이 돌에 올라 부처에게 예배하였는데, 임금이 도착하면 바위가 저절로 따뜻해졌다는 이야기가 전한다.

34 부여의 부소산 북쪽 백마강변에 있는 절이다. 낙화암에서 투신한 삼천궁녀의 넋을 위로하려고 1028년에 지은 사찰로 전해진다.

35 공주시 이인면 이인리에 설치되었던 고려와 조선 시대의 역이다.《세종실록지리지》에 따르면, 원래 명칭이 이도역利道驛이었으나 '이도利道'가 세종의 어명 이도李裪와 발음이 같아 이인역으로 바뀌었다.

36 공주시 월송동 금강가에 있는 정자로 금강변 명승 가운데 하나로 널리 알려졌다. 본디 김류金瑬가 소유했던 정자로 후에는 이상의가 소유하였다. 채팽윤蔡彭胤은《희암집希菴集》에 실린 〈시한정기是閑亭記〉에서 이중환의 5대조 이상의가 사송정을 시한정이라 개칭하였다고 했다. 후에 무너진 정자를 1701년 충청도관찰사로 재직하던 이중환의 부친 이진휴가 중수한 것으로 추정한다. 1871년 간행된《호서읍지湖西邑誌》에는 "지금 사송정은 없다."라고 기록돼 있어 당시에는 허물어진 것으로 보인다. 지금의 사송정은 1995년 공주시가 원래 위치에서 40번 국도를 따라 동쪽으로 약 150미터 떨어진 곳에 복원한 것이다.

37 세종특별자치시 장군면 금암리 창벽蒼壁 맞은편에 있던 정자이다. 풍양 조씨 사인공파 소유의 정자로 공주의 대표적인 명승지로 널리 알려졌다. 의정부 사인을 지낸 지와止窩 조대수趙大壽(1655~1721)와 그의 아들 묵소墨沼 조석명趙錫命(1674~1753) 등이 소유하였다.《택리지》에서 말하는 조 상서는 1746년 형조판서가 된 조석명을 가리킨다. 지금은 도로 확장 공사로 소실되었다.

져 있다. 사송정은 우리 집안 소유요, 금벽정은 조 상서趙尚書의 전장田莊이며, 독락정은 임씨林氏 가문이 오래전부터 소유하고 있는 정자이다. 나란히 강산을 조망하는 아치가 있다.

공주 서북쪽에 무성산茂盛山[39]이 있으니 차령의 서쪽 줄기가 맺혀 만들어진 산이다. 토산이 에둘러 있고, 여기에 마곡사[40]와 유구역維鳩驛[41]이 깃들어 있다. 마곡사 골짜기는 물이 많고 논은 비옥하며 목화와 기장, 조를 재배하기에도 알맞다. 사대부와 평민들이 이곳에서 한데 모여 사는데 어느 해이든 흉년을 모른다. 대대로 부유하게 살아가는 집이 많고 유리걸식하거나 다른 곳으로 이주할 일이 없어 걱정거리가 적으니 살기 좋은 땅이다. 산지에 터를 잡은 형국이기는 하지만 멧부리와 언덕이 야트막하고 평탄할 뿐, 험준하고 사납거나 뾰족하고 부딪힐 듯한 생김새가 없다. 산 중턱 위로는 한 조각의 바위도 없으며 살기殺氣도 드물다. 따라서 남사고南師古는《십승기十勝記》[42]에서 유구역과 마곡사의 두 물줄기 사이의 땅을 병화를 피할 수 있는 적지로 꼽았다.

---

38 세종특별자치시의 금강가에 있는 조선 초기의 정자로 1437년에 임목林穆이 고려 말에 전서典書를 지낸 임난수林蘭秀의 절의를 기리기 위해 지었다.

39 공주시 우성면, 정안면 및 사곡면에 걸쳐 있는 산으로 높이는 614미터이다. 무성산茂城山이라고도 한다.

40 공주시 사곡면 운암리의 태화산泰華山 동쪽에 있는 고찰이다.

41 공주시 유구읍 유구리에 설치된 역으로 고려 이래 호남과 한양을 연결하는 주요 역이었다.

42 남사고는 조선 중기의 풍수가로 본관은 영양이며 호는 격암格庵이다(1509~1571). 감여堪輿와 천문天文, 복서卜筮 등에 해박하였고, 특히 풍수지리에 밝았다. 그의 저작으로 알려진《남사고비결南師古秘訣》과《남격암십승지론南格庵十勝地論》이《정감록鄭鑑錄》에 전한다.《십승기》는《남격암십승지론》으로《택리지》일부 사본에는 부록으로 실려 있다. 여섯째 항목에서 "공주의 유구와 마곡 두 물줄기 사이는 둘레가 100리인데 살상을 당하는 화를 면할 수 있다.〔第六, 公主維鳩·麻谷兩水間, 周回百里, 可免殺傷之禍.〕"라고 하였다.

무성산에서 서쪽으로 언덕 하나를 넘으면 바로 내포가 나온다. 내포는 목면을 재배하기에는 알맞지 않아서 어민과 갯가에서 살아가는 백성들은 여기서 물고기와 소금을 주고 목면을 얻는다. 그래서 공주에서는 오로지 유구역과 마곡사 지역만이 내포 어업과 제염으로 생기는 이익을 얻는다. 이 때문에 평시이든 난세이든 언제나 살기에 적합하다. 그러나 산지에 터를 잡은(結作) 땅이라 조산朝山이 보이지 않고, 맑지도 환하지도 않을뿐더러, 수려하고 빼어난 경치도 적다. 이것이 유성에 미치지 못하는 단점이다.

고을 북쪽에는 작은 산이 강가에 자리를 잡고 있다. 생김새가 '공公' 자와 같아서 공주라는 고을 이름이 붙여졌다.[43] 산의 형세를 따라 작은 성을 쌓고 금강 물길을 해자처럼 둘렀는데 면적은 좁아도 지형은 견고하다. 옛날에 인조께서 갑자년(1624) 이괄의 난[44]을 피해 이곳으로 행차하셨다. 산 위에는 한 쌍의 나무가 있어서 임금께서는 매일 이 나무에 기대어 북쪽에 있는 궁원弓院[45] 들판을 바라보셨다. 하루는 날듯이 달리는 기병이 이르렀기에 전황을 물었더니 승전을 알렸다. 임금께서 크게 기뻐하시며 한 쌍의 나무에 통정대부라는 벼슬을 내리셨다.[46] 훗날 관아에서 산 위에 작은 정자 곧 쌍수정雙樹亭[47]을 세웠으나 지금 나무는 말라 죽고 정자만 남아 있다. 성안에는 군량미를 쌓아두고 병기를 갖추어놓아 강화

---

43 공주라는 지명은 보통 웅진熊津의 '곰 웅熊'에서 유래한다고 보지만 조선 후기에는《택지리》에서 펼친 주장도 흔히 전파되었다.

44 1624년(인조 2년) 평안병사 이괄(1587~1624)이 인조반정의 논공행상에 불만을 품고 일으킨 반란이다.

45 공주에서 금강을 건너 차령에 이르는 곳의 지명으로, 지금의 공주시 정안면 일대이다.

46 이괄의 난이 일어나자, 인조는 도성을 버리고 피란하여 1624년(인조 2년) 2월 14일부터 2월 18일까지 닷새간 공주에 머물렀다. 공주성의 이름은 본디 공산성公山城이었으나 이 일을 계기로 쌍수산성雙樹山城으로 변경되었다.

도, 광주廣州와 함께 당당하게 중요한 요새로 자리 잡았다.

성 북쪽에는 공북루拱北樓[48]가 있다. 상당히 웅장하고 화려하며, 강물을 내려다보고 있어 경치가 좋다. 선조 때 서경西坰 유근柳根[49]이 충청감사가 되어 공북루에 올라 시를 지었는데 그중 한 연은 다음과 같다.

소동파는 적벽에서 놀고[50] 나는 창벽에서 놀며　　　蘇仙赤壁今蒼壁

유량은 남루에 오르고[51] 나는 북루에 올랐네　　　庚亮南樓是北樓[52]

──────

47 공주시 금성동 공산성에 있는 정자로 이괄의 난 때 인조가 피신한 곳에 있었다. 신익성申翊聖(1588~1644)이 〈쌍수정기雙樹亭記〉를 지었다. 이 기문에 따르면 인조가 공주에 행차하기 전에 이 정자가 완성되어 있었다. 1709년 이선부李善溥가 관찰사로 부임하여 〈쌍수산성기적비〉를 건립하고 비각을 세웠으며, 1735년 이수항李壽沆이 관찰사로 부임하여 삼가정三架亭을 창건했는데 이 정자를 쌍수정으로 보기도 한다.

48 공산성의 북문으로, 공주시 금성동에 있는 누각이다. 본래 망북루望北樓였는데 관찰사 유근이 1602년에 부임하여 공산성을 대대적으로 중수하면서 공북루라 개명하였다. 유근이 1602년에 공북루를 건립하였다는 기록이 〈공주공북루중수기公州拱北樓重修記〉에 보인다. 충청도 지역을 대표하는 명승의 하나로 이름이 높다.

49 자는 회부晦夫, 호는 서경西坰 또는 고산孤山, 본관은 진주이다(1549~1627). 1572년 문과에 장원하여 경기도관찰사, 예조판서, 대제학 등을 역임하였다. 1602년에 충청도 관찰사로 부임하여 공산성을 대대적으로 중수하고, 공북루를 새로 개축하였다. 광해군이 즉위한 뒤 대북파가 집권하자 충북 괴산으로 물러났고, 인조반정 이후 다시 기용되었다. 문집에 《서경집西坰集》이 전한다.

50 소동파蘇東坡는 송대의 문호인 소식蘇軾이다. 황주黃州에 유배된 소식은 1082년 가을과 겨울에 적벽에서 노닐며 〈적벽부赤壁賦〉를 지었다. 7월에 지은 것을 〈전적벽부〉, 10월에 지은 것을 〈후적벽부〉라 한다.

51 유량은 진晉나라의 정승이다. 그가 무창武昌을 다스릴 때, 아전들이 달밤에 남루南樓에 올라 시를 읊고 있었다. 유량이 이르자 아전들이 자리를 피하려 했더니, 그는 "제군들은 잠시 더 머무르라. 이 늙은이도 이런 곳에서 흥취가 얕지 않다."라 하고는, 의자에 앉아 함께 어울려 시를 읊으며 놀았다.(《진서晉書》〈유량열전庾亮列傳〉)

52 유근은 1603년 공북루 중수를 마치고 잔치를 한 다음에 이 시를 지었다. 문집에 실린 시의 제목은 〈拱北樓成, 招工匠咸集于庭, 餼之以酒, 酒闌爭起舞, 是日適有雨〉이고, 전문은 다음과 같다. "高棟新開城上頭, 金湯萬古衛神州. 蘇仙赤壁今蒼壁, 庚亮南樓是北樓. 人在湖山應自得, 天教江漢擅風流. 片雲忽送催詩雨, 相我淸樽九日遊."(《서경시집西坰詩集》권2)

창벽이 금강 상류에 있고 누각 이름이 공북루였기에 시에서 이렇게 읊었다. 이 시구를 두고 서응徐凝의 악시惡詩[53]와 같다고 평한 사람이 있었으나 유근은 아름다운 시구라고 자부하였다.

속리산은 남쪽으로 달리다 추풍령에서 크게 끊기고, 다시 일어나 황간黃澗[54]의 황악산黃岳山[55]이 되고, 전라도로 들어가 무주의 덕유산이 된다. 또 덕유산에서 나와 장수와 남원 사이에서 크게 끊겼다가 서쪽으로 가서 임실의 마이산이 된다. 이곳에서 돌산 한 자락이 방향을 바꾸어 북쪽으로 달려 주류산珠旒山[56] · 운제산雲梯山[57] · 대둔산이 되고, 충청도로 들어가 금강을 등지고 돌아서 계룡산이 된다. 남쪽으로 향하다가 등지고 북쪽으로 올라가 한 갈래의 큰 산맥으로 통한다.[58]

덕유산과 마이산 사이에서 동서로 펼쳐진 고을의 시내와 골짜기 물이 하나로 합쳐져 금강의 발원지가 되니 바로 적등강赤登江[59]이다. 남쪽에서

---

53 서응은 중당中唐의 시인이다. 그는 〈여산폭포廬山瀑布〉라는 시에서 "한 줄기 폭포가 청산 빛을 둘로 갈라놓았네.[一條界破青山色.]"라고 읊었다. 소동파가 이 시를 두고 형편없다고 평하며 시를 지어 "상제가 한 줄기 은하수를 내려보내니, 예로부터 오직 이백李白의 시만 있을 뿐이지. 폭포가 흩뿌리는 물거품 아무리 많아도, 서응의 악시를 씻어내진 않는군.[帝遣銀河一派垂, 古來惟有謫仙詞, 飛流濺沫知多少, 不與徐凝洗惡詩.]"이라 하였다.

54 충북 영동군 북부에 있는 황간면 일대이다.

55 경북 김천시 대항면과 충북 영동군 매곡면에 걸쳐 있는 산으로 높이 1111미터이다.

56 보통 주줄산珠崒山으로 표기한다. 132쪽 본문과 각주 참고.

57 전북 완주군 화산면에 있었던 운제현雲梯縣에 그 이름이 남아 있다. 갈매봉과 옥녀봉이 있는 산자락을 지역에서는 운제산으로 부르고 있다.

58 서술된 내용을 염두에 두고 지도를 보면, 속리산에서 계룡산에 이르는 산맥이 'U' 자 형태임을 알 수 있다. 또한 《동여도》에 따르면, 속리산과 계룡산은 가로로 뻗어 있다. 이 모양을 남쪽을 향하고 북쪽을 등졌다고[向南背北] 설명하였다.

59 금강 최상류에 있는 강의 이름으로 금강은 상류에서 하류로 적등강, 호강虎江, 차탄강車灘江 등이 이어진다. 충북 옥천군 이원면 일대에 있다. 162쪽의 고지도에서 이원면 부근의 적등진赤登津이라는 지명이 확인된다.

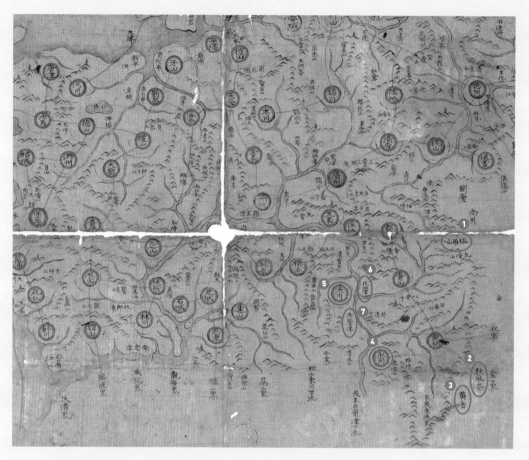

적등강 주변의 강과 지역, 《좌해지도左海地圖》, 18세기 중엽, 규장각한국학연구원 소장

속리산①에서 추풍령②과 황악산③을 거쳐 덕유산으로 뻗은 산줄기를 그렸다. 덕유산에서 내려오는 적
등강이 영동④을 지나 옥천⑤으로 북류北流하고, 속리산에서 내려오는 물과 만나 화인진⑥에서 합류하
여 북류하다가 다시 서류西流하여 금강으로 흘러드는 흐름을 보여준다. 금강 상류가 영동에서 옥천으로
북류하는 중간 지점에 적등진赤登津⑦이 보인다. 지금의 옥천군 이원면 일대의 금강 상류를 적등강이라
불렀다.

북쪽으로 달려 옥천 동쪽에 이르고, 다시 속리산에서 내려오는 물과 합하고 서쪽으로 꺾여 금강이 된다. 적등강 동쪽에 장수와 무주, 영동, 황간, 청산靑山[60], 보은이 있고, 서쪽에는 진안과 용담龍潭[61], 금산, 옥천이 있다. 장수와 무주, 금산, 용담, 진안은 전라도의 경계가 되고, 옥천, 보은, 청산, 영동, 황간은 충청도의 경계가 된다. 무주와 장수는 덕유산 아래에 있고, 궁벽한 수풀과 깊은 계곡이 많으며 산세가 막혀 있다.

영동은 속리산과 덕유산 두 개의 산 사이에 있다. 영동 동쪽에는 추풍령이 있고, 추풍령은 덕유산 산자락이 잠시 쉬어가는 곳이다. 이름은 고개이나 실제로는 평지라 산은 많아도 그다지 거칠거나 웅장하지 않은데 그렇다고 야트막하거나 평탄하지도 않다. 바위와 산봉우리는 모두 윤택하고 온화한 기운을 띠고, 시냇물과 개울은 맑고 깨끗하여 사랑스러워서 조악하거나 억센 느낌을 주지 않는다. 토지도 비옥하고 물이 많아 물을 대기가 쉬워서 가뭄의 피해가 적다.

청산도 마찬가지이다. 청산은 북쪽으로 보은과 인접해 있는데, 보은은 토질이 대단히 척박하다. 관대館垈[62]가 속리산 남쪽 증항甑項 서쪽에 있는데, 들은 넓고 토지는 비옥해 가장 살 만한 곳이다. 청산과 보은 두 고을은 모두 대추를 재배하기에 알맞아 백성들은 대추를 팔아 생계를 꾸린다. 보은 서쪽의 회인현懷仁縣은 첩첩산중에 있고, 고을이 몹시 작지만 풍계촌楓溪村[63]만은 살 만하다.

진안은 마이산 아래 있고, 땅이 담배를 재배하기에 알맞다. 무릇 진안

---

60 충북 옥천군 동부에 있는 청산면 일대이다.
61 전북 진안군 북부에 있는 용담면 일대이다.
62 보은군 마로면 관기리 일대로, 우리말 '관터'를 '관기館基' 또는 '관대館垈'로 적었다. 《동여도》를 비롯한 고지도에서는 속리산 남쪽에 있는 증항의 서쪽에 펼쳐진 넓은 들을 '관기'로 표기하였다.
63 회인면 남동부에 있던 마을이다.

경내에 있는 땅은 아무리 높은 산꼭대기라 해도 담배를 심으면 어디든 무성하게 잘 자라므로 많은 주민들은 담배 재배를 생업으로 삼는다.

진안 북쪽에는 용담이 있다. 산천의 경치가 기이하고, 주줄천珠峯泉[64]과 반일암半日巖[65]이 있어 병란을 피할 만하다.

용담 북쪽에 금산이 있고, 더 올라가면 옥천이 나온다. 금산과 옥천도 바위산이 많으나 모두 들 가운데 외따로 떨어져 서 있다.

옥천은 북쪽으로 금강을 경계로 삼고 서쪽으로 고개 하나를 사이에 두고 회덕과 마주보고 있다. 산수가 정결하며 흙빛이 밝고 수려하여 한양 동쪽 교외와 같다. 그러나 들은 몹시 척박하고 논에서는 수확이 적다. 주민들은 다만 목화를 심어 생계를 잇는데 대체로 토지가 목화를 재배하기에 가장 알맞기 때문이다. 그러나 예로부터 글공부하는 선비가 많이 배출되어 학사學士 남수문南秀文[66]과 우암 송시열이 이 고을 사람이다.

금산은 동쪽으로 적등강을 경계로 삼고 서쪽으로 대둔산을 경계로 삼는다. 중간에는 조계산釣溪山[67]과 진악산進樂山[68]이 있다. 또 큰 시내가 많아서 물대기가 수월하다. 그래서 논밭이 상당히 기름지고, 아울러 빼어난 승경을 자랑하는 수석水石이 있어 열 개의 고을 가운데 가장 살 만하다.

---

64 진안군 주천면 대불리를 흐르는 강으로 주자천朱子川의 옛 이름이다.《여지도서輿地圖
    書》에서 용담현 주자천을 설명하여 "주자천은 추줄산酋峯山(지금의 운장산)에서 발원
    하여 달계천達溪川(지금의 금강)으로 들어간다."라고 하였고,《호남읍지》에서는 "추줄
    산에서 발원하여 추줄천酋峯川이라 부른다는 기록이 있다."라고 했으니 옛날에는 추줄
    천 또는 주줄천으로 불리던 이름이 주자천으로 바뀌었음을 알 수 있다.

65 진안군 주천면 대불리에 있는 바위로 진안의 명승지로 꼽힌다.

66 본관은 고성, 자는 경질景質, 호는 경재敬齋이다(1408~1442). 1426년 문과에 급제하였
    고, 1436년 문과에 장원해 집현전에 들어갔다. 세종의 대군들에게 글을 가르쳤고 문장
    가로 이름이 높았다.

67 어느 산인지 분명치 않다.

68 금산군 금산읍 서남부를 병풍처럼 두르고 있는 산으로 높이는 732미터이다.

속리산은 청주 동쪽 100리 일대에 있다. 속리산에서 내려오는 물 가운데 동쪽으로 흐르는 물은 경상도 낙동강으로 들어가고, 서쪽으로 흐르는 물은 금강으로 들어가며, 북쪽으로 흐르는 물은 충주의 달천達川[69]이 되어 한강으로 들어간다. 속리산 한 줄기는 북쪽으로 달려 거대령巨大嶺[70]이 되고, 달천을 끼고 서북쪽으로 향하여 경기도 죽산 경계에 이르러 칠장산七長山[71]이 된다.

칠장산에서 흘러나와 한강을 따라 서북쪽으로 간 산줄기는 흩어져 한강 이남의 많은 산이 된다. 서남쪽으로 간 산줄기는 하나의 산맥이 되어 진천에서는 대문령大門嶺[72]이 되고, 목천木川[73]에서는 마일령磨日嶺[74]이 되며, 전의읍에서 크게 끊겨 서쪽은 평지가 되었다가 금강 북쪽에 이르러 차령이 된다. 또 서쪽으로 가서 무성산과 오서산이 되고, 남쪽으로 임천과 한산에서 그치며, 북쪽으로 태안과 서산에 이른다. 마일령 동쪽과 거대령 서쪽 사이에는 큰 들이 펼쳐져 있다. 동쪽, 서쪽에 있는 두 개의 산에서 내려온 물이 들판 가운데서 합류하여 작천鵲川[75]이 된다. 작천은 진천 칠정七亭[76]의 동남쪽에서 발원하여 금강 상류 부용진芙蓉津[77]으로 들어간다.

---

69 충북 괴산군 괴산읍과 충주시를 흐르는 큰 하천으로 남한강 수계에서 가장 남쪽을 흐른다.

70 청주시 상당구에 있는 산으로 높이는 484미터이다. 《세종실록지리지》에 봉수대가 설치된 산으로 기록되어 거차대居次大, 거질대산巨叱大山, 거대산巨大山 등으로 표기되어 있고, 지금은 것대고개, 상봉재 등으로 표기한다.

71 경기도 안성시 일대에 있는 높이 492.4미터의 산이다. 산기슭에 있는 칠장사와 주변의 울창한 숲으로 유명하다.

72 진천군 백곡면 양백리와 안성시 금광면 상중리 사이에 있는 배티고개의 조선 시대 명칭이다. 지금은 325번 지방도로가 개통되어 있다.

73 지금의 천안시 동남구 목천읍 일대이다.

74 천안시 서북구 성거산에 있는 만일고개의 이칭으로 고지도에는 만일치萬逸峙로 나온다. 성거산 중턱에 만일사晩日寺라는 절이 있어서 만일고개라 했다. 만일사는 매일절이라고도 하여 고개도 매일고개로 불렸다.

작천 서쪽에서 서산西山을 끼고 있는 고을은 목천과 전의, 연기이다. 작천 동쪽에서 동산東山을 끼고 있는 고을은 청안淸安과 청주와 문의文義이다. 이 가운데 공주 동북쪽 100리 일대에 있는 청주가 가장 크다. 청주 고을은 거대령 아래 있고, 땅이 작천 서쪽을 넘어서 목천과 연기 사이로 끼어 들어갔다가 서산에서 그친다.

띠처럼 생긴 서산 줄기 하나가 구불구불 남쪽으로 내려온다. 모두 흙산이라 바위가 없고, 작천 서쪽에서 빙글빙글 돌다가 북쪽 목천과 전의를 거쳐 남쪽의 연기에 이른다. 산빛이 드넓게 펼쳐져 부드럽고 고우며, 들의 형세는 얽히고설켜 있어 풍수가들은 살기를 벗어난 곳이라 말한다. 금산이나 옥천에 비해 더욱 평탄하게 뻗고, 토지는 몹시 비옥하여 오곡과 목면을 재배하기에 알맞다.

작천 동쪽에는 큰 들이 있어 동남쪽으로 40여 리에 펼쳐져 있다. 들 가운데 있는 산은 봉우리가 여덟 개 있어 이름을 팔봉산八峯山이라 한다. 팔봉산은 산등성이와 산기슭이 들 가운데 듬직하게 서 있는데 남쪽에서 서북쪽을 향하여 뻗고 동쪽으로 거대령을 마주하고 있다. 일대의 흰 모래와 얕은 시내, 평탄한 산등성이와 아기자기한 산기슭 풍경은 경기도 장단읍長湍邑과 흡사하다.

작천 서쪽은 지대가 낮고 남쪽 강물은 수면이 높아 해마다 범람하여

---

75 청주시 청원구 오창읍 신평리 앞을 흐르는 하천으로 금강 지류인 미호천의 하류이다. 우리말로는 까치내라고 한다.

76 진천 북쪽 월촌면에 있던 대칠정제언大柒亭堤堰과 소칠정제언小柒亭堤堰으로 작천의 수원지이다.

77 금강 상류의 이름으로 지도에는 부용강芙蓉江 또는 부강芙江으로 표기되었다. 남쪽에서 북쪽으로 차례로 형강진荊江津, 신탄진新灘津, 매포梅浦, 부용강이 되어 청주에서 흘러오는 미호천과 만나 금강 본류로 흘러 들어간다. 지금의 세종특별자치시 부강면 일대이다.

둑이 무너질 우려가 있다. 고려 말 정도전鄭道傳이 재상으로 태조의 책사가 되었다. 정도전은 목은牧隱 이색李穡과 도은陶隱 이숭인李崇仁을 비롯한 현인들을 꺼렸다. 그들을 유배지에서 잡아들여 청주 감옥에 가두고는 관리를 파견해 국문하게 하였다. 한창 죄수를 신문할 적에 갠 하늘에서 큰 비가 억수같이 쏟아졌다. 순식간에 물이 성문을 뚫고 관아의 뜰에 이르니, 옥관獄官과 죄수들은 뜰에 서 있는 나무를 붙잡아 겨우 화를 면하였다. 일이 알려지사 태조께서도 억울함을 알아차리고 그들을 석방하라고 명하셨다. 그러나 이숭인은 정도전에게 더욱 심한 미움을 받아서 마침내 죽임을 당하였다.[78]

청주의 지세는 동쪽이 높고 북쪽이 평탄하여 은은하게 항상 살기를 띠고 있다. 고을에는 병마절도영을 설치해두었다. 무신년(1728) 적장賊將 이인좌李麟佐가 군사를 일으켜 야습해 절도사 이봉상李鳳祥과 진영장 남연년南延年을 죽이고 마침내 청주성을 근거지로 삼아 반란을 일으켰다. 이인좌는 무리 가운데 신천영申天永을 병마절도사로 삼아 남겨두고 병영 소속의 군사를 모두 동원하여 북상하다가, 안성에 이르러 순무사 오명항吳命恒에게 패했다.[79]

청주 동쪽으로 거대령을 넘으면 상당산성上黨山城이 나온다. 산성 동쪽에는 청천창靑川倉이 있고, 청천창 서쪽에는 신씨촌申氏村[80]이 있다. 남쪽으로 작은 고개를 넘으면 인풍정引風亭과 옥류대玉流臺가 있으니[81] 변씨卞氏[82]가 거처하는 마을이다. 큰 산 사이로 시내와 골짜기, 바위가 있어 자못 그윽

---

78 이상 홍수의 발생과 관련한 기록은 청주의 대표적인 지역 전설인 압각수鴨脚樹 설화에서 채록한 것이다. 이 나무는 지금도 천연기념물로 보존되고 있다. 홍수 사건은 역사적 실체가 있다. 조선 개국 이태 전인 1390년 윤이尹彛와 이초李初가 명나라 세력을 빌려 이성계 일파를 타도하려고 명나라에 무고한 사건으로 조정은, 이숭인 등을 청주 옥에 가두었다.《고려사》,《고려사절요》공양왕 1년(1390) 5월 조에 관련 내용과 홍수 사건이 소개되어 있다.

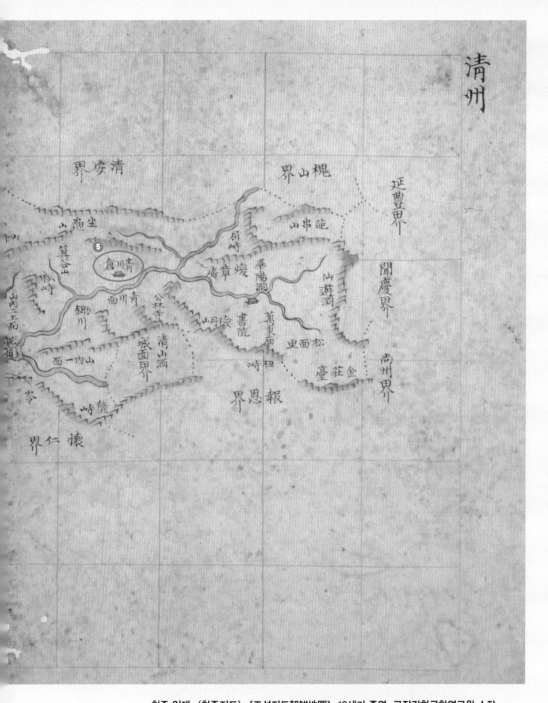

청주 일대, 〈청주지도〉, 《조선지도朝鮮地圖》, 18세기 중엽, 규장각한국학연구원 소장

청주성의 병영을 중심으로 작천①, 거대령②, 팔봉산③, 상당산성④, 청천창⑤ 등 주요 지형과
산줄기와 물줄기를 표시하고 있다. 거대령은 것대령巨叱大嶺으로 표기하였고, 작천 곧 까치
내의 물줄기를 상세하게 밝혔다. 상당산성이 지도에는 산당산성山黨山城으로 표기되어 있
는데 예전에는 두 가지 표기가 함께 쓰였다. 청천창은 현재의 괴산군 청천면 청천리에 있는
곡물 창고로 땅이 기름지고 산천이 아름다운 곳으로 알려졌다.

한 아치가 있다. 또 동쪽으로 큰 시내를 건너면 귀만龜灣^(거북골)이 있어 시
내와 산의 경치가 대단히 빼어나다. 상당과 청천 전체를 일러 산동山東이
라 부르는데, 땅이 산 위에 놓여서 풍기가 스산하므로 청주의 들판에는
미치지 못한다.

산동 남쪽에는 속리산이 있고 동쪽은 선유산仙遊山[83]에 가로막혀 있다.
속리산에서 북쪽으로 뻗은 산자락이 둥글게 굽어져 감싸듯이 산동 북쪽
을 가로막고 있어 길은 남쪽으로 통한다. 산자락 안에는 이름난 마을이
많다. 이 땅에서는 철이 나오고, 관곽을 짜고 건물을 짓는 데 쓰는 목재
도 넉넉하다. 들에 사는 사람들은 모두 여기서 물자를 사고팔고 재화를
교환한다.

청천青川에서 동북쪽으로 수십 리 떨어진 곳에 송면촌松面村이 있다. 문

---

79 청주 지역에서 발생한 큰 사건인 무신란戊申亂을 소개하고 있다. 무신란은 1728년(영
    조 4년) 3월에 급진 소론 세력과 남인 일부 세력이 영조를 제거하고 집권 노론 세력을
    타도하고자 일으킨 반란으로 호서의 이인좌와 영남의 정희량鄭希亮 등이 주동이 되었
    다. 1728년 3월 15일 이인좌가 청주성을 점령하여 충청병사 이봉상과 영장 남연년을
    죽이고 소현세자의 증손인 밀풍군 이탄李坦을 왕으로 추대한 후 서울로 진격하였다.
    조정에서는 소론인 오명항을 도순무사로 임명하여 토벌에 나서 안성과 죽산의 전투에
    서 반란군을 궤멸하고 이인좌를 체포하여 서울로 압송하였다.
80 신씨촌은 곧 고령 신씨 신숙주의 후손으로 청주시 상당구 낭성면 묵정리 일대에 세거
    하였다. 신숙주의 손자 신광윤申光潤이 청주로 이주하였고, 단재 신채호申采浩 선생이
    그 후손이다. 신숙주 영정을 모신 묵정영당墨井影堂을 비롯한 유적이 보존되어 있다.
81 인풍정은 청주시 상당구 미원면 운암리에 있는 자연부락으로 과거에 인풍정이란 정자
    가 있었으나 현재는 표지석만 남아 있다. 옥류대는 곧 인풍정 가까이에 있는 옥화대玉
    華臺를 가리킨다. 이들은 모두 속리산에서 발원하여 남한강 상류 달천으로 흘러들어가
    는 계곡에 있는 명승으로 옥화구곡玉華九曲의 일부이다.
82 청주 북쪽 지역인 산외일면山外一面의 비홍飛鴻에 세거한 초계 변씨草溪卞氏 집안을
    가리킨다. 현재의 청원군 내수읍 비상리 일대이다. 청주 입향조는 변충남卞忠男으로
    기묘사화를 피해 직산에서 처가가 있는 비홍으로 옮겨온 뒤 크게 번창하였다.
83 경북 문경시 가은읍과 충북 괴산군 청천면의 경계를 이루고 있는 대야산大野山을 가리
    킨다. 동쪽과 서쪽에 선유동계곡이 있어 선유산이라 불린다.

경과 괴산, 청주의 세 고을이 만나는 지점으로 계곡과 산이 상당히 아름답다. 청천 남쪽에는 용화동龍華洞이 있다. 서남쪽은 속리산에 바짝 다가서 있으면서도 그다지 험준하지 않고 들녘이 조금 펼쳐져 있다. 그러나 땅이 몹시 척박하고, 산골짜기 백성들이 옹기종기 모여 마을을 지키면서 살고 있다. 그 남쪽에는 율치栗峙[84]가 있다. 용화동 물과 속리산 물이 청천에서 합하여 북쪽으로 괴강槐江과 송계松溪로 흘러 들어가는데, 남북 물가에 경치가 빼어난 곳이 많다.

청주 북쪽에는 진천이 있다. 진천은 청주에 비하면 들이 적고 산이 많다. 산골짜기가 굽이굽이 둘러 있고 큰 시내가 많다. 그러나 답답한 기운이 전혀 없고, 땅이 상당히 비옥하다. 서북쪽으로 대문령을 넘으면 안성과 직산의 경계에 이른다. 서해 어귀海門(아산만)와 겨우 100리밖에 떨어져 있지 않아 물고기와 소금을 사고팔아 얻는 이익을 누리고 있다. 문의는 남쪽으로 형강荊江[85]에 임해 있다. 산 빛은 그다지 울창하지 못하나 강가에는 경치가 빼어난 곳이 많다. 청안淸安만은 산수가 비루하고 촌스러워 살 만한 곳이 못 된다.

목천으로부터 마일령 서쪽, 내포 동쪽, 차령 북쪽에 이르는 지역에 천안, 직산, 평택, 아산, 신창, 온양, 예산 등 일곱 개 고을이 있는데 풍속이 대체로 같다. 일곱 개 고을 남쪽은 산골짜기로 인근 지역은 땅이 비옥해 오곡과 목면의 재배에 알맞다. 일곱 개 고을 북쪽에는 포구와 갯벌이 있으며 인근의 토질은 소금기 있는 땅과 비옥한 땅이 반반이다. 어업과 제염, 뱃길로 이익을 얻기는 하나 목면의 재배에는 알맞지 않다.

---

84 청주에서 남쪽으로 20리 떨어진 곳에 율치가 있다고 하나 여기서는 속리산 서쪽 산줄기로 보은에서 화양동으로 가는 고개인 유치楡峙를 가리키는 것으로 보인다. 172~173쪽 그림에서 검단산儉丹山 동편에 있는 유치의 위치를 확인할 수 있다.

85 금강 상류로 여기에 형강진荊江津 또는 형각진荊角津이란 나루가 있었다.

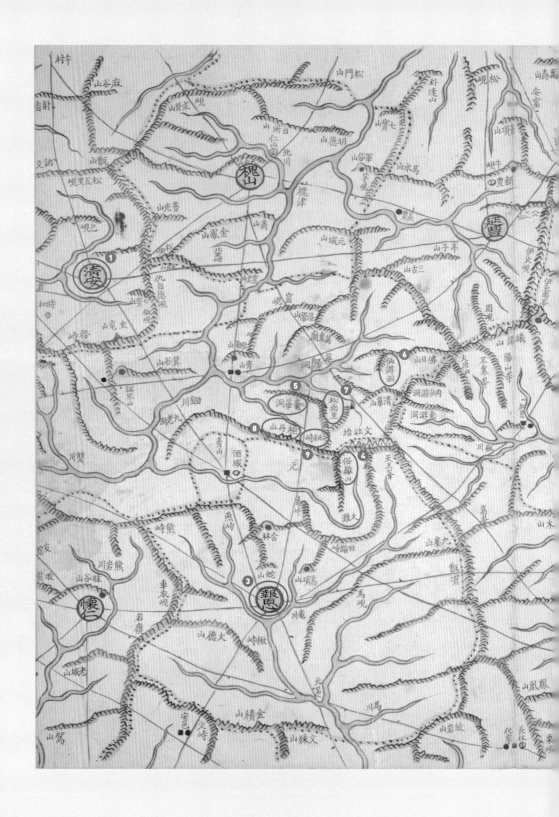

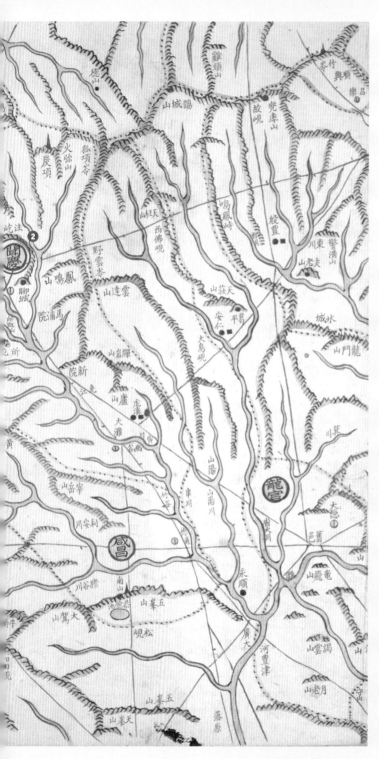

송면촌과 용화동 일대, 《대동방여전도大東方輿全圖》(부분), 19세기 말, 규장각한국학연구원 소장
청안①과 문경②, 보은③ 사이 속리산④ 위쪽으로 용화동⑤과 선유동⑥이 보인다. 그 사이에 있는 송면리⑦가 곧 송면촌이고, 검단산⑧ 동편에 있는 유치⑨가 곧 율치이다. 이중환이 상당히 비중을 두어 설명한 지역이다.

천안과 직산은 남북으로 통하는 큰길에 인접해 있다. 직산으로부터 넓은 들을 20리 지나 들판이 끝나는 곳에 소사하素沙河[86]가 있다. 소사하 북쪽은 경기도 남쪽 경계이다.

선조 정유년(1597) 왜적이 남원에서 양원楊元[87]을 쳐부수고 전주를 지나 공주로 북상하였는데 적군의 기세가 대단히 거셌다. 당시 형개邢玠는 총독으로 요동에 주둔하였고, 경리 양호가 10만 군사를 이끌고 막 평양에 주둔해 있었다. 마침 연광정 위에서 한창 저녁 식사를 하던 중에 날랜 말을 탄 군사가 급보를 알리자 양호가 젓가락을 내려놓고서 대포 소리를 한 번 울리고 즉시 말에 올라 남쪽으로 내려갔다. 기병이 허둥지둥 양호를 따르고 보병이 그 뒤를 따르니, 평양에서 한양까지 700리 길을 하루 낮 두 밤 사이에 주파하였다.

양호는 달단韃靼(타타르) 출신 장수 해생解生과 파귀擺貴, 새귀賽貴, 양등산楊登山으로 하여금 중무장한 기병 4000명과 교란용 원숭이〔弄猿〕 기병 수백 마리를 이끌고 가서 소사하 다리 아래 들판이 끝나는 곳에서 매복하게 하였다. 숲처럼 빽빽한 대오를 이루어 직산에서 북상하는 왜군을 지켜보다가, 거리가 100여 보에 이르자 먼저 교란용 원숭이를 풀어놓았다. 원숭이는 말을 타고 채찍을 가해서 적진으로 돌진하였다.

왜국에는 본래 원숭이가 없었다. 원숭이를 처음으로 보게 되자 사람인 듯하면서도 사람이 아닌지라 모두 의아해하고 괴이하게 여겨 발을 멈추고 쳐다만 보았다. 적진에 바짝 다가서자 원숭이는 말에서 내려 적진으로 뛰어들었다. 왜적들은 원숭이를 사로잡거나 때려잡으려 하였으나 원

---

86 지금의 안성천安城川으로 안성시 고삼면과 보개면 일대에서 발원하여 평택시를 지나 아산만으로 흘러든다.

87 ?~1598. 명나라의 부총병으로 임진왜란에 참전하였으며 평양 전투와 벽제관 전투에서 공훈을 세웠다. 벽제관 전투에서는 왜군에게 포위된 이여송을 구원하였고, 남원 전투에서 패하여 귀국한 뒤 마귀에게 참수당하였다.

〈천조장사전별도天朝將士餞別圖〉,《세전서화첩世傳書畫帖》(부분), 김중휴金重休 작, 1850년경, 한국
국학진흥원 소장

임진왜란이 끝나 개선하는 명나라 군대에 원숭이 기병대가 포함되어 있다. "원병삼백猿兵三百"이라 쓴
깃발 아래 열두 마리의 원숭이 병사가 보인다.《택리지》에 설명한 원숭이 기병대가 허구가 아니라 실제
로 참전한 실화임을 입증한다. 그림에는 "형초의 원숭이 삼백 명은 본디 양호가 인솔해 왔는데 직산 전
투에서 기용하여 큰 승리를 거두었다."라고 밝혔다.

숭이는 몸을 숨기고 도망 다니기를 잘해서 진영을 꿰뚫고 지나갔다. 적진이 혼란에 빠지자 해생 등은 신속히 중무장한 기병을 풀어서 적진을 유린하였다. 왜적들은 조총 한 발, 화살 한 발 쏴보지도 못하고 크게 무너져 남쪽으로 달아났는데 쓰러진 시체가 들을 덮었다. 승전보가 이르자 양호가 그제야 군사를 정비해 남쪽으로 추격하여 경상도 바닷가에 이르렀다.[88]

왜군이 침략한 이래 이와 같은 승리를 거둔 적이 없었다. 면밀한 계획을 세워 번개같이 날랜 용병으로 적을 무찌른 공훈은 이여송의 평양 전투보다 뛰어났다. 그러나 주사主事 정응태丁應泰는 양호가 자신에게 보고하지 않고 홀로 공을 세운 데 앙심을 품고 허위로 조작한 승전이라고 무고하는 보고를 올렸다. 양호는 마침내 탄핵을 받아 본국으로 송환되었다.[89] 이 한 가지 일을 통해서 명나라는 어떻게 해볼 도리가 없는 형편임을 알 수 있다.

선조께서 사신을 보내 양호를 변호하자 정응태는 마침내 관직에서 물러났다. 그러나 정응태는 동림당東林黨[90]과 결탁하였고, 그의 아들이 동림당 사람들에게 부친의 억울함을 하소연하였다. 전겸익錢謙益이 그의 말을

---

88 이상은 1597년 정유재란의 소사전투를 설명하였다. 9월 5일에 명나라 경략 양호가 부총병 해생, 우백영牛伯英, 양등산 등을 남진하게 하여 직산 북쪽 소사평素沙坪에서 구로다黑田가 인솔한 왜적과 격전을 벌여 대승한 전투이다. 여기 나오는 교란용 원숭이〔弄猿〕의 전투 이야기는 대단히 흥미로운데《난중잡록亂中雜錄》을 비롯한 몇 종의 사료에 관련한 기록이 전한다. 그중에서《세전서화첩世傳書畫帖》에는 관련 그림도 실려 있다. 자세한 사실은 안대회, 〈소사전투에서 활약한 원숭이 기병대 원병(猿兵)의 실체―임진왜란에 참전한 명(明) 원군(援軍)의 특수부대〉,《역사비평》123호, 2018에 나와 있다.

89 임진왜란 당시 명나라 조사관 정응태와 지휘관 양호 사이에 일어난 분쟁이다. 1598년 정응태는 평소 사이가 좋지 않던 양호를 탄핵하는 상소를 올렸다. 명나라 신하들이 그의 억울함을 상소하고 선조도 머물게 해달라고 요청했으나 양호는 결국 파직되어 본국으로 송환되었다. 조선에서 거듭 양호를 변호하여 명나라 조정은 양호를 요동도어사로 복직시켰다.

믿고 문집에 기록하였으니[91] 동림당의 허술한 대응과 군자가 쉽게 속는
다는 사실을 잘 알 수 있다. 들에서 밭을 가는 농부들이 지금도 간혹 칼
이나 창 따위를 줍곤 한다.

유궁포[由宮浦][92] 물은 북쪽으로 흘러가서 소사하와 합해지는데 두 물줄
기가 만나는 곳에 아산현이 있다. 칠장산의 큰 산줄기가 직산의 성거산
[聖居山]에 이르러 들판 가운데에 줄기 하나를 내려놓고, 성환역[成歡驛]을 거
쳐서 아산의 영인산[靈仁山]에 이르니, 이것이 아산의 진산이다. 영인산은
동남쪽에서 서북쪽을 향하는데 소사하 하류가 이 영인산 앞에 모여들어
맴돌고 있다.

영인산 뒤에 있는 곡교천[曲橋川][93]의 큰 냇물은 동남쪽에서 흘러오는데
서북쪽 방면에서 소사하와 만나 큰 호수가 된다. 호수 남쪽에 있는 산 하
나는 신창에서 뻗어 오고 호수 북쪽에 있는 산 하나는 수원에서 뻗어 와

---

90 명나라 말엽의 당파이다. 만력 연간 고헌성[顧憲成]이 벼슬을 버리고 고향으로 돌아가
    동림서원[東林書院]을 중수하며 결성하였다. 고반룡[高攀龍] 등이 동림서원에서 강학하며
    국정을 비판하는 세력을 형성하여 동림당이라 불렸다. 이후 조정에서는 동림당과 반동
    림당의 극심한 당쟁이 펼쳐졌고, 이는 명나라 패망의 한 원인이 되었다.

91 자는 수지[受之], 호는 목재[牧齋]로 명말청초 정계와 문단의 거물이다(1582~1664). 그는
    《동정이사록[東征二士錄]》에서 "형개가 올린 승전의 글과 양호가 공을 세웠다고 속인
    조치는 임금을 속이고 사사로움을 행한 짓으로 위엄을 손상시키고 무게를 잃었다."
    라고 평가하였다.

92 아산만에 위치한 돈곶의 다른 이름으로 이중환이 《택리지》에서 자주 썼다. 《대동지지》
    덕산현 조에는 돈곶포[頓串浦]라는 이름으로 나오며 다음과 같이 설명하였다. "비방곶면
    非方串面에 있고, 덕산 선화천[宣化川]과 예산 호항포[狐項浦]가 여기서 합류하여 북쪽으
    로 흘러간다. 《여지승람》에서 말한 정포도[井浦渡]가 훗날 유궁포로 바뀌었다. 그 하류는
    미륵천[彌勒川] 소사하와 만나 북쪽으로 흘러 대진[大津]이 되어 바다로 들어간다. 혼탁한
    조수가 매우 짜고, 물이 사납게 흐르며 용솟음친다. 오직 만조[滿潮]가 되어야만 배를 이
    용할 수 있다. 포구의 좌우에 큰 들이 상하 100여 리나 펼쳐져 있으니, 펄이 생기는 곳
    에 따라 제방을 쌓았고, 경외[京外]의 장삿배가 모여든다."

93 아산시 염치읍 곡교리 앞을 흘러서 인주면 대음리에서 삽교천에 합류하는 하천이다.
    천안시 광덕면에서 발원하는 물로 곡교 앞을 흘러 아산만으로 흘러든다.

내포 일대, 《동역도東域圖》, 18세기 중엽, 규장각한국학연구원 소장

서해안이 아산만 깊숙이 들어온 곳을 대진①이라 표기하였고, 아산② 바닷가에 표기된 공진창貢津倉③
은 공세창貢稅倉 또는 공창貢倉으로도 쓴다. 현재의 아산시 인주면 공세리의 공세리성당 일대에 있었
다. 공진창 안으로 들어간 포구가 공세진貢稅津 또는 공세호이다. 대진에서 남쪽 신창으로 들어간 물줄
기 왼편에 표기된 돈곶진頓串津④이 바로 유궁포 또는 유궁진이다. 수원과 평택 사이로 흐르는 강물이
소사하이다. 아산 밑에 영인산⑤이라 적혀 있다. 온양 왼편으로 곡교⑥, 합덕지合德池⑦, 삽교揷橋⑧, 가
야산⑨, 오서산⑩이 표기되어 있다.

서 수구에서 문처럼 서로 엮여 있다. 물은 문으로 나와 유궁포에서 강 하류와 합류하고 영공산令公山[94]은 큰 배에 돛을 올린 모양을 하고 있다. 영공산은 온 산이 바윗덩어리로 강 중류에 우뚝 서 있어 마치 발해의 갈석산碣石山[95] 같다.

조정에서는 영인산 북쪽 땅끝의 머리[頭][96]에 창고를 만들어두고 충청도 근해의 여러 고을에서 납부하는 세곡을 저장한다. 해마다 조운하여 서울에 이르므로 이름을 공세호貢稅湖라 한다. 본래부터 어염이 풍부한데다 창고가 있기 때문에 백성들이 많이 모여 살고 장사꾼들도 모여들어 부유한 집이 많다. 창고가 있는 마을만 부유한 것은 아니다. 달려오던 영인산이 두 물줄기 사이에서 그친 뒤에도 기맥이 흩어지지 않아 산의 전후좌우에 이름난 마을이 들어섰고 여기에 사대부의 집이 많다. 유궁포 동쪽과 서쪽에 있는 여러 고을에는 모두 장삿배가 왕래한다. 이 중에 오직 예산만이 배가 들락거리며 모여드는 곳이다.

차령에서 서쪽으로 뻗어간 줄기가 북쪽에 떨어져서 광덕산廣德山이 되고, 또 거기에서 떨어져서 설라산雪羅山[97]이 된다. 설라산은 온양 동쪽에 있고, 마치 민중閩中의 호공산壺公山이 하늘 복판에 우뚝 솟은 모양과 흡사해 마치 홀笏을 세운 듯하다.[98] 이 설라산 덕분에 인근 동남쪽을 좋은 지방으로 여기고, 아산과 온양의 여러 마을에서 현달하고 문학을 잘하는 선비가 많이 배출된다.

---

94 영옹암令翁巖 또는 영공암令公巖으로 표기하는 바위산이다. 지금은 영옹바위라 하고 평택항 앞바다에 100척 높이로 솟아 있었다.

95 중국 산동성 무체현無棣縣의 발해만 가까이에 있는 산으로 《서경》〈우공禹貢〉에서 "오른쪽으로 갈석산을 끼고 돌아 황하로 들어간다.〔夾右碣石, 入于河.〕"라고 하였다.

96 멀리서부터 구불구불 뻗어온 산〔龍〕의 형세가 멈추는 위치를 말한다. 용두龍頭 또는 용수龍首라 하며, 땅의 기가 멈추는 자리이자 중요한 혈穴 자리이다.

97 아산시 송악면 일대에 있는 산으로 설화산雪華山 또는 설아산雪峨山으로 표기한다.

영옹암 일대, 《대동방여전도》(부분),
19세기 말, 규장각한국학연구원 소장
아산만 깊숙이 들어온 대진① 바닷속에
영옹암②이 표기되어 있다. 그 아래의
행담③에는 현재 서해대교가 지나는 행
담도휴게소가 자리 잡고 있다.

충주는 청주 동북쪽 100여 리 일대에 있다. 청주로부터 청안의 유현檢峴[99]을 넘어 괴산을 지나 달천을 건너면 충주 고을의 치소가 있는데 한양에서 동남쪽으로 300리 떨어진 곳이다. 속리산에서 발원한, 아홉 번 꺾이고 여덟 번 굽이치는 강물은 북쪽으로 청천의 산동에 이르러 청천이 되고, 괴산에 이르러 괴강槐江이 되며, 충주 읍치의 서쪽에 이르러 달천이 되고, 북쪽으로 금천金遷 앞에 이르러 청풍강淸風江과 합쳐진다. 임진왜란 때 명나라 장수가 달천을 지나다 물맛을 보고는 "여산廬山의 수렴水簾과 물맛이 똑같다!"라고 말했다 한다. 이 고을은 한강 상류에 있어 수로로 왕래하기에 편리하다. 따라서 예로부터 여기에 터를 잡고 사는 한양의 사대부들이 많다.

달천에서 남쪽으로 거슬러 올라가면 괴강에 이르고, 동쪽으로 거슬러 올라가면 청풍淸風에 이른다. 여기에는 사대부의 정자와 누각이 많고, 양반들이 모여 살며, 배와 수레가 모여든다. 게다가 서울의 동남쪽에 있으며 과거 급제자를 많이 배출하여 팔도의 허다한 고을 가운데 으뜸이니, 이름난 도회지라 부르기에 충분하다.

경상 좌도는 죽령을 경유하여 한양과 통하고, 경상 우도는 조령을 경유하여 한양과 통한다. 하지만 두 고갯길이 모두 충주 읍치에서 만나며 여기서 수로나 육로로 한양에 이를 수 있다. 따라서 읍치가 홀로 경기도와 영남을 왕래하는 요충지이므로 난리가 발생하면 반드시 싸움이 일어나는 땅이 된다. 사실상 한 나라의 중앙이라 마치 중국의 형주荊州와 같

---

98 지금의 중국 복건성 보전시莆田市에 있는 호공산은 일본의 후지산과 같은 모양의 산으로 주자가 "보전에서 인물이 많이 나온 것은 이 산의 정기를 받은 덕분이다."라고 하였다. 홀은 관복과 함께 관료가 쓰는 도구로 임금 앞에서 아뢸 내용을 미리 적어두어 잊지 않거나 조리 있게 말하려고 사용한다. 홀을 세워둔 모양을 현달한 선비가 많이 나타날 조짐으로 보고 해석하였다.

99 괴산군 괴산읍과 연풍면 경계에 있는 고개로 유령楡嶺으로 표기하기도 한다.

은 곳이다. 임진왜란 때 왜적이 신립을 격파한 지역이라 평상시에 살기가 하늘을 찌르고 태양도 빛을 잃었다.

지세가 서북쪽으로 쏟아지듯 달려서 머물러 온축된 기운이 없으므로 부유한 사람이 적다. 반면에 인구가 조밀하고 백성들은 늘 구설수에 많이 휩쓸리고 경박하여 살 만한 곳이 못 된다. 다만 이는 읍치를 두고 하는 말일 뿐이다.

읍치에서 서쪽으로 향하여 달천을 건너면 속리산에서 북쪽으로 뻗은 산줄기가 음성현陰城縣 서쪽을 거쳐 우뚝 솟아 가섭산迦葉山이 되고 부용산芙蓉山이 된다. 그중 하나가 금천에서 멈추고, 또 하나가 가흥嘉興[100]에서 머물며, 나머지 산기슭은 달천 서쪽에서 구불구불 돈다. 땅은 오곡과 목면의 재배에 알맞고 토지는 지극히 비옥하다. 산골짜기 사이로 마을이 흩어져 있고 부자가 많은데, 여러 마을 가운데 금천과 가흥이 가장 번성하다.

두 강[101]이 금천金遷 앞에서 합해져 마을 북쪽을 둘러서 흘러나간다. 동남쪽에서는 영남 지역의 화물을 받아들이고, 서북쪽에서는 한양의 생선과 소금을 들여와 사고판다. 여염집이 즐비하여 한양의 강촌 마을들과 흡사하다. 포구에 들어찬 배의 고물과 이물이 끝없이 이어져 있을 정도로 큰 도회지를 이루고 있다.

가흥은 금천에서 서쪽으로 10리쯤 떨어진 곳에 있다. 강이 동남쪽에서 서북쪽으로 달리고, 마을은 강 남쪽 연안에 있다. 부용산 한 줄기가 강을 거슬러 우뚝 솟아 장미산薔薇山이 되는데 가흥의 주산이다. 조정에서 이곳에 가흥창을 설치하여 조령 남쪽 경상도 일곱 개 고을과 조령 북쪽 충

---

100   경상도와 충청도의 전세田稅를 거두어 저장해두고 조운을 이용하여 서울로 운반하던 곳이다. 가흥을 후대에는 흔히 가흥可興으로 표기한다.

101   남한강과 달천을 가리키는데 금천면과 탄금대 앞에서 물이 만나 합해지므로 이 지역을 합수머리라 한다.

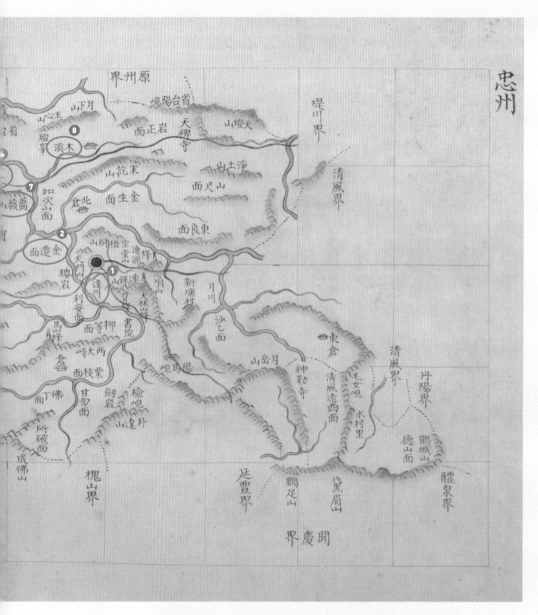

충주의 금천과 가흥창 일대, 《팔도군현지도八道郡縣地圖》, 규장각한국학연구원 소장
충주목의 달천①과 위쪽 금천면②이 보이고, 달천을 건너 가섭산③과 부용산④, 소속리산⑤
이 보인다. 여주 쪽으로 북류하는 달천을 따라가면 가흥창⑥이 보이고, 아래에 주산인 장
미산⑦이 표시되어 있다. 가흥창 오른편에 목계⑧가 표기되어 있다.

청도 일곱 개 고을의 전세를 걷어 수운판관에게 조운을 이용하여 한양으로 운반하도록 한다. 주민들은 객주客主[102]로서 미곡의 출입에 간여하여 때때로 이익을 노려 횡재를 얻기도 한다. 두 개 마을에는 또 과거에 급제하여 현달한 집안이 많다.

가섭산 일대 바깥에는 속리산에서 서쪽으로 뻗어간 산줄기가 있어 소속리산小俗離山이라고 부른다. 여기서부터 한 줄기가 거꾸로 뻗어서 옥장산玉帳山과 팔성산八聖山 등의 산이 되어 말마리秣馬里[103]에서 그친다. 여기가 기묘사화에 연루되었던 명현名賢인 십청헌十淸軒 김세필金世弼[104]이 정계에서 물러나 살던 땅이다. 그의 자손이 지금까지 대대로 거주하고, 여염집 수백 호가 넉넉하고 풍족하게 지낸다. 앞에는 큰 시내가 있어 논에 물을 잘 댈 수 있고 1묘에 1종을 수확하는 비옥한 전답이 많다. 따라서 예로부터 흉년이 적었다. 한양에서 200여 리 떨어져 있고, 여강驪江과 물길로 통하니 참으로 살기에 적합한 땅이다. 주민들은 금천, 가흥, 말마리와 강 북쪽에 있는 내창內倉을 충주의 4대 촌락이라 한다.

---

102 농산물을 거간하고, 재화를 가져온 자에게 숙박을 제공하여 이익을 남기는 사람이나 여관을 뜻한다.

103 지금의 음성군 생극면 팔성리이다. 본래 충주목과 음죽현의 경계에 속했으나 1914년 지비천知非川, 곤지리昆池里, 말마리를 합하여 팔성리로 개편하였다.

104 자는 공석公碩, 호는 십청헌十淸軒 또는 지비옹知非翁, 본관은 경주이다(1473~1533). 문과에 급제하여 전라감사를 거쳐 대사헌, 이조참판이 되었으나 1519년 기묘사화로 음죽현 유춘역留春驛에 유배되었다. 유배에서 풀려난 뒤 50세 때인 1522년 충주의 지비천知非川가에 공당工堂을 짓고 후학을 양성하고, 호를 지비옹이라 지었다. 김세필이 영남에 가다가 인가가 없이 황폐한 지비천 주변을 보고 살 만한 곳이라 했는데 유춘역에서 유배를 마친 뒤에 여기에 거주지를 정했다. 당시 충주목사 박상朴祥이 말을 타고 김세필을 찾아올 때 지비천의 숲 아래에 말을 매어놓았는데 훗날 촌락이 형성되자 이곳을 말마리秣馬里라 했다. 그로부터 수백 년 동안 촌락이 번성하였다. 김세필의 문집《십청집十淸集》권4 〈가선기문家先記聞〉(7대손 김광악金光岳이 쓴 글)에 자세한 내용이 실려 있다.

충주 읍치에서 서북쪽으로 7리쯤 떨어진, 두 강이 만나는 곳 안쪽에 작은 산 하나가 있다. 신라 때의 우륵于勒 선인仙人이 가야금을 연주하던 장소라서 이름을 탄금대彈琴臺라 한다. 탄금대에서 강을 건너 북쪽으로 가면 북창北倉이 있다. 강을 내려다보고 있는 바위 아래쪽의 풍경이 매우 좋다.[105] 북창 서쪽이 바로 기묘사화에 연루된 명현인 탄수灘叟 이연경李延慶[106]이 거처한 곳이다. 자손이 10대에 걸쳐 과거에 끊임없이 합격하므로 사람들이 강가의 명딩이라 한다.

강을 따라 서쪽으로 가면 월탄月灘으로 홍씨洪氏[107]가 살고 있는 땅이다. 또 서쪽으로 가면 하담荷潭이 나오는데 옛날에 판서를 지낸 김시양金時讓[108]이 살던 땅이다. 다시 서쪽으로 가면 목계木溪로, 강의 하류에서 생선과 소금을 싣고 올라온 선박이 정박하여 물건을 내놓고 흥정하는 곳이다. 동해의 생선과 영남 산골의 화물이 모두 여기로 모여들어, 주민들은 물건을 사고 팔아 부를 쌓는다.

목계木溪 서쪽에는 청룡사靑龍寺[109] 골짜기가 있고, 청룡사 서쪽은 원주

---

105 이 바위의 이름은 다락바위〔樓巖〕로 지금의 충주시 중앙탑면의 누암리에 있었다. 이 곳에는 누암서원樓巖書院이 있었고, 동네 이름도 바위 이름을 따라 지었다.

106 중종, 명종 때의 문신으로 자字는 장길長吉, 호는 탄수灘叟, 본관은 광주廣州이다 (1484~1548). 조광조의 개혁을 도와 교리, 지평 등의 관직을 지내다가 기묘사화로 쫓겨나 충주의 용탄龍灘에 은거하였다. 그의 맏사위가 노수신이다.

107 풍산豐山 홍씨 홍주삼洪柱三(1621~1682)의 후손으로 추정한다. 홍주삼은 자가 정경 鼎卿, 호가 월탄月灘으로 문과에 급제하고 전라도관찰사를 지낸 인물이다. 홍주삼은 충주의 월탄 서쪽에 거주하였고, 자신의 거주지 명을 호로 삼아 월탄이라 했다. 월탄 은《신증동국여지승람》충주목忠州牧 산천 조에서 읍치 서쪽 15리 월락탄月落灘이라 한 곳으로 금천면金遷面에 속해 있었다. 지금의 충주시 금가면 월상리月上里로 월상 리는 월탄리月灘里와 상시리上矢里를 합한 명칭이다.

108 자는 자중子中, 호는 하담荷潭, 본관은 안동이다(1581~1643). 1605년 문과에 급제하 였다. 인조반정 이후 병조판서, 호조판서 등을 역임하였다. 문집에《하담집荷潭集》이 있고, 저서로《하담파적록荷潭破寂錄》등이 있다.

와 맞닿아 있다. 동쪽의 북창에서 서쪽의 청룡사에 이르는 지역을 아울러 강북江北이라 부른다. 여러 마을이 강에 임해 경치가 빼어나기는 하나 어디나 척박하여 큰강 이남과 달천 서쪽의 풍족하고 비옥한 땅에는 미치지 못한다.

목계 북쪽 10리에는 내창촌內倉村[110]이 있는데 천년 역사를 자랑하는 이름난 마을이다. 산속에 들이 펼쳐져 있어 풍기가 오므려 닫혀 있고, 토지가 매우 드넓어 대대로 거주하는 사대부가 많다. 마을 동쪽은 월은령月隱嶺과 이웃하고 있다. 월은령 동쪽은 제천과 맞닿아 있다.

충추 동쪽에는 청풍부가 있는데 강을 내려다보는 곳에 한벽루寒碧樓[111]가 있다. 상당히 시원스럽게 트여 있으면서도 호젓하고 오묘한 아치까지 풍겨서 한강 상류의 이름난 누각이다.

청풍부 서쪽에는 황강촌黃江村이 있다. 수암遂庵 권상하權尙夏가 살던 곳이다.

청풍 동쪽에는 단양이 있고, 단양 북쪽에는 영춘永春이 있다. 이 세 고을은 시내와 골짜기가 가파르고 험준하며, 넓게 펼쳐진 들판은 적다.

충주 동북쪽에는 제천이 있다. 온 고을의 사면에 산이 솟아 있다. 고을이 산에 자리 잡은 형국이나, 안쪽에는 들이 펼쳐지고 산은 야트막해 시원스럽게 밝고 환하여 대대로 거주하는 사대부가 많다. 그러나 지대가

---

109 충주시 소태면 오량리에 있는 법화종 사찰이다. 고려의 한 도승道僧이 지은 암자였으나 1392년 보각국사 혼수混修가 이곳에서 입적하자 태조가 대규모로 중건하였다.

110 충주시 엄정면으로 충주 읍치에서 북쪽으로 30리, 목계에서 북쪽으로 10리 떨어진 곳에 있었다. 3일과 8일에 내창장內倉場이 섰고, 《명오지名塢志》에서 "예로부터 명오名塢로 일컬어졌다. 땅이 넓고 비옥하며 오곡과 면화의 재배에 알맞다."라고 평한 곳이다. 조선 시대 암정면巖政面이 표기가 바뀌어 엄정면이 되었다.

111 제천시 청풍면 물태리에 있는 누각이다. 보물 제528호로, 1317년에 건립된 이래 여러 차례 중수를 거쳤다. 1985년 충주호 건설로 수몰되었고, 지금 한벽루는 청풍문화재단지로 옮겨 세운 것이다.

높고 바람이 차며 땅이 척박하여 목면이 나지 않아 부자가 적고 가난한 사람이 많다.

고을 북쪽에는 의림지義林池[112]가 있는데 신라 때부터 큰 제방을 쌓아서 물을 막고 온 고을의 논에 물을 댔다. 의림지 서쪽에는 후선정候仙亭[113]이 있으니 김씨의 소유물이다. 의림지는 영동의 여러 호수보다는 못하지만 그래도 배를 띄우고 놀기에는 충분하다.

제천은 북쪽으로는 평창에 가깝고, 동쪽으로는 영월에 인접해 있다. 첩첩산중의 깊은 골짜기라서 참으로 병란을 피하고 속세를 벗어나기에 적합하다.

연풍延豐은 충주 남쪽, 괴강 동쪽에 있는데, 조령 한 줄기가 동남쪽에서 높이 가로막고 있다. 산천 경치가 훌륭하나 현달한 인물은 나오지 않았다. 토질이 좋고 물을 대기가 쉬우며, 목면을 재배하기에 아주 좋은 땅이다.

연풍 서쪽, 조령과 유령楡嶺 두 산골짜기 사이에 괴산이 있다. 지세가 비좁고 오종종하지만 살기를 벗은 곳이다. 동쪽으로는 큰 강에 임해 빼어난 명승지와 이름난 마을이 많고 귀하게 되고 현달한 자가 많다. 토지는 오곡과 목면을 재배하기에 알맞다. 북쪽은 금천에 가까워서 살 만한 곳이다.

연풍에서 동쪽으로 조령을 넘으면 문경이 나오고, 서쪽으로 유령을 넘으면 음성이 나온다. 음성에서 서쪽으로 가면 경기도 죽산, 음죽陰竹과 경계를 접한다.

---

112 충북 제천시 모산동에 있는 저수지로 우리나라에서 가장 오래되고 큰 저수지의 하나이다. 정인지가 세종과 세조 임금 때 새로 수축했다.

113 제천의 의림지 서남쪽에 망폭정望瀑亭과 진섭헌振屧軒, 후선각候仙閣이 가까이에 있었으나 19세기 초에는 벌써 다 사라지고 터만 남아 있었다. 김윤겸이 후선각을 그린 그림이 있다.

경기도

충주 서쪽은 경기도 죽산, 여주와 맞닿아 있다. 죽산의 칠장산⟨칠현산七賢山⟩이 경기도와 충청도 경계에 우뚝 솟아 산줄기가 서북쪽으로 가다가 수유현水踰峴[1]에서 크게 끊겨서 평지가 된다. 산줄기가 다시 일어나 용인의 부아산負兒山[2]과 석성산石城山, 광교산光敎山[3]이 되고, 광교산에서 서북쪽으로 가서 관악산이 되며, 곧장 서쪽으로 가서 수리산修李山[4]이 되고 서해에 이르러 사라진다.

죽산에서 또 한 줄기가 갈라져 북쪽 음죽을 지나 여주 영릉英陵[5]에서 그친다. 영릉은 우리 장헌대왕을 모신 곳이다. 땅을 팔 때 옛날에 묻은 표석標石이 나왔는데 '마땅히 동방의 성인을 장사 지내리라'고 새겨져 있었다. 술사術士는 "회룡回龍은 자좌子坐에 앉아 있고, 신방의 물⟨申水⟩은 진

---

1 경기도 용인시 처인구 남동과 이동면 천리 원촌 경계에 있는 무네미고개 또는 물넘어고 개이다.
2 용인시 처인구 역삼동에 있는 산이다.
3 수원시에 있는 산이다.
4 군포시와 안양시의 경계에 있는 산이다. 지금은 보통 수리산修理山으로 쓴다.
5 세종과 소헌왕후 심씨沈氏의 왕릉으로 여주시 능서면 왕대리旺垈里에 있다.

좌辰坐에 들어가서[6] 여러 왕릉 가운데 으뜸이다."라고 말한다.

죽산 남쪽에 구봉산九鳳山[7]이 있는데 산을 두르고 산성山城을 쌓기에 적합하다. 또 경기도와 충청도를 오가는 큰길 중앙에 자리 잡고 있다. 죽산에서 서쪽으로 양지陽智를 거치면 한강 남쪽에 흩어진 여러 고을이 나온다. 촌락이 쇠잔하고 활기를 잃었으며, 풍수風水가 슬프고 수심에 찬 듯하여 거처할 만한 곳이 없다.

물길은 충주에서 남한강을 따라 서쪽으로 내려가 원주와 여주, 양근을 거치고 광주廣州 북쪽의 용진에 이르러 북한강과 만나 한양 앞을 흐르는 물이 된다.

여주 읍치는 여강 남쪽에 있는데, 한양과는 물길이나 육로로 200리가 채 안 떨어져 있다. 여주읍 서쪽에는 백애촌白涯村(배개. 곧 이포梨浦 마을)이 있다. 한 굽이 긴 강이 동남방에서 동북방으로 흘러들어 마을 앞에 띠처럼 가로놓여 있는데 이 마을이 한강에서 제일가는 이름난 촌락이다. 수구가 오므려져 닫혀서 강물이 나가는지 모르고, 여주읍과 백애촌이 들녘으로 연결되어 동남쪽으로 멀리까지 트여 있으며, 풍기와 빛이 맑고 시원스럽다. 여주읍과 백애촌 두 마을에는 대대로 거주하는 사대부 집안이 많다. 그러나 백애촌 사람들은 배를 이용한 상업에만 종사하는데 농사짓는 집보다 훨씬 나은 이익을 얻는다.

여주 읍내에 청심루淸心樓[8]가 있는데, 강과 산을 조망하는 아취가 상당히 멋지다. 강 북쪽에는 신륵사가 있고 절 옆에는 강월헌江月軒이 있다.

---

6 산줄기가 방향을 바꿔 돌아가는 것을 '회룡'이라 한다. 영릉은 회룡고조回龍顧祖형의 명당으로 널리 알려져 있다.

7 용인시 동남쪽에 있는 산이다. 이중환은 죽산 남쪽에 있다고 했으나 실제로는 죽산 북쪽에 있다.

8 여주 관아 객사의 부속 건물로 여주시 여주읍 여주초등학교 뒤편에 있던 누정이다. 1945년 화재로 소실되었다.

강을 내려다보고 있는 바위가 대단히 기이하다. 강 남쪽 언덕 아래에는 마암馬巖[9]이 있고, 이 바위 아래에는 검은 용(驪龍)이 살고 있다는 전설이 있다.

여주 남쪽에는 이천과 음죽이 있으며 풍속은 대체로 같다. 북쪽에 있는 지평과 양근은 강원도 홍천과 경계를 접하고 있다. 산이 어지럽게 솟고 골짜기가 깊어 어디나 거처하기에 마뜩지 않다.

양근의 용문산龍門山 북쪽에 미원촌迷遠村[10]이 있다. 옛날 정암 조광조[11]가 이 마을의 산수를 사랑하여 살 곳으로 삼고자 하였다. 내가 일찍이 그 마을을 살펴보았더니, 산중이 조금 넓게 트여 있기는 해도 땅이 깊고 막힌 데다 기운도 스산하고 썰렁했다. 사방의 산이 우아하지 못하고 앞에 시냇물이 너무 울며 흘러서 살기 좋은 땅이 아니었다.

여주 서쪽에 있는 광주廣州 석성산[12]의 한 자락이 북향하여 한강 남쪽으로 뻗어간다. 광주의 읍치는 만 길 산꼭대기에 있으니, 바로 옛날 백제의 시조 온조왕의 고도故都이다.[13] 읍치 안쪽은 평탄하고 야트막하지만 바깥쪽은 험준하고 깎아지른 형세이다. 청나라 군사가 처음 쳐들어왔을 때도 칼자국 하나 남기지 못했고, 병자호란 때에도 끝내 함락시키지 못

---

9 여주시 상동에 있는 저명한 고적이다. 마암 아래 강물에서 황마와 여룡驪馬, 검은 말이 나타나 고을 이름을 황려현黃驪縣으로 고쳤다는 전설이 전해진다.

10 가평군 설악면 일대에 있던 마을이다. 조선 시대에는 양근에 속해 있었고, 은둔지로 저명하였다. 양근 사람인 정약용은 이곳을 미원薇源이라 쓰고, 〈미원은사가薇源隱士歌〉라는 장편시를 썼다.

11 자는 효직孝直, 호는 정암靜庵, 본관은 한양이다(1482~1519). 1515년 문과에 급제한 이후 전적, 감찰, 예조좌랑을 역임하였다. 지치주의至治主義에 입각하여 왕도 정치의 실현을 역설하며 개혁 정치를 단행하다가 기묘사화로 인해 사사되었다. 저서로《정암집》이 있다.

12 용인시 기흥구에 있는 산으로 조선 후기에는 광주에 속했다. 과거에는 주로 보개산寶蓋山으로 불렸다.

13 백제의 시조인 온조왕이 한수의 남쪽에 있는 하남위례성河南慰禮城에 도읍했는데 광주의 남한산성이 바로 이 위례성이라고 보기도 한다.(《대동지지》광주부 연혁 조)

하였다. 인조께서 남한산성을 내려온 것은 단지 식량이 떨어지고 강화가 함락되었기 때문이다.

전란이 진정되자 광주 읍치를 서울을 방어할 중요한 요새로 삼아서 아홉 개의 절을 세워 승려로 채우고 총섭總攝 한 사람을 두어 승대장僧大將으로 삼았다. 해마다 각 도의 많은 절에서 장정 승려를 뽑아 아홉 개의 절에 머물러 지키게 하고, 달마다 활쏘기 훈련을 평가하여 우수한 자에게는 후한 녹봉으로 보상하였다. 따라서 승려들은 오로지 활을 쏘는 훈련을 생업으로 삼았다. 나라에 승려가 많다고 생각하여 조정에서는 그들의 힘을 성을 지키는 바탕으로 삼은 것이다.

성안은 험하지 않으나 성 밖은 산발치까지 살기를 띤 데다 중요한 진영 아래라서 전란이 일어나면 반드시 전투가 벌어질 땅이다. 그러므로 광주 일대는 살 만한 곳이 못 된다.

광주 서쪽, 안산 동쪽에 수리산이 있다. 여기에서 서북쪽으로 뻗어간 줄기가 수리산에서 가장 긴 산맥이다. 인천과 부평, 김포, 통진[14]을 지나 '무너져 넓게 퍼진 석맥(崩洪石脈)'[15]이 되었다가 강을 건너 일어나 마니산이 되니, 여기가 강화부이다.

강화는 동북쪽에서는 강이 두르고, 서남쪽에서는 바다가 두른 큰 섬으로 한양 수구의 나성羅星[16]이다. 한강 물은 통진 서남쪽에 이르러 굽어져 갑곶甲串나루가 되고, 남쪽으로 마니산 뒤쪽의 '석맥石脈'이 무너져 넓게

---

14 김포시 월곶면 군하리에 있는 옛 고을이다. 한강 입구를 지키는 요충지로 경기도의 여덟 개 도호부 가운데 하나였다.

15 붕홍崩洪은 풍수지리 용어로 수구에 있는 큰 산이 무너져서 수구 주위에 흩어져 있는 바위를 말한다. 큰 물을 건너서 다시 이어진 석맥을 '무너져 넓게 퍼진 석맥'이라 한다.《동국지리해》에서는 '무너져 넓은 석맥'으로 옮겼다.

16 풍수지리 용어로 수구를 막아주는 사砂의 하나이다. 물이 흐르는 수구 사이에 작은 섬처럼 놓여 있는, 돌이나 흙이 쌓여서 생긴 평탄한 언덕을 말한다.

퍼진 곳'에 이르는데 여기서 석맥이 물속에 가로로 뻗쳐 문지방 같은 모양을 이룬다. 조금 움푹 들어간 가운데 부분이 바로 손돌목(孫石項)[17]이다. 손돌목 남쪽에는 서해 큰 바다가 있다. 삼남 지방에서 올라오는 세곡선이 손돌목 밖에 이르러 만조를 기다렸다가 지나가는데, 조금이라도 배를 잘 다루지 못하면 물살에 휩쓸려 부서지기 십상이다. 한강은 정서쪽으로 흘러서 양화楊花나루의 북쪽 기슭을 따라가다 후서강後西江 물과 만나고, 또 문수산文殊山을 따라 북쪽으로 가서 바다로 들어간다.

강화는 면적이 남북 100여 리, 동서 50리이다. 강화부에는 유수가 있어 고을을 다스린다.[18] 북쪽으로는 풍덕豐德의 승천포昇天浦[19]와 강을 사이에 두고 마주보고 있다. 강 언덕은 모두 석벽石壁이고, 석벽 아래는 진펄이라 배를 댈 만한 장소가 없고, 오직 승천포 맞은편 언덕 한 곳에만 배를 댈 만하다. 그러나 만조가 아니면 배를 움직이지 못하므로 평소 험한 나루로 불린다. 성곽을 쌓지 않고 단지 좌우 산발치의 강을 내려다보는 지점에 돈대墩臺만을 쌓았으니 마치 성에 성가퀴를 둔 모양새이다. 그곳에 병기를 보관하고 군사를 배치하여 외적의 침입에 대비하였다.

동쪽 갑곶에서 남쪽 손돌목에 이르는 지역 중에서는 오로지 갑곶[20]만

---

17 강화군 길상면 덕성리와 김포시 대곶면 신안리 사이의 바다 가운데에 있다. 인천 앞바다에서 한강으로 갈 때 거치는 좁은 해협이다. 수로 폭이 좁아지면서 물살이 험하고 소용돌이가 잦아 항해에 위험한 곳으로 알려져 있다.

18 강화도에는 본디 도호부를 두었으나 임진왜란과 병자호란 이후 이곳을 더욱 중시하여 유수부로 승격시키고 외직이 아닌 내직 정2품의 유수를 파견하였다. 정묘호란이 일어난 인조 5년(1627)에 인조는 강화도로 피란하였으며 한양으로 돌아온 4월에 강화도를 유수부로 승격시켰다.

19 풍덕은 개성시 개풍군 지역의 옛 지명이다. 조선 시대에는 경기도에 속해 있었다. 승천포는 인천광역시 강화군 송해면 당산리에 있는 포구로서 풍덕에서 강화도로 들어갈 때 이용하는 나루이다. 보통 나루는 한쪽에만 있지 않기 때문에 강 양쪽 나루에 똑같은 이름이 붙여진다. 풍덕과 강화도 두 곳에 승천포라는 포구가 있다.

이 선착장으로 쓸 만하다. 나머지 해안은 북쪽 해안과 마찬가지로 모두 진펄이다. 따라서 산발치의 강을 내려다보는 지점에 돈대를 쌓아 외적의 침입에 대비하기를 북쪽 해안과 똑같이 하였다. 승천포와 갑곶, 두 수로를 잘 지키기만 하면 섬은 천연 요새가 된다. 그런 까닭에 고려 때 원나라 군대를 피해 수도를 옮긴 지 10년 동안, 육지는 쑥대밭이 되었어도 강화도는 끝까지 침범당하지 않았다.

조선에 들어와서 삼남의 세곡선이 모두 손돌목을 통해 서울로 올라오므로 바닷길의 요충으로 인정받았다. 유수를 두어 이곳을 지킬 뿐만 아니라 동남쪽 해안을 마주하고 있는 영종도에도 방어영防禦營을 설치하고 첨사를 두어 지키게 하였다.[21]

인조 때 정묘호란이 일어나 청나라 군대가 황해도 평산에 이르자 양국은 형제가 되기로 약조하였고 청은 마침내 강화를 맺고 물러갔다. 그때 청나라 사람들이 요동과 심양을 점거하고 날마다 명나라와 싸웠고, 모문룡毛文龍[22]은 가도椵島[23]를 점령하고 있었다. 우리나라는 바닷길로 등주와 내주를 거쳐 명나라에 조공하였다. 청나라에서는 우리나라가 등 뒤를 칠까 두려워하여 먼저 첩자를 보내 승정원 조례皂隷로 만들고 우리의 병력

---

20 강화도 강화읍 동쪽 끝에 있는 나루터이다. 통진과 맞닿은 곳으로 수로와 육로의 요충지였다.

21 숙종 17년(1691)에 영종도에 방어영防禦營을 설치하고 영종진첨사를 임명하여 서해안을 방어하게 하였다.

22 명나라 장수이다(1576~1629). 1605년 무과에 급제, 처음에는 요동 총병관 이성량 밑에서 유격을 지냈다. 좌도독에 올라 가도를 무단으로 점거하였다. 1621년 누르하치가 요동을 공략하자 광녕순무 왕화정王化貞의 휘하로 들어갔다. 그 뒤 전횡을 일삼다가 산해관 군문 원숭환袁崇煥에게 참수되었다.

23 평안북도 철산군 백량면에 속하는 섬이다. 1621년(광해군 13년) 누르하치가 명나라 요동을 공략할 때 요동 도사 모문룡이 무단으로 점거하였다. 이 사건은 1620년대에 조선과 명나라, 청나라 사이에서 중요한 현안으로 대두하였다.

이 약한 정황을 간파한 뒤에 기습하려 하였다. 조정에서는 청나라 사람들이 침략하고 핍박할까 우려하여 남한산성을 수축修築하였다.

병자년(1636) 봄에 청나라 사람들이 용골대龍骨大[24]를 조선에 보내 정탐하게 하였다. 용골대가 서강西江에 있는 선유봉仙遊峯[25]을 구경하러 가고 싶다고 하였다. 당시에 하담荷潭 김시양이 호조판서로 재직하고 있었는데 용골대가 남한산성에 정탐 나갈 것으로 짐작하고 아전과 병졸에게 분부하여 동대문 밖에서 정식으로 영접하게 하였다. 용골대가 서대문으로 향하는 척하다가 갑자기 말을 내달려 동대문으로 나갔다. 그러다 길가에 장막을 치고 기다리는 행렬을 보고 괴이하게 여겨 물었다. 역관이 "객사客使께서 남한산성에 갈 것으로 호조판서가 아시고서, 길가에 미리 작은 잔칫상을 차리라 하셨으니 객사께서는 잠시 머무시기를 청합니다."라고 하였다. 용골대는 깜짝 놀랐으나 억지로 웃으면서 말을 세웠다. 그러고는 남한산성에 가지 않고 돌아왔다.

그때 대간에는 새로 벼슬에 나간 젊은이들이 많았다. 그들은 국사를 이해하지도 못하면서 자칭 청렴한 신하의 주장이라며 오랑캐의 사자를 칼로 베라고 주청하였다. 용골대가 그런 논의를 듣고 작별 인사도 하지 않고 되돌아갔다. 머물러 있던 벽 위에다 푸를 청靑자를 크게 써놓고 떠났으니 청靑 자는 12월十二月의 파자破字이다. 그해 12월에 청나라 사람들이 의주를 피하고 창성昌城[26]을 통해 얼어붙은 압록강을 건너왔다. 청군이 진격로 인근에 있는 우리나라 성을 공격하지 않고 그냥 지나쳐 사흘

---

24 병자호란을 주도한 만주족 장수 타타라 잉굴다이Tatara Ingguldai(1596~1648)의 한자 명으로 조선에 악명을 떨친 자이다.

25 서울특별시 영등포구 양평동에 있던 산으로 마포 일대의 명승지로 널리 알려졌으나 오늘날 사라져 보이지 않는다.

26 평안북도 창성군청 소재지로 압록강 하류이다.

만에 선봉부대가 홍제원弘濟院에 이르렀으나 한양성 안으로는 들어오지 않았다. 군사들이 모두 안장을 풀어 말을 쉬게 하여 공격하지 않고 뒤에 올 군대를 기다리는 태도를 취하니, 온 성중城中이 두려워하고 놀랐다.

병조판서 최명길이 쇠고기와 술로 청나라 군대를 달래고 군사를 일으킨 까닭을 물으며 시간을 벌어 세자와 두 대군으로 하여금 종묘사직의 신주와 비빈을 모시고 강화도로 피하게 하였다. 이어서 인조가 남문루南門樓[27]에 올랐다가 오랑캐에게 사로잡힐까 염려하여 길을 바꿔 남한산성으로 들어갔다.

청나라 대군이 추격하여 남한산성을 포위하였다. 4~5일이 지나서 청나라 황제가 비로소 도착하여 산성이 높아 빠른 시일 내에 함락시킬 수 없음을 알고 화가 나서 용골대를 죽이려 들었다. 용골대가 우리나라를 치자는 책략을 수립하였기 때문이다. 용골대가 열흘 안으로 강화도를 점령하여 속죄하겠다고 청하자 황제가 허락하였다. 그리하여 용골대가 하나의 부대를 거느리고 통진에 이르러 문수산 위에서 내려다보니 온 섬이 손바닥 안에 있는 듯했는데 갑곶은 지키는 군사가 전혀 없었다. 그래서 민가에서 목재를 뜯어다가 뗏목을 만들어 건너가서 섬이 마침내 함락되었다. 인조 임금께서 그 소식을 듣고 마침내 성문을 열고 내려오기로 하였다.

이보다 앞서 영의정 김류金瑬[28]가 강화도는 아무 걱정이 없다고 판단하고 자기 아들 김경징金慶徵[29]을 발탁하여 강화도 방수대장으로 삼아 가족을 이끌고 피난하게 하고, 이민구李敏求[30]를 부장으로 삼았다. 김경징은

---

27 서울 남대문의 누각을 말한다.

28 자는 관옥冠玉, 호는 북저北渚, 본관은 순천이다(1571~1648). 인조반정을 주동하여 정사공신이 되어 승평부원군에 봉해졌다. 병자호란 때에는 영의정으로서 최명길 등과 더불어 화의和議를 주장하여 인조가 항복하게 하였다.

교만하고 멍청했으며, 이민구는 들뜨고 경박하여 멀리 내다보는 안목이 없었고, 날마다 장기나 두고 술독에나 빠져 있었다. 대군과 대신들이 군사를 보내 갑곶나루를 방비하도록 권하였으나, 김경징은 "되놈 군대가 어찌 날아서 건너겠는가?"라고 큰소리만 쳤다. 그러다 성이 함락되자 대신大臣 김상용金尙容이 죽고 사족士族의 부녀자 가운데 순절한 사람이 많았다. 바닷가로 내달려 물에 몸을 던져 빠져 죽기도 하여 치마를 뒤집어쓰고 물에 떠 있는 시체가 어지러운 구름과도 같아서 뉘집 여자인지 분간도 못했다. 호란이 진정된 뒤에 포로로 사로잡힌 자를 물에 빠져 죽었다고 하여 정려문旌閭門(충신, 효자, 열녀를 표창하기 위해 동네에 세운 문)을 받은 자까지 나타났다.

그 후 조정에서는 옛일을 경계로 삼아 병기를 갖추어놓고 군량미를 쌓아서 환란이 닥칠 때를 대비하였다. 그사이 100년 동안 아무런 변고가 없어 강화에 쌓아둔 식량이 100만 섬에 가까워졌다. 숙종 말년에 해마다 흉년이 들자, 많은 양을 각 도로 이전하여 백성들을 진휼하는 밑천으로 삼았다. 가을걷이한 이후에는 상환하지 않고 각 고을에 그대로 남겨두었고, 서울 각 관아에서 경비가 부족하면 쌀을 옮겨달라고 요청하므로 비축한 군량미가 해마다 조금씩 줄어들어 지금은 10만 섬도 채 되지 않는다.

숙종 계유년(1693)에 시신侍臣(임금을 가까이에서 모시는 신하)이 병자년에 있었던 변고를 아뢰자, 임금께서는 바로 문수산성文殊山城을 쌓도록 명하셨다. 문수

---

29 도승지와 한성판윤을 지냈다(1589~1637). 무능함에도 병자호란 때 강화도의 수비를 책임지는 강도검찰사를 맡았으나 대책을 강구하기는커녕 날마다 술만 마시다가 싸워보지도 못하고 강화가 함락되었다. 전란 이후 책임을 물어 사사賜死되었다.

30 자는 자시子時, 호는 동주東州, 본관은 전주이다(1589~1670). 지봉 이수광의 아들로 저명한 문인이다. 병자호란 때에 강도검찰부사로서 제 소임을 완수하지 못하여 지탄받으며 불우하게 지냈다.

산을 지키지 못하면 강화도도 지키지 못하기 때문이었다. 그 뒤에 묘당廟堂(비변사)과 여러 수신帥臣(절도사)이 통진 읍치를 성안으로 옮겨 따로 독진獨鎭을 만들고, 변란을 당하면 온 고을 군사를 거느리고 들어가 산성을 지키자고 청하였다. 그러나 끝내 의견이 통일되지 않아 실행에 옮기지 않았다.

지금 임금(영조) 치세 병인년(1746)에 강화유수 김시혁金始爀[31]이 장계를 올려, 강을 따라 성을 쌓도록 건의하자 조정에서 허락하였다. 김시혁은 동쪽 면에 성을 쌓아서 북쪽의 연미정燕尾亭[32]에서 남쪽의 손돌목에 이르렀다. 공사를 마치자 임금은 김시혁을 발탁하여 정경正卿[33]으로 삼았다. 얼마 지나지 않아 장맛비에 성이 무너졌다. 성을 쌓을 때 평지에서 진펄을 만나면 그때마다 흙과 돌로 메워 기단을 삼았다. 그래서 모든 강 언덕이 견고해져 사람과 말이 통행할 만했다. 강을 따라 40리 길에 걸쳐 어디든지 배를 댈 수 있게 되어 섬은 더 이상 외침을 막아낼 수 없게 되었다.

강화에서 나온 산맥 하나가 서편 언덕으로 뻗어가다가 또 '무너져 넓게 퍼진 석맥'이 되어 작은 포구 하나를 지나면 바로 교동도喬桐島가 나오는데, 이는 개성開城의 외안산外案山[34]이다. 섬 북쪽으로 한강 물이 흘러와서 개성 앞을 흐르는 물이 된다. 남쪽으로 큰 바다를 바라보고 있고, 바다

---

31 자는 회경晦卿, 호는 매곡梅谷, 본관은 강릉이다(1676~1750). 1741년에 강화유수로 부임하여 청나라에서 견문한 번벽법燔甓法을 도입해 토성이던 강화외성江華外城을 벽돌로 쌓자고 건의하였다. 강화외성의 개축은 1744년 7월에 완료되었다. 따라서《택리지》에서 축성을 건의한 해를 1746년이라 한 것은 착오이다.

32 인천광역시 강화군 강화읍 월곶리에 있는 정자로 고려 고종 이전에 세워졌다. 월곶돈대 꼭대기에 있어 개풍, 파주, 김포 일대를 한눈에 조망할 수 있다.

33 정2품 이상의 벼슬인 육조六曹의 판서와 한성판윤 등을 일컫는 말이다. 영조는 1744년 김시혁이 강화외성의 축성을 마치자 그를 매우 높이 평가하여 정경인 한성판윤에 임명하였다.

江華府圖

洛河
下流

一省

江祖

⑦

④

交河

蒸

通津

③

浦今

海浦

富

陽川界

楊花渡

⑨

견通元

安山界

行界

南陽界

강화도 일대, 《동국여도東國輿圖》, 19세기 초, 규장각한국학연구원 소장

강화도 일대 해안 방어의 요충지와 지형을 밝혀놓았다. 강화도의 산성①과 사고②, 내륙 해안의 통진③, 문수산성④ 그리고 영종도⑤와 교동도⑥의 위치를 표시하였다. 주요한 물길로 한강과 임진강이 합류하는 곳에 조강祖江⑦을 표시하였고, 개성의 벽란도에서 내려오는 후서강後西江⑧ 하류와 삼남 조운선이 통과하는 손돌목⑨을 표시하였다.

남쪽에는 충청도 해미와 서산 등이 있는데 바닷길로 멀지 않아 양쪽 해안에 있는 산이 아스라히 보인다. 서북쪽으로는 멀리 황해도 연안과 배천이 포구를 사이에 두고 비스듬히 보인다.

교동도는 강화보다 크지 않으나 섬 전체가 하나의 바위로 바다 가운데 외따로 서 있다. 조정에서는 이 섬에 통어영을 설치하고 수군절도사를 두어 경기도와 황해도, 평안도 삼도의 수군을 통솔하여 해상 방어(海防)에 임하게 하였다.[35] 그러나 두 섬은 땅에 소금기가 있어 자주 가물고 수확은 적어서 백성들이 모두 고기잡이와 제염으로 생계를 꾸린다.

수리산에서 서쪽으로 뻗은 줄기는 가장 짧은 산맥으로 안산 바닷가에서 그친다. 이곳에는 서울 공경公卿 집안 조상의 무덤[36]이 많을 뿐만 아니라 서울과 가깝고 생선과 소금이 풍부해서 대대로 거주하는 사대부가 많다. 수리산에서 남쪽으로 뻗은 줄기는 서남쪽으로 가다가 광주廣州 성곶리聲串里에서 그친다. 이 마을은 생선과 소금이 나는 갯마을로 근해의 장삿배가 꽤 많이 모여들고, 주민은 생선 파는 생업으로 부를 일구었다.

동남쪽으로 뻗은 산맥은 수원부水原府의 여러 산이 된 다음 바다에서 그치고, 충청도 아산현牙山縣과 포구 하나를 사이에 두고 마주보고 있다. 중간에 금수산金水山[37]이 있고, 산 정상에 못이 있어 물빛이 황색으로 물

34　풍수지리에서 못자리나 집터를 마주하고 있는 산을 안산案山이라고 하고, 안산이 여러 겹으로 둘러싸여 있을 때 바깥쪽 산을 외안산外案山 또는 외산外山으로 부른다.

35　통어영은 1633년(인조 11년)에 경기도와 충청도, 황해도 등의 수군을 지휘하기 위해 교동도에 설립한 수군 최고 사령부이다. 본디 화량진에 있던 경기수영을 교동으로 옮기고, 통어영으로 승격시켜 삼도 수군을 지휘하게 하였다. 충청도가 아닌 평안도 수군을 지휘했다고 쓴 것은 오류이다.

36　원문에는 조지祖地로 되어 있다. 서유구의 《상택지》 권2에는 초지稍地로 되어 있는데, 서울에서 300리 이내에 있는 관료의 전답을 의미한다. 《동국지리해》에서는 "서울 공경들의 집, 전지 많고(……)"로 번역하여 초지稍地로 해석하였다. 내용상 초지로 보는 것이 옳다.

든 것 같다. 황금이 난다고들 전하거니와, 옛날에 지기地氣를 잘 보는 중국 사람이 "이 산에 황금 보물의 기운이 서려 있다."라고 했다 한다.

금수산에서 나온 다른 줄기는 서쪽으로 뻗어가서 남양부南陽府 읍치가되고 이어 남양부 서쪽 문판현文板峴(글판이고개 또는 글판이골)을 거쳐 서쪽으로뻗어나가 바다에서 그친다. 충청도 당진과 작은 바다를 사이에 두고 매우 가까이 있으며, 물이 들어왔다 나갔다 한다. 지세를 보면 땅이 포구와항구를 좌우에 끼고서 곧장 바다로 들어간다. 소금 굽는 집 수백 호가 남쪽과 북쪽 바닷가에 별처럼 깔려 있다.

육지가 끝나는 어귀가 화량첨사진花梁僉使鎭이고, 화량진에서 바다를 건너 10리를 가면 대부도가 나오는데 모두 어부들이 사는 곳이다. 남양 서쪽 마을은 한강 남쪽에서 생선과 소금으로 거두는 이익을 독차지하고있다.

'무너져 넓게 퍼진 석맥'이 화량진에서 출발하여 바닷속을 지나 대부도에 이르는데, 물속의 바위 등성이가 구불구불하게 뻗어 있고 등성이위의 물은 매우 얕다. 옛날에 학이 물속의 바위 등성이 위를 따라 걸어가자, 섬사람들이 뒤를 따라가 건너는 길을 얻고서 학지鶴指[38]라 이름하였다. 오직 섬사람만 길을 익혔고 다른 지역 사람은 몰랐다. 병자년(1636)에섬사람들이 오랑캐를 피해 구불구불한 바위 등성이를 따라 도망하였는데, 오랑캐 기병은 길을 찾지 못하고 뒤따라가다가 물에 빠졌다.[39] 그리

---

37 한남정맥의 증악산 또는 치악산으로 현재의 수원과 화성·안성 경계에 있는 칠보산으로 추정한다. 김성현의 《《택리지》의 지역서술에 대한 이해》《한국학》157, 2019) 참고.

38 다른 문헌에는 나오지 않는다. 《동국지리해》에서는 '황새모르'라고 옮겼다.

39 병자호란 때에 귀화한 명나라 사람들이 반란을 일으켜 청나라 군사를 남양부로 끌어들여 관아를 공격하였다. 적에게 패배하여 남양부사 윤계尹棨가 붙잡혔으나 굽히지 않고 적을 꾸짖다가 죽임을 당하였다. 대부도에 청나라 군사가 침범하려 했다는 것은 이 일을 가리킨다. 남양에는 윤계선생순절비尹棨先生殉節碑가 세워져 있다.

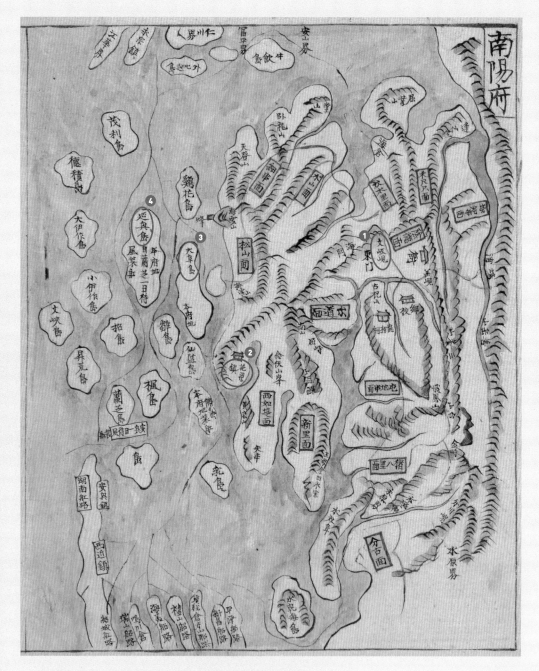

남양부 일대, 《지승地乘》, 18세기 말, 규장각한국학연구원 소장

서해안 수로의 요지인 남양부 해안을 상세히 묘사하였다. 남양부 읍치 위쪽의 산줄기에 문판현①이, 바닷가 끝에 화량진②이 있으며, 대부도③와 연흥도④도 보인다.

하여 섬이 온전하게 보전되었다.

대부도는 토양이 비옥하고 주민이 많으며, 남쪽 바다에서 오는 배의 첫째 길목으로 강화도와 영종도의 바깥문이다. 옛날에 수군 진영을 설치했으나 이를 교동도로 옮긴 후에는 목마장牧馬場으로 변해 적을 막고 땅을 지키는 군대가 없으니 이는 대단히 옳지 못하다. 이 섬에 화량진을 옮겨 와 유사시 영종도 군사와 협공하여 외적을 견제하도록 하는 것이 옳다.

여기에서 서쪽으로 물길 따라 30리를 가면 연홍도燕興島[40]가 나온다. 고려 말엽에 종실宗室 익령군翼靈君 왕기王琦[41]는 고려가 곧 망할 줄로 알고 성명을 바꾸고 온 가족을 데리고 바다를 건너 이 섬에 몸을 숨겼다. 그리하여 고려가 망하자 물에 빠져 죽임을 당하는 환란을 면하였고, 자손들은 그 후로 계속 이 섬에 살았다. 지금은 신분이 천해져서 목마장의 목자牧子로 지낸다.

익령군이 거처하던 집 세 칸은 완전히 봉쇄된 채 단단히 방비되어 지금도 남이 들여다보는 것조차 허락하지 않는다. 방 안에는 서책과 그릇 따위가 쌓여 있다고 하나 어떤 물건인지는 모른다. 옛날에 어떤 관원이 유람하러 섬에 왔다가 자물쇠를 풀고 방을 열어보려 하였다. 많은 남녀

---

40 지금의 영흥도靈興島이다. 《한국지명유래집》 중부편에 "고려 말엽 왕족이었던 익령군 왕기라는 사람이 이곳에 정착했다고 한다. 영흥이라는 지명은 익령군의 '영靈'과 흥할 '흥興'을 합친 것으로 익령군이 죽을 고비를 넘기고 살아났다는 뜻이라 전한다."라고 설명하였다. 이 지역 전설이 널리 퍼져 있는 것은 대체로 《택리지》의 영향 때문이다. 하지만 《고려사절요》 1267년 기사에 이미 영흥도靈興島가 나오므로 설득력이 없는 이야기이다.

41 《고려사》 열전 권3 〈종실宗室〉에 현종의 후손으로 창녕군에 봉해진 왕형王珩이 나오고, 그의 아들 왕기가 영원군에 봉해졌다가 공양왕 4년(1392)에 먼 곳으로 유배되었다는 기록이 나오는데 이 연홍도 전설과 조금 관련이 있는 듯하다. 익령군은 존재가 확인되지 않는다. 지역에 전해지는 구전이므로 사실 여부는 확인하기 어렵다.

목자들이 애걸하며 "이 문을 열면 그때마다 자손들이 사망하는 우환이 발생합니다. 그래서 서로 조심하며 감히 열어보지 못한 지가 300년이나 되었습니다."라고 하자, 관원은 가련하게 여겨 그만두었다.

수원 동쪽에는 양성陽城과 안성이 있다. 안성은 경기도와 충청도의 바다와 산골 사이에 위치하여 화물이 모여 쌓이고, 장인과 상인들이 모여드는 한양 남쪽의 도회지이다. 읍치가 겉으로는 평탄하고 좋으나 땅에 살기殺氣가 나타나 살 곳이 못 된다. 수원 북쪽에는 과천이 있고, 과천에서 북쪽으로 15리를 가면 동작진銅雀津이 나온다. 한강을 건너 북쪽으로 15리를 가면 서울 남대문이 나온다.

함경도 안변부 철령에서 나온 산맥 한 줄기가 남쪽으로 500~600리를 뻗어가다가 양주에 이르러 올망졸망한 산이 된다. 이 산줄기가 동북방에서 비스듬히 비집고 들어오다가 갑자기 솟아나 도봉산 만장봉萬丈峯 바위 봉우리가 된다. 여기에서 서남방을 향해 뻗어가며 조금 끊겼다가 또 우뚝 솟아 삼각산 백운대白雲臺가 되고 계속 남쪽으로 내려가 만경대萬景臺[42]가 된다. 그중에서 한 줄기는 서남쪽으로 가고, 또 한 줄기는 남쪽으로 뻗어가 백악白岳이 된다. 풍수가의 말에 따르면, 하늘을 찌르는 목성木星[43]으로 궁성宮城을 주관하는 주산主山이다. 한양은 동쪽과 남쪽, 북쪽에 모두 큰 강이 흐르고, 서쪽으로 바닷물이 드나든다. 여러 갈래의 물이 다 모여드는 지점에 자리 잡고 있어, 이야말로 한 나라 산수山水의 정신이 다 모이는 곳이다.

옛날 신라의 승려 도선道詵[44]이 《비기秘記》를 남겨 "왕씨王氏를 잇는 자

---

42 서울특별시 도봉구와 경기도 고양시 경계에 있는 산으로 만수봉이라고도 한다.
43 원문은 충천목성衝天木星으로 풍수지리 용어이다. 목성은 하늘을 꿰뚫고 올라가는 모양을 말한다. 충천목성은 산 모양이 하늘을 찌를 듯이 솟구치면서도 꼭대기가 모나지 않고 둥근 것을 말한다.

는 이씨李氏이고, 한양에 도읍한다."라고 하였다. 그래서 고려 중엽에 윤관尹瓘을 시켜 백악산 남쪽에서 지세를 관찰하여 오얏나무를 심고 나무가 무성하게 자라면 그때마다 베어내어 기운을 억눌렀다. 우리 조선이 나라를 선양禪讓받고 나서 승려 무학[45]에게 도읍지를 정하도록 하였다. 무학이 백운대에서 맥을 찾아 만경대에 이르고, 서남쪽으로 향하여 비봉碑峯에 이르렀다. 돌로 된 비석 한 개가 있어 보니, 큰 글씨로 '무학오심도차無學誤尋到此(무학이 길을 잘못 찾아 이곳에 이르리라)'라는 여섯 글자가 새겨져 있었다. 이는 곧 도선이 세운 빗돌이었다. 무학은 마침내 길을 바꿔 만경대의 정남쪽 맥을 따라 곧장 백악 밑에 당도하였다. 세 개의 맥脈이 합쳐져 하나의 들을 이룬 지세를 보고서 마침내 궁궐터로 정하였으니 다름 아닌 고려 때 오얏나무를 심었던 곳이었다.

외성을 쌓으려고 하였으나 어디에서 어디까지 쌓을지를 정하지 못하고 있었다. 어느 날 밤 큰 눈이 내렸는데, 바깥쪽은 눈이 쌓이고 안쪽은 녹았다. 태조께서 기이하게 여겨 눈이 내린 자리를 따라 성곽을 세우라고 명하셨으니 바로 지금의 성곽 모양을 이루게 되었다. 산을 기반으로 해서 성곽을 만들었으나 동쪽과 서남쪽이 야트막하고 비어 있는 데다 성가퀴를 설치하지 않았고, 해자를 파지 않았다. 그리하여 임진왜란과 병자호란 때 서울을 지켜내지 못하였다.

---

44 속성은 김씨이고, 전라도 영암 출신의 고승이다(827~898). 한국 자생풍수의 시조로 고려 이래 큰 영향을 끼쳤다. 도선이 72세의 나이로 죽자 신라 효공왕은 요공선사了空禪師라는 시호를 내렸고, 고려 숙종은 대선사大禪師와 왕사王師를 추증했으며, 인종은 선각국사先覺國師로 추봉했다. 고려의 문장가 최유청崔惟淸(1095~1174)이 그의 행적을 기록한 〈백계산 옥룡사 증시 선각국사 비명白鷄山玉龍寺贈諡先覺國師碑銘〉이 전한다. 도선의 저술로는 《비기》가 전한다.

45 속성은 박씨朴氏, 법명은 자초自超이다(1327~1405). 고려 말 조선 초의 저명한 승려로 나옹화상懶翁和尙의 제자이자 태조 이성계의 왕사이다. 개국 초에 태조를 도와 도읍을 한양으로 정하는 데 기여한 것으로 알려졌다.

예전 숙종 을유년(1705)에 조정에서 도성을 개축하자는 논의가 있었을 때 어떤 사람이 "동쪽이 너무 야트막하여 만약에 한강을 막아 도성에 물을 대면 도성 사람이 남김없이 물고기 신세가 된다."라고 하여, 관련 논의가 마침내 사그라들었다.[46] 그러나 이 도성이야말로 300년 동안 교화와 문물이 펼쳐진 지역으로 우리 조선은 유풍儒風을 크게 떨치고 학자를 배출해 버젓하게 하나의 소중화小中華를 이루었다.

양주·포천·가평·영평은 동쪽 교외이고, 고양·적성·파주·교하는 서쪽 교외이다. 이 동쪽과 서쪽 교외 지역은 땅이 척박하고 백성이 가난하여 살 만한 땅이 적다. 사대부로서 집이 가난하고 세력을 잃어 삼남 지역으로 내려간 자는 집안을 잘 보전해도 동쪽과 서쪽 교외로 나간 자는 한미하고 쇠잔해져 한두 세대를 거치고 나면 품관品官[47]이나 평민으로 떨어지는 경우가 많다.

한양 전면은 큰 강으로 막혔고, 서쪽으로 난 길 하나만이 황해도와 평안도로 통한다. 도성에서 서쪽으로 5리를 가면 사현沙峴(무악재)이 있고, 이고개를 넘으면 녹번현綠礬峴[48]이 있다. 중국 장수가 이곳을 지나며 "대장부 한 사람이 관문을 막으면 만 명이라도 뚫지 못하겠다."[49]라고 말했다고 한다.

또 서쪽으로 40리를 가면 벽제령碧蹄嶺이 나오니 임진년(1592)에 이여송

---

46 실제로 숙종 30년(1704)에 전부터 말이 나왔던 도성 개축을 실시하기로 하였고, 다음 해인 을유년(1705) 5월부터 본격적으로 공사를 시작해 1710년 무렵에 완료하였다. 지금의 성곽은 이때 개축한 것이 근간을 이룬다. 논의가 중단되었다고 했는데 이는 사실과 다르다.

47 이중환이 말하는 품관은 향촌에 머물러 사는 유향품관留鄕品官으로 향촌 마을을 관할하는 관리로서 신분은 중인에 불과했다.

48 서울특별시 은평구 녹번동에 있었던 고개 이름이다.

49 이백의 〈촉도난蜀道難〉에 나오는 표현이다.

이 패전한 곳이다. 평양에서 패하고 한양에 돌아온 왜적이 파리하고 허약한 병졸들을 고양현高陽縣에 출몰시켰다. 이여송이 개성에 있다가 이 소문을 듣고 왜적을 사로잡아 공을 세우려고 탐욕을 부려 대부대는 그대로 두고, 가벼운 군장을 한 병졸만으로 왜적을 기습하였다. 그런데 벽제령을 넘자마자 왜적이 사방에서 거세게 들이닥쳐 이여송이 거느리고 온 집안 장정 가운데 총에 맞아 죽은 자가 많았다.

명나라 장수 낙상지駱尙志[50]는 본디 힘이 장사라 낙천근駱千斤이라 일컬어졌다. 두껍고 무거운 갑옷을 입고 이여송을 겨드랑이 밑에 끼고는 한편으로는 싸우고 한편으로는 퇴각하여 겨우 몸만 빠져나왔다. 이여송은 이때부터 기가 꺾여 군사를 뒤로 물렸다. 왜적이 한양을 떠났다는 소식을 듣자, 비로소 군사를 정돈하여 남쪽으로 경상도까지 추격했다가 돌아왔다.

두 개의 고개(사현과 녹변현)와 벽제령은 관문을 설치하기에 적합하다. 그러나 온 나라 안에 길을 막아 관문을 만든 곳이 하나도 없어서 하늘이 내려준 험준한 관문인 줄을 알고도 방치하고 있으니 참으로 안타깝다.

벽제령에서 서쪽으로 40여 리를 가면 임진臨津 나루터가 나오는데 이곳은 한양 북쪽에 있는 임진강의 하류이다. 강안江岸의 남쪽 기슭은 천연 성곽을 방불케 한다. 관서로 가는 요충지로서 강을 내려다보고 있으며 대단히 험준하다. 참으로 수비하기에 적합한 땅으로 반드시 성이 있어야만 하는 곳인데 지금까지 성을 쌓지 않았으니 대단히 유감스럽다.

임진나루를 건너 장단을 경유하여 서쪽으로 40리를 가면 개성부가 나온다. 여기가 바로 고려의 국도國都로서 송악松岳이 진산鎭山이다. 진산 아

50 임진왜란 때 총병으로 출전하여 많은 공훈을 세웠다. 중국 남방 출신으로 특히 힘이 장사라서 낙천근이라 불렸다. 성품이 소박하고 성실하여 조선 사람을 후하게 대우하였다.

래에 만월대가 있으니 《송사宋史》에서 "큰 산에 의지하여 궁전을 지었
다."[51]라 한 곳이다. 김관의金寬毅[52]는 《편년통록編年通錄》에서 금 돼지가 누
워 있는 곳이라 하였고, 도선은 임금 심은 밭[53]이라 하였다.

삼가 살피건대[54], 당나라 선종이 젊었을 적에 십육원十六院[55]을 떠나, 오
랫동안 외지에서 고생하다가 장삿배를 따라 바다를 건너왔다. 개성 후서
강 북편에 이르러, 갯가 언덕이 모두 진펄이라 배에 싣고 온 돈을 땅에
깔아놓고 육지에 올랐다 하여 지금도 그곳을 돈개(錢浦)라 이른다. 선종은
여기를 거쳐 오관산五冠山 밑에 있는 보육寶育[56]의 집에 이르렀다. 보육은
손님이 당나라의 귀인임을 알아차리고 작은딸 진의辰義에게 잠자리 시중

---

51 《송사》〈열전〉 권246, 외국外國 3 고려高麗 조에 "국왕은 개주의 촉막군에 살고 있으
니 여기를 개성부라 한다. 큰 산에 의지하여 궁전을 지었고, 성벽을 세우고는 그 산을
신숭산이라 이름 지었다.(王居開州蜀莫郡, 曰開成府. 依大山置宮室, 立城壁, 名其山曰神
嵩.)"라고 기록돼 있다.

52 생몰년 미상. 고려의 학자로 검교군기감을 지냈다. 옛 문헌과 사료를 수집하고 정리하
여 의종 때 《편년통록》을 저술하였다. 지금은 전하지 않으나 많은 문헌에 인용되어 있
고, 특히 고려의 개국 전설이 《고려사》〈세가世家〉에 실려 있다.

53 임금의 원문은 '제줄制줄'이다. 이익은 《성호사설》 제5권 〈만물문萬物門〉〈종제種줄〉에서
"신라의 승려 도선은 왕 태조가 사는 집터를 돌아보고 '제줄을 심을 만한 땅이다'라 했
다. 제줄과 왕王은 속음이 같다. 왕王 자는 속음으로 '이금尼수'이라 하니 결국 같은 말
이다."라고 고증했다.

54 다른 곳과 달리 '살피건대(按)' 앞에 '삼가(謹)'를 붙였다. 고려 황실의 개창자 이야기
를 존중하여 붙였거나, 믿기 힘든 이야기라 괴력난신怪力亂神의 혐의가 있어서 조심스
럽게 말했거나, 《고려사》와 같은 문헌에 전하는 설화를 조심스럽게 채택했다는 의미로
붙였을 것이다. 아래에 길게 소개한 고려의 건국 신화는 《고려사》와 《고려사절요》의
태조 조에 실린 내용을 간추린 것이다.

55 수양제가 서원西苑에 건설한 궁원宮苑으로 미인들을 머물게 하였다.

56 고려 태조 왕건의 3대조로, 본명은 손호술揖乎述, 시호는 원덕대왕이다. 김관의의 《편
년통록》에는 그가 곡령鵠嶺에서 남쪽을 향해 소변을 보자 삼한이 은빛 바다에 잠기는
꿈을 꾸었고 뒤에 형 이제건伊帝健의 딸 덕주德周와 혼인하였으며 여기서 얻은 딸 진
의가 즉위 전의 당나라 숙종과 관계하여 왕건의 조부 작제건을 낳았다고 기록되어 있
다. 고려 왕실의 정통성과 고귀함을 강조하는 건국 설화에 등장하는 인물이다.

을 들게 하였다. 이별을 앞두고 진의가 임신한 것을 알고 선종은 붉은 활 하나를 주면서 이렇게 말했다. "만약 사내아이를 낳거든 이것을 가지고 중국에 찾아와도 좋다. 아들 이름은 작제건作帝建이라 하라."

작제건이 성인이 되어 아버지가 남겨준 붉은 활을 가지고 활쏘기를 익혀 신묘한 수준에 이르렀다. 장삿배를 타고 바다를 건너 당나라에 들어가는데, 바다 가운데에 이르자 배가 머뭇거리며 나아가지 않았다. 배 안의 사람들이 크게 두려워하며, 삿갓을 던져 길흉을 점쳤더니 작제건의 삿갓만 물속에 가라앉았다. 장사꾼 일행은 식량과 함께 작은 섬에 작제건을 내려놓고 배가 돌아올 때까지 기다리도록 하였다.

작제건이 섬에 홀로 있는데 어느 동자 하나가 물속에서 솟구쳐 나와서는 "용왕님께서 뵙기를 청하십니다. 눈을 감고 계시기만 하면 저절로 당도하실 것입니다."라고 하자, 작제건이 이를 따랐다. 수부水府(용궁)에 이르렀는데 한 노인이 "이 늙은이가 여기에 산 지 오래되었는데 요사이 흰 용하나가 내 소굴을 빼앗으려 들기에 내일 만나서 싸우기로 약속하였소. 그대가 활을 잘 쏘는 줄 알고 있으니 부탁드리오. 나를 도와 그놈을 쏴 맞혀주시오."라 하였다. 작제건이 "어떻게 분간합니까?"라 물으니, "내일 오시午時에 바람 불고 비 오며 파도가 칠 텐데 그때가 싸울 때요. 싸움이 한창일 때 제각기 굽은 등을 드러낼 텐데 등이 푸른 쪽이 나이고, 등이 흰 쪽이 그놈이라오."라고 답하였다. 작제건은 승낙하고 섬으로 나와 기다렸다. 다음 날 과연 싸움이 벌어졌고, 작제건은 섬 위에서 등이 흰 놈에게 활을 쏴 맞혔다. 조금 뒤에 하늘이 맑아지고 물결이 잔잔해지자 동자가 나와 다시 작제건을 맞이하였다. 용왕이 어린 딸을 나오게 하여 작제건의 아내로 삼게 하며 "그대는 태생이 귀하니 고향에 돌아가면 자연히 큰 복이 생길 것이오."라 하였다.

작제건은 한동안 용궁에 머물다가 아내와 함께 섬으로 돌아왔다. 마침 장삿배도 와 있었다. 드디어 용녀龍女를 데리고 창릉昌陵[57] 부근으로 돌아가 정박하였다. 염주鹽州[58] 태수와 백주白州[59] 태수는 작제건이 용녀에게 장가들고 왔다는 말을 듣고, 함께 재물을 바치고 가진 힘을 다해 집을 지어주고 머물게 하였다. 작제건은 창릉에서 송악산 아래로 거처를 옮겨 아들 하나를 낳고 이름을 융隆이라 하였다. 그 후 용녀는 신의를 잃었다며[60] 작제건을 책망하고, 어린 딸을 데리고 우물에 들어가 용이 되어 서해로 돌아갔다. 융이 아들을 낳아 성명姓名을 따로 지어 왕건王建이라 하였으나 사실 그의 성씨는 이씨李氏이다.

왕태조는 즉위해서 곧바로 아버지가 거처하던 곳을 정전正殿으로 만들었다. 그리고 용녀를 추존追尊하여 온성왕후로 삼고 작제건을 의조懿祖로 삼았다. 왕태조가 국가를 세운 때는 마침 오대五代[61]의 초기였다. 소선제昭宣帝[62]는 중국에서 망하였으나, 바다 밖에서는 왕태조가 일어나 삼한을 통합하고, 자손이 왕위를 승계하여 500년을 내려왔다. 이는 당태종이 남겨준 공적이니, 진陳나라가 망하자 전씨田氏가 제나라에서 흥성한 일[63]과 같다. 하늘이 야박하지 않게 보답했다고 할 수 있다.

더러 용녀 이야기를 믿지 않는 이들이 있다. 전해오는 말에 태조가 낳

---

57 왕건의 아버지 왕륭王隆의 무덤으로 황해도 개풍군 남포리 영안성 안에 있다.

58 황해도 연백군에 있던 곳으로 지금의 연안읍 지역으로 추정한다.

59 황해도 연백군에 있던 곳으로 1413년에 배천白川으로 개칭하여 군으로 승격시켰는데 지금의 온정면 지역으로 추정한다.

60 용녀가 용궁을 출입할 때 용으로 변하는 모습을 작제건에게 보이지 않으려 했으나 작제건이 약속을 어기고 엿보았기에 나온 말이다.《동국지리해》에는 이 대목을 "작제건이 하루는 안에 들어가니 마루에 병풍이 세워져 있고 들보 위에 푸른 뱀이 서렸다가 내리거늘 보니 자기 아내라. 아내가 남편의 실신失信함을 꾸짖고 딸을 안고 우물에 들어가 용이 되어 서해로 가니라."라고 설명하였다.

61 중국 역사상 오대십국五代十國 시기를 말한다. 당나라가 멸망한 907년부터 송나라가 중국을 통일한 979년까지 약 70년에 걸쳐 흥망한 여러 나라와 시대를 일컫는다.

62 당나라 제20대 황제 애종으로 이름은 이축李柷이다(892~908). 904년, 13세의 나이로 제위에 올랐으나 주전충朱全忠이 전횡을 일삼는 상황에서 허수아비에 불과한 신세였다.

은 자녀는 양쪽 겨드랑이에 용 비늘이 있다고 한다. 태조는 외가가 용궁인 데다가 용녀가 어린 딸을 데리고 용으로 변해 바닷속으로 돌아갔으므로 딸자식이 시집가서 왕이 될 자를 낳을까 두려워했다. 그래서 딸자식 가운데 비늘이 없는 사람은 신하에게 시집보냈으나, 비늘이 있는 사람은 모두 대를 잇는 임금이 후궁으로 삼도록 궁궐에 남겨둠으로써 인륜을 더럽히는 부끄러운 짓까지 서슴없이 행하였다. 중엽에 이르러서는 여동생을 왕비로 삼은 임금도 있다고 《송사宋史》에서 비꼬기도 했으나, 왕가王家에서만 그렇게 했지 백성들의 풍속은 그렇지 않았음을 그들은 전혀 모른다.

우리 태조께서 위화도에서 회군한 뒤에 왕우王禑를 신돈辛旽의 자식이라 하여 폐위하였다. 왕요王瑤를 임금으로 세우고, 이 공양왕으로 하여금 강릉에 유배된 왕우를 베어 죽이게 하였다. 왕우가 처형당할 때 겨드랑이를 들어서 구경꾼들에게 보여주며 "나를 신씨辛氏라 하지만 왕씨는 용의 후손이므로 겨드랑이 밑에 비늘이 있다. 너희들은 보라!"라고 하였다. 구경꾼들이 가까이 다가가서 보니 과연 그 말과 같았다. 이 이야기는 참으로 기이하다.

홍무洪武[64] 임신년(1392)에 우리 태조대왕께서 공양왕에게 왕위를 선양받고 한양으로 도읍을 옮기셨다. 왕씨에게 신하 노릇을 했던 세가世家와 큰 집안 중에서 태조에게 복종하지 않은 자들은 다들 개성에 남고 따르지

---

63 주나라 초기에 제나라 제후의 성씨는 원래 강씨姜氏였다. 춘추시대 말에 전씨田氏가 정권을 빼앗자, 세상에서는 전제田齊라고 일컬었다. 전씨의 선조 진완陳完이 진陳나라 여공厲公의 아들이었는데, 진나라에서 변란이 일어나자 제나라로 망명하여 성을 전田으로 바꾸었다. 후에 전씨의 자손이 대대로 경卿을 지냈으며 점차 제나라 정권을 빼앗았다. 왕건을 당 선종의 후손(즉 이씨)으로 보고, 당나라는 망했으나 고려에서 왕통이 이어졌다고 본 것이다.

64 명明나라 태조의 연호(1368~1398)이다.

않았다. 개성 주민들은 그들이 살던 마을을 두문동杜門洞이라 하였다. 태조께서 그들을 미워하여, 100년 동안 그곳 선비들이 과거를 보지 못하게 하였다. 그래서 개성에 남아 살던 이들이 후손을 낳고 살다 보니 마침내 평민으로 떨어져 상업으로 생계를 꾸리고, 선비의 학업을 닦지 않았다. 300년이 흐르는 사이에 결국 사대부라는 호칭을 상실하였고, 서울의 사대부들도 개성에 가서 사는 자가 없었다.

내가 일찍이 대정리大井里 옛 사당에 있는 온성왕후의 소상塑像[65]과 창릉 토성土城을 본 적이 있는데 그때마다 괴이하게 여겨 다음과 같이 말하였다. "허구이며 참이 아니라고 하기에는 유적이 아직도 뚜렷하게 남아 있고, 진실이며 허위가 아니라고 하기에는 거의 제동야어齊東野語[66]에 가까우니 그 누가 이것을 믿겠는가?"

가장 통탄할 일은 정도전이 목은 이색의 문인으로 고려 말에 관직이 재상의 반열에 이르렀는데도 왕검王儉과 저연褚淵이 행한 짓[67]을 거리낌 없이 행하여 나라를 팔아 이익을 추구하고 스승을 해치며 벗을 죽인 것이다. 그리고 고려가 망하자 책략을 세워 왕씨 종실을 제거하였다. 자연도紫燕島[68]에 귀양을 보낸다는 핑계를 대고 큰 배 한 척에 왕씨들을 가득 태워 바다에 띄우고, 은밀히 자맥질 잘하는 자를 시켜 배 밑에 구멍을 뚫어 가라앉게 하였다. 그때 왕씨와 친하게 지내던 산승山僧 한 사람이 있

---

65 개성의 대정리에는 대정묘大井廟가 있어 고려와 조선에서 이를 널리 숭배하였다. 고려의 건국 설화인 작제건과 용녀의 유적지이기도 하고, 우물을 신성시하는 풍속과도 관계가 있다. 대정묘의 벽에는 나무로 작제건과 용녀가 용을 타고 있는 형상을 새겨놓았는데 대단히 정교하고 세밀하다고 한다.

66 근거 없는 낭설을 가리키며 《맹자孟子》〈만장萬章 상上〉에 나오는 말이다.

67 두 사람 모두 남조南朝 송나라 신하로 소도성蕭道成이 송나라를 멸망시키고 제나라를 세우려 하자 소도성을 열심히 도와서 제나라에서 영화를 누렸다.(《남제서南齊書》 권23 〈저연·왕검열전褚淵王儉列傳〉)

68 인천공항이 있는 영종도의 옛 이름이다.

왕조에서 포은을 조선의 직함인 의정부 영의정으로 추증하여 용인의 무덤 앞에 비석을 세우자, 즉시 벼락이 쳐서 부서져버렸다. 정씨의 자손이 고려문하좌시중이라는 직명으로 고쳐 썼더니 지금까지 아무런 일이 없다. 충성스런 혼과 굳센 넋이 죽은 뒤에도 가시지 않았음을 보여주니 공경하면서 두려워할 만한 일이다.

개성에서 동남쪽으로 10여 리를 가면 덕적산德積山이 있고, 산 위에는 최영崔瑩[77]의 사당이 있다. 사당에는 영험한 소상이 있어서 주민들이 기도하면 이루어졌다. 사당 옆에 침실을 두고 민간의 처녀를 시켜 사당의 신을 모시게 하였다. 그 처녀가 늙고 병들면 다시 젊고 예쁜 처녀와 바꿔서 지금까지 300년을 하루같이 제사를 지내고 있다.[78]

신을 모시는 처녀가 "밤이 되면 신령님이 내려와 저와 교접합니다."라고 말했다. 나는 이렇게 말하였다.

"최영은 지략이 없는 그저 힘만 센 무장이다. 자기 딸을 왕우의 왕비로 삼고 국사를 제대로 도모하지 못해 사직을 망치고 남의 손아귀에 넘겨주었다. 하늘에 오르지도 못하고 땅에 들지도 못한 채 개성 밖에서 귀신이 되어서도 남녀 간의 욕정만은 잊지 못하고 있다. 자신이 죽음에 이른 잘못을 인정하지 않았음을 알 수 있다. 음란하고 어리석으며 현명치 못하

---

77 고려 말의 명장이자 충신으로 본관은 창원이다(1316~1388). 홍건적이 창궐하여 평양과 개경을 점령할 때 적을 격퇴하여 큰 공훈을 세웠다. 뿐만 아니라 창궐하는 왜구를 여러 차례 격퇴하여 1384년에는 문하시중에 올랐다. 1388년에는 딸을 우왕의 영비寧妃로 삼았다. 이 해에 명나라가 철령위를 설치하려 하자, 요동 정벌을 결심하고 팔도도통사가 되어 왕과 함께 평양에 가서 군사를 독려하였다. 그러나 이성계의 위화도 회군으로 좌절되고, 자신은 참수당하였다.

78 이중환이 언급한 신당은 개성 덕물산(덕적산으로도 표기)에 있다. 최영의 신당은 장군당將軍堂으로 속칭 최영사崔瑩祠이다. 중부 지역 무당들의 최고 성지였다. 최영의 신령을 모시는 전속 무당이 배치될 만큼 규모가 커서 조정에서 세금을 부과하여 국가 재정의 일부를 충당할 정도였다. 정동유鄭東愈는《주영편晝永編》상권 35칙에서 최영사 제물을 공용으로 쓰는 제도를 비판하였다.

다고 하겠다."

그런데 수십 년 전부터 최영의 사당에 영험이 전혀 없다고 하니 이 또한 의아한 일이다.

만월대滿月臺[79]는 올려다보아야 하는 길게 뻗은 언덕이다. 도선은《비기》에서 "흙을 깎지 말고 흙과 돌로 북돋아서 궁전을 지어야 한다."라고 하였다. 이 말에 따라 고려 태조는 돌을 다듬어 층계를 만들어 산기슭을 보호한 다음 궁전을 세웠다. 고려가 망하자 궁전은 헐렸으나 층계의 주춧돌은 예전 그대로 남아 있다. 오랜 시간이 흘러 관아에서 지키고 보존하지 않으니 개성의 부유한 장사치들이 남몰래 훔쳐다가 묘석墓石을 만들어서 이제는 남아 있는 것이 드물다.

만월대 뒤에는 자하동紫霞洞이 있는데 바로 송악 아래이다. 계곡과 바위의 풍취가 그윽하고도 빼어나다.

성안 동남쪽에 자남산子男山이 있는데 바로 적신賊臣 최충헌崔忠獻이 살던 곳이다. 최씨가 패망한 뒤에는 공민왕이 화원花園과 팔각전八角殿을 세웠다. 왕우가 포위당한 장소도 이곳에 있다.

개성 남쪽에는 용수산龍首山과 진봉산進鳳山이 있는데 모두 송악에서 뻗어 내려와서 개성의 안산이 되었다. 풍수가는 "진봉산은 옥녀玉女의 화장대 형상이다.[80] 고려 임금이 여러 대를 이어 원나라의 공주를 배우자로 데려온 것은 이 때문이다. 또 동남방에 붓 모양의 산이 있어서 고려인 가운데 중국의 과거에 급제한 이가 많다. 다만 백호(무인의 상징) 방향의 산이 강하고 청룡(문인의 상징) 방향의 산이 약하여 나라에 훌륭한 정승이 없고, 무

79　개성시 송악산 남쪽 기슭에 있는 고려 시대의 궁궐터로, 919년 태조가 이곳에 도읍을 정하여 처음 궁궐을 지었다. 1361년 홍건적의 침입으로 소실될 때까지 이곳은 국왕의 거처이자 중앙 정부로 기능하였다. 규모는 동서로 445미터, 남북 150미터 정도이다.

80　원문은 옥녀장대玉女粧臺로 풍수지리에서 옥녀단장玉女端粧의 혈을 가리킨다. 선녀가 화장대를 앞에 두고 화장하고 있는 모양의 혈이다.

신의 난이 여러 차례 일어났으니 또한 이 때문이다."라고 한다.

성 동북쪽에 산대암山臺巖이 있는데 의종이 무신란을 맞닥뜨린 장소이다. 또 산대암 서북쪽에는 영통동靈通洞이 있으니 보육의 고택이다. 옛날에 귀법사歸法寺[81]가 있었으나 지금은 사라졌다. 영통동 북쪽에는 화담花潭이 있는데 계곡과 바위가 몹시 기이하다. 중종 임금 때 징사徵士[82]인 서경덕徐敬德[83]이 은거한 곳이다. 북쪽으로 고개 하나를 넘으면 곧 현화사玄化寺 옛터가 나오는데, 지금은 비석과 탑만 남아 있다. 현화사 서쪽에는 대흥동大興洞이 있다. 오관산과 성거산聖居山 사이에 위치한 큰 골짜기이다.

숙종 때 이곳에 산성山城[84]을 쌓았는데, 바깥쪽은 험하고 안쪽은 평탄하여 참으로 험준한 천연 요새이다. 관에서 식량과 병기를 쌓아두고 큰 절(대흥사)을 세워 승병들로 하여금 지키게 하여 예상치 못한 전란에 대비하였다. 대흥동 안의 암벽은 가파르고도 높게 솟아 웅장하고 거대하다. 계곡의 시냇물이 넓고 깊게 괴어 감돌다가 큰 폭포를 이루어 쏟아져 내리니 바로 박연朴淵폭포이다.

개성부의 서문西門 밖에 만수산萬壽山이 있는데 여기에 고려조의 칠릉七陵이 있다.[85] 여기서 북쪽으로 작은 고개를 넘으면 청석동靑石洞이 나온

---

81 경기도 개풍군 영남면 용흥리에 있던 사찰로, 963년(광종 14년)에 승려 균여均如를 주지로 하여 창건되었다. 역대 국왕이 거동하여 의식과 행사를 벌인 당대 최대의 사찰이었다.

82 학식과 덕행이 뛰어나 임금이 특별히 초빙한 선비를 뜻한다.

83 자는 가구可久, 호는 화담花潭, 본관은 당성唐城이다(1489~1546). 조선 중기의 저명한 학자로, 개성의 화담 부근에 서재를 짓고 학문에 전념하였다. 황진이, 박연폭포와 함께 송도 3절松都三絶로 불렸고, 문집에 《화담집花潭集》이 있다.

84 곧 대흥산성大興山城으로 개풍군 영북면 천마산에 있다. 1676년(숙종 2년) 허적許積의 건의로 축성하여 대장 유혁연柳赫然이 책임을 맡아 축성하였다.

85 황해북도 개풍군 해선리 만수산 기슭에 있는 7기의 고려 시대 고분이다. 고분의 주인은 누구인지 알 수 없고, 축조 시기는 고려 말기로 추정한다.

海東道

監營在海州 去京城
地方東抵江原道
西抵大海 南抵京畿道
北抵平安道 南亚抵
本無左右之分而總爲干三官

大興
山城

1872년에 제작된 황해도
지도,《해동지도海東地圖》,
1872년, 규장각한국학연구
원 소장
황해도의 산맥과 수로 및
주요 지방을 연결하는 도로
가 선명하게 그려졌다. 숙
종조에 쌓은 개성 북쪽의
대흥산성①을 비롯한 주요
한 산성을 기재하였다.

다. 긴 골짜기가 10여 리나 굽이지고 서리며 감돌고 있다. 양쪽 언덕은 절벽이 천길이나 높이 서 있고, 가운데로 큰 시냇물이 흐르며, 문호門戶처럼 서 있는 산이 여러 군데에 있다. 청나라 황제가 병자년(1636)에 우리나라를 습격할 때 여기에 이르러 대단히 두려워하며 용골대를 죽이려 하였다. 용골대는 분명히 지키는 군사가 없으리라 예상하기는 했으나 정탐하여 매복이 없음을 확인하고서야 지나갔다. 회군할 때에는 길을 달리하여 개성 동북쪽 백치白峙[86]로 지나갔다.

개성부 남쪽에는 풍덕부豐德府가, 동쪽에는 장단이 있다. 영평강永平江[87]은 동쪽에서 흘러오고, 징파강澄波江은 북쪽에서 흘러와 마전麻田에서 합쳐진 다음, 장단 남쪽을 돌아 임진강이 된다. 또 서쪽으로 흘러 한강을 만나 풍덕부 승천포에 이른다.

장단읍 읍치는 임진강 북쪽, 백학산白鶴山 아래 있고, 읍치 북쪽에는 화장산華藏山이 있다. 화장산 화장사華藏寺에는 서역西域 출신 승려 지공指空[88]이 남긴 패엽경貝葉經과 전단향栴檀香이 보관되어 있다.[89] 화장산 이남에는

---

86 개성 동북쪽 대흥산성 북쪽에 있는 고개이다. 여기에는 백치진白峙鎭이 설치되어 있었다.

87 임진강 상류로 철원에서 영평 지역을 흐르는 한탄강의 다른 이름이다. 《상택지》에는 영평강이 한탄강(大灘江)으로 수정되어 있고, 정약용은 《대동수경大東水經》 권4에서 체천수砌川水라 하였다.

88 인도 마갈타摩竭陀(magadha)국의 승려로, 본명은 제납박타提納薄陀(禪賢)이다 (?~1363). 스리랑카를 거쳐 원나라에 들어왔다가 1326년(충숙왕 13년) 고려에 와서 금강산 법기도량法起道場에 예배하고 숭복사崇福寺에 거처하였다. 연경으로 돌아간 뒤 법원사法源寺를 창건하고 머물다가 1362년 입적하였다. 1372년(공민왕 21년) 그의 사리 일부가 고려에 들어오자, 왕명으로 양주 회암사檜巖寺에 부도를 건립하였다.

89 인도 승려 지공은 나옹 혜근懶翁惠勤의 스승으로 회암사지檜巖寺址에 승탑僧塔이 남아 있다. 《신증동국여지승람》의 장단도호부 '불우佛宇' 조에 화장사華藏寺가 이렇게 기록되어 있다. "보봉산寶鳳山에 있는데, 처음 이름은 계조암繼祖庵이다. 지공 대사가 처음에 터를 보고 크게 절을 지어 마침내 큰 총림叢林이 되었다. 불전佛殿과 승당僧堂의 제도가 굉장하여 매년 여름이면 중들이 모여들어 참선하는 것이 양주 회암사에 버금간다. 이 절에 지공이 가져온 인도의 패엽경이 있어 지금까지 전해진다."

자잘한 산기슭만이 펼쳐지고 냇물이 평탄하게 흐른다. 고려에서 조선에 이르기까지 공경의 무덤이 많으므로 사람들이 낙양의 북망산北邙山[90]에 견준다.

임진강 동쪽에는 연천漣川과 마전이 있고, 북쪽에는 삭녕朔寧이 있다. 한양에서 곧장 북쪽으로 100여 리 떨어져 있고, 물길로 두 개의 서울과 통한다. 그러나 이들 고을은 땅이 척박하고 백성이 가난하여 살 만한 땅이 적다. 그중에서 삭녕은 농지가 꽤 좋고, 강가에는 경치가 빼어난 곳이 많다.

연천에는 허목許穆이 살던 고택이 있다.[91]

---

90 본래 이름이 망산邙山으로 낙양 북쪽에 있어서 북망산이라 일컬어졌다. 중국 동한, 위진 시기의 왕후王侯 공경公卿이 이곳에 많이 묻혔다.

91 허목의 자는 문보文甫, 호는 미수眉叟이다(1595~1682). 남인의 영수로서 정치적으로나 학문적으로 태두의 위치에 있었다. 경기도 연천이 향리이고 서울에서 성장하였으나 영남 남인의 거두 정구鄭逑에게 학문을 배웠다. 문집으로 《기언記言》이 있다. 허목의 연천 집은 그가 1678년(숙종 4년) 판중추부사의 직책을 사임하고 은퇴했을 때 숙종이 경기도에 명을 내려 지어준 것으로 특별한 의미가 있다. 허목은 이 집을 은거당恩居堂이라 이름짓고 〈은거시서恩居詩序〉를 지었다. 훗날 신유한·이익·채제공·허전 등 남인 지식인이 이 집을 묘사한 각종 시문을 지어 허목을 추모하였다.

복거론

복거론 서설

터를 잡고 살 만한 땅을 고르는 조건은 지리가 최우선이고, 생리가 다음이다. 다음은 인심이고, 그다음은 산수이다. 네 가지 조건 가운데 하나라도 빠지면 살기 좋은 땅이 아니다. 지리가 좋다고 하더라도 생리가 충족되지 않으면 오래 살 수 없고, 생리가 좋더라도 지리가 나쁘면 오래 살수 없다. 지리와 생리가 모두 좋으나 인심이 착하지 않으면 반드시 후회하게 되고, 가까운 곳에 감상할 만한 산수가 없으면 성정性情을 가다듬을 길이 없다.

지리

지리를 어떻게 논할 것인가?[1] 먼저 수구를 보고, 다음에는 들의 형세를 보며, 다음에는 산의 모양을 보고, 다음에는 흙의 빛깔을 보며, 다음에는 수리水理를 보고, 다음에는 조산朝山[2]과 조수朝水[3]를 본다. 수구가 어그러지고 허술하며 텅 비고 넓은 땅에 거주하면 좋은 전답 1만 경頃[4]과 1000칸짜리 넓은 집을 가지고 있다 해도 대개는 후세에 전하지 못하고 자연스럽게 쪼그라들고 흩어져서 망하고 만다. 그러므로 집터를 살펴서 고르려면 반드시 수구가 오므려 닫힌 땅 안쪽에 들녘이 펼쳐져 있는지를 주의 깊게 보아야 한다.

산중에서는 수구가 오므려 닫힌 땅을 쉽게 찾을 수 있으나 들판에서는

---

1 이 문장은 지리를 살펴 판정하는 방법을 설명하겠다는 의미이다. 치원본巵園本《택리지》에서는 이 문장을 '땅을 보는 법〔相地之法〕'이라 하였는데 문장의 의미를 명확히 한 것이다. '생리' 등도 같은 의미로 해석한다.
2 혈의 정면에 가장 가까이 있는 나지막한 산을 안산이라 하고, 안산 뒤에 서 있는 크고 높은 산을 조산이라 한다. 혈 앞에서 불어오는 바람을 막아 혈의 생기를 보존하는 역할을 한다.
3 혈 앞으로 흘러드는 물줄기이다.
4 농지 넓이의 단위로, 1경은 100묘이다.

땅이 단단하게 응축되어 있기가 어려우므로, 반드시 물이 나가는 것을 막는 산발치(砂)가 있어야 한다. 높은 산이나 그늘진 언덕을 따질 것 없이 힘차게 물결을 거스르고 막아서는 당국堂局(명당의 형국)이면 길하다. 막아서는 당국이 한 겹이어도 좋지만 세 겹이나 다섯 겹이면 더욱 길하니, 이런 땅은 완전하고 튼튼하게 면면히 이어나갈 집터라 할 수 있다.

무릇 사람은 양기를 받아서 살아가는데, 하늘의 햇볕이 양기를 주는 것이다. 하늘이 적게 보이는 곳에서는 결단코 살 수 없다. 이에 따라 들이 넓으면 넓을수록 집터는 더욱 아름답다. 햇볕과 달빛과 별빛이 항상 환하게 비치고, 바람과 비, 추위와 더위를 비롯한 기후가 충분히 알맞은 곳이면 인재가 많이 배출되고 질병도 적다. 가장 피해야 할 곳은 사방의 산이 높이 솟구쳐 들을 내리누르고 있어서 해는 늦게 떴다가 일찍 지고, 밤에는 북두성이 보이지 않는 곳이다. 신령한 햇볕이 적어서 음기가 쉽게 서리면, 귀신이 나오는 숲과 도깨비 소굴이 되거나 아침저녁으로 남기嵐氣(해 질 무렵 멀리 보이는 푸르스름하고 흐릿한 기운)와 장기가 사람을 쉽게 병들게 한다. 그러므로 산골에 살기가 들에 살기보다 좋지 못하다.

큰 들판 가운데 나지막이 둘린 산은 산이라 할 수 없고 이 전체를 들이라 일컫는다. 하늘빛이 막히지 않고 바람 기운이 멀리까지 통하기 때문이다. 산이 높이 솟은 산중이라도 펼쳐진 들이 있다면 집터로 만들 수 있다.

산의 모양을 말하자면, 조산祖山과 종산宗山⁵이 감여가堪輿家가 말하듯이 누각처럼 위로 솟구친(樓閣飛揚) 형세이고, 주산主山⁶이 수려하고 단정하며

---

5 조산은 혈 뒤편의 산 가운데 가장 멀리 떨어진 높은 산을 말하고, 종산은 가장 가까이에 있는 높은 산을 말한다.

6 혈을 만들어주는 산으로 주변 산들을 주관하고 혈의 주인이 된다. 도읍지나 집터, 못자리 등에서 운수 기운이 매였다고 하는 산이다.

청명하고 부드러운 형상이 가장 좋다. 뒷산이 끊임없이 이어졌다가 들을 건너 홀연히 일어나서 봉우리와 고개는 높이 솟고, 가지와 잎사귀 같은 산줄기가 엉켜 돌아 한데 뭉쳐 골짜기를 이루어 마치 관아 안으로 들어간 듯하며, 주산의 형세가 온당하고 무거우며 풍성하고 커서 겹겹의 지붕이 덮인 높은 전각 같은 곳이 그에 버금간다. 사방에 있는 산은 멀찍이 물러나서 고르게 에워싸고, 산줄기가 평지로 떨어져 내려와 물을 만나서 그친 들녘에 생겨난 집터가 다음으로 좋다.

가장 피해야 할 곳은 내룡來龍[7]이 나약하고 둔하여 생색生色이 나지 않거나, 부서지고 기울어져서 길한 기운이 적은 형상이다. 땅에 생색이 나지 않고 길한 기운이 없으면 인재가 나지 않는다. 이 때문에 산의 생김새를 가리지 않을 수가 없다.

향촌의 주거에서는 산골 어촌 따질 것 없이 흙이 모래흙으로서 단단하고 조밀하면 우물물도 맑고 시원하니, 이와 같은 곳은 살 만하다. 붉은 점토나 검은 자갈 또는 누렇고 가는 흙, 다시 말해 죽은 흙이 깔린 땅에서 나는 우물물은 반드시 장기가 있으므로 이런 데서는 사람이 살 수 없다.

물이 없는 땅은 본래 살 수 없는 곳이다. 산은 반드시 근본을 얻어 물과 잘 배합된 뒤에야 생성과 화육化育의 오묘함을 다 발휘할 수 있다. 그러나 물은 반드시 흘러오고 흘러감이 이치에 맞아야만 정기를 모아 인재를 훌륭하게 기르는 길吉함을 이룰 수 있다. 이것을 다룬 감여가의 책이 있으므로 굳이 자세하게 논하지 않겠다. 그렇지만 집터는 못자리와는 다르다. 물은 재물을 주관하므로 큰 물가에 부잣집과 이름난 마을, 번성한 촌락이 많다. 비록 산속이라도 시냇물이 모여들면 대를 이어 오랫동안 살 만한 거주지가 된다.

---

7 주산에서 혈로 내려온 산줄기를 말한다.

조산朝山에는 거칠고 조악한 바위 산봉우리가 있는가 하면 기우뚱하고 외로운 봉우리도 있다. 무너지고 떨어지는 형상도 있으며 엿보는 듯한 모양도 있다. 또는 특이하고 괴상한 바위가 산 위와 산 아래에 나타나는가 하면, 긴 골짜기에 충사沖砂[8]가 산의 좌우나 앞뒤에 나타나기도 한다. 어느 땅이든 거주하기에 적당하지 않다. 반드시 멀리 있으면 맑고 빼어나며, 가까이 있으면 밝고 깨끗하여 보기만 해도 반갑고 기뻐야 하며, 험악하고 밉살스러운 생김새가 없어야 길하다.

조수朝水는 물 밖의 물을 말한다. 작은 개울과 작은 시내의 경우 물을 역으로 받아들이는 것이 좋지만, 큰 하천과 큰 강의 경우에는 물을 역으로 받아들이면 절대 안 된다. 큰물을 역으로 받아들이는 곳은 집터든 묏자리든 처음에는 흥하여 일어나도 오래 지나면 패망하지 않는 곳이 없으므로 경계하지 않을 수 없다. 들어오는 물은 또 반드시 산줄기[龍]의 좌향坐向[9]과 더불어 음양에 합치되어야 한다. 또 구불구불 느긋하게 흘러들어야지 활을 쏜 듯이 일직선으로 다가와서는 안 된다. 이런 까닭에 집을 지어 자손 대대로 전하려 한다면 지리를 살펴서 가려야 한다. 이 여섯 가지가 요지要旨이다.

---

8 주위에 있는 물이나 바위 따위의 사砂가 서로 부딪힐 듯한 모양을 말한다.

9 묏자리나 집터가 자리 잡은 방위이다. 좌坐는 혈의 뒤쪽 방향이며 주로 음택을 말하고, 향向은 혈의 앞쪽 방향이며 주로 양택을 말한다.

생리

생리를 어떻게 논할 것인가? 사람으로 세상에 태어났기에 바람을 들이마시거나 이슬을 마시고 살지 못하고, 깃털을 옷으로 삼거나 털로 몸을 가릴 수도 없다. 그렇다면 어쩔 도리 없이 옷을 해 입고 먹을거리를 만들어 먹어야 한다. 위로는 조상의 제사를 받들고 부모를 봉양해야 하며, 아래로는 처자식을 먹여 살리고 노비를 거느리고 살아야 하니, 또 어쩔 도리 없이 생업을 경영하여 재산을 불려야 한다. 공자도 사람이 많아지고 부유해진 다음에 가르쳐야 한다고 하였다.[1] 옷이 없어 헐벗고 먹을거리를 구걸하며, 조상의 제사를 받들지도 않고 부모를 봉양하지도 않으며, 처자식이 천륜을 지키도록 보살피지도 못하는 주제로 그냥 도덕과 인의를 떠들기만 하려는가?

세상이 헛된 이름에 힘쓰고 실용을 등한시한 지가 오래되었다. 늘 억

---

1 《논어》〈자로子路〉 편에 나오는 말이다. "공자가 위나라로 갈 때 염유가 수레를 몰았다. 공자가 '백성들이 많구나!'라고 하였다. 염유가 '백성들이 많아졌으면 또 무엇을 더해야 합니까?'라고 묻자 '부유하게 해주어야 한다.'라고 하였다. 염유가 '백성들이 부유해졌으면 또 무엇을 더해야 합니까?'라고 묻자, 공자가 '가르쳐야 한다.'라고 답하였다.〔子適衛, 冉有僕. 子曰: '庶矣哉!' 冉有曰: '旣庶矣, 又何加焉?' 曰: '富之.' 曰: '旣富矣, 又何加焉?' 曰: '敎之.'〕"

지로 하기 힘든 일을 억지로 하다 보니 속으로는 악을 행하면서 겉으로는 선을 행하는 척하기 일쑤다. 이러한 까닭에 차라리 먼저 의식을 갖추는 데 힘쓰고 그런 뒤에 예의를 갖추도록 노력하는 편이 낫다. 이렇게 하여 사람들이 악을 숨기지 않고 훤히 드러내도록 할 일이다. 《중용中庸》제6장에 "순임금은 묻기를 좋아하고 하찮은 말을 살피기를 좋아하였으며, 악은 숨겨주고 선은 드러내었다.(舜好問而好察邇言, 隱惡而揚善.)"라고 했다.

푸른 소나무를 벗 삼고 흰 구름과 친구가 되며, 돌을 베고 흐르는 물에 양치질하며, 안개 속에서 밭을 갈고 달빛 아래에서 물을 길으며 살면 어찌 아름답지 않겠는가? 하지만 그런 삶은 본디 예법과 문화가 아직 갖추어지지 않고 온 세상 사람이 모두 백성으로만 구성된 태곳적에나 가능한 법이다. 꼭 그렇게 살려는 사람이라면, 관례에는 굳이 빈상儐相²이 필요하지 않고, 혼례에는 굳이 친영親迎(친히 맞이함)이 필요하지 않으며, 상례에는 굳이 관곽棺槨이 필요하지 않고, 제례에는 굳이 제기가 필요하지 않을 것이다. 그런 예법을 어떻게 오늘날에 적용하겠는가? 그러므로 한세상을 살면서 산 사람을 봉양하고 죽은 자를 장사 지내는 데에는 세상의 재물이 필요한데 이는 하늘에서 내리거나 땅에서 솟아나는 것이 아니다. 그러므로 땅이 기름진 곳이 제일 좋고 배와 수레, 사람과 물자가 모두 모여들어 각자 소유한 물품을 서로 바꿀 수 있으면 그에 버금가는 곳이다.

땅이 기름지다는 것은 오곡이 잘되고, 목화가 잘 자란다는 뜻이다. 논에 볍씨 한 말을 뿌려서 벼 60두斗(부피의 단위로 '말'이라고도 한다)를 거두는 땅이 최상이고, 40~50두를 거두는 땅은 다음가며, 30두도 못 거두는 땅은 척박하므로 사람이 살지 못한다. 나라 안에서 가장 기름진 땅은 전라도 남원과 구례, 그리고 경상도 진주와 성주 등이다. 여기는 논에 볍씨 한 말

---

2 관례를 행할 때 빈賓(관례를 주관하는 사람)을 인도하는 사람을 말한다.

을 뿌리면 최상은 140두를 거두고, 다음은 100두를 거두며, 최하 80두를 거두거니와, 다른 고을은 그렇지 못하다.

경상도에서 좌도는 모두 땅이 메마르고 백성이 가난하지만 우도는 땅이 기름지다. 전라도에서 지리산 옆에 있는 좌도 고을은 땅이 기름지지만 바닷가 고을은 물이 없고 가뭄이 자주 든다. 충청도에서 내포와 차령 이남은 기름진 땅과 메마른 땅이 반반인데, 가장 기름진 곳도 볍씨 한 말을 뿌려 벼 60두를 거두는 데 불과하다. 차령 이북에서 한강 남쪽에 이르는 땅도 기름진 땅과 메마른 땅이 반반인데, 차령 남쪽보다 못해서 기름진 곳도 대부분 40두 이상 수확하지는 못한다.

한강 북쪽은 대체로 땅이 메마르다. 동쪽 강원도에서 서쪽 개성부에 이르는 지역의 땅은 논에 볍씨 한 말을 뿌려 30두를 넘기기는 하지만 이에 못 미치는 토질이 나쁜 땅도 있다. 강원도 영동 아홉 개 현[3]과 함경도는 땅이 더욱 메마르다. 황해도는 기름진 땅과 메마른 땅이 반반이다. 평안도는 산골은 땅이 메마르나, 바닷가 여러 고을은 상당히 기름져서 충청도 못지 않다.

밭의 경우, 산골 고을은 조를 많이 심고, 바닷가 고을은 콩과 보리만을 심으며, 산과 바다에서 멀리 떨어져 있는 들녘 고을은 어떤 곡식이든 심기에 알맞다.

목화는 영남과 호남에서 가장 잘되어 산골짜기 땅이나 바닷가 땅을 따질 것 없이 모두 심기에 알맞다. 강원도 영동에서 북쪽으로 함경도까지는 곡식을 심는 땅이 없고 설사 심는다 하더라도 수확하지 못한다. 강원도 영서는 산의 기후가 쌀쌀하여 곡식 심기에 알맞지 않은데, 오직 원주와 춘천의 근교 들판에서 조금 심는 정도이다. 경기도 한강 이북의 산간

3 강원도 대관령 이동 지역에 있는 흡곡, 통천, 고성, 간성, 양양, 강릉, 삼척, 울진, 평해를 가리킨다.

고을 또한 산이 높고 물이 차서 곡식을 심기에 알맞지 않다. 들에 있는 고을이라 해도 심기도 하고 심지 않기도 하지만, 오로지 개성부에서는 많이 심는다.

한강 남쪽 바닷가 여러 고을과 충청도 바닷가 땅인 내포 지역과 임천, 한산은 모두 목화를 심기에 알맞지 않다. 비록 심는다 해도 토질이 견실하지 않기 때문에 싹이 트고 잎이 자라더라도 꽃을 피우지 못한다. 한강 남쪽, 바다와 멀리 떨어진 땅에서도 많이 심지만 이런 곳은 매우 드물다. 충주 근처 괴산, 연풍, 청풍, 단양에서 특히 많이 심는다. 그렇더라도 어디서나 목화를 심는 차령 이남 고을에는 미치지 못한다. 황간·영동·옥천·회덕·공주가 제일이고, 청주·문의·연기·진천 등의 고을이 다음이다. 황해도는 바닷가 고을이 목화 심기에 알맞지 않을 뿐, 산골과 들판의 고을은 땅이 알맞아서 매우 많이 심는다. 평안도는 산골 고을만 목화를 심는 곳이 드물고, 들판 고을은 어디나 목화를 재배하기에 알맞다.

이 밖에도 진안의 담배밭, 전주의 생강밭, 임천과 한산의 모시밭, 안동과 예안의 왕골자리밭은 조선 제일의 산지로서 부자들이 물품을 독점하여 엄청난 이문을 남긴다. 이것이 바로 대략 살펴본 우리나라 전지田地의 현황이다.

무역과 운송

화물을 수송하여 무역하고 교환하는 일은 신농씨神農氏 이래 성인聖人의 행위이다. 이를 하지 않으면 재물을 만들어낼 길이 없다. 그러나 물건을 옮기는 데 말은 수레만 못하고, 수레는 배만 못하다. 우리나라는 산이 많고 들이 적어 수레가 다니기에 불편하므로 온 나라의 상인은 모두 말에 화물을 싣는다. 그런데 길이 멀면 노잣돈을 많이 허비하여 얻는 이익이 적다. 그렇기에 배로 화물을 운반하여 무역하고 교환하는 것보다 못하다.

우리나라는 동쪽과 서쪽, 남쪽이 모두 바다여서 배가 통하지 않는 곳이 없다. 그러나 동해는 풍랑이 높고 파도가 사나워 경상도 동해 바닷가의 여러 고을과 강원도 영동, 함경도 전 지역은 서로 배가 왕래하지만 서쪽과 남쪽 지역의 선박은 수세水勢에 익숙하지 않아 동해까지 가지 않는다. 한편, 서해와 남해는 물살이 약하여 남쪽의 전라도와 경상도에서, 북쪽의 한양과 개성에 이르기까지 상인의 왕래가 끊이지 않고, 북쪽으로 황해도와 평안도까지 통한다.

출입하는 선상船商은 반드시 강과 바다가 만나는 곳에서 화물을 매매하여 이익을 얻는다. 경상도에서는 낙동강이 바다로 들어가는 곳이 김해 칠성포七星浦인데, 여기서 북쪽으로 거슬러 올라가면 상주에 이르고, 서쪽으로 거슬러 올라가면 진주에 이른다. 길목에 있는 김해가 경상도 전체의 수구에 위치하여 남쪽과 북쪽, 바다와 육지의 이익을 모두 챙긴다. 여기서는 관청이나 개인 할 것 없이 소금을 판매하여 막대한 이익을 취한다.

전라도에서는 나주 영산강과 영광 법성포, 흥덕 사진포沙津浦, 전주 사탄(만경강의 옛 이름)이 물길이 짧기는 하지만 어디나 조수가 흘러드는 덕에 상선이 몰려든다.

충청도에서는 금강만이 강줄기가 멀리까지 뻗어 있으나 공주 동쪽은 물이 얕고 여울이 많아 배가 통행하지 않는다. 부여와 은진에서 비로소 바닷물이 들어오고 나가기 때문에 백마강 이하의 진강 일대는 모두 배가 오감으로써 생기는 이익을 거두고 있다.

오로지 은진현의 강경이란 마을이 충청도와 전라도의 육지와 바다 사이에 자리 잡아, 금강 남쪽 들판 가운데 하나 있는 큰 도회지이다. 바닷가와 산골의 주민이 모두 여기에서 물건을 내다 놓고 교환한다. 봄여름에 고기잡이가 왕성할 때마다 비린내가 마을에 가득하고, 크고 작은 배가 밤낮으로 차항에 담장을 친 듯이 늘어선다. 한 달에 여섯 번 큰 장이 설 때에는 먼 곳과 가까운 곳의 화물이 실려와 쌓인다.

내포에서는 아산의 공세호와 덕산의 유궁포가 길고 수량이 풍부한 강에 면해 있다. 홍주洪州의 광천廣川과 서산의 성연聖淵은 비록 계항溪港(민물항구)이기는 하나 조수가 통하기 때문에 상인들이 모두 여기 머무르며 화물을 옮기고 운반한다.

경기도의 바닷가 고을은 조수가 통하는 하천을 끼고 있으나 한양과 가까워서 상선이 많이 모이지 않는다.

한양에서는 남대문에서 서남쪽으로 7리쯤 떨어진 지점에 용산호龍山湖가 있다. 한강 본류는 옛날에는 남쪽 언덕을 따라 흘러갔는데 그중 한 갈래가 북쪽 언덕을 뚫고 들어가서 길이가 10리나 되는 큰 호수를 만들었다. 서쪽에서는 염창鹽倉 모래 언덕에 막혀서 물이 빠져나가지 못하여 안에서 연꽃이 피었다. 고려 때 임금의 행차가 여기 이를 때마다 머물러 연꽃을 감상했다. 조선왕조에 들어와 한양에 도읍을 정했는데 별안간 조수가 들이닥쳐 염창의 모래 언덕을 무너뜨리고, 그로부터 조수가 용산까지 이르렀다. 그리하여 팔도의 조운선이 모두 용산에 정박하게 되었다.

용산 서쪽에는 마포와 토정土亭, 농암籠巖이 있다. 어디나 서해와 통하여 이익을 거둘 수 있어 팔도의 선박이 몰려든다. 한양성 안의 공경대신과 부마와 외척이 너 나 할 것 없이 누정을 세우고 노닐고 잔치하는 장소로 삼은 지 300년이 다 되었다. 한강 물이 점점 얕아져서 한강 위쪽으로는 조수가 이르지 않고, 염창의 모래 언덕도 해마다 조금씩 진흙이 쌓여서 물길을 막는 상황이니 무슨 까닭인지 모르겠다.

개성부에는 수구문水口門에서 10리 떨어진 거리에 동강東江이 있는데, 바닷물이 드나들어 조운선이 정박하는 곳이었다. 고려가 망한 뒤로 조수가 물러가 이르지 않으니 지금은 얕은 개천이라 배가 들어오지 않는다. 승천포는 개성부와 40여 리나 떨어져 있다. 지금은 오로지 후서강이 개

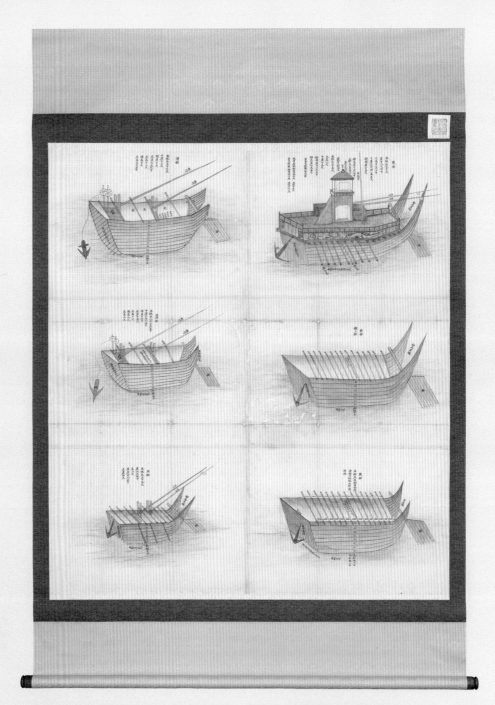

조선 후기의 각종 선박 그림, 《각선도본各船圖本》, 조선 후기, 규장각한국학연구원 소장
조선 시대 선박 제도와 치수를 간략하게 그린 족자 그림으로 제작 시기와 제작자는 알 수 없다. 왼편에는 조선
漕船, 북조선北漕船, 병선兵船을 차례로 그렸고, 오른편에는 전선戰船 3종을 그렸다. 조선은 곧 경기 이남 하삼
도에서 쓰는 조운선이고, 북조선은 평안도와 함경도에서 쓰는 조운선이다.

성부에서 채 30리가 안 떨어진 곳에 있어서 다른 도와 배로 교통하는 이익을 얻고 있다. 배가 크면 바다로 나가 멀리서 장사하고, 배가 작으면 강을 따라서 바다로 나갔다 들어왔다 하면서 북쪽으로는 강음현江陰縣까지 가고, 서쪽으로는 연안까지 가고, 동쪽으로는 한강과 통한다.

강화와 교동, 이 두 개의 큰 섬은 후서강 남쪽에 있다. 강과 바다로 둘러싸여 생선과 소금이 거래되는 고장이라, 한양과 개성 두 도회지에서 이익을 노리는 무리들이 여기에서 화물을 거래한다. .

평안도에서는 평양 대동강과 안주 청천강 인근 사람들이 배가 오감으로써 생기는 이익을 얻고 있다. 그러나 남쪽에 험난한 장산곶이 있어서 남쪽의 배는 드물게 드나든다. 장산곶은 바로 앞에서 기록한 황해도 장연 땅이니, 땅이 바다 가운데로 튀어나와 뿔처럼 뾰족한 지형이라 암초가 도사리고 있고 파도가 거세 뱃사람이 모두 두려워한다.

충청도 내포 지역의 태안에는 서쪽에 안흥곶安興串이 있는데 이곳도 장산곶처럼 바다 가운데로 튀어나와 바위 두 덩이가 가파르게 솟아 있다. 배가 두 개의 바위 사이로 지나갈 때에 뱃사람이 대단히 두려워한다. 이 두 개의 곶이 바다 한가운데 남북으로 우뚝 솟아 서로 맞서고 있어서 배가 거기에 이르러 잘못되는 경우가 많다. 그러나 전라도, 경상도, 충청도 3개 도는 부세賦稅를 모두 조운선에 실어 서울로 보내기 때문에 이 물길에 조군漕軍(조운선에서 조운 활동에 종사하던 사람)을 두어 해가 지나기 전에 차례로 실어 나른다. 또한 서울의 여러 궁가宮家(대군, 군, 공주 등 왕족의 저택)와 사대부 집안 가운데 삼남에 전장田庄을 두지 않은 집이 없다. 그들은 모두 소출을 배로 실어 나른다. 뱃사람은 물길에 익숙하고, 상인들도 안흥곶을 제집 드나들 듯하는 이가 많다.

평안도와 함경도는 고을 부세를 조운으로 서울에 나르는 법규가 없다. 그래서 본도에 남겨두었다가 칙사의 행차나 국경을 수비하는 데 드는 비용으로 충당한다. 따라서 관청에서 조운선으로 운송하는 일이 없고, 사

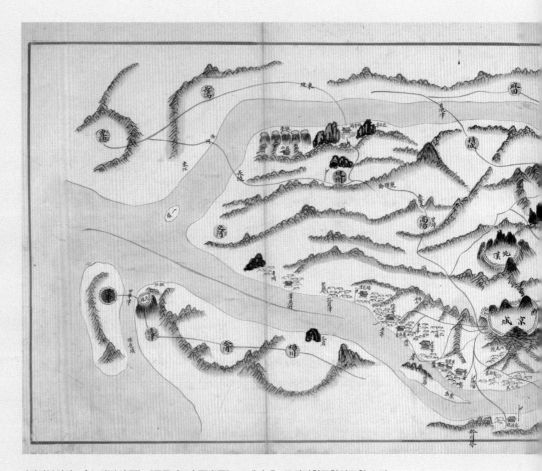

〈경강부임진도京江附臨津圖〉, 《동국여도東國輿圖》, 19세기 초, 규장각한국학연구원 소장
한강과 임진강 수로를 따라 형성된 상업과 물류 중심지를 잘 보여준다. 특히, 충주에서 강
화도까지 한강 수운의 요지와 경로를 상세하고 정확하게 밝혀놓았다. 경강 상인이 한강 수
운의 이익을 누리는 영역을 잘 보여준다.

京江附臨津圖 二貼

대부가 거주하지 않아서 사가私家의 조운도 끊겼다. 본도의 상선만이 가끔 서울로 오간다. 사상私商이 때때로 오가지만 삼남처럼 많지는 않다. 따라서 뱃사람이 바다를 건너는 데 익숙하지 않아 장산곶을 안흥곶보다 더 두려워한다.

지금부터는 조수가 통하는 곳을 놔두고 강선江船이 왕래하는 지역에 대해서만 설명한다. 강선은 크기가 작아서 바다에 나가 이익을 챙기지 못한다. 온 나라 안에서 한강이 가장 크고 강줄기가 멀리 뻗어 있어 바닷물을 많이 받아들인다. 동남쪽은 청풍의 황강, 충주의 금천金遷[4]과 목계, 원주의 흥원창, 여주의 백애촌, 동북쪽은 춘천의 우두촌, 낭천狼川의 원암元巖, 정북쪽은 연천의 징파도澄波渡가 배로 교통할 뿐 아니라 상선들이 모여 매매를 하는 장소이다. 그중에서 한양만이 좌우로 바다와 산지의 이익을 챙기고, 동쪽과 서쪽의 한강에서[5] 사람과 화물을 배로 실어 나르는 데 따르는 이익을 독차지하고 있다. 이익을 노려 부자가 된 사람이 많기로는 오로지 여기가 제일이다. 이로써 우리나라 물길과 배로 얻는 이익을 대략 설명했다.

부상대고富商大賈(많은 밑천을 가지고 대규모로 장사를 하는 상인)의 경우에는 한자리에 앉아서 화물을 매매하되, 남쪽으로는 왜국과 통하고 북쪽으로는 연경과 통하여 여러 해 동안 천하의 물건을 실어 날라 수백만 금을 모은 자까지 나타난다. 한양에 그런 상인이 가장 많고, 그에 버금가는 곳이 개성이며, 안주와 평양이 뒤를 따른다. 모두 연경과 통하는 길을 이용하여 곧잘 막대한 부를 쌓는다. 이는 선운으로 얻는 이익과 비교할 수 없을 정도로 큰

---

4 우리말로 쇠여울이라 불리는 지명을 음차한 표기이다.《증보산림경제》에 실린《동국산수록》에는 "속명은 소열이다.〔俗名所悅.〕"라고 주를 달았다. 소열은 쇠여울의 줄임말이다.

5 여기서 동쪽의 강은 한강 동쪽에 있는 동호東湖를, 서쪽의 강은 서쪽에 있는 서강西江, 곧 마포를 말하는 것으로 보인다.

이문을 남기는데 삼남에는 이런 부자에 견줄 만한 상인이 없다.

그러나 사대부는 이런 일을 해서는 안 된다. 다만 생선과 소금이 유통되는 곳을 잘 찾아서 배를 대고 이익을 남겨서 관혼상제 네 가지 예식에 드는 비용을 장만한다면 해 될 일이 있겠는가?

인심

어떻게 인심을 논할 것인가? 공자께서는 "마을 풍속이 어질어야 아름답다. 어진 마을을 가려서 살지 않으면 어찌 지혜롭다 하겠는가?"[1]라고 하셨다. 옛날에 맹자의 어머니는 아들을 가르치려고 세 번 집을 옮겼다. 선택한 곳의 풍속이 바르지 않다면 자신에게 해가 될 뿐만 아니라 자손에게도 반드시 나쁜 물이 들어 인생을 그르치는 우환이 생기므로 앞으로 살고자 하는 지방의 풍속을 살피지 않을 수 없다.

　우리나라 팔도 중에서 평안도는 인심이 순박하고 후덕하기로 제일가고, 다음으로 경상도는 풍속이 질박하고 진실하다. 함경도는 오랑캐 땅과 접해 있어 백성들이 모두 굳세고 사나우며, 황해도는 산수가 험하고 막혀 있어 모질고 사나운 백성이 많다. 강원도는 산골이라 물정에 어두운 백성들이 많고, 전라도는 오로지 교활함과 음험함을 숭상하여 그릇된 일에 쉽게 움직인다. 경기도는 도성 밖 들에 있는 고을이라 백성과 산물이 쇠약하고 피폐하며, 충청도는 오로지 권세와 이익만을 좇는다. 팔도의 인심이 대략 이렇다. 그러나 이것은 비천한 백성을 두고 한 말일 뿐

1　출전과 설명은 43쪽 각주 2 참조.

사대부의 풍속은 그렇지 않다.

우리나라의 관제官制는 먼 옛날과 달라서 비록 삼정승과 육판서를 두어 모든 관청을 감독하고 통솔하기는 하지만 대각臺閣(사헌부와 사간원)에 큰 무게를 두어서 풍문風聞[2], 피혐避嫌[3], 처치處置[4]의 법규를 만들어 오로지 옳고 그름을 따지는 의론의 정사를 맡게 하였다.

내직과 외직을 임명하는 권한은 삼정승에게 달려 있지 않고, 오로지 이조에 속해 있다. 또 이조의 권한이 너무 커질까 염려하여 삼사三司(사헌부, 사간원, 홍문관)의 관원을 추천할 때는 이조판서에게 맡기지 않고 이조낭관郎官에게 전담시켰다. 따라서 이조의 정랑正郎과 좌랑佐郎이 대각의 권력을 주도하게 되었다. 삼정승과 육판서가 높고 큰 관직이기는 하지만, 조금이라도 마음에 들지 않으면 전랑銓郎(이조 정랑과 좌랑)이 곧잘 삼사의 여러 신하를 부추겨 탄핵하게 하였다. 조정의 풍속이 염치를 숭상하고, 명예와 절도를 무겁게 여겨서 한 번 탄핵을 받으면 직책을 버리지 않을 수 없었다. 따라서 이조전랑의 권한은 삼정승에 버금갔다.

이것이 큰 벼슬과 작은 벼슬이 서로를 맞잡고, 높은 직책과 낮은 직책이 서로를 제어하는 방법이라 300년 동안 큰 권간權奸이 나타나지 않고, 꼬리가 커서 처리하기 어려운 근심[5]이 없었던 이유이다. 여기에는 고려 때 임금이 약하고 신하가 강했던 폐단을 미연에 방지하거나 없애려는 역

---

2 풍문거핵風聞擧劾 또는 풍문공사風聞公事의 준말이다. 사헌부에서 관리의 비행이나 부녀자의 음란 등의 행위를 소문을 근거로 조사하는 일을 말한다.

3 사헌부에서 논핵하는 사건에 관련된 관원이 직무를 수행하지 않고 피하는 일을 말한다. 혐의가 풀릴 때까지 관청에 나가 직무를 수행하지 않는 것이 관례였다. 또 친인척이 같은 부서에 근무하는 것을 피하는 일을 가리키기도 한다.

4 사헌부나 사간원의 관료가 어떤 일로 피혐하고 물러갔을 때 정당성 여부를 따져 피혐을 받아들일 것인가 아니면 출사하도록 할 것인가를 판정해서 임금에게 아뢰는 일을 말한다.

5 신하의 세력이 강하여 군주가 마음대로 제어할 수 없음을 뜻하는 말로 《춘추좌씨전春秋左氏傳》에 나온다.

대 임금의 의도가 깔려 있다.

이 때문에 반드시 삼사에서 명망과 덕행이 있는 인재를 엄격하게 뽑아서 전랑으로 삼았다. 전랑으로 하여금 후임자를 천거하게 하고 이조판서에게 맡기지 않았다. 전랑이 가지는 권한을 무겁게 여겨서 한결같이 공론에 부쳤기 때문이다. 그래서 품계를 올릴 때면 반드시 전랑을 먼저 올리고 나서 차례대로 이조 관료의 품계를 올리고 직무를 부여했다. 그런 뒤에야 다른 부서에 차례가 갔다. 한 번 전랑을 거친 사람은 큰 사고가 없다면 순탄하게 공경의 지위에 올랐다. 그러므로 전랑은 명예와 이익이 함께 따라오는 자리라, 나이가 젊고 벼슬을 시작한 사람이라면 바라지 않는 이가 없었다. 제도를 시행한 지가 오래됨에 따라 전랑을 먼저 하고 뒤에 하는 문제와 전랑 자리에 가고 못 가고 하는 문제로 분쟁이 일어나지 않을 수 없었다.

선조 때 김효원金孝元[6]이 큰 명망이 있어 전랑에 천거되었는데 외척인 이조참의 심의겸沈義謙[7]이 김효원의 전랑 임명을 막고 허락하지 않았다. 김효원은 명문가의 자제로 학행學行이 있고 문장을 잘 썼으며, 현자를 추천하고 능력 있는 인재에게 양보하기를 좋아하여 젊은 선비들에게 인심을 크게 얻었던 터였다. 그렇게 되자 선비들이 심의겸을 가리켜 현자의 진출을 방해하고 권세를 농단한다고 떠들썩하게 공격하였다. 심의겸이 비록 외척이기는 하지만 일찍이 권간을 물러나게 하고 사림들이 조정에 서도록 도운 공로가 있어 나이가 많고 지위가 높은 사람들은 그를 적극

6 자는 인백仁伯, 호는 성암省菴, 본관은 선산이다(1542~1590). 1565년 문과에 장원으로 급제하였다. 부친은 영유현령 김홍우金弘遇이며, 조식과 이황의 문인이다. 후에 장남 김극건金克健이 허봉의 딸과 혼인하였고, 장녀는 허균許筠의 후처가 되었다.

7 자는 방숙方叔, 호는 손암巽菴, 본관은 청송이다(1535~1587). 이황의 문인으로 1562년 문과에 급제하였다. 할아버지는 영의정 심연원沈連源이고, 아버지는 청릉부원군 심강沈鋼이다. 명종의 비인 인순왕후의 동생이다. 청양군에 봉해졌다.

옹호하였다. 그리하여 선배와 후배가 둘로 갈라지고, 하찮은 일이 큰일로 번져버렸다.

계미년(1583)과 갑신년(1584) 사이에 동인東人과 서인西人라는 이름으로 처음 갈라졌다. 김효원의 집이 동쪽(건천동)에 있었기에 그들 무리를 동인이라 하였고, 심의겸의 집이 서쪽(정릉동)에 있었기에 이들을 서인이라 하였다. 동인은 김효원·유성룡·김우옹·이산해李山海·정지연鄭芝衍·정유길鄭惟吉·허봉·이발李潑 등을 추대하였고, 서인은 심의겸·박순朴淳·정철鄭澈·윤두수尹斗壽·윤근수尹根壽·구사맹具思孟 등을 추대하였으니 이것이 바로 붕당의 시초이다.

이보다 앞서 정승 이준경李浚慶이 임종을 앞두고 표表를 올려서 "조정 관료들 사이에 앞으로 붕당이 나타날 조짐이 보입니다."라고 말하였다. 옥당玉堂(홍문관) 벼슬아치인 이이가 상소를 올려 이준경을 배척하면서 군주와 신하 사이를 이간질한다고 말하며 남들은 죽을 때에는 말을 선량하게 하는데 이 사람은 악하게 한다고 헐뜯기까지 하였다.

이때 이르러 이이는 자신의 말이 거짓말이 될까 염려해서 힘써 조정하는 역할을 주도하여 중간에서 양쪽을 화해시켰다. 그러나 나라에서 여러 번 사화를 겪었고, 사화가 모두 외척 때문에 일어난 까닭에 선비들에게 외척을 향한 미움이 쌓여 있었다. 이런 때에 심의겸이 공격의 빌미를 제공하자 뭇사람들의 분노가 벌떼처럼 일어났다.

때마침 인순왕후[8]께서 돌아가셨고, 선조 임금께서 종친으로서 대통을 계승하셨다. 이 때문에 심의겸은 왕실의 지원이 완전히 끊겼다. 동인은

---

8 명종의 비로 심강의 딸이자 심의겸의 누이이다. 1545년 14세 때 왕비로 책봉되었으며, 선조가 즉위하자 왕대비로서 수렴청정했다. 언해본《택리지》에 "이 대비는 명종왕후시오, 선조께서 방대지로 계승하시니 청양青陽(심의겸)이 척리戚里(국왕의 인척) 아니건마는 미워하였더라."라는 주석이 달려 있다.

헛된 명목을 잡고 너무 심하게 공격해대어 심의겸을 편드는 이들을 모조리 선비가 아니라고 몰아붙였다. 또 새로 진출한 선비들은 들떠서 허울 좋은 이름만을 사모하다 보니 동인의 수가 대단히 많아졌다.

이이가 본래 양측의 입장을 적극 조정했으나 이때 이르러 사림의 의론이 갈수록 격렬해지는 정황을 보고, 대사헌이 되자 심의겸을 탄핵하는 데 이르렀다. 이이가 원래부터 서인은 아니었다. 그가 병조판서가 되었을 때 하루는 옥당 관리인 홍적洪迪[9]의 집에 가서 홍적이 지은 "꽃은 높고 낮은 데서 떨어져 분분히 날아가네.〔落花高下不齊飛.〕"라는 시구를 읊고서 당시唐詩의 격조가 있다고 칭찬하였다. 그때 이름 있는 선비들이 많이 모여 있었는데 홍적이 "우리들이 모여서 논의하는 바는 공을 탄핵하는 일입니다."라고 말했다. 이이는 "공적인 논의가 있다고 하니 내가 있어서는 안 되겠군."이라 말하고 마침내 벌떡 일어나 가버렸다.

허봉이 이이를 탄핵하는 상소를 올리자 임금이 분노하여 허봉을 귀양 보냈다. 대사간 송응개宋應漑도 이이를 탄핵하자 임금은 그 역시 귀양 보냈고, 도승지 박근원朴謹元이 승지들을 이끌고 임금의 뜻을 거슬러 다시 아뢰자 임금이 이번에도 그를 귀양 보냈다. 이것이 바로 '세 번의 귀양〔三竄〕'[10]이다. 그런데 허봉이 거론한 내용은 대부분 주워들은 소문이었을 뿐이고 사실에 부합하는 내용은 없었다. 그러자 이이 편을 든 사람들이 심의겸 편을 든 사람들보다 많아졌고, 서인도 이즈음 수가 많아졌다.

이이는 선비로 대단한 명성이 있었고, 서인으로 자처하지 않았으나 세

---

9 자는 태고太古, 호는 하의자荷衣子, 본관은 남양이다(1549~1591). 홍인우洪仁祐의 아들로 문과에 급제한 뒤 예조정랑 등을 지냈다. 1583년 정언으로 재직할 때 양사兩司에서 이이를 탄핵하자, 이를 반박하다가 장연현감으로 좌천되었다. 문집에《하의집荷衣集》이 있다.

10 1583년(선조 16년, 계미년) 허봉, 송응개, 박근원 등 이이를 탄핵한 세 사람을 귀양 보낸 일을 가리키는 말로 계미삼찬癸未三竄이라고도 한다.

번 귀양 보내는 일에 가볍게 손을 대고 말아 마침내 조정의 판국을 완전히 뒤바꿔 더는 수습하지 못할 지경으로 만들었다. 세 번 귀양 보낸 일에 연관되었으니 책임을 모면할 수 없었다.

얼마 뒤 이이가 죽고 기축년(1589)에 정여립鄭汝立의 옥사가 일어났다. 임금이 정철에게 위관委官[11] 자격으로 옥사를 다스리게 하였더니, 동인 가운데 평소 과격했던 이들은 죽거나 귀양을 가서 그로 인해 조정이 완전히 비어버렸다. 기축년부터 신묘년(1591)까지 국문이 끝나지 않고 이어지고 번져서 대단히 크게 확대되었다.

당시 이산해는 영의정이었고 정철은 좌의정이었다. 이산해는 정철이 옥사의 힘을 빌려 자기를 거꾸러뜨리려 한다고 의심하여 유언비어를 만들어 널리 퍼뜨렸다. 정철이 한창 의금부에서 옥사를 처리하고 있을 때 임금이 비망기備忘記(임금이 명령을 적어서 승지에게 전하던 문서)를 내려 정철을 쫓아냈다. 그러자 양사의 대간들이 함께 계사啓辭(논죄論罪에 관하여 임금에게 올리던 글)를 올려 정철을 논핵하여 멀리 강계로 귀양 보냈다. 그러고도 모자라 양사에서 또 형벌을 보태려고 하자 이산해가 그것만은 안 된다고 하여 중단하였다. 정철이 귀양 간 뒤에 이산해는 정철에게 배척받아 쫓겨난 동인을 거두고 불러 모아 조정 안을 가득 채우는 한편, 정철에게 붙었던 서인을 배척하여 내쫓았다. 이것이 신묘년에 일어난 일진일퇴의 정국이다. 이때부터 동인이 국정을 전담하였다.

임진년(1592)에 이르러 선조가 난리를 피해 파천播遷하여 개성부에 잠시 머물 때, 종실宗室(임금의 친족) 한 사람이 상소를 올렸다. 김공량金公諒[12]이 내외로 왕래하며 국정을 어지럽혔다며 죄를 물어야 한다고 주장하였고 또 이산해에게 나라를 그르친 죄가 있다며 귀양 보내라고 요구하였다. 선조

---

11 죄인을 추국할 때 의정대신 가운데서 임시로 선임하는 재판장이다.

가 김공량은 놔두고 이산해만을 유배 보내라고 명령하였다. 그리하여 이산해는 영의정에서 파면되고 평해(경북 울진)로 유배되었다.

선조가 남문루南門樓[13]에 거동했을 때 누군가 정철을 불러들일 것을 청하는 글을 올렸다. 선조가 정철을 사면하여 행재소로 오라고 하였다. 의주에 이르러 승정원에 시 한 수를 내렸다.

국경에서 달을 보며 통곡을 하고	痛哭關山月
압록강 바람에는 상심에 젖네	傷心鴨水風
조정의 신료들은 오늘 이후도	朝臣今日後
다시금 서인 동인 다투려는가?[14]	寧復各西東

임금의 행차가 서울로 돌아온 후에도 왜적은 남해안에 주둔하고 떠나지 않았다. 조정에서는 밖으로는 왜적을 대비하고, 안으로는 명나라 장수를 접대하느라 할 일이 많았다. 동인과 서인이 조정에서 함께 벼슬했으나 서로를 공격할 겨를이 없었다.

---

12 선조의 후궁 인빈 김씨의 오빠이다. 1591년 정철이 세자 책봉을 주장하자, 그가 이산해와 함께 인빈 김씨 소생 신성군을 해치려는 의도로 하는 말이라고 선조에게 고하였다. 그로 인해 서인이 물러나고 동인이 득세하였다. 1592년 내수사별좌가 되었다. 임진왜란이 일어나 선조가 개성에 이르렀을 때 백성들이 그를 처벌하라고 요구하자 강원도 산속으로 숨었다.

13 개성 내성內城의 남대문 위에 지어진 누각이다. 한양을 버리고 도망한 선조가 5월 1일 개성 남문루에서 백성들을 불러모아 소회를 말하라고 했을 때 정철을 부르자는 말이 나오자 즉시 정철을 사면하고 불렀다.

14 이 시는 신경申炅의《재조번방지再造藩邦志》1권에 처음 실렸고, 이후 많은 야사에 실려 있다. 선조가 의주로 도망하여 지은 시로 본래는 오언율시五言律詩이다. 앞부분 4구는 "나라가 위태하여 다급한 날에, 곽자의와 이광필 같은 충성을 누가 바칠까? 서울 떠난 것은 큰 계책을 도모함이니, 회복할 일은 신료에게 맡기노라.〔國危倉黃日, 誰能郭李忠. 去邪存大計, 恢復仗諸公.〕"인데 보통 뒤의 4구만을 따로 떼어 사용한다.

무술년(1598)에 도요토미 히데요시가 죽자, 왜적이 비로소 군대를 거두고 돌아갔다. 그때 이산해는 사면되어 서울로 돌아와 원임대신原任大臣이 되었고, 그 아들 이경전李慶全15은 벌써 문과에 급제해 있었다. 옥당 관리를 선발할 적에 글 잘한다는 명성이 있었고, 대신의 자제였기에 이조전랑에 추천될 만했다. 대개 조정의 관례에는, 옥당 관리를 선발할 때 이조전랑이 후보자 중에서 첫째가는 인재를 골라 적임자로 천거하고 자신의 후임자를 직접 추천하였으니, 이것을 이조홍문록吏曹弘文錄이라 한다.

당시에 영남 사람 정경세가 이조전랑으로 재직하고 있었다. 이경전을 막고자 하여 "이경전은 유생 때부터 근거 없는 비방을 많이 했기 때문에 전랑이 될 수 있는 벼슬자리로 끌어들여서는 안 된다."라는 말을 공공연히 퍼뜨렸다. 이산해와 그에게 붙은 이들이 모두 크게 성이 났다. 당시는 이덕형李德馨이 정승 자리에 있었는데 사람을 시켜 이준李埈에게 다음과 같이 청하게 하였다.

"자네가 경임景任(정경세의 자)에게 말 좀 해주게. 만약 이경전이 전랑이 될 수 있는 자리에 추천되는 것을 막으면 반드시 풍파가 크게 일어날 테니, 이는 조정을 편안히 다스리는 도리가 아닐세. 내가 사사로이 부탁하는 것이 아닐세."

이준은 정경세와 동향이고, 이경전은 이덕형의 처남이라서 그렇게 말하였으나 정경세는 듣지 않았다.

---

15 자는 중집仲集, 호는 석루石樓이며, 이산해의 아들이다(1567~1644). 1590년 문과에 급제하였다. 왜란이 끝난 1598년 5월에 사헌부지평에 추천되었으나 좋지 못한 평이 있어 논란이 일었다. 그해 10월에 그의 통청通淸(홍문관 관료 자격을 얻는 것) 문제로 영의정 유성룡이 파직되고 12월에 홍문관부수찬이 되어 옥당에 들어갔다. 다음 해 3월에 이조좌랑이 되었다. 1608년 정인홍 등과 함께 영창대군의 옹립을 꾀하는 소북 유영경柳永慶을 탄핵하다가 강계에 귀양 갔다. 1640년 형조판서를 지냈다. 문필이 뛰어나 이름이 높았으며 문집에 《석루유고石樓遺稿》가 있다.

얼마 후에 남이공南以恭[16]이 대간 자격으로 영의정 유성룡을 무자비하게 탄핵하였다. 정경세는 본래 유성룡의 제자였으므로 정경세가 유성룡의 사주를 받았다고 의심한 이산해가 남이공을 시켜 탄핵하도록 하였으나 사실 유성룡의 죄는 아니었다. 그리하여 유성룡을 편드는 이들에 이원익李元翼, 이덕형, 이수광李晬光, 윤승훈尹承勳, 이광정李光庭, 한준겸韓浚謙 등이 있었는데 이들을 모두 남인南人이라고 불렀다. 유성룡이 영남 사람이기 때문이었다. 이산해를 편든 이들에 유영경柳永慶, 기자헌奇自獻, 박승종, 유몽인柳夢寅, 박홍구朴弘耈, 홍여순洪汝詢, 임국노任國老, 이이첨李爾瞻 등이 있었는데 모두 북인北人이라고 불렀다. 이산해의 집이 서울에 있었기 때문이었다. 동인이 남인과 북인으로 나뉘었으나 남인의 수는 극히 적었다.

선조 말년에 북인이 10년간 국정을 장악한 데다 광해군이 즉위하자 서인과 남인은 함께 세력을 잃었다. 오래지 않아 북인은 대북大北과 소북小北으로 나뉘었다. 폐모론[17]을 주장한 이들은 대북이 되고, 의견을 달리한 이들은 소북이 되었다. 대북은 이이첨을 수장으로 삼고 허균, 한찬남韓纘男, 이성李惺, 백대형白大珩 등이 그를 도왔다. 소북은 남이공을 수장으로 삼았다. 기자헌, 박승종, 유희분柳希奮, 김신국金藎國 등이 비록 관직은 남이공보다 높았으나 폐모론을 공격하고 배척하면서 남이공을 도왔다.

이경전이 처음에는 이이첨과 사이가 좋았으나, 나중에는 이이첨이 뭇사람들로부터 미움을 받는 정황을 보고는 화가 자신에게 미칠까 두려워하였다. 계축년(1613)에 그의 아들 진사進士 이부李阜로 하여금 이이첨을

---

16 자는 자안子安, 호는 설사雪蓑, 본관은 의령이다(1565~1640). 1590년 문과에 장원급제하였다. 1598년 북인의 우두머리로서 이발, 정인홍 등과 함께 영의정 유성룡이 왜적과 화의할 것을 주장했다며 탄핵하여 파직시켰다. 관련한 사실은 〈복거론〉 '산수'에 나온다.

17 1617년(광해군 9년) 선조의 계비인 인목대비를 폐하여 서인庶人으로 떨어뜨리고 서궁西宮에 유폐하자는 정치적 주장으로 국정을 혼란에 몰아넣은 사건이다. 대북과 이이첨과 정인홍 등이 주도하였다.

베라는 상소를 올리게 하였다. 마침 이이첨은 이경전과 바둑을 두고 있었는데, 소보小報[18]가 도착하여 보니 진사 이부가 이이첨을 벨 것을 청하는 상소가 들어 있었다. 이이첨이 놀라서 "영감의 아들이 나를 죽이려 하오."라고 하였다. 이경전은 "어찌 그럴 리가 있겠소. 이는 필시 이름이 같은 자일 것이오."라고 답하였다. 이이첨은 그 말을 믿고는 바둑을 끝내고 일어났으나 나중에 속았음을 깨닫고 절교하였다. 이 일로 말미암아 이경전은 드디어 소북이 되었다.

계해년(1623)에 인조 임금께서 서인 김류, 이귀李貴, 홍서봉洪瑞鳳, 장유張維, 최명길, 이서李曙, 구인후具仁垕 등을 이끌고 반정을 일으켜 대북 인사를 모조리 죽였다. 이에 서인이 집권하면서 남인과 소북을 두루 등용하였다. 그러나 소북은 자립하지 못하고 남인이 되기도 하고 서인이 되기도 하였다. 소북이라 불리는 이들이 지극히 적어서 더는 세력을 떨치지 못하였다.

인조 임금께서는 반정공신들이 교만하고 제멋대로 구는 자가 많다고 보셔서 강한 자를 누르고 약한 자를 보호하고자 하였다. 남인 대간이 서인을 공격하여 배척하면 반드시 남인을 편들었다. 임금의 뜻을 돌이키지 못한다는 사실을 알아차린 김류는 자칫하다가 세력을 잃을까 두려워 은밀히 자기편(서인)에 "이조참판 이하는 모두 남인에게 허락한다. 그러나 이조판서 이상과 정승 자리는 남인에게 허락할 수 없다."라고 지침을 내렸다.

따라서 당하관堂下官에 속하는 청환淸宦[19]인 한림翰林과, 이조낭관부터

---

18 승정원에서 그날 중에 처리된 일을 간추려 각 벼슬아치에게 알리던 문서이다. 조보朝報라고도 한다.

19 조선 시대에 학식과 인품, 문재文才를 인정받은 이들이 임명되는 명예로운 벼슬로 품계는 높지 않았으나 고관으로 승진하기가 수월하였다.

이조참의와 이조참판에 이르는 벼슬은 남인이 서인과 더불어 함께했으나, 참판에 이르면 더는 품계를 올리는 일을 영구히 허락하지 않았다. 어쩌다가 품계를 올린다 해도 이조판서는 허용하지 않았다. 오로지 이성구李聖求[20]만이 병자호란을 틈타 정승 자리를 차지한 적이 있다.

효종 재위 초에 김자점金自點을 제거하려고 특별히 송시열과 송준길을 추천받아 등용하였고, 김자점을 죽이고 나서는 두 송씨를 발탁하여 고관에 이르게 하였다. 현종 말년에는 남인 허목, 윤휴, 윤선도가 기해년(1659) 방례邦禮[21]를 그르쳤다는 구실로 두 송씨를 공격하였다. 현종께서 남인의 주장을 채택하여 잘못을 바로잡았다. 그때 남인 허적을 발탁하여 영의정을 삼았고, 이어서 그에게 고명顧命(임금이 유언으로 세자나 종친, 신하 등에게 나라의 뒷일을 부탁함)을 남겼다.

숙종 초에는 허적이 국정을 담당하였다. 이보다 앞서 현열왕대비(명성왕후)의 부친인 청풍부원군淸風府院君 김우명金佑明이 그의 아버지 김육金堉을 장사 지낼 때 수도隧道[22]를 썼는데, 이 일로 말미암아 송시열이 그를 크게 배척하였다. 그러자 김우명은 민신閔愼이 아버지를 대신하여 초상을 치른 일을 가지고 송시열을 배척하여[23] 두 사람 사이에 마침내 큰 틈이 벌어졌다. 이때에 이르러 김우명의 조카인 김석주金錫胄가 허적과 힘을 합쳐 남인을 끌어들이고, 국가의 예식을 그르쳤다는 이유로 송시열을 공격

---

20 호는 분사分沙로 이수광의 아들이다(1584~1644). 인조반정 이후 이조판서 등 요직을 지냈고, 병자호란 때 인조를 남한산성으로 호종하여 이후 영의정에 올랐다.

21 1659년 효종이 승하하자 인조의 계비 자의대비가 입을 상복을 두고서 남인과 서인이 논쟁을 벌인 사건이다. 예학禮學에 따르면 적장자가 사망했을 때 부모는 3년복을 입고 차자가 사망했을 때는 1년복을 입었으므로, 자의대비의 경우 1년복을 입는 것이 마땅하였다. 서인 송시열과 송준길 등은 1년복을 건의하였으나 남인 윤선도, 윤휴, 허목 등은 왕가의 특수성과 왕통을 이었으므로 장자와 같은 3년복을 입어야 한다고 주장하였다. 결국 서인의 기년설이 채택되었다.

22 무덤으로 통하는 길로, 제왕의 능에만 만들었다.

하여 멀리 귀양 가게 하였다. 서인과 남인이 이 일로 인해 다툼을 시작하였고, 김석주는 옥당 관리에서 1년 만에 여러 벼슬을 뛰어넘어 병조판서에 이르렀다.

경신년(1680)에 이르러 허적의 서자 허견許堅은 본래 교만하고 제멋대로 구는 자로 급제하고도 청현직淸顯職을 얻지 못함을 항상 한스러워하며 바라서는 안 될 것을 얻고자 하였다. 종실인 이정李楨, 이남李楠 형제[24]와 사귀면서 점차로 김석주와 틈이 생겼다. 김석주가 그를 의심하여 사인私人 정원로鄭元老를 시켜 허견의 동정을 살피게 하였다. 허견이 이정, 이남과 왕래하면서 요망한 말을 한 정황을 알아차리고 제거하고자 하였다.

때마침 임금께서 허적에게 궤장几杖[25]을 하사하는 연회를 열고 술과 악사를 보내주면서 백관들에게 잔치 자리에 가도록 명하여 총애하는 마음을 드러냈다. 김석주는 이날 잔치에 가지 않고 곧장 대궐에 나아가 정원로의 말을 아뢰었다. 임금께서 즉시 국청鞫廳을 설치하도록 명하고, 허견을 잡아와 정원로와 대질시켰다. 허견이 끝내 죄를 자복하여 곧 환열轘裂(거열)의 형벌을 받았다. 이어서 옥사가 크게 일어나 이정, 이남과 허적, 윤휴, 오정창吳挺昌이 죽고, 유혁연柳赫然, 이원정李元禎, 조성趙䃏, 이덕주李德周까지 죽었으니, 모두 재상이었다. 그리하여 남인이 물러나고 서인이 다시 진출하였다.

---

23 교관教官 민업閔業이 죽었을 때, 송시열이 "민업의 아들 민세익閔世翼은 정신병에 걸려서 상례를 주관할 수 없다."라 하고, 민세익의 아들 민신에게 참최복斬衰服을 대신 입도록 했다. 이에 생존한 부친을 죽은 사람 취급하고 조부를 부친으로 삼은 막대한 인륜의 변고라는 비난을 초래하였고 결국 민신이 귀양을 가기까지 하였다.

24 인조의 3남 인평대군의 아들로, 이정은 복창군에 봉해졌고, 이남은 복선군에 봉해졌다. 1680년(숙종 6년) 경신대출척 때 허견의 추대를 받아 역모를 꾸민다는 무고를 받고 유배되어 아우인 복평군 이연李㮒과 함께 사사되었다.

25 70세 이상의 연로한 대신에게 하사한 안석案席(앉을 때 몸을 기대는 방석)과 지팡이이다.

임술년⁽¹⁶⁸²⁾에 허새^{許璽}의 옥사²⁶가 일어나 온갖 주장들이 난무하는 가운데 서인은 노론과 소론으로 나뉘었다. 노론은 김석주와 김만기^{金萬基}를 영수로 하여 송시열, 김수흥^{金壽興}, 김수항^{金壽恒}, 민유중^{閔維重}, 민정중^{閔鼎重}이 같은 편이었으며, 소론은 조지겸^{趙持謙}을 영수로 하여 한태동^{韓泰東}, 오도일^{吳道一}, 남구만^{南九萬}, 윤지완^{尹趾完}, 박태보^{朴泰輔}, 최석정^{崔錫鼎}이 호응하였다. 노론이 남인을 다 죽이려고 하자 소론이 다른 주장을 내세움으로써 서로 갈라지게 되었다.

경신년 이후 10년 만에 남인 민암, 민종도^{閔宗道} 등이 뜻을 얻어서 경신대출척^{庚申大黜陟27}으로 억울하게 죽은 사람들을 신원하였으나 허견과 이정, 이남은 신원하지 않았고, 송시열, 김수항, 이사명^{李師命}, 김익훈^{金益勳}을 죽였다. 그로부터 6년 뒤에 서인이 다시 뜻을 얻어 민암과 이의징^{李義徵}을 죽였다. 이로부터 노론과 소론이 함께 국정을 담당하면서 조정에서 수십 년 동안 서로 다투었다.

숙종 말년에는 오로지 노론만을 기용하고 소론을 배척하여 물리쳤다. 경종^{景宗} 신축년⁽¹⁷²¹⁾에 조태구^{趙泰耈}와 최석항^{崔錫恒}이 권력을 휘둘러 노론들을 유배 보내거나 내쫓았고, 임인년⁽¹⁷²²⁾에는 옥사가 일어나 노론 정승인 이이명^{李頤命}과 김창집^{金昌集}, 이건명^{李建命}, 조태채^{趙泰采}가 죽었다.

금상^{今上}^(영조) 초엽에는 노론을 기용하고, 소론을 배척하여 물리쳤다. 정미년⁽¹⁷²⁷⁾에는 소론이 다시 조정에 나왔고, 무신년⁽¹⁷²⁸⁾에는 변고가 일어나자 김일경^{金一鏡}, 박필몽^{朴弼夢}이 앞서거니 뒤서거니 역적으로 몰려 죽임을 당했다. 같은 당파인 이사상^{李師尙}과 이진유^{李眞儒}, 윤성시^{尹聖時}, 서

---

26 1680년 경신대출척으로 서인이 집권한 뒤 김석주와 김익훈 등이 남인의 잔여 세력을 숙청하려고 남인 유생 허새 등이 복평군을 추대하고 대왕대비로 하여금 수렴청정하게 한다고 무고하여 모두를 처형하였다.

27 1680년 남인이 정권에서 축출되고 서인이 정권을 잡은 사건으로 경신환국이라고도 한다.

종하徐宗厦, 이명의李明誼도 죽었다. 그러자 소론 정승인 조문명趙文命과 노론 정승인 홍치중洪致中이 앞장서서 탕평론蕩平論을 내세워 노론과 소론, 남인과 북인 사색四色당파를 골고루 등용하자고 주장하였다.

금상 경신년(1740)에 경연에 참석한 신하가 애초에 붕당은 이조전랑 자리다툼에서 비롯되었다며 전랑의 권한을 폐지하여 편론偏論(다른 당파를 비난하는 편파적인 당론)을 없애자고 청하였다. 임금께서 타당하다 여겨 윤허하여 이조전랑이 자신의 후임자를 천거하는 제도와 삼사의 심사를 거치도록 하던 법규를 폐지하라고 명하셨다. 그리하여 이조전랑의 위상이 낮아져 다른 부서의 낭관과 지위가 같아지고 300년 동안의 법규와 관례가 비로소 폐지되었다.

옛날 선조 임금 때에는 인재들이 숲처럼 늘어서 있어서 새로 진출한 선비들은 누구 할 것 없이 명망을 갈고 닦아 전랑 자리에 오르기를 기대하였다. 어느 이름난 관리는 선비들이 모여 있는 자리에서 아이를 불러 말에게 콩을 더 주게 하였고, 또 다른 이름난 관리는 선비들이 모여 있는 자리에서 손으로 뜰의 멍석에 있는 새를 날려 보낸 일이 있었다. 명사들이 모두 두 사람이 하는 짓을 비루하게 여겨서 드디어 전랑으로 통하는 길이 막혀버렸다. 이 두 가지 일쯤은 천성대로 행동하는 진솔한 사람이면 충분히 할 만한 행동으로 인품의 높낮이를 평가할 사안이 아닌데도 마침내 동년배에게 배척을 당했으니 한바탕 웃음을 터뜨릴 사연이다. 그러나 한때의 인재를 엄격하게 선발하는 일과 선비들이 몸을 삼가며 인격을 갈고닦는 풍습을 상상해볼 수 있다. 이야말로 역대 임금께서 깨끗한 이름과 좋은 벼슬로 한 시대의 인재를 고무시켜 온 수단이었다.

인조 때에도 전랑 자리를 다투는 일이 발생하자 전랑의 권한을 없애자고 요청한 사람이 있었다. 임금이 대신에게 없앨지 여부를 묻자, 대신은 왕조의 관례를 가볍게 고쳐서는 안 된다고 밝혀 논의가 중단되었다. 그때의 대신은 조선조에서 전랑의 권한을 무겁게 만든 이유가 대신의 그릇

된 짓을 방지하려는 제도임을 알고 있었기에 혐의를 피하려고 전랑의 폐지를 옳지 않다고 했던 것이다.

이때에 이르러 전랑 제도를 폐지하고 나니, 새로 벼슬길에 진출한 선비들은 통솔하는 사람이 없어져서 자기 마음대로 처신하였고, 제한이 없어져서 누구나 등급을 건너뛰어 승진할 생각이나 하였다. 명예를 바라는 마음이 사라지니 오로지 이익만을 좇아 외직을 중시하고 내직을 가벼이 여겨서 모두 감사나 수령이 되고자 했다. 염치와 절조를 내팽개치고 아무런 거리낌이 없었다.

게다가 조정에서 탕평책을 시행한 지가 오래되어 사색당파가 함께 벼슬하였다. 벼슬자리는 적고 사람은 빽빽할 정도로 많으니 자연히 경쟁이 심해진 데다 전랑의 권한마저 폐지되어 경쟁이 더더욱 심해졌다. 그리하여 조급함과 탐욕이 크게 일어나 관료들의 기풍이 완전히 무너져 다시는 수습할 길이 없어졌고, 조정의 큰 권한은 완전히 정승에게 돌아갔다.

서울은 사색당파가 다 함께 모여 살아서 풍속에서 서로 반목하며 고르지 않다. 지방은 서북방의 세 개 도는 아예 논외로 해야 하고, 동남방에 퍼져 있는 다섯 개 도에 사색당파 사람이 흩어져 살고 있는데 오로지 경상도는 모두 예안 사람 이황의 학문을 종주로 삼는다. 유성룡이 이황의 문인이고, 남인이라는 이름이 유성룡으로 말미암아 생겨났기 때문에 경상도 전체의 사대부가 모두 남인이 되어 의론이 하나로 귀착된다. 다른 도는 사색당파가 고을마다 섞여서 살고 있다.

이보다 앞서 이이의 문인 김장생은 벼슬에서 물러나 연산에 살면서 후진을 가르쳤는데, 회덕 사람 송준길, 송시열과 이산(논산시 노성면) 사람 윤선거尹宣擧 형제가 그를 찾아와 배웠다. 윤선거의 아들 윤증尹拯은 또 송시열에게 배웠으나, 얼마 후에 틈이 벌어졌다. 경신년 이후 송시열은 노론으로 들어가고 윤증은 소론으로 들어갔는데, 한참 뒤에는 이산과 회덕의 문인들이 물과 불처럼 대립하여 서로를 공격하였다. 연산과 회덕 근처는 모두 김장생과 송시열 두 집안의 문인과 자손들이 사는 고을이다. 오로지 이산 고을만이 소론의 터전인데 이는 세 윤씨 때문이다.

　강원도와 경기도의 큰 강가에 있는 정자와 저택에는 남인의 고가故家가 많다. 전라도에서는 우리 왕조 중엽 이후로 큰 관리가 거의 나오지 않았다. 인재를 배양하지 못해서 인물이 너무 적다. 여기 사대부는 다만 서울 친지에 맞춰서 당파를 구별한다. 따라서 옛날에는 남인과 북인이 많았으나 지금은 노론과 소론이 많다. 도내의 큰 가문으로 불리는 집안은 10여 개에 불과한데, 그들은 대체로 부자에 치우쳐 있고, 현달한 사람은 적다. 기대승과 이항 이외에는 선생이나 큰 어른으로서 선비들을 꾸짖고 훈계하거나 가르치고 이끌어나갈 만한 사람이 없기 때문에 인심이 특히 경박하여 위에 있는 도道에 미치지 못한다.

　사대부가 사는 곳은 인심이 어그러지고 망가지지 않은 데가 없다. 붕당을 심어서 떠도는 양반을 거둬들이고, 권세와 이익을 추구하며 비천한 백성들을 침탈한다. 제 몸을 단속하거나 절제하지는 못하면서 자기를 비판하는 이들을 미워하고, 한 지방에서 혼자 우두머리 행세하기를 좋아한다. 간혹 사이가 좋지 않으면서 한 지역에 함께 살면 마을 안에서도 서로 헐뜯고 욕하는 짓을 이루 다 헤아릴 수 없다.

　신축년, 임인년 이후로 조정에서는 노론과 소론, 남인 세 갈래 색목色目(사색당파의 파벌)이 쌓아간 원한이 날이 갈수록 깊어져 서로에게 역적이라는 이름을 덮어씌웠다. 그런 행태와 소문이 파급되어 향촌에까지 뻗어가서 하나의 전쟁터를 만들었다. 서로 혼사를 통하지 않을 뿐 아니라, 다른 당색을 용납하지 않는 데까지 이르렀다. 다른 색목과 친하게 지내면 지조를 잃었다거나 투항하였다고 하면서 서로 배척한다. 심지어 떠도는 선비나 비천한 종들마저도 한번 아무개네 가신家臣이라 불리면 가문을 바꿔서 섬기려고 해도 받아들이지 않는다.

　사대부의 어짊과 어리석음, 높음과 낮음의 등급은 오직 자기편 한 색목에만 통용될 뿐이고 다른 색목에는 통용되지 않는다. 이 색목 사람이 저 색목에 배척을 받으면 이 색목에서는 한층 더 그를 존귀하게 여기고, 저 색목의 경우도 마찬가지다. 비록 하늘에 가득 찬 죄가 있더라도 다른 색목에게 한번 공격당하면 시비곡직을 따지지 않고 벌떼처럼 일어나 그를 비호하여 도리어 허물없는 사람으로 만들어준다. 아무리 행실이 독실하고 덕망이 있더라도 같은 색목이 아니면 기어코 옳지 않은 점을 찾아낸다.

당색黨色이 처음 일어났을 때는 매우 미약했으나 자손들이 조상의 당론을 그대로 지키면서 200년이 흐르자 마침내 단단해서 깨뜨릴 수 없는 지경이 되었다. 본래 서인이던 노론과 소론이 서로 나뉜 지가 겨우 40여 년밖에 되지 않았다. 그래서 간혹 형제 사이나 숙질叔姪 사이에도 노론과 소론으로 나뉘어졌는데, 색목이 한번 나뉘자 그들의 마음은 초나라와 월나라 사람처럼 멀어졌다. 색목이 같은 사람과 상의한 내용을 아주 가까운 친척 사이에도 꺼내지 않는다. 이 지경에 이르니 하늘이 정한 인륜이 사라졌다.

탕평책을 펼친 근래에는 네 갈래 색목이 모두 조정에 나와서 오로지 관직을 얻으려고만 하지, 예로부터 각자 지켜오던 의리는 아무 짝에도 쓸모없다 여기고 학문상의 시비나 국가의 충신과 역적 같은 문제는 모조리 까마득한 옛일로 돌려 관심이 없다. 그래서 핏대 올리며 피 터지게 싸우던 습관이 전에 비하면 조금 줄어들었으나 예전 풍속 위에 기력 없고 게으르며 물러터지고 유들유들한 새로운 병이 더해졌으니, 속마음은 제각기 다르면서도 겉으로 내뱉는 말만 들으면 모두 한 입에서 나온 것같이 똑같다. 매번 공적인 자리에 많이 모였을 때 이야기를 나누다가도 조정의 일에 이르면 각을 세우려 하지 않고, 대답하기 힘들면 그때마다 농담하고 웃고 대충 때우면서 유야무야 얼버무린다.

따라서 의관을 갖춘 벼슬아치들이 한자리에 모여 있으면 온 대청에 떠들썩한 웃음소리만 들릴 뿐이고, 정치와 사업에서 하는 행동을 보면 자기에게 이로운 일만 도모하여 사실상 나라를 걱정하고 공적인 일에 몸을 바치는 사람은 드물다. 관직과 품계를 몹시 가볍게 여기고 관청을 여관처럼 여긴다. 재상은 어느 쪽도 편들지 않는 것을 어질다 하고, 삼사는 입을 다물고 있는 것을 고매하다 하며, 지방관은 청렴하고 검소한 처신을 바보짓이라 하여 결국에는 점차로 손을 써볼 수 없는 지경에 이르렀다.

개벽 이래로 천지 간의 모든 나라 가운데 인심을 가장 심하게 어그러뜨리고 망가뜨리며 유혹에 빠져 떳떳한 본성을 잃어버리게 한 것은 무엇보다도 붕당의 폐단이다. 이보다 더 심한 환란은 없다. 이대로 습속을 바꾸지 않는다면 장차 세상이 어찌될까? 세계의 한 모퉁이에 놓인 탄환처럼 작은 우리나라는 비록 크기는 작아도 백성의 수가 백만이거늘[28], 본성을 다 잃어버리는 지경이 되어도 구원할 방법이 없으니 어찌 불쌍하지 아니한가!

그러므로 향촌에 살고자 하면, 인심의 좋고 나쁨을 따질 것 없이, 비록 풍토나 기후가 잘 맞지 않더라도 형편상 도리 없이 색목이 같은 이들이 많은 곳을 찾을 수밖에 없다. 그래야 비로소 남과 오가며 어울리고, 담소 나누며 잔치 벌이는 즐거움을 누리고, 문학을 연마하고 학업을 닦을 수 있다. 하지만 아무리 그렇더라도 차라리 사대부가 없는 곳을 택해서 문을 닫아걸고 사대부와 교유하지도 않으면서 제 한 몸 착하게 사는 것보다는 못하다. 농부가 되거나 공인이 되거나 상인이 되더라도 나름의 즐

---

28 여기서 백만은 수가 많음을 의미하는 관용어구로 실제 인구를 가리키는 것은 아니다. 주자의 〈여백공에게 답한 편지〔答呂伯恭〕〉에 "우리와 백만이나 되는 백성의 목숨은 모두 이 물 새는 배 위에 있네. 만약 보조 사공이라도 부르고 그가 만취하지 않았다면, 위기에 믿어볼 수는 있겠네.〔吾輩與百萬生靈性命盡在此漏船上, 若喚得副手稍工, 不至沈醉, 緩急猶可恃也.〕"라는 대목이 보인다.

거움이 있을 것이다. 이렇게 산다면, 인심이 좋고 나쁨은 굳이 따질 일이
아니리라.

산수

산천의 큰 줄기

산수를 어떻게 논할 것인가? 백두산은 여진과 조선의 경계에 있으며 한 나라의 지붕이다. 산 위에 대택大澤(천지)이 있는데 그 둘레가 80리이다. 여기 담긴 물이 서쪽으로 흘러 압록강이 되고, 동쪽으로 흘러 두만강이 되며, 북쪽으로 흘러 혼동강[1]이 된다. 두만강과 압록강 안쪽에 우리나라가 있다. 백두산에서 함흥까지는 산맥이 중앙으로 뻗어가는데, 동쪽 줄기는 두만강 남쪽으로 뻗어가고, 서쪽 줄기는 압록강 남쪽으로 뻗어간다. 함흥부터는 산등성이가 동해 쪽으로 바짝 붙어 서쪽 줄기는 700~800리나 길게 이어지나, 동쪽 줄기는 100리를 채 못 간다.

　백두산의 대간은 골짜기가 끊기지 않고 남쪽으로 수천 리를 내리 뻗어서 경상도 태백산까지 이르니 전체가 한 줄기 고개이다. 함경도와 강원도가 만나는 곳이 철령인데 이 고개는 북쪽으로 통하는 큰길이다. 이 줄기가 남쪽으로 향하여 추지령湫池嶺이 되고 금강산이 되고 연수령延壽嶺이

1　흑룡강과 송화강松花江이 합쳐지는 길림성 동강현 북쪽의 하류를 일컫는다.

되고 오색령五色嶺이 되고 설악산이 되고 한계산寒溪山이 되고 오대산이 되고 대관령이 되고 백봉령이 되고 이어서 태백산이 된다. 여기에는 어지럽게 얽힌 산과 깊은 협곡, 가파른 봉우리와 겹겹의 산이 자리 잡고 있다. 그중에서 고개(嶺)라고 이름 붙은 것은 산맥 등성이의 조금 야트막하고 평탄한 곳에 뚫린 길로 이를 통해 영동으로 통한다. 나머지는 모두 산이라고 부른다.

평안도 전체는 청천강 이남이냐 이북이냐를 따질 것 없이 모두 함흥 서북쪽에서 뻗은 산줄기가 뭉쳐서 만들어졌다. 황해도 전체와 개성은 고원高原과 문천文川 사이에서 서쪽으로 뻗은 산줄기가 뭉쳐서 만들어졌고, 철원과 한양은 안변과 철령에서 뻗은 산줄기가 뭉쳐서 만들어졌다. 강원도 전체는 대관령 서쪽에서 뻗어 나온 산이 뭉쳐서 만들어졌다. 이 산줄기는 서쪽으로 뻗다가 용진에서 그쳐 온 나라에서 가장 짧은 산맥이 된다. 여기를 지나면 산이 없다.

태백산에서 산맥 등성이가 좌우로 갈라져 뻗어간다. 왼쪽 줄기는 동해를 따라 내려가고, 오른쪽 줄기는 소백산에서 남쪽으로 내려가는데 태백산 위쪽의 산과는 비교가 되지 않는다. 설령 첩첩산중이라도 산등성이와 산맥이 잇따라 자주 끊겨서 큰 고개가 네 개, 작은 고개가 일곱 개다.

소백산 아래 죽령은 큰 고개이고, 죽령 아래의 천주령天柱嶺[2]과 대원령大院嶺[3]은 작은 고개다. 주흘산 아래 조령은 큰 고개이고, 조령 아래 양산陽山[4]과 율치栗峙는 작은 고개다. 속리산 아래 화령과 추풍령, 황악산 남쪽

---

2 경북 문경시 동로면 간송리에 있는 천주산天柱山의 고개를 가리킨다. 앞에서는 천주산天柱山이라고 썼다.

3 경북 문경시 문경읍 관음리와 충북 충주시 수안보면 미륵리를 연결하는 고개이다. 계립령雞立嶺, 겨릅산, 대원현大院峴, 마골점麻骨岾 등으로 불렸는데, 지금은 하늘재로 표기한다. 앞에서는 대원산大院山이라고 썼다.

4 문경 희양산曦陽山을 가리킨다. 《소화지》에는 희양曦陽으로 되어 있다.

의 무풍령舞豐嶺은 작은 고개이고, 덕유산 남쪽 육십치六十峙와 팔량치는 큰 고개이며, 여기를 지나면 지리산이다. 모두 남북으로 통하는 길로 이른바 '작은 고개'는 모두 평지과협平地過峽⁵이다. 그중에서 속리산과 덕유산은 나뉘거나 쪼개진 산줄기가 특히 많다. 속리산은 남쪽으로 내려가다가 다시 거꾸로 뻗은 줄기가 경기도와 충청도의 남북 들판에 퍼져 있다. 덕유산 정기가 서린 줄기는 서쪽으로 뻗어서 마이산이 되고, 거칠고 탁한 줄기는 남쪽으로 뻗어서 지리산을 이룬다.

마이산 서쪽 줄기와 북쪽 줄기는 진잠과 만경에서 멈춘다. 그중에서 가장 긴 산줄기가 노령에서 세 개의 산맥으로 갈라지는데 서쪽 줄기와 북쪽 줄기는 부안과 무안을 거쳐서 서해의 여러 섬으로 흩어진다. 가장 긴 산줄기가 동쪽으로 가서 담양 추월산秋月山이 되고, 추월산에서 서쪽으로 뻗어가 영암 월출산이 된다.

월출산에서 또 산줄기가 동쪽으로 뻗어가 광양 백운산에서 멈추는데 산맥의 굴곡이 갈 지(之) 자 모양이다. 월출산 한 줄기가 따로 남쪽으로 뻗어가 해남현 관두리縮頭里를 거쳐서 남해의 여러 섬이 되고, 1000리 바다 건너 제주 한라산이 된다. 그런데 어떤 사람은 "한라산 줄기가 또 바다를 건너 유구琉球가 되었다."라고 말한다. 사실인지는 모르겠으나 거리가 대단히 가깝다는 사실은 알겠다.

인조 때 왜국이 유구를 공격하여 왕을 포로로 잡아갔다. 유구 세자가 나라의 보물을 왜국에 바치고 부왕을 구하려 떠났다. 그런데 그들이 탄 배가 표류하여 제주에 이르렀다. 제주목사 아무개⁶가 배에 어떤 보물을 실었는지 묻자 세자가 주천석酒泉石과 만산장漫山帳이 있다고 답하였다. 주천석이란 가운데가 오목하게 파인 네모난 돌덩어리로 맹물을 부으면

---

5 풍수 용어이다. 높은 데서 차츰 낮아지다가 다시 솟아오른 지형을 과협過峽이라 하는데, 그중에서 평평하게 낮아졌다가 갑자기 솟아오른 곳을 평지과협이라 한다.

즉시 맛좋은 술로 변하였다. 만산장은 거미줄을 약물에 담가 짜낸 물건으로 작게 펼치면 한 칸을 덮고 크게 펼치면 태산을 덮어도 빗물이 새지 않으니 참으로 진귀한 보물이었다.

제주목사가 보물을 달라고 했으나 거절당하자 군사를 보내 이들을 에워싼 뒤 체포하였다. 세자는 붙잡히게 되자 주천석과 만산장을 바다에 던져버렸다. 제주목사가 배 안의 물건을 모조리 몰수하고 곤장을 쳐서 세자를 죽였다. 세자는 죽기 직전에 붓과 먹을 달라 하여 다음과 같은 율시 한 수를 적었다.

걸왕桀王 옷 입은 자에게 요임금 말 건네기 어려우니	堯語難明桀服身
형벌 앞둬서 하늘 향해 호소할 틈이 없구나	臨刑何暇訴蒼旻
세 아들[7]이 순장될 때 그 누가 속죄했던가?	三良入地人誰贖
두 아들[8]이 승선할 때도 도적은 모질었도다	二子乘舟賊不仁
백사장에 백골 뒹굴어 잡풀만 엉킬 테고	骨暴沙場纏有草
고국에 넋이 돌아간들 조문할 친척도 없네	魂歸故國弔無親
죽서루竹西樓[9] 아래 도도한 강물만은	竹西樓下滔滔水
원한이 또렷하므로 만년 내내 울며 흐르리	遺恨分明咽萬春

---

6 실제 일어난 일이 훗날 와전된 것이다. 광해군 3년(1611) 제주목사 이기빈李箕賓은 제주도에 표류해온 남경南京과 안남安南의 상선에 탄 사람들을 몰살한 뒤에 왜구를 죽였다고 거짓 보고하였다. 그 뒤 장계가 허위임이 밝혀져 이기빈은 북청으로 유배되었다.

7 자거씨子車氏의 세 아들인 엄식奄息, 중항仲行, 침호鍼虎를 말한다. 춘추시대에 진秦나라 목공이 죽으면서 자거씨의 세 아들을 같이 순장하라고 유언하였다. 이들의 죽음을 슬퍼한 《시경》〈진풍秦風〉 '황조黃鳥'에서 "저 푸른 하늘이여! 우리 양인을 죽였구나. 속죄할 수 있다면, 백 명이 그 몸을 대신하련만.〔彼蒼者天, 殲我良人. 如可贖兮, 人百其身.〕"이라 노래하였다.

8 전국시대 위선공의 두 아들인 급伋과 수壽를 말한다. 이들은 계모의 흉계에 빠져 배에서 도적에게 피살되었다.《좌전左傳》 환공桓公 16년 기사)

세자를 죽인 뒤 제주목사는 국경을 침범한 외적을 죽였노라고 조정에 거짓으로 보고하였다. 그러나 훗날 실상이 탄로나 죽을 뻔했다가 간신히 살아났다.[10]

나라 전체의 물 중에서 산맥 등성이 밖에서 흐르는 물은 북쪽으로는 함흥에서 남쪽으로는 동래에 이르기까지 모두 동쪽으로 흘러 바다로 들어간다. 경상도 전체와 섬진강의 물은 남쪽으로 흘러 바다로 들어간다. 산맥 서쪽의 물은 북쪽으로는 의주에서 남쪽으로는 나주에 이르기까지 모두 서쪽으로 흘러 바다로 들어간다. 크게는 강이고, 작게는 개울과 포구이다. 이것이 우리나라 산천의 큰 줄기이다.

옛사람들은 우리나라 지형이 노인형老人形이고 해좌사향亥坐巳向[11]이라 서쪽을 향해 얼굴을 들어 중국에 읍하는 모양이어서 옛날부터 중국에 충직하고 순종하였으며, 1000리를 흐르는 물과 100리에 펼쳐진 들판이 없어서 큰 인물이 나지 않는다고 하였다. 서융西戎과 북적北狄, 동호東胡와 여진은 모두 중국에 들어가 황제 노릇을 해보았으나 유독 우리나라만은 그러지 못했다. 다만 강토를 열심히 지키면서 부지런히 큰 나라를 섬기

---

9 제주성 홍문 터에 있었던 누각으로 홍수로 유실되어 효종 3년(1652)에 제주목사 이원진
李元鎭이 보수하면서 공진루拱辰樓라는 이름의 새 누각을 세웠다. 그러나 이 시를 1595
년 삼척에 표류했다가 참수당한 조선 표류민이 지은 작품으로 볼 때에는 삼척의 명승
죽서루이다.

10 유구 세자 이야기는《택리지》에 수록된 뒤로 많은 문헌에 실렸다. 이 이야기는 몇몇 사
건과 소문이 중첩되어 완전히 새로운 이야기로 탈바꿈하였다. 즉 1595년 일본에 포로
로 잡혔다가 탈출한 조선 유민들이 동해안에 표류해오자 삼척부사 홍인걸洪仁傑이 이
들을 참수한 뒤 왜구를 붙잡았다고 무고한 사건과, 1611년 제주목사 이기빈이 표류해
온 중국 상선을 약탈하고 왜구로 무고한 사건 그리고 1618년 유구국 군사들이 세자의
원수를 갚기 위해 백령도에 잠입했다는 유언비어의 주범으로 허균이 지목된 사건이
뒤섞여 만들어진 이야기이다. 자세한 내용은 박혜민,〈소문과 진실의 경계: 유구국 세
자 이야기의 형성 과정에 대한 일고찰〉,《연민학지》21집, 2014에 밝혀져 있다.

11 해방亥方(북북서)을 등지고 사방巳方(남남동)을 보는 방향이다.

기나 했다.

그러나 바다 건너 멀리 떨어진 특별한 지역이라서, 주나라에 신하 노릇을 하고 싶지 않았던 기자가 여기에 이르러 임금이 되었다. 그래서 충신이 절의를 세우는 고장이 되었고, 전해온 풍습과 남겨진 분위기가 우리 왕조에까지 이르렀다. 설령 청나라에 굴복하여 섬기기는 해도 임금과 신하, 윗사람과 아랫사람이 임진왜란 때 조선을 원조한 명나라의 은혜를 잊지 않는 것을 큰 의리로 삼는다.

숙종 임금 때 명나라가 멸망한 지 60년이 되는 갑신년⁽¹⁷⁰⁴⁾ 3월을 맞아, 창덕궁 후원의 서쪽에 대보단大報壇[12]을 세우고 태뢰太牢[13]로 만력황제萬曆皇帝(신종)에게 제사를 올리고 나서 해마다 한 번씩 특별 제사를 지내도록 명하였다. 금상今上께서 경오년⁽¹⁷⁵⁰⁾에 또 숭정황제崇禎皇帝(명나라 마지막 황제인 의종)를 그 곁에 부제祔祭[14]하도록 조처하였으니 대단히 훌륭한 처사이다. 제사는 반드시 밤 시간을 이용하였다. 제사 때에는 날씨가 맑다 해도 갑자기 음산한 바람이 맹렬히 불고 먹구름으로 어두워졌다가 제사를 지내면 청명해졌으니 정말 이상하게 여길 만하다.

나는 석성과 형개, 양호, 이여송을 대보단에 배향配享해야 한다고 본다. 임진왜란 때 공을 세운 인물이기 때문이다.

세상에는 다음과 같은 이야기가 전한다.[15] 역관 홍순언洪純彦이 젊었을 때 연경에 가서 수천 금을 가지고 절세미인을 구하였다. 중매하는 노파가 밤에 홍순언을 큰 저택으로 끌어들여 한 처녀를 보여주었다. 등과 촛

---

12 일명 황단皇壇이다. 창덕궁 후원에 설치한 제단으로 명나라 태조, 신종, 의종에게 제사를 지냈다.

13 소, 양, 돼지를 희생물로 바치는 제사이다. 나중에는 소만 바쳤다.

14 삼년상을 마친 뒤, 사당에 이미 안치된 조상의 신주 곁에 신주를 모실 때 지내는 제사이다. 영조는 1749년에 명나라 태조와 숭정황제를 함께 제사하도록 조처하였으므로 경오년이 아니라 기사년으로 써야 옳다.

불이 휘황하게 켜져 있고 시비侍婢가 대단히 많았다. 처녀는 홍순언을 보고 울음을 터뜨렸다. 이유를 물었더니 처녀가 이렇게 말하는 것이었다.

"아버지께서는 사천四川 사람으로 관직이 주사主事에 이르렀습니다. 부모님이 모두 돌아가셔서 몸을 판 돈으로 시신을 고향에 모시고 가 장사지내려 합니다. 저는 개가하지 않기로 맹세했으니 오늘 밤 만나고 나면 영영 이별해야겠지요. 이 때문에 우는 것입니다."

홍순언은 처녀가 귀한 집 딸임을 알아차리고 크게 놀라 의남매를 맺자고 하였다. 처녀가 울며 사례하고 그의 말에 따랐다. 처녀는 시비를 시켜 받았던 금을 돌려주었으나 홍순언은 장사 지내는 데 보태라면서 물리치고 나왔다.

그 후 임진년에 홍순언이 사신을 따라 병부상서 석성[16]의 집에 이르렀다. 석성이 홍순언과 함께 후당後堂에 들어가 부인을 만나보게 하였는데 바로 지난날 의남매를 맺었던 여자였다. 석성이 처음부터 끝까지 우리나라를 힘껏 도운 이유는 홍순언의 의로움에 감동했기 때문이다. 그런데 끝내는 우리나라 일로 화를 당했으니 이 사람은 특히 제사를 지내지 않을 수 없다.

석성의 부인은 평소 큰 비단을 손수 짜서 필마다 '보은報恩'이란 글자를

---

15 여기에 나오는 이야기는 홍순언의 보은단報恩緞 설화이다. 홍순언은 선조 때의 저명한 한어역관이다. 종계변무의 공이 있을 뿐 아니라 임진왜란 때 명나라 원병을 요청하는 데 큰 공을 세워 광국공신 2등 당성군에 봉해졌다. 석성 부인과 얽힌 사연으로 그가 살던 광통방廣通坊 동네를 보은단동이라 불렀다.

16 자는 공진拱辰, 호는 동천東泉이다(1537~1599). 명나라 고위 관원으로 대명부大名府 석가정촌石家井村 사람이다. 1591년 병부상서가 되어 조선에 파병하는 데 기여하였다. 심유경의 제안에 따라 일본과 화의를 맺자고 주장하여 성사시켰으나 일본이 정유재란을 일으키자 그 책임자로 탄핵을 받아 옥에 갇혀 병사하였다. 홍순언과 맺은 인연으로 석성이 원병 파병에 적극적이었다는 사연은 널리 퍼진 그럴듯한 이야기이지만 역사적 근거가 있다고 보기는 어렵다.

양호거사비楊鎬去思碑

본디 서울특별시 중구 서소문동 120번지에 위치했던 선무사宣武祠에 있었던 비
로, 현재는 명지대학교 경내에 옮겨 보존하고 있다. 생사당으로 불린 선무사 건물
은 일제강점기 때 부숴졌다. 양호거사비는 1598년에 세워졌고, 이정귀李廷龜가
지은 〈황명도어사양공호거사비명皇明都御史楊公鎬去思碑銘〉이 새겨져 있다.

수놓아 홍순언에게 주었는데 만금의 값이 나가는 물건이었다.

정유년⁽¹⁵⁹⁷⁾에 선조 임금께서 성안에 형개와 양호의 생사당^{生祠堂17}을 건립하여 경기도 소사^{素沙}에서 왜군을 격파한 공로에 보답하였다. 그러나 석성과 이여송에게는 보답하는 예가 미치지 않았으니 참으로 잘못된 예법이다.

명산과 명찰

전라도와 평안도는 내가 가보지 않았고, 함경도·강원도·황해도·경기도·충청도·경상도는 많이 가보았다. 내가 본 것을 토대로 하고 들은 것을 참고하여 다음과 같이 쓴다.

금강산 1만 2000개 봉우리는 순전히 바위로 된 봉우리와 골짜기, 냇물, 폭포로 이루어졌다. 산봉우리와 골짜기, 계곡물과 샘물, 연못과 폭포의 바탕이 모두 흰 바위로 만들어졌다. 그래서 금강산은 개골산^{皆骨山}으로도 불리니, 산에 흙이 전혀 없다는 말이다. 곧 만길의 고개와 백길의 연못까지 전체 바탕이 하나의 바윗덩어리이니 천하에 둘도 없는 산이다.

금강산 한가운데 정양사^{正陽寺18}가 있고, 정양사 안에 헐성루^{歇惺樓}가 있다. 가장 좋은 요지를 차지해서 누각에 앉으면 산 전체의 참 면목과 참 정기를 포착할 수 있다. 마치 아름다운 구슬로 만들어진 굴 속에 있는 것처럼 상쾌하고도 청량한 기운이 들어와 자기도 모르는 사이에 가슴속에

---

17 살아 있는 사람에게 제사를 지내는 사당으로 선무사^{宣武祠}를 가리킨다. 1598년 세워져 명나라 병부상서 형개와 경리 양호를 제향하였다.

18 표훈사와 더불어 신라 때 창건된 절이다. 내금강의 40여 봉우리가 한눈에 보이는 금강산의 정맥에 위치한다.

끼어 있는 속세의 묵은 때를 시원하게 씻어낼 수 있다.

정양사 서쪽에 장안사長安寺와 표훈사表訓寺가 있다. 절 안에 원나라와 고려의 옛 유적이 많고, 궁궐에서 하사한 진귀한 보물도 많다.

정양사를 끼고 북쪽으로 들어가면 만폭동萬瀑洞인데 경치가 훌륭한 아홉 개의 연못[19]이 있다. 만폭동 벽면에 양사언楊士彦이 쓴 '봉래풍악 원화동천蓬萊楓岳元化洞天(봉래산 풍악산은 조화로운 별천지)'이라는 여덟 글자가 큼지막하게 새겨져 있다. 글자 획이 살아 있는 용이 날고 범이 뛰는 듯하여 훨훨 하늘로 날아오를 기세가 깃들었다. 만폭동 안에는 마하연摩訶衍[20]과 보덕굴普德窟[21]이 허공 위의 절벽에 세워져 있다. 그 구조가 귀신이 솜씨를 발휘하고 힘을 기울인 듯하여 아무래도 인간의 머리로는 상상할 수 없는 기이한 건물이다.

가장 높은 곳으로 올라가면 만길 산꼭대기에 중향성衆香城[22]이 있다. 흰 바위가 켜켜이 늘어서 있어 밥상이나 탁자를 늘어놓은 것 같다. 위에는 천연의 선바위 하나가 안치되어 있는데 불상 형태이지만 눈썹과 눈이 없다. 좌우에 있는 바위 탁자 위에는 작달막한 석상이 두 줄로 늘어져 있는데 이 역시 눈썹과 눈이 없다. 세간에는 담무갈曇無竭 보살이 여기에 머물렀다는 전설이 전한다.

중향성 앞은 만길 높이의 절벽으로 오로지 서북쪽 모서리로 난 오솔

---

19 지금의 만폭팔담萬瀑八潭, 즉 흑룡담黑龍潭·비파담琵琶潭·벽파담碧波潭·분설담噴雪潭·진주담眞珠潭·귀담龜潭·선담船潭·화룡담火龍潭이라는 여덟 개의 연못을 일컫는다.

20 661년(신라 문무왕 1년)에 의상義湘대사가 창건한 표훈사에 딸린 암자이다. '마하연'은 '대승大乘'을 뜻한다. 방이 쉰세 칸이나 되는 큰 절이었으나 지금은 터만 남았다.

21 금강산 내금강 법기봉法起峰 전망대 산기슭 절벽에 있는 사찰이다. 627년에 보덕普德이 수도하기 위해서 자연굴을 이용하여 창건했다.

22 만폭팔담의 마지막 연못인 화룡담에서 동북쪽으로 보이는 산으로, 비로봉을 내금강 쪽에서 병풍처럼 감은 봉우리들이다. '중향성'은 불교 경전의 '중향성불토국衆香城佛土國'이란 말에서 나왔다.

길을 통해서만 들어갈 수 있다. 만 개의 봉우리가 새하얗고, 물과 바위와 연못과 골짜기가 굽이굽이 기이하고 정교하여 일일이 다 기록할 길이 없다. 또한 이름난 암자와 작은 요사채가 에워싸서 칠금산七金山[23]이나 인조산人鳥山[24], 제석帝釋 궁전[25] 같아서 인간 세상 건물 같지가 않다.

금강산 꼭대기는 비로봉毘盧峯이다. 곧바로 올라온 거센 바람이 불어, 산을 넘을 때면 여름이라 해도 추워서 솜옷을 껴입는다. 산 서북쪽에는 영원동靈源洞이 있어 별도로 한 구역을 이루었다. 거기에서 동쪽으로 가면 내수참內水站으로 산맥 등성이이다. 산등성이를 넘어가면 유점사[26]가 있다.

유점사에서 동북쪽으로 가면 구룡동九龍洞이 나온다. 큰 폭포의 물이 높은 봉우리에서 날아들 듯이 떨어져서 커다란 돌절구 모양으로 파인 구덩이가 아홉 층인데, 한 층마다 용 한 마리가 지키고 있다. 낭떠러지와 물길은 빛이 나는 깨끗한 흰 바위로 이루어졌다. 경사지고 위태롭고 높

23 우주의 중심에 있는 수미산須彌山을 둘러싸고 있는 일곱 개의 산으로 지쌍산持雙山·지축산持軸山·담목산擔木山·선견산善見山·마이산馬耳山·상비산象鼻山·지변산持邊山을 가리키는데, 모두 금빛을 띤다.

24 선산仙山을 말한다. 동방삭의《십주삼도기十洲三島記》에서 취굴주聚窟洲에 있는 큰 산이 인조人鳥 모양과 비슷하여 인조산이라 했다.《현람인조산경도玄覽人鳥山經圖》에는 "무수한 여러 하늘에 각각 인조산이 있다. 사람 모양도 있고 새 모양도 있는데 암석 봉우리가 매우 험준하여 이루 말로 다할 수 없다.〔無數諸天各有人鳥之山, 有人之象, 有鳥之形, 峰岩峻極, 不可勝言.〕"라고 기록되어 있다. 또는 인조를 새의 몸에 사람 얼굴을 한 새인 가릉빈가迦陵頻迦로 본다면, 가릉빈가가 산다는 히말라야산으로 볼 수도 있다.

25 제석천帝釋天이라 부르는 하늘 세계의 궁전으로 수승전殊勝殿이라고도 한다. 불교의 세계관에 따르면 세계의 중앙에 수미산이 있고, 정상에는 도리천이라는 하늘이 있다. 제석은 선견성善見城에 머물면서 사천왕四天王과 주위의 서른두 천왕天王을 통솔한다.

26 장안사, 신계사, 표훈사와 함께 금강산 4대 명찰 중 하나로 금강산에서 가장 오래된 절이다. 석가모니가 죽자 인도에서 불상 쉰세 개를 만들어 인연이 닿는 장소로 옮기고자 했는데 수백 년 이후 동해를 통해 신라에 도착하였다. 이 자리에 절을 세우고 이들 불상을 모셨다는 전설이 전한다. 일제강점기까지 능인전能仁殿에 불상 쉰 개가 남아 있었다.

고 기울어 발을 붙일 수 없을 뿐만 아니라, 으스스하고 장엄하고 엄숙하고 매서워서 접근할 수 없다.

유점사는 고적이 가장 많다. 승려의 말로는 불상 쉰세 점이 천축^{天竺}에서 바다를 건너왔는데, 고성^{高城}군수였던 노춘^{盧椿}(혹은 盧偆)이 절을 세워 불상을 안치했다고 한다. 말이 대부분 황당무계하여 아무런 의미가 없으나[27] 이전 시대에는 불탑과 불당을 지극히 숭배하여 행사가 웅장하고도 화려했음을 알겠다.

유점사 서쪽을 내산^{內山}(내금강)이라 하고, 동쪽을 외산^{外山}(외금강)이라 한다. 산속의 물은 흘러서 동해로 들어간다. 내산과 외산에는 옛날부터 범과 뱀이 없어 밤에 다니는 것도 금하지 않았다. 이야말로 천하에 기이한 일로서 마땅히 나라 안에서 제일가는 명산이라 하겠다. 고려에 태어나 금강산을 보고 싶다는 말[28]이 괜히 나왔겠는가?

불교의《화엄경^{華嚴經}》은 주나라 소왕 이후에 처음 나왔거니와, 그때는 인도가 중국과 왕래하지 않았다. 더구나 중국 밖에 있는 동쪽의 우리나라와 왕래를 했겠는가? 그렇지만 동북쪽 바다 한가운데에 금강산이 있다는 이야기가 벌써《화엄경》에 실려 있으니, 이는 부처의 밝은 눈으로 멀리 꿰뚫어 보고 기록한 것 아니겠는가![29]

여기서 남쪽으로 가면 설악산과 한계산이 있다. 바위로 이루어진 산과 계곡이라 깎아지를 듯이 높고, 벼랑으로 이루어져 그윽하고 깊으며, 쓸

---

27 고려의 학자 민지閔漬(1248~1326)가《금강산유점사사적기金剛山楡岾寺事蹟記》에서 노춘의 행적과 유점사 창건의 연기설화를 자세히 설명하였다.

28 금강산의 명승이 중국에도 널리 알려져 있어 "고려국에 태어나서, 금강산을 직접 보고 싶어라!(願生高麗國, 親見金剛山!)"라는 시구가 널리 전한다.《태종실록》8권, 태종 4년(1404) 9월 21일 기사에 처음 등장하는데, 태종이 신하들에게 송나라의 소동파가 한 말이라 했다는 것이다. 정작 소동파 문집에는 나오지 않는다. 다른 중국 문인들이 한 말로도 전하지만 누가 한 말인지는 중요하지 않다.

쓸하고 춥다. 봉우리가 첩첩이 쌓였고, 큰 나무가 우거진 숲이 하늘과 해를 가렸다.

한계산에는 만길이나 되는 큰 폭포가 있는데 옛날 임진왜란 때 명나라 장수가 보고서 여산폭포를 능가한다고 하였다.

또 남쪽으로 가면 오대산이 있다. 흙산으로서 1000개의 암벽과 1만 개의 골짜기가 첩첩하게 겹쳐 있어 깊고 험하다. 가장 높은 곳에는 경치가 빼어난 다섯 개의 대臺가 있다. 대마다 암자가 하나씩 있는데 중대中臺의 상원사上院寺에는 부처의 진신사리眞身舍利를 보관하고 있다.

청주 사람 한무외韓無畏[30]가 득도하여 신선이 되었는데 연단법을 수련하는 복지福地로는 이 산이 제일이라고 칭송하였다. 예로부터 여기에는 적병이 들어오지 않아서 나라에서는 사고史庫를 설치하고 역대 실록을 산 아래쪽 오대산 월정사月精寺 곁에 두어 보관하고 관리를 두어 지키게 하였다.[31]

여기부터 산맥 등성이가 조금씩 평탄해져 대관령이 되어 동쪽으로 강릉과 통한다. 대관령 아래에는 구산동丘山洞[32]이 있는데 산수경관이 몹시 뛰어나다.

---

29 80권본《화엄경》제32권〈제보살주처품諸菩薩住處品〉에서 시방 세계의 수많은 보살과 그들의 권속이 항상 머물면서 설법하는 장소를 설명하였는데, 그중에 "동북방 바다 가운데에 금강산이 있고, 그곳에서 담무갈 보살이 1만 2000의 보살과 함께 항상《반야바라밀다경般若波羅蜜多經》을 설법한다."라고 기록되어 있다. 여기서 담무갈 보살은 '법을 일으킨다'라는 뜻의 범어 다르모가타Dharmogata를 음차한 말로 법기보살法起菩薩이라 번역되어 있다.

30 조선 중기의 저명한 도사로, 호는 용현진인㤀玄眞人 또는 득양자得陽子이다(1517~1610). 청주에서 출생하였고, 훗날 희천熙川의 교생校生 곽치허郭致虛를 만나 연단비방鍊丹祕方을 배워 득도하고 허균에게 연단법을 전해주었다. 저술로《해동전도록海東傳道錄》이 전한다.

31 오대산 사고로서 1606년(선조 39년)에 설치되었다.

32 강릉시 성산면 구산리 일대이다.

태백산과 소백산은 흙산인데, 흙빛이 모두 수려하고 빼어나다. 태백산에는 아주 좋은 땅에 황지潢池라는 연못이 있다. 일대는 고산지대에 펼쳐진 들이라서 산골 백성들이 옹기종기 모여 지키면서 여기저기 마을을 이루었다. 주민들은 화전을 일구어 생계를 꾸려간다. 그러나 땅이 지대가 높고 날씨가 추우며, 서리가 일찍 내려 오로지 조와 보리만 경작한다.

황지 위쪽에 있는 작약봉芍藥峯(함백산 정상) 아래에는 묘지로 써서는 안 되는 혈자리가 있다. 세상에는 조선왕조 조상의 묘터로 정해져서 일반인들이 장사 지내지 못하는 곳이라는 말이 전해진다.

태백산 아래 평지에는 각화사覺化寺[33]와 홍제암弘濟庵[34]이 있다. 이따금 나타나는 고승과 기인이 언저리에 머물러 산다. 예로부터 삼재[35]가 들어오지 않는 땅이라 하여 국가에서 사고를 설치하였다.

소백산에는 욱금동郁錦洞[36]이 있어 산수 경관이 수십 리에 걸쳐 펼쳐진다. 소백산 위에는 비로전毗盧殿[37]이 있는데, 오래된 신라 시대 사찰이다. 골짜기 입구에는 퇴계 이황의 서원[38]이 있다.

대체로 태백산과 소백산의 산수경관은 모두 낮고 평평한 골짜기에 펼

---

33 경북 봉화군 춘양면 석현리 각화산에 있는 사찰로 676년 원효대사가 창건했다고 전해진다. 태백산 사고史庫의 수호 사찰이었으나 1913년 화재로 사고와 사찰이 소실되었다.

34 봉화군 태백산 줄기의 비룡산에 있는 암자이다. 신라 진평왕 때 자장율사가 창건했다는 설과 문무왕 때 원효대사가 창건했다는 설이 전한다.

35 세 가지 재난으로 기근, 질병, 전란을 소삼재小三災라 하고, 수재, 화재, 풍재風災를 대삼재大三災라 한다.

36 경북 영주시 풍기읍에 있는 오래된 마을이다. 고려 충목왕의 태胎를 안치한 곳이다.

37 의상대사가 화엄경을 강설하기 위해 세운 신라의 고찰이다. 소백산의 최고봉인 비로봉 남쪽 비탈 중턱에 위치한다.

38 조선 최초의 사액서원인 소수서원을 가리킨다. 중종 때 주세붕周世鵬이 세운 백운동서원이 이황의 노력으로 명종의 사액을 받고 소수서원이 되었다. 고려 말에 성리학을 받아들인 이 지방 출신의 안향安珦을 모신 서원으로 경북 영주시 순흥면 내죽리에 있다.

쳐져 있다. 산허리 위로는 바위가 없어서 웅장하면서도 살기가 거의 없
다. 멀리서 바라보면 봉우리와 멧부리가 솟구치지 않고 흘러가는 구름이
나 물처럼 구불구불 이어진다. 봉우리들이 북쪽에 병풍처럼 둘러 있고,
때때로 자색 구름과 흰 구름이 그 위에 떠 있다. 옛날 방술사方術士인 남
사고가 소백산을 보고 갑자기 말에서 내려 절하며 "이 산은 사람을 살리
는 산이다."라고 하였고, 《십승기十勝記》라는 글을 지어 태백산과 소백산
을 전란을 피할 수 있는 제일가는 땅이라고 썼다.[39]

　백두산에서 태백산까지는 전체가 한 갈래의 산줄기라 성봉星峯[40]이 없
다. 소백산 아래로는 산줄기가 여러 번 끊겼다 솟아나는데 첫째가 속리산
이다. 속리산은 풍수가들이 말하는 석화성石火星(타오르는 불꽃처럼 바위가 하늘로 치솟
는 모양의 산)이다. 커다란 바위가 높게, 첩첩이 쌓여 있고, 봉우리와 고개는 뾰
족한 모양으로 떼 지어 모여 있어서 처음 핀 연꽃 같고, 멀리까지 늘어선
횃불 같다. 속리산 아래쪽은 모두 바위로 이루어진 골짜기가 구불구불 감
돌면서 깊고 멀어서 '여덟 굽이 아홉 길[八曲九逕]'이라는 이름이 붙었다.
산 전체가 모양이 빼어난 바위로 이루어졌고 계곡물이 바위틈에서 나
오기 때문에 물이 맑고도 차며 감청 빛이라 빛깔도 정말 어여쁘다. 바로
충주 달천 상류의 물이다.

　기이한 골짜기와 특별한 계곡, 그윽한 샘과 기묘한 바위가 온 산을 두
르고 있어, 오묘하고 아름다운 형상이 금강산에 버금간다. 속리산 남쪽
에 환적대幻寂臺 골짜기가 있는데 수많은 봉우리가 깎아지르듯 솟아 있고
계곡은 그윽히 깊어서 사람들이 그리로 통하는 길을 찾을 수 없다. 이 산
골짜기의 물이 합해져 작은 냇물을 이루고 작은 들녘을 지나 청화산靑華山
남쪽을 따라 용추로 흘러 들어가는데 이것이 병천瓶川(쌍룡계곡)이다.

───────

39　158쪽 각주 42 참조.
40　풍수 용어로 금목수화토金木水火土라는 다섯 가지 모양을 이룬 봉우리를 의미한다.

병천 남쪽에는 도장산道藏山이 있는데 속리산 한 갈래가 내려와 생겨
난 산으로 청화산과 코앞에서 마주한다. 두 산 사이와 용추 위쪽을 통틀
어 용유동龍遊洞이라 부른다. 용유동 안의 평지는 넓고 판판한 바위가 깔
려 있는데 큰 냇물이 서쪽에서 흘러와 활짝 펼쳐지고 평평하게 퍼진다.
모가 나고 켜켜이 쌓인 바위를 만나면 작은 폭포가 되고, 좁고 오목한 바
위를 만나면 작은 계곡물이 되고, 네모나고 넓은 바위를 만나면 작은 연
못이 되고, 둥글고 파인 바위를 만나면 작은 우물이 된다. 평탄한 바위를
만나면 물이 진주로 만든 주렴 같아지고, 구불거리다 감도는 바위를 만
나면 전자篆字처럼 꼬불거리는 향 연기 같아진다.

바위는 구유나 솥, 가마나 절구 같기도 하고, 석가산石假山이나 작은 섬
같기도 하며, 양이나 범, 닭이나 개 같기도 하여 기기묘묘하다. 물이 에
워싸고 빙빙 돌다가 부딪쳐 솟구치거나 머물러 모이기도 하고, 세차게
쏘거나 거꾸로 쏟아지기도 한다. 양쪽 벼랑의 나무는 스산한 느낌을 주
고 골짜기의 바람은 싸늘한데 천하의 절경이라 할 만하다. 그 가운데 송
씨宋氏의 정자[41]가 있다.

청화산 동북쪽에 선유산仙遊山이 있는데 산 위에 기운이 모여 있는 형국
으로 정상부가 평탄하고 골짜기는 몹시 길다. 위에는 칠성대七星臺와 호소
굴虎巢窟[42]이 있다. 옛날에 진인眞人 최도崔燾와 도사 남궁두가 여기에서 수
련하고서 수도하려는 사람은 이 산에 거처하면 딱 좋다고 글을 지어 알
렸다. 이 골짜기의 물이 아래로 흘러 낭풍원閬風苑[43]이 되고, 양산사梁山寺[44]

---

41 사도세자의 스승이자 송준길의 현손인 늑천櫟泉 송명흠宋明欽(1705~1768)이 머물며
    제자를 가르친 늑천정櫟泉亭을 말한다. 병천정瓶川亭이라고도 하는데 송명흠의 부친
    송요좌宋堯佐가 1703년(숙종 29년)에 지었다고 전해진다.
42 선유구곡 중 제3곡인 학소암鶴巢巖을 가리키는 듯하다.
43 문경시 가은읍 완장리의 옛 지명이다.
44 경북 문경군 가은면에 있는 봉암사鳳巖寺를 가리킨다.

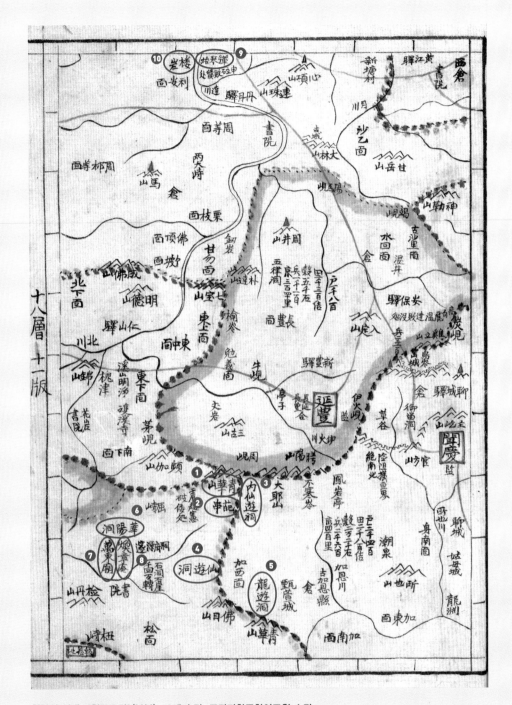

청화산 일대, 《청구요람》(부분), 19세기 말, 규장각한국학연구원 소장

속리산 동쪽 청화산① 일대의 산수와 명승을 확인할 수 있다. 파곶②과 내선유동③, 외선유동④, 용유동⑤은 계곡
이 매우 아름다운 명승으로 유명하다. 파곶 아래에 화양동⑥ 계곡이 있고, 송시열이 세운 만동묘⑦와 환장암⑧을
표기하였다. 속리산의 물이 충주의 탄금대⑨와 누암⑩으로 흘러가는 물길을 그려놓았다.

앞 계곡물과 합쳐져 가은창^{加恩倉} 동쪽으로 내려가 문경의 견탄으로 흘러 들어간다.

칠성대로부터 서쪽으로 향하여 산맥 등성이를 넘으면 외선유동^{外仙遊洞}이 나오고, 조금 내려가면 파곶^{杷串}이 있다. 골짜기는 그윽하고 깊숙하며, 큰 계곡물은 바위로 이루어진 골짜기와 벼랑 아래로 밤낮 쏟아져 내려 천번 돌고 만번 굽이쳐서 일일이 다 기술할 수 없다. 금강산의 만폭동과 견주어 볼 때 웅장함은 조금 손색이 있지만, 기이하고 정교하고 맑고 오묘함은 오히려 낫다고 말하는 이도 있다. 금강산 외에는 이런 산수경관이 없으므로 당연히 삼남에서 으뜸가는 곳이다.

청화산⁴⁵은 내선유동과 외선유동을 등지고, 용유동을 내려다보고 있다. 계곡물과 바위가 실로 기이한 형상이라 속리산보다 낫다. 높고 큰 점에서는 속리산에 미치지 못하더라도 속리산처럼 지극히 험한 곳이 없다. 흙으로 된 봉우리와 띠처럼 두른 바위가 모두 밝고 빼어나며 살기가 거의 없다. 모양은 단정하고도 평탄하며 수려한 기운이 솟구쳐서 가려지지 않으니 복지라 해야 할 것이다.

화양동^{華陽洞46}은 파곶 아래에 있다. 파곶의 물이 여기에 이르면 더욱 커지고, 바위도 더욱 기이해진다. 우암 송시열은 주자가 운곡^{雲谷}에 지은 집⁴⁷을 본떠 골짜기에 집을 지었다. 또 대의를 회복하자는 주자의 주장에

---

45 충북 괴산군 청천면 삼송리와 경북 상주시 화북면, 문경시 농암면 경계에 있는 산으로 높이는 984미터이다.

46 충북 괴산군 청천면 화양리에 있는 화양구곡華陽九曲이다. 송시열이 은거한 곳으로 중국의 무이구곡을 본떠 경천벽擎天壁, 운영담雲影潭, 읍궁암泣弓巖, 금사담金沙潭, 첨성대瞻星臺, 능운대凌雲臺, 와룡암臥龍巖, 학소대鶴巢臺, 파곶巴串이라 이름 지었다.

47 운곡은 중국 건양현 서쪽에 있는 산 이름이다. 주자가 그곳에 회암초당晦庵草堂을 짓고 글을 읽으며 자칭 운곡노인雲谷老人이라 하였다. 《주자대전朱子大全》 권78에 〈운곡기雲谷記〉가 있다. 송시열이 화양동에 지었다는 집은 암서재巖棲齋이다.

따라 명나라 신종황제 제사를 지내려고 골짜기 가운데에 만동묘萬東廟라는 사당을 건립하였다. 우암이 일찍이 다음과 같은 시를 지었다.

녹수는 성난 듯 시끄럽고 　　　　　　　　　　　　　　綠水喧如怒
청산은 화난 듯 말이 없어라[48] 　　　　　　　　　　　　青山默似嗔

　속리산에서 남쪽으로 내려가면 화령과 추풍령이 나오는데 그윽한 운치를 지닌 계곡과 산이 꽤 많다. 다 같이 야트막하고 평탄하므로 여기 산다고 산골살이라 할 수는 없고 시골살이라 해야 알맞다.

　덕유산은 흙산이다. 산 위에는 구천동九泉洞이 있어 산수경관이 그윽하고 깊숙하다. 구천동 아래에는 적상산성赤裳山城[49]이 있고, 석벽이 산성을 에워싸고 치마처럼 둘러 있으며 위쪽은 평탄하다. 그래서 나라에서는 이곳에 성을 쌓았고, 역사서와 실록을 보관하게 하였다.

　덕유산 동쪽에는 안음과 지례知禮가, 북쪽에는 설천雪川과 무풍舞豐이 있다. 설천과 무풍은 남사고가 복지라고 한 땅이다. 골짜기를 벗어나면 곁에 산이 하나 있으며 전답이 비옥하여 부유한 마을이 많아서 속리산 위쪽 산에 견줄 바가 아니다.

48　이 시는 송시열의 문집《송자대전宋子大全》에 실려 있지 않다. 조언림趙彦林(1784~1856)은 《이사재기문록二四齋記聞錄》에 다음과 같이 기록하였다. "우암 송시열의 〈화양동〉은 다음과 같다. '녹수는 성난 듯 시끄럽고, 청산은 화난 듯 말이 없어라. 조용히 산수의 뜻을 살펴보니, 속세로 나가는 나를 비웃나 보다.' 산승山僧이 이 시에 화답하여 다음과 같이 읊었다. '녹수는 본디 성냄이 없고, 청산도 화를 내지 않네. 산수의 뜻을 알았다면, 무엇하러 속세로 나가나.' 산승도 범상치 않구나![宋尤齋〈華陽洞〉詩曰: "綠水喧如怒, 青山默似嗔. 坐看山水意, 嫌我向紅塵." 山僧和之曰: "綠水元無怒, 青山亦不嗔. 若知山水志, 何事向紅塵." 云云. 僧亦不凡哉!]"

49　전북 무주군 적상면에 있는 산성으로 층암절벽으로 둘러싸인 적상산에 세웠다. 1614년(광해군 6년) 사고史庫를 설치하였고, 인조 때 순검사 박황朴潢의 건의에 따라 수축하여 선원각璿源閣을 세웠다.

지리산은 남해 인근에 있다. 백두대간의 맥이 크게 끊긴 곳이어서 두류산頭流山이라고도 불린다. 세상에서는 금강산을 봉래산蓬萊山으로, 지리산을 방장산方丈山으로, 한라산을 영주산瀛洲山으로 여기니 이른바 삼신산三神山이다. 지리지에서는 지리산을 태을진인太乙眞人이 머물고 있어 신선들이 모여드는 곳이라 하였다.[50]

지리산은 골짜기가 구불구불 서려 있어 깊고도 크다. 또 흙이 두텁게 쌓여 토질이 비옥하므로 온 산 어디나 사람이 살기에 알맞다. 산 안에는 100리나 되는, 길게 뻗은 골짜기가 많고, 바깥쪽은 좁아도 안쪽은 넓어 이따금 사람에게 알려지지 않은 곳도 있어서 주민들이 관아에 세금을 내지 않기도 한다. 땅이 남해에 가까워 기후가 따뜻하고 산중에 대나무가 많다. 또 감과 밤이 몹시 많아 저절로 열렸다가 저절로 떨어진다. 높은 산봉우리의 땅에 기장이나 조를 뿌려도 어디든 무성하게 잘 자란다. 평지의 전답은 모두 1묘에 1종을 수확한다. 따라서 산중에는 시골집이 사찰과 뒤섞여 있고, 승려든 속인이든 대나무를 꺾고 감과 밤을 주워서 힘쓰지 않아도 넉넉하게 생리를 얻는다. 농사에 그다지 힘쓰지 않아도 두루 풍족하다. 이 때문에 인근 주민이 모두 흉년을 몰라서 지리산을 부유한 산이라 부른다.

지리산 남쪽에 화개동花開洞과 악양동岳陽洞이 있는데 모두 사람이 살며 산수가 대단히 아름답다. 고려 중엽에 한유한韓惟漢[51]이 이자겸李資謙의 횡포가 극심하자 앙화가 곧 일어나리라 예상하고 벼슬을 버리고 가족을 데리고 악양동에 숨었다. 조정에서 그를 찾아 관직을 내리며 불렀으나 한유한은 그대로 달아나 숨은 채 세상에 나타나지 않아 행방을 알 수 없었

---

50 여기에서 지리지는 《신증동국여지승람》을 가리킨다. 제39권 〈남원도호부南原都護府〉 편에서 지리산 천왕봉天王峯과 반야봉般若峯에 태을太乙과 뭇 신선들, 고승들이 머문다는 이야기가 전한다고 하였다.

다. 신선이 되어 떠났다는 소문이 돌기도 했다.

서쪽에는 화엄사와 연곡사가 있고, 남쪽에는 신응사神凝寺[52]와 쌍계사雙溪寺[53]가 있다. 쌍계사에는 고운 최치원의 화상畵像이 있고, 계곡을 따라 늘어선 석벽에는 고운이 크게 쓴 글자가 많이 새겨져 있다. 세상에 전하기로는, 고운이 득도得道하여 지금도 가야산과 지리산 두 산 사이를 왕래한다고 한다. 선조 신미년(1571) 여름에 승려가 바위 사이에서 주운 종이에 다음과 같은 절구 한 수가 적혀 있었다.

동쪽 나라 화개동은

호리병 속 별천지[54]지

선인이 베개 밀치고 일어나니

세상에선 천년이 훌쩍 지났네[55]

東國花開洞

壺中別有天

仙人推玉枕

身世倏千年

자획이 마치 새로 쓴 듯하고, 세상에 전하는 고운의 필체와 똑같았다.

예로부터 만수동萬壽洞과 청학동靑鶴洞이 있다고 전해오는데, 만수동은 지금의 구품대九品臺이고, 청학동은 지금의 매계梅溪이다. 근래에 조금씩

---

51   고려의 은사로 《고려사》 권99 〈열전〉 권12에 간략한 전기가 실려 있다. 개경 사람으로, 최충헌이 권력을 차지하자 난리가 발생하리라 짐작하고 식솔을 이끌고 지리산으로 들어갔다. 조정에서 대비원녹사 자리를 내리고 불렀으나 응하지 않았다. 《택리지》는 《고려사》와는 조금 다른 내용으로 되어 있다. 《남명집南冥集》 권2 〈유두류록遊頭流錄〉에 실린 구전을 근거로 서술한 탓이다.

52   경남 하동군 화개면 범왕리 왕성초등학교 자리에 있던 사찰로 일명 신흥사神興寺이다.

53   경남 하동군 화개면에 있는 사찰로 840년에 진감선사 최혜소崔慧昭가 세웠다. 최치원이 글을 짓고 글씨를 쓴 국보 제47호 진감선사대공탑비眞鑑禪師大空塔碑가 있고, 최치원 영정이 보관되어 있다.

54   후한의 술사術士 비장방費長房이 시장에서 약을 파는 선인仙人 호공壺公의 호리병 속으로 들어갔더니 별천지가 펼쳐져 있었다.(《후한서後漢書》 권82 〈방술열전方術列傳 하下〉 '비장방費長房')

길이 뚫려 사람이 오간다. 지리산 북쪽은 모두 함양咸陽 땅으로 영원동靈源洞(영원사 일대)과 군자사君子寺, 유점촌鍮店村이 있어 남사고가 복지라고 했다. 또 벽소운동碧霄雲洞(벽소령碧霄嶺)과 추성동楸城洞(칠선계곡七仙溪谷)이 있는데 모두 경치가 빼어나다.

지리산 북쪽의 계곡물이 합쳐져 임천臨川이 되고 이어 용유담龍游潭이 되며 고을 남쪽에 이르러 엄천嚴川이 된다. 계곡을 따라 위아래로 산수경관이 어디든 몹시 기이하다. 다만 땅이 너무 깊숙하고 입구가 막혀 있어 마을에 목숨을 부지하기 위해 도망쳐온 무리들이 많고, 때로 도적떼가 은근히 출몰하기도 한다. 또 산중 전체에는 귀신을 모시는 신당이 많아서 봄가을만 되면 사방에서 무당과 박수가 구름처럼 모여들어 기도한다. 남녀가 트인 곳에서 뒤섞이고, 술 냄새와 고기 냄새가 낭자하니 실로 불결하다.

지리산이 크기는 해도 산줄기는 작게 나와서 서남쪽으로 뻗은 줄기가 섬진강 상류에서 멈춘다. 강물과 샘에 장기를 띤 곳이 많고, 산 전체에는 맑은 기운이 적다. 이것이 결점이다.

산맥 등줄기에서 오직 이 여덟 개의 산[56]이 가장 뛰어나다. 산맥 등줄기에서 벗어나 있는 명산도 있다. 함경도 전체에는 모두 산이 크고 골짜

---

55 이수광의 《지봉유설芝峯類說》 권13 〈문장부 6文章部六〉 '동시東詩' 항목에 어떤 승려가 지리산에서 최치원의 시 열여섯 수가 적힌 시첩을 발견했고, 그중에서 여덟 수를 구례현감이 얻어서 이수광에게 주었다는 사실이 기록되어 있다. 이수광은 필적이 친필일 뿐만 아니라 시도 기이하고 예스러워 최치원 작품이 분명하다고 평가하였다. "智異山有一老髡, 於山石窟中, 得異書累帙, 其中有崔致遠所書詩一帖十六首. 今逸其半, 求禮倅閔君大倫得之以贈余, 見其筆跡, 則眞致遠筆, 而詩亦奇古, 其爲致遠所作無疑, 甚可珍也. 詩曰: '東國花開洞, 壺中別有天. 仙人推玉枕, 身世歘千年.' '萬壑雷聲起, 千峯雨色新. 山僧忘歲月, 唯記葉間春.' '雨餘多竹色, 移坐白雲開. 寂寂因忘我, 松風枕上來.' '春來花滿地, 秋去葉飛天. 至道離文字, 元來在目前.' '澗月見初生處, 松風不動時. 子規聲入耳, 幽興自應知.' '擬說林泉興, 何人識此機? 無心見月色, 默默坐忘歸.' '密旨何勞舌, 江澄月影通. 長風生萬壑, 赤葉秋山空.' '松上靑蘿結, 澗中流白月. 石泉吼一聲, 萬壑多飛雪.'"

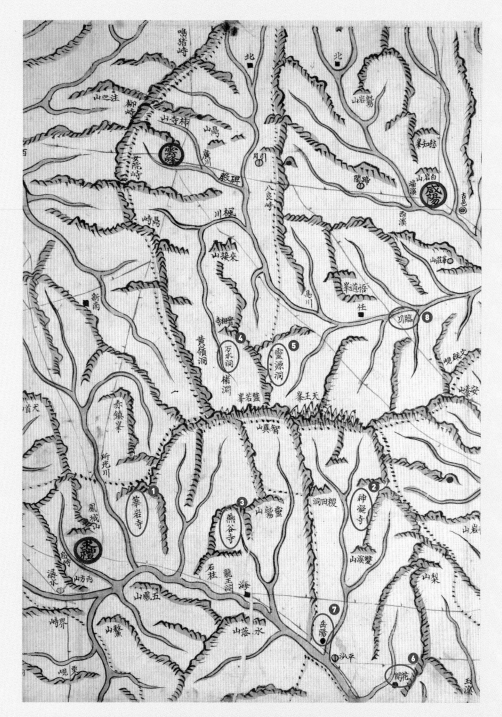

지리산 일대, 《대동방여전도》(부분), 19세기 말, 규장각한국학연구원 소장

지리산 산줄기와 계곡이 잘 나타나 있다. 사찰로는 화엄사①, 신응사②, 연곡사③가 보이고, 골짜기로는 만수동④, 영원동⑤, 화개동⑥과 악양동⑦, 임천⑧이 표기되어 있다.

기가 황량하여 명산이라 부를 만한 산이 없다. 오로지 명천明川의 칠보산七寶山이 있으니 동해 바닷가에서 크게 뭉쳐 이루어진 산이다. 산골짜기로 들어가면 바위의 형세가 높고 험하며, 형상이 기묘하여 마치 귀신이 깎아놓은 듯하다.

다음은 평안도 영변의 묘향산이다. 바깥쪽은 모두 흙산이고 산머리〔巒頭〕는 모두 토성土星(정상이 평탄하고 사다리꼴 모양)이다. 다만 산허리 아래로는 모두 기이한 암석과 빼어난 바위로 이루어졌고, 험악하지도 않다. 산 안쪽은 대부분 평탄하고, 큰 냇물이 넓게 펼쳐져 들판 가운데 있는 촌락의 입지에 가깝다. 산줄기가 겹겹이 돌고 골짜기가 첩첩이 포개져 성곽과 같은 모양이다. 작은 길 하나 통하지 않고 서남쪽 수구를 따라서만 들어가는데 사람 한 명이 겨우 통과할 정도다. 옛날부터 태백산 정상에는 단군이 태어난 석굴이 있다고들 했다.[57] 산 안에는 큰 절이 세 개[58] 있고 작은 암자와 요사채는 셀 수 없이 많아 승려들이 참선하고 불경을 강론하는 장소로 쓰고 있다.

경상도에는 석화성石火星이 전혀 없다. 오로지 합천의 가야산에만 불꽃처럼 뽀족한 바위가 연달아 얽혀 있고, 허공에 높이 솟아서 지극히 높고 빼어나다. 골짜기 입구에 홍류동紅流洞과 무릉교武陵橋가 있다. 폭포 물이 수십 리에 걸쳐 날아서 여기 떨어지고 평평한 바위가 자리 잡고 있다. 세

=====

56 '명산과 명찰' 항목에서 중요하게 다룬 금강산, 오대산, 태백산, 소백산, 속리산, 선유산, 덕유산, 지리산의 여덟 개 산을 가리킨다. 이 밖에도 설악산, 한계산, 도장산, 청화산 등이 언급되었다.

57 《삼국유사》의 〈고조선〉에 환인의 서자 환웅이 태백산太白山 정상의 신단수 아래로 내려왔고, 신단수 아래에서 환웅과 웅녀가 결합하여 단군이 탄생하였다고 기록되어 있다. 지은이 일연一然은 태백산을 지금의 묘향산이라고 밝혔다.

58 서산대사의 사리를 봉안했다고 알려진 보현사普賢寺와 안심사安心寺 그리고 상원암上院庵을 가리킨다.

상에는 고운 최치원이 이 땅에 신발을 벗어두고 어디론가 떠나서 간 곳을 모른다는 말이 전해온다. 바위에는 고운이 크게 쓴 글자가 새겨져 있어 방금 쓴 것처럼 생생하다. 고운의 시는 다음과 같다.

첩첩 바위 사이 미친 듯 달리며 겹겹 산을 울리니	狂奔疊石吼重巒
지척에서도 사람들 대화 분간하기 어렵구나	人語難分咫尺間
시비를 따지는 소리 귀에 들릴까 늘 두려워서	常恐是非聲到耳
일부러 흐르는 물로 산을 온통 감싼 거겠지	故教流水盡籠山

이 시에서 말한 곳이 바로 여기다. 임진왜란 때 금강산과 지리산, 덕유산, 속리산은 왜적의 침입을 모면하지 못했으나 오대산과 소백산, 그리고 이 산만은 왜적이 이르지 않았다. 그래서 예로부터 삼재가 들어오지 않는 곳이라 한다.

가야산 안쪽에 해인사[59]가 있다. 신라 애장왕이 죽어서 염습을 하고 난 뒤 다시 소생하였다. 애장왕은 저승 관리와 발원發願[60]하기로 약속하여 사신을 당나라로 들여보내 팔만대장경을 구입하였다. 대장경을 배로 싣고 와서 목판에 새기고 옻칠을 하고 구리와 주석으로 장식을 하였다. 그리고 장경각藏經閣 120칸을 짓고서 경판을 서가에 꽂아 보관하였다. 지금 1000여 년이 지났으나 각판이 새로 새긴 듯하고, 나는 새도 이 장경각

---

59 의상계義相系의 화엄종 승려인 순응順應과 이정利貞이 왕실의 후원을 받아 802년(애장왕 3년) 창건하였다. 화엄 10찰 중 하나로 고려 후기에 조성한 팔만대장경판이 이곳으로 옮겨 온 이후 호국 신앙의 요람이 되었다. 통도사, 송광사와 더불어 삼보사찰 가운데 법보사찰로 유명하다. 애장왕이 팔만대장경을 구입하여 보관했다는 《택리지》의 설명은 〈가야산해인사고적기伽倻山海印寺古籍記〉에 전하는 애장왕과 이거인李居仁의 연기설화로 고려 후기에 조성한 팔만대장경판과는 무관하다. 이덕무는 〈기해인사팔만대장경사적記海印寺八萬大藏經事蹟〉에서 이 연기설화를 상세히 서술하였다.

60 불교에서 교법을 열심히 수행하여 반드시 증과證果에 이르려고 하는 서원誓願이다.

복거론

을 피해서 돌아가며, 지붕 기와에 앉지도 않는다. 이야말로 정말 기이한 일이다. 유가儒家의 경전이라면 궁중에 있는 왕실 도서관에 있다고 해도 나는 새가 지붕 위를 넘지 않을 리가 전혀 없다. 그런데 불교 경전의 사연은 도리어 이처럼 신기하니, 이 일은 내 평범한 생각으로는 이해할 수 없다.

해인사 서북쪽에는 가야산 상봉上峰이 솟아 있다. 사면을 날카롭게 깎아낸 듯한 형상이라 사람이 타고 오를 수 없다. 바위 위에는 평탄한 곳이 있는 듯하나 사람이 알아낼 방법이 없다. 정상은 항상 구름 기운으로 뒤덮여 있고, 나무하는 아이와 소 치는 사람들이 때때로 봉우리 위에서 흘러나오는 풍악 소리를 듣는다. 자욱한 안개가 끼면 산 위에서 가끔 말발굽 소리가 들려온다고 사찰의 승려가 전해주었다.

골짜기 바깥쪽 가야천伽倻川 지역은 논이 지극히 비옥하여 볍씨를 한 말 뿌리면 120~130말의 소출을 거둔다. 아무리 적어도 80말 이하로는 내려가지 않는다. 물이 넉넉해 가뭄을 모르고, 목면木綿 수확이 좋아서 의식이 풍족한 고장이라 극찬을 받는다.

가야산 동북쪽에 만수동萬水洞이 있는데 이 또한 깊고 그윽한 긴 골짜기로 복지라 일컬으니 은둔하여 살 만하다.

안동 청량산淸涼山61은 태백산맥 한 줄기가 들판으로 뻗어 내려와 예안의 강가에서 뭉쳐 솟구친 산으로, 멀리 밖에서 바라보면 봉우리가 두어 개 있는 흙산일 뿐이다. 하지만 강을 건너 골짜기로 들어가면 사방에 석벽이 만길 높이로 둘러쳐 있어 엄숙하고 기이하며 험준하기가 말로 표현할 수 없다. 산 안쪽에는 난가대爛柯臺가 있다. 고운 최치원이 바둑 두던 장소인데, 바둑판처럼 생긴 바위가 있으며 근처에는 한 노파의 석상이

61　경북 봉화군 명호면에 있다. 산세가 수려하여 소금강이라 한다. 김생이 글씨를 공부하던 김생굴金生窟, 최치원이 수도한 고운대孤雲臺와 독서대讀書臺 등의 유적이 있다.

석굴 안에 안치되어 있다. 고운이 산에 머물 때 밥을 지어주던 여종이라 전해온다. 산에는 연대사蓮臺寺가 있고, 연대사에는 신라의 김생金生이 손수 쓴 불경이 많다. 근래 한 선비가 절에서 글을 읽다가 불경 한 권을 훔쳤는데 집에 이르자마자 역병에 걸려 죽자 집안사람들이 두려워서 즉시 절에 돌려주었다고 한다.

이 네 개의 산[62]만이 산맥 등성이에 있는 여덟 개 산과 더불어 나라 안의 큰 명산으로 은둔자들이 깃들어 수양하는 곳이다. 옛말에 "천하의 명산은 승려가 많이 차지했다."[63]라고 했다. 우리나라에는 불교만 있고 도교는 없어서 이 열두 개의 명산을 모두 사찰이 차지하고 있다.

이 밖에도 큰 명찰이 있어 세상에 널리 알려졌고, 기이한 자취와 특이한 풍경이 있다고 소문난 지역이 있다.

태백산과 소백산 사이에 부석사浮石寺가 있으니 신라 때의 옛 절이다. 불전 뒤에 가로 누운 거대한 바위 위에 거대한 바위 하나가 올려져 있어 마치 지붕을 덮은 듯하다. 얼핏 보면 위아래가 연결된 듯하지만 자세히 살피면 두 개의 바위 사이가 잇닿지 않고 작은 틈이 있다. 새끼줄을 지나가게 하면 나오고 들어갈 때 걸림이 없어 그제야 떠 있는 바위임을 확인하게 된다. 이 때문에 부석사라는 이름을 얻었으나 이치상 정말 이해할 수 없다.

부석사 문밖에는 흙덩어리 모양의 숨을 쉬는 모래가 있어, 옛날부터 갈라지지도 않고 깎아내면 다시 솟아나니 살아 있는 땅(息壤)[64]과 같다. 신라 때의 승려 의상이 득도하여 서역 천축天竺으로 들어가려 할 때 기거하

---

62 칠보산, 묘향산, 가야산, 청량산을 가리킨다.

63 《증광현문增廣賢文》에 "세간의 좋은 말은 책에서 모두 말했고, 천하의 명산은 승려가 많이 차지했다.〔世間好語書說盡, 天下名山僧占多.〕"라는 구절이 보이고, 고시古詩에 "천하의 명산은 승려가 많이 차지했고, 좋은 차는 명산에서 나온다.〔天下名山僧占多, 好茶出在名山中.〕"라는 시구가 전한다.

던 요사채의 문 앞 처마 밑에 지팡이를 꽂고서 말하기를, "내가 떠난 뒤에 이 지팡이에서 반드시 가지와 잎사귀가 날 것이다. 이 나무가 말라 죽지 않으면 내가 죽지 않은 줄로 알라!"라고 하였다. 의상이 떠난 후에 절의 승려들이 기거하던 곳에 의상의 소상을 빚어서 안치해두었다. 창밖에 있던 나무에서는 바로 가지와 잎이 돋아났다. 햇빛과 달빛은 비쳐도 비와 이슬에 젖지는 않았는데 잘 자라서 지붕에 닿을 정도로 키가 컸다. 키가 크기는 했어도 지붕 위로 자라지는 않을 정도이고 겨우 한 길 남짓하여 1000년 동안 변함이 없다.

광해군 시절에 정조鄭造[65]가 경상감사가 되어 절에 이르렀다. 이 나무를 보고서 "선인仙人이 지팡이로 짚던 것이니 나도 지팡이로 짚어야겠다."라고 하고는 바로 톱으로 잘라내게 했다. 그가 떠난 후에 즉시 두 줄기가 솟아나서 전과 같이 커졌다. 인조 계해년[1623] 반정에 휘말린 정조는 반역죄로 처형당했다. 나무는 지금까지 사시사철 늘 푸르고, 잎이 피지도 지지도 않는다. 승려들이 이 나무를 선비화수仙飛花樹[66]라 부른다. 옛날에 퇴계 이황이 이 나무를 두고 다음과 같은 시를 지었다.

---

64 《산해경山海經》의 〈해내경海內經〉에 "홍수가 나서 물이 하늘까지 차오르자, 곤鯀이 천제의 명령을 기다리지 않고 식양息壤을 훔쳐 홍수를 막으니, 천제가 축융을 시켜 곤을 우교羽郊에서 죽이게 했다."라는 글에 나온다. 곽박郭璞은 주注에서 식양을 "흙이 저절로 끝없이 생장生長하여 홍수를 막을 수 있었다.〔土自長息無限, 故可以塞洪水也.〕"라고 설명했다.

65 선조와 광해군 때의 관료로 본관은 해주, 자는 시지始之이다(1559~1623). 이이첨의 편에 가담하여 인목대비를 죽이려 했으나 박승종의 방해로 실패하고, 1617년 다시 폐모론을 제기했다. 인조반정이 일어나자 처형되었다.

66 부석사 조사당에서 지금도 잘 자라고 있다. 조사당은 고려 말의 목조건물로 의상의 소상이 있고, 벽화는 국보로 지정되어 있다. 선비화수와 퇴계의 시는 유명할 뿐만 아니라 논란도 많다. 이만부가 지은 〈선비화설仙飛花說〉을 비롯하여 이와 관련한 다수의 글이 있다.

옥인 양 꼿꼿하게 절문에 기대고 있는데	擢玉亭亭倚寺門
지팡이가 신령한 나무로 변했다고 스님들 말하네	僧言錫杖化靈根
지팡이 끝에 본디 조계曹溪의 물이 있어서	杖頭自有曹溪水
천지가 베푸는 비와 이슬을 안 받나 보다[67]	不借乾坤雨露恩

  부석사 뒤쪽에는 취원루聚遠樓[68]가 있다. 크고 넓고 아스라하여 천지 가운데서 솟아난 듯하고, 기세와 정기가 경상도 전체를 압도하는 듯하다. 누각의 벽에는 퇴계의 시를 새긴 현판이 걸려 있다. 내가 계묘년(1723) 가을에 승지承旨 이인복李仁復[69]과 함께 태백산을 유람하다가 이 절에 이르러 퇴계의 시[70]에 차운하여 다음과 같이 지었다.[71]

-----

67 조계曹溪는 중국 광동성 곡강현에 있으며 당나라 때 혜능慧能이 불법을 크게 일으킨 곳이다. 소국사韶國師가 법안선사法眼禪師에게 "무엇이 조계의 한 방울 물입니까?(如何是曹溪一滴水?)"라고 묻자 법안선사가 "이것이 바로 조계의 한 방울 물이다.(是曹溪一滴水.)"라고 대답했는데 소국사가 즉시 크게 깨달았다(大悟)는 고사에서 나온 말로 선종의 진리를 비유한다.

68 부석사의 무량수전 서쪽에 있었던 누각으로 여기 이르는 돌계단이 깎아지른 듯하여 높이가 10여 길이고, 남쪽의 모든 산이 눈앞에 펼쳐졌다고 한다. 지금은 사라지고 없다.

69 자는 내초來初, 호는 신절재愼節齋, 본관은 전주이다(1683~1730). 남인 관료이자 문인으로 영의정을 지낸 이원익李元翼의 5대손이다. 1718년 수찬이 되고, 1721년 승지에 올랐으며, 1724년에 동부승지가 되었다. 이때 경종이 죽어 왕대비의 복제服制를 둘러싸고 논란이 일자 그는 3년 참최斬衰를 주장했다. 1729년 병조참판에 올랐다. 이중환의 절친한 친구로 백련시사 동인이다.

70 《퇴계문집별집退溪文集別集》권1에 수록된 〈취원루 시에 차운하다(次聚遠樓)〉 "矗成雲砌綵虹欄, 奔走神工偉覽看. 不敢高聲驚上界, 方知衆皺詫南山. 好居仙客超霞外, 乘興遊人出世間. 感壑古今歸一貉, 尊前休說宦途難."을 가리킨다.

71 1723년(경종 3년) 이중환은 관료 인생의 종말을 맞게 된다. 이해 4월 26일에 병조정랑에 임명되었으나 보름 뒤인 5월 11일에 김천도찰방으로 재직할 때 목호룡에게 역말을 빌려주었다는 죄목으로 조사를 받고 파직되고 옥에 갇혔으나 9월 2일에 풀려났다. 풀려난 뒤 이인복과 태백산과 소백산 일대를 유람하였는데 여기에 인용한 시에는 그런 체험에서 우러나온 울분과 비감이 스며 있다.

아득하게 높다란 열두 난간 누각에서는　　　　縹緲危樓十二欄

동남쪽 천리 풍경 눈앞에서 펼쳐지네　　　　東南千里眼前看

인간 세상 신라국은 까마득한 과거요　　　　人間渺渺新羅國

하늘 아래 태백산은 깊숙하게 숨어 있네　　　天下深深太白山

나는 새 저편의 가을 산골에는 어둠이 내려앉고　秋壑冥煙飛鳥外

어지러운 구름 끝 바다에는 노을이 지는구나　海門殘照亂雲端

높은 절에 터벅터벅 올라오지 않았다면　　　行行不到上方寺

천추에 인생길 험난한 줄 어떻게 알았으랴　豈識千秋行路難

또 다음 시를 지었다.

망망한 태백산은 하늘과 통해 있고　　　　茫茫太白與天通

고찰은 웅혼하게 조선 동쪽에 펼쳐 있네　　舊刹雄開左海東

물과 산은 천리 밖 멀리에서 다가오고　　　河岳遠朝千里外

불전과 누각은 천지 위에 홀쩍 솟았구나　殿樓飛出二儀中

고승이 가든 오든 나무에는 꽃이 피고　　名僧去住花生樹

고국의 흥망에도 허공 속을 새가 나네　　故國興亡鳥度空

누가 알랴! 주남周南에 체류하는 과객[72]　誰識周南留滯客

뜬구름 지는 해에 상념만 끝없는 줄을　　浮雲落日意無窮

---

72 《사기史記》〈태사공자서太史公自序〉에 "이해에 태사공은 주남에 그대로 머물러 있었기
때문에 조정의 정사에 참여할 수 없었다.(是歲, 太史公留滯周南, 不得與從事.)"라고 기
록되어 있다. 사마천의 아버지인 태사공 사마담司馬談이 병으로 위독하여 주남 지방에
체류하느라 한무제가 태산에 봉선封禪하는 의식에 참여하지 못한 사실을 말한다. 후에
는 외직에 있거나 유배객이 되어 지방을 떠돌았기 때문에 조정에 참여하지 못했음을
가리킨다.

취원루 위 깊숙하고 구석진 곳에 방을 만들어 신라 때부터 뼈에서 사리가 나온 이름난 부석사 승려의 초상 10여 폭을 걸어두었다. 모두 생김새가 예스럽고 괴이하며 풍채가 맑고 깨끗하여 엄숙한 태도가 선정禪定에 든 모습인 듯하다.

취원루 위쪽은 지세가 구불구불하며 아래쪽으로 축 늘어진 모양새다. 그곳에 작은 암자와 요사채가 있어 불경을 강론하거나 선정에 들어간 승려를 머물게 한다고 한다.

이 절은 경상도 순흥부順興府 지역에 있다. 이 절 외에도 경상도에는 양산梁山 통도사, 대구 동화사桐華寺가 있고, 전라도에는 영암 도갑사, 해남 천주사, 고산高山(완주) 대둔사, 금구金溝(김제) 금산사, 순천 송광사, 흥양興陽(고흥) 능가사가 있으니 모두 신라 때 창건한 큰 사찰이다.

그중에서 통도사[73]는 당나라 초기에 자장법사慈藏法師가 천축에 들어가 석가의 머리뼈와 사리를 얻어 절 뒤에 묻고 탑을 만들어 눌러놓은 곳이다. 세월이 오래 흘러 탑이 조금 기울자 숙종 을유년(1705)에 승려 성능聖能[74]이 중수하려고 탑을 허물었더니 탑 안에 "외도外道 승려 성능이 중수하리라."라고 적혀 있었다. 비단 보자기로 머리뼈를 싸서 은함에 담았는데 크기가 물동이만 했고, 비단은 벌써 1000여 년이 흘렀으나 썩지 않고 새것과 같았다. 또 작은 금합에 담긴 사리는 광채가 눈부셨다. 탑을 수선한 다

73 경남 양산시 하북면 지산리 영취산靈鷲山에 있는 고찰이다. 삼보사찰三寶寺刹의 하나인 불보佛寶사찰로 부처의 사리와 대장경이 최초로 봉안된 사찰이다.

74 조선 후기의 저명한 승려로 성능性能이라 쓰기도 한다. 호는 계파桂坡이다. 지리산 화엄사의 각성覺性(1575~1660) 문하에서 수행하였고, 1702년에 화엄사 장륙전丈六殿을 완성하고 숙종에게 각황전覺皇殿이라는 이름을 하사받았다. 1711년에 팔도도총섭이 되어 북한산성을 축조하고 중흥사重興寺에 머물며 30여 년 동안 산성을 지키다가 화엄사로 돌아갔다. 1703년에는 여수 흥국사興國寺를 중수하였고, 1706년에는 통도사의 영골탑靈骨塔을 중수하고 〈사바교주 석가여래영골 부도비娑婆敎主釋迦如來靈骨浮屠碑〉를 세웠다.

음에 비각을 세우고, 학사學士 채팽윤蔡彭胤[75]이 비문을 짓고, 나의 선친[76]
께서 글씨를 쓰셨다.

　동화사[77]는 신라의 승려 홍진弘眞[78]이 공중에 던진 지팡이가 떨어진 자
리에 세우고 머물렀던 절이다. 주변 지형은 휘감아 모여드는 모양새이
고, 불전이 크고 우람하며, 옛날부터 이름난 승려와 수행하는 사람이 많
았다.

　도갑사[79]는 신라의 승려 도선이 자취를 드러낸 곳이다. 골짜기 밖에 두
개의 돌을 세워놓고는 하나에는 황장생皇長生이란 세 글자를 새겼고, 다

---

75 자는 중기仲耆, 호는 희암希菴, 본관은 평강이다(1669~1731). 숙종 때의 명신이자 문
　인으로 당파는 남인이다. 1689년 문과에 급제하였고, 이후 많은 관직을 거쳐 병조참판
　과 부제학을 역임하였다. 시인 문장가로 널리 알려졌고 문집에 《희암집希菴集》이 있다.
　채팽윤이 부제학을 지냈기 때문에 본문에서 학사라고 했다. 그가 지었다고 한 비문은
　〈사바교주 석가여래영골 부도비〉로 문집 권24에도 〈양산통도사 석가부도비梁山通度寺
　釋迦浮圖碑〉라는 제목으로 실려 있다.

76 이진휴이다. 자는 백기伯起, 호는 성재省齋 또는 성암省菴이다. 1697년(숙종 23년) 여
　주목사를 지낸 후 삼사의 요직을 두루 거쳤고, 예조참판에 재직 중 호당湖堂에 선발되
　었다. 충청도관찰사와 강릉부사 등을 지냈다. 서예에 매우 뛰어나 남아 있는 비문 글씨
　가 많다. 대표적인 것의 하나가 〈사바교주 석가여래영골 부도비〉의 글씨이다. 이 밖에
　도 〈선암사중수비仙巖寺重修碑〉, 상주의 〈사서전식신도비沙西全湜神道碑〉, 광주의 〈예
　판이증비禮判李增碑〉, 양주의 〈호참목장흠비戶參睦長欽碑〉 등이 전한다.

77 대구광역시 동구 도학동의 팔공산에 있다. 금산사, 법주사와 함께 법상종 3대 사찰의
　하나이다. 〈동화사사적기〉에 의하면, 신라 493년에 극달화상이 창건하여 유가사瑜伽寺
　라 부르다가 832년에 심지왕사가 중창했는데 사찰 주변에 오동나무꽃이 피어 있어 동
　화사라 고쳐 불렀다고 한다. 그러나 《삼국유사》 권4의 〈심지계조心地繼祖條〉에 의하
　면, 속리산의 영심대사永深大師가 진표율사에게 불골간자佛骨簡子를 전수받아 팔공산
　으로 돌아온 후 불골간자를 모실 절터를 찾기 위하여 간자를 던졌고 이것이 떨어진 곳
　에 신라 헌덕왕의 아들이었던 심지가 절을 짓고 동화사라 했다.

78 고려의 고승 혜영惠永으로 시호는 홍진弘眞, 탑호는 진응眞應이다(1228~1294). 경북
　문경 출생으로 11세에 출가하여 1290년 사경승寫經僧 100명을 데리고 원나라 경수사
　慶壽寺에 가서 장경藏經을 금자金字로 베껴 써 왔다. 1292년 국존國尊에 봉해져 오교도
　승통五教都僧統이 되어 동화사에 머물다가 죽었다. 동화사에 〈홍진국존 진응탑비弘眞
　國尊眞應塔碑〉가 세워져 있다.

른 하나에는 국장생國長生이란 세 글자를 새겼으나 무슨 뜻인지는 알 수 없다.[80]

천주사[81]는 남해 바닷가에 자리 잡고 있다. 깊숙한 골짜기 같은 지형에 소나무, 대나무, 귤나무, 유자나무가 빽빽하게 들어서 있다. 불전이 장엄하고 화려하며 재물이 풍족하여 전라도 전체에서도 번성한 절이다.

대둔사[82]는 뒷산이 계룡산의 소조산小祖山(주산)이다. 절 뒤에 백운암白雲庵이 있다. 임진왜란이 일어나 함열咸悅 사람 손순목孫順穆[83]이 어릴 때 어머니를 잃었다. 그래서 이 암자에서 수륙도량을 열어서 7일 동안 기도하였다. 손순목이 엎드려 있다가 문득 꿈을 꾸었더니 나한 한 사람이 "네 어머니가 앞산에 있다."라고 일러주었다. 손순목이 놀라 일어나 두루 살펴보니 노파 한 명이 앞산의 바위 위에 있었다. 급히 가서 확인하니 바로 자신의 어머니였다. 어머니가 "왜국에 포로로 잡혀 있었는데 아침이 되어 동이를 들고 물을 길러 가던 중에 한 스님이 나타나 그의 등에 업혀

---

79 전남 영암군 군서면 도갑리 월출산에 있고, 도선국사와 수미대사의 영정影幀이 봉안되어 있다.

80 전남 영암군 군서면 동구림리 학암마을에 있는 석장생을 가리킨다. 고려시대 석표 장승으로 중요민속문화재 제275호로 지정되어 있다.

81 앞에서 '해남의 천주사'라 했으나 해남에서 손꼽히는 사찰은 두륜산의 대흥사이다.

82 충남 논산시와 금산군, 전북 완주군의 경계에 있는 대둔산의 사찰이다.

83 대부분의 이본에서는 이름을 밝히지 않고 손 아무개(孫某)라 하였고, 오로지 광문회본에서만 손순목임을 밝혔다. 김간金榦(1646~1732)의 《후재집厚齋集》에 실린 〈득모암에 오르다(登得母菴)〉라는 시의 원주에서는 득모암의 연기설화를 다음과 같이 설명하였다. "득모암은 대둔산의 가장 높은 곳에 있다. 옛날 홍건적의 난리 때에 옥구 사람인 손순목이 어머니를 잃었다. 세 번을 이 암자에 와서 어머니를 찾고자 불공을 드렸다. 피곤하여 잠 들었을 때 꿈속에서 여러 부처들이 '네 어머니가 와서 암자 앞의 바위 위에 있다'고 말해주었다. 손순목이 잠에서 깨어 가보았더니 정말로 어머니가 있었다. 득모암의 본디 이름은 벽운암碧雲庵이었으나 손순목이 어머니를 얻은 뒤로는 지금 이름으로 바꾸었다. 암자에는 현판을 걸어두고, 그 사실을 이와 같이 자세하게 기록하였다." 《택리지》의 기록과 사연은 비슷하나 구체적인 사실이 조금 다르다.

여기에 오긴 했으나 무슨 영문인지 모르겠다."라고 말했다. 대중들이 깜짝 놀라고 그 사연에 따라 암자 이름을 득모암得母庵으로 바꾸었다.

금산사[84] 자리는 본디 용이 사는 깊은 물웅덩이로 깊이가 얼마인지 헤아리지 못했다. 모악산 남쪽에 있다. 신라 때 조사祖師가 소금 수만 섬을 예의 웅덩이에 채워 용이 옮겨가자 곧바로 터를 다져 큰 불전을 세웠다. 불전의 네 모퉁이 섬돌을 빙 둘러 작은 물도랑을 만들어놓았다. 지금도 높은 누각이 찬란히 빛난다. 골짜기는 깊고 그윽하여 호남에서 이름난 큰 사찰이며 전주부全州府 읍치와 대단히 가깝다. 《고려사》에서 견신검甄神劍이 아버지 견훤을 금산사에 가두었다[85]고 했는데 바로 이 절이다.

송광사[86]는 불전과 요사채, 다리와 누각 등 건물이 많기는 해도 지극히 정교하고 치밀하며, 솜씨가 훌륭하고 경이롭다. 산수경관은 맑고 깨끗하며 그윽하고 깊다. 산봉우리도 밝고 수려하며 높고 곧다. 사방의 경계도 단정하고 오묘하며 예쁘고 곱다. 종루 앞에 수각水閣이 있고, 수각 앞에는 나무 한 그루가 있다. 옛날에 보조국사가 죽음을 목전에 두고서 "이 나무는 내가 죽은 후에 반드시 말라버릴 텐데 만약 가지와 잎이 새로 나거든 내가 다시 살아난 줄 알아라."라고 하였다. 지금 1000년이 지났으나 잎은 아직 나지 않았다. 그러나 사람이 칼로 껍질을 긁어보면 안쪽에 진액이 넘쳐 생기가 있다. 진짜 마른 나무라면 반드시 썩어 넘어졌을 텐데 지금까지 곧게 서 있으니 이야말로 괴이한 일이다.

---

84 전북 김제시 금산면 모악산母岳山 남쪽 기슭에 있는 큰 사찰이다. 진표율사가 창건했다고 전한다.

85 《고려사高麗史》〈세가世家〉 권2 태조太祖 18년 3월의 기사이다. "18년(935) 봄 3월 견훤의 아들 신검이 아비를 금산사에 유폐시키고 아우 금강을 죽였다.〔乙未十八年 春三月, 甄萱子神劍, 幽其父於金山佛宇, 殺其弟金剛.〕"

86 전남 순천시 송광면 조계산 서쪽에 있는 사찰로 삼보사찰 가운데 승보僧寶사찰로서 유서 깊은 절이다.

능가사[87]는 팔영산八靈山 밑에 있다. 옛날에 유구국 태자가 표류해 와서 이 절 관세음보살 앞에 엎드려 칠일 밤낮을 고국에 돌아가게 해달라고 기도했다. 그러자 관음대사觀音大士(관세음보살)가 모습을 드러내어 태자를 옆에 끼고 물 위를 넘어갔다. 이 광경을 사찰의 승려가 벽에 그려놓았는데 지금도 그림이 남아 있다.

도읍과 은둔

산의 생김새는 수려한 바위로 봉우리를 이루어야 비로소 산도 수려하고 물도 맑다. 또 강과 바다가 서로 섞이고 모이는 곳에 산이 뭉쳐 있어야 큰 역량을 갖춘다. 이런 곳이 나라 안에는 네 군데 있다. 개성의 오관산, 한양의 삼각산, 진잠의 계룡산, 그리고 문화의 구월산이다.

오관산은 도선이 말한 수모목간水母木幹[88]의 산으로 산세가 아주 멀리까지 이어지다가 크게 끊긴 뒤에 솟아 송악을 이룬다. 풍수가 말하는 주천토湊天土[89]의 형상을 보이는 곳이다. 기세는 웅장하고 힘차고 넓고 크며, 이런 분위기(意思)가 주위를 감싸서 기운을 응축하며 혼연하고도 후덕

───────

87 전남 고흥군 점암면 성기리 팔영산에 있는 고찰이다. 417년에 아도阿道가 창건하여 보현사普賢寺라 하였다. 임진왜란 때 완전히 불탄 뒤 1644년에 벽천碧川이 중창하고 능가사로 이름을 바꾸었다.

88 모봉母峯은 수성水星이고 줄기가 되는 봉우리는 목성木星이라는 뜻으로《고려사》〈고려세계高麗世系〉에 보인다. 태조 왕건의 아버지인 세조世祖 용건龍建에게 도선이 다음과 같이 말했다. "이곳의 지맥은 임방壬方인 백두산으로부터 수모목간으로 와서 마두명당까지 떨어지고 있소. 그대는 또 수명水命이니 마땅히 수水의 대수大數를 따라 집을 육육六六으로 지어 36구區로 만들면 천지의 대수와 호응하여 내년에는 반드시 성스러운 아들을 낳을 것이니, 마땅히 이름을 왕건이라 지으시오.〔此地脉, 自壬方白頭山水母木幹來, 落馬頭明堂. 君又水命, 宜從水之大數, 作字六六, 爲三十六區, 則符應天地之大數, 明年必生聖子, 宜名曰王建.〕"

하다. 동쪽에는 마전강麻田江이 있고, 서쪽에는 후서강(예성강)이 있으며, 승천포는 앞쪽에 자리 잡고 있다. 교동도와 강화도 이 두 개의 큰 섬이 바다 가운데 한 일 자로 쭉 뻗어 남쪽에서는 바다를 막고 북쪽에서는 한강 하류를 가두고 있다. 개성의 앞산 밖에서 몰래 손을 맞잡고 있는 형세가 두텁고 기세가 대단하다. 동월董越[90]이 "풍기가 평양보다도 더 단단하게 응축되어 있다."라고 말한 곳이 바로 개성이다. 오관산 좌우에는 골짜기가 많은데, 박연폭포는 서쪽에 있고 화담은 동쪽에 있어 못과 폭포가 절경을 자랑한다.

한양의 삼각산은 동남쪽의 산이며 외곽 100리 밖에서 수려하게 하늘로 솟아 있다. 산의 앞쪽 면은 평탄하고 서북쪽은 높다랗게 막혀 있다. 한양은 동남쪽이 멀리까지 시원스레 트여 있으니 천상의 수도이자 훌륭한 도읍터이다. 다만 1000리 정도 뻗은 기름진 들이 없다는 것이 결점이다.

삼각산은 도봉산과 연이어져 산세를 형성하는데, 암석으로 이루어진 봉우리가 한껏 맑고 수려하여 1만 개의 횃불이 하늘로 치솟는 것처럼 특이한 기운이 있어 그림으로도 형용하기가 힘들다. 다만 산세를 보필하는 주위의 산이 없고, 골짜기도 적다. 옛날에는 중흥사重興寺[91] 골짜기의 산수풍경이 좋았으나 북한산성을 쌓을 때 모조리 깎아내어 평평하게 돼버렸다.

한양성 안에 있는 백악산과 인왕산은 바위의 형세가 사람을 두렵게 만

---

89 산을 보는 다섯 가지 법의 하나이다. 주천토는 토성형의 산을 가리키며 모난 궤짝 같은데 산봉우리가 평지를 이루어 반듯한 모양이다. 목성형은 충천목衝天木, 화성형은 염천화炎天火, 금성형은 헌천금獻天金, 수성형은 창천수漲天水이다.

90 자는 상거尙矩, 호는 규봉圭峯이다(1430~1502). 한림원 시강侍講으로 1488년(성종 19년) 명나라 황제의 즉위조서卽位詔書를 가지고 왔다. 귀국하여 지은《조선부朝鮮賦》는 활자로 간행되는 등 조선에서 널리 읽혔다. 인용한 내용은《조선부》에서 개성을 묘사한 대목의 일부로 "개성은 백성이 많고 산물이 풍부하여 참으로 여러 고을이 이에 견줄 바가 아니요, 풍기가 단단하고 짜임새가 있어 평양이 어깨를 나란히 할 수 없다.〔其民物庶蕃, 固非諸州之可儗, 而風氣固密, 亦非西京之可肩.〕"에 나온다.

들기 때문에 살기殺氣가 없는 송악산보다는 못하다. 다만 미더운 것은 남산 한 줄기가 강을 거슬러서 형국을 만든다는 점이다. 안쪽 수구는 낮고 앞쪽은 비어 있으며 관악산이 비록 강 건너편에 있기는 하지만 너무 가깝다. 아무리 화성火星의 산[92]이 서울을 향하며 떠받치는 양상이라 해도 풍수가들은 한결같이 정남향이라 방위상 길하지 않다고 본다. 그러나 형국 안이 밝고 산뜻하면서도 삼엄하고 중후하며, 흙이 맑고 깨끗하며 단단하고 희어서 길에 떨어뜨린 밥알을 주워 먹어도 좋을 것 같다. 따라서 한양의 인사들은 시원시원하고 트여 있을 뿐 아니라 밝고 총명한 이가 많으나 웅혼한 기상을 가진 이가 없는 것이 유감이다.

계룡산은 웅장함으로는 오관산에 미치지 못하고 수려함으로는 삼각산에 미치지 못한다. 앞쪽으로는 흘러 들어오는 물이 적고, 다만 금강 한줄기가 용의 형상으로 산을 에두르며 돌고 있을 뿐이다. 용이 휘돌다가 머리를 돌려 처음을 돌아보는 형국(回龍顧祖)의 땅은 본디 가진 역량이 적다. 따라서 중국 금릉金陵(남경)의 경우에도 언제나 한 지역에서 패자覇者 노릇 하는 고장이 되었다. 명나라 태조가 금릉에서 천하를 통일하기는 했으나 세상을 바꾸고 난 뒤에는 도읍을 북경으로 옮길 수밖에 없었다. 계룡산의 남쪽 골짜기는 한양이나 개성에 비해 기세가 훨씬 약하며, 형국 안에 평지가 적을 뿐만 아니라 동남쪽이 널찍하게 트여 있지도 않다.

그러나 계룡산은 줄기가 멀리에서 뻗어올 뿐 아니라 골짜기가 깊고 기운을 쌓아두고 있다. 형국 안 서북쪽에 매우 크고 깊은 용연이 있는데 이

---

91 경기도 고양시 덕양구 북한동 북한산에 있던 절이다. 창건 연대는 미상이나 고려 말에 고승 보우普愚가 중수하였다. 1713년(숙종 39년) 북한산성을 쌓고서 산성을 수호하고 승군을 지휘하는 사찰로서 중수하여 거대한 규모를 자랑하였다. 1915년 홍수로 파괴된 뒤 현재 일부만 복원되었다.

92 타오르는 불꽃(火)이 하늘로 치솟은 형상의 산을 말하는데, 본문에서는 관악산을 가리킨다.

물이 넘쳐 형국 안에서 큰 시내를 이룬다. 이것은 개성이나 한양에는 없다. 산 남쪽과 북쪽에는 산수경관이 좋은 곳이 많으니, 동쪽에는 봉림사鳳林寺가, 북쪽에는 갑사와 동학사가 기이한 경치를 자랑한다.

구월산[93]도 용이 휘돌다가 머리를 돌려 처음 출발한 곳을 돌아보는 형국으로, 서북쪽으로는 바다를 등지고 있고, 동남쪽으로는 평양과 재령에서 오는 두 개의 강물을 역으로 받아들이고 있다. 강물에는 바닷물이 드나들어 어업과 제염으로 이익을 얻는다. 황해도 전체에서 빼어난 승지를 독차지하고 있고, 남오리南五里[94]에는 100리에 기름진 들이 펼쳐져 있다. 험준한 수세水勢와 지리, 비옥한 농토는 계룡산보다 훨씬 낫고, 톱니 같은 돌산의 형세는 오관산이나 삼각산보다 못하지 않다. 산 전체를 에워싸고 사찰이 많게는 10여 개나 있고, 정상에는 산성을 쌓아서 지형을 이용한 천험天險의 요새를 만들어놓았다.

세상에는 단군의 자손이 기자를 피해 도읍을 평양에서 이곳으로 옮겼다고 하니 이른바 '장장평莊莊坪'[95]이다. 지금도 단군을 비롯한 세 임금을 모시는 사당이 있어, 나라에서 봄가을에 향을 내려보내 제사를 지낸다. 그러나 단군은 이 지역 한편만을 차지하고 훌륭한 터를 다 차지하지 못하였으니, 이곳이 언젠가는 도회지가 될 것이다.

이 밖에 춘천의 청평산[96]이 명산으로 꼽히고 있다. 맥국貊國의 도읍지였

---

93 황해도 신천군 용진면과 은율군 남부면, 일도면에 걸쳐 있는 명산이다. 도처에 기암절벽이 있고, 절벽 사이에 작은 내가 흘러 풍치가 아름다운 명승지가 많다.

94 우리말 '나무리벌'의 음차로 보통은 '남물리평南勿里坪'으로 표기하는 재령평야를 가리킨다. 황해도의 황주와 봉산, 재령, 신천, 안악 등 다섯 개 군에 걸쳐 있는 비옥한 평야이다.

95 고조선 시대에 단군왕검이 도읍을 정한 신시神市로 전해지는 곳이다. 당장경唐莊京이라고도 한다. 《고려사》 지리지 이후 많은 지리지에서 문화현의 장장평이 "세상에서 단군이 도읍한 곳으로 전하니, 당장경이 와전된 곳이다.〔世傳檀君所都, 卽唐藏京之訛.〕"라고 하였다.

던 곳이다. 다만 두 개의 강 사이에 뭉쳐 있고, 서해와 멀리 떨어져 있으며 여기까지 뻗어온 산줄기의 세력이 약하다. 금구의 모악산은 아래쪽으로 평지가 펼쳐진 골짜기가 있어서 도읍으로 삼기에 알맞다고 세상에 전해온다. 그러나 멀리서 뻗어온 산줄기의 세력이 약하다. 안동의 학가산鶴駕山[97]은 내성천과 낙동강 두 강 사이에 있고, 산세도 오관산이나 삼각산과 흡사하나 돌로 된 산봉우리가 적은 것이 흠이다. 아래쪽에 풍산豐山 들판이 있어 도읍으로 삼을 만하다고 말하는 사람도 있다. 이 세 개의 산은 모두 위에서 말한 네 개의 산보다는 못하다.

들판에 내려앉은 산 중에서 큰 역량을 갖추지는 않았으나 기이하고 빼어나서 칭송할 만한 산들이 많다. 원주의 치악산赤岳山[98]은 토산이기는 하지만 산중에 아름다운 골짜기가 많고, 동서에는 이름난 마을이 많다. 게다가 산에는 신령한 감응感應이 있어 사냥꾼이 이곳에서는 감히 짐승을 잡지 못한다. 사자산獅子山[99]은 치악산 동북쪽에 있고, 수석水石이 30리에 걸쳐 뻗어 있다. 주천강이 여기에서 발원한다. 남쪽에 있는 도화동桃花洞과 두릉동杜陵洞[100]은 계곡의 경치가 아주 빼어나며, 복지라 불리니, 참으

---

96 강원도 춘성군 북산면 청평리와 화천군 간동면 간척리에 걸쳐 있는 산이다. 본디 경운 산으로 불렸다가 이자현이 청평사에 머문 이후 청평산으로 불렸고, 지금은 오봉산으로 불린다. 청평사 뒤에 비로봉, 보현봉, 문수봉, 관음봉, 나한봉의 다섯 봉우리가 솟아 있어서 오봉산으로 불린다.

97 경북 예천군 보문면과 안동시 북후면·서후면의 경계에 있는 산이다. 학이 앉았다 날아가는 형상 같다고 하여 학가산이라 하였다.

98 일반적으로 치악산雉岳山이라 쓴다. 원문의 적赤은 '치'로 읽어야 옳다. 귀유치貴由赤, 비칙치必闍赤, 조라치照羅赤 등 사물 이름과 인명 등에 쓰이는 赤은 몽골식 어미 '치'로 발음한다. 일부 사본에는 "赤의 소리는 치이다.[赤音雉.]"라는 설명이 붙었다. 치악산은 강원도 원주시 소초면과 영월군 수주면의 경계에 있는 산으로 원주의 진산이다. 구렁이에게 잡아먹힐 뻔한 꿩을 구해준 선비와 생명을 바쳐 은혜를 갚은 꿩의 보은 설화로 유명하다.

99 강원도 영월군 수주면과 평창군 방림면 및 횡성군 안흥면에 걸쳐 있는 산이다.

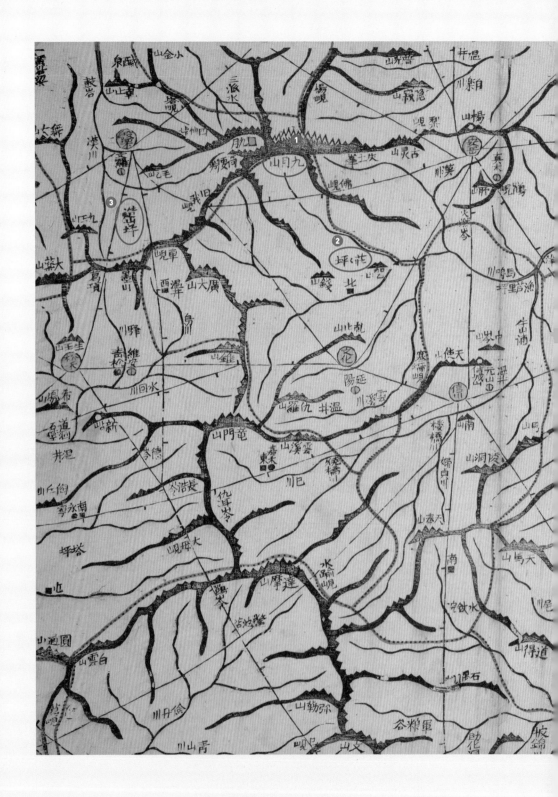

구월산 주변 지형, 《대동여지도》(부분), 1861년, 규장각한국학연구원 소장
왼쪽에 구월산①이 있고, 오른쪽에 단군 신화의 무대인 장장평②이 표시되어 있다. 구월산 왼쪽에는 비옥한 평야인 조산평③이, 오른쪽에는 지금의 재령평야인 남오리가 있는데 여기에는 남물리평④으로 표기되어 있다.

로 속세를 피해서 살 만한 땅이다.

공주의 무성산은 천안의 광덕산[101]과 서로 이어져 있는데 둘 다 흙산이다. 두 산의 남쪽과 북쪽에는 긴 골짜기가 매우 많다. 사찰과 암자가 골짜기의 승경을 차지하고 있을 뿐 아니라 골짜기마다 여염집과 논밭이 길게 펼쳐진 숲과 시냇물 사이에 퍼져서 보일락 말락 하니 완연한 한 폭의 도원도桃源圖[102]이다.

해미의 가야산은 동남쪽은 토산이고 서북쪽은 돌산이다. 동쪽에 있는 가야사伽倻寺 골짜기는 아주 먼 옛날 상왕象王[103]의 궁궐터이다. 서쪽에 있

---

100 지금의 강원도 영월군 무릉도원면 도원리桃源里와 무릉리武陵里를 말하는 것으로 보인다.

101 충남 아산시 배방읍과 천안시 동남구 광덕면 광덕리에 걸쳐 있는 산으로 태화산太華山의 한 줄기이다.《대동지지》에서 태화산을 다음과 같이 설명하였다. "천안 읍치에서 서쪽으로 40리 떨어진 곳에 있다. 서쪽 산줄기를 광덕산이라 부르고, 북쪽 산줄기를 대학산大鶴山이라 부르니 모두 절 이름을 따서 이름을 지었다. 남쪽으로 공주 무성산과 이어지고 서쪽으로 온양의 백설산白雪山, 설아산雪峨山과 이어져 있다. 첩첩산중이 그윽하고 깊다." 여기에서 말한 것처럼 광덕사廣德寺가 있어서 태화산 서쪽 산줄기를 광덕산이라 불렀다.

102 산수화의 화제畫題로 무릉도원의 선경仙境을 그린 그림을 가리킨다. 도연명陶淵明이 〈도화원기桃花源記〉를 지은 이후 외부 세계와 차단된 이상향으로 통하여 화가들이 자주 그렸다. 안견安堅의 〈몽유도원도夢遊桃源圖〉가 대표작이다.

103 가야산에 전하는 전설의 주인공이다. 지은이와 가까운 집안사람인 이철환李喆煥 (1722~1779)이 가야산 유람기《상산삼매象山三昧》에서 다음과 같은 전설을 소개하였다. "나이 든 노인들이 전하기를, 백제의 후예에 상왕이란 자가 있었는데 이 산이 바로 그의 옛 도읍이다. 살펴보건대, 온조왕은 산에 보루를 설치하여 도읍을 만들기를 좋아했으니 지금의 한강 남북과 위례성 유적에서 찾아볼 수 있다. 백제가 망한 뒤 남은 불씨가 꺼지지 않고 틈을 엿보아 난을 일으키는 이가 꼬리를 물고 일어났거니와, 상왕도 군대를 믿고 날뛰다가 바로 멸망한 것이 아닐까? 연대와 명칭을 상고하지는 못했으나 산을 의지하여 요새를 설치하여 자신을 굳게 지켰다. 지금까지 무너진 보루와 망가진 성채가 산마루에 굴러다니고 있으니 온조왕의 가법과 매우 비슷하다." 이런 전설과는 무관하게 상왕象王은 불가에서 모든 부처를 이르는 말이며, 상왕사象王寺가 있어서 상왕으로 불렸다.

는 수렴동水簾洞은 바위와 폭포가 빼어나고 아름답다. 북쪽에 있는 강당동講堂洞[104]과 무릉동武陵洞[105]도 수석水石이 아름다우며, 아울러 마을과 아주 가까워서 머물러 살 만하다. 합천 가야산보다는 못하나 바닷가의 빼어난 경치를 독차지하기에는 충분하다.

남포의 성주산은 남쪽과 북쪽 두 산이 합쳐서 큰 골을 이룬다. 산속이 평탄하고 시내와 산이 맑고 깨끗하며 물과 돌이 맑고 정갈하다. 산 밖에서는 현옥玄玉[106]이 나는데 벼루를 만들면 기이한 물건이 된다. 옛날에 매월당梅月堂 김시습金時習이 앉은 채로 죽었다는 홍산鴻山 무량사無量寺가 바로 이 산에 있다. 계곡 사이에도 살 만한 곳이 많다.

노령의 산줄기 하나가 북쪽에서 부안에 이르러 서해로 쑥 들어가니 서쪽과 남쪽, 북쪽이 모두 큰 바다이고, 내륙에는 많은 봉우리와 골짜기가 있는데, 이곳이 바로 변산이다. 높은 산봉우리나 깎아지른 듯한 산꼭대기, 평지, 비스듬한 벼랑 가릴 것 없이 어디든 낙락장송이 공중에 솟아 해를 가리고 있다. 골짜기 밖에는 소금을 굽거나 물고기를 잡는 사람의 집이 있고, 산속에는 좋은 논과 비옥한 밭이 많다. 주민들은 산에 올라서는 나물을 캐고, 산에서 내려오면 고기잡이와 소금 굽는 일을 하기에 땔나무와 숯, 물고기와 조개 따위는 굳이 값을 치르고 사지 않아도 풍족하다. 샘물에 장기가 끼어 있는 것이 흠이라면 흠이다.

위에서 말한 여러 산은 크게는 도읍이 될 만하고, 작게는 고매한 사람과 은거하려는 선비가 숨어 살 만한 땅이다.

---

104 충남 서산시 운현면 용현리의 옛 지명으로 1872년에 제작된 덕산군지도에는 강당현講堂峴으로 나온다. 고운 최치원이 893년 7년간 부성태수를 지낸 뒤 이곳에 강당을 마련하고 학도를 가르쳤다고 전한다.

105 지금의 서산시 운산면에서 당진 쪽으로 가는 언덕으로 무릉현武陵峴으로도 불렸다. 지금은 서산시 아라메길이 조성되어 있다.

106 보령 남포면에서 생산되는 오석烏石을 말한다.

사람이 살지는 못하나 명승이라 일컬어지는 산이 있다. 영평(포천시 이동면 일대) 백운산[107]에는 삼부연三釜淵 폭포가 있어 웅장하다. 곡산의 고달산 高達山[108]은 아주 깊은 데다 외부와 단절되어 있고, 바위에 구멍이 뚫려 있으며, 골짜기에 동굴이 있어 기이하다. 광주 무등산[109]은 정상부에 수십 개의 돌기둥이 있어 허공에 죽 늘어선 모습이 홀笏을 세워놓은 듯하다. 산세가 지극히 험준하여 전라도 전체를 웅장하게 압도한다.

영암 월출산은 뾰족한 돌이 날아 움직일 듯하여 도봉산이나 삼각산과 같으나 바다에 너무 바짝 붙어 있고, 골짜기가 적은 것이 흠이다.

장흥長興 천관산天冠山[110]은 바위의 형세가 기이하고 빼어나며, 자줏빛 구름과 흰 구름이 항상 산 위에 떠 있다.

흥양興陽(고흥) 팔영산八靈山[111]은 섬처럼 바닷속으로 들어가 있다. 남사고가 복지라 하였고, 임진왜란 때 왜적의 배가 좌우에 출몰했으나 끝내 이 산에는 들어오지 않았다.

광양 백운산[112]은 도선이 도를 닦은 곳이고, 산수경관도 아름답다.

---

107 경기도 포천시 이동면과 강원도 화천군 사내면에 걸쳐 있는 산이다.

108 황해도 곡산과 강원도 이천의 경계에 있는 산이다. 고달굴高達窟이 있다. 이의현李宜顯의 〈이천제승유람기伊川諸勝遊覽記〉와 정약용의 〈고달굴기高達窟記〉가 고달산의 명승과 특색을 묘사한 글이다.

109 광주광역시 북구 석곡동과 화순군 이서면 경계에 있는 산이다. 광주의 진산이고, 영산강과 섬진강의 분수계로 호남 지역의 명산이다.

110 전남 장흥군 관산면과 대덕면에 걸쳐 있는 산이다. 수십 개의 산봉우리와 기암괴석으로 이루어져 호남의 명산으로 손꼽힌다.

111 전남 고흥군 영남면에 있는 산이다. 팔영산八影山으로도 표기한다. 여덟 개의 바위 봉우리가 솟아 있다.

112 전남 광양시 북쪽에 있는 높이 1221미터의 산으로 일대의 주산이다. 백운산의 산자락에 있는 백계산白鷄山은 도선이 옥룡사玉龍寺를 창건하고 오랫동안 머물렀던 곳이다. 고려의 최유청崔惟淸이 〈백계산 옥룡사 증시선각국사 비명白鷄山玉龍寺贈諡先覺國師碑銘〉을 지었다.

순천 조계산曹溪山[113]은 남쪽에 경치가 빼어난 송광사 계곡이 있다.

대구 팔공산[114]은 바위 봉우리가 죽 뻗어 있고, 동남쪽의 계곡과 산세가 상당히 아름답다. 다만 서쪽에는 산성을 쌓아 외적을 방어하는 중요한 거점으로 삼았는데[115] 그것만은 운치가 없다.

대구 비파산琵琶山[116]에는 용천사湧泉寺가 있고 경내에는 아름다운 샘물과 바위가 있다.

청도清道 운문산雲門山[117]과 울산蔚山 원적산圓寂山[118]은 산봉우리가 연이어 있고, 산이 겹겹이 솟아 있으며, 골짜기가 깊고 으슥하다. 승가僧家에서는 1000명의 성인을 세상에 낼 뿐만 아니라 병란을 피할 수 있는 복지라 일컫는다.

청하清河(포항시 북구) 내연산內延山[119]은 바위와 폭포의 경치가 기이하고 오묘하며 아늑하고 여유로워 청량산보다 나은 듯하다.

청송 주방산周房山[120]은 골짜기가 모두 바위로 이루어져 마음과 눈을 놀

113　전남 순천시 승주읍과 송광면의 경계에 있는 산이다. 산록에 송광사와 선암사 두 명
　　　찰이 있다.

114　대구광역시와 영천시, 군위군 부계면, 칠곡군 가산면에 걸쳐 있는 산이다. 왕건이 견
　　　훤과 전투를 벌였을 때 이 산에서 싸운 신숭겸을 포함한 개국공신 여덟 명을 기려 팔
　　　공산이라 불렀다.

115　팔공산 서쪽에 가산산성을 축성한 사실을 말한다. 가산산성은 119쪽 각주 21 참조.

116　경북 청도군 각북면과 대구광역시 달성군 유가면에 걸쳐 있는 산이다. 다수의 문헌에
　　　서는 비파산을 비슬산으로 표기하였다. 산에는 용천사가 있고, 이 절의 우물은 장마가
　　　지거나 가물 때도 수위가 한결같으며 천년 된 물고기가 산다는 전설이 전한다.

117　경북 청도군 운문면과 경남 밀양시 산내면 경계에 있는 산이다. 고찰 운문사가 있다.

118　지금의 천성산千聖山을 말한다. 경남 양산시 웅상읍과 상북면 경계에 있는 산으로 원
　　　효산元曉山과 이어져 있다. 운흥사雲興寺가 있었다.

119　경북 포항시 송라면과 영덕군 남정면 경계에 있는 산이다.

120　지금의 주왕산周王山이다. 경북 청송군과 영덕군에 걸쳐 있다. 암벽으로 둘러싸인 산
　　　이 병풍처럼 이어져 석병산石屛山 또는 주방산周房山이라 한다.

라게 하며 샘과 폭포도 대단히 기이하다.

이상 여러 산은 신선과 승려가 살기에나 알맞고 한때 유람하기에는 좋지만 집을 지어 오래도록 살 땅은 아니다. 이 밖에도 손꼽는 산이 많으나 골짜기가 없으면 다루지 않았고, 산수경관이 좋지 않으면 싣지 않았다.

바다 위의 산

바닷속 섬에도 기이한 산이 많다. 제주 한라산은 곧 영주산瀛洲山이다. 정상에는 큰 못이 있어 사람들이 시끄럽게 떠들어대면 갑자기 구름과 안개가 크게 일어난다. 제일 꼭대기에는 네모난 바위가 하나 있는데 사람이 깎아서 만들어놓은 듯하다. 바위 아래 좁은 길에는 사초莎草가 무성하고 향긋한 바람이 온 산에 가득하다. 가끔 젓대와 퉁소를 부는 소리가 들려오지만 어디에서 나는 소리인지 모른다. 전해 오는 말에는, 신선들이 항상 노니는 곳이라 한다.

한라산 북쪽에는 제주 읍치가 있다. 이 섬은 곧 옛날의 탐라국耽羅國이다. 신라에 복속하였고, 원나라 때에는 방성房星[121] 분야分野에 위치한다고 하여 암수 준마를 한라산에 풀어놓아 목장을 만들었다. 지금까지 좋은 말을 생산하여 해마다 공물로 바친다.

제주 읍치의 동쪽과 서쪽에는 정의旌義와 대정大靜, 두 개 현이 있는데 풍속은 제주와 대체로 같다. 제주목사와 두 고을의 수령이 옛날부터 육지에서 오갔으나 표류하거나 물에 빠져 죽은 일이 없고, 조정에 벼슬하던 사람이 이곳으로 유배를 많이 왔으나 그들 또한 표류하거나 물에 빠

---

121 동방東方에 있는 28수宿의 하나로 말과 거가車駕를 맡은 별이다.

져 죽은 일이 없다. 국왕의 훌륭한 교화가 먼 지역까지 미쳐서 온갖 신이 받들어 순종함을 알 수 있다.

남해현南海縣은 경상도 고성 바다 위에 있고, 육지와는 물길로 10리 떨어져 있다. 여기 있는 금산錦山[122] 골짜기는 바로 고운 최치원이 노닐던 곳이라 고운이 크게 쓴 글씨가 아직도 석벽에 남아 있다.

완도는 전라도 강진 앞바다에 있고, 육지와는 10리 떨어져 있다. 신라 때 청해진이 있었으며, 장보고가 근거지로 삼아 활동했던 곳이다. 섬 안에는 산수경관이 아름다운 곳이 많고, 지금은 첨사[123]가 통솔하는 진영이 있다.

군산도群山島[124]는 전라도 만경 앞바다에 있고, 첨사가 통솔하는 고군산진古群山鎭이 설치되어 있다. 섬 전체가 바위산이고, 뭇 봉우리가 뒤를 막을 뿐 아니라 좌우에서 에워싸고 있다. 내부에 차항이 있어 배를 감추기에 좋다. 항구 앞쪽은 어량魚梁[125]이어서 매년 봄여름 고기잡이철이면 각 고을의 상선들이 구름처럼 모여들고 안개를 피우듯 북적대며 배 위에서 어물을 판매한다. 주민은 이를 통해 치부하여 앞 다투어 저택과 의식衣食을 마련하는데 호화롭고 사치스럽기가 육지 사람들보다 심하다.

122　경남 남해군 상주면과 이동면에 걸쳐 있는 산이다. 온통 기암괴석들로 뒤덮여 절경을 이루고 있다.

123　조선 시대 각 진영鎭營에 속한 종3품의 무관으로, 첨절제사의 약칭이다. 완도에는 가리포진加里浦鎭을 설치하였고 첨사가 군사를 지휘하였다.

124　전북 군산시 옥도면 선유도리에 있는 고군산군도古群山群島를 말한다. 조정은 선유도仙遊島를 비롯하여 예순세 개의 섬으로 구성되어 있다. 본디 왜구와 황당선을 방어하는 군산진群山鎭이 선유도에 설치되었으나 세종 때 진영을 옥구군 북면 진포현 군산으로 옮겨 군산진이라 하였고, 이전의 진영에는 인조 때 고군산진을 다시 설치하였다.

125　근대 이전에 바다나 하천에서 물고기를 잡던 방법으로 어살, 어전魚箭, 어전漁箭 등으로 표기한다. 얕은 바다나 하천에 대나무나 갈대 등으로 엮어놓은 발〔簾〕 한가운데로 물고기가 모이게 하여 잡는 방법이다.

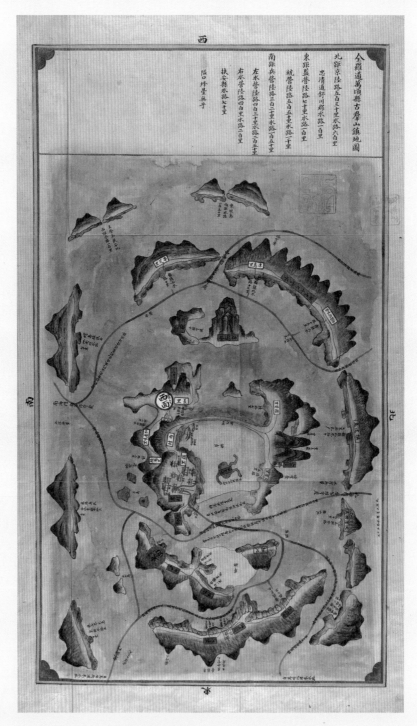

〈만경현고군산진지도萬頃縣古群山鎮地圖〉, 1872년, 규장각한국학연구원 소장

만경현에 속한 고군산진 진영을 그린 지도로 아름다운 비경을 자랑하는 명승이자 천혜의 해상
진영임을 보여준다. 서해를 오가는 조운선은 여기에 정박하여 순풍을 기다렸다.

덕적도[126]는 충청도 서산 북쪽 바다에 떠 있으니, 당나라 소정방이 백제를 정벌할 때 군사를 주둔시켰던 곳이다. 섬 뒤쪽에 세 개의 바위 봉우리가 솟아 있고, 여러 갈래의 산기슭이 섬 전체를 둘러싸고 있다. 섬 안에는 차항이 있고, 물이 얕아서 배를 정박하기에 좋다. 폭포가 높은 곳에서 아래로 쏟아져 내리고 구불구불 흘러서 평평한 시내를 이루며, 여기저기 놓인 층층바위와 너럭바위가 맑고 깨끗하다. 매년 봄과 여름이면 진달래와 철쭉이 온 산 가득 피어 골짜기와 골짜기 사이가 찬란하여 비단을 수놓은 것 같다. 바닷가는 모두 흰 모래밭이고, 곳곳에서 모래를 뚫고 올라온 해당화가 붉은 꽃을 피우고 있다. 바다 위의 섬이기는 하나 참으로 선경仙境이다. 주민들은 모두 물고기 잡고 조개 줍는 일을 하여 부유한 자들이 많다. 앞에서 말한 여러 섬은 샘물에 장기가 많으나 유독 덕적도와 군산도의 경우에는 장기가 없다.

울릉도는 강원도 삼척 인근 바다에 떠 있다. 날이 맑을 때 높은 곳에 올라가면 구름 덩어리처럼 보이기도 한다. 숙종 때 파견된 삼척 영장 장한상張漢相[127]이 함경도 안변부에서 배를 띄워 동남쪽으로 향하여 해류와 바람을 타고 이틀 만에 이 섬에 도착하였다. 큰 바위산이 바다 가운데 우뚝 솟아 있고, 해안에 올라가 보니 살고 있는 주민은 없으나 옛날에 사람이 살았던 흔적은 있었다. 섬 안에는 석벽石壁과 석간石澗이 있고 골짜기가 매우 많았다. 아주 큰 고양이와 쥐가 있었으나 사람을 보고도 피할 줄 몰랐다. 대나무는 커서 굵기가 장대만 했고, 복숭아나무와 자두나무,

---

126 인천광역시 옹진군 덕적면에 있는 섬이다. 우리말 지명은 '큰물섬'으로 흔히 덕물도德勿島로 표기하였다. 남양부에 속해 있다가 성종 때 인천부에 편입되었다. 운오산雲烏山에는 세 개의 바위 봉우리가 높이 솟아 있고 경관이 아름답다.

127 경상좌도 병마절도사로서 탐학한 행위를 했다 하여 한때 파직되었다가 1694년(숙종 20년) 삼척영장으로 기용되어 울릉도를 수색하고 《울릉도사적》을 남겼다. 그로부터 3년에 한 번씩 울릉도 수토가 관례로 되었다.

뽕나무, 산뽕나무, 나물 따위가 있었다. 진기한 나무와 이상한 풀 가운데 이름을 모르는 것이 많았다. 아마도 옛날 우산국于山國[128]일 것이다.

동해는 왜국과 우리나라 중간에 있는 바다로 옛날에는 물마루(水宗)가 고개처럼 가로막아서 피차 서로 통하지 못하였다. 근래에는 수세水勢가 점점 변하여 왜국의 배가 표류하여 영동으로 많이 오니 걱정스럽다.

이상은 모두 산을 기준으로 논하였다. 지금부터는 비록 명산 아래에 있지는 않으나 산골짜기 사이에 강과 시내가 흘러 물과 바위가 기이한 풍취를 자아내는 곳이나, 들판이나 언덕 가운데 고운 산과 큰 호수가 서로 어울려 대단히 빼어난 경치를 이룬 곳을 차례로 설명하려 한다.

영동의 산수

경치가 빼어난 산수는 당연히 강원도 영동 지역을 첫째로 꼽아야 한다.

고성 삼일포는 맑고 오묘하면서도 농후하고 고우며, 그윽하고 어여쁘면서도 트여 있고 명랑하여 정숙한 여인이 맵시 있게 단장한 모습과도 같아 사랑스러우면서도 외경스럽다.

강릉 경포대는 한나라 고조의 기상처럼 활달하면서도 웅혼하고, 요원하면서도 아늑하여 말로 표현할 수 없는 형상을 자랑한다.

흡곡 시중대[129]는 명랑하면서도 엄숙하고, 평범하면서도 깊고 으슥하여 마치 이름난 정승이 관아에 좌정한 듯하여 가까이 다가가기는 해도

128 울릉도의 옛 이름으로 우산국은 512년(지증왕 13년) 이사부異斯夫 장군이 신라에 복속시켰다.
129 흡곡은 강원도 통천 지역의 옛 지명이다. 시중대는 관동팔경의 하나로 삼면이 호수에 둘려 있고, 동쪽에 우뚝 솟은 큰 산이 있다.

함부로 대하지는 못한다.

이 세 개의 호수가, 호수와 산이 어우러진 경관으로는 첫째가는 경치를 뽐낸다.

이에 버금가는 경치가 있으니, 간성의 화담[130]은 맑은 샘물에 달빛이 쏟아진 것 같고, 영랑호永郎湖[131]는 큰 못에 구슬이 잠겨 있는 듯하며, 양양의 청초호靑草湖는 호사스런 화장대에 거울을 펼쳐놓은 듯하다. 이 세개 호수의 기이한 경치는 앞에서 말한 세 개 호수에 버금간다.

우리나라 팔도에는 볼 만한 호수가 없다. 오로지 영동에 있는 여섯 개호수만은 인간 세상에 있을 만한 것이 아닌 듯하다. 삼일포에는 호수 중심에 사선정四仙亭이 있으니, 곧 신라의 영랑永郎, 술랑述郎, 남석행南石行, 안상安詳이 노닐던 곳이다. 네 사람은 서로 친구가 되어 벼슬에 나가지 않고 산수 사이에 노닐었는데, 세상에서는 그들이 득도하여 신선이 되어떠났다고 전한다. 호수 남쪽 석벽에 붉은 글씨가 쓰여 있는데, 네 명의신선이 이름을 쓴 붉은 먹물이 석벽에 스며 1000년이 넘도록 비바람에도 닳지 않았다. 이 또한 기이하다.

고성 읍치의 객관客館 동쪽에는 해산정海山亭이 있다. 정자에서 서쪽을돌아보면 천겹의 금강산이 있고, 동쪽을 바라보면 만리에 창해가 펼쳐지며, 남쪽을 굽어보면 한 줄기 긴 강이 드넓고 웅장하여, 크고 작은 풍광, 아늑하고 광대한 경치를 펼쳐놓고 있다.

남강 상류에는 발연사鉢淵寺[132]가 있고, 옆에는 감호鑑湖가 있다. 옛날에봉래蓬萊 양사언楊士彦이 호숫가에 정자를 짓고 손수 비래정飛來亭이라는세 글자를 크게 써서 벽에 걸어두었다. 하루는 걸어 둔 비飛 자가 갑자기

---

130 고성군에 있는 화진포를 말한다. 화진포에는 해당화가 많아서 옛 이름이 화담花潭이었다.
131 속초시 교외에 있는 호수이다. 신라 때 신선인 영랑이 놀던 명승으로 유명하다.
132 고성군 외금강면 용강리 금강산의 미륵봉에 있었던 절이다.

바람에 휘말려서 공중으로 올라갔는데, 어디로 갔는지 알 수 없었다. 날아간 일시日時를 알아보니, 바로 양사언이 세상을 떠난 날이었다. 사람들은 봉래의 한평생 정신이 비飛 자에 담겨 있어서 봉래의 생기가 흩어지자 비飛 자도 함께 흩어졌다고 말한다. 이야말로 정말 기이하다.[133]

경포에는 작은 산기슭 하나가 동쪽을 바라보고 우뚝 솟아 있고, 경포대가 이 산기슭에 있다. 경포대 앞에 호수가 펼쳐져 있는데 둘레가 20리이고, 수심은 사람의 배 높이에 지나지 않으나 작은 배가 다닐 수 있다. 동편에는 강문교江門橋가 있고, 다리 너머에는 흰 모래 둑이 겹겹이 가로막고 있다. 호수에는 바닷물이 드나들고 둑 너머로는 푸른 바다가 하늘까지 이어져 있다. 옛날에 최전崔澱[134]이 약관의 나이에 경포대 위에 올라 다음과 같은 시를 지었다.

봉래산에 한 번 든 지 삼천 년	蓬壺一入三千年
은빛 바다는 아득하고 물은 맑고 얕네	銀海茫茫水清淺
난새 타고 생황 불며 오늘 홀로 날아오니	鸞笙今日獨飛來
벽도화[135] 아래에는 보이는 이 하나 없네	碧桃花下無人見

---

133 양사언의 비 자에 얽힌 전설은 유근이 지은 오언배율 시의 시서詩序에 자세하게 실려 있고, 이 글이 〈비자기飛字記〉라는 제목으로 《봉래시집蓬萊詩集》 권3에 실려 있다. 택당 이식李植과 용주 조경趙絅 등이 이 전설로 〈비자입해가飛字入海歌〉를 짓기도 했다. 양사언 사후에 널리 퍼진 전설이다.

134 자는 언침彦沈, 호는 양포楊浦, 본관은 해주이다(1567~1588). 이이의 문인으로, 1585년 진사시에 합격했고, 시문을 잘 지었으나 요절했다. 저서에 《양포유고楊浦遺稿》가 있다. 본문의 시는 《학산초담鶴山樵談》, 《성호사설》, 《임하필기林下筆記》, 《청장관전서青莊館全書》에도 실려 있는 유명한 작품으로 시어에 차이가 있으며 양사언의 시라고 한 곳도 있다.

135 전설상의 신선인 서왕모西王母가 한무제에게 주었다는 선도仙桃의 꽃을 이른다.

이 시는 마침내 고금의 절창이 되어 뒤를 이어 경포대에서 시를 짓는 이가 없었다. 어떤 사람은 "화식火食하는 사람의 기운이 하나도 없으니 이는 신선의 말이다."라고 했고, 어떤 사람은 "완전히 비고 으슥하니 이는 귀신의 말이다."라고 하였다. 최전은 집으로 돌아가서 곧 죽었다.

세상에서 전하는 이야기로, 호수가 있는 자리에는 옛날에 어느 부자가 살던 집이 있었다. 하루는 탁발승이 쌀을 구걸했더니 부자는 쌀은커녕 똥을 퍼 주었다. 그러자 살던 집이 갑자기 푹 꺼져서 호수가 생겼고, 쌓여 있던 곡식은 모조리 작은 조개로 변했다. 해마다 흉년이 들면 조개가 많이 나고 풍년이 들면 적게 나는데 맛이 달고 향긋하여 요기하기에 적합하니, 주민들은 이를 적곡합積穀蛤(곡식이 쌓인 밥조개)이라 하였다. 봄여름이면 사방 먼 데서 남자는 등짐을 지고 여자는 머리에 이고 조개를 주우려고 길에 줄지어 섰다. 호수 밑바닥에는 아직도 기와 조각과 그릇 따위가 있어서 자맥질하는 이들이 가끔 줍는다고 한다.[136]

경포 호수 남쪽 언덕에는 고故 심언광沈彦光[137] 판서가 살던 곳이 있다. 심언광이 조정에서 벼슬할 때 앉은 자리 구석에 경포의 경치를 그려 붙여 놓고는 "나에게 이와 같은 호수와 산이 있으니, 자손이 분발하여 일어나지를 못해 반드시 쇠퇴하리라!"라고 하였다. 경포 남쪽으로 몇 리 떨어진

136 적곡합 이야기는 특정 지역에 연못이 생기게 된 유래를 설명하는데 전국에 널리 유포된 장자못 전설의 하나이다. 인색한 부자가 시주승에게 쌀 대신 쇠똥을 시주했다가 벌을 받아 못 속에 잠겼다는 이야기다. 장자못 전설은 《택리지》에 처음으로 채록되었다. 이규경은 《오주연문장전산고》에 〈계곡적곡합변증설繼穀積穀蛤辨證說〉을 쓰기도 했다. 자세한 사실은 안대회의 《《택리지》의 구전口傳 지식 반영과 지역전설 서술의 시각》(앞의 논문)에 밝혀져 있다.

137 자는 사형士炯, 호는 어촌漁村, 본관은 삼척이다(1487~1540). 1513년 문과에 급제하고 이조판서를 역임하였다. 김안로의 비행을 비판하여 그의 미움을 받아 함경도관찰사로 좌천되었다. 강원도관찰사로 재직하던 1530년에 경포호 남쪽에 지은 해운정海雲亭이 남아 있다.

곳에 한송정寒松亭[138]이 있고, 돌솥과 돌절구 따위가 있으니 바로 사선四仙
이 놀던 곳이다.

시중호侍中湖[139]에는 정자가 없다. 하지만 모래 언덕이 엇갈린 채 들쭉
날쭉하고, 호수의 물이 구불구불 휘돌다 고여 있으며, 맑고 깨끗한 정경
이 의젓하게 펼쳐져 있어 경치가 대단히 빼어나다. 옛날에 한명회韓明澮
가 감사로 재직할 때 이 호수에 와서 잔치를 벌이고 놀았는데, 때마침 정
승으로 임명한다는 소식이 이르러 고을 사람들이 시중호라 불렀다.

통천의 총석정[140]은 금강산 한 줄기가 큰 바다로 치고 들어가서 섬처럼
된 것이다. 기슭 북쪽 바다 가운데 큰 돌기둥이 기슭을 따라 한 줄로 늘
어서 있다. 산의 뿌리는 바닷속으로 들어갔으나 기둥 위쪽은 산기슭과
높이가 같다. 떨어진 거리는 채 100보가 안 되고, 기둥의 높이는 100길쯤
이다. 원래 봉우리는 위가 뾰족하고 밑둥치가 두툼한 법인데, 이것은 위
와 아래가 똑같으니 기둥이지 봉우리가 아니다. 기둥은 몸체가 둥근데
쪼고 깎은 흔적이 있으며, 밑에서 위까지 목공이 칼로 다듬은 듯하다. 기
둥 위에는 오래된 소나무가 여기저기 서 있다. 기둥 아래 바닷물 속에는
수많은 작은 돌기둥이 서 있거나 기울어진 채로 파도와 부딪혀 서로를
파먹고 있는 듯하다. 마치 사람이 만들어놓은 모양 같으니, 조물주가 사
물을 만들어낸 솜씨가 지극히 기이하고도 공교롭다. 천하의 기이한 구경
거리로 틀림없이 천하에 둘도 없는 것이리라.

삼척의 죽서루[141]는 오십천五十川[142]을 끼고 절경을 이룬다. 절벽 아래에

<hr>

138　강릉시 강동면 하시동리에 있었던 정자이다.
139　통천군 강동리와 송전면 송전리에 걸쳐 있는 호수이다.
140　통천군 고저읍 총석리 바닷가에 있는 정자로, 관동팔경의 하나이다.
141　삼척시 성내리에 있는 누각으로, 관동팔경의 하나이다
142　삼척시와 태백시 경계인 백병산에서 발원하여 동해안으로 흐르는 하천이다.

는 보이지 않는 구멍이 있어, 강물이 이르면 낙숫물처럼 구멍으로 새어들고, 나머지 물은 죽서루 앞 석벽을 따라 읍치 마을을 가로질러 흘러간다. 옛날에 어떤 사람이 뱃놀이하다가 잘못하여 구멍 속으로 들어간 뒤로 간 곳을 모른다. 사람들은 고을 터가 공망혈空亡穴[143]에 자리를 잡아서 인재가 나지 않는다고 한다.

이외에도 양양의 낙산사洛山寺[144], 간성杆城의 청간정淸澗亭[145], 울진의 망양정[146], 평해의 월송정越松亭[147]은 바닷가를 끼고 있는 누각으로 여기서 보는 짙푸른 바닷물은 하늘과 하나로 이어져 있으며, 시야가 훤히 트여 있다. 해안은 강변이나 시냇가와 같고, 언덕에는 작은 돌과 기이한 바위가 섞여 있어 푸른 물결 사이에 은은히 비친다. 해변은 어디나 반짝이는 눈빛[雪色] 모래가 깔려서, 밟으면 사각사각 소리가 나서 마치 구슬 위를 걸어가는 듯하다. 모래 밭에는 해당화가 흐드러지게 피어 있고, 가끔 키가 훤칠하게 큰 소나무 숲이 하늘 높이 솟아 있다. 그 안에 들어가면 문득 사람의 마음이 바뀌어 자신이 살았던 세상이 어땠고 자신의 몸이 어땠는지 모두 잊고 황홀하게 공중에 올라 하늘을 걷는 느낌이 든다. 이 지역을 한 번 유람하면 저절로 다른 사람이 되고, 거쳐 간 사람은 10년이 지나도 얼굴과 몸가짐에 신선 세계의 산수 기운이 여전히 남아 있다.

영동의 아홉 개 고을 외에 흡곡 북쪽에는 함경도 안변부가 있다. 철령 한 줄기가 동해 바닷가로 뻗어 층층이 펼쳐진 모습은 높고 낮은 병풍이나 차일을 펼쳐놓은 듯하여 그림처럼 아스라하다. 좌우의 산줄기가 바다

---

143 풍수에서 터를 잡을 때 피하는 곳 중의 하나로, 터를 잡으면 인재가 나지 않고 재물이 모이지 않는다고 한다.
144 양양군 오봉산五峯山에 있는 통일신라 시대의 사찰로 관동팔경의 하나이다.
145 고성군 토성면 청간리에 있는 정자로 관동팔경의 하나이다.
146 경북 울진군 근남면 산포리에 있는 정자로 관동팔경의 하나이다.
147 경북 울진군 평해읍 월송리에 있는 정자로 관동팔경의 하나이다.

에 이르러 돌고 돌아 마치 사람이 깍지를 끼고 있는 형상이다. 산줄기에서 바다를 향해 열린 부분에는 작은 암벽들이 늘어서서 1만 개의 아궁이를 들판에 걸어놓은 듯하여 서로 가로막아 바다가 보이지 않는다.

그 안쪽에 학포鶴浦[148]라는 큰 호수가 있다. 둘레가 30여 리로 수심이 깊고 물속이 환히 보일 만큼 맑고 깨끗하다. 사방 어디든 흰 모래사장이 펼쳐져 있고, 해당화가 모래를 뚫고 피어나서 찬란한 모습이 비단을 펼쳐놓은 듯하다. 산들바람이 살랑살랑 불어올 때마다 고운 모래가 이리저리 움직여 작게는 언덕이 되고 크게는 봉우리를 이룬다. 아침저녁으로 위치가 옮겨져 하루 사이에도 변화를 예측할 수 없다. 서해 연안의 금사사 앞모래와 똑같으니 대단히 기이하다.

뒤로는 빼어난 봉우리와 부드러운 언덕이 있어 아늑하고 아름다워 먼 듯 가까운 듯하고, 앞으로는 맑은 파도와 잔잔한 물결이 넘실거리며 천천히 흘러 움직이는 듯 고요한 듯하다. 중국 사람이 절강성의 서호西湖를 곱게 단장한 미인에 견주는데,[149] 우리나라에서 서호와 아름다움을 견줄 만한 곳은 오로지 이 호수뿐이다. 영동에 있는 여섯 개의 호수가 어깨를 나란히 할 상대가 아니다.

학포 호수가 옛날에는 흡곡에 속하였으나 나중에 호수를 떼어 함경도 안변 관할로 옮겼다. 흡곡 백성과 안변 백성이 이 호수를 두고 조정에 상소하여 다투었으나 해결을 보지 못했다. 호수가 함경도로 편입되었으나 함경도는 사대부가 살 만한 곳이 아닌 까닭에 대단히 빼어난 명승이 멀리 떨어진 바다 구석에 한가롭게 버려져 단지 지나가는 길손의 구경거리

---

148 강원도 통천군 군산리에 있는 호수로, 동해안의 해수 작용에 의해 형성된 자연석호이다. 학포 남쪽에 있는 시중대侍中臺와 함께 예로부터 명승지로 유명하다.

149 소식은 〈개었다가 비가 오는 호수에서 술을 마시며[飮湖上初晴後雨]〉에서 "서호를 서시西施에 비유한다면, 짙은 화장 옅은 화장 모두 어울린다네.[欲把西湖比西子, 淡粧濃抹摠相宜.]"라고 읊었다.

흡곡 일대, 《동여도》(부분), 19세기 중엽, 규장각한국학연구원 소장

흡곡과 통천 일대의 호수와 명승이 나타나 있다. 흡곡①의 산세와 학포②, 학호③, 유사④, 국도⑤가 표기돼 있고, 그 아래에 시중호⑥와 천도⑦, 총석정⑧이 표기되어 있다. 《택리지》에서 극찬한 산수경관이다.

가 되고 말았다. 땅도 이렇듯 알아주는 사람을 만나고 만나지 못하는 일로 차이가 벌어지니 참으로 안타까운 일이다.

바닷가에서 10여 리 떨어진 물속에 국도國島[150]가 있다. 뒤쪽으로 빽빽한 돌기둥이 불쑥 솟구쳐 있고, 위쪽으로는 바위가 봉우리를 이루고 있다. 사면은 모두 바위이고, 안쪽에는 잔디와 흙(莎土)이 깔려 있다. 여기서 화살촉을 만드는 대나무가 나는데 품질이 대단히 좋다. 거주하는 사람은 없고, 사신들이 유람하러 찾아와서 나팔이나 피리를 불면 밑에 있는 용추에서 곧잘 우레가 치고 풍우가 일어나는 기이한 현상이 나타난다.

네 고을의 산수

영춘, 단양, 청풍, 제천, 네 고을은 충청도 지역이기는 하지만 실제로는 한강 상류에 자리 잡고 있다. 협곡 사이로 흐르는 강을 따라 석벽과 너럭바위가 널려 있고, 그중에서도 단양이 단연 최고이다. 단양군은 경내가 모두 첩첩산중에 있어서 10리 정도 펼쳐진 들도 없으나 강과 시내, 바위와 골짜기로 이루어진 경치는 훌륭하다.

세상에서 이담二潭과 삼암三巖이라 일컫는 명승이 있다. 이담 중에서 도담島潭은 영춘 경내에 있고, 강물이 휘감아 돌다 고여서 깊고도 넓다. 물가운데 우뚝 솟은 세 개의 바위 봉우리가 각각 따로 떨어져 마치 곧은 현絃처럼 한 줄로 서 있고, 기이하고 교묘하게 조각되고 새겨져 마치 인가에 쌓아 만든 석가산石假山[151]과도 같다. 다만 아쉬운 점은 바위가 작고 높

---

150 강원도 통천군 군산리 북쪽 바다에 있는 섬이다. 해안에 우뚝 서 있는 바위기둥이 기이한 비경을 이루고 있다. 화살로 쓰이는 왕대가 많이 자라 공출되었다. 총석정과 함께 명승지로 유명하다.

이가 낮아서 우뚝하게 솟고 깎아지른 절벽 같은 경관이 없다.

귀담龜潭[152]은 청풍 경내에 있다. 양편 언덕의 석벽이 하늘에 솟아 해를 가리고, 강물이 그 사이로 쏟아져 내려 흘러간다. 바위 협곡이 문이나 창호처럼 겹겹이 서로 막아섰고, 좌우에는 강선대降仙臺, 채운봉彩雲峯, 옥순봉玉筍峯이 있다. 강선대는 강을 내려다보는 형상이고 따로 떨어져 서 있는 높은 바위 위에 있는 너럭바위는 족히 100명은 앉을 만큼 크다. 채운봉과 옥순봉은 만길이나 되는 봉우리가 순전히 바위 한 덩어리로 되어 있다. 옥순봉은 더 높이 곧게 치솟아 마치 거인이 팔짱을 끼고 서 있는 모양이다.

무자년(1708) 여름에 내가 안동에서 서울로 올라갈 때, 단양읍 앞 나루에서 배를 타고 옥순봉을 지나다가 시 한 연을 얻었다.

지상으로 높이 솟은 모양은 단정한 선비가 서 있는 듯   地上形高端士立
강물 속에 어른거리는 그림자는 늙은 용이 꿈틀대는 듯   波心影動老龍鱗

또 다음 한 연을 얻었다.

정신을 빼어나게 표현하니 강산의 빛깔이요   精神秀發江山色
기세도 드높게 지탱하니 우주의 형상이로다   氣勢高撑宇宙形

강물 속에는 또 너럭바위가 흔하여 물이 빠지면 바위가 솟아나고, 물

---

151 기괴하게 생긴 돌로 만든 작은 산이다. 정원에 석가산을 만들어 두고 관상용으로 삼았다. 나무로 만든 것은 목가산木假山이라 한다.
152 충북 단양의 명승지이다. 기암절벽의 바위가 거북을 닮았다는 귀봉龜峯 주위를 에워싼 못으로, 물에 비친 바위가 거북 무늬를 띠고 있다 하여 붙여진 이름이다.

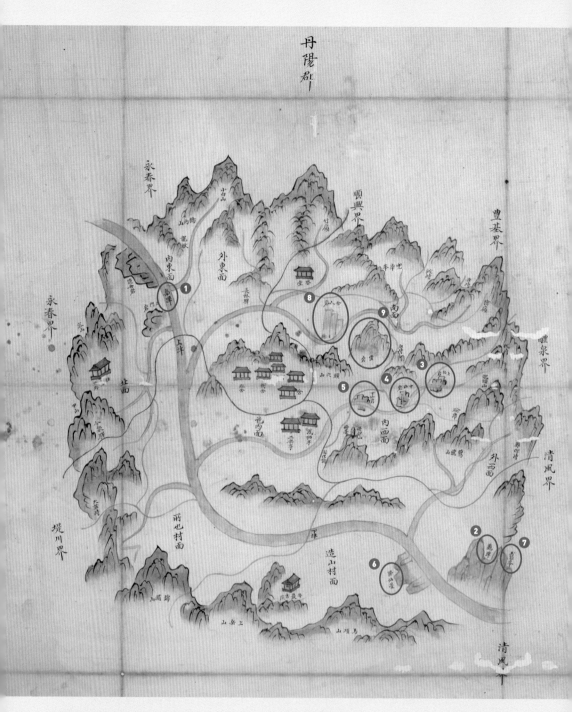

단양군의 명승, 《호서지도湖西地圖》, 18세기 중엽, 규장각한국학연구원 소장
네 고을 산수 중에서도 가장 풍경이 아름답다는 단양군의 회화식 지도이다. 수많은 시인묵객과 여행객을 찾아
오게 만든 주요 명승을 빠짐없이 표기하였다. 도담①과 귀담②의 이담, 상선암③과 중선암④과 하선암⑤의 삼암
을 그려 넣었고, 그 밖에 강선대⑥와 옥순봉⑦, 사인암⑧, 운암⑨ 등을 표기하였다.

이 깊어지면 바위가 사라진다.

　삼암三巖은 단양군 서남쪽 골짜기 가운데에 있다. 산중에서 큰 시냇물이 바위 골짜기를 따라 흘러내리는데 시내 바닥과 양쪽 언덕이 모두 돌로 돼 있다. 언덕 위에는 기이한 바위가 있어 어떤 바위는 작은 봉우리 모양이고, 어떤 바위는 펼쳐놓은 평상 같으며, 어떤 바위는 벽돌을 깔고 쌓은 성과 같다.

　위에는 고송古松과 늙은 나무가 기울거나 누워 있는가 하면 군데군데 서 있다. 시냇물이 움푹 파인 길쭉한 바위에 이르면 돌구유에 물을 담아놓은 듯하고, 둥글고 오목한 바위에 닿으면 돌 가마에 물을 채운 듯하다. 물이 돌에 부딪혀 밤낮으로 시끄러운 소리를 내기에 물가에서는 사람의 말소리가 들리지 않는다.

　좌우에 있는 산등성이에는 키 큰 나무가 들어찬 숲이 우거져 빽빽하고, 온갖 새가 시끄럽게 지저귀니, 참으로 인간 세상의 경계가 아니다. 이와 같은 바위가 세 개 있어, 위에서 아래로 차례로 상선암上仙巖, 중선암中仙巖, 하선암下仙巖이다.

　내가 무자년(1708)에 단양을 지날 때, 군수 김중우金重禹[153], 도사都事 이덕운李德運[154]과 더불어 이곳에서 노닐다 시 한 연을 얻었다.

| 일만 골짜기는 봄 꿈 꾸어 찾아온 듯 황홀하니 | 萬峽怳疑春夢到 |
| 천년 동안 지상 선인으로 영원히 노닐고 싶구나 | 千秋長擬地仙遊 |

과연 훗날에 신선들과 맺은 약속을 지킬 수 있을지 모르겠다.

────

153　자는 미상이고, 본관은 안동이다(?~?). 1707년(숙종 33년) 단양군수에 제수되었다.
154　자는 태이泰而이고 본관은 한산이다(1661~?). 1705년(숙종 31년) 경상도도사에 제수되었다.

읍치 동남쪽에 운암雲巖[155]이 있으니 큰 산에서 작은 산기슭 하나가 들로 내려와 우뚝하게 솟아 있다. 아래에는 석벽이 있고, 동남쪽 산골짜기의 물이 불어서 시내를 이루면 석벽 아래를 에둘러 흐른다. 그 위에는 서애 유성룡의 옛 정자 터가 있는데 시내와 산의 경치가 제법 빼어나다.

옛날에 서애가 임금이 하사한 표범 가죽으로 이 정자 터를 사서 두어 칸의 집을 지었다. 무술년(1598)에 남이공이 이경전을 도와 서애를 탄핵하면서 이 정자를 미오郿塢[156]에 견주기까지 하였다. 서애가 남에게 보낸 편지글에서 "붉은 벼랑과 푸른 석벽까지 탄핵문 속에 들어갔다."라고 말한 곳이 바로 여기이다.[157]

서애가 파직되어 낙향한 뒤에, 선조가 정승 이항복에게 조정 신하 중에서 청백리를 뽑으라고 하자 이항복은 서애를 청백리에 천거하였다. 서애가 남이공에게 무고를 당한 일을 가슴 아프게 여겼기 때문이다.

서애가 낙향하려고 도성을 나서 광나루에 이르렀을 때 다음과 같은 시를 지었다.

| 전원으로 돌아가는 길은 삼천리이고 | 田園歸路三千里 |
| 조정에서 입은 큰 은혜는 사십 년이로다 | 帷幄深恩四十年 |

나라를 돌아보며 차마 떠나지 못하는 서애의 심경을 충분히 짐작할 수

---

155 단양군 대강면 황정리와 사인암리 일대에 있는 계곡으로 운암구곡雲巖九曲 또는 운선 구곡雲仙九曲이라 한다. 류성룡이 조신曺伸의 옛 정자를 사서 수운정水雲亭을 세웠고, 이를 다시 영조 때 참판을 지낸 오대익吳大益이 구매하여 중수하였으나 19세기 이후로는 다시 폐허가 되었다. 정약용의 〈단양 산수기丹陽山水記〉와 〈발수운정첩跋水雲亭帖〉이 수운정을 구경하고 유성룡과 오대익의 사연을 기록한 글이다.

156 후한 말기에 동탁董卓이 미郿 땅에 쌓은 거대한 창고이다. 창고의 높이가 일곱 길이나 되어 장안성과 맞먹는 규모였다. 동탁은 이를 만세오萬歲塢라 이름하고, 창고 속에 금 은보화를 쌓아두었다.

있다. 서애가 세상을 떠난 뒤에 정자도 곧 허물어졌다.

영동 지역과 네 고을의 산수가 아름답기는 하지만 영동은 땅이 외지고 바다에 바짝 붙어 있으며, 단양은 험벽하고 협소하므로 두 지역 모두 살 만한 땅은 아니다.

강가의 주거지

높은 산과 빠르게 흐르는 강, 험한 협곡과 거센 여울을 끼고 있다면 한때 구경하고 즐길 만하지만 사찰이나 도관道觀이 서기에나 좋을 뿐 영구히 머물고 대를 이어 살 주거지로는 적당하지 않다. 그렇다면 반드시 들녘에 있는 고을로서 시내와 산, 강과 산이 어우러져 경치가 빼어나거나, 평탄하고 넓으면서도 밝고 아름답거나, 정갈하고 깨끗하면서도 아늑하고 고아하거나, 산이 높지 않아도 수려하거나, 강이나 시내가 크지 않으면

---

157 《서애선생연보西厓先生年譜》 제2권에는 관련한 사실을 다음과 같이 기록했다. "이 여행길에 운암을 지나갔다. 운암은 단양군 남쪽에 있고 경치가 매우 빼어났다. 그곳에 조신의 작은 정자가 있었으나 버려진 지 오래되었다. 선생은 임금이 하사한 호피虎皮로 정자를 구매하고 그곳으로 물러나 쉴 뜻을 품었으나 관직에 묶여서 뜻을 이루지 못했다. 이때에 이르러 종사관 윤경립과 함께 노닐고서 바위 위에 시를 써놓았다. 그 뒤 선생을 공격한 자가 '전원을 온 나라에 두었다'라고 말하기까지 하였다. 선생은 남에게 보낸 편지에서 '붉은 벼랑과 푸른 석벽까지 탄핵문에 들어갔다'라고 말해 두었다.〔是行, 路過雲巖. 巖在丹陽郡南, 景致殊勝, 有曹伸小亭, 廢棄者久. 先生以內賜虎皮購得之, 有退休之志, 而繫官不得遂. 至是與尹從事敬立同游, 題詩石上. 其後攻先生者, 至以爲田園遍一國. 先生與人書有'丹崖翠壁, 並入彈文'之語.〕" 한편, 편지는 제자인 이준李埈에게 보낸 답장으로 "수운향水雲鄉 일대는 참으로 아름다운 곳이나 나 같은 좋지 못한 주인을 만나서 붉은 벼랑과 푸른 석벽까지 함께 탄핵문 속에 들어갔네. 산신령이 알았다면 벌써 이문移文을 보내 나를 거절했을 걸세. 우스운 일이지.〔水雲一區, 實是佳境. 但遇主不善, 丹崖翠壁, 并入於彈文之中, 山靈有知, 早已移文見拒矣, 可笑.〕"라고 하였다.

서도 맑아야 한다. 기이한 바위나 수려한 돌이 있더라도 음산하거나 사나운 생김새가 전혀 없어야 한다. 이런 곳은 신령한 기운이 모이므로 고을이라면 이름난 성이 되고, 마을이라면 이름난 주거지가 된다.

강가의 주거지로는 평양 외성外城을 팔도에서 첫째로 꼽는다. 평양은 앞뒤로 100리나 되는 들판이 펼쳐져 훤하게 트이고 밝고 시원한 까닭에 기상이 활달하고 넓다. 산 빛이 수려하고도 부드러우며, 강물은 급하게 쏟아지지 않고 평지를 천천히 흘러서 도회 앞에서 물살이 살랑댄다. 산이 들과 어울리고, 들이 물과 어울려 평탄하면서도 수려하고, 호쾌하게 넘실거린다. 크고 작은 장삿배가 파도를 헤치고 들락날락하고, 수려한 돌과 층층바위가 강 언덕을 구불구불 두르고 있다. 서북쪽은 비옥한 논과 너른 밭고랑이 눈앞에 끝없이 펼쳐져서 또 하나의 별천지를 이룬다.

내성內城에는 관아 건물과 관속官屬들의 집이 있고, 평민과 인사人士(사회적 지위가 높은 사람)들은 누구나 외성에 모여 산다. 외성은 위만과 주몽의 시대에 쌓은 토성을 가리킨다. 비록 허물어지기는 했어도 아직도 성터가 남아 있고, 이 구역 안에는 여염집이 다닥다닥 붙어 있다. 남쪽으로 큰 강에 바짝 붙어 있어 봄여름이면 빨래하는 아낙네들이 옷가지를 빠는데 10리에 걸쳐 흰옷 입은 모습이 휘황하며, 빨래 방망이를 두드리는 소리에 갈매기와 물오리가 깜짝 놀라서 날아간다. 가옥들이 즐비하고 가게가 번화하여 기자 때부터 지금까지 굴곡 없이 태평하게 살아왔다. 지리가 좋은 곳임을 여기에서도 충분히 짐작할 수 있다.

그러나 세상에 전해오는 말에, 평양의 지리는 물 위로 배가 가는 형국(行舟形)[158]이므로 사람들은 우물 파는 것을 꺼린다. 예전에 우물을 팠더니 고을에 화재가 많이 발생하여 마침내 우물을 메워버렸다고 한다. 공사公私를 막론하고 고을 사람 누구나 강물을 길어다 사용한다. 땔나무를 베어오려면 길이 멀어서 땔감이 아주 귀하니 이 점이 흠이다.

다음은 춘천의 우두촌[159]으로, 소양강 상류에 두 강물이 여민 옷깃처럼 합쳐지는 지점 안쪽에 자리 잡았다. 물에 바짝 다가선 곳에 바위가 있고, 바위 아래에 강이 있으며, 강 너머에는 들판이 있고, 들판 너머에는 산이 있다. 산골짜기이기는 하나 들이 멀리까지 활짝 펼쳐져서 시원스럽고 밝고 상쾌하다. 뿐만 아니라 아래쪽 강으로 배가 통하여 주민들은 생선과 소금을 팔아 부를 쌓는다. 그래서 맥국貊國 시대부터 지금까지 인가가 줄지 않았다.

다음은 여주 읍치로, 한강 상류 남쪽 언덕에 있다. 언덕 남쪽의 들판은 40여 리에 곧장 펼쳐져 있기에 기상이 맑고 원대하다. 강물은 웅장하지도 급하지도 않게 동쪽에서 서북쪽으로 흘러가는데, 그 위쪽에 마암馬巖과 벽사甓寺[160]의 바위가 있어 물살을 약하게 해준다. 서북쪽은 평탄하여 읍치가 된 지 수천 년이다.

무릇 강마을은 농사짓는 이로움을 함께 누리는 곳이 드물다. 마을이 두 산 사이에 있다 해도 강물과 모래밭에 앞이 가로막혀서 경작할 만한 농토가 없다. 설령 농토가 있다 해도 너무 멀어서 밭을 갈아 수확하지 못하거나 지대가 낮아 툭하면 물에 잠기므로 수확하지 못한다. 그렇지 않으면 농토가 있다 해도 하나같이 척박하다. 물이 깊고 크면 관개할 수 없고, 가뭄과 큰물이 쉽게 드는 까닭에 강가에 터를 잡으면 한갓 강산의 경

---

158 배가 움직이는 것을 행주行舟라 하는데, 풍수에서 행주의 위치는 보통 좋은 집터를 설명할 때 사용한다. 행주형은 물 위로 배가 움직이는 형태이므로 절대로 우물을 파면 안 된다는 속설이 있다. 우물을 파면 땅속에 있는 물줄기를 잡아 올리기 때문에 곧 배 밑바닥을 깬다는 뜻이 된다. 그러면 침수해서 단번에 흙지로 바뀐다. 서유구는《금화경독기金華耕讀記》의〈평양지형平壤地形〉에서 평양의 행주형 지형과 우물을 파지 않는 금기에 관한 설이 풍수가의 그릇된 주장이라 비판하였다.

159 지금의 춘천시 우두동이다. 소의 머리처럼 생긴 우두산 아래에 자리를 잡고 있기에 '소머리' 또는 '우두'라 불린다.

160 경기도 여주시 신륵사를 가리킨다. 절의 탑을 벽돌로 쌓아서 이렇게 부른다.

치만 멋있을 뿐, 입고 먹는 생계에 이로움이 적다. 위에서 말한 세 곳이 가장 좋은 이유는 들녘이 펼쳐져 있기 때문이다.

풍덕의 승천포와 개성의 후서강은 탁한 조수가 흐르는 데다 장기마저 띠고 있다. 한양의 여러 강촌 마을은 앞산이 너무 가까이에 있다. 충주는 금천과 목계 이외에 나머지 강마을이 모두 쓸쓸하고 외떨어져 있다. 오직 공주는 금강가의 절벽이 경치가 대단히 빼어나긴 하지만 협소하고 궁벽한 마을이다. 상주의 낙동강은 양편 언덕이 황량한 골짜기이다. 나주의 목포, 광양의 섬진강, 진주의 영강(남강)은 한양에서 너무 멀다.

오직 부여 아래쪽은 남쪽으로는 은진까지, 서쪽으로는 임피까지 물가에 자리 잡은 마을이 많다. 마을들이 삼남의 중심인 데다 한양과 멀리 떨어져 있지 않다. 들이 가깝고 토질이 상당히 기름져서 농사를 지을 만하다. 메벼와 찰벼가 나고 주민들은 모시와 삼베, 물고기와 게를 팔아 이익을 얻는다. 남쪽과 북쪽에서 운송되는 물산을 받아서 강과 바다의 배들이 모여드는 집산지이기도 하다. 한강 유역 이외에는 오직 여기가 살 만한 땅이다.

압록강과 두만강은 논하지 않는다.

시냇가의 주거지

세상에서는 "시냇가의 주거지는 강가의 주거지보다 못하고, 강가의 주거지는 바닷가의 주거지보다 못하다."라고 말한다. 이는 재화의 유통과 해산물의 채취라는 기준으로 논한 말일 뿐이다. 실상을 살펴보면, 바닷가는 바람이 많이 불어 사람의 낯이 쉽게 검어지고, 각기병이나 수종水腫, 장기로 인한 학질 따위의 질병이 많이 생긴다. 식수가 나오는 샘이 부족하고, 땅에는 소금기가 있으며, 탁한 바닷물이 들어와 맑은 운치가 거의 없다.

우리나라의 지세는 동쪽이 높고 서쪽이 낮으며, 산골짜기에서 강물이 흘러나온다. 그래서 느릿느릿 평온하게 흐르는 느낌이 없이 항상 거꾸로 뒤집힐 듯 몰아치고, 빠르게 쏟아져 흐르는 형세를 보인다. 강에 바짝 붙여서 지은 정자나 집은 지리가 어긋나는 일이 많이 발생하여 수시로 허물었다 다시 짓는다. 오직 시냇가의 주거지는 평온한 아름다움과 정갈한 운치가 있을 뿐 아니라 물을 대고 농사짓는 즐거움을 누릴 수 있다. 따라서 나는 "바닷가의 주거지는 강가의 주거지보다 못하고, 강가의 주거지는 시냇가의 주거지보다 못하다."라고 말한다.

무릇 시냇가의 주거지는 반드시 고개에서 멀리 떨어지지 않은 곳에 있어야만 평화로운 시대든 난세든 오랫동안 살기에 좋다. 그러므로 시냇가의 주거지는 영남 예안의 도산과 안동의 하회를 첫째로 꼽는다. 도산은 두 산이 합하여 긴 골짜기를 이루는데 산이 그다지 높지 않고, 황지에서 발원한 황수가 여기에 이르러 비로소 수량이 많아지고 골짜기 어귀 밖에 이르면 큰 시내를 이룬다. 양쪽 산발치는 모두 석벽으로 물가에 위치하여 빼어난 경치를 이룬다. 물은 거룻배가 충분히 다닐 정도이고, 골짜기 안에는 고목이 매우 많아 조용하고 한가로우며 시원하고 그윽하다. 산 뒤쪽과 시내 남쪽에는 좋은 논과 너른 밭고랑이 있다. 퇴계 이황이 거처하던 암서헌巖棲軒[161] 두 칸은 고택 그대로 남아 있고, 안에는 퇴계가 쓰던 벼룻집, 지팡이, 신발, 종이로 만든 선기옥형璇璣玉衡[162]이 보관되어 있다.

하회는 평탄한 언덕에 자리 잡았으며 황수 남쪽에서 서북쪽으로 향하는 곳에 서애 유성룡의 고택이 있다. 황수는 주위를 휘감아 돌다가 마을 앞으로 넘실넘실 흘러와 깊게 고인다. 황수 북쪽의 산은 학가산에서 갈라져 와서 강가를 두르고 있는데 모두 석벽이다. 돌의 빛깔도 차분하고 수

---

161 도산서원陶山書院 내 도산서당陶山書堂의 마루방이다. 1561년에 완공되었다.

162 천체의 운행을 관측하는 기구로, 혼천의渾天儀라고도 한다.

려하여 험악하고 거친 모양이 전혀 없다. 석벽 위에는 옥연정玉淵亭[163]과 작은 암자가 바위 사이에 드문드문 자리 잡았고 소나무와 향나무가 집들을 가리고 있으니 참으로 절경이다.

도산을 지나는 강의 하류는 분강汾江으로 인근에 농암聾巖 이현보李賢輔[164]의 고택이 있고, 분강 남쪽에는 좨주祭酒 우탁禹倬[165]의 고택이 있으며 어느 곳이나 그윽하고 뛰어난 경치를 자랑한다. 하회의 위아래에는 삼귀정三龜亭[166], 수동繡洞, 귀담, 가일佳逸 등이 있는데 모두 강가의 이름난 마을이다. 하류에는 여울이 많아 낙동강의 장삿배가 다니지는 못하지만 마을 앞에서는 거룻배를 이용할 수 있다. 또 농토가 먼 곳에 있지 않아 평화로운 시대에는 농사를 짓고, 소백산이 매우 가까워 난세에는 숨어 살기에 좋다. 그러므로 "시냇가의 주거지는 오직 이 두 곳이 참으로 나라 안에서 첫째간다. 땅이 명사로 인해 귀해진 것만은 아니다."[167]라고 하겠다.

이 밖에도 안동 동남쪽에 있는 옛날 임하현臨河縣 지역을 들 수 있는데, 청송읍靑松邑의 시냇물 하류가 황수와 합류하는 곳이다. 반변천半邊川 기

---

163 유성룡이 1586년 화천花川 건너편 부용대芙蓉臺 위에 세운 정자이다. 그가 학문을 연마하고, 《징비록懲毖錄》을 저술한 공간이다. 1979년에 중요민속자료 제88호로 지정되었다.

164 자는 비중棐仲, 호는 농암聾巖, 본관은 영천이다(1467~1555). 1498년 문과에 급제하여 벼슬길에 나갔다. 밀양과 안동, 성주 등지의 지방관과 형조참판 등을 지낸 뒤 1542년 벼슬을 사양하고 은거하였다. 〈어부가漁夫歌〉 등의 시조를 남겼고, 문집에 《농암집聾巖集》이 전한다.

165 자는 천장天章, 호는 백운白雲이다(1262~1342). 고려 말의 관료이자 유학자로 성균좨주成均祭酒를 지냈다. 원나라에서 수입된 성리학 서적을 공부하여 후학에게 전수하여 역동선생易東先生이라 불렸다.

166 조선 전기에 사헌부장령을 지낸 김영수金永銖(1446~1502)가 건립한 정자이다. 정자 앞에 거북이 형상의 바위 세 개가 있어 붙여진 이름이다.

167 유종원柳宗元의 〈옹주마퇴산 모정기邕州馬退山茅亭記〉에 나오는 "무릇 아름다움이란 저절로 아름다울 수 없고 사람으로 인해 드러난다.〔夫美不自美, 因人而彰.〕"는 시각을 뒤집어놓은 말이다.

슭에는 학봉鶴峯 김성일金誠一[168]의 고택이 있고, 지금까지도 집안 일족이 번성하여 마을 이름을 떨치고 있다. 마을 옆에는 몽선각夢仙閣[169]과 도연폭포陶淵瀑布[170], 선찰사仙刹寺[171] 같은 경치 좋은 곳이 있다.

고을 북쪽에 있는 내성촌奈城村에는 우찬성을 지낸 권벌權橃[172]의 고택이 있다. 여기에는 청암정青巖亭[173]이 있는데 못 복판의 큰 바위 위에 마치 섬처럼 정자가 놓여 있고 사면을 냇물이 고리처럼 돌아 흘러서 상당히 그윽한 경치를 자랑한다. 더 북쪽에는 춘양촌春陽村이 있으니 곧 태백산 남쪽이다. 정언을 지낸 권두경權斗經[174]이 대대로 소유하고 있는 한수정寒水亭[175]이 냇물 위에서 날개를 펼친 듯하여 그윽하고 오묘한 운치가 있다.

임하천 상류에는 청송부青松府가 있다. 두 갈래 큰 냇물이 읍치 앞에서

---

168 자는 사순士純, 호는 학봉鶴峯, 본관은 의성이다(1467~1555). 이황의 문인으로 1567년 문과에 급제하였고, 이조좌랑, 나주목사 등을 지냈다. 1590년 통신사로 일본에 파견되었다가 돌아와 일본이 침략하지 않으리라 보고하여 왜란이 일어나자 파직당했다. 임진왜란이 일어나자 초유사로 임명되었고 이후 병사하였다. 문집으로 《학봉집鶴峯集》이 전한다.

169 경북 안동시 임하면 천전리에 있는 조선 후기의 문인 월탄月灘 김창석金昌錫(1652~1720)이 건립한 정자이다.

170 경북 안동시 길안면 용계리에 있던 폭포이다. 지금은 임하댐 건설로 사라졌다.

171 안동시 길안면 용계리에 있던 신라 때의 고찰이다. 빼어난 경치로 유명했으나 화재와 전쟁으로 소실되었고, 임하댐의 건설로 수몰되었다.

172 자는 중허仲虛, 호는 충재沖齋이다(1478~1548). 1507년 문과에 급제하여 벼슬길에 나갔고, 도승지, 삼척부사 등을 역임하고 기묘사화에 연루되어 파직되었다. 1533년 이후 한성판윤, 우찬성 등을 역임하였다. 문집으로 《충재집沖齋集》이 전한다.

173 경북 봉화군 봉화읍 유곡리 닭실마을에 있는 정자로, 기묘사화로 파직되어 낙향한 권벌이 1526년에 건립하였다.

174 자는 천장天章, 호는 창설재蒼雪齋이다(1654~1725). 권벌의 오세손으로 1710년 문과에 급제하였고, 정언을 거쳐 홍문관부수찬 등을 역임하였다. 《퇴계선생언행록退溪先生言行錄》 등을 편찬하였고 문집으로는 《창설재집蒼雪齋集》이 전한다.

175 경북 봉화군 춘양면 의양리에 있는 정자이다. 권벌의 손자 권래權來(1562~1677)가 지었다고 하며, 명칭에는 찬물과 같은 마음으로 공부에 힘쓰라는 의미가 담겨 있다.

안동 일대, 《영남지도嶺南地圖》, 18세기 중엽, 규장각한국학연구원 소장
태백산①의 황지②에서 발원한 황수가 청량산③을 지나고 안동의 임청각④과 영호루⑤ 앞을 거쳐 하회⑥ 마을을
에돌아 흘러가고 있다. 하회 주변에는 많은 명승이 있고, 서북쪽 내성면에는 권벌의 청암정⑦이 표기되었다.

만나고 교외 들판이 제법 트여 있다. 흰 모래와 푸른 물이 벼논과 기장밭고랑 사이를 띠처럼 둘러 멋지게 어우러진다. 사방의 산에는 어디나 잣나무가 울창하게 녹음을 이루어 사철 내내 푸르며, 정갈하고 아름다운 모습이 거의 속세의 풍기風氣를 벗어난다.

영천榮川 서북쪽에 순흥부順興府의 읍치邑治가 있고, 죽계竹溪가 흐른다. 죽계는 소백산에서 흘러나오는데, 이곳은 들이 넓고 산이 야트막하여 물과 바위가 맑고 밝다. 상류에는 백운동서원이 있고, 여기서는 문성공文成公 안유安裕[176]를 모신다. 명종 때 부제학을 지낸 주세붕이 풍기豊基를 다스리던 시기에 창건한 서원이다. 이것이 우리나라 서원의 시초이다. 서원 앞 시냇가에 누각이 서 있어 여기에서 밝게 빛나고 훤히 트인 고을 전체의 빼어난 풍경을 완전히 조망할 수 있다.

이 두 고을은 산천과 경치, 토지와 생리가 안동의 유명한 여러 마을과 막상막하이다. 그러므로 "소백산과 태백산 아래, 황수 유역은 참으로 사대부가 살 만한 곳이다."라고 하겠다.

이에 버금가는 곳은 적등산赤登山[177] 남쪽이니, 용담龍潭에는 주줄천珠崒川이 있고, 금산에는 제원천濟原川이 있고, 장수에는 장계長溪가 있고, 무주에는 주계朱溪가 있다. 이 네 지역은 시내와 산의 경치가 매우 빼어나고, 토지가 아주 비옥하며, 목화와 벼를 재배하기에 알맞다. 들은 관개가 잘

---

176 자는 사온士蘊, 호는 회헌晦軒, 본관은 순흥, 시호는 문성文成이다(1243~1306). 조선시대에는 문종의 이름자를 피해 본명인 향珦을 유로 고쳐 썼다. 국자사업, 감찰시어사, 판밀직사사도첨의중찬 등을 역임하였다. 원나라에 가서 주자서朱子書를 손수 필사하여 들여왔고, 공자의 초상을 가지고 오는 등 유학의 보급에 큰 공헌을 하여 훗날 문묘文廟에 배향되었다. 백운동서원에 보관된 그의 초상화는 국보 제111호로 지정되어 있다.

177 충북 옥천군 이원면과 영동군 심천면 경계에 있는 산이다. 지금의 월이산月伊山인데 현이산懸伊山, 달리산達理山 등으로도 표기되었다. 이 산에는 봉수대가 설치되어 있었다. 적등강과 적등진의 발원지이다.

되어 농사의 풍흉豊凶을 걱정하지 않으며 이런 점은 태백산, 소백산과 황수 지역에 비할 바가 아니다.

네 고을의 중간에는 전도前島와 후도後島, 죽도竹島라는 세 개의 섬[178]이 있어 이들이 빚어내는 경치가 훌륭하다. 다만 시내와 산의 빼어난 경치가 좋기는 하나 농토가 조금 먼 것이 아쉽다. 그러나 네 개의 고을은 동쪽과 서쪽에 큰 산과 깊은 골짜기가 있어서 병란을 피할 곳이 가장 많다. 이를 따라 북쪽으로 내려가면 시냇물이 동쪽으로 꺾여 옥천 땅으로 들어가서 양산의 채하계彩霞溪와 이산의 구룡계九龍溪가 된다. 지역에 따라 이름을 달리하지만 실제로는 하나의 강물로 모두 적등강 상류에 있다.

시내를 따라 내려가면 겹겹의 바위와 수려한 벼랑들을 볼 수 있다. 서북쪽은 높다랗게 막혔고, 동남쪽은 시원하게 트여 맑으면서도 그윽하고 아늑하면서도 드넓다. 산은 높이 솟아 있으나 거칠거나 험한 생김새가 없고, 시내는 하류 쪽의 배가 들어오지는 못하나 때때로 물이 모여들어 맴돌고 깊이 고여서 거룻배를 이용할 수 있다. 아름다움은 도산과 하회에 충분히 견줄 만하고, 동쪽으로 황악산이나 덕유산과 가까워 병란을 피하기에도 좋다. 다만 논이 적어서 주민들은 전적으로 목화를 재배하여 생계를 꾸리지만 이로써 얻는 이익이 비옥한 논의 소출과 충분히 맞먹으므로 생리도 위에서 말한 네 개의 고을에 못지않다. 참으로 고인高人과 일사逸士가 살 만한 곳이다.

또 다음은 화령과 추풍령 사이이다. 여기에는 안평계安平溪와 금계錦溪와 용화계龍華溪가 있다. 세 곳의 시내는 상주와 영동, 황간이 만나는 어름에 있는데, 시내와 산의 경치가 대단히 훌륭하고 관개하기가 편리하여

---

178 이문종은《이중환과 택리지》(아라, 2014, 488쪽)에서 죽도가 지금의 용담댐이 있는 진안군 상전면에 있었다고 말한다. 정여립이 자결한 장소이며, 전도와 후도는 무주읍 내도리의 앞섬과 뒷섬이라고 추정하였다.

논이 매우 기름지고 각지에 목화밭이 많다. 호서와 영남 사이에 끼어 있어 땅이 그다지 외지지 않고 장사꾼들이 모여들어 가진 물건을 서로 바꾸므로 부유한 사람이 많다. 따라서 여러 곳에 견주어 생리가 제일 좋다.

다만 들이 넓게 트이지 않아 맑고 밝은 기상이 황수 북쪽이나 양산, 이산利山에 미치지 못한다. 하지만 북쪽으로 속리산과 잇닿아서 증항과 도장道莊 골짜기가 있고 남쪽으로는 황악산과 이웃하여 상궁곡上弓谷과 하궁곡下弓谷이 있다. 어디든 난리를 피할 만한 곳이니 참으로 복지이다.

다음은 문경의 병천이다. 가은加恩과 봉생鳳笙, 청화靑華, 용유龍遊 등지의 경치가 훌륭하고, 북쪽으로 선유동仙遊洞 골짜기에 이어져 있는데 시내와 산, 샘과 바위가 대단히 기이하다. 논이 비옥하여 소출이 많고, 토질이 감과 밤을 가꾸기에 알맞다. 고을을 둘러싼 100리 일대는 어디든지 난리를 피할 만한 복지이니 참으로 은자가 살 만한 땅이다. 그러나 위치가 궁벽하고 산이 살기를 벗지 못하였으므로, 세상을 피해 도를 닦기에는 좋아도 평상시에 살 만한 곳은 아니다.

또 다음은 속리산 북쪽, 달천 상류에 있는 괴산의 괴탄槐灘이다. 괴탄가에는 고산정孤山亭[179]이 있으니 고故 판서 유근의 별서別墅이다. 주지번이 조선에 사신으로 왔을 때, 화공을 보내 이곳 풍경을 그려서 보여주자 주지번이 시를 지어 현판에 써서 걸게 하였다. 골짜기가 비좁기는 하나 시내와 산이 밝고 깨끗하며, 논밭에서 농사를 짓는 즐거움을 누릴 수 있다. 동쪽에는 희양산이 있어 난리를 피할 만하다. 시내를 따라 남쪽으로 내려오면 청천靑川과 귀만龜灣, 용화동龍華洞, 송면촌[180] 등의 마을이 있다. 모

---

179 충북 괴산군 괴산읍에 있는 정자이다. 유근이 충청도관찰사로 재직할 때 지었다. 본디 만송정萬松亭이라 했으나 광해군이 즉위한 뒤 유근이 머물면서 자신의 호를 따 고산정이라고 불렀다. 1606년 사신으로 온 주지번이 쓴 '호산승집湖山勝集'이라는 편액과 1609년 사신으로 온 웅화熊化가 쓴 〈고산정사기孤山精舍記〉라는 편액이 걸려 있다.

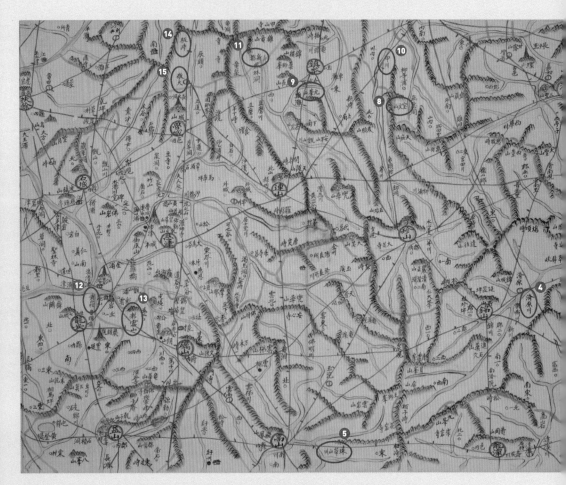

호서와 호남, 영남 접경지대의 살기 좋은 곳, 《동여도》(부분), 19세기 중엽, 규장각한국학연구원 소장

이중환은 접경지대의 많은 지역을 살기 좋은 곳으로 꼽았다. 오른쪽으로부터 황악산①과 추풍령② 일대의 계곡을 복된 땅이라 했고, 다음으로 월이산③으로 표기한 적등산, 금산의 제원천④, 용담의 주줄천⑤ 일대를 들었다. 여기에는 양산의 채하계⑥와 적등진 가까이 구룡계⑦를 명촌으로 꼽았다. 지금의 대전광역시인 진잠 일대에는 보문산⑧, 구봉산⑨, 갑천⑩, 계룡산 신도⑪ 등의 산과 강을 살기 좋은 곳으로 꼽았다. 지금의 논산시인 은진 일대에는 강경의 황산촌⑫과 채운산⑬, 계룡산 판치⑭ 남쪽 경천⑮을 명촌으로 꼽았다.

두 속리산 북쪽에 있다.

남쪽으로 율치(밤티고개)를 넘으면 문경의 병천이 나온다. 율치 북쪽은 지세가 매우 높아 여러 마을이 산을 등지고 냇물을 바라보고 있다. 들판이 푸르고 깨끗하며, 풀과 나무가 향기로우니, 이곳 역시 별천지이다. 첩첩산중에 있기는 하나 거칠고 험한 산봉우리가 없으니 참으로 은자가 살만한 곳이다. 다만 밭은 많아도 논이 적고, 땅이 메말라 수확량이 적으니 이 점은 병천이나 괴탄보다 못하다.

또 다음은 원주의 주천(酒泉)이다. 아주 외딴 산골짜기 속에 들판이 상당히 넓게 펼쳐져 있고, 산은 그다지 높지 않고 물도 지극히 맑다. 다만 논이 없어서 주민들이 오직 기장과 조를 심고 거두어 생계를 꾸리는 점이 아쉽다. 서쪽에는 치악산이 하늘에 치솟아 인간 세상과 격리되어 병란을 피하고 세상을 피해 살기에만 알맞고 주민들은 청천이나 병천보다 훨씬 더 가난하게 산다.

고개에서 벗어나 들판에 내려앉은 시냇가 마을은 이루 다 헤아릴 수 없을 만큼 많다. 공주의 갑천, 대전의 유성을 첫째로 꼽아야 하고, 전주의 율담을 둘째로, 청주의 작천(까치내)을 셋째로, 선산의 감천(甘川)을 넷째로, 구례의 구만을 다섯째로 꼽아야 한다.

갑천은 들판이 지극히 넓고 사방의 산이 맑고 아름답다. 수량이 많은 냇물 세 줄기가 들의 복판에서 합류하여 다 함께 관개할 수 있다. 땅은 어디나 1묘에 1종을 수확하고, 목화를 가꾸기에도 알맞다. 강경이 멀지 않고 앞에 큰 시장이 있어 바다와 산지의 물자가 통해서 생활이 편리하므로 영원토록 대를 이어 살 만한 곳이다.

율담은 동쪽으로는 높은 산을 끼고 서쪽으로는 좋은 밭과 이웃하고 있

180 앞에 나오는 '충청도'의 괴산 지역을 설명하는 대목에서 이들 네 군데 명소를 설명하고 있다.

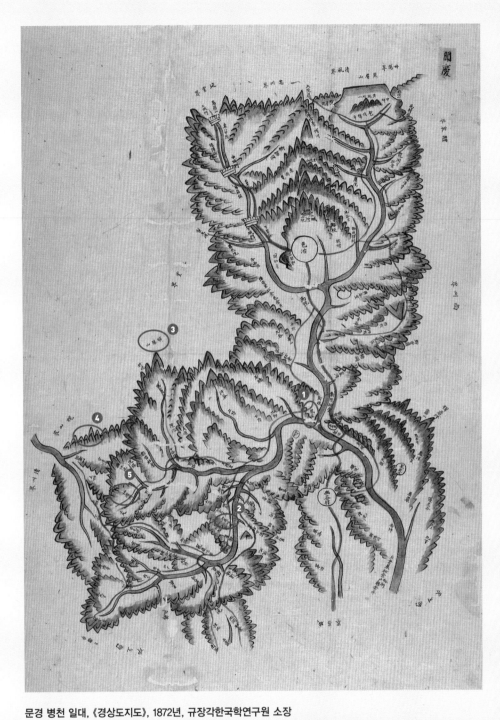

문경 병천 일대, 《경상도지도》, 1872년, 규장각한국학연구원 소장

조령 관문이 있는 문경 지도이다. 봉생①과 가은② 그리고 서북쪽의 희양산③과 청화산④ 아래 선유동⑤을 경치
가 아름다운 곳으로 꼽았다.

다. 남쪽에는 큰 냇물이 흐르고, 논은 어디나 1묘에 1종을 수확한다. 낚시질하는 즐거움과 농사를 짓는 이득이 갑천 못지않고, 전주와 아주 가까워 이용利用과 후생厚生이 함께 갖추어져 있다.

작천에는 시냇가 서쪽에 장명촌長命村[181], 금성촌金城村, 자적촌紫的村, 정좌촌鼎坐村 등의 마을이 있다. 시내와 골짜기가 매우 많아서 어디든지 관개하기가 편리하므로 예로부터 부유한 집이 많다.

감천은 황악산에서 발원하는데, 시냇가마다 관개가 잘되는 아주 비옥한 논들이 있어서 사람들은 흉년이 드는 줄 모르고 대대로 부유한 자가 많다. 따라서 풍속이 매우 순박하고 넉넉하다.

구만은 지리산 자락이다. 지리산에는 동쪽 줄기만 있고 서쪽 줄기는 없다. 유독 한 줄기가 서쪽으로 뻗어 나오다가 이곳 구만에서 완전히 사라진다. 잔수潺水가 구부러져 감싸 안았고, 강 너머에는 오봉산이 남쪽에서 조산朝山이 된다. 경상도와 전라도 사이에 위치하여 화물을 수송하는 요지이며, 넓은 들이 어디나 매우 비옥하다. 별이 드물고 달이 밝은 밤이면 강 위에 사람이 타지 않은 작은 배가 저절로 양쪽 언덕 사이를 떠다니기도 한다. 세상에서 전해 오는 전설에, 오봉산에 신선이 있어 지리산을 왕래하느라 그렇다고 한다.[182] 구만이라는 마을은 위에 말한 여러 시냇가 마을보다 생리가 월등히 좋으나 다만 남해와 가까워서 수질과 토양이 북쪽의 여러 마을보다는 못하다.

이 다섯 곳은 지리와 생리가 지극히 훌륭하므로 도산이나 하회보다도 훨씬 좋다. 다만 고개에서 조금 멀리 떨어져 있어서 평상시에만 대대로 살 만하고 병란을 피할 수는 없다. 그러하니 황수 북쪽의 여러 마을에 미치지 못한다. 그중에서 오직 구만은 동쪽에 지리산이 있어 치세든 난세

181　천안시 수산면 장산리이다.
182　오봉산 신선대神仙臺에 얽힌 전설이다.

든 언제든지 머물러 살 만하다.

이 밖에 충청도에서는 보령의 청라동靑蘿洞, 홍주의 광천廣川, 해미의 무릉동武陵洞, 남포의 화계花溪에 대대로 터 잡고 사는 부자들이 많다. 또한 이웃한 여러 고을도 뱃길이 편리하여 경성의 사대부들이 모두 여기에서 수송해가는 물산을 바라보고 살고 있다. 깊은 산이나 큰 골짜기가 없기는 하나 바다 모퉁이의 궁벽한 지역이기 때문에 병란이 애초에 들어오지 않으므로 가장 좋은 복지로 일컬어진다.

전라도에서는 남원의 요천蓼川, 흥덕의 장연長淵, 장성의 봉연鳳淵이 기름진 땅으로 이름난 마을이라 대대로 거주하는 토호가 많다.

경상도에서는 대구의 금호琴湖, 성주의 가천伽川, 김산金山의 봉계鳳溪가 밭이 넓고 토질이 비옥하여 신라 때부터 지금까지 인가가 줄지 않는다. 지리와 생리 모두 좋아 대대로 살 만한 땅으로 삼을 만하다. 다만 병란을 피할 수 없는데 오직 가천과 봉계만은 고개와 가까워 치세든 난세든 언제든지 머물러 살 만하다.

경기도에서는 용인의 어비천魚肥川[183]과 음죽의 청미천淸美川[184]이 삼남 지역만큼 땅이 기름져 거주할 만하다.

강원도에서는 원주의 안창계安昌溪[185] 일대와 횡성 읍치에 있는 시내 주변의 풍광이 빼어나고 산의 경치도 매우 훌륭하다. 다만 땅이 척박하여 삼남보다 훨씬 못하다.

황해도에서는 오직 해주의 죽천竹川과 송화의 수회촌水回村이 시내와 산

---

183 어비울魚肥鬱이라고도 표기한다. 용인 읍치에서 남쪽으로 40리 떨어진 곳에 있고, 곡돈현曲頓峴으로 표기된 곱등고개에서 발원하여 서남쪽으로 진위振威의 장호천長好川으로 흘러가는 안성천 지류이다.

184 남한강의 지류로 경기도 용인시 원삼면에서 발원하여 한강으로 합류하는 하천이다.

185 원주시 지정면 안창리 경계를 흐르는 섬강으로 안창수安昌水라고도 한다. 한양으로 가는 교통의 요지로 안창역安昌驛이 있었다.

의 경치가 제법 운치가 있다. 땅도 척박하지 않고 서쪽에 바닷가가 있어 생선과 소금을 팔아 이익을 누릴 수 있으니 참으로 살 만한 곳이다.

황해도와 강원도가 만나는 땅 평강에는 정자연亭子淵이 있는데 황씨黃氏가 대를 이어 사는 곳이다.[186] 철원 북쪽에 자리 잡았고 큰 들 복판에서 평평한 묏부리가 비스듬히 감돌고, 큰 시내가 안변의 삼방치에서 서남쪽으로 흘러 내려오다가 마을 앞에서 더욱 깊고 커져 거룻배를 띄울 수 있을 정도이다. 강기슭의 석벽은 병풍과도 같고, 정자와 누대, 수목이 빚어내는 그윽한 운치가 있다.

서쪽에는 이천 고을이, 북쪽에는 광복촌廣福村[187]이 있다. 안변의 영풍永豐에서 내려오던 물이 광복촌에서 웅덩이를 만난 것처럼 모여 깊어지고 고리처럼 휘돌아서 배를 띄울 수 있다. 땅은 모두 흰 돌과 반짝이는 모래가 깔려 있어 환하고 기이한 기운이 감돈다. 고을 전체에 걸쳐 논이 적으나 광복촌만은 물을 끌어 관개하므로 땅이 매우 기름져서 소출이 많다. 북쪽에는 깊숙한 고미탄古美灘[188]과 험준한 검산劍山[189]이 있어 평상시나 난세나 거주할 만하다. 다만 처한 곳이 너무 궁벽하고 부유한 평민만 거주할 뿐 사대부가 없다는 점은 아쉽다.

---

186 정자연은 철원과 평강 접경지대에 있는 명소로 소금강으로 알려진 명승지이고, 환
선정換仙亭이란 정자가 있었다. 이현석李玄錫의 《유재집游齋集》 권18에 수록한 〈환
선정기換仙亭記〉가 정자연의 아름다움을 잘 묘사한 기문이다. 이 정자연은 관찰사를
지낸 월탄月灘 황근중黃謹中(1560~1633)이 조성하였고, 그의 후손인 황수몽黃壽夢
(1683~?)이 소유하고 있었다.

187 곧 광복동廣福洞을 말한다. 이천부伊川府에서 서쪽으로 30리 떨어진 양음산陽陰山 뒤
쪽에 있는 명승이다. 길이가 40리나 되고 높이가 100여 길이나 되는 석벽이 성곽처럼
둘러싸고 있다. 광복동이 뒤에는 은선동隱仙洞으로 바뀌었다. 신석우申錫愚의 〈광복
동기廣腹洞記〉와 〈춘유광복동기春遊廣腹洞記〉가 광복동의 승경을 묘사한 기문이다.

188 강원도 이천군을 흐르는 임진강의 상류로 고미탄천古未呑川으로 표기하기도 한다.

189 실존하는 산을 가리키는 것으로 추정하나 여기서 말한 위치에는 검산이 없다.

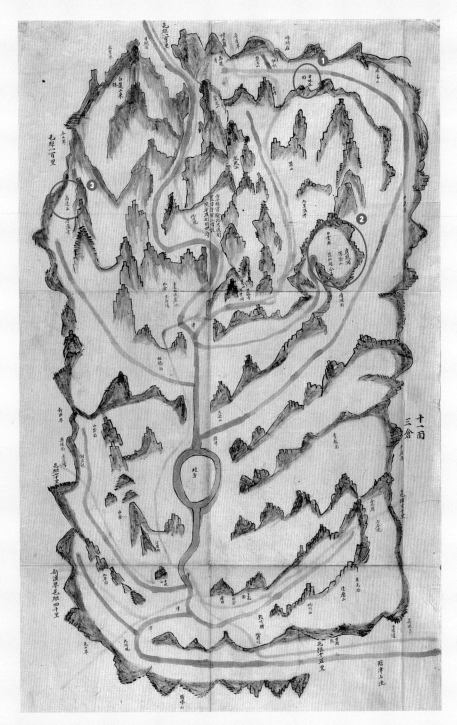

광복촌과 고미탄, 《이천지도》, 1872년, 규장각한국학연구원 소장
임진강 상류 지역인 이천의 지도로 안변의 영풍에서 발원하여 고미탄①으로 흘러내려온 강물이 광복동②
을 거쳐 읍치를 감싸 흘러가는 수세를 볼 수 있다. 양음산으로 둘러싸인 광복동에는 지금은 은선동으로
불린다는 설명이 붙어 있다. 곡산 방향에는 고달산③이 있다.

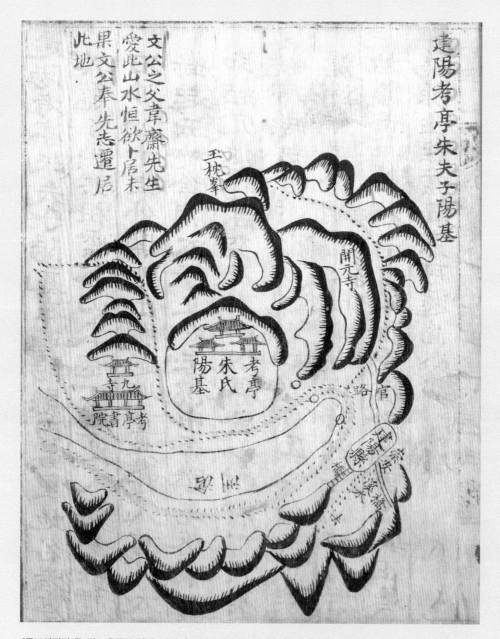

《증보산림경제》 권1, 유중림 편저, 편자 수택본, 1766년, 규장각한국학연구원 소장

중국 복건성 건양현에 있는 주자의 고정考亭 양기陽基를 그린 그림이다. 주자는 아버지가 사랑한 산수에 살 곳
을 장만하고 가까운 무이산을 여행하였다. 주자의 주거지와 주거관은 조선시대 사대부에게 큰 영향을 끼쳤다.

광복촌을 거친 물은 이천 읍치 앞에 와서 더욱 커져 강이 된다. 매년 여름과 가을에 물이 불어나면 세곡을 실은 조운선을 띄워 서울까지 운송한다. 강물이 안협安峽에 이르러 고미탄에서 흘러오는 물과 합류하고, 토산兔山을 지나 삭녕의 징파도에 이르면 물이 맑고 산이 멀찍이 펼쳐지며 비로소 경성 사대부의 정자와 누각이 나타난다.

무릇 산수란 심신을 즐겁게 하고 감정을 발산하게 하는 것이다. 사는 곳에 그런 산수가 없으면 사람을 거칠게 만든다. 그러나 산수가 좋은 곳은 생리가 변변치 않은 곳이 많다. 사람인 이상 자라처럼 제 등껍질을 이고 살거나 지렁이처럼 흙을 파먹고 살 수는 없으니, 그냥 산수만을 취하여 삶을 영위할 수는 없다. 차라리 기름진 땅과 넓은 들이 있어 지리가 좋은 곳을 선택하여 집을 짓고 살면서, 10리 밖이나 반나절 거리에 경치가 아름다운 산과 물을 두고, 흥취가 일어날 때마다 가서 시름을 풀거나 하루 이틀 묵고 돌아오는 것이 낫다. 이야말로 훗날까지 이어갈 만한 좋은 방법이다.

옛날에 주자는 무이산武夷山의 산수를 좋아하여 냇물 굽이와 봉우리 꼭대기에 대해 일일이 글을 지어 아름답게 묘사하기는 했으나 그곳에 집을 짓고 살지는 않았다. 그는 일찍이 "봄철에 저곳에 가면 붉은 꽃과 푸른 잎이 서로 어우러져 나름대로 나쁘지 않다."[190]라고 하였다. 산수를 좋아하는 후세 사람은 주자의 방법을 모범으로 삼아도 좋다.

---

190 《회암집晦庵集》 권36에 실린 〈답진동보答陳同甫〉에 나오는 말이다. 무이산은 중국 복건성에 있는 명산으로 주자는 이 산을 사랑하여 무이정사武夷精舍를 짓고 학생을 가르쳤으며, 이 산을 묘사한 많은 작품을 남겼다.

결론

우리나라에 어찌 사대부가 있겠는가? 중국의 사대부는 오호五胡[1]의 후예를 제외하고는 모두 제왕이나 성현의 후손으로서 요, 순, 문왕, 무왕, 주공, 공자가 만든 법과 제도를 실천하였으니 이들이야말로 진정한 사대부이다. 반면 우리나라의 이른바 사대부란 모두 우리나라 사람의 후예일 뿐이다. 우리나라는 중국 영토 밖에 위치하여 우임금이 성姓을 내릴 때[2] 참여하지 않았으니, 그냥 하나의 동이일 뿐이다. 다만 기자의 후예가 선우씨가 되었고, 고구려의 후손이 고高씨가 되었으며, 신라 왕족들인 박朴씨·석昔씨·김金씨와 가락국 임금인 김씨는 모두 제왕으로서 자기 성을 정하였다. 이들은 고귀한 종족이다.

신라 말엽에 중국과 교류하면서 비로소 성씨를 제정하였다. 그러나 벼슬아치와 사족만 겨우 성을 가졌고, 일반 백성은 아무도 성이 없었다. 고려가 삼한을 통일한 뒤에 비로소 중국의 성씨 제도를 본떠서 팔도에 성을 나눠주어 누구나 성을 갖게 되었다. 그러나 성을 나눠주기 전에는 계파가 제각기 달랐으므로 관향貫鄕이 같은 이들만을 따로 골라서 같은 성姓으로 간주하였다. 관향이 다른 경우에는 성이 같더라도 한 집안으로 여기지 않고, 혼인을 막지 않았으니 선조가 다르기 때문이었다. 그렇다면 고려에서 내려준 성씨를 존귀하게 여길 것이 뭐가 있으랴? 오늘날의 사대부들이 자기 성씨를 꽉 붙들고 남은 못났고 저는 잘났다고 제멋대로 싸우니 하는 짓이 어리석다.

우리 조선왕조가 국운이 트여 명분을 바탕으로 나라를 세운 이래 지금까지 사대부의 명목이 대단히 성대해졌고 많아졌다. 오로지 문벌을 따져

---

1 후한 이후부터 남북조 시대에 이르기까지 북방에서 이주하여 열여섯 나라를 세웠던 다섯 이민족으로, 흉노匈奴·선비鮮卑·갈羯·저氐·강羌이다.

2 하나라 우임금이 구주九州의 치수 사업을 마친 뒤 토지를 주어 나라를 세우고, 성을 내려 종족을 세운 사실을 말한다.《서경》〈우공禹貢〉에서 "땅과 성을 내렸다.(錫土姓.)"라고 하였다.

인재를 등용한 지 오래되었기 때문이다. 신분과 계급이 매우 많아서 종실과 사대부는 조정에서 높은 벼슬을 하는 집안이고, 그 아래 사대부는 지방 고을의 품관으로 중정中正이나 공조功曹[3]와 같은 부류이다. 그보다 아래로는 사서인士庶人 및 장교, 역관, 산원算員, 의관醫官이나 지방의 한산인閑散人(실직을 받지 못한 무과 합격자)이 있다. 이들보다 더 아래에는 서리, 군호軍戶, 양민 따위가 있으며 더 아래로는 신분이 비천한 공노비와 사노비가 있다. 노비에서 서울과 지방의 서리까지가 하인下人으로 하나의 계층이고, 서얼 및 잡색인이 중인으로 하나의 계층이다. 품관과 사대부는 똑같은 양반이라 말하기는 하지만 품관이 따로 하나의 계층이고, 사대부가 따로 하나의 계층이다.

사대부 중에는 또 대가大家와 명가名家의 등급이 있어 명목이 대단히 많은 탓에 혼인과 교유를 트지 않는다. 이처럼 신분에 구애되어 편협하게 굴다 보니 가문이 번성하거나 쇠퇴하고, 유지되거나 망하는 변화가 일어나지 않을 수 없다. 그래서 사대부가 평민으로 전락하기도 하고, 평민이 오랜 세월 지나다 보면 신분이 상승하여 점차 사대부가 되기도 한다. 이런 까닭에 선우씨는 평안도의 품관이 되어 지금은 사대부가 나오지 않는다. 석씨와 왕씨, 고씨는 씨가 말랐고, 오로지 신라의 박씨와 김씨 및 가락국의 김씨가 왕가의 후손으로서 지금까지 귀하고 현달하여 번창하고 있다. 김씨와 박씨 두 개의 성이 우리나라의 으뜸가는 종족이다.

또한 우리나라에 자손을 남긴 중국인이 많다. 기자와 위만을 따라온 사람도 있고, 고려 왕비가 된 원나라 공주를 따라온 사람도 있다. 고려와 원나라가 한 나라로 통합되면서 백성들의 왕래를 막지 않았으므로 이주해 와서 눌러앉은 사람들도 있다. 이 경우에는 고려에서 내린 성씨가 아니고

---

3 중정은 중국 삼국시대 위나라 때 지방에 설치한 하급 관직으로 당나라 때 폐지되었다. 공조는 한나라와 당나라 때 지방에 둔 하급 관리로, 지방의 잡무를 맡아보았다.

계파가 분명치 않으며 자손 중에 현달한 이도 적다. 중원에서 이주하여 현달한 집안을 이룬 종족을 말하면, 온양 맹孟씨, 연안 이李씨, 여주 이씨, 남양 홍洪씨, 원주 원元씨, 해주 오吳씨, 의령 남南씨, 거창 신愼씨, 창원 황黃씨 등이 있어 저 부류에 들어가지 않는다. 나머지는 모두 고려에서 내린 성일 뿐이다. 따라서 지금 세상의 사대부 족보를 따져보면 집안을 일으킨 시조가 저들 가운데서 많이 나왔다.

그러나 사물이란 오래 묵으면 변하기 어려운 법이다. 고려 이래 지금까지 800여 년 동안 비천한 집안이 존귀해져서 이런 가풍을 여러 세대에 걸쳐 계승하고 덕행과 업적이 충분히 역사를 빛내고 문헌에 전해질 만하다면, 이들이 어찌 중국의 최崔씨, 노盧씨, 왕王씨, 사謝씨와 같은 큰 문벌 귀족[4]보다 못하겠는가?

우리 왕조는 고려보다 문명이 더 찬란하다. 옛날에 세종대왕께서는 성인의 자질을 타고나 군사君師의 위치에 오르셔서 온 세상 사람을 예법과 명교名敎의 세계로 이끄셨다. 그러자 사대부들이 집집마다 문장을 연마하고 도덕을 닦아서 문채文彩가 찬연히 빛나 명나라 사대부와 다름이 없어졌다. 그런 까닭에 재주와 학식이 거칠고 엉성하면 촌뜨기라 부르고, 혼인을 조금만 격이 맞지 않게 하면 오랑캐로 취급하며, 행실에 작은 흠이라도 있으면 사귀는 친구로 끼워주지 않았다. 갑옷 입은 무인과 장사하는 상인은 비록 사대부 집안 출신이라도 천하게 여겼다. 따라서 사대부 되기가 자연스레 어려워져 반드시 글과 학문을 배우고 행실과 의리를 힘써 닦으며, 몸을 잘 수양하고 집안을 잘 다스리고 나서야 비로소 세상

---

4 네 개의 성씨는 동진 이후 중국을 대표하는 4대 명문가였다. 《구당서》 권61의 〈두위전竇威傳〉에 당나라 고조가 두위에게 내사령을 시키면서 "근일에 관동 사람들이 최씨나 노씨와 혼인하면 좋아하고 자랑하는데, 그대는 황제의 인척이 되었으니 영달하고 귀하지 않은가?"라고 한 말이 전한다.

에서 사대부로 행세할 수 있었다. 그러므로 출사出仕하거나 은거하거나 이름이 없거나 현달하거나 가릴 것 없이 행동거지 하나 내뱉는 말 한마디가 모두 남들이 지적하고 눈여겨보는 대상이었다.

세종대왕으로부터 선조에 이르기까지 200년 동안 시운時運에 성쇠가 있어서 좋은 사람만 있을 수는 없었기에 편론偏論이 크게 일어났다. 그리하여 현자라고 해도 꼭 남을 굴복시키지는 못하고, 모자란 사람은 쉽게 몸을 감추게 되었으니, 사대부가 행세하고 이름을 드러내기가 더욱 어려워졌다. 나라의 제도가 사대부를 우대하고 존중하기는 하지만 사대부를 죽이는 형벌을 가볍게 시행한 탓이다. 따라서 선량하지 않은 자가 뜻을 펼치기만 하면 매번 나라의 형벌을 빙자하여 사사로이 원수를 갚기 때문에 사대부를 죽이는 사화가 여러 차례 일어났다. 명성이 없으면 버림받고 명성을 얻으면 시기를 받으며, 시기하면 기필코 죽이고야 마니, 참으로 벼슬하기 어려운 나라이다.

나라가 쇠퇴하자 시비是非 다툼이 커졌고, 다툼이 커지자 복수심이 깊어졌으며, 복수심이 깊어지자 서로 원수를 죽이는 함정을 파서 몰아넣었다. 아! 사대부가 조정에서 제 자리를 얻지 못하면 산림山林에서 살면 된다.[5] 이것이 고금古今에 통하는 처신이건만 지금은 그렇지 않다. 불행히도 무신년의 역적들은 신분이 사대부인데도 불구하고 향촌에서 역모를 주동하였다. 그래서 역적을 소탕하고 난 뒤에 조정은 항상 깊고 으슥한 산림에 큰 도적들이 암약한다고 의심하였고, 설령 도적으로 의심하지 않더

---

5 당나라 한유韓愈가 〈29일 뒤에 다시 올린 상서後二十九日復上書〉에서 한 말이다. "그러므로 도를 행하는 선비가 조정에서 제 자리를 얻지 못하면 산림에서 살면 됩니다. 산림이라는 곳은 홀로 선행을 하고 자신을 수양하면서 천하를 걱정하지 않는 선비가 안주할 수 있는 곳입니다. 천하를 걱정하는 마음을 가진 사람이라면 그렇게 못합니다.〔故士之行道者, 不得於朝, 則山林而已矣. 山林者, 士之所獨善自養而不憂天下者之所能安也, 如有憂天下之心, 則不能矣.〕"

라도 속마음을 의심하고 사리에 어긋날 뿐 아니라 편벽하다고 몰아붙였다. 형편이 이러하니 조정에 나아가 벼슬하려고 하면 칼과 톱, 큰 솥으로 혹형酷刑을 가하려는[6] 자들의 다툼이 아옹다옹 끊이지 않고, 재야로 물러나 거처하려고 하면 첩첩의 푸른 산과 겹겹의 푸른 강이 없는 것은 아니지만 끝내 떠나기도 쉽지 않다. 그렇다면 사대부는 장차 어디로 가야 한단 말인가?

떠나지 못할 곳은 산림뿐만이 아니다. 말 한마디, 행동 하나에도 의심의 눈초리를 던지는 대상은 품관이나 중인, 하인이 아니고 항상 사대부이다. 높은 벼슬을 하든 이름 없이 묻혀 있든, 등용되든 버림받든, 재야에 있든 조정에 있든 몸을 둘 곳이 거의 아무 데도 없다. 이 지경에 이르러 다들 책을 읽고 학업을 닦아 사대부가 된 것을 후회하며, 도리어 농부와 장인·상인이라는 신분을 들먹이며 부러워하기까지 한다. 예전의 사대부는 태연하게 농부와 장인·상인 위로 자긍심을 가졌는데, 오늘날에는 사실상 그들만 못한 점이 있다.

현상이 극단에 이르면 처음으로 돌아오는 것은 이치상 당연하다. 그러므로 온 천하에서 한 번 사대부라는 이름이 붙으면 갈 곳이 아무 데도 없다. 그렇다면 장차 사대부라는 이름을 버리고 농부나 장인, 상인 사이로 들어가 살면 자기 몸을 안전하게 지키며 이름을 드러낼 수 있을까? "그렇지 않다!"

오늘날 편론의 해악은 사대부에게만 미치는 것이 아니다. 품관과 중인으로부터 가장 천한 일을 하는 천민에 이르기까지 제각기 어울리고 친하게 지내는 사대부를 빌미로 남들이 이름 붙이고 손가락질하는 일을 피해

---

6 원문은 도거정확刀鉅鼎鑊으로 매우 잔혹하고 무거운 형벌을 가하는 중국 고대의 형구刑具이다. 도刀는 거세去勢하는 데 쓰는 칼이고, 거鉅는 월형刖刑에 쓰는 톱이며, 정확鼎鑊은 사람을 삶아 죽이는 큰 솥이다.

가지 못한다. 농부나 장인, 상인이라 해서 유독 서로 친하게 지내는 사대부가 없겠는가? 이들이 목석이나 금수가 될 수 없는 이상 이들과 더불어 이 세상에서 함께 살아가므로, 고개를 들고 눈을 뜨면 바로 사물과 접촉하게 된다. 사물과 접촉하면 친하거나 소원한 관계를 낳고, 친하거나 소원한 관계는 좋아하고 싫어하는 마음을 낳는다. 친하고 좋아하면 존경하거나 따르거나 화합하는 관계를 맺고, 소원하고 미워하면 헤어지고 등지는 관계를 낳는다. 같은 패냐 다른 패냐 한 번 낙인찍히면 바로 경계가 구분되어 저쪽도 이쪽으로 들어오지 못하고 이쪽도 저쪽으로 들어갈 수 없다. 아무리 중간에 서서 왼쪽으로 갔다 오른쪽으로 갔다 하면서 이익을 챙기려고 해도 그렇게 할 수가 없다. 이 경계는 이들을 옴짝달싹 못하게 가두어 산과 물이 아닌데도 철벽같이 견고하고, 특정한 처소가 없는데도 정해진 위치가 확고하니, 누구도 제 힘으로는 여기서 벗어날 길이 없다. 이것이 지금 세상에서 벌어지는 편론의 실상이다.

이러한 편론이 사대부에게서 처음 생겼으나 말단의 폐단으로 인해 절대 상대를 용납하지 못하는 지경에 이르렀다. 옛말에 "불이 나무에서 생기나 불이 일어나면 반드시 나무를 태워버린다."라고 하였다. 따라서 나는 말한다. 동쪽에서도 살 수 없고, 서쪽에서도 살 수 없으며, 남쪽에서도 살 수 없고, 북쪽에서도 살 수 없다. 이와 같다면 장차 살 땅이 없어지고, 살 땅이 없어지면 동서남북이 없어지며, 동서남북이 없어지면 이는 바로 혼돈의 태극 그림 한 폭을 방불케 한다. 이렇게 되면 사대부가 없어지고, 농부와 장인·상인도 없어지며, 마찬가지로 사람이 살 만한 장소도 없어진다. 이것을 '사람이 살 수 있는 땅이 아닌 땅'이라 일컫는다. 그리하여 《사대부가거처》를 지었다.

발문

《택리지》 후발

이중환

옛날에 공자께서는 도가 펼쳐지지 않자 노나라 역사책인 《춘추》를 빌려 왕도를 행한다는 명분으로 선행을 칭찬하고 악행을 꾸짖었다. 이는 실제로 일어난 사건에 빗대어 자기 생각을 표현한 것이다.

장자莊子는 세상에는 나서지 않고 글을 여러 편 지어 굉장하고 활달하며 빼어나고 요란한 말을 뱉어내 만물을 똑같이 보고, 장수와 요절을 같은 일로 보며, 범인과 성인을 뒤섞어버렸다. 이는 허구에 빗대어 자기 생각을 표현한 것이다. 허구와 실제라는 차이가 있으나 자기 생각을 표현한 점은 똑같다.

예전에 내가 황산 강가에 머물 때, 여름날에 할 일이 없어 팔괘정¹에 올라 더위를 식히면서 우연히 논의한 내용을 책으로 저술하였다. 이 책에 우리나라의 산천과 인물, 풍속과 정치, 연혁과 치란治亂, 잘잘못과 좋고 나쁨을 차근차근 기록하였다.

옛사람이 "예절이니 음악이니 하는 말이 어찌 꼭 옥과 비단, 종과 북만을 가리키는 말이랴?"²라고 했다. 나는 이 책에서 살 만한 땅을 가려 살고자 해도 살 만한 땅이 없음을 한스럽게 여겨 이를 기록했을 뿐이다. 글

---

1 충남 논산시 강경읍 황산리에 있는 규모가 큰 정자로 김장생이 지었다. 지금도 잘 보존되어 있다.

을 살려서 읽을 줄 아는 분이라면 문장 밖에서 참뜻을 찾아보는 것이 좋
으리라.

아! 실제의 일은 국가의 법령과 제도이고[3], 허구의 일은 아주 작은 겨
자씨 속에 거대한 수미산을 집어넣는 일이다.[4] 훗날에는 틀림없이 그 차
이를 분별하는 사람이 나타날 것이다.

신미년(1751) 초여름 상순에 청화산인이 쓰다.

───

2 《논어》의 〈양화陽貨〉에 실린 "공자께서 '예절이라 하는 말이 옥과 비단을 말한 것이겠는
　　가? 음악이라 하는 말이 종과 북을 말한 것이겠는가?'라고 말씀하셨다.〔子曰: 禮云禮云,
　　玉帛云乎哉? 樂云樂云, 鍾鼓云乎哉?〕"라는 대목에서 나왔다. 예절과 음악의 근본은 따로
　　있으므로, 옥과 비단, 종과 북 같은 말단의 물질과 형식에서 찾지 말라는 뜻이다.

3 원문은 관석화균關石和勻으로 국가의 법령과 제도를 비유한다. 《서경》의 〈오자지가五子
　　之歌〉에 "관석과 화균이 왕부에 있다.〔關石和勻, 王府則有.〕"라고 되어 있는데, 왕부는 국
　　가의 물품을 보관하는 창고이고, 관석과 화균은 표본이 되는 도량형을 가리킨다.

4 불교에서 겨자씨는 매우 작음을, 수미산은 매우 거대함을 비유한다. 《유마경維摩經》의
　　〈불가사의품不可思議品〉에 거대한 수미산을 겨자씨 속에 넣어도 크기가 늘거나 줄지
　　않는다는 말이 나온다.

《택리지》 발

목성관[1]

《택리지》는 바로 청화산인이 지은 책이다. 지금 읽어보니, 조선 팔도에서 살 만한 땅을 주제로 자기 생각을 표현했는데, 청화산인의 뜻이 어찌 여기에만 있으랴?

역대 왕조의 연혁과 인재의 성쇠, 풍속의 좋고 나쁨 등 논하는 주제마다 정성을 쏟아서, 다룬 일은 간략하나 수집한 자료는 방대하고, 주장은 소략하나 모든 내용을 포괄했으니 번듯한 우리나라 역사서 한 권이다.

산천과 도로의 평탄하고 험한 지형이나 관방關防과 성지城池의 흥폐興廢를 마치 눈으로 확인하고 발로 답사한 것처럼 크든 작든 무엇 하나 빠뜨리지 않았다. 이 점에서는 축목祝穆이 지은 《방여승람方輿勝覽》[2]과 같다. 그리고 공사公私의 재물이 생산되는 경위나 산과 바다에서 산출되는 물품의 귀천을 거의 터럭을 나누고 실오라기를 가르듯이 곡진하게 조리를 갖춰 썼다. 이 점에서는 반고班固가 지은 〈식화지食貨誌〉[3]와 같다.

상하 고금의 수백 수천 년 동안 일어난 사건을 아주 미세한 일까지 모

---

1 자는 돈시敦詩, 호는 기계沂溪 또는 불과헌弗過軒이며, 본관은 사천이다(1691~1772). 집안이 경기도 양주군 해등촌(지금의 서울 도봉구 방학동)에 세거하였다. 매계梅溪 목 서흠睦叙欽의 후손으로, 조부는 목임일, 부친은 목천현이다. 이중환의 처조카이다.

2 송나라 학자 축목이 지은 지리서로 중국 각 지방의 역사와 풍습을 기록하고, 제영시題詠詩를 많이 수록하였다. 축목은 자가 화보和父로 《사문유취事文類聚》를 지었다.

두 갖추어 써서 더 이상 남겨둔 것이 없었다. 또 풍수가의 아련하고 모호한 말이나 신선과 부처의 신령하고 기이한 행적까지 아울러 다 수록하였다. 총명하고 해박하며 글솜씨가 좋은 분이 아니라면 어떻게 이런 책을 저술할 수 있으랴?

아! 우리나라에서 대보단을 건립한 한 가지 일은 참으로 만고에 큰 의리를 밝힌 것이다. 다만 우리에게 은덕을 베푼 명나라 여러 사람에게는 배향하는 은전을 아직도 베풀지 않고 있으니 이 점만은 정말 유감이다. 지금 이 글의 지은이는 석성, 형개, 양호, 이여송 등 네 분을 사모해 마지 않았다.[4] 정녕 지은이의 말을 옳다 여겨 따르는 사람이 세상에 나타난다면, 이는《시경》의 〈하천下泉〉 마지막 장章에서 천자를 도운 순백郇伯을 추모한 것과 취지가 같다.[5] 나는 그 취지에 특히 감동하는 바이다.

임신년(1752) 초여름에 불과헌산인弗過軒散人이 쓰다.

3　반고가 지은《한서漢書》의 10지志 가운데 하나로 경제 제도와 연혁을 기록하였다. 반고는 자가 맹견孟堅으로 후한의 역사가이다.

4　조선은 선조 27년(1594) 비변사의 건의에 따라 명나라 장수 석성, 형개, 양호, 이여송 등을 사당을 세워 제사하였다. 그러나 이중환은 사당에서 제사하는 데 그치지 않고 대보단에 함께 배향해야 옳다고 주장하였다. 관련 주장이 〈복거론〉 '산수'에 나온다.

5　《시경》의 〈하천下泉〉은 천자를 도와 많은 공을 세운 순백을 찬미한 시이다. 마지막 장에서 "사방 나라에서 받드는 임금이 계신데, 순백이 그를 위로해드리네.〔四國有王, 郇伯勞之.〕"라고 했다. 조나라 사람들이 난세에 공을 세운 주나라 문왕의 후예인 순백을 기리며 지은 시이다.

《택리지》 발

목회경睦會敬[1]

사대부라는 말이 쓰인 지는 오래되지 않았다. 진晉나라와 송나라 이후 왕씨, 사씨, 최씨, 노씨 같은 귀족 집안에서 비로소 쓰였음이 분명하다.

옛날에 이른바 '사士'는 경전의 구두를 떼고 뜻을 분별하는 일을 했는데, 하는 일은 달라도 농인·공인·상인과 더불어 섞여서 살았다. 훗날에 이른바 '사대부'는 옛날의 세습되는 경이나 세습되는 대부를 지낸 문벌 집안 사람이다. 따라서 거주하는 곳이 농인·공인·상인과 완전히 떨어져, 서로 뒤섞여서 부대끼며 살지 않았다. 조정으로 진출하여 벼슬하게 되면, 서울의 인산인해를 벗어나 아침저녁 출입을 금지하는 궁궐 밖에 거주해야 마땅하고, 초야에 물러나 살게 되면, 이름난 도회나 큰 고을 중 아름다운 산과 경치 좋은 강물이 있고, 벗과 친지가 모여 있는 곳에 살아야 마땅하다. 그렇다면 사는 집과 사는 마을을 가리지 않을 수 없다.

청화 이 선생은 명문가 자제로 젊은 나이에 과거에 급제하고 문장과 학식, 재주와 지모가 당대에 제일이었다. 임금의 정책을 빛내고 국론을 도와서 순탄히 높은 관직에 틀림없이 오를 것만 같았다. 불행히도 문장

---

1 자는 공집公集, 호는 동계기인東溪畸人이다(1698~1782). 매계 목서흠의 후손으로 부친은 목천두睦天斗이며, 목성관과 8촌 형제지간이다.

이 운명의 영달을 미워하고[2] 귀신도 시기하여 먼 길 가는 수레가 번번이 지체되고 가로막혀 사방을 떠돌아다니는 신세가 되어 집을 지어 살 터전 조차 없어졌다. 종국에는 늙은 농부나 늙은 나무꾼이라도 되려고 했으나 그마저도 될 수가 없었다. 《택리지》를 지은 동기가 여기에 있다. 그런데 서쪽도 마땅치 않고 북쪽도 마땅치 않으며 동쪽과 남쪽에도 마땅한 땅이 없어서 아무 데도 갈 곳이 없어 움츠러든다는 탄식을 토해냈다.[3] 간사하고 험악한 인심과 박절하고 저급한 세상길을 여기에서 확인하게 되니 선생의 품은 뜻이 가련하다 하겠다.

그렇지만 거주지는 내 몸을 편안하게 하는 장소이므로 곧 외형이요, 마음속으로 기꺼워하는 것은 눈에 보이지 않으므로 곧 내면이다. 내면과 외형을 잘 분별하고 판단하여 몸을 빈 배와 같이 여겨 가는 곳마다 편하게 여긴다면 창끝으로 쌀을 일고 칼끝으로 불을 때는 험난한 세상[4]이라 해도 어느 곳이든 아름다운 장소일 것이다. 장차 늙은 농부나 어부와 함께 자리를 다투면서 허물없이 지낼 터인데[5], 살려는 땅을 굳이 가릴 필요가 어디 있으랴?

임신년(1752) 동짓달에 동계기인이 쓰다.

2　두보의 〈하늘 끝에서 이백을 그리워하다(天末懷李白)〉에 나오는 "문장은 운명의 영달을 미워하고, 귀신은 사람이 다가오는 걸 기뻐하네.[文章憎命達, 魑魅喜人過.]"에서 나온 말이다. 문인의 운명이 기박하여 불우한 처지가 됨을 의미한다.

3　이중환이 탄식한 내용은 〈결론〉의 끝부분에 보인다. '아무 데도 갈 곳이 없어 움츠러든다는 탄식'은 《시경》의 〈소아小雅〉 '절남산節南山'의 "내가 사방을 둘러보아도 움츠러들어 달려갈 곳이 없구나.[我瞻四方, 蹙蹙靡所聘.]"라는 구절에서 나온 말이다.

4　세상에서 가장 위험한 상황을 가리키는 말로 《세설신어世說新語》에 나온다.

5　《장자》의 〈우언寓言〉에서 나온 말로 양자거陽子居란 사람이 노자老子에게 가르침을 듣고 오만하던 태도를 고쳐 소탈하게 되자, 사람들이 그와 더불어 좋은 자리를 서로 다툴 만큼 친숙해졌다. 꾸밈없는 순박한 태도로 서민들과 잘 어울리는 태도를 비유한다.

《팔역가거처》 발

이봉환李鳳煥[1]

공자께서 처음에는 마을을 가려서 살아야 한다는 말씀을 하고도 나중에는 구이에서 살고 싶다고 하셨다. 더구나 지금 온 천하에 오직 조선만이 깨끗한 땅이라, 공자께서 다시 태어난다면 틀림없이 동쪽 바다를 건너 조선으로 올 것이다. 그렇다면 살 만한 곳으로 조선 땅보다 나은 데가 어디에 있겠는가?

그렇건만 청화자는 도리어 조선 팔도 안에 살 만한 곳이 없다 하였으니, 어쩌면 그리도 공자의 선택과 다를까? 그러나 공자 때부터 벌써 사람들은 조선이 누추하다고 의심을 품었고, 지금은 한층 더 누추해졌으니 청화자의 이런 주장이 아무래도 이 때문에 나오지 않았겠는가?

그렇기는 하지만 공자께서 구이에 살고자 하셨어도 실제로는 살지 않으셨다. 청화자는 이 땅에 태어났으니 살고 싶지 않아도 그냥 살지 않을 도리가 없다. 다만 성인이 말한 누추한 땅에 사는 군자의 자세로 이 땅에 산다면 앞에서 말한 살 수 없는 땅도 모두 살 만한 땅으로 금세 바뀔 것이다. 그렇다면 동쪽도 살 만하고, 서쪽도 살 만하며, 남쪽도 북쪽도 살

---

1 자는 의서儀瑞, 호는 용문龍門, 본관은 여주이다(1685~1754). 이중환의 셋째 작은아버지인 이연휴의 아들로 사촌형이다. 이봉환의 부친이 대사헌을 지낸 이항李沆의 양자로 갔다.

만하리라. 그래도 살 만한 땅이 없다고 말하겠는가?

계유년(1753) 늦봄에 용문산인龍門散人이 쓰다.

《택리지》발

홍중인洪重寅[1]

나는 이렇게 생각한다. 갖추기 어려워도 기어코 완전히 다 갖추고 싶은 일을 옛사람은 "허리에 10만 꿰미의 돈을 차고, 학을 타고 양주로 날아가고 싶다."[2]라는 말로 비유하였다. 재미 삼아 해본 말이기는 하지만 이치로 보면 사실이 그렇다.

지금 이 책의 지은이가 논한 내용을 살펴보니, 그야말로 완벽한 대결작大結作[3]의 명당을 기필코 얻으려 하였다. 게다가 토지가 기름지고 산천이 맑고 아름다우며, 배가 드나들어 생선과 소금을 팔아 얻는 이익이 있으며, 전란의 재앙을 피할 수 있는 곳과 서울에서 멀리 떨어지지 않은 조건까지 모두 갖춰야 살 만하다고 말했다. 그중에서 한 가지 조건도 갖추기 힘들건만 어떻게 서너 가지 조건을 모두 갖추겠는가? 우리나라에는

---

1 남인계 학자로 본관은 풍산, 자는 양경亮卿, 호는 화은花隱이다(1677~1752). 원주목사, 돈녕부도정 등을 지냈다. 이중환의 큰처남댁 홍씨洪氏가 홍중인의 누이이다. 저서에는 《아주잡록鵝州雜錄》과 《동국시화휘성東國詩話彙成》, 《사칠변증四七辨證》 등이 있다.

2 옛날에 네 사람이 모여 각자 소원을 말하였는데, 한 사람은 돈 10만 관을 가지고 싶다고 했고, 한 사람은 양주자사가 되고 싶다고 했으며, 한 사람은 학을 타고 하늘에 오르고 싶다고 했다. 마지막 사람은 "나는 당신들의 소원을 모두 합쳐서 허리에 10만 관을 차고 학을 타고 양주의 하늘에 날아오르고 싶네."라고 하였다.(《고금사문유취古今事文類聚》 후집後集 권42 〈우충부羽蟲部 학鶴 기학상양주騎鶴上揚州〉)

3 풍수지리에서 진룡眞龍이 크게 서려 있는 명당을 말한다.

본디 이와 같은 조건을 갖춘 땅이 없다. 이 사람은 분명히 한평생을 길 위에서 바쁘게 오가다가 숨을 크게 헐떡이며 목이 말라 죽는다 해도 끝내 반걸음도 벗어나지 못할 것이다.

또 편당偏黨의 폐해와 풍속의 각박함을 논박하여, 한 지방에서 홀로 패권을 잡고 남들과 함께 거주하려 하지 않는 자들의 형태를 비난하였다.[4] 정작 자기가 돌아가 살려는 땅의 경우에는 결국 같은 당색이 거주하는 땅이나 아예 사대부가 없는 땅을 가려서 거주하려고 하였다. 어떻게 남들이 하는 짓은 비난하면서 자기는 그렇게 하기를 원할까? 천지 사이에 사람이 살아갈 때 고라니나 사슴과 무리를 지어 살거나 나무나 돌과 짝이 될 수 없으므로 사람은 사람과 더불어 함께 살아가야 한다. 무엇하러 구태여 지레짐작하여 갈 길을 막아버리고 광활한 세계를 스스로 좁혀놓는단 말인가?

지금 세상의 사대부들이 겪는 앙화를 두루 살펴보면, 당론에서 나온 앙화가 많고, 또한 본인이 평소에 주장했던 당론으로 말미암아 앙화에 많이 걸린다. 또 사귀던 사람이나 친분이 두터운 사람으로 말미암아 앙화가 일어나기도 한다. 사정이 이렇다면 장차 어디로 가서 누구와 함께 살아야 할까?

또 지리와 생리로 말하자면 이름난 고을이나 큰 도시에도 가난하고 구걸하는 사람이 있고, 외딴 마을과 쇠잔한 마을에도 부유하고 후덕한 사람이 있다. 또 지리와 생리만을 탓할 수 있겠는가?

따라서 사대부가 세상에 나가 살든 지방에 자리 잡고 살든, 마땅히 먼저 자신이 어진가 어질지 못한가를 따져봐야 한다고 나는 생각한다. 자기만 어질다면 어디를 가든 살기 좋은 땅 아닌 곳이 없다. 그렇지 않다면

---

4 〈복거론〉 '인심'에서 한 말이다.

천하가 아무리 크더라도 발을 들여놓을 땅이 결코 없을 것이다. 내가 향촌에 자리 잡고 살면서 서툰 요령을 세 가지 터득하였다. 그래서 여기에 기록한다.

　사대부라면 누군들 이름난 산수와 좋은 농토를 구해서 살고 싶지 않으랴? 그러나 형세상 불가능한 조건이 있으니, 첫째는 친척과 떨어지는 것이고, 둘째는 조상의 묘소와 멀어지는 것이며, 셋째는 맨땅을 일구는 것이다. 이 때문에 선영 아래에서 거주지를 구해 한평생을 마칠 땅으로 삼는 것이 제일 좋다. 내가 소유한 전답이 있는 땅에 가서 거주하는 것 또한 그에 버금가는 좋은 방법이다.

　내가 거주하는 땅은 특별히 가려 고른 좋은 땅이 아니다. 그냥 휑하고 황량한 골짜기일 뿐이다. 수석水石이 빼어난 경치는 고사하고 토질이 척박하여 걱정이다. 하루아침에 우거진 초목을 베어내고 울퉁불퉁한 자갈밭을 깎아내고 집을 지었다. 아우의 집과 겨우 20리 떨어져 있고, 선영이 중간에 있어서 성묘하고 나서 형제가 왕래하며 곧잘 며칠씩 머무르다 돌아온다. 한 달도 쉬는 법이 없으니 인간 세상에 이와 바꿀 만한 다른 즐거움이 있는지 모르겠다. 이유는 여기에 있다.

　초가집은 겨우 비바람을 막고, 음식은 겨우 굶주림과 목마름을 채우며, 옷은 겨우 추위와 더위를 막는 형편이다. 이 밖에 화려하게 꾸미는 짓을 일절 없애서 선대로부터 내려온 선비의 기풍을 실추하지 않았다. 자손들을 가르쳐 책을 읽어 올바른 도리를 알게 하고, 하인들에게 일과를 정해 농사를 지어 아침밥과 저녁밥을 올리게 했다. 집 뒤에는 뽕나무 100여 그루를 심었고, 대문 앞에는 목화를 반 이랑 넓이로 심었으며, 자식들은 젊은 부녀자와 계집종을 이끌고서 실을 뽑고 베를 짰다. 남은 빈 터에는 열댓 가지 채소를 심어서 고기 대신 제사 음식으로 충당하였다. 온 집 안에서 한 해가 다 가도록 힘쓰는 일은 오직 이 몇 가지일 뿐이다.

집을 마련하였으니 먹고 사는 모습이 빈한함과 검소함을 모면하지는 못해도 궁벽한 시골 마을에서 가난하게 살았던 안회顔回[5]나 죽을 때 이불이 짧아 염을 못했던 검루黔婁[6]보다는 훨씬 낫다. 그런 즐거움을 누릴 만한 덕망을 갖추지 못한 점이 늘 마음에 걸렸는데, 심지어 따로 생업을 일구어 자손을 위한 계책을 마련해야 하랴? 향촌에 사는 사람 치고 이익을 불리고 이윤을 남기려 하지 않는 이가 없다. 나만은 끼니 외에는 남아도는 곡식이 없을 뿐만 아니라, 설령 남아도는 곡식이 있더라도 이익을 불리고 이윤을 남기고 싶지 않다.

대저 사람들이 길을 잘못 들어가는 원인으로는 이익을 탐하는 것이 가장 중대하다. 향촌 사람들이 누군가를 천하게 여기고 이웃끼리 원망하는 원인 또한 오로지 여기에 있다. 그리하여 항상 "어진 사람에게 재물이 많으면 그의 지혜가 축나고, 어리석은 자에게 재물이 많으면 잘못이 늘어난다."라는 소광疏廣[7]의 말을 인용하면서 마음 깊이 경계로 삼았다. 이야 말로 내가 향촌에서 살아가는 엉성한 방법이다. 완전하고 결함이 없이 풍수가 좋은 땅을 가려내고, 기름진 논밭을 장만하여 살아가는 사람들과 비교해보면 서툴기 짝이 없다고 할 만하다.

내가 향촌에 산 지 오래되었다. 이웃 마을에서 때때로 찾아오는 사람이 있는데, 그에게 당색이 같은지 다른지를 묻지 않았고, 또 친분이 두터

---

5 《논어》의 〈옹야雍也〉에서 "한 대광주리의 밥과 한 표주박의 물을 먹으며 궁벽한 시골에서 사는 괴로움을 남들은 견디지 못하나 안회는 그 즐거움을 고치지 않았다.〔一簞食 一瓢飲, 在陋巷, 人不堪其憂, 回也不改其樂.〕"라 하였다.

6 춘추시대 노나라 사람으로 집안이 가난해도 출사出仕하지 않고 숨어 살았으며 죽었을 때에는 시신을 덮을 포대기 하나 없었다고 한다.(《고사전高士傳》〈검루선생黔婁先生〉)

7 한나라 난릉蘭陵 사람으로 자는 중옹仲翁이다(?~기원전 45). 태부太傅가 되어 5년 동안 황태자를 가르치다 병을 핑계로 사직을 청원해 물러났다. 그가 고향으로 돌아갈 때 천자는 황금 20근을, 태자는 50근을 각각 하사했다. 본문에 인용한 구절은 이때 하사받은 황금을 친족들에게 나눠주면서 한 말이다.(《한서漢書》 권71 〈소광전疏廣傳〉)

운지 소원한지를 따지지 않았다. 한결같이 허심탄회하게 대하고 거리를 두지 않았고, 주고받은 말은 오직 동네와 집안의 이런저런 잡무뿐이었다. 혹시라도 대화가 조정의 잘잘못이나 고을 원님의 옳고 그름, 또는 시골 마을의 평판에 미치게 되면, 다른 이야기를 꺼내 응수하고 그 일을 두고는 말을 주고받지 않았다.

먼 곳에서 찾아와 늦게 돌아가는 사람이 있으면, 술을 받아다가 권하기도 하고 밥을 지어 대접하기도 하였으나 오는 사람이 내가 오라고 해서 온 이가 아니고 가는 사람을 꼭 붙잡을 생각도 없었다. 누가 뭔가를 빌리려고 오면 있으면 원하는 대로 주고 없으면 실정을 말해주었다. 간혹 관가에 청탁해달라고 부탁하는 사람이 있는데, 감히 그럴 수 없다는 소신을 밝히며 일절 사양했다. 관부에 소속된 사람과 마을의 빈둥대는 잡인의 경우에는 찾아와도 성명을 묻지 않았고 얼굴빛이나 말씨를 형식적으로라도 좋게 꾸미지 않고 대했다. 그래서 한두 번 찾아온 뒤로는 다시 오지 않는 자들이 많았다. 이것이 내가 사람들을 대하는 서툰 방법이다. 이 때문에 큰 명성과 칭송은 못 받을지라도 큰 원망과 비방도 받지 않았다. 당색이 다른 사람을 피해 살거나 사대부가 없는 마을을 가려서 사는 방법과 비교하면 어느 쪽이 낫고 어느 쪽이 못한지 모르겠다.

내가 집을 지은 뒤 집 둘레에 개나리와 남가새를 심어 울타리로 삼았다. 고샅길에는 버드나무 수십 그루를 심고, 문 안에는 홍벽도紅碧桃를 심었다. 마당가의 화단에는 홍매·백매와 미인도美人桃를 심고, 본채 앞으로 물을 끌어와서 아래위로 방지方池와 원지圓池를 하나씩 파고 못 안에는 연꽃을 심었다. 못의 정남쪽에는 산봉우리가 있어 정정亭亭하고도 빼어났다.

봄철이 되면 산꽃이 활짝 피어 복사꽃, 오얏꽃, 매화, 살구꽃이 하나하나 수면에 거꾸로 비쳐 비단 무늬를 이루었다. 그 사이를 걸어가면 향내와 빛깔에 코와 눈이 취하고, 꽃술은 옷자락에 달라붙었다. 나는 이때 "들의 연못에는 봄물이 넘실대고, 꽃 핀 언덕에는 석양이 더디 지네.〔野塘春水漫, 花塢夕陽遲.〕"[8]라는 시구를 읊었다.

초여름에는 원림園林에 산들바람이 불어오고 꾀꼬리가 꾀꼴꾀꼴 노래하는데 손님이 찾아와 문을 두드리지 않았다. 대숲 그늘은 서늘한 바람을 보내오고, 오동나무는 햇살을 가렸다. 문득 앞산 봉우리에 쏟아지던 비가 몰려오면 못물에서 빗방울 소리가 들려 베갯머리 어름에서 후드득 후드득 소리가 울렸다. 평상에 누워 낮잠을 자면 꿈조차도 맑고 서늘하였다. 나는 이때 "북쪽 창가 아래에서 베개 높이고 누워, 태곳적 사람임을 뽐내네.〔高臥北窓下, 自謂羲皇人.〕"[9]라는 시구를 읊었다.

가을 깊어 서리가 내리자 붉은 단풍잎이 온 산에 가득하고 누런 국화는 화단을 채웠다. 지팡이 들고 나막신 신고 숲길을 뚫고 절간에 올라가 멀리 바라보았다. 가야산伽倻山, 도고산道姑山, 광덕산廣德山, 설아산雪莪山[10] 등이 멀리서 가까이서 구름가에 아스라이 보여 마치 움직이는 열 폭의 그림 같았다. 나는 이때 "동쪽 울타리 아래서 국화를 따다 보니, 문득 남산이 눈에 들어오네.〔采菊東籬下, 悠然見南山.〕"[11]라는 시구를 읊었다.

---

8 당나라 시인 엄유嚴維(?~?)가 유장경劉長卿(725?~791?)에게 준 〈유원외가 보낸 시에 화답하다〔酬劉員外見寄〕〉에 나오는 시구이다.

9 도연명이 "여름철 한가할 때 북쪽 창가 아래 베개 높이고 누워 있는데 시원한 바람이 불어오면 자신이 마치 태곳적 사람인 양 뽐낸다.〔夏月虛閑, 高臥北窓之下, 清風颯至, 自謂羲皇上人.〕"라고 말한 적이 있다.(《진서晉書》 권94 〈도잠열전陶潛列傳〉) 이백은 〈정율양에게 장난삼아 주다〔戲贈鄭溧陽〕〉란 시에서 "수수한 거문고는 본디 줄이 없고, 술 거를 때는 갈건을 사용하지. 맑은 바람 부는 북쪽 창가 아래 누워, 스스로 태곳적 사람임을 뽐내네.〔素琴本無絃, 漉酒用葛巾. 清風北窓下, 自謂羲皇人.〕"라 하여 도연명의 말을 차용했다.

10 가야산은 충남 예산군 덕산면과 서산시 운산면·해미면에, 도고산은 아산시 도고면과 예산군 예산읍에, 설아산은 아산시 좌부동·송악면·배방읍에 걸쳐 있는 산이다. 홍중인은 충청도 천안에 살았다.

11 도연명의 〈음주飮酒〉에 나오는 시구이다.

한겨울 큰 눈이 내리자 시골길에는 인적이 끊기고 사립문은 닫혀 있다. 온 집 안이 호젓하고 고요하며 해야 할 일은 모두 끝났다. 창을 열고 바라보니, 산새가 나뭇가지 끝을 스쳐 날아가자 새하얀 눈이 어지러이 떨어져 내렸으니, 이 역시 산속에 살면서 누리는 맑은 감상거리의 하나이다. 옛사람이 "마음에 맞는 곳을 찾으려고 굳이 멀리 갈 필요가 없다."[12]라고 말한 경지가 이것이다. 구태여 왕휘지王徽之처럼 눈 속에 배를 저어가고,[13] 맹호연孟浩然처럼 매화를 찾아갈 필요가 어디 있으랴?[14] 나는 이때 "창밖에는 한창 눈보라가 칠 때, 화로 옆에서 술독을 여네.[窓外政風雪, 擁爐開酒缸.]"[15]라는 시구를 읊었다.

사계절마다 내가 감상거리로 삼은 풍경은 모두 서툴고 질박하며, 참되고 솔직한 삶에서 얻어졌다. 따라서 어렵지 않게 얻었고, 즐거움 또한 끝이 없다. 저 신선이 사는 복된 땅은 조물주가 감추어둔 곳이라 기이한 인연이나 맑은 복을 갖춘 사람이 아니면 들어갈 수 없다. 자나 깨나 그리워하면서 죽을 때까지 끝내 가지 못하는 사람과 비교해보면 누가 낫고 누

---

12 양나라 간문제(549~551)가 화림원華林園에 들어가서는 좌우를 돌아보며 "마음에 맞는 곳을 찾으려고 굳이 멀리 갈 필요가 없다. 울창하게 우거진 이 수목 사이에 들어서니, 속세를 떠난 선경에 와 있는 기분이 절로 든다.〔會心處不必在遠, 翳然林木, 便自有濠濮間想也.〕"라고 말했다.《세설신어世說新語》〈언어言語〉)

13 진晉나라 시절 산음山陰에 살던 왕휘지(?~386)가 어느 날 밤에 큰 눈이 막 멎고 달빛이 휘영청 밝은 풍경을 보고서 갑자기 섬계剡溪에 사는 친구 대규戴逵가 떠올랐다. 바로 거룻배를 타고 밤새도록 가서 다음 날 아침에야 섬계에 도착했는데, 대규의 집 문 앞까지 가서는 흥이 다했다 하여 집에 들어가지 않고 그대로 돌아왔다.《세설신어》〈임탄任誕〉)

14 당나라 시인 맹호연(698~740)은 매화를 몹시 사랑하여 바람과 추위도 무릅쓰고 매화를 찾아서 눈발을 뚫고 갔다. 소식은 〈초상화가 수재 하충에게[贈寫眞何秀才]〉에서 "또 보지 못했는가? 눈 속에서 나귀를 탄 맹호연이, 눈썹을 찌푸리고 시를 읊느라 움츠린 어깨가 산처럼 솟은 것을.〔又不見雪中騎驢孟浩然, 皺眉吟詩肩聳山.〕"이라 읊었다.

15 두목杜牧의 시 〈독작獨酌〉에 나오는 구절이다.

가 못할까? 향촌에 살려고 하는 사대부 중에는 반드시 두 가지 삶에서 잘 선택하는 자가 있으리라.

화은옹花隱翁이 삼졸헌三拙軒에서 쓰다.

《택리지》를 보고서 아이들에게 써서 보여주다

홍귀범洪龜範[1]

《택리지》는 청화산인의 저술로 조선 팔도 산천의 풍기와 풍속의 좋고 나쁨, 인물의 성쇠와 정치·교화의 잘잘못, 생리의 후하고 박함을 모두 갖추어 기록하였다. 사대부가 살 만한 곳에 대해 손바닥을 가리키듯이 또렷하여 여지輿誌보다 더 자세할 뿐만 아니라 참으로 역사 서술의 체계를 갖춘지라, 진정으로 얻기 힘든 저술이다.

책의 끝부분에 남을 모략하여 해치고 서로 죽이는 이야기를 덧붙여 말하고는 "편론이 사대부에게서 처음 생겼으나 말단의 폐단으로 인해 절대 상대를 용납하지 못하는 지경에 이르렀다."[2]라고 결론을 맺었다. 또 짧은 발문에서 "살 만한 땅을 가려 살고자 해도 살 만한 땅이 없음을 한스럽게 여겼다."[3]라고 하였으니, 은연중 삼태기를 멘 은자[4]가 세상을 떠나 동류同類들과 관계를 끊으려는 생각을 드러냈다. 세상 돌아가는 꼴이 과연 그의 말과 같은지라, 이 대목을 읽고 나니 세상이 쇠잔해졌음을

---

1 자는 대백大伯, 호는 활안闊岸, 본관은 부계缶溪이다(1691~1762). 경북 구미 인동仁同에서 살았다. 1727년 생원시에 합격하였고, 성균관에서 공부하였으나 문과에는 오르지 못하고 향촌에서 후학을 가르치며 지냈다. 유고로 6권 3책의 문집《활안집闊岸集》이 전한다.
2 《택리지》〈결론〉에 나오는 내용이다.
3 이중환의《택리지》'후발'에 실려 있는 내용이다.

느끼게 된다.

봉래산, 방장산, 영주산은 해동의 삼신산으로 여지에 실린 곳이다. 산을 넘고 물을 건너면 닿는 곳이라 누구나 왕래할 수 있지만, 사람이 왕래하는 곳은 신선이 사는 세계라 할지라도 시시비비의 불씨에 더럽혀지고 물들었기 때문에 살 땅이 없음을 한스럽게 여긴다는 말을 해도 지나치지 않다. 그러니 하늘 높이 날거나 멀리 도망갈 수도 없고, 그렇다고 세파에 찌들어 함께 뒹굴고 싶지도 않다면, 지조를 지켜 살 길을 어찌 생각하지 않으랴?

붕당은 올바른 이와 사악한 이가 교유하고 편을 가르는 일에서 시작되었으나 점차 고질병으로 굳어져 지금은 득실과 영욕을 결정하는 가장 중요한 관건이 되었다. 세력이 큰 자는 함정을 설치해 범을 잡고, 세력이 작은 자는 태도를 바꾸어 벼룩처럼 빌붙으며 한 시대에 통쾌하게 분풀이하고 있다. 운수가 부침浮沈하는 상황에 따라 재앙과 복록이 그림자나 메아리보다 빠르게 즉시 찾아든다. 이 또한 음양의 소장성쇠消長盛衰와 같은 이치이다.

명철보신明哲保身은 군자에게 귀중한 자세이다. 만일 나 자신이 세상 사람을 시기하지도 않고 탐내지도 않는다면 이렇게 하는 것이 어떠냐! 산이나 들의 깊고 호젓하며 여유롭고 드넓은 곳을 골라 있는 힘껏 곡식을 심고 가꾼다. 한 해 농사의 풍흉에 따라 병과 독을 채워 한 해 동안 쓸 비용을 마련해둔다. 작은 방에 서적을 쌓아두고 아이들을 가르치며 책상을

---

4 어진 은자를 말한다. 공자의 제자 자로子路가 공자를 수행하다 뒤처졌을 때 삼태기를 지팡이에 멘 노인을 만나서 공자의 행방을 물었다. 노인은 생계를 위한 건전한 노동을 하지 않는 이가 그대의 스승이냐면서 꾸짖었는데, 자로가 예를 표하자 노인은 자로를 초대하여 저녁을 대접하고 집에 묵게 하였다. 다음날 공자를 만나 사연을 말하자 공자는 그 노인은 은자라면서 자로에게 다시 가서 군신 간에 버슬하는 의리를 말해주게 하였으나, 노인은 벌써 사라지고 없었다.(《논어》〈미자微子〉)

붙여놓고 얼굴을 마주한 채 책을 읽는다. 어쩌다가 성시城市에서 찾아오는 이가 있고, 그가 조정이나 관청 일을 말하거든 손사래를 치고 고개를 가로저으며 "내 알 바 아니니 그대는 돌아가시오!"라 말한다. 그러고는 막걸리 한 사발을 마시고 코를 골며 한바탕 낮잠을 자다가 "저녁밥 드세요!"라고 알리거든 일어난다. 안과 밖의 식구가 다 모이면 나이 순서대로 둘러앉아서 거친 밥과 소박한 찬일망정 즐거운 마음으로 서로 권한다.

산해진미를 마음껏 먹는 저 부귀한 자들은 여전히 두려움을 품고 살지만 나는 그렇지 않다. 등불 아래에서 달력을 가져다가 춘분과 곡우가 언제인지를 따져보고, 종들에게 농기구를 손질하게 하며, 집안사람에게는 세금을 준비하라 당부하고, 무엇보다 제사에는 경건함을 다하고 손님에게는 예의를 갖춰 맞이하라고 말한다.

과거시험과 벼슬살이는 좋은 일이 아니니, 시험에 합격하고 벼슬에 오르면 검소한 이가 사치스러워지고 공손한 이는 교만해진다. 미끼를 탐내는 물고기는 반드시 낚시에 걸리는 법이다. 초시初試에만 합격해도 문호門戶를 보전하기에 충분하나 그렇다고 초시에 급제하려고 급급하다가 본심을 잃어서는 안 된다. 내 얼굴에 침을 뱉는 사람이 있거든 저절로 마르기를 기다렸다가 웃음으로 노여움과 욕지거리에 답해준다.

당대를 좌우하는 큰 의론議論은 내가 아니어도 맡아서 할 사람이 절로 나타난다. 붕당을 일삼는 이들은 말로는 큰 의론이라고 하지만 온통 사사로움(私) 한 글자가 뱃속에 가득 차 있다. 그래서 마음 쓰임이가 나날이 무너져서 불처럼 뜨겁게 달아오르거나 얼음처럼 차가워져서 생기는 화가 적지 않으니 두려워할 만하지 않은가?

사람을 가려 사귀어 경전과 학문을 논할 때에도 자기 의견을 앞세워서는 안 된다. 공정한 마음으로 남의 말이 옳거든 자기 의견을 접고 순순히 따르고, 남의 말이 옳지 않거든 거듭 깨우쳐준다. 만일 그래도 듣지 않으면, 근래 승부에 집착하는 호당湖黨 낙당洛黨[5]이 자기들끼리 칼을 잡고 싸우고 선인과 악인이 한데 뒤섞여 있는 것도 모두 승부에 집착한 결과이니 본보기로 삼을 만하다.

이처럼 몸을 지킨다면, 전국시대나 오대五代 같은 혼란기의 곽해郭解나 범저范雎[6]처럼 원한 갚기를 좋아하는 사람들 사이에 살더라도 틈이 벌어지지 않을 것이다. 그런 처신이라면 오랑캐 땅에서도 잘 살 수 있으리니 더구나 교화가 잘 펼쳐지는 조선 팔도 안에서야 말해 무엇하랴? 소옹邵雍은 "한평생 남의 이마를 찌푸리게 하지 않았으니, 천하에 이를 가는 이가 없으리라."[7]라고 하였다. 그러나 이런 자세가 지나치면 모난 데가 전혀 없는 사람이 될까 염려된다.

다만 마음속에 의리를 지켜 사랑하면서도 사람의 악함을 알고, 미워하면서도 사람의 장점을 알아서 마음을 함양涵養하고 지혜를 완성할 뿐이다. 살 땅이 없다는 청화자의 말도 사사로움私 한 글자에서 벗어나지 못했으니, 아마도 파도 속에 누운 세존世尊이 물에 빠진 나한羅漢을 비웃는

---

5 조선 후기에 노론 내부에서 학문적 정치적 이견으로 인해 호당과 낙당이라는 당파가 형성되었다. 권상하權尚夏의 문하생인 한원진韓元震과 이간李柬 사이에서 시작되었는데, 한원진은 인물성이론人物性異論을, 이간은 인물성동론人物性同論을 주장하였다. 이간의 주장을 따르는 학자들이 낙하洛下, 즉 서울 출신이 중심이었기 때문에 낙론洛論이라 하고, 한원진의 주장을 따르는 학자들은 호서 출신이 중심이었기 때문에 호론湖論이라 했다.

6 곽해는 전한의 협객으로 의협을 숭상하여 증오하는 이를 반드시 죽이고야마는 성격이었다.(《한서》권92〈유협전游俠傳〉) 전국시대 위나라 재상 위제魏齊는 범저의 갈비뼈와 이를 부러뜨리고 측간에 버렸다. 훗날 범저가 진秦나라 재상이 되어 복수를 꾀하자 진나라 소왕이 위나라 평원군에게 위제를 내놓도록 압력을 넣었다. 위제는 탈출하여 초나라 신릉군에게 의탁하였으나 예우를 받지 못하자 분노하여 자살하였다.(《사기》권79〈범저채택열전范雎蔡澤列傳〉)

7 소옹(1011~1077)은 북송의 학자이다. 《이천격양집伊川擊壤集》에 실린 〈벼슬에 임명하는 조칙이 세 번째 내려오자 마을 사람에게 응하지 않겠다는 뜻으로 답하다[詔三下 答鄉人不起之意]〉에 나오는 시구이다.

꼴에 가까우리라.[8]

<hr/>

8 "파도 속에 누운 세존이 물에 빠진 나한을 비웃는다.〔波底世尊, 臥笑落水羅漢.〕"라는 말은
  자기도 똑같은 처지이면서 남을 비판하거나 비웃는다는 의미이다. 이 고사는 "소용돌
  이에 휘말린 부처가 물에 빠진 나한을 구하지 못한다."라는 말에서 나왔다. 명나라 진헌
  장陳獻章의 《진백사집陳白沙集》에 실린 〈장성원에게〔與張聲遠〕〉에는 이렇게 적혀 있다.
  "권세와 이익에 바람처럼 치달려 붕우의 도리가 손상되었으니 옛사람이 잘하던 도리를
  속된 무리에게는 으레 바랄 수 없네. 우리들이 한두 가지 대충 아는 지식이야 모두가 이
  른바 소용돌이에 휘말린 부처가 물에 빠진 나한을 구하지 못한다는 말과 다를 바 없는
  것이네. 어찌겠는가!〔勢利風馳, 朋友道缺, 昔人所能者, 例不可望於俗輩 如某一二麤知, 抑皆
  所謂旋渦裏佛不能捄落水羅漢, 奈何奈何!〕"이 말의 근거는 송나라 이류李劉가 편찬한《사
  륙표준四六標準》권12에 실린 〈허신은이 시를 준데 사례하다〔謝許新恩惠詩〕〉의 한 구절
  "소용돌이에 휘말린 부처를 구하지 못한다.〔莫救旋渦之佛.〕"에 붙인 주석에서 찾을 수 있
  다. "송나라 왕영王枺의 《연익이모록燕翼詒謀録》에, '근세의 중서문하성이나 추밀원에
  소속된 관리를 소용돌이라 지목하니 사람들이 이 관직을 좋아하지 않는다. 황제가 중서
  문하성이나 추밀원으로부터 승지를 친히 발탁하면 소용돌이에서 뛰쳐나왔다고 하였고,
  자못 으스대었다.'라 하였다. 소용돌이에 휘말린 부처는 아마도 당시의 우스갯소리였으
  리라.〔宋王枺《燕翼詒謀録》: 近世目宰屬樞屬官爲旋渦, 人不以爲樂. 其人主親擢, 則又有跳出
  旋渦之號, 頗恃以自矜矣.' 按旋渦佛, 蓋當時謔語.〕"

발《택리지》

정약용[1]

이《택리지》한 권은 고故 정자正字(승문원의 하급관직) 이중환이 지은 책으로, 나라 안 사대부들이 사는 농장과 별서別墅의 좋고 나쁜 점을 논하고 있다.

나는 주거지 선택의 이치를 이렇게 논한다. 무엇보다 마실 물과 땔감을 먼저 살펴야 하고, 이어 오곡을, 다음은 풍속을, 그다음은 산천의 경치를 살펴야 한다. 물과 땔감을 멀리에서 구하면 힘이 빠지고, 오곡이 잘 자라는 땅이 갖추어지지 않으면 흉년이 자주 찾아온다. 풍속이 문화만을 숭상하면 말이 많고, 무예만을 숭상하면 싸움이 많으며, 이익만을 숭상하면 백성이 속이고 경박하며, 그저 농사만 열심히 지으면 고루하고 성질이 사납다. 산천이 혼탁하고 험악하면 수려하고 빼어난 사람과 물산이 드물고 뜻이 맑지 못하다. 이것이 큰 줄거리이다.

나라 안에서 농장과 별서가 좋기로는 영남이 최고이다. 따라서 그곳 사대부가 수백 년 동안 때를 만나지 못했어도 존귀함과 부유함은 쇠하지 않았다. 그들의 풍속은 가문마다 각각 한 조상을 떠받들고 한 농장을 차지하여 집성촌을 이루며 흩어지지 않아 집안을 공고하게 유지하여 뿌리가 뽑히지 않는다.

---

1 자는 미용美庸, 호는 사암俟菴, 본관은 나주이다(1762~1836). 당파는 남인으로 조선 후기 실학을 집대성한 위대한 학자로 손꼽힌다. 저술에《여유당전서與猶堂全書》가 있다.

사례를 들면, 진성 이씨는 퇴계 이황을 받들어 도산을 차지하였고, 풍산 유씨는 서애 유성룡을 받들어 하회를 차지하였고, 의성 김씨는 학봉 김성일을 받들어 내앞(川前)을 차지하였고, 안동 권씨는 충재 권벌을 받들어 닭실(鷄谷)²을 차지하였고, 경주 김씨는 개암(開嵒) 김우굉(金宇宏)을 받들어 범들(虎坪)을 차지하였고, 풍산 김씨는 학사(鶴沙) 김응조(金應祖)를 받들어 오미(五美)³를 차지하였고, 예안 김씨는 백암(柏巖) 김늑(金玏)을 받들어 학정(鶴亭)을 차지하였고, 재령 이씨는 존재(存齋) 이휘일(李徽逸)을 받들어 갈산(葛山)을 차지하였고, 한산 이씨는 대산(大山) 이상정(李象靖)을 받들어 소호(蘇湖)를 차지하였고, 광주 이씨는 석담(石潭) 이윤우(李潤雨)를 받들어 석전(石田)을 차지하였고, 여주 이씨는 회재 이언적을 받들어 옥산(玉山)을 차지하였고, 회재의 정실 자손들은 양자골(楊子谷)을 차지하였다. 인동 장씨는 여헌 장현광을 받들어 옥산(玉山)을 차지하였고, 진양 정씨는 우복 정경세를 받들어 우산(愚山)을 차지하였고, 전주 최씨는 인재(認齋) 최현(崔晛)을 받들어 해평(海平)을 차지하였다. 이런 사례는 이루 다 헤아릴 수 없다.

그에 버금가는 지역으로 호서(湖西)가 뛰어나다. 그래서 회천(懷川)의 송씨, 이잠(尼岑)⁴의 윤씨, 연산의 김씨, 서산의 김씨, 탄방(炭坊)의 권씨, 부여의 정씨, 면천의 이씨, 온양의 이씨 등⁵이 모두 터를 크게 잡고 대대로 세력을 떨쳤다.

호남은 풍속에 호협(豪俠)의 기질이 있는 반면 질박함이 적다. 오로지 고

---

2 옛 문헌에서 봉화 닭실을 '鷄谷'으로 표기한 사례는 찾기 어렵고, 대체로 '酉谷'으로 표현하였다.

3 《여유당전서》에는 '五帽'로 되어 있으나 정식 명칭은 '五美'가 옳다. 이 동명洞名은 인조가 김대현의 아들을 '팔련오계지미八蓮五桂之美'라고 칭찬하면서 직접 지어 내려주었다.

4 이산尼山으로. 정조의 어명인 이산李祘과 발음이 같은 산山 자를 피하고자 뜻이 같은 잠岑을 써서 '이잠尼岑'이라 하였다.

씨(제봉 고경명의 후손), 기씨(고봉 기대승의 후손), 윤씨(고산 윤선도의 후손) 등 몇 집안 외에는
한 지역에 웅거雄據하여 세상에 알려진 집안이 거의 없다.

　한강을 따라 상류로 올라가면 오직 여주의 백애白厓[6]와 충주의 목계가
좋은 터라고 한다. 그러나 북한강 연안에 있는 춘천의 천포泉浦[7]와 양근
의 미원이 더욱 뛰어나다.

　우리 집은 소내(苕川)[8]에 별서를 두고 있는데, 물은 몇 백 걸음 가서 길
어오고, 땔감은 10리 밖에서 해오며, 오곡은 심을 땅이 없고, 풍속은 이
익만을 숭상하고 있으니, 살기 좋은 근교라고는 할 수 없고, 취할 점은
오직 빼어나게 아름다운 강산의 경치뿐이다. 그러나 사대부가 땅을 차지
하여 대대로 전하는 것은 마치 상고시대 제후가 자기 나라를 차지함과
같다. 사대부가 사는 곳을 옮기고 남에게 붙어살아 크게 떨치지 못하면,
이는 나라를 잃은 자와 똑같은 처지다. 내가 미련을 두고 머뭇거리면서
소내를 떠나지 못하는 까닭이 여기에 있다.

5　회천의 송씨는 은진이 관향인 우암 송시열, 이산의 윤씨는 파평이 관향인 명재 윤증, 연
　산의 김씨는 광산이 관향인 사계 김장생, 서산의 김씨는 경주가 관향인 학주鶴州 김홍욱
　金弘郁, 탄방의 권씨는 안동이 관향인 탄옹炭翁 권시權諰, 부여의 정씨는 하동이 관향인
　학역재學易齋 정인지鄭麟趾, 면천의 이씨는 덕수가 관향인 동악東岳 이안눌李安訥, 온양
　의 이씨는 예안이 관향인 외암巍巖 이간李柬의 집안이다.
6　여주의 백애白厓는 이호梨湖 또는 이포梨浦이다. 여주시 금사면 이포리에 있었던 이포
　나루의 우리말 표현은 '배개'이고, 발음 그대로 쓴 한자어 표기가 백애白厓 또는 백애白
　涯이다. '배개' 일대에 형성된 촌락을 팔도론에서는 백애촌白涯村으로 표기했다.
7　어딘지 알 수 없다.
8　일명 우천牛川이다. 남양주시 조안면 능내리의 옛 지명으로, 다산의 오대조부터 이곳에
　터전을 잡았다고 전한다.

청담 이중환의《택리지》해제

정인보鄭寅普[1]

《택리지》상하 1책은 청담 이중환의 저술이다. 혹은《팔역지》라고도 하고, 혹은《박종지》라고도 한다. 청담은 숙종 경오년(1690) 생이요, 사망한 해는 아직 살펴보지 못했으나 글 속에서 탕평론 이후로 조정 형편과 재야 풍습이 더욱 심하게 무너지고 망가진 점을 지적하여 배척하였고, 이어서 전랑 제도의 폐지란 말을 한 것으로 보아 영조 경신년(1740) 이후 얼마 동안 생존하였음을 알 수 있다.

청담은 부친이 이진휴요 성호의 삼종손三從孫이니 일찍부터 성호의 학문을 이어받았음은 더 말할 나위 없다. 이 책은 선비들 사이에서 베껴 전해지는 것이 자못 드물지 않았고, 이제 간행처가 확실한 판본까지 있다. 그러나 대개 글 가운데 여기저기서 보이는 '살 만한 곳' 이야기가 서명의 '택리擇里'와 서로 어울리고, 산형山形과 수세水勢를 말한 것이 풍수설을 얼마간 포함한 듯하므로 서명대로 일종의 주거에 관한 가르침으로 알고 있다.

아니다. 청담이 책을 저술한 근본 취지는 여기에 있는 것이 아니다. 중

1　서울에서 태어났으며 아호는 위당, 본관은 동래이다(1893~1950). 일제강점기의 대표적 한학자로 양명학 연구의 대가였으며 한민족이 주체가 되는 역사 체계 수립에 노력한 역사학자였다. 저서로《조선사연구》,《양명학연론》등이 있다.

국 학자들은 사마천이 〈화식전〉에 서술한 지역 물산과 민속이 지금 현황과 큰 차이가 없다고 하고, 역도원酈道元이 《수경주水經注》에 함께 서술한 옛 유적이 지금 고대 중국 연구에서 거의 다시없을 보배라고 한다. 그러나 청담의 《택리지》는 〈화식전〉에 비해서는 널리 종합한 점에서 더 우수하고, 《수경주》에 비해서는 자세하고 진실함에서 더 낫다.

이제 굳이 멀리 사마천이나 역도원의 저술과 장점을 비교하지 않는다 하더라도 조선의 지리서로서 고금에 이보다 훌륭한 저술은 없음이 사실이다. 고산자古山子 김정호의 상세하고 정확한 《대동지지大東地志》와 더불어 후세에 전해질 만한데, 고산자의 '지지地志'가 수학적이라면 청담의 저술은 철학적이고, 고산자의 '지지'가 조용히 멈춰 있고 지역을 나눈 것이라면 청담의 저술은 살려서 드러냈고 융합하여 꿰뚫은 것이다. 지역과 관습에 의하여 숙성된 팔방의 풍속과, 물산을 교환하고 도로로 운송하는 대세와, 주목하고 중시해야 할 관방關防과 요충지, 그리고 절해고도의 빼어난 명승까지 무엇 하나 데면데면 다룬 곳이 없다. 눈빛을 깊숙이 쏘아 밝힌 결과로 지난날 성패의 진실한 자취를 적막한 바다와 산악에서 그윽히 어루만진 것도 많다. 하나를 실례로 들어본다면, 진도 벽파정碧波亭의 폭포처럼 드리운 빠른 해류를 서술하다가 임진란 이여송의 평양대첩이 실상 이 충무공의 공적임을 다음과 같이 미루어 논하였다.

그때 심유경沈惟敬이 '왜국을 국왕으로 봉하고 조공을 허락한다'는 말로 왜군을 속여 평양에 머물게 하였다 하나, 평양에 머문 것은 뒤쫓아오는 수군을 기다려 합세하고자 한 것이므로 자못 약속을 지키는 듯이 보였으나 이는 도로 속임이다. 이여송이 두 편이 서로 속이는 틈을 타서 이를 습격하여 격파한 것이니 해상의 대첩이 없었던들 적의 수륙水陸 군사가 합세하였을 것이요, 합세하고 보면 '왜국을 국왕으로 봉하고 조공을 허락한다'는 구구한 말로 어찌 왜적의 군사작전을 막을 수 있었으랴.

이것만 보아도 명저임을 알 수 있다. 이런 명저의 진가를 알아주지 못하여 십승지를 찾고 삼재를 겁내는 한 부류 사람들의 서가에 반드시 꽂혀 있을 책으로 굴러다니게 되었으나 이것이 어찌 한 종의 책이 매몰됨을 안타깝게 여기고 말 일이겠는가. 그러나 청담의 근본 취지에 비추어 말하면 '택리' 그대로만 보는 것이 격화소양^{隔靴搔癢}(가죽신을 신고 가려운 곳을 긁는다는 뜻)임은 다시 말할 것도 없거니와, 나아가 지리서로서 훌륭한 저술이라 하는 평가도 깊은 지음^{知音}은 아니다. 청담은 시대를 안타깝게 여기는 마음이 가장 절실하던 분이라, 하편 '복거총론'에 지리, 생리, 인심, 산수를 나누어 말하되 인심 한 단원은 조선 근고^{近古}에 벌어진 당화^{黨禍}의 시작과 끝으로 처음과 결말을 맺었다. 사대부를 위주로 하여 살 만한 곳을 고른다는 말이 상편부터 자주 보였는데 '인심' 하단에는 "사대부가 사는 곳은 인심이 어그러지고 망가지지 않은 데가 없다."라고 하였다. 이것을 보면 그의 은밀한 뜻이 어디 있는지 짐작할 수 있다.

대개 인심이 어그러지고 망가진 것은 당파의 습성에서 나온 것이니 이 당파의 습성을 가지고는 아무리 어여쁜 산수, 좋은 생리가 있다 해도 마침내 편안히 몸을 보전하지 못한다는 것이다. 산수나 생리는 그림자요 근본적인 병통에 대한 배격이 바른 취지임을 모르기 쉽다. 책 속에 반어^{反語}와 질탕한 말이 많아서 대충 보면 올바른 취지를 모르기 쉽다. 말편 '사민총론'에는 다음 내용이 있다.

우리나라에 어찌 사대부가 있겠는가? 중국의 사대부는 오호^{五胡}의 후예를 제외하고는 모두 제왕이나 성현의 후손으로서 요, 순, 문왕, 무왕, 주공, 공자가 만든 법과 제도를 실천하였으니 이들이야말로 진정한 사대부이다. 반면 우리나라의 이른바 사대부란 모두 우리나라 사람의 후예일 뿐이다. 우리나라는 중국의 영토 밖에 위치하여 우임금이 성^姓을 내릴 때 참여하지 않았으니, 그냥 하나의 동이일 뿐이다.

이 글은 겉으로는 자기 나라를 비하하는 것 같으나 실상은 자기 민족 존중의 정신을 잃고 당치 않은 가면으로 말을 둘러대고 겉치레를 꾸미면서 서로 추대하는 가련한 꼬락서니를 냉철하게 풍자한 것이다. 그 끝에서는 다음과 같이 말했다.

동쪽에서도 살 수 없고, 서쪽에서도 살 수 없으며, 남쪽에서도 살 수 없고, 북쪽에서도 살 수 없다. 이와 같다면 장차 살 땅이 없어지고, 살 땅이 없어지면 동서남북이 없어지며, 동서남북이 없어지면 이는 바로 혼돈의 태극 그림 한 폭을 방불케 한다. 이렇게 되면 사대부가 없어지고, 농부와 장인·상인도 없어지며, 마찬가지로 사람이 살 만한 장소도 없어진다. 이것을 '사람이 살 수 있는 땅이 아닌 땅'이라 일컫는다. 그리하여《사대부 가거처》를 지었다.

이것은 다른 말이 아니라, 치우치고 사사로운 당파의 견해를 뿌리째 뽑아버린 뒤라야 비로소 자기 마음의 본바탕을 찾을 수 있으며, 자기 마음의 본바탕을 찾은 뒤라야 비로소 사람으로 설 땅이 있다는 것이다. 그런즉 '택리'의 그림자를 빌려 본바탕 환기의 실질로 돌아가려는 그의 포석이 이미 고심참담한 구상의 결과이다. 팔도의 실상을 재료 삼아 은연 중 망국의 위기를 환기해 놀래키고 움직이게 하고, 돌보는 마음을 촉발하도록 두 가지 방향으로 펼쳐놓았으니 이 또한 눈치채지 못하도록 쓴 오묘한 솜씨이므로 독자가 무심하게 지나칠 수 없는 것이다.

근래 간행한 판본은 착오와 결락이 많아 신뢰할 수 없고, 오래된 사본을 보면 권말卷末에 청담이 스스로 쓴 발문이 있는데 먼저 옛사람이 우언을 쓴 실례를 거듭 쓰고 나서 다음과 같이 말했다.

예전에 내가 황산 강가에 머물 때, 여름날에 할 일이 없어 팔괘정에 올라 더위를 식히면서 우연히 논의한 내용을 책으로 저술하였다. 이 책에 우리나라의 산천과 인물, 풍속과 정치, 연혁과 치란, 잘잘못과 좋고 나쁨을 차근차근 기록하였다.

옛사람이 "예절이니 음악이니 하는 말이 어찌 꼭 옥과 비단, 종과 북만을 가리키는 말이랴?"라고 했다. 나는 이 책에서 살 만한 땅을 가려 살고자 해도 살 만한 땅이 없음을 한스럽게 여겨 이를 기록했을 뿐이다. 글을 살려서 읽을 줄 아는 분이라면 문장 밖에서 참뜻을 찾아보는 것이 좋으리라.

아! 실제의 일은 국가의 법령과 제도이고, 허구의 일은 아주 작은 겨자씨 속에 거대한 수미산을 집어넣는 일이다. 훗날에는 틀림없이 그 차이를 분별하는 사람이 나타날 것이다.

이는 곧 청담이 저술한 근본 취지를 스스로 밝힌 것이다. 불우한 지사志士가 흉금을 바로 펼쳐냈을 때에 남긴 글과 흩어진 글씨에서 뒷사람이 감회를 일으킬 만하거늘, 하물며 바로 펼쳐내는 것조차 자유롭지 못하여 구구히 저 같은 포석을 하게 됨에랴! 누가 청담의 문장을 기리려는가? 누가 청담의 고심苦心을 느끼려는가?

병조좌랑 이중환 묘갈명

이익

우리 여주 이씨는 성姓을 받은 이래로 대사마를 지내고 경헌敬憲이란 시호를 받은 계손繼孫에 이르러, 집안에서나 나라에서나 명성과 명예가 세상에 환히 드러났다. 공의 손자며느리인 안인安人[1] 이씨는 아들 둘을 데리고 남원의 고달리古達里로 물러가 살았으니 이곳은 친정어머니 김씨의 고향이다. 얼마 뒤에 "아들을 키울 곳이 아니다."라 하고 서울로 돌아왔다. 안인의 작은아들은 사필士弼로 관직이 응교에 이르렀다. 사재감첨정을 지낸 우인友仁을 거쳐서 의정부좌찬성을 지낸 상의에 이르러 아들 일곱을 두었다. 세상에서 청선당聽蟬堂이라 부르는 지정志定은 그분의 넷째 아들로 초성草聖(초서를 잘 쓰기로 이름난 사람)으로 세상에 명성이 자자하였다. 그에 앞서 고산孤山 황기로黃耆老[2]가 동해옹東海翁 장필張弼[3]로부터 진결眞訣을 얻어 이를 공에게 전했다. 관직은 목사牧使에 이르렀다. 또 이조참판을 증직받은 영泳을 거쳐 진휴에 이르러서는 예조참판을 지냈다. 참판 또한 필

---

1 조선에서 7품 문무관의 아내에게 주던 외명부外命婦의 명칭이다.
2 자는 태수鮐叟, 호는 고산孤山, 본관은 덕산이다(1521~1567). 조선 중기의 명필로 특히 초서를 잘 썼다.
3 명나라의 저명한 서법가로 자는 여필汝弼, 호는 동해東海이다(1425~1487). 특히 초서를 잘 썼다.

예筆藝에 힘을 써서 청나라 사신이 우리나라에 이르렀을 때 동국에 와서 장관을 보았다고 일컬었다.

참판은 아들을 하나 두었으니 이름은 중환이요, 자는 휘조이다. 애지중지한 아들이라 공부를 독촉하지 않았으나 타고난 자질이 명석하여 큰 노력을 기울이지 않고도 문장의 세계에 들어가 어린 나이에 고아한 문장을 지었다. 드디어 두루 책을 읽어 한쪽에 치우치지 않았으나 유독 사마천의《사기》에 깊이 빠져서 곧잘 글을 써내면 사람들을 놀라게 하였다.

나이 24세에 문과에 급제하여 승문원정자를 거쳐 김천도찰방이라는 외직에 임명되었는데, 김천에서는 거사비去思碑(지방관의 선정善政을 기리어 고을 백성들이 세운 비)를 세웠다.

기해년(1719)에 추천을 받아 승정원주서에 임명되었다. 숙종의 국상에서 후사를 이을 국왕이 국새國璽를 받으면서 절을 하지 않았다. 군君이 승지를 불러 "의주儀注(예식 절차)에 빠진 것이 있다."라 말했으니, 예관禮官의 실수였다. 그때에는 경종께서 이미 막차幕次(의식을 거행할 때 잠깐 머무르는 장막)를 떠나 있었으나 다시 자리로 돌아와 의주에 따라 네 번 절하고는 조정 안에서 군에게 눈길을 주었다.[4] 군은 전적으로 승진하였다가 병조좌랑으로 옮겼다.

당시에 모반 사건을 고발한 자가 있어서 벼슬아치 가운데 연루된 이가 많았다. 옥사가 성립되자 조사를 주관한 자가 되레 후환을 걱정하여 남을 옭아매어 허물을 전가하려고 모사를 꾸몄다. 증거가 없었으나 사실을 조작하고, 창끝을 들이대어 군의 이름을 끌어들였으니 이치에 어긋난 일이었다. 동료들이 깜짝 놀라 죄안(범죄 사실을 적은 기록)을 태워 없애기는 했으나 당시는 당론黨論이 단단히 경직된 때라 오히려 조사관은 우쭐대며 군

---

4 이때 이중환의 문제 제기와 그에 따라 국왕이 네 번 절한 과정이《승정원일기》의 숙종 46년(1720) 6월 13일 기사에 자세하게 실려 있다.

을 옭아매고 죄상을 날조하여 옥관에게 내려보냈다.

결국 해나 달이 환히 비추면 얼굴빛이 꼭 드러나듯이 임금께서 환히 꿰뚫어 보신 덕분에 무죄 방면되었다. 옥에서 나온 뒤에는 사람들이 끊임없이 헐뜯고 물어뜯어 잠깐 유배 가는 처지를 모면하지 못했다. 참으로 심하구나! 조정에서는 일찌감치 서용敍用(죄를 지어 면관免官되었던 사람을 다시 등용함)하라고 명을 내렸으나 담당자가 몰래 가로막았다.

계유년(1753)에 선왕先王을 가까이 모시던 신하라고 하여 비로소 통정대부의 품계에 올려주었다. 군은 병자년(1756) 봄 1월 2일에 세상을 떴다. 경오년(1690) 12월 25일에 태어났으니 향년 67세이다. 무덤이 있는 곳은 금천 설라산 경좌庚坐의 언덕이니 선영이 있는 자리이다.

아! 군의 조부는 나의 재종형이다.[5] 군은 나보다 9세 어리지만 정의情義가 매우 도탑고 간찰과 시문을 주고받았으므로 떨어져 지냈어도 소원하지 않았다.

우리 문중은 본디 문학에 뛰어난 집안으로 일컬어졌고, 군은 그중에서도 뛰어났다. 그동안 쌓고 간직한 능력을 불쑥 발휘하여 조정의 모범이 되었으니 청운靑雲에 높이 뛰어올라 문치文治를 화려하게 꾸미려 하였다. 그 무렵 조정에 오른 여러 학사들과 시사를 결성하여 지은 작품이 훌륭하고 아름다웠으니, 마음에 맞는 시편에 이르면 신이 도운 작품에 가까웠다. 여러 학사들 가운데 아무도 맞설 자가 없었다.

험한 것은 세상이요, 기구한 것은 운명이다. 겨우 소략한 저작만이 집안의 책 상자 속에 보관되어 있으니 과연 누가 인정하리오?

부인 숙인淑人은 사천 목씨로 대사헌을 지낸 목임일의 딸이다. 정숙하

---

5 원문의 소공친小功親은 종조부모從祖父母, 재종형제再從兄弟, 종질從姪, 종손從孫을 말한다. 이중환의 고조부인 이지정李志定과 이익의 조부 이지안李志安이 형제이므로 이중환의 조부 이영李泳은 이익과 재종형제 사이이다.

고 한결같은 지조를 지녔고, 계축년⁽¹⁷³³⁾에 사망하였다. 염습하고 나자 시신에서 무지갯빛 같기도 하고 달빛 같기도 한 빛이 나더니 중천으로 날아갔다. 군이 부인을 위하여 〈서광편〉을 지어 애도하였다. 연기현 소학동 자좌의 언덕에 부인을 장사 지냈다. 2남 2녀를 두었으니 아들은 장보와 장익이고, 큰딸은 심종악^{沈鍾岳}에게 시집갔고, 둘째 딸은 한복양^{韓復養}에게 시집갔다.

후취 부인은 문화 유씨^{文化柳氏}로 사인^{士人} 유의익^{柳義益}의 딸이다. 딸 하나를 두었는데 아직 시집가지 않았다. 명^銘은 다음과 같다.

나아가다 꺾였으나	晉如摧如
홀로 행하며 여유가 있었네⁶	獨行紆餘
재주는 하늘에서 받았고	才從天賦
내 수명은 지닌 대로 누렸네	吾壽吾有
지상에는 저술을 영원히 남겨놓고	永留卷於地上
천지의 원기와 더불어 떠나갔네	與元氣而俱往
아!	噫

---

6 《주역》〈진괘晉卦〉 '초육初六'의 상象에 "나아가다 꺾이기도 함은 홀로 바른길을 행하기 때문이요, 여유로워 허물이 없음은 명을 받지 않았기 때문이다.〔晉如摧如, 獨行正也. 裕无咎, 未受命.〕"라 하였다.

원문

일러두기

- 이 장에서는 개정본을 중심으로 35쪽 〈표2〉에 수록된 이본 목록을 대상으로 교감하여 확정한 정본의 원문을 밝힌다.
- 많은 사본에서 채택한 어휘를 위주로 텍스트를 확정하였으며 의미에 큰 영향을 미칠 만한 중요한 교감 사항은 각주에 반영하였다.
- 각주에서 교감한 《택리지》 이본의 서명을 밝힐 때는 약호로 표기하였으며, 다음과 같다.

고서본《八域誌》	→	**고**	연세본《擇里誌》	→	**연**
광문본《擇里誌》	→	**광**	와세다본《擇里志》	→	**조**
국립본《士大夫可居處》	→	**국**	잠옹본《擇里志》	→	**잠**
금범본《博綜誌》	→	**금**	존경본《擇里志》	→	**존**
덕유본《擇里志》	→	**덕**	증보본《八域可居誌》	→	**증**
등람본《登覽》	→	**등**	청허본《可居誌》	→	**청**
목석본《東國八域志》	→	**목**	청화본《青華漫錄》	→	**화**
상백본《震維勝覽》	→	**상**	총화본《擇里志》	→	**총**
성산본《八域可居誌》	→	**성**	취원본《擇里志》	→	**취**
소화본《小華誌》	→	**소**	칠리본《擇里誌》	→	**칠**
승계본《卜居說》	→	**승**	팔역본《八域誌》	→	**팔**
언해본《東國地理解》	→	**언**			

定本 校勘 擇里志

序文

擇里志序[1]

李瀷

擇里之說, 自孔孟[2]發之. 里不擇, 則大者化不行, 小者身不安, 故君子必擇也. 子曰: "道不行, 乘桴浮于海." 浮於齊魯之海, 豈無所指期而云爾, 所謂欲居九夷者是已. 聖人本不欲捨父母之國, 及其不得已, 有何陋之歎, 其意可知. 按《爾雅》, 九夷 · 八狄 · 七戎 · 六蠻, 說者數其名而實之, 非也. 其白黃 · 倭奴, 聖人其肯哉? 夫〈職方氏〉 · 〈明堂位〉, 皆以夷爲首, 而九八之數, 不過如今官秩等級有[3]然者也, 宜莫尙於東方太平之域矣.

箕子受封, 八條伊始. 五倫之外, 所傳者三章. 漢祖得之, 約法而安天下也. 惜乎! 聖人有志不果, 使我不得蒙殷輅周冕之化也. 然尙質餘教, 至今未泯, 畫井衣白, 種種足徵. 愚謂男戴大冠, 女紒繞首, 非無所祖而爲之也. 衣冠古俗, 塵劫不改. 勝國時忠烈一變而不得, 辛朝再變而不得. 雖以蒙古之威焉, 而俄復因舊. 薄海內

---

1 《성호전집星湖全集》(이하 **星**). **잠 목**에는 이 제목으로 실려 있고, **소**에는 제목이 없다.

2 **소**에는 孟이 子로 되어 있다.

3 **목**에는 有가 爲로 되어 있다.

外, 毀裂冠冕, 獨此一片土, 尙守先王之制, 吁幸矣! 使孔子復生, 必不但有乘桴之歎而已也.

就其中地有險夷, 俗有美惡. 檀箕之世, 定都西方, 東南爲荒服, 逮虎康入海, 正統在南. 數世中絶, 合一于羅, 其俗循循禮讓, 才德代興, 貴名檢而賤聲利. 故抱經伏農野, 往往自重, 鄕里爲之推尊, 與閥閱等, 爲國中樂郊之最, 士之不得於時者, 必以是爲依歸焉.

關西人民肇刱之方, 聖朝比諸殷頑而屛棄之, 人才屈焉. 東峽北塞, 文風不振. 兩南亦鹵莽, 技術勝而儒化掃地. 至於畿甸, 惟一種仕宦家族, 爲世豔慕, 間於其間, 無以自拔. 夫衣食乏則不可處, 士氣歇則不可處, 武力競則不可處, 侈風勝則不可處[4], 猜嫌多則不可處. 擇斯數者, 取舍可見.

今吾家輝祖纂成一書, 縷縷數千言, 欲得士大夫可居處. 其間山脈水勢風氣氓俗, 財賦之産, 水陸之委輸, 井井有別, 余未曾見也. 余老將死, 如貉丘鼠穴, 不離於浦垠卑濕之地, 自不覺撫躬增嗟. 錄此卷首, 留使小孫諦看. 辛未仲春書[5].

---

4 **잠곡 소**에는 侈風勝則不可處 일곱 글자가 빠져 있다.

5 **성 소**에는 辛未仲春書가 빠져 있다.

擇里志序[6]

鄭彥儒林宗

士君子有志長往擇地而居者, 見可而行, 不必立言而夸示, 是記何
爲而作也? 易曰嘉遯之義, 人鮮久矣, 爲此說者, 其有意於斯乎?
太上避世, 其次避地, 若巢許之箕潁·園綺之商嶺[7], 與夫龐公·
德操[8]之鹿門·襄陽, 雖有世與地之別, 而其遯則一也. 下此而有
人焉, 能超脫乎風塵之表, 放曠乎山水之間, 潛蹤鏟彩, 養眞佚老[9]
者, 亦可謂黃鵠舉而地仙步矣.

昔杜子美緬思桃源, 而歎其身世之拙, 彼豈眞寄想於荒唐之說, 以
爲必有而欲往從之也? 蓋因世亂流離, 思適樂土, 聊以寓言[10]之
耶[11]! 余讀《楚辭》〈卜居〉·〈遠遊〉數篇, 蓋想其時而悲其志. 彼誠
欲永訣[12]王室, 遐舉遠引, 則九州博大矣, 歷覽周流, 豈無一區可卜
之所, 而徘徊睠顧, 未忍便去, 卒之[13]沈湘而不悔. 世臣去國之義,
亦不可任情率意, 固宜處順[14]而竢命, 故此朱子所以許之忠者也.

6　화에는 八域可居處序로 되어 있다.

7　《우헌집迂軒集》(이하 迂), 화에는 嶺이 岑으로 되어 있는데, 商岑의 용례도 확인되므로 嶺
　　과 岑 두 글자 모두 쓸 수 있다. 아래 商嶺도 같다.

8　迂에는 德操가 諸葛孔明으로 되어 있다.

9　迂에는 佚老가 迭老로 되어 있고, "迭老一本逸老"라는 두주頭註가 있다.

10　迂에는 言이 意로 되어 있으며, "寓意一本作寓言"이라는 두주頭註가 있다.

11　덕 팔 화 迂에는 耳로 되어 있다.

12　迂에는 欲永訣이 永棄로 되어 있다.

13　迂에는 卒이 率로 되어 있으며, "率之一本作卒之"라는 두주頭註가 있다.

14　덕에는 不可 뒤에 "任情率意, 固宜處順" 여덟 글자를 빠트린 채 공백을 두었고, 화에는
　　"任情率意, 固宜"가 빠져 있으며, 處順이 居易로 되어 있다. 상태가 좋지 않은 책을 저본
　　으로 필사한 탓으로 보인다.

青華子以名門世冑, 早世[15]蜚英, 文章鳴世, 華貫峻階, 朝夕步武,
而不幸流放落拓, 殆數十年. 聖世非狂楚之時, 乃若擯棄則均, 其
欲卜居[16]遯世者, 固也. 我東山河, 尙三百六十餘[17]州, 大嶺之南,
兩湖之間, 豈無福地之可藏可處, 架數椽而安七尺, 何所不宜? 而
差池荏苒, 終莫之奮發勇往, 徒爲此紙上空言.

謂桃源緬思之意, 則非其時也, 謂故都睠顧[18]之志, 則君之意, 或
出於此, 而其必有曠世相感者矣. 然則箕潁商嶺之高致, 鹿門襄陽
之幽躅, 與夫黃鵠之擧地仙之步, 皆不足言也. 古人有隱市隱酒
者, 混淆沈冥, 若將無與於世. 而君民進退之憂, 無處而不係念,
是豈與鳥獸同群者倫也? 其必有卞[19]之者, 是記也有以覗子[20]之
志[21]矣. 癸酉暮春, 萊城鄭彦儒林宗書.

15　**덕 팔 화**에는 世가 歲로 되어 있다.

16　**덕 팔 국 迂 화**에는 居가 地로 되어 있다.

17　**迂**에는 餘가 有로 되어 있고, **팔**에는 餘 앞에 有가 더 있다.

18　**迂**에는 顧가 瞻으로 되어 있다.

19　卞이 여러 사본에 卜으로 되어 있고, **국**에만 卞 자로 수정하였는데 문의로 볼 때 타당하
　　여 바로잡았다.

20　**迂**에는 覗가 觀으로 되어 있다.

21　**화**에는 志가 意로 되어 있다.

序論[22]

李子曰:[23] 古無士大夫, 皆民也. 民有四, 士賢而有德, 國君仕之,
不仕者, 或爲農・爲工・爲商[24]. 昔舜耕於歷山, 陶於河濱, 漁於
雷澤. 耕, 農也; 陶, 工也; 漁, 商也.[25] 是以士不仕於君, 當歸於
農・工・賈[26]之民. 夫舜, 千古爲民之法也. 至治之極, 爾我皆民,
鑿井耕田, 于于而樂, 何嘗[27]有等級名號之異哉?
世界之生久矣. 夫禮繁而名殊, 名殊而等級多, 聖人之禮儀章程[28]
度數, 至衆[29]矣. 三代之時諸侯多[30], 其世卿・世大夫, 各以禮治富
貴[31]. 而士之不仕者, 雖不貴, 又守古聖人之法. 其治家修身, 苟力
可及而無害於僭, 則與卿大夫同, 所誦詩書[32], 而所業仁義禮樂也.

---

22 **덕 광 총**에 〈사민총론四民總論〉이란 제목을 달았다. **연**에는 〈서序〉, **칠**에는 〈택리지서擇
里志敍〉, **언**에는 〈택리지서〉란 제목으로 첫머리에 실려 있다. **조 잠 목 성 팔 승 금 화 소**
등에는 제목을 따로 붙이지 않았다. **조 청**은 제목 없이 서두에 서론과 결론을 앞뒤로
실었다. **동**에는 제목과 내용 전체가 빠져 있다. 《동국총화록東國總貨錄》에는 〈사민총론
수四民總論首〉로 되어 있다. 《동국산수지東國山水誌》(이하 **東**)에는 "古之士爲農工賈, 今
有士大夫名目"이라고 설명하면서 이 글을 수록했다.

23 **칠 소 화 등 청 승 연 금**에는 李子曰이 빠져 있다.

24 **상 광**에는 商이 賈로 되어 있다.

25 **등**에는 "耕, 農也; 陶, 工也; 漁, 商也"가 "耕則農也; 陶則工也; 漁則商也"로 되어 있다.

26 **소 등**을 비롯한 여러 사본에서 賈를 商으로 썼다. 이후 문장에서도 賈를 商으로 혼동하
여 쓴 사본이 많으나 일일이 밝히지 않는다.

27 何嘗이 사본에 따라 何尙, 何當, 尙何로 되어 있다.

28 **광 등**에는 禮儀章程이 儀章으로 되어 있다. 禮나 程이 빠진 사본이 적지 않다. **목**에는 章
程이 文章으로 되어 있다.

29 **등**에는 衆이 重으로 되어 있다.

30 **상**에는 諸侯가 빠져 있다. **등**에는 이 구절이 諸侯之立國益夥로 되어 있다.

31 以禮治富貴가 **상 취 조 잠 연 목 소 국 팔**에는 以禮治其富貴로, **존**에는 以禮治法其家로, **칠**에
는 皆以禮治其富로, **금 화**에는 以其禮治富貴로 되어 있다.

於是士大夫之名出焉.

名立而塗異, 故農 · 工 · 賈遂賤, 而士大夫之名益尊. 自秦滅封建, 天子一人外[33], 凡仕於朝者, 與不仕而在下者, 苟其人從事於士, 則通謂之士大夫, 而士大夫益多. 然此非上[34]古之制也, 故曰: 舜, 堯[35]時士大夫也, 爲農 · 工 · 賈不恥[36], 則抑後世何憚焉? 或欲以士大夫侮農 · 工 · 賈, 以農 · 工 · 賈而羡士大夫, 則皆不知本[37]者也.

夫聖人之法, 豈惟士大夫可能? 農 · 工 · 賈亦可能, 其果[38]有不同者乎? 雖然, 後世人品不及於古, 氣稟[39]有賢愚, 術業有通塞. 士大夫或可爲農工賈, 而以農工賈爲本業者, 或不能爲士大夫之事, 則於是不得不以士大夫爲重焉, 此亦後世自然之勢也.

是故爲士大夫者, 或遊談而折衷一世之權, 或高蹈而直抗萬乘之尊, 或混於耕 · 牧 · 圃 · 陶 · 賣炭 · 賣藥[40]之中, 無所不通, 而貴賤由[41]意, 高下在心, 汪洋恣睢, 其誰能禁之哉? 然則天下之至美好者[42], 士大夫之名也. 然其所以[43]不失士大夫之名者, 以其守古聖

---

32 **화 등**에는 誦이 讀으로 되어 있다.

33 天子一人外가 **존**에는 漢因之로, **등**에는 天子外로 되어 있다.

34 **존 등**에는 上이 빠져 있다.

35 **조 연 칠 목 팔**에는 舜堯가 堯舜으로 되어 있으나 오류이다. **등**에서는 舜乃堯로 쓰여 의미가 더욱 분명해졌다.

36 **취**에는 "爲農 · 工 · 賈不恥"가 "爲農工賈, 以農工賈不恥"로 되어 있다.

37 本 앞에 其가 들어간 사본이 있다.

38 **상 칠**에는 果가 可로 되어 있다.

39 **잠 목 소**에는 稟이 質로 되어 있다.

40 **상**에는 陶가 果로 되어 있다. **청**에는 藥이 柴로 되어 있다.

41 由가 대부분의 사본에 由로 되어 있고 일부 사본에 惟로 되어 있다.

42 **잠**에는 好者가 빠져 있고, **목 소**에는 好가 빠져 있다.

人[44]之法也. 毋論其爲士爲農爲工賈[45], 當一修士大夫之行, 而此非禮不能, 禮非富不立[46]. 故於是乎不得不立家置[47]業, 以四禮爲仰事俯育保持門戶之計, 是以作《士大夫可居處》[48]. 蓋時有利不利, 地有善惡, 人有進退出處之異也.

43　**연**에는 所以가 빠져 있고, **화**에는 然其所以가 然則으로 되어 있다. **동 승** 등의 사본에는 이 내용이 빠져 있는데 사대부의 무소불위 권력을 너무 강하게 서술했다고 본 때문인 듯하다.

44　**칠**에는 人이 賢으로 되어 있다. **상**에는 古聖人이 聖人으로 되어 있다.

45　賈가 **총 목 소 등 성**에는 爲商으로, **연 상**에는 工賈로, **팔**에는 商으로 되어 있다.

46　"而此…… 不立"이 **총**에는 "而此…… 禮非富不能"으로, **존**에는 "而非禮不立 禮非財不行"으로, **잠 목 소 팔 화**에는 "而此…… 非富不立"으로, **연 상**에는 "而此…… 非富不(能)立"으로 되어 있다.

47　**목**에는 置가 治로 되어 있다.

48　士大夫可居處가 **금**에는 卜居說로, **상**에는 可居處記로, **연**에는 可居誌로, **존**에는 可居地志로, 그 외 사본에는 可居處로 되어 있다.

八道論

八道論 序說[49]

崑[50]崙山一枝, 行大漠之南, 東爲醫巫閭山. 自此大斷, 是爲遼東之野. 渡野, 起爲白頭山, 卽《山海經》所謂不咸山也. 精氣北走千里, 挾二江向南, 爲寧固[51]塔, 背後[52]抽一脈, 爲朝鮮山脈之首.

有八道, 曰平安, 隣瀋陽, 曰咸鏡, 隣女眞. 次則曰江原, 承咸鏡, 曰黃海, 承平安, 曰京畿, 在江原・黃海之南[53]. 京畿南則曰忠淸及全羅, 全羅之東, 卽慶尙也. 慶尙, 卽古新羅・卞韓・辰韓地, 京畿・忠淸・全羅, 卽古馬韓・百濟地, 咸鏡・平安・黃海, 卽古朝鮮・高句麗地, 江原別爲濊貊地, 其興滅未詳. 唐末, 王太祖建出, 而統合三韓爲高麗, 而我朝繼運矣.

東南西皆海, 獨北一路通女眞遼瀋. 多山少野, 其民柔謹局促. 長亘三千里, 東西不滿千里. 際[54]海而南者, 可値[55]浙江吳・會之間.

---

49 **광 총**《동국총화록》에는 〈팔도총론八道總論〉이란 제목을 붙였다. **소**에는 〈팔도대강八道大綱〉으로, **상 동**에는 〈총론總論〉으로, **연**에는 〈아국我國〉으로, **칠**에는 〈총론연혁풍요總論沿革風謠〉로, **언**에는 〈택리지 권지일〉로 되어 있다. **조 잠 목 국 승 팔 화 청**에는 표제어가 없다. **東**에는 〈팔도산수八道山水〉란 제목을 붙이고 "此編所論, 歷敍山水來脈及各其邑故事, 又敍其地理之豐薄・人居之利害云爾"라 설명했다.

50 **승 등**《진유승람》에는 崑 앞에 原夫가 더 있다.

51 **조 상 동 소 금 청**에는 固가 古로 되어 있다.

52 背後가 **조 연 목 청**에는 南後로, **팔**에는 前後로 되어 있다.

53 江原・黃海之南이 **칠**에는 江・黃之南으로, **상**에는 黃海之南으로, **소**에는 "黃海之東南, 江原之西南"으로 되어 있다. **화**에는 黃海之南이 黃原黃・南으로 되어 있다.

54 **화**에는 際가 濟로 되어 있다.

55 **금**에는 値가 通으로 되어 있다.

平安之北, 義州爲界首邑, 約可當靑州. 大抵國[56]在日本·中國之
間[57].

古堯時有神人, 化生於平安道价川縣妙香山檀木下石窟中, 名曰
檀君, 遂爲九夷之君長, 年代子孫不可記. 後箕子出封于朝鮮, 都
平壤. 至孫箕準, 秦初爲燕人衛滿所逐, 浮海遷都於全羅益山郡,
號爲馬韓. 箕氏地界, 不詳於史氏, 而與辰·卞, 是[58]爲三韓.

赫居世, 興於漢宣帝時, 盡有慶尙道[59], 臣服辰·卞諸地, 號新羅,
都慶州. 朴·昔·金三姓, 更迭而爲王. 衛氏亡於漢武帝時, 及漢
移民棄地, 有朱蒙者, 自鞅鞨據平壤, 號稱高句麗. 朱蒙沒, 其次
子溫祚, 又分據漢水以南, 滅馬韓, 號百濟, 都扶餘. 高句麗與百
濟, 俱滅於唐高宗時, 唐兵棄地撤歸, 二國地盡入新羅. 末爲弓
裔·甄萱所分, 至高麗一之, 此我國建置沿革之大略也.

新羅以前, 三國戰[60]爭不休. 然文蹟少, 自高麗而始可述矣. 高麗
時, 士大夫之名未大立, 多起自胥吏而爲卿相者. 一爲卿相, 則其
子與孫爲士大夫, 咸置家於京城, 京城遂爲士大夫淵藪, 而外邑人
罕有登于朝者. 及雙冀制科擧取士[61], 外方人稍稍得顯仕于朝. 然
西北多武臣, 東南多文士矣. 及季世, 文風大振, 間有中中原制科

---

56 **승**에는 國이 朝鮮으로 되어 있다. 大抵 앞에 國이 있는 사본이 많다. **청**에서는 大抵 앞에
  國을 쓰고 大抵 뒤로 옮겨 써야 한다고 교정했다.
57 **잠**에는 中國之間이 中國·平安之間으로 되어 있다.
58 **상 존 동**에는 是가 빠져 있다. **등**에는 是爲가 幷號로 되어 있다.
59 **상 칠 동**에는 道가 빠져 있고, **등**에는 地로 되어 있다. **조 청**에는 道와 臣 사이에 六十七官
  이 더 있다.
60 **금 화 등**에는 戰이 鼎으로 되어 있다.
61 **상 동**에는 "考訂《麗史》, 光宗時, 始用翰林學士雙冀言, 立科擧, 以詩賦頌策取士"와 같은 고
  증이 첨부되어 있다. **칠**에도 문장 끝에 쌍기를 설명한 주석을 달았다.

者, 此通元之效也. 至今以大族稱於世者, 多高麗卿相之後裔, 則
士大夫之冑派來歷, 自高麗而始可述矣.

平安道[62]

平安道在鴨綠南·浿水北, 爲箕子所封地. 舊地界踰鴨綠, 至[63]靑
石嶺, 唐史所稱安[64]市·白巖在其間. 自高麗初淪失於契丹, 以鴨
綠爲限. 平壤爲監司所治, 在浿水上, 實爲箕子所都. 以箕子故,
於九夷風氣先開. 箕氏[65]都千年, 衛氏及高氏都八百餘年, 至今爲
一國重鎭者, 又千餘年矣. 地尙有箕子井田遺址及箕子墓, 國家以
鮮于氏爲箕子子孫, 建崇仁殿于墓傍, 以鮮于氏世襲殿官奉祀, 如
中原之曲阜孔氏. 且江山奇絕, 朱蒙時古迹甚多, 然語多吊詭不可
信.
城在江上, 絕壁上有練光亭. 江外遙山, 遠控於闊野長林之外, 明
媚秀嫩, 不可名狀. 高麗詩人金黃元登亭, 終日沉思, 只得一聯曰:
'長城一面溶溶水, 大野東頭點點山.' 而思涸不復續, 仍痛哭而下.
此最可笑, 詩亦非佳句[66].

---

62 **조 칠 목 국 팔 화** 등에는 〈평안도平安道〉란 소제목이 없다. **청**에는 난외에 '논관서論關西'
라고 제목을 달았다. 〈팔도론〉에서 각 도의 소제목을 명시한 본은 **덕 총 연 동 소 광 상**
등이고, **취 조 존 잠 칠 목 승 국 금 팔 화** 등에는 각 도의 소제목이 없거나 별행으로 구분
하지 않았다. 이하 〈팔도론〉 소제목의 교감은 평안도의 경우와 거의 유사하므로 일일
이 밝히지 않는다.

63 **상 동**에는 至가 過로 되어 있다.

64 **조 잠 목 국 청**에는 安 앞에 故가 더 있다.

65 **잠 소 국**에는 箕氏가 箕子로 되어 있다.

66 **상 동 존 칠** 등에는 "高麗詩人…… 佳句"가 빠져 있거나 주석으로 처리되어 있다.

皇明時, 朱之蕃奉使至, 登亭叫呼稱快, 手寫'天下第一江山'六字揭額. 及丁丑, 清皇帝[67]回軍日見之, 以爲中原有金陵·浙江, 此安得爲第一, 令人打破. 已而惜其善寫, 只令鉅去'天下'二字.

循亭而北有淸流壁, 壁盡而有浮碧樓, 在城隅永明寺前. 明廟朝, 許荷谷筠爲儒生時, 與儕友往遊, 且約監司之婿, 大張妓樂於樓上. 監司夫人怒其婿挾妓行樂, 囑監司, 遣隷卒, 盡拿諸妓囚之. 荷谷踉蹡敗歸, 作〈春遊浮碧樓歌〉一篇, 以嘲之, 一時盛傳. 監司以此見棄於世.

地雖宜五穀綿絮, 少陂堤溪澗, 只事田種[68]. 然惟下流有碧只島, 在江中, 水縮泥生, 土人爲水田其中, 收皆畝種[69]. 江出於白頭西南, 行三百里至寧遠郡, 大而爲江. 至江東縣, 與陽德·孟山之水合, 至浮碧樓前, 爲大同江. 江南岸爲十里長林, 官禁樵牧, 自箕子時至今繁盛, 每春夏綠陰掩暎, 不見天日.

平壤東爲成川府, 卽松讓王國, 爲朱蒙所倂. 邑治在江上, 而光海壬辰時, 奉廟社主, 避亂於府中. 及卽位, 使府使朴燁大修降仙樓於客館傍. 樓爲三百餘間, 結構宏壯, 爲八道樓觀之首. 前有紇骨山十二峯, 然石色不雅, 江旣淺駛, 野又狹隘, 視平壤逈不及矣.

然光海以燁爲能, 擢爲平安監司. 時値滿洲作梗, 西路多事. 燁有才諝, 光海倚以爲重, 凡十年不遷. 燁多用貨善用間, 巡到龜城, 適淸兵圍城. 夜半有一胡人踰城, 入燁寢所, 附耳語而去. 明朝燁

---

67 **상 동**에는 皇帝가 主로 되어 있다. **칠**에는 皇이 빠져 있다.

68 **칠**에는 "地雖宜…… 田種"이 "雖宜五穀絮綿, 然少川澤可灌者, 水田少而多黍粟矣"로 되어 있다.

69 "其中, 收皆畝種"이 **증**에는 鍾으로, 《상택지相宅志》(이하 **相**)에는 "種稻, 然亦不多也"로, **조 소 청**에는 "其中, 水皆畝種"으로 되어 있다.

令人持酒往犒, 又以牛肉長串炙, 頒於軍卒, 不贏不縮, 恰當軍數. 胡將大驚怪以爲神也, 卽請和解去.

癸亥間, 燁裨將一人請間, 說以"朝廷將敗, 公, 主上寵臣, 必與其禍, 不如暗與淸結. 若朝廷有事, 則納地割據, 足以自存. 不然則難乎免矣." 燁曰: "吾文官也, 豈可作叛臣?" 不聽, 其人卽棄燁而逃. 未幾, 仁廟反正, 卽發使斬燁於任所.

平壤西百餘里爲安州, 臨淸川江上, 有百祥樓, 樓傍有七佛寺. 高句麗[70]時, 隋兵至江上, 有七僧前渡, 水不沒膝. 隋兵隨而長驅, 先鋒一陣湙焉, 兵退而僧仍不見. 土人德之, 建寺祀之.

安州東北爲寧邊府, 因山爲城, 峻絶險固, 號鐵甕, 平安一道, 惟此可以保障. 府北爲劍山嶺, 卽高句麗丸都城, 遺址尙在. 自此踰二大嶺, 爲江界府. 府東至白頭山爲五百餘里, 其間爲廢四郡地. 世宗朝革屬江界府, 移民空其地, 今樹木參天爲絶峽, 多産人蔘, 每春秋許民入採, 輸官充貢賦, 故江界號爲國中産蔘之邑[71].

府西爲渭原地, 有明李成梁祖地. 成樑父渭原人, 殺人逃入廣寧, 生成樑. 李如松嘗曰: "俺本朝鮮人."云.

渭原西有六邑, 義州爲界首, 而縮轂通瀋之路. 邑治在鴨綠江上, 江外二大水, 自胡地東北來會, 至邑北別爲三江. 每水潦漲溢, 三江合爲一, 入海水中, 爲威化島.

麗末, 崔瑩勸禑攻遼, 挾禑至平壤, 使我太祖大王, 將六萬兵次是島. 時當盛夏, 太祖順軍心, 三疏請罷兵, 瑩不聽. 太祖仍與諸將議回軍誅瑩, 一軍樂從, 遂回軍. 瑩聞變, 與禑走. 太祖尾至, 圍宮城, 執瑩誅之. 廢禑父子, 立恭讓王, 未幾禪代.

---

70 高句麗가 다수 사본에 高麗로 되어 있다. **존**에는 句麗로 되어 있다.

71 **상 취 칠 광 동 목 국 등 청**에는 邑이 地로 되어 있다.

大率淸川江以南謂淸南, 地形東西狹, 以北謂淸北, 東西延袤甚
廣. 一道東近嶺脊, 山多而平地少, 且乏川澤可灌漑. 故水田絶少,
野皆田穀. 箕氏·高氏之盛, 地狹民多, 多夷山開墾, 及屢爲漢兵
所徙, 地多荒廢. 且王氏混一後, 民多流下三南, 至今野曠人稀,
少山耕矣. 西則近海, 諸邑多障潮爲水田, 然視田則少, 故一道米
價常翔貴於三南.

俗事桑麻織作, 魚鹽絶貴, 雖臨海邑, 煑鹽處不多. 地不産竹柿楮
芊. 淸北則地尤高寒近塞, 故亦無花果, 而物産甚稀少, 民多呰窳
偸生. 惟平壤·安州二邑爲大都會, 市裕燕貨, 商賈隨使臣往來
者, 每獲奇羡, 多富厚者. 且淸南近內地, 俗尙文學, 淸北則俗椎
魯尙武, 惟定州多登科文士.

咸鏡道

平安之東[72], 白頭大脈南下, 截天爲嶺. 嶺東卽咸鏡道, 爲古沃沮
地, 南限鐵嶺, 東北限豆滿江, 長過二千里, 逼海而東西未滿百里.
舊屬肅愼, 至漢屬玄菟, 後爲朱氏[73]所據, 及亡, 爲女眞所據. 高
麗則以咸興南定平府爲界. 至中葉, 使尹瓘將兵逐女眞, 過豆滿
江七百里[74], 至先春嶺爲界. 後復歸地于金, 以咸興爲界. 至我朝
莊憲大王, 使金宗瑞北拓地千餘里, 至豆滿江, 設六鎭及兵營於江

72　平安之東이 상 잠 동 목 소 팔에는 一道之東으로, 국에는 道之東으로 되어 있다. 칠에는 平
　　安之東이 빠져 있다.

73　잠 소에는 朱氏가 高氏로 되어 있다.

74　七百里가 상 동 승에는 北七百里로, 조 연 목 청에는 六百里로, 덕 화에는 百里로 되어 있다.

邊, 而女眞窟穴之在白頭東南者, 擧入版圖矣.

肅廟丁酉[75], 康熙皇帝使穆克登, 登白頭山, 審定兩國地界. 沿豆滿[76]至會寧雲頭山城, 見城外大坂有衆塚, 而土人指爲皇帝陵. 克登令人掘開, 塚旁得短碣, 上書'宋帝之墓'四字. 克登仍令大其封築而去, 始知金人五國城, 卽雲頭山也. 但云宋帝, 不知是徽是欽.

雲頭距東海僅二百里, 而海道密邇高麗. 且高麗全羅道, 與杭州隔一小海, 風便七日可通. 若令宋高宗陰厚高麗, 使高麗從東海發船, 以千人陸襲雲頭, 纂取徽·欽與邢后, 遵海登陸, 而自全羅泊杭州, 則此天下一奇事. 惜乎! 高宗意不在父, 而徒溺西湖遊宴之樂, 其不孝之罪, 可謂通天矣. 此千古之大恨矣!

然高宗則死未百年, 卽遭賊僧發塚之禍. 徽宗則雖死葬他鄕, 至今得保丘壠, 天道之洄沇不可知, 如此矣[77]. 土人耕於坂上者, 往往得古彝·樽·爐·鼎之屬, 似宣和陵, 而餘則是宮人從官之塚也. 土人傳, 豆滿北十餘里, 又有皇帝陵, 此則似欽宗, 而不可詳也.

咸興以北, 山川危險, 風俗勁悍, 土寒地瘠. 穀惟粟麥, 少秔稻, 無綿絮. 土人衣狗皮禦冬, 性耐飢寒, 一如女眞矣. 山饒貂蔘, 民以貂蔘換南商之綿布, 方得衣袴, 然非富厚者不能也. 臨海饒魚鹽,

---

75 **소**에는 丁酉 뒤에 "或云癸巳"라는 주석이 달려 있다. **화**에는 丁酉가 丁卯로 되어 있고, **청**에는 卯라고 쓰고 酉로 교정하였다.

76 豆滿이 **상 동 승 목 화**에는 豆滿江으로, **잠 소**에는 豆滿東下로 되어 있다.

77 **상 동**에는 "雲頭…… 如此矣" 뒤에 "考證: 宋高宗二年, 遣使高麗, 勅令與師勤王迎還二帝. 麗仁宗以生釁金國爲辭, 宋使楊應誠怒, 不受禮物而去"가 주석으로 달려 있다. **소**에는 문장 뒤에 "按《麗史》, 仁宗恭孝王六年, 宋高宗遣禮部尙楊應誠等來諭假道, 迎問二帝於五國城. 王答應誠書曰: 若使節假道入界, 金必猜疑生事, 不敢奉詔附表以謝, 應誠遂不受而云云"이 주석으로 달려 있다.

然海水清而悍, 下多巖石, 漁鹽味俱不及西海之醲厚.

咸興府爲監司所治. 始[78]一道不知文學矣, 我十代祖敬憲公諱繼孫, 成廟朝莅監司[79], 擇俊秀少年, 廩養而敎以經史行誼. 自是文學蔚[80]興, 間有中科甲者, 土人謂破天荒. 及敬憲公卒, 鄕人建祠俎豆之至今.

城臨君子河, 上有萬歲橋, 橋長五里. 城南門上有樂民樓, 全攬一邑之勝, 與平壤練光亭相甲乙. 野曠遐接海, 風氣雄壯鷔悍, 不及平壤之秀嫩明麗. 野中有太祖[81]微時古宅. 至今安畫像其中, 朝家遣官守護, 以時致祭, 爲本朝豐沛枌楡之鄕[82].

永興南百餘里爲[83]安邊府, 在鐵嶺之北. 邑治西北有釋王寺, 太祖

---

78 **연 칠 화**에는 始가 빠져 있다. **청**에서는 始라고 쓰고 지웠다.

79 "我十代祖…… 莅監司"가 **칠**에는 "成廟朝 我十代祖敬憲公爲方伯"으로, **광**에는 "成廟朝 敬憲公李繼孫爲監司"로 되어 있다.

80 **목 청**에는 蔚이 漸으로 되어 있다. **화**에는 文學이 빠져 있다.

81 太祖가 **조**에는 太祖大王으로, **광 등**에는 我太祖로, **승**에는 李太祖로 되어 있다.

82 **상**에는 鄕 뒤에 "太祖丁丑, 神德王妃康氏昇遐, 太宗用河崙謀, 起兵靖鄭道傳之亂, 世子芳碩, 與兄芳蕃幷不得保全, 太祖大怒, 禪位於恭靖大王, 率近臣, 馳往咸興, 因住十年"이 주석으로 달려 있다. **광 등**과 역자 소장《진유승람》, 동국대 소장《택리지》, 하버드대 소장《복거설》)에는 다른 사본에는 없는 "太祖丁丑, 神德王妃康氏昇遐. 恭定大王用河崙謀, 起兵靖鄭道傳之亂. 世子芳碩遜位, 與兄芳蕃幷不得保. 太祖大怒, 禪位於恭靖大王, 率近臣, 馳往咸興. 未久, 恭靖大王又禪位於恭定大王, 大王卽位, 發使請回鑾, 太祖輒誅之凡十年. 上患之, 求太祖微時同閈親舊朴淳, 使咸興. 淳先求字牝馬, 預(繫罤)駒於宮門相望處, 騎母馬至宮門外(繫罤)馬入謁, 宮頗淺近, 語次聞駒望母呼, 母馬又跳躍長吁, 聲頗閭. 太祖怪問之, 淳因達曰: 臣騎母馬來, 繫駒於村閭, 駒思母(號)呼, 母戀之. 無知之物猶(尙)如此, 豈(以止)至慈之仁, 不念主上之情思乎! 太祖心動, 良久許諾, 且曰: 汝可於鷄鳴前離此, 明日午前疾過永興龍興江, 不然不免. 淳果夜馳去, 太祖前已屢誅使者陪從諸官及在朝諸臣相激, 翌日平明, 諸從官請誅淳, 太祖不許, 屢强之. 太祖意其已過永興許之, 曰: 若已過龍興江, 勿誅而來. 使者疾馳, 到江則淳方上船, 使者挽淳, 斬於船舷上. 淳臨刑, 謂使者曰: 臣雖死, 願聖上勿食言. 上憐其意, 卽令回駕. 恭定大王義之, 旌其忠, 錄其子孫"이 더 있다.

83 **팔**에는 永興南百餘里爲가 빠져 있고 "安邊府…… 二道不可居"의 행을 바꿔 썼다.

未登極, 夢背負三椽花飛鏡落, 問於僧無學, 對曰:"背負三椽者, 王字也. 花飛終有實, 鏡落豈無聲?"太祖大喜, 遂建寺, 名曰釋王寺, 大修水陸道場, 二日有五百羅漢現像空中之應.

安邊西北德源境, 海上有元山村. 浦民聚居, 以漁採爲業, 而海道東北通六鎭, 六鎭及沿海諸邑商船, 多[84]維泊於此. 凡魚鹽 · 海蔘[85] · 細布 · 輕氎 · 貂蔘 · 棺槨之材, 皆於此地出賫. 故江原 · 黃海 · 平安 · 京畿[86]諸商賈, 日夜坌集, 物貨委積, 爲大都會. 民多以廢著爲業而致富厚者. 朝家設倉於此地, 海運慶尙之穀, 儲置於倉, 每北路凶荒, 又以時船運列邑, 而爲賑資矣.

安邊東南有黃龍山, 上有龍湫, 泉石殊絶. 是爲咸 · 江交界之處, 山南則歙谷縣也.

太祖以將帥受王氏禪代, 其佐命功臣, 又多西北猛將. 旣得國, 遺命西北人勿大用. 以故平安 · 咸鏡兩道, 三百年來無顯官. 或有登科第者, 官不過縣令, 間有通臺侍者, 然亦罕. 惟定平人金梗 · 安邊人李之蘊[87]得至亞卿, 鐵山人鄭鳳壽 · 鏡城人全百祿[88]以武將僅至兵使.

且國俗重門閥, 京城士大夫, 不與西北人爲婚娶平交. 西北人亦不敢與士大夫抗禮. 西北兩道遂無士大夫, 士大夫亦無往居者. 惟咸

---

84 多가 皆로 된 사본이 많다.

85 海蔘이 **상 존 동 소 팔**에는 海菜로, **조**에는 海菜 · 海蔘으로, **등**에는 漁採布氎로 되어 있다.

86 많은 사본에 京畿가 京城으로 되어 있다. "江原……京畿"가 **연**에는 江黃平京으로, **등**에는 江黃平畿로 되어 있다.

87 定平人金梗 · 安邊人李之蘊이 **상 취 존 동 목 팔 청**에는 金梗 · 李之蘊二人으로, **광국 등**에는 定平人金梗 · 安邊人李之蘊二人으로, **조 청**에는 梗 · 李之蘊二人으로 쓰고 梗 뒤에 "定平人, 經海伯", 李之蘊 뒤에 "安邊人, 官至禮蔘"이라 설명하였다.

88 많은 사본에 全百祿의 성이 田으로 되어 있는데《조선왕조실록》을 참고하여 全百祿으로 바로잡았다. **조 청**에는 이 뒤에 二人이 더 있다.

從魚氏 · 青海李氏 · 安邊趙氏則貫豐壤, 而國初幷通顯[89], 移居京城, 代有科第[90], 此外無人. 是故西北咸 · 平二道不可居.

黃海道

黃海道居京畿 · 平安之間. 蓋白頭南脉至咸興府西北, 擴爲劍門嶺, 又南下爲老人峙. 自此分二脈, 一南行由三方峙小斷, 卽起爲鐵嶺, 一西南行由谷山爲鶴嶺. 鶴嶺又分三枝, 一從兎山 · 金川爲五冠 · 松岳, 卽高麗故都. 一從新溪爲平山綿岳, 茲爲黃海一道之祖, 而西爲海州昌金 · 首陽等山. 又下野爲平崗, 而西北轉爲信川錐山, 又北回而止於文化九月山, 卽檀君故都. 一從谷山 · 遂安, 泰山峻嶺橫亘不斷, 爲慈悲嶺, 爲岊嶺, 西止於黃州棘城.
黃州在岊嶺之北, 與平安道中和府接境, 州置兵馬節度營, 以捍蔽西來之路. 而自黃州南踰岊嶺, 由鳳山 · 瑞興 · 平山 · 金川四邑以達開城, 是爲南北直路. 直路之東, 遂安 · 谷山 · 新溪 · 兎山等邑, 並在萬山中, 地險民嚚, 峒峽陰邃, 多崔蒲出沒. 自古鮮文學顯達者, 直路諸邑亦然. 惟平山 · 金川, 頗有士族之流寓者. 金川則合江陰 · 牛峯二縣爲郡, 而舊有瘴, 近益甚, 不宜居. 平山亦有瘴, 然西綿岳東麓有花川洞, 洞有高巓大塚, 諺傳淸人祖地. 其下頗開野敞豁, 土地且饒沃, 故多富盛之村, 亦出顯達之士.

---

89 **잠 소 청**에는 幷通顯이 "暫顯, 趙氏歸老安邊, 子孫遂爲北人, 仍失士大夫之名"으로 되어 있다.

90 **칠 소 청**에는 "移居京城, 代有科第"가 "魚氏移居京城, 代(多)有科第, 卽今遂爲京城望族"으로 되어 있다. **금**에는 "皆爲顯仕…… 比比有之"가 추가되어 있다.

慈悲嶺舊爲通北大路, 自高麗末, 廢慈悲嶺, 長養樹木以塞之, 開
岊嶺路, 爲南北大關. 然嶺脈過岊, 不十里卽斷爲平岡, 岡盡而爲
平原, 是爲棘城之野.

高麗時, 蒙兵避岊嶺, 由棘城入. 仁廟朝, 淸兵之南襲我也, 亦由
棘城入. 棘城野東西廣十餘里, 西止於南五里江, 下流通潮汐無
氷. 若自慈悲築長城, 橫亘棘城江岸, 則南北可以斷絶, 而爲天塹
矣. 然岊嶺與九月東西對峙爲一大水口, 而南五里江割處一野之
中, 自南北注浿江, 江東則黃州 · 鳳山 · 瑞興 · 平山, 江西則安
岳 · 文化 · 信川 · 載寧也.

八邑大同俗, 而俱在綿岳 · 首陽之北. 土上腴, 宜五穀綿絮, 鉛鐵
則山出而棋置. 江東西岸皆挾水築長堤, 內皆水田粳稻, 一望無
際, 如中原之蘇湖[91]矣. 且米之産於此者, 顆粒長大, 體性粘潤, 異
於他地. 內厨用以爲御供者, 只此地米也.

自首陽 · 錐山爲九月者, 雖時有高低, 實爲大幹脊. 脊外臨海爲
邑者, 南爲海州, 州之右爲康翎 · 瓮津, 西爲長淵府. 府之北爲松
禾 · 殷栗 · 豐川, 止於長連, 與平安三和府隔一小海. 錐山一脈,
循長淵南, 西走止於長山串. 峯巒洞壑逶迤深阻, 自高麗視湖南卞
山 · 湖西安眠, 並爲松田, 以備宮殿及舟船之用.

串北有金沙寺, 海汀皆沙岸, 沙極細如金色, 映日閃鑠者二十里.
每隨風成峯, 崔嵬戍削, 朝夕遷徙, 或峙於東, 或峙於西, 倏忽左
右遊動不定. 然沙上塔廟壯麗, 而終不埋壓, 此實可怪. 或曰:"海
龍所爲."

沙中産海蔘, 形類防風. 每四五月, 中原登 · 萊海船至者甚衆[92].

---

91 蘇湖가 **칠**에는 蘇杭으로, **금**에는 蘇堤로, **소**에는 蘇潮로 되어 있다. **청**에서는 蘇湖라 쓰고
蘇杭으로 교정하였다.

官發將吏逐之, 則浮海下碇, 俟無人上岸採蔘而去. 串下海中又產鰒魚及黑虫, 黑虫無骨, 只一塊黑肉如瓜, 而全身有肉刺者也[93]. 中原人用以染黑緞. 鰒魚卽《漢書》[94]王莽所啗者, 登·萊雖有之, 味珍厚不及我境產者, 故採海蔘時並採之. 以利重, 故登·萊船歲益增至, 頗爲沿海民害.

八邑雖挾海爲利, 土多瘠, 惟豐川·殷栗爲[95]上腴. 有造山一坪, 水田種一斗[96], 或收數百斗, 少不下百斗. 田出亦如之, 此又三南所罕也[97].

然長淵以北, 南阻長山串, 惟北通平安. 故穀絮至賤, 佃夫下族[98]誇[99]富厚, 皆自稱爲士族矣.

長淵南大海中, 有大靑·小靑二島, 周圍頗廣. 元文宗竄順帝於大靑島, 順帝築室以居, 奉純金佛像一軀, 每日出時輒祈禱返國. 未幾, 歸而登極, 遣工匠百餘人, 使中官監役, 大建佛寺於海州首陽山中, 是爲神光寺. 制作工[100]麗[101]爲一國之最, 中間災於火, 更建而殊不及古. 今島廢無人, 樹木參天. 順帝所種桑椹茱茹之屬, 自榮自落於榛莽[102]之中, 而宮室階礎遺址宛然.

92　衆이 多로 된 사본이 많다.

93　**조**에는 也 앞에 卽海蔘이 더 있다.

94　**조 소 등 청**에는 漢書 뒤에 所謂가 더 있다.

95　爲 앞에 土가 들어간 사본이 많다.

96　一斗 뒤에 稻가 들어간 사본이 많다.

97　罕也가 **상**에는 無로, **동**에는 有로 되어 있다.

98　**상 조**에는 族이 賤으로 되어 있다.

99　**조**에는 誇가 皆로 되어 있고, **광**에는 誇 앞에 皆가 더 있다.

100　**연 광**에는 工이 宏으로 되어 있다.

101　**조 소**에는 麗가 巧로 되어 있다.

海州爲監司所治, 在首陽之陽, 而海水闊兩山間, 滙渟[103]於面前山外, 爲一大湖, 土人謂之小洞庭. 潔城實據其勝, 頗有臨眺之致. 昔栗谷[104]爲監司, 得石潭泉石於首陽山中. 罷官後, 築室講學, 京城及四方遊士[105]多從之. 及栗谷歿, 建祠俎豆於中[106], 門人子孫仍世居, 而奉其風敎文禮, 科甲冠於一道. 及衰, 鄕人借學宮, 分朋攻擊如仇讐, 世目以惡鄕矣.

綿岳一枝逆而東走, 爲延安‧白川, 在海州東後[107]西江之西[108]寶輦江下流之北, 泰山‧洪河‧大野‧長川萃會於此, 而且通潮汐. 平闊明秀, 如有中原江淮間風氣, 最爲可居, 亦有自漢陽流寓之士族矣. 但土瘠易旱, 不宜木綿[109]. 居人喜以舟楫通江海之利. 東通二都, 南通兩湖, 貿遷交易, 常得奇羨[110].

大抵一道處國都西北, 地隣平‧咸, 俗喜弓馬, 而鮮文學之士. 介山海間, 有鉛鐵‧綿絮‧稻梁‧魚鹽之利. 故雖多富厚[111]者, 亦[112]

---

102 **칠 광 목 등 청**에는 莽이 蕪로 되어 있다.

103 사본에서 渟은 停과 혼동되어 사용되었다. 滙渟이나 渟滀의 용례는 모두 渟으로 통일하여 사용하고 따로 밝히지 않는다.

104 栗谷이 **상 광 동**에는 栗谷李珥로, **조 잠 목 팔 청**에는 李栗谷로, **취 국**에는 李珥로, **소**에는 李栗谷으로, **등**에는 栗谷先生으로 되어 있다.

105 遊士가 **잠 연 칠 광**에는 儒生으로, **취 조 목 소 국 팔 청 성**에는 儒士로, **상 등**에는 文士로 되어 있다. **금**에는 遊士多從之가 多士遊從之로 되어 있다.

106 中이 **상 연 소 청 성**에는 其中으로, **동**에는 其間으로 되어 있다. 於中이 **칠**에는 謂之石潭으로, **팔**에는 於是로 되어 있다.

107 **상 잠**에는 後 앞에 居가 더 있다.

108 **취 잠 연 성**에는 後西江之西가 後西江西로, **금**에는 在海州東後西江이 在海州之東後西江之西로 되어 있다.

109 **잠 칠 소 청**에는 "但土瘠易旱, 不宜木綿"이 "但土瘠, 數被旱. 一道皆宜木綿, 惟二邑不産"으로 되어 있다. **화**에는 "亦有…… 不宜木綿"이 빠져 있다.

110 **잠 칠 소**에는 羨 뒤에 "白川之東, 卽京畿開城也"가 더 있다.

少[113]士大夫家矣. 然野中八邑, 土旣膏沃, 海上十邑, 地多名勝,
亦非不可居之地. 地勢陡入西海, 三面負海, 獨東一路當南北通行
之大路. 然北有岊嶺, 南阻重江, 表裏山河, 內多巖險城郭, 又有
沃野臕原, 眞天府用武之國[114]也. 天下有事, 當爲要衝爭戰之場,
此其所短也.

江原道

江原道在咸鏡·慶尙間, 西北隣黃海谷山[115]·兎山等縣, 西南與京
畿·忠淸二道相接. 嶺脊自鐵嶺, 南至太白山, 橫亘如天際雲. 嶺
之東有九郡, 曰歙谷 —原注:北與咸鏡安邊府接壤—, 曰通川, 曰高城,
曰杆城, 曰襄陽, 曰江陵 —原注:故穢國所都—, 曰三陟, 曰蔚珍, 曰
平海 —原注:南與慶尙寧海府接境—[116]. 九郡皆在東海上, 南北相距雖
千里, 東西如咸鏡未滿百里. 嶺脊旣阻西北, 而東南並海遠通. 地
勢雖局促, 居泰山下, 下野之山[117], 多低平明秀. 東海無潮汐, 故水
不渾濁, 號爲碧海, 無汊港島嶼之遮蔽, 如臨大澤平塘, 闊遠宏壯.
又地多名湖奇巖, 登高則滄海茫洋, 入洞則水石窈窕, 景物實爲國

---

111 **칠**에는 厚가 饒로 되어 있다. **잠 소**에는 厚 뒤에 饒給이 더 있다.
112 **잠 칠 소**에는 亦이 "然率下戶平民而"로 되어 있다.
113 **동**에는 小가 多로 되어 있다.
114 **조 광 금 화 등**에는 國이 地로 되어 있다.
115 **연**에는 谷山 뒤에 新溪가 더 있다.
116 **조 잠 연 소**에는 境이 壤으로 되어 있다. 界와 境과 壤은 사본에 따라 혼동되어 쓰이므로 일일이 밝히지 않는다.
117 **광**에는 下野之山이 山野로, **동 등**에는 下野로 되어 있다.

中第一. 多樓臺亭觀之勝, 國人號爲關東八景[118], 在歙谷爲侍中臺,
在通川爲叢石亭, 在高城爲三日浦, 在杆城爲淸澗亭, 在襄陽爲靑
草湖, 在江陵爲鏡浦臺, 在三陟爲竹西樓, 在蔚珍爲望洋亭.

九郡之西則爲金剛 · 雪岳 · 五臺 · 頭陀 · 太白等山. 山海之間,
多奇勝處, 洞府幽深, 水石淸潔, 或傳仙靈異跡.

土人重游衍. 其父老喜載妓樂酒肉, 跌宕湖山之間, 以此爲大事,
子弟化之, 少[119]治文學. 亦以其絶[120]遠[121]於二京, 自古少顯達者,
惟江陵頗出科甲. 且土甚薄[122], 水田種一斗, 僅收十餘斗[123]. 惟高
城 · 通川, 最多水田, 而不甚磽薄云. 次則三陟, 水田種一斗, 收
四十斗, 然三邑人物不産. 大都九郡皆濱海, 居民專以漁採煮鹽爲
生, 雖土薄, 亦多富厚者. 但西嶺太高[124]如異域, 宜一時遊賞, 非
久居處也[125].

江陵西爲大關嶺, 嶺北爲五臺, 于筒之水於是乎出, 寔爲漢江之
源. 大關嶺之南, 歷雙溪 · 白鳳兩嶺爲頭陀山, 上有古人所築石
城, 下有重峯寺, 寺北卽江陵臨溪驛. 高麗時, 李承休隱此, 而近
者故察訪李蟠, 不仕而築室其中. 山中少開平原有水田, 且溪澗巖
石絶勝, 宜耕而且宜漁, 是別一洞天也.

---

118 **광**에는 이 구절이 望洋亭 뒤에 있다. **조 팔**에는 景이 勝으로 되어 있다.

119 **잠 승 소**에는 少가 不로 되어 있다.

120 **광**에는 絶이 地로 되어 있다. **등**에는 其絶이 以地로 되어 있다.

121 **금**에는 遠이 迹으로 되어 있다.

122 甚薄이 **취 조 존 잠 상 소 국 팔**에는 薄磽甚으로, **칠 광 목 청**에는 甚薄磽으로, **연 등**에는 薄
     磽으로 되어 있다.

123 **잠 소**에는 僅收十餘斗 뒤에 "魚鹽之利, 又不足以贍生, 故小富多貧"이 더 있다.

124 **덕**에는 高 뒤에 隔이 더 있다. **잠 칠 소**에는 高 뒤에 盤道險絶이 더 있다.

125 **잠 칠 소**에는 非久居處也가 而不可居로 되어 있다.

溪由寧越上東, 入邑前, 臨溪西麓南爲旌善餘粮驛村. 于筒之水自北繞村, 而兩岸頗敞, 岸上長松白沙, 掩映清波, 眞隱者所居. 但恨無水田, 然村民皆饒給自足.

溪到寧越邑東, 與上東水合, 又稍西與酒泉江合. 兩江之內, 有端宗莊陵. 肅廟於丙子[126], 追復位, 改封陵. 且前建六臣廟於傍, 甚盛擧[127]也.

大抵北自淮陽, 南至旌善, 皆亂山深谷, 水皆西流入漢江, 多燒畬耕作, 水田甚少. 風氣高寒, 地瘠民魯, 峽村雖有溪山之奇[128], 可一時避兵, 不合世居[129].

惟春川·原州差勝, 春川在麟蹄西, 水陸西南距漢陽二百餘里. 府治北有淸平山, 山中有寺, 寺傍有高麗處士李資玄鵠卵菴故基. 資玄早歲[130]以妃族不婚宦[131], 隱居修道於此. 及卒, 寺僧建浮屠藏蛻骨, 今尙在. 山南十餘里臨昭陽江, 爲貊國千年故都. 局外有牛頭大村, 漢武使彭吳通牛頭[132]州, 卽此地也. 山中闊展平野, 二江灌注於中, 風氣固密, 而江山淸曠, 土地饒沃, 多世居士大夫.

---

126 **칠**에는 丙子가 戊寅으로 되어 있다. 노산군을 단종으로 추복追復한 해는 병자년(1696)이 아니라 무인년(1698)이다. 그러나 거의 모든 사본에 병자년으로 되어 있으므로 원문을 수정하지 않는다.

127 擧가 **취 조 존 연 광 상 팔 청**에는 意로, **소**에는 事로, **등**에는 儀로 되어 있다.

128 **조 존 목 소 청**에는 奇가 勝으로 되어 있다. **잠**에는 "多燒畬耕作…… 峽村雖有溪山之奇"가 "土瘠風寒, 無開墾處. 南則旌善寧越平昌等邑, 在太白之北, 北則淮陽麟蹄楊口洪川等邑, 在金剛雪岳之西"로 되어 있다.

129 **잠**에는 不合世居가 俱非永久可居處也로 되어 있다.

130 早歲가 **상**에는 早世로, **조 소**에는 少時로 되어 있다.

131 不婚宦이 **총**에는 不仕宦으로, **칠**에는 不昏棄官으로, **소**에는 不好宦으로, **팔**에는 不仕로, **청**이는 不婚不宦으로, **등**에는 不婚貴宦으로 되어 있다.

132 **취 존 잠 광 상 소 국 팔 청**에는 頭가 首로 되어 있다.

原州在寧越西, 爲監司所治. 西距漢陽二百五十里, 東連[133]嶺峽,
西接砥平縣[134]. 山谷間錯開原野, 明秀而不甚險阻. 介畿嶺間, 輸
東海魚鹽 · 人蔘 · 棺槨 · 宮殿之材, 爲一道都會. 近峽, 有事易以
隱避, 近京, 無事可以進取, 故漢陽士大夫多樂居於此.

東有赤岳, 麗末元耘谷天錫, 隱居於此, 教授諸生. 我太祖在潛邸
時, 使恭定大王[135], 以總角往學於耘谷, 學成而歸, 十八中制科.
及太祖威化回軍, 有禪代之漸, 耘谷作書諫之. 久之, 恭定大王登
極, 幸赤岳訪耘谷, 耘谷避不見, 只留昔日爨婢老嫗. 上問先生去
處, 嫗答以往太白山尋友矣. 上仍厚賚嫗, 以耘谷子授沂川縣監,
留官誥而去. 人謂高過嚴陵, 非桓榮淺淺者可比.

北有橫城縣邑治, 峽中開拓, 晃然昭曠, 水綠山平, 別有一種難形
之淸氣, 境內亦多世居士大夫.

東北受五臺以西水, 西南至原州爲蟾江[136], 入于興元倉[137], 南與忠
江下流合. 村在二江間, 以二江爲龍虎, 紐結於村前爲深潭, 而五
臺之西赤岳之脈, 至此大盡. 江外山, 關鎖於左右, 地理[138]最佳.
玆爲江原一道通京輸會之所, 多世居士大夫, 亦多以舟商致富厚
者.

昔光海朝, 白沙以蹤跡危虩, 托鄭忠信相上游退居處. 忠信至此,
畫地形以獻, 白沙欲卜築[139], 而會謫北靑不果. 余嘗過此, 憶白沙

---

133 連이 **잠**에는 北接으로, **광 상**에는 近으로 되어 있다.

134 **상**에는 縣이 一州로 되어 있다. **잠**에는 西接砥平縣이 西通京畿로 되어 있다.

135 **잠 칠**에는 恭定大王이 太宗으로 되어 있다.

136 《동국산수록》계열 사본에는 蟾江에 "安昌水"라는 주석이 달려 있다.

137 **소**에는 入于興元倉 뒤에 "一江之陽, 多臨水爲勝者"가 더 있다.

138 **광 상**에는 理가 利로 되어 있다.

139 **총 칠 금 팔**에는 築이 居로 되어 있다.

事, 有詩曰: '俛仰江山似昔年, 英雄眼力故依然. 西風恐汚王孫畵, 欲徙全家上水邊[140].' 然地迫兩江, 無水田, 不能兼農利.

村東南踰岡[141]麓爲德隱[142]村, 東[143]與忠州靑龍里[144]接. 山谷間多水田, 泉石淸幽, 亦可隱處[145].

鐵嶺金剛之水, 南下爲春川牟津江, 至龍津入于漢江, 而自春川渡江而西, 有楊口[146]·金化·金城·鐵原·平康·安峽·伊川七邑, 皆在京畿之北·黃海之東.

其中鐵原府爲泰封王弓裔所都. 弓裔者, 新羅王子, 少無賴, 長爲賊於竹山·安城之間, 據有高句麗·穢貊之地, 自稱王, 以殘虐爲其下所逐, 而王太祖[147]遂爲群下[148]推戴, 是高麗之驅除耳. 邑雖隷江原, 卽野邑, 西與京畿長湍接壤. 土雖瘠, 大野屛山平闊明朗, 在二江內, 亦峽中一都會也. 然野中水深而黑石如虫蝕, 是可訝異.

自漢陽東, 渡龍津, 歷楊根·砥平, 踰葛峴則爲江原境. 又東行一日程, 則爲江陵府西境雲橋驛. 昔余先大夫, 癸未間出守江陵, 余時年十四. 隨板輿行, 自雲橋至府西大關嶺, 無論平地高嶺, 路在

---

140 일부 사본에는 "余嘗過此…… 欲徙全家上水邊"이 빠져 있다.

141 **동**에는 岡 앞에 兩이 더 있다.

142 **총**에는 隱이 原으로 되어 있다.

143 **조**에는 東이 西로 되어 있고, **청**에서는 東이라 쓰고 西로 교정하였다.

144 **광 상** 등에는 里가 村으로 되어 있다.

145 **잠**에는 "南與忠江下流合…… 亦可隱處"가 "一江之陽, 多臨水爲勝者. 然一邑土瘠少收, 不比漢南之饒沃. 故雖多世居者, 亦少富厚之家"로 되어 있다. **조 팔**에는 處가 居로 되어 있다.

146 **잠**에는 楊口가 빠져 있고, 뒤의 七이 六으로 되어 있다.

147 **취 조 존 광 목 국 팔** 등 **청**에는 太祖 뒤에 建이 더 있다. **소**에는 太祖 앞에 建이 더 있다.

148 **조 소 금**에는 群下 뒤에 所가 더 있다.

萬木[149]中, 仰不見天日者, 凡四日程. 自數十年前, 山野皆被開墾
爲耕稼場, 而村落相接, 山無寸木矣. 以此推之, 他邑亦可知其同
然, 可見聖代生齒之漸繁, 而山川亦少[150]勞困矣. 舊産人蔘處, 皆
嶺西深峽, 山童野燒, 故蔘出漸罕. 每水潦山崩, 流入漢江, 而漢
水漸淺矣.

慶尙道

慶尙道地理最佳. 在江原之南, 西與忠淸 · 全羅接界, 北有太白
山, 堪輿家謂漲天水星. 左出一大枝薄東海[151], 止於東萊海上, 右
出一大枝爲小白 · 鵲城 · 主屹 · 曦陽 · 靑華 · 俗離 · 黃岳 · 德
裕 · 智異等山, 止於南海上. 兩枝之間, 沃野千里.
潢池, 天成之澤, 在太白山上峯下. 穿山而出, 自北南下, 至禮安
東折, 而西循安東之南, 至龍宮 · 咸昌界, 始南折而爲洛東江. 洛
東者, 謂尙州之東也. 江入于金海, 割居一道中央, 江東爲之左道,
江西爲之右道. 兩枝又大合於金海, 七十[152]州同一水口, 作大局.
上古內有百里之國甚多, 至新羅出, 皆伐取諸國而一之. 新羅享國
千年, 都慶州, 卽古所稱鷄林君子國也. 今稱東京, 置府尹以莅之,
州治在太白左枝中央, 形[153]家言回龍顧祖. 向西北開局, 局中之水,

---

149 木이 **소**에는 樹로, **칠**에는 山으로 되어 있다.

150 **취 광 국 등**에는 少가 多로 되어 있다. **승**에는 少가 빠져 있다.

151 **잠 칠 소**에는 東海 뒤에 "爲慶州, 是新羅國都也. 仍南"이 더 있다.

152 七十 뒤에 **상**에는 二가, **조 소 청**에는 一이 더 있다.

153 形이 **연**에는 山으로, **칠**에는 術로, **목 청**에는 地로 되어 있다.

東流爲大江[154], 入于海, 有新羅時半月城・鮑石亭・掛陵故址.

新羅旣盡取嶺南諸國, 而又睭麗・濟之亡, 統一三國矣. 末葉女主當宁, 政令不行, 崇佛太過, 寺刹遍於山谷, 齊民化爲緇髡. 而弓裔據麗, 甄萱叛濟, 至麗太祖出而混一麗濟, 則新羅又納土歸附矣. 新羅時, 北阻大氏[155]及契丹, 專以海路朝唐, 冠蓋相屬[156]. 聲名文物, 慕效中國, 頗斐然可尙.

自高麗至我朝, 又幾千年. 上下數千年間, 一道之內, 多出將相公卿・文章德行之士, 與夫立勳樹節之人・仙釋道流, 號爲人材府庫. 我朝則宣廟以前秉國者, 皆是道人, 四賢從祀文廟者, 又是道人. 仁祖與栗谷李珥・牛溪成渾・白沙李恒福門生子弟靖亂, 自是[157]偏用京城世家. 今百年之間, 自嶺南爲判書[158]者二人, 爲亞卿者四五人, 無拜相者, 高不過三品, 下不過州縣. 然古先輩[159]遺風餘澤, 至今未泯, 俗尙禮讓文物, 至今科第之多甲於他道[160]. 然左道土瘠民貧, 雖儉嗇而多文士, 右道土沃民富, 喜豪侈而媮惰, 不力於文學, 故少貴顯之士, 此其大較也. 然土地饒瘠或錯異, 人才亦錯出矣.

禮安・安東・順興・榮川・醴泉等邑, 在太白・小白之南, 玆爲神皐福地. 而太山[161]之下, 平山[162]曠野, 明秀淸朗, 白沙堅土, 氣色

---

154 **취 존 동 목**에는 大江이 江大로 되어 있다. **조 연**에는 大가 빠져 있고, **팔**에는 大가 兄山으로 되어 있다.

155 氏가 **광 승**에는 漢으로, **동**에는 海로 되어 있다.

156 **동 소 국 팔 청**에는 屬이 續으로 되어 있다.

157 **잠 칠**에는 自是가 故로 되어 있다.

158 **광 등**에는 判書가 正卿으로 되어 있다.

159 **잠 칠 소**에는 輩가 賢으로 되어 있다.

160 **광**에는 他道가 諸路로 되어 있다.

161 **잠 칠 광 상 승 소 화 등**에는 山이 白으로 되어 있다.

宛然如漢陽[163]. 禮安卽退溪李滉之鄉, 安東卽西厓柳成龍之鄉. 鄉
人卽所居, 並立祠俎豆之. 故玆五邑隣比相近, 最多士大夫, 而皆
退溪·西厓之門人子孫也. 明倫義, 重道學, 雖孤村殘里, 輒有讀
書聲, 鶉衣甕牖, 亦皆談道德性命矣. 然近浸衰薄, 雖愿謹而拘碍
齷齪, 少實而喜口說爭競, 亦可見古今之不相及矣. 然左[164]道諸邑,
皆不及此[165].

安東府治, 在花山之南. 潢水自艮至, 靑松邑川從臨河至, 合于巽
方, 繞城而西南去[166]. 南有映湖樓, 高麗恭愍王南遷時, 宴遊於此
樓上, 其扁額卽恭愍王筆也. 樓北有新羅時古刹, 今廢而無僧, 其
正殿離[167]立野中, 不少傾圮, 人比之魯靈光. 西有西岳寺, 寺有關
帝[168]廟·石像, 卽壬辰天將討倭時所建. 東南有歸來亭, 卽古留守
李浤所建. 東有臨淸閣, 卽李氏世居也, 與映湖樓, 並爲邑中名勝.
自州北可二百里爲太白山. 山下有奈城·春陽·才山·召川四村,
皆深峽. 峽氓保聚, 通江原沿海魚鹽之利, 而又可以避兵避世. 四
村東有英陽·眞寶二縣, 大同俗, 而自眞寶東踰泣嶺, 則卽寧海地
也, 北與江原平海接.

自安東南渡潢水, 有八公山, 山北潢南, 有義城等八九邑[169]. 其東
南則慶州, 北自寧海, 南至東萊, 凡九邑在嶺脊之外, 亦南北長而

———————

162 **잠 칠 소**에는 山이 原으로 되어 있다.

163 **잠**에는 "白沙堅土, 氣色宛然如漢陽"이 "自古多將相之臣文學之士"로 되어 있다.

164 **칠 광 상 등**에는 左가 右로 되어 있다.

165 **팔**에는 "然近浸衰薄…… 皆不及此"가 빠져 있다.

166 **조**에는 南去가 빠져 있다.

167 일부 사본에는 離가 雖로 되어 있다.

168 **덕 칠 광 목 승 금 화 등**에는 帝가 王으로 되어 있다.

169 **잠 칠 소**에는 邑 뒤에 大同俗이 더 있다.

東西狹. 並逼海有魚鹽之利, 而獨慶州, 於九邑中爲一大都會地[170].
尙有古都謠俗, 入我朝爲晦齋李彦迪之鄕.

公山南大丘, 西漆谷, 東南爲河陽 · 慶山 · 慈仁等邑. 一道無可以
城守者, 惟漆谷邑治, 城郭在萬仞山上, 截臨南北大路, 爲要害巨
防. 大丘卽監司所治也, 四山高塞, 而中藏大野. 野中爲琴湖江,
自東入西, 而合于洛東下流. 邑治在江之陰, 處一道中央, 南北道
里甚均, 亦形勝都會之地也.

大丘東南至東萊有八邑, 土雖沃, 近倭不可居. 惟密陽爲佔畢齋金
宗直之鄕, 玄風爲寒暄堂金宏弼之鄕, 挾江而與海近[171], 有魚鹽 ·
舟船之利, 亦繁華勝地也. 漢陽譯人輩, 多留宿重貨於此, 與倭通
互市之利.

密陽東南爲東萊, 卽東南海上, 自倭登陸之初境也. 自壬辰前, 於
邑南海上, 創置倭館, 周圍數十里, 設木柵爲限, 置卒以防之, 禁
我國人出入交通. 而每歲對馬島人, 受島主文, 引數百人[172]來留館
中. 朝家割慶尙道租賦[173]若干, 與之所留倭, 以一半貢于島主, 以
一半廩用. 無所事, 只掌彼此書信與貨財交易之事, 而亦不卽與
價, 以次約歲年流割[174], 謂之被執. 倭一國多[175]瘴泉而多土疾, 若
以人蔘投水盂, 則瘴濁融和[176]. 故最重人蔘, 深處倭皆購得於馬島.
朝家歲有頒賜定數, 而嚴禁私商. 然以利重, 故雖誅之, 不能禁.

---

170 **잠 칠 소**에는 爲一大都會地 뒤에 "郊原平敞, 氣(勢)昭曠"이 더 있다. 地가 **소**에는 也로, **청**
   에는 處로 되어 있다. **조**에는 地 앞에 也가 더 있다.

171 **잠 칠**에는 挾江而與海近이 "邑在洛東江, 與凝川相會之間, 且與金海近"으로 되어 있다.

172 **광**에는 人이 倭로 되어 있다.

173 일부 사본에는 賦가 稅로 되어 있다.

174 **덕 승 금 화**에는 割이 劃으로 되어 있다. **칠**에는 流割이 빠져 있다.

175 **취 조 존 잠 연 국 팔 청**에는 多가 皆로 되어 있다. **소**에는 多가 빠져 있다.

近來防禁漸弛, 犯者衆, 而我國人蔘, 日漸翔貴矣.

昔莊憲大王時, 遣將討對馬島而平之, 不置官守, 而復以與島主. 其時必不館倭, 此不知昉於何時, 而實無意義. 此島元[177]不屬倭國, 居兩國間, 借倭而要於我, 借我而又見重於倭, 爲蝙蝠之役, 自網其利, 討而臣屬之, 上也. 不然則使島主歲一來朝而臣服, 則當以賞賜例, 厚遣之如前額, 可也. 而至於築館留餼, 輸賦與之, 此則殆近貢獻, 名號不正, 可亟罷也.

蓋馬島土甚薄, 人稠衆, 麗末起而爲盜於海上者, 皆此島人也. 或欲其安之而不使爲寇, 然姑息苟且, 古無如此之例. 況旣在境內, 又有變服學語伺察國事之慮. 壬辰又無故撤歸, 亦可見毫不得力於兩國爭戰之際, 而反有害焉. 然行之已久, 又不可卒遽生梗, 此當先之以兵威而後更以約束也.

右道則聞慶在鳥嶺下. 北有主屹之險[178], 南有犬灘之固, 西有曦陽 · 靑華, 東有天柱 · 大院. 四山中頗開野, 爲嶺南界首邑, 當南北大路. 壬辰倭之北上也, 至犬灘大畏之, 訶知其無守然後始過, 至鳥嶺亦然. 然巖邑而在重險中, 堪輿家所謂少脫殺.

南則爲咸昌野, 咸昌之南爲尙州, 尙州一名洛陽, 嶺下一大都會也. 山雄野闊, 而北近鳥嶺, 通忠州[179] · 京畿, 東臨洛東, 通金海 · 東萊. 馬運船載[180], 南北水陸走集, 便於貿遷故也. 地多富厚者, 又多名儒顯官, 鄭愚伏經世 · 李蒼石埈, 皆是州人.

---

176 **덕**에는 和가 빠져 있다. **조 칠 상 소 국 팔 청**에는 和가 化로 되어 있다. 融和가 **금**에는 流로, **화**에는 流化로, **등**에는 消化로 되어 있다.

177 일부 사본에는 元이 旣로 되어 있다.

178 일부 사본에는 險이 勢로 되어 있다.

179 **취 존 광 소 팔**에는 州가 淸으로 되어 있다.

180 **잠 연 상 목 소 팔**에는 載가 集으로 되어 있다. **청**에는 集이라 쓰고 載로 교정하였다.

州西則火嶺, 嶺西則忠淸報恩地. 火嶺爲蘇齋盧守愼之鄕, 東則仁
同, 爲旅軒張顯光之鄕. 南則善山, 山川比尙[181], 尤淸明頴秀. 故
諺曰: "朝鮮人才, 半在嶺南; 嶺南人才, 半在一善[182]." 故舊多文學
之士. 壬辰天兵之過此也, 術士忌外國多才, 使兵卒斷邑後脈, 熾
炭灸之. 又揷大鐵釘壓住, 而自是人才衰薾不出.

金山[183]西卽秋風嶺, 嶺西卽黃澗地, 黃岳・德裕以東水, 合爲甘川,
東入于洛東. 臨川爲邑者, 知禮・金山・開寧與善山, 俱享灌漑之
利, 水田極膏腴, 人民安土, 畏罪遠邪, 故多世居士大夫. 金山卽
崔判書善門之鄕, 善山有金烏山, 卽吉注書再之鄕. 崔立節魯山,
吉立節前朝.

甘川南則爲禪石山, 山南則星州・高靈, 高靈卽古伽倻國也. 又南
則爲陜川, 幷在伽倻之東, 而三邑水田爲嶺南最上腴, 少種多收,
故土着幷富饒, 無流移[184]者. 星州[185]則山川明秀, 自麗[186]多聞顯士,
至我朝, 東岡金宇顒・寒岡鄭逑, 幷是州人.

陜川南則三嘉, 南溟曹植之鄕. 金宇顒・鄭逑與鄭仁弘, 皆南溟門
人也. 仁弘以學者自名[187], 而[188]尊南溟, 攻退溪, 從遊者甚衆, 四隣

---

181 **연**에는 比尙이 北向으로 되어 있다. **칠**에는 比尙이 빠져 있다. **목 금 소 화**에는 尙 뒤에
　　州가 더 있다. **청**에는 山川比尙이 山水比尙州로 되어 있다.

182 **덕 연 소 등 청**에는 一善이 善山으로 되어 있다.

183 **잠 칠**에는 金山이 善山으로 되어 있다.

184 移가 **덕 취 상 국 화**에는 離로, **연**에는 徙로 되어 있다. **잠 소**에는 無流移가 少遷徙로 되어
　　있다.

185 **잠 칠 소**에는 星州 앞에 其中이 더 있다.

186 **잠 칠 소 등**에는 麗가 古로 되어 있다.

187 名이 **광 상 팔**에는 命으로, **목 청**에는 許로 되어 있다.

188 **잠 소**에는 而 뒤에 言行乖戾가 더 있고, **칠**에는 衆 뒤에 言行乖戾가 더 있다

多被其誤. 及東岡之致政歸也, 避仁弘, 不歸星州, 卜居於清州鼎坐山下以終. 仁弘光海朝爲大北領袖, 官至議政[189], 至仁祖反正, 戮[190]于市. 然星州人士[191], 喜治行義, 保家是兩岡餘澤也.

德裕東南爲安陰[192]縣, 是桐溪鄭蘊之鄕, 蘊官至吏曹參判[193]. 丙子淸兵之圍南漢也, 蘊以爲不可背明降淸. 仁祖下城, 蘊以刀刺腹而絶, 其子弟納腸縫住, 久而得甦. 及淸兵之回, 卽還鄕, 終身不復仕于朝.

安陰東居昌, 南咸陽·山陰在智異山北. 四邑幷土沃[194], 而咸陽則尤稱山水窟, 與居·安幷稱名鄕. 惟山陰, 陰晦不可居. 四邑之水, 合爲灆江, 循晉州邑南, 入于洛東.

晉州在智異東爲大邑, 多出將相之才. 土肥而且有江山之麎. 士大夫誇富豪, 喜治第宅亭臺, 雖不仕宦, 有遊閒公子之名. 壬辰邑爲倭所陷, 倡義使金千鎰·兵使崔慶會死之, 土人立祠祀之, 朝家賜額忠烈祠以褒獎. 肅廟朝牧使某[195], 欲重修廟宇, 請助于兵使. 兵使[196]不聽, 牧使獨捐俸修飾, 廟貌一新. 牧使夜夢, 衆武將致謝, 且曰: "公文官而尙念吾輩, 彼兵使以武將不之顧, 當治其罪." 及

189 광에는 議政 앞에 領이 더 있다. 議政이 잠 소에는 左相으로, 등에는 上相으로 되어 있다. 상에는 官至議政이 빠져 있다.

190 戮 뒤에 仁弘이 있는 사본이 적지 않으나 문맥상 생략하였다.

191 人士 뒤에 잠 소에는 多富厚而가, 칠에는 富厚가 더 있다.

192 연에는 陰이 義로 되어 있다.

193 잠 칠 소에는 鄕 뒤나 參判 뒤에 亦南漢文人이 더 있다.

194 잠 소에는 沃이 "極上腴而且有溪山之致"로 되어 있다.

195 연에는 某 앞에 洪이 더 있다. 목 청에는 某가 洪으로 되어 있다. 금에는 某가 빠져 있다. 《충렬실록》에서 이 대목을 인용하고 그 끝에 "牧使洪景濂"이라 했다.

196 일부 사본에는 兵使가 없으나 문맥상 덕 조 연 광 목 소 팔 화 청 등에 의거하여 추가한다.

曉, 聞兵使夜間暴死, 鬼神之理, 不可謂無[197].

州東爲宜寧・草溪, 與晉州大同俗. 潛江南[198]十三邑, 自古少顯者, 迫海隣倭, 水泉皆瘴, 不可居. 惟河東爲一蠧鄭汝昌之鄉, 在智異南, 與全羅光陽[199]縣接界, 故曰: 左貴右富. 間多千年名村, 然地僻遠於京城, 非本土人, 士大夫未易遽往. 不但勢不可往, 時亦不可往也.

全羅道

全羅道東與慶尙接界, 北則忠淸, 本百濟地. 後百濟甄萱, 羅末據其地, 與麗太祖屢攻戰, 麗祖數嘗危[200]. 及平甄氏, 惡百濟人, 以爲車嶺以南水皆背走[201], 遺命勿用車嶺以南人. 至中葉, 間有登宰相[202]者, 亦罕少, 入我朝, 此禁逡弛. 然地饒沃, 西南濱海, 有魚鹽・稻粳・絲絮[203]・苧楮[204]・竹木・橘柚[205]之利. 俗尙聲色富侈, 人多儇薄傾巧而不重文學. 故科第顯達[206], 遜於慶尙, 蓋人少以文

---

197 “鬼神之理, 不可謂無”가 **존**에는 可異로 되어 있고, **상**에는 빠져 있다. **잠 칠 소**에는 “雖不仕宦…… 不可謂無”가 빠져 있다. **등**에는 鬼神이 精魄으로 되어 있다.

198 **취 국**에는 南이 빠져 있다.

199 **덕**에는 光陽 뒤에 求禮가 더 있다.

200 數嘗危가 **덕**에는 嘗數危로, **상 목 등**에는 數相危殆로, **취 조 잠 연 광 승 소 팔 청**에는 數嘗危殆로, **존**에는 嘗危殆로, **칠**에는 數危로, **국**에는 嘗殆危로, **화**에는 數當危로 되어 있다.

201 **잠 칠 소**에는 水皆背走가 “(山形)水勢皆背走, 不拱北”으로 되어 있다.

202 **잠 소**에는 宰相이 公卿으로 되어 있다. **칠**에는 宰相 뒤에 位가 더 있다.

203 絲絮가 **잠 소**에는 絲麻로, **칠**에는 綿絮로 되어 있다.

204 **잠 소**에는 苧楮가 楮漆로 되어 있다.

205 **잠**에는 竹木・橘柚가 빠져 있다.

學砥礪自名故也.

然人傑地靈, 亦自不少. 奇高峯大升光州人, 李一齋恒扶安人, 金河西麟厚長城人, 幷以道學稱. 高霽峯敬命 · 金健齋千鎰, 俱光州人, 幷以節義稱. 尹孤山善道海南人, 李默齋尙馨南原人, 幷以文學稱. 鄭將軍地 · 鄭錦南忠信, 幷光州人, 亦以將帥稱. 吳贊成謙[207]光州人, 李議政尙眞全州人, 以宰相顯達, 而文翰則古阜白玉峯光勳 · 靈巖崔孤竹慶昌. 寓居則申府尹末舟居淳昌, 李貳相繼孟居金提, 李判書後白居海南, 林判書墰居務安. 丹學則南宮道士斗咸悅人, 權青霞克中古阜人, 又以修鍊方術著名. 此皆磊落雄俊, 揚聲於後世者也[208].

德裕山在忠淸 · 全羅 · 慶尙三道之交會. 西出一枝, 至全州東爲馬耳山雙石峯, 聳秀入天. 昔恭定大王講武于湖南, 以形肖命名[209]. 自馬耳一脈西南行[210], 從任實 · 全州之交, 一[211]西爲金溝母岳, 止於萬頃 · 東津二水之內. 一西南爲淳昌復興山, 爲井邑蘆嶺, 是爲

---

206 **취 존 잠 연 상 목 소 국 팔 청**에는 顯達이 貴顯으로 되어 있다.

207 **존 연 국 청**에는 謙 앞에 允이 더 있다.

208 **덕 소 상 승 등**은 훨씬 더 자세하게 호남의 인물을 소개하고 있다. 그중 **덕**의 경우는 "思菴朴淳 · 河西金麟厚 · 高峯奇大升 · 訥齋朴祥 · 霽峯高敬命 · 健齋金千鎰 · 翼虎金德齡 · 錦南鄭忠信 · 冶川朴紹 · 松齋羅世纘 · 白湖林悌 · 錦湖林亨秀 · 正郎林檜 · 松川梁應鼎 · 一齋李恒, 皆文章淸顯, 忠義直節, 而又爲將帥稱. 石川林億齡 · 橘亭尹衢 · 錦南崔溥 · 眉巖柳希春, 海南人也. 滄洲羅茂松 · 茂春兄弟 · 俛仰宋純, 文章直節稱, 潭陽人也. 安牛山邦俊 · 梁學圃彭孫 · 鄭松江澈 · 畸翁□□ · 知止堂宋欽 · 睡隱姜沆 · 黙齋李尙馨 · 吳謙, 皆以淸節顯達稱. 文翰則靈巖之白光勳玉峯 · 崔慶昌孤竹, 顯達淸介則李繼孟 · 申末舟 · 靑蓮李後白 · 林潭 · 林泳, 羅州 · 務安人也. 南宮道士斗咸悅人, 以丹學稱. 權靑霞克中古阜人, 以修鍊方術著名. 此皆磊磊雄俊揚名於後世者也. 神人則靈巖之道詵, 人物之雄傑則論之下, 谷城之申崇謙也"로 되어 있다.

209 일부 사본에는 命名 뒤에 曰馬耳山이 더 있다.

210 **잠**에는 自馬耳一脈西南行 이하 全羅道 전체가 축약縮約 또는 변개變改되어 실려 있다.

211 **一** 뒤에 **취**에는 脉이, **승 등**에는 支가 더 있다.

南北通行大路. 自嶺分去, 西止靈光, 西南止務安, 北止扶安邊山,
又東南爲潭陽・光州以下之山. 復興據一道中央, 挾兩山開野, 大
作洞府, 溪水東流, 人謂可置城邑. 肅廟朝欲移²¹²兵營於此, 未果.
馬耳北行爲珠崒山, 在鎭安・全州之間. 西出一脈爲全州府, 是爲
監司所治. 東爲威鳳山城, 稍北有麒麟峯. 出一脈至府西²¹³爲乾止
山, 諺傳祖²¹⁴陵所在. 當宁²¹⁵庚戌令監司, 盡移民塚, 限十里, 封標
禁養.

乾止一脈, 西去爲德池, 極深闊. 過池而又爲平岡, 盤回於大野,
逆受萬馬洞水, 地理最²¹⁶佳, 實爲可居處. 珠崒以西諸谷之水, 由
高山縣, 入全州境爲栗潭・良田浦・五百洲. 大溪灌漑, 土爲上
腴, 有稻魚・薑芋・竹柿之利, 千村萬落, 養生之具畢備. 西斜灘
通舟船魚鹽, 府治人物稠衆, 貨財委積, 與京城無異, 誠一大都會
也. 蘆嶺以北十餘邑, 皆有瘴, 惟全州淸凉, 最爲可居.

珠崒北一枝, 西下爲炭峴・龍華, 止沃溝. 炭峴外西北, 有礪山等
五邑, 礪山與忠淸恩津接壤, 土粘有瘴, 不可居. 龍華山上有箕準
故都城闕形址, 而山一枝北走, 礪山西北爲彩雲山. 一孤峯特立野
中, 上有養蔭靈泉, 相傳百濟時義慈遊宴處. 由彩雲渡一小坰爲黃
山村. 石山臨江陡起, 與恩津江景村, 隔小浦通舟船, 爲勝地.

西則龍安・咸悅・臨陂而幷在鎭江之南, 惟臨陂五城²¹⁷山, 特秀

---

212 일부 사본에는 移가 置로 되어 있다.

213 **취 조 존 광 상 승 국 팔 등 청**에는 西 뒤에 北이 더 있다.

214 **광 상**에는 祖 앞에 穆이 더 있으나 오류이다.

215 當宁가 **연**에는 英廟로, **칠**에는 今上으로 되어 있다.

216 最가 **덕 존 칠 승 금 국 팔 화 청**에는 甚으로, **조 연 광 상 소**에는 極으로 되어 있다.

217 **상 등**에는 城이 聖으로 되어 있다.

異. 逆江開局, 有西枝浦大村, 爲舟船停泊之所, 與江景 · 黃山, 并稱江上名村²¹⁸. 臨陂西則沃溝, 臨西海, 有自天臺一小麓, 直入海汀²¹⁹.

而上有二石籠, 新羅時崔孤雲爲太守也, 藏秘書於籠中. 籠卽一巨石, 委置之麓上, 人不敢開, 人或牽動, 則海上風雨暴至. 村民利之, 每旱乾, 聚數百人, 用大絙曳之, 則海雨驟至²²⁰, 田疇需足. 每使客至縣, 輒往觀之, 頗爲邑弊, 縣人苦之. 舊有亭, 百年前毀其亭, 且瘞石籠以泯迹, 而今無往觀者.

炭峴之東爲高山縣, 龍華之南爲益山縣, 并有瘴. 而高山山水, 尤險惡, 土雖沃, 決不可居.

母岳之西爲金溝 · 萬頃二縣. 水泉頗淸, 而山亦脫殺, 紆回於野中, 二水關鎖, 氣脈不解, 頗多可居處. 其餘近山泰仁 · 古阜, 及濱海扶安 · 茂長等諸邑, 擧皆有瘴. 惟扶安邊山之傍, 興德長池之下, 土地旣沃, 又有湖山之景槩. 就其中, 若擇無瘴泉處, 則此可以居止.

蘆嶺之西爲靈光 · 咸平 · 務安, 南爲長城 · 羅州, 此五邑則水泉無瘴, 不比蘆北. 靈光法聖浦, 海水潮至, 滙渟於面前, 湖山婉宛, 閭閻櫛比, 人謂小西湖. 近海列邑, 皆置倉於此, 爲捧米漕轉²²¹之所. 長城亦沃壤, 而山水又佳. 羅州爲嶺下一²²²都會, 背負錦城山, 而南臨靈山江, 邑治局勢, 恰似漢陽, 自古多名宦之家.

---

218 **광**에는 幷稱江上名村 뒤에 "諺言古西施出此地, 故仍名云"이라는 구절이 더 있다.

219 **승금 화 등**에는 汀이 門으로 되어 있다.

220 **취 조 존 연 목 국 팔**에는 至가 注로 되어 있다. **칠**에는 海雨驟至가 須臾驟雨로 되어 있다.

221 일부 사본에는 轉이 運으로 되어 있다.

222 **금**에는 一이 大로 되어 있다.

靈山江西流爲務安·木浦, 沿江多名勝村塢. 渡江爲大野, 東接光州, 南通靈巖. 風氣恢暢, 物衆地大, 村落星布. 且縮西南江海輸會之利, 與光州幷稱名邑.

羅州西爲七山海, 舊深, 近爲沙[223]淤所壅, 漸淺, 每潮退[224], 不過沒膝. 中央一道如江身[225], 舟從此行.

羅州[226]西南爲靈巖郡, 郡處於月出山下, 月出山極意淸秀, 爲火星朝天. 南則爲月南村, 西則爲鳩林村, 並新羅時[227]名[228]村也. 地處西南海交角之上, 新羅朝唐, 皆於此郡海上發船. 乘一日海, 至黑山島, 自黑山乘一日海, 至紅衣島, 又乘一日海, 至可佳島. 艮風三日, 乃至台州寧波府定海縣, 苟風順, 則一日可至. 南宋之通高麗也, 亦自定海縣上[229]發船, 七日而可至麗境登陸, 卽此地也.

唐時新羅人浮海入唐, 如通津要渡而舟航絡繹. 崔孤雲致遠·金可紀·崔承祐, 附商船入唐, 並中唐制科. 孤雲爲高騈從事, 長於四六, 今《儷文》所載〈黃巢檄〉[230], 卽孤雲筆也. 孤雲與金·崔兩人, 逢申天師於終南山寺, 得內丹秘訣, 後歸東國, 並修鍊得仙.

復興東爲任實·淳昌·南原·求禮, 並山郡也. 馬耳南洞之水, 由

---

223 **연**에는 沙 뒤에 泥所가 더 있다.

224 일부 사본에는 退가 至로 되어 있다.

225 身이 **상**에는 方으로, **금**에는 心으로 되어 있다. **조 칠 소**에는 身이 빠져 있다. **청**에는 身이라 쓰고 지웠다.

226 **칠 소**에는 羅州가 自羅州渡靈山江으로 되어 있다.

227 時가 **소**에는 以來로 되어 있고, **화**에는 빠져 있다.

228 名 앞에 **취 조 존 연 상 목 화**에는 古가, **동 국 팔**에는 故가 더 있고, **청**에는 古라 쓰고 지웠다.

229 **조 존 칠 승 소 팔 화 등 청**에는 上 앞에 海가 더 있다.

230 **광**에는 檄 뒤에 文者가 더 있다. **목 청**에는 黃巢檄 앞에 討가 더 있다.

任實南至南原, 合蓼川爲潺水·鴨綠津, 水西卽玉果·同福·谷城也. 水自鴨綠, 始東折而爲岳陽江, 通南海潮汐, 循智異南爲蟾津, 南入于南海, 是以蟾津爲全·慶分界.

南原城郭, 卽壬辰天將楊元所築, 而丁酉爲倭所陷, 地尙有隱隱殺氣.

東踰一嶺, 卽雲峯縣, 在智異北八良峙上, 卽全·慶通行之大路. 邑前有荒山, 麗末我太祖大殲倭寇於此. 府東南爲星園, 有崔氏世居, 頗有溪山之致. 又南爲求禮縣, 自星園至求禮, 通爲一野, 多畝種水田.

求禮西有鳳洞泉石之奇, 東有華嚴·燕谷之勝, 南則爲九灣村. 自任實至求禮, 沿江上下, 多名區勝槪, 又多大村塢, 惟九灣臨溪水上, 江山土地與舡艓魚鹽之利, 最爲可居處. 然南原·求禮, 皆在智異西, 與水西三邑, 幷[231]舊有瘴, 稱惡土, 近少淸涼云.

復興南枝, 由潭陽·昌平爲光州無等山, 山東卽玉果[232]三邑, 西南爲光州·和順·南平·綾州, 在靈巖東北. 惟光州西通羅州, 風氣遠敞, 自古多名村, 亦多貴顯之人.

靈巖東南海上, 有八邑, 大同俗. 惟海南·康津, 縮耽羅出海之口, 有馬牛·革皮·珠貝·橘柚·驪竹之利. 然八邑俱地踔遠, 逼南海, 冬月草不凋, 蟲不蟄, 山嵐海氣, 蒸爲瘴癘. 且密邇日本, 土雖膏沃, 非可居樂土也.

自海南縣三洲院, 石脈渡海爲珍島郡, 水路三十里, 而碧波亭實當其口. 水中石脈自院至亭, 橫亘如梁, 而梁上梁下, 截如階級. 海水至此, 日夜自東趨西, 如垂瀑而甚急.

───────

231 **칠**에는 幷 앞에 玉果·同福·谷城이 더 있다.

232 **덕소**에는 玉果 뒤에 同福·和順이 더 있다.

壬辰倭僧玄蘇, 至平壤, 抵書義州行在所曰: '水軍十萬, 又從西海來, 當水陸并進, 不審大王龍馭[233], 自此何之[234]云云.' 時倭水軍自南海北上, 水軍大將李舜臣, 住箚海上, 打鐵鎖, 橫亘於石梁上以俟之. 倭船至梁上, 胃於鐵鎖, 卽倒覆於梁下. 梁上船不見低處, 不知其倒覆, 意其踰梁, 而順流直下, 皆[235]倒覆. 且水勢近梁益急, 船已入急流中, 不暇回旋, 而五百餘艘, 一時全沒, 隻甲不存.

蓋其時沈惟敬紿倭使久留平壤, 倭則欲待水軍偕上, 故又佯示守信, 欲紿之以須後, 而水軍久不至. 李如松於兩相紿中, 得[236]間而襲破之, 此天也. 苟非舜臣覆倭於洋中, 則不越數十日, 倭船可達平壤. 水軍至, 則倭豈守惟敬之約而不縱兵乎? 其時又[237]不知此, 以區區封貢之說, 謂可得倭情, 良可哂也. 然則如松平壤之功, 卽舜臣之力也.

其後天將陳璘, 駐兵海上. 丙申丁酉間, 倭以水軍連犯海上諸縣, 舜臣善水戰, 屢破倭, 獲倭級, 輒以與陳璘, 使上功. 璘大喜, 移書朝堂曰: '統制使有經天緯地之才, 補天浴日之功'云云. 璘以舜臣故, 得賊級最多, 及戊戌撤歸, 璘所上級, 獨多於諸天將. 後見《明史》論東征功, 以璘爲首而至裂土受封, 中國又何知此舜臣之功也? 楊鎬有功而被逮, 陳璘因人而成功, 獨受豐賞, 皇明賞罰之顚倒, 有如是矣.

大抵全羅一道, 在國之最南, 土産饒沃. 然山郡以泉溪灌漑, 故少

---

233 **승 금**에는 馭가 御로 되어 있다.
234 **덕 총 승 소 화**에는 之가 至로 되어 있다.
235 **승 등**에는 皆가 後船尾之次第로 되어 있다.
236 **덕 소**에는 得이 從으로 되어 있다.
237 又가 **취 조 존 연 상 승 목 국 팔 등 청**에는 人으로 되어 있고, **화**에는 빠져 있다.

歉多收, 海邑以隄陂灌漑, 而自新羅以來大隄陂, 入我朝無不廢
棄, 故數旱而少收.

昔涑水公稱閩人狡險, 至朱子時, 賢者輩出. 苟賢者居之, 因其富
饒之業, 敎以禮讓文行, 亦非不可居之地. 且山川多奇勝, 而自麗
至鮮不甚顯, 亦當一番鍾毓. 但卽今地遠俗渝, 不可居.

忠淸道

忠淸道在京畿 · 全羅之間, 西與海接, 東與慶尙接. 東北角忠州等
邑斗入江原之南, 南一半在車嶺之南, 近全羅, 北一半在車嶺之
北, 隣京畿. 物産之多, 不及二南, 然山川平嫩, 居國之近南, 玆爲
衣冠淵藪. 京城世[238]家, 無不置田宅於道內, 以爲根本之地. 且其
風俗近京, 與京城無甚異, 故最[239]可擇而居之.

監司治公州[240], 卽百濟末唐劉仁願所置熊津都督府也. 距漢陽三百
里, 在車嶺之南 · 錦水之陰[241]. 自公州渡錦水踰車嶺, 歷天安 · 稷
山, 北至京畿陽城, 從振威 · 水原 · 果川以至京師. 沿路稷山以
北, 皆野散土瘠, 多草寇, 不可居.

忠淸則內浦爲上. 自公州西北可二百里有伽倻山, 西則大海, 北則
與京畿海邑[242]隔一大津[243], 卽西海之斗入處. 東則爲大野, 野中又

---

238 **덕 조 승 소**에는 世가 勢로 되어 있고, **청**에는 世家가 士大夫로 되어 있다.

239 일부 사본에는 最가 宴 또는 實로 되어 있다.

240 일부 사본에는 監司 앞에 忠淸이 추가되어 있다. 監司治公州가 **칠**에는 公州爲監司所治
로, **소**에는 公州監司所治로 되어 있다.

241 陰이 금에는 北으로, **광 상 등**에는 陽으로, **팔**에는 上으로 되어 있다.

242 **잠 칠 소**에는 海邑이 水原으로 되어 있다.

有一大浦²⁴⁴, 名由宮津. 非候潮滿則不可用船. 南則隔烏棲山, 乃伽倻之所從來也, 只從烏棲東南通公州.

伽倻前後有十縣²⁴⁵, 俱號爲內浦. 地勢斗絶一隅, 且不當孔道, 故壬辰丙子南北二亂俱不到. 土地饒沃, 墳衍平曠, 魚鹽至賤, 多富人, 又多士大夫世居. 然近海多瘴腫. 山川雖平善迤闊, 少秀拔之意, 丘陵原隰雖嫩軟細少, 而乏泉石奇勝之景. 其中惟保寧山水最勝, 縣西置水軍節度營, 營有永保亭, 湖山景致婉宕平闊, 號稱勝地²⁴⁶.

北則結城·海美, 西隔一大浦爲安眠島, 三邑²⁴⁷在伽倻西. 又北則泰安·瑞山, 與江華南北相對而隔一小海. 瑞山東則沔川·唐津, 東隔大浦爲牙山. 北斜與京畿南陽花梁, 隔小海相對, 此四邑在伽倻北. 伽倻之東爲洪州·德山, 并在由宮之西, 與浦東禮山·新昌, 舟船通漢陽甚捷. 洪州東南爲大興·靑陽, 大興卽百濟任存城, 玆十一邑并在烏棲以北.

烏棲以前一脈西南行, 爲聖住山. 山西卽庇仁·藍浦, 土極膏腴, 西臨大海, 有魚鹽粳稻之利. 山南卽舒川·韓山·林川, 臨鎭江地²⁴⁸, 宜苧, 苧利甲一國. 居江海間, 舟船之利, 不下漢陽. 鎭江南卽全羅境也. 山東北有鴻山·定山, 鴻在林川北, 東與江景隔江, 定在靑陽東, 與公山²⁴⁹接壤. 玆七邑大同俗, 又多士夫夫世居者.

---

243 津이 **덕 취 조 존 상 승 목 국 화 팔 청**에는 澤으로, **연**에는 浦로, **칠**에는 洋으로 되어 있다.

244 **잠 칠**에는 "東則爲大野, 野中又有一大浦"가 "東與天安·稷山, 又隔一大浦"로 되어 있다.

245 **취 국 상 등**에는 縣 앞에 餘가 더 있다. **소**에는 縣이 邑으로 되어 있다.

246 **승 등**에는 地 뒤에 "挹翠軒詩所謂: '地如拍拍將飛翼, 樓似搖搖不繫蓬'者, 指此也"의 내용이 추가되어 있다.

247 **칠 청**에는 邑 뒤에 保寧·海美·瑞山이 더 있다. **소 팔**에는 三邑이 二邑으로 되어 있다.

248 일부 사본에는 地가 上으로 되어 있다.

249 **덕 취 연 상 소 등 청 성**에는 山이 州로 되어 있다.

而惟靑陽・定山二邑, 地皆瘴泉, 不可居.

公州境界甚廣, 跨據錦水南北. 土人爲之諺曰:"一儒城, 二敬天, 三利仁, 四維鳩." 言可居處也. 州東南四十里爲鷄龍山, 卽全羅馬耳之盡脈也, 在錦江南. 山一枝西下, 大斷爲板峙, 起而爲月城山, 爲州之鎭山. 錦水自東至州北, 南折而爲熊津, 爲白馬江, 爲江景江, 又西折而爲鎭江, 入于海.

自州東循江南岸, 鷄龍背後踰重嶺, 爲儒城大野, 卽鷄龍艮維也. 鷄龍南洞, 國初欲都而未果, 是洞之水畫一野之中, 自西流東[250], 與珍山玉溪合, 北入錦江, 名甲川. 川東卽懷德縣, 西卽儒城村及鎭岑縣也. 東西兩山, 自南抱野, 至北合. 又高障四山, 環圍野中, 平岡委蛇, 嫩麓[251]精秀[252]. 九峯山與寶文山聳峙於南, 淸明氣像殆過漢陽東郊. 田地極善且廣, 但海汀稍遠, 西仰江景之輸易, 然江景不滿百里.

鷄龍坤維有四邑, 皆在大野中, 西限江景津, 北與公州接. 鷄龍四連峯, 一枝西下爲敬天村, 在板峙[253]南, 土沃山雄, 民物富盛. 東則公州大庄村, 西則尼山[254]・石城二縣, 又南則連山・恩津二縣也. 尼・連近山土沃, 恩・石處野土薄[255], 數被水旱之災. 此[256]四

---

250 自西流東이 **잠**에는 自南流北으로, **청**에는 自東流西로 되어 있다. **칠**에는 東이 北으로 되어 있다.

251 여러 사본에는 麓이 麗로 되어 있다.

252 精秀가 **동**에는 淸秀로, **승**에는 特垂로, **금 화**에는 特秀로 되어 있다. **등**에는 嫩麓精秀가 嫩軟岡麓으로 되어 있다.

253 **취 조 잠 연 칠 상 목 국 팔 청**에는 峙가 峴으로 되어 있다.

254 尼山이 **조 등**에는 尼城으로, **연 소**에는 魯城으로 되어 있다.

255 **잠 칠 소**에는 "西則尼山…… 野土薄"이 "西則尼山・石城, 又南則連山・恩津也. 尼・連近山土沃, 石城・恩津少水野瀉"로 되어 있다.

256 **잠 소**에는 此가 大抵로 되어 있다. **청**에는 뒤의 四가 兩으로 되어 있다.

邑與敬天通爲一野, 海潮從江景出入, 野中諸川谷通舟船之利.

江景在恩津西, 野中一小山臨江斗起, 向東逆受二大川於左右. 後背大江通潮, 而味不甚鹹. 村無井, 一村埋大瓷於地, 汲江水入瓷, 留數日, 濁滓下墜, 上則淸爽, 雖多日, 味不變, 愈久愈冽. 有數十年得瘴疾[257]者, 一年飮此水, 輒去根. 或曰: "江海相和處, 半鹹半淡之水, 最已[258]土疾, 而此江水爲上."云.

恩津東北[259]有沙梯川, 東南通珍山境[260], 乃八十里長谷, 而皆瘴泉瘴土, 不可居. 公州西南爲扶餘, 臨白馬江, 卽百濟故都, 有釣龍臺·落花巖·自溫臺·皐蘭寺, 幷百濟時古跡, 而臨江巖壁奇秀, 景致絶勝, 且土極沃, 多富厚者. 若以都邑論, 局少[261]隘窄[262], 不及平壤·慶州遠矣. 利仁驛, 在扶餘東北公州之西[263], 山[264]平野坦, 水田饒沃, 亦稱可居處.

錦水之北·車嶺之南, 土雖沃, 山不脫殺. 然臨錦水爲亭者, 有四松·錦壁·獨樂. 四松卽吾家, 錦壁[265]爲趙尙書庄, 獨樂爲林氏舊物[266], 幷有江山登眺之致.

---

257 **취 조 잠 연 목 소 국 팔 등 청**에는 疾이 빠져 있다. 瘴疾이 **존 칠 상**에는 病瘴으로, **화**에는 瘴瘀으로 되어 있다.

258 **존 승 소**에는 已가 宜로 되어 있다.

259 東北이 여러 사본에는 南으로 되어 있고, **소**에는 東으로 되어 있다. 사제천이 지금의 논산천을 가리킨다고 보아 동북의 설을 따른다.

260 東南通珍山境이 **광 등**에는 東南通高山·珍山路로, **상**에는 川東高山·珍山界로 되어 있다.

261 **조 잠 칠 상 목 소 등 청**에는 少가 小로 되어 있다.

262 **조**에는 窄이 淺으로 되어 있다. 隘窄이 **칠**에는 窄隘로, **팔**에는 狹隘로, **화**에는 澹窄으로 되어 있다.

263 公州之西가 **동**에는 公州南으로, **승**에는 公州西南으로 되어 있다.

264 **칠**에는 山 앞에 夫餘東이 더 있다.

265 錦壁이 **덕**에는 錦壁으로, **광**에는 錦碧으로 되어 있다.

州西北有茂盛山, 是車嶺西枝所結, 土山盤回, 內有麻谷寺‧維鳩
驛. 洞壑多潤水, 而水田[267]饒沃, 且宜木綿‧黍粟. 士大夫與平民,
一居於此, 不知年歲豐凶, 多保全富厚而少流離遷徙之患, 蓋樂土
也. 地爲山上結局, 然岡壠低回平善, 無險廣尖觸之狀. 峰腰以上
無片石, 少殺氣. 故南師古《十勝記》, 以維‧麻兩水間爲避兵地.
西踰一峴卽內浦也. 內浦不宜木綿, 海戶浦潊之民, 以魚鹽多貿綿
於此. 故公州惟維‧麻[268], 綰內浦魚鹽之利. 是以平時亂世, 皆可
居. 然地在山上結作, 故不見朝山, 而少淸明秀拔之意, 此其不及
儒城也.

邑北有小山盤結於江上, 形如公字, 州之得名以此也. 緣山形築一
小城, 以江爲壕[269], 地小而形固. 昔仁廟甲子避适亂[270]幸此, 上有
雙樹, 上每倚此樹, 北望弓院之野. 一日飛騎至, 詢之乃捷書也.
上大喜, 仍封雙樹, 加以通政大夫之號. 後自官建小亭於山上, 今
樹枯而亭存. 城中積糧餉, 修器械, 與江華‧廣州俱屹然爲重地.
城北有拱北樓, 頗壯麗, 臨水爲勝. 宣廟朝柳西坰根爲監司, 嘗登
樓賦詩, 得一聯曰:‘蘇仙赤壁今蒼壁, 庾亮南樓是北樓.’蓋蒼壁
在錦江上流, 而樓名拱北也. 人或謂徐凝惡詩, 而西坰自謂佳句.
俗離山南走, 大斷於秋風嶺, 起爲黃澗黃岳山, 入全羅爲茂朱德裕
山[271]. 又自德裕大斷於長水‧南原間, 西去而爲任實馬耳山. 自此

---

266 **존**에는 "有四松‧錦壁‧獨樂, 四松卽吾家, 錦壁爲趙尙書庄, 獨樂爲林氏舊物"이 "吾家之四
　　松, 趙氏之錦壁, 林氏之獨樂"으로 되어 있다.

267 **덕 승 화**에는 田 뒤에 多가 더 있다.

268 다수 사본에 麻가 鳩로 되어 있다.

269 다수 사본에 壕가 濠로 되어 있다.

270 다수 사본에 亂이 兵으로 되어 있다.

石山一脈, 逆而北走, 爲珠旒[272]山·雲梯山·大芚山, 入忠淸道, 背錦水而回爲鷄龍山, 向南背北, 通爲大嶺一派[273].

德裕·馬耳之間, 東西諸邑川壑水, 合爲錦江之源, 名赤登江. 自南北走至沃川東, 又合俗離之水, 西折而爲錦江[274]. 赤登之東, 爲長水·茂朱·永同·黃澗·靑山·報恩, 西則爲鎭安·龍潭·錦山·沃川, 而長水·茂朱·錦山·龍潭·鎭安[275]爲全羅境, 沃川·報恩·靑山·永同·黃澗爲忠淸境. 茂朱·長水在德裕山下, 多窮林邃壑, 山勢鬱拂.

永同在俗離·德裕二山之間[276]. 東有秋風嶺, 嶺爲德裕過脈息氣處. 名雖嶺, 實則平地. 故山雖多, 不甚麁壯, 亦不甚低平. 而巖石峯巒, 俱帶潤澤和淑之氣[277], 溪澗淸澄可愛, 無粗惡驚急之狀. 土地亦肥厚, 水多易漑, 少旱災.

靑山亦然, 北接報恩而報恩[278]土甚薄, 惟館垈在俗離南·甑項西, 野闊土沃, 最爲可居. 二邑俱宜棗, 民以賣棗爲業. 報恩西[279]懷仁

271　**덕 소**에는 "起爲…… 德裕山"이 "起爲黃澗黃岳山, (又)爲三道峯, 斷而復起爲大德山, 西枝爲德裕山"으로 되어 있다.

272　珠旒가 **덕 연 상 목 팔 청**에는 珠琉로, **칠 금**에는 珠流로, **동**에는 朱旒로, **화**에는 珠毓으로 되어 있다.

273　**목 청**에는 派가 脈으로 되어 있다.

274　**덕**에는 西折而爲錦江이 "北走爲莉江, 西折而爲錦江"으로 되어 있다.

275　**칠 금**에는 長水·茂朱·錦山·龍潭·鎭安이 長茂錦龍鎭으로 되어 있다.

276　**덕 소**에는 "永同…… 二山之間"이 "永同(黃澗), 在俗離·三道峰·德裕三山之間"으로 되어 있다.

277　**취 존 연 팔**에는 氣가 意로 되어 있다. **청**에는 意라 쓰고 氣로 교정하였다.

278　**연 목 소 화**에는 報恩이 빠져 있다.

279　西가 다수 사본에 北으로, **덕 소**에는 西北으로 되어 있다. 지리상 회인현은 보은 서쪽에 있다.

縣在萬山中, 邑至小而有楓溪村可居.

鎭安在馬耳山下, 土宜煙草. 凡係境內, 則雖高山絶頂, 種之無不苗茂, 居人多以此爲業. 北則龍潭, 溪山奇勝, 有珠峯川[280]·半日巖, 可以避兵. 其北則錦山, 又北則沃川也. 錦·沃亦多石山, 然皆於野中離立.

沃川北限錦江, 西與懷德隔一嶺. 山水精[281]潔, 土色明秀, 如漢陽東郊. 故野甚瘠薄, 水田少所收, 居人惟種綿爲業, 蓋地最宜綿也. 然自古多出文學之士, 南學士秀文·宋尤菴時烈, 皆是郡人.

錦山則東限赤江[282], 西限大芚, 中間有釣溪·進樂二山, 又多大川, 易灌漑. 故田土頗饒, 兼有水石之勝, 於十邑中最可居也.

俗離山在淸州東百里, 山上之水東注者, 入慶尙洛東江, 西注者, 入錦江, 北注者, 爲忠州達[283]川, 入漢江. 山脈一枝北走爲巨大嶺, 挾達川, 西北至京畿竹山境, 爲七長山.

自七長循漢水, 西北行者, 散爲漢南諸山, 西南行者, 爲一嶺脈. 在鎭川則爲大門嶺, 在木川則爲磨日嶺, 大斷於全義邑, 西爲平地, 至錦[284]北爲車嶺. 又西爲武城·烏棲, 南止[285]於林川·韓山, 北至於泰安·瑞山. 磨日嶺以東, 巨大嶺以西, 中開大野, 東西二山之水, 合于野中爲鵲川. 鵲川發源於鎭川七亭之東南, 入於錦江上流芙蓉津.

━━━━━

280 川이 泉으로 된 사본이 많다. **화 등**에는 泉이 山으로 되어 있다.

281 **덕 총 동 소 금 화**에는 精이 淸으로 되어 있다. **청**에는 山水가 山川으로 되어 있다.

282 **덕 소**에는 赤江이 赤(登)江上流凉江으로 되어 있다.

283 **목 소**에는 達이 㺄로 되어 있다. 아래도 같다.

284 **조 연 청**에는 錦 뒤에 江이 더 있다.

285 止가 至로 된 사본이 많다. 두 글자는 사본에 따라 혼동되어 쓰이는 경우가 대단히 많아 일일이 밝히지 않는다.

鵲川之西傍西山者, 木川‧全義‧燕岐; 川東傍東山者, 清安‧清州‧文義. 其中清州最大, 在公州東北百里. 邑在巨大嶺下, 地越鵲川西, 介入木川‧燕岐之間, 止于西山. 西山一帶逶迤南下者, 皆土山無石, 盤回於鵲川以西, 北自木川‧全義, 南至燕岐. 山色紆揚婉媚, 野勢重複回互, 堪輿謂之脫殺. 比錦‧沃尤平善, 土地甚肥沃, 宜五穀木綿.

鵲川之東爲大野, 東南通四十餘里, 野中有一山八峯, 名八峯山. 自[286]南向西[287]北, 岡麓盤據野中, 東與巨大嶺相對. 白沙淺[288]川, 平岡嫩麓, 恰似京畿長湍邑.

西向地低而南水高, 歲患漂垃. 麗末鄭道傳, 以宰相爲太祖謀臣[289], 忌牧隱李穡‧陶隱李崇仁諸賢, 自流所拿致清州獄, 遣官莅鞫. 方訊囚, 晴日大雨暴下, 頃刻水冲城門至官庭, 獄官及罪人攀庭樹僅免. 事聞, 太祖亦知其寃, 命釋之. 然崇仁被道傳所忌尤甚, 竟殺之. 地東高北虛, 隱隱恒有殺氣. 州置兵馬節度營, 及戊申賊將李麟佐[290], 起兵夜襲, 殺兵使李鳳祥‧營將南延年[291], 遂據城叛. 留其黨申天永爲兵使, 盡起邑兵北上, 至安城, 爲巡撫使吳命恒所敗. 東踰巨大嶺, 則爲上黨山城, 又東則爲靑川倉, 倉西爲申氏村. 南踰小嶺, 爲引風亭[292]‧玉流臺, 爲卞氏所居. 大山間川洞巖石, 頗

---

286 **덕 소**에는 自 뒤에 文義가 더 있다.

287 **칠**에는 西가 빠져 있다. 西 앞에 **소**에는 南이 더 있고, **화**에는 北이 더 있다.

288 淺이 **덕**에는 長으로, **칠**에는 清으로 되어 있다.

289 **잠 칠 소**에는 麗末이 國初로, 宰相이 元勳으로, 太祖謀臣이 首相으로 되어 있다.

290 많은 사본에 이인좌李麟佐를 역적으로 금기하여 李獜佐로 표기하거나 아예 성을 빼고 獜佐로 썼다.

291 **잠**에는 營將이 吳侯로 되어 있고, **칠**에는 營將 뒤에 神將洪霖이 더 있다.

292 **소**에는 亭 뒤에 "羅氏所卜, 西爲申氏村"이 더 있다.

원문

439

有幽致. 又東渡大溪, 則爲龜灣, 溪山絶勝. 上黨·靑川通謂之山東, 而地在山上, 風氣凄寒, 不及淸州之野矣.

南有俗離, 東阻仙遊. 北則俗離之北去者, 彎環曲抱, 障北通南, 內多名村塢. 地産鐵, 且饒棺槨宮室之材, 野中人皆於此貿遷.

自靑川東北數十里, 有松面村, 在聞慶·槐山·淸州三邑之交[293], 溪山頗佳. 靑川南有龍華洞, 西南逼近俗離而不甚險, 小開郊坰. 然土甚薄, 亦有峽氓保聚, 南則栗峙. 龍華之水與俗離之水, 合于靑川, 北注槐山[294]·松溪[295], 南北上下多臨水爲勝者.

北鎭[296]川, 鎭川則比淸州[297]少野而多山, 山谷回複而又多大川. 然皆無拂鬱之氣, 土頗沃. 西北踰大門嶺, 則爲安城·稷山地, 海門僅百里, 故亦通魚鹽之利. 文義則南臨荊江, 山色少[298]蒼鬱, 然臨江多勝地. 惟淸安山水鄙野不可居.

自木川, 磨日嶺以西, 內浦以東, 車嶺以北, 有天安·稷山·平澤·牙山·新昌·溫陽·禮山等七邑, 大同俗. 然南則山峽, 近山峽則土沃, 宜五穀木綿. 北則浦澳, 近浦澳則土鹵沃參半. 雖有魚鹽舟楫之利, 不宜木綿[299]. 天·稷則爲南北大路, 自稷山行平原二十

<hr>

293 **덕 소**에는 在聞慶·槐山·淸州三邑之交가 在聞慶·尙州·槐山·淸州四邑之交로 되어 있다.

294 **취 조 잠 소 국**에는 山이 江으로 되어 있다.

295 槐山·松溪·南北이 **취 존 상 목 팔 소**에는 "槐江(山), 沿溪南北"으로, **청**에는 "槐山江, 沿溪南北"으로 되어 있다. 이러면 번역은 "북쪽으로 괴강(괴산)으로 흘러 들어가고 강을 따라 남북으로"라고 해야 한다.

296 **덕 소**에는 鎭 앞에 淸安이 더 있다.

297 **잠**에는 淸州가 빠져 있다.

298 **조 상**에는 少가 多로 되어 있다.

299 **잠 칠 소**에는 "然南則…… 不宜木綿"이 "(然)溫陽·禮山, 傍廣德·茂盛, (且)南與維鳩隣, 土極沃, (宜五穀木綿,) 多世居士大夫, 牙山·平澤·新昌爲野邑, 傍浦澳(故)土春收小"로 되어 있다.

里, 原盡而爲素沙河. 河北卽京畿南界.

宣[300]廟丁酉, 倭破楊元於南原, 從全州北上公州, 兵勢甚盛. 時邢玠以摠督駐遼東, 經理楊鎬率十萬兵, 新次平壤. 方夕食於練光亭上, 飛馬報至, 鎬下節, 一聲砲, 卽上馬南下. 馬軍跟蹤先隨, 而步軍又隨後, 自平壤至漢陽七百里, 而一日二夜馳到.

使[301]鎧將解生·擺貴·賽貴[302]·楊登山等四將, 率鐵騎四千, 挾弄猿數百騎, 狙伏於素沙橋下原盡處. 望見倭自稷山如林而北, 未至百餘步, 先縱弄猿. 猿騎馬執鞭, 鞭馬突陣[303]. 倭國本無猿, 始見猿, 似人非人, 咸疑怳之, 駐陣而皆停足眆望[304]. 旣逼, 猿卽下馬入陣中, 倭欲擒擊, 猿善躱避[305], 貫穿一陣. 陣亂, 解生等急[306]縱鐵騎蹂之, 倭不及施一銃矢, 而大崩潰南走, 伏屍蔽野. 捷至, 鎬始整兵南追, 至慶尙海上.

自倭犯順, 未有若此之峿. 其揮霍之謀, 節制之功, 過李如松平壤之戰. 而主事丁應泰, 憤鎬不關由於己而獨成功, 誣奏僞捷, 鎬遂被劾去. 以此一事[307], 知皇朝不可爲矣. 宣廟發使爲鎬卞誣, 丁遂革職. 然丁附東林, 其子訟其父於東林黨中, 錢牧齋亦信之而記之於集中. 亦可見東林之虛踈, 而君子之易欺也. 野中耕者, 至今或

---

300 다수 사본에는 宣 앞에 昔이 더 있다.

301 **덕 소**에는 使 뒤에 提督麻貴率이 더 있다.

302 **칠**에는 擺貴·賽貴가 牛伯英·麻貴로 되어 있다.

303 突陣이 **취**에는 突入으로, **조 국 청**에는 突至로, **잠**에는 突至倭陣으로, **존 연 목 팔**에는 突至倭陣으로 되어 있다.

304 眆望이 **연**에는 望見으로, **칠**에는 駭矚으로, **등**에는 騁望으로 되어 있다.

305 다수 사본에 避가 閃으로 되어 있다.

306 다수 사본에 急이 遂로 되어 있다.

307 **조 연 청**에는 事 뒤에 見之가 더 있다.

得刀劍戈戟之屬.

由宮浦[308]至北, 與素沙河合[309], 兩水交會間爲牙山縣[310]. 七長大脈
至稷山聖居山, 撇下一脈於野中, 由成歡驛而止於牙山靈仁山, 卽
縣之鎭山也. 山自東南向西北, 而素沙河下流至是, 滙渟於面前.
背後曲橋大川自東南來, 來會于西北戌方[311], 合爲大湖. 湖南一山
自新昌至, 湖北一山自水原至, 交紐於水口如門, 水出門, 卽與由
宮浦下流合, 而令公山如大舶掛帆, 全身皆石而屹立於中流, 如渤
海之碣石.

朝家置倉於靈仁山北地盡頭, 收忠淸近海諸邑賦稅, 歲漕至京師,
故名爲貢稅湖. 地本饒魚鹽, 而以倉故, 人民多聚, 商賈萃會, 多
富厚之家. 不但倉村爲然. 靈仁山旣止二水間, 而氣脈不解, 左右
前後皆名村, 多士大夫之家. 由宮浦東西諸邑, 皆通舟商, 而其中
惟禮山爲去[312]留都會之所.

車嶺西去者, 北離爲廣德山, 又離而爲雪羅山. 在溫陽東, 如閩中
莆田壺公山秀出天中, 形如卓笏. 以此山爲東南吉方者, 牙山溫陽
諸村, 多出顯達文學之士[313].

忠州在淸州東北百餘里, 自淸州踰淸安楡峴, 歷槐山渡達川爲邑
治, 在漢陽東南三百里. 俗離九遙八曲之水, 北至靑川山東爲靑

---

308 **잠**에는 浦 뒤에 下流가 더 있다. **등**에는 浦 앞에 津이 더 있다.

309 **잠**에는 合 뒤에 爲令公海가 더 있다.

310 **잠**에는 縣 뒤에 "貢稅湖, 官置倉, 收忠淸租賦, 漕至京師, 浦西東諸邑, 皆以舟舡貿遷貨物而
多商賈"의 내용이 더 있다.

311 戌方은 서북방이므로 衍文으로 보인다.

312 去가 居로 된 사본이 많다.

313 **잠**에는 "車嶺西……文學之士"가 "廣德一支爲雪牙山, 在溫陽東南, 秀出天中, 形如卓笏, 以
此爲巽方者, 溫陽牙山, 自古多名村聞人"으로 되어 있다.

川[314], 至槐山爲槐江, 至邑治西爲達川. 北至金遷前, 與淸風江合. 壬辰天將過達川也, 嘗水味曰: "與廬山水簾同."云. 邑爲漢水上流, 水路便於往來, 故京城士大夫自古多卜居於此.

自達川南泝至槐江[315], 東泝至淸風, 而多士大夫亭閣[316], 衣冠聚會, 舟車走集. 且居國都巽方, 故一邑科第之多, 甲於八路諸邑, 足稱名都. 然慶尙左道由竹嶺通, 右道由鳥嶺通, 而二嶺之路皆會於邑治, 水陸始通漢陽. 故邑治獨當畿嶺往來之衝, 有事爲必爭之地, 而實爲一國中央, 如中國之荊州. 故壬辰倭之破[317]申砬也, 亦於此地, 而常時殺氣衝天, 白日無光. 地勢走瀉西北, 無停蓄之氣. 故亦少富厚者, 而人民稠衆, 常多口舌浮薄, 不可居. 然此以邑治論耳.

自邑治西渡達川, 則俗離北行一枝, 自陰城縣西, 特起爲迦葉山, 爲芙蓉山. 一止於金遷, 一止於嘉[318]興, 餘麓盤回於達川之西. 地宜五穀木綿, 土極饒沃, 山谷間村塢錯居, 多富厚者, 而其中金遷·嘉興最爲繁盛.

金遷則二江合於前而繞出村北, 東南受嶺南貨物, 西北通漢陽魚鹽, 閭閻櫛比恰似漢陽諸江村, 舳艫聯絡, 爲一大都會. 嘉興則在金遷西十餘里, 江自東南趨西北, 而村在南岸. 芙蓉山一枝逆江特起, 爲薔薇山, 是爲嘉興之主. 朝家設倉於此, 收嶺南慶尙七邑嶺北忠淸七邑田賦, 使水運判官漕至京師. 居民以主客與米出入, 時多射利, 致奇羨. 二村亦多科甲貴顯之家.

---

314 **잠 소**에는 北至靑川山東爲靑川이 北注至靑川山東巨大嶺龜灣으로 되어 있다.

315 **잠**에는 自達川南泝至槐江이 自金遷南泝至靑川으로 되어 있다.

316 **잠 소**에는 而多士大夫亭閣이 競治第宅亭臺於江岸으로 되어 있다.

317 **취 존 상 목 국 팔 청**에는 破가 敗로 되어 있다.

318 **승 금 화**에는 嘉가 可로 되어 있다. 아래도 같다.

迦葉一帶外, 俗離西行者, 名小俗離山. 自此一枝逆行爲玉帳·八聖等山, 止於秣馬里, 卽己卯名賢十淸金世弼退居之地, 子孫至今世居, 而閭閻數百戶皆饒給自足. 前有大川, 灌漑水田, 多畝種[319], 故自古少凶歉歲. 距漢陽近二百餘里, 且通驪江水路, 實可居處也. 土人以金遷·嘉興·秣馬里與江北內倉, 爲忠州四大村.

自邑治西北七里許, 一小山在二江合襟內, 卽新羅時于勒仙人彈琴處, 以此名彈琴臺. 自臺渡江而北, 爲北倉, 有臨江巖石之勝[320]. 倉西卽己卯名賢灘叟李延慶之所居, 子孫十代科甲不絶, 人謂江上名基.

沿江而西爲月灘, 卽洪氏所居, 又西爲荷潭, 卽故判書金時讓所居. 又其西爲木溪, 是爲下江魚鹽船停泊出貰之所. 而東海魚鮮, 及嶺峽貨物, 皆聚會於此, 居民皆以販賣致富.

木溪西卽靑龍寺洞壑, 西與原州接壤. 然東自北倉, 西至靑龍, 並稱江北. 諸[321]村雖有臨江勝槪, 皆土薄, 不及大江以南達川西之饒沃矣. 木溪北十里爲內倉村, 是千年名村, 山中開野, 風氣關鎖, 土地甚廣, 多世居士大夫. 東接月隱嶺, 嶺東卽堤川境也.

忠州東則淸風府, 臨江有寒碧樓, 頗爽塏而兼幽渺之致, 號爲上遊名樓. 府西有黃江村, 卽權遂庵尙夏所居. 淸風東丹陽, 丹陽北永春, 三邑幷溪洞巉險, 少開野處.

忠州東北爲堤川, 一邑四面上山[322]. 山上結局, 內則野拓山低, 晃

─────

319 **증**에는 畝種이 畝鍾으로 되어 있다.

320 《동국산수록》계열 사본에는 巖石之勝에 "樓巖也"라는 주석이 달려 있다.

321 **연 금 팔**에는 諸가 名으로 되어 있다. 이는 並稱江北名村으로 이해한 탓이다. **팔**에는 北이 山으로 되어 있다.

322 上山이 **조 청**에는 山上으로, **목**에는 土山으로 되어 있다.

然明朗, 亦多世居士大夫, 然地高風寒土瘠無綿, 少富多貧. 北有
義林池, 自新羅築大堤障水, 以灌一邑之稻田. 西有候仙亭, 卽金
氏物也. 雖不及嶺東諸湖, 亦足以浮航以遊. 北近平昌, 東接寧越,
萬山深峽, 眞可以避兵避世.

延豐則在忠州南·槐江東. 鳥嶺一派高障東南, 雖有溪山之致[323],
無顯者. 然土厚易灌, 木綿爲上田. 延豐西則槐山地, 在鳥嶺及楡
嶺兩峽間. 地勢狹窄擁腫, 然[324]脫殺. 東臨大江, 多勝地名村, 亦
多貴顯者, 土地宜五穀木綿. 北近金遷, 亦可居處也. 自此東踰鳥
嶺爲聞慶, 西踰楡嶺卽陰城. 自陰城西, 與京畿竹山·陰竹接壤.

京畿道

忠州之西, 與京畿竹山·驪州接界[325]. 竹山七長[326]山卓立於畿湖交
界, 西北行, 大斷於水踰峴爲平地. 復起爲龍仁負兒山, 爲石城山,
爲光敎山[327], 自光敎西北爲冠岳, 直西爲修李[328]山, 以盡於西海.
自竹山又分一枝[329]北行, 由陰竹止於驪州英陵, 是維我莊憲大王所

---

323 **광**에는 "槐江東, 鳥嶺一派高障東南, 雖有溪山之致"가 빠져 있다. **조**에는 有가 無로 되어
있고, **청**에는 有라 쓰고 無로 교정하였다. **화**에는 致가 趣로 되어 있다.

324 然이 **조**에는 頗로, **승**에는 猶로 되어 있다. **조 청**에는 然 뒤에 頗가 더 있다.

325 "忠州…… 接界"가 **조**에는 "京畿竹山·驪州之東, 與忠州接界"로, **소**에는 "忠淸之西北爲京
畿道"로 되어 있다.

326 **칠 소**에는 長이 亭으로 되어 있다. 다른 사본에서도 長을 亭으로 썼으나 일일이 밝히지
않는다.

327 **총**에는 "忠州…… 光敎山"이 忠淸道에 포함되었으나, **덕 광 상** 등에 의거하여 京畿道에
배속한다.

328 **연 칠 목 금 청**에는 李가 理로 되어 있다.

藏之地. 開土時, 得古標石, 刻曰: ‘當葬東方聖人.’ 術士言: “回
龍坐子, 申水入辰, 爲諸陵中第一”云.

竹山南有九峯³³⁰山, 回環可作山城, 且據畿湖孔道中央. 自竹山西
由陽智³³¹, 散爲漢南諸邑. 幷村落凋弊, 風水悲愁, 無可居處.

水路則自忠州沿江西下, 循原州・驪州・楊根, 至廣州, 北會龍津
爲漢陽面水.

驪州邑治在江之南, 距漢陽水陸未滿二百里. 邑西有白涯村³³², 一
曲長江, 自巽入艮, 橫帶於前, 是爲江上第一名墟³³³. 水口關鎖, 不
知江出, 與邑村通野, 東南曠遠, 氣色淸爽. 二村幷多士大夫世居之
家. 然白涯則村人專仰舟楫商販, 以代農, 而其贏得優於耕耘之家.

邑內有淸心樓, 頗得江山之趣, 江北有神勒寺, 寺傍有江月軒, 臨江
巖石奇絶. 江南岸下有馬巖, 巖下諺傳驪龍所在. 南則利川・陰竹,
大同俗. 北則砥平・楊根, 與江原道洪川接壤, 亂山深峽, 皆不宜居.

楊根龍門山³³⁴北有迷遠³³⁵村, 昔趙靜菴光祖, 愛山水, 欲卜居. 余
嘗見之矣, 山中雖少恢拓, 地旣深阻, 氣亦淒寒, 四山不雅, 前溪

---

329 **연 칠 목 소 국 등**에는 枝가 支로 되어 있다. 사본에 따라 혼동하여 쓰므로 일일이 밝히
지 않는다.

330 峯이 鳳으로 된 사본이 많다.

331 **조**에는 智가 城으로 되어 있다. **청**에는 난외에 “智作城”이라 밝혔다.

332 涯가 **칠**에는 厓로, **금 등**에는 崖로 되어 있다. 뒤에 나오는 글자도 같다. **청**에는 白涯村
뒤에 一名梨湖가 더 있고, **연**에는 一名利洞이, **목**에는 一名梨湖라는 주석이 덧붙었다.

333 墟가 **조**에는 區로, **칠**에는 塢로, **승 등**에는 基로, **금**에는 村으로 되어 있다.

334 **소**에는 山 뒤에 “東南有南材王忠里, 國初名相夏亭柳寬之址, 以忠義事於太祖・定宗・太宗・
世宗四朝也. 其言議心術, 多國初論母岳疏, 定都于漢陽, 沙賊闌入北鄙, 國家播遷南土時, 盡
忠得病卒, 因葬西山. 世宗聞訃, 進素白衣, 率百官擧哀, 而使趙靜庵賜祭, 靜庵至其墓所, 始
爲王忠里”가 더 있다.

335 다수 사본에는 迷遠이 迷源으로, **금**에는 建元으로, **승 화**에는 迷元으로 되어 있다.

太咽, 非樂土也[336].

驪州西爲廣州石城山, 一枝北走漢江之南. 州治在萬仞山巓[337], 卽古百濟始祖溫祚王故都也. 內夷淺而外峻絶[338], 淸人初起[339], 兵不留刃, 丙子終不能陷. 仁祖下城, 只以糧少而江華被陷故也. 及事定, 視爲保障重地, 建九寺, 實以僧徒, 設摠攝一人爲僧大將. 每歲選各道[340]諸寺丁壯僧, 使屯守九寺, 月課以習射, 優者賞以厚祿, 故僧徒專以弓矢爲業. 蓋朝家以國多僧徒, 故借爲守城之資. 城內則不險, 而城外則山脚帶殺, 且重鎭下, 有事爲必爭之地, 故廣州一境不可居.

廣州西卽修李山, 在安山東. 自此西北去者, 爲修李最長之脈. 由仁川 · 富平 · 金浦 · 通津, 爲崩洪石脈, 渡江而起爲摩尼山, 是爲江華府.

府一境東北環江, 西南環海, 爲大島, 爲漢陽水口之羅星. 漢水至通津西南, 折而爲甲串渡. 又南至摩尼後崩洪處, 石脈橫亘水中如門閾, 中央稍凹[341], 是爲孫石項. 南則西海大洋, 三南稅船至項外, 候潮滿越過, 少不及周旋, 船輒胃破. 漢水之直西者, 循楊花北岸,

---

336 非樂土也가 **칠**에는 非可居地로, **소**에는 亦非可居之地也로 되어 있다. **잠**에는 "忠州之西 …… 非樂土也"가 "自忠州沿江西下, 歷原州, 入京畿驪州, 驪州在江之南岸, 殘皐曠野, 土色明秀, 山氣淸遠, 且距京師水陸未滿二百里, 便於往來, 故多世居士大夫, 但土瘠多歉. 南有陰竹 · 利川, 大同俗. 江北則爲砥平 · 楊根, 與江原道洪川接境, 亂山深峽, 皆不宜居. 楊根北有迷源村, 趙靜菴愛其山水, 有卜居之志. 余嘗一見, 山中雖少開野, 而地旣深阻, 氣亦淒寒, 四山不雅, 前溪太咽, 亦非可居地"로 되어 있다.

337 巓이 **조**에는 前으로, **칠 상 금**에는 顚으로, **팔**에는 中으로 되어 있다.

338 峻絶이 **칠 목**에는 險으로, **상**에는 峻截로, **소**에는 絶險으로, **청**에는 峻險으로 되어 있다. **소**에는 뒤에 眞天塹也가 더 있다.

339 **칠 소**에는 淸人初起가 淸主橫行天下로 되어 있다. **광 승 등**에는 起가 至로 되어 있다.

340 道가 邑으로 된 사본이 여럿이다.

會後西江³⁴²水, 又循文殊, 北入于海.

江華南北百餘里, 東西五十里. 府置留守官以莅治, 北則與豐德昇天浦隔江. 江岸皆石壁, 壁下卽泥濘, 無泊舟處. 獨昇天浦對岸一處可泊, 然非潮滿, 不可用舟. 素號險津, 而左右不用城郭, 只築墩臺於左右³⁴³山脚臨江處, 如城之有雉. 內藏兵器, 置卒以備寇.

東自甲串, 南至孫石項, 惟甲串可用船渡, 餘岸如北岸皆泥濘. 故亦只於山脚臨江處, 築墩臺以備寇如北岸. 一守昇天 · 甲串兩路, 則島爲天塹矣. 是以高麗避元兵, 移都十年, 雖陸地糜爛, 終不能犯島. 入我朝, 凡三南稅船, 皆從孫石項上京, 故以爲海路要害. 旣置留守官鎭守, 又設防營於東南對案永宗島, 使僉使鎭守.

仁祖³⁴⁴丁卯, 淸兵至黃海平山, 約爲兄弟, 而講和解去. 時淸人據遼 · 瀋, 日與皇朝³⁴⁵鬪, 而毛文龍又鎭椵島. 我朝亦以海路由登 · 萊朝貢³⁴⁶. 淸人恐我國之議其後, 先遣間, 爲政院皂隷, 知我國兵力衰弱, 欲掩襲. 時朝廷亦慮淸人之侵逼, 修築南漢山城.

丙子春, 淸人遣龍骨大探視, 龍胡欲往觀西江仙遊峯. 時金荷潭時讓爲戶判, 揣知龍胡欲³⁴⁷觀南漢山城, 令吏卒整待迎候於東大門外. 龍胡佯向西門, 忽躍馬出東大門, 見路傍設帳幕候待, 恠問之.

---

341 **국 승 취 존 연 목 팔 청**에는 凹 뒤에 陷이 더 있다. **조 소**에는 凹 앞에 稍가 빠져 있고, 凹 뒤에 陷이 더 있다.

342 **칠**에는 後西江이 臨津江으로 되어 있다.

343 다수 사본에는 左右가 빠져 있다.

344 **조 존 팔**에는 祖가 廟로 되어 있다. 祖를 朝와 廟로 쓴 것은 사본에 두루 나타나는데 일일이 밝히지 않는다.

345 皇朝가 明朝로 된 사본이 있다.

346 **광**에는 朝貢이 通涉으로 되어 있다.

347 欲 뒤에 **광 상 승 금 화**에는 往이 더 있다. **등**에는 往이 더 있고 觀은 없다.

譯人言: "戶曹判書知客使將往南漢, 預治小宴於路次[348], 請客使中停." 龍胡大驚, 強笑駐馬, 仍不往南漢而還.

時臺諫多新進少輩, 不解事而自稱清議, 請斬虜使. 龍胡聞之, 不辭而歸. 歸時, 大書一青字於館壁而去, 青字十二月也. 是年十二月, 清人避義州, 由昌城, 乘氷渡鴨江. 經城不攻, 三日而先鋒到弘濟院. 住不入城, 軍皆解鞍歇馬, 示若不攻而以待後軍, 滿城惶駭.

兵曹判書崔鳴吉, 自請持牛酒往犒, 問興師之故, 而以其間先送世子二大君, 奉廟社主妃嬪, 避江華. 上繼臨南門樓, 恐爲胡所搶, 改路入南漢山城. 清大隊至, 隨而圍之, 又四五日, 清皇帝始至. 見城高不可卒拔[349], 怒欲殺龍胡, 以龍胡建策攻我也. 龍胡請限十日取江華以贖, 許之. 於是龍胡率一枝兵, 到通津文殊山上, 俯見江華一島如掌, 而甲串絶無防守. 遂撤人屋材, 作筏以渡, 島遂破[350]. 仁祖聞之, 遂定下城之計.

先是, 金瑬爲首相, 意謂江都無虞, 擢其子慶徵, 爲江都防守大將, 使率家屬避亂, 而以李敏求副之. 慶徵驕駁, 敏求浮薄無遠慮, 日蒲博沉醉. 大君與大臣, 勸其遣兵防[351]甲串, 慶徵大言曰: "胡兵豈能飛渡?" 及城陷, 大臣金尙容死之, 士族婦女殉節者亦多. 或奔走[352]海邊, 投水而死, 面帕浮水如亂雲, 而不知其爲誰氏女也. 及亂定, 或以被虜爲投水, 而有旌門者.

其[353]後, 朝廷懲創前事, 修器械, 積菊糧, 而爲陰雨之備. 百年無

348 소에는 次 뒤에 "或云: 荷潭非爲戶判, 其從子爲戶郎者指揮如此云云"의 주석이 달려 있다.

349 덕 조 광 소 팔 화에는 卒이 猝로 되어 있다. 연에는 "清皇帝始至, 見城高不可卒拔"이 "汗之始見城高不可卒拔"로 되어 있다.

350 조 연 소에는 破가 陷으로 되어 있다. 칠에는 島遂破가 遂破之로 되어 있다.

351 존 승 금 화에는 防 뒤에 守가 더 있다. 조 칠 소에는 防이 守로 되어 있다.

352 走가 다수 사본에는 到로, 조에는 渡로 되어 있다.

事, 江華見糧近百萬[354]. 肅廟末年, 比歲凶歉, 多轉移各道, 爲賑恤之資. 秋後, 或捧留各邑, 京各司經費不足, 又請移米, 而軍餉[355]歲漸耗縮, 今不滿十萬石矣.

肅廟癸酉, 侍臣以丙子事奏, 上卽命築文殊山城. 蓋以文殊不守, 則江華亦不可守也. 其後, 廟堂及諸帥臣, 多請移通津邑治於城內, 爲獨鎭, 使當亂率一邑兵, 入保山城. 竟以議不一, 未果.

當宁丙寅, 留守金始爀[356], 狀請緣江築城, 朝廷許之. 始爀使築城[357]東面, 北自燕尾亭, 南至孫石項. 役畢, 上擢始爀爲正卿. 未幾, 潦雨城圮, 而築城時遇平地泥濘, 輒塡以土石作基. 故江岸皆堅固, 可通人馬. 沿江四十里, 處處皆可泊舟, 而島始不可守矣.

江華一脈, 從西岸行, 又以崩洪石脈過一小浦, 是爲喬桐島, 爲開城外案. 島北則漢江之水至此, 爲開城面水. 南臨大海, 海之南卽忠淸海美・瑞山等地, 海不遠, 兩岸山皆可望見. 西北斜與黃海白川・延安隔浦相望. 大雖不及江華, 而一島全身皆石, 離立海中. 朝家設統禦營於此, 置水軍節度使, 率京畿・黃海・平安三道水軍, 以備海防. 然二島幷地潟, 數旱少收, 而民幷以魚鹽資生.

修李西去者, 爲最短之脈, 止於安山海上. 多京城公卿家祖[358]地,

---

353 **광 상 등**에는 其가 丙子以로, 다수 사본에는 丙子로 되어 있다.

354 萬 뒤에 石이 첨가된 사본이 있다.

355 餉이 糧으로 된 사본이 있다.

356 金始爀이 **덕**에는 金始赫으로, **취 칠 국**에는 金始焕으로 되어 있다. 많은 사본과《조선왕조실록》에는 金始爀으로 되어 있다. 이하 김시혁의 이름은 사본에 따라 같거나 다른 글자가 있더라도 始爀으로 표기한다.

357 다수 사본에는 城 뒤에 於가 더 있다.

358 **相** 권2에는 祖가 稍로 되어 있다.

且近京而饒魚鹽, 亦多世居士大夫. 修李南去者, 西南行, 止於廣州聲串[359]里. 爲魚鹽浦村, 頗集近海商船, 民販魚爲業而致富厚.

東南行爲水原府諸山, 止於海, 與忠淸牙山縣隔浦. 而中間有金水山, 頂有池, 水如染黃. 相傳金産其中, 昔唐人望氣者言: "山有金寶氣"云.

金水別枝, 又西去爲南陽府治, 由府西文板峴, 西止於海. 與忠淸唐津隔小海甚近, 二潮可通[360]. 地勢左右挾浦港, 直[361]入海中, 鹽戶數百, 星羅於南北海汀.

地盡頭爲花梁僉使鎭, 自鎭渡海十里爲大阜島, 皆漁戶所居. 故南陽西村, 獨擅漢南魚鹽之利.

大阜島自花梁行, 崩洪石脈從海中過去, 而石脊屈曲連亘, 脊上水甚淺. 昔有鶴鳥[362], 從水中石脊上步去, 島人隨而得其路, 號爲鶴指. 惟島人諳熟, 而他處人不知也. 丙子島人爲胡所逐, 步從石脊行, 而石脊屈曲難尋, 故胡騎不知, 隨而渰焉, 島遂獲全.

島土沃民衆, 而爲海船南來初程, 爲江華·永宗外戶. 舊設水軍營, 及移喬桐, 爲牧馬場, 無兵備防守, 此甚不可. 宜移花梁鎭於

─────

359 **목 청**에는 串이 皐로 되어 있다.

360 **잠**에는 "驪州西…… 二潮可通"이 "驪州之西爲廣州, 距漢陽四十五里. 松波渡南, 州治在萬仞山巓, 內夷坦而外險絶, 眞天塹也. 淸主橫行天下, 兵不留刃, 而至是, 終不能陷. 自丙子後, 朝家徵創爲陰雨之計, 修器械, 積糧餉, 與江華俱爲國中重鎭, 然重鎭下, 有事爲必爭地, 且山氣帶殺, 不可居. 其南爲竹山·陽智, 其西爲果川·衿川, 並風水怨愁, 村落凋弊. 衿川南則爲安山, 七亭一脈, 經龍仁, 至安山, 爲修李山, 自此西北去者爲仁川·富平·金浦·通津, 渡江爲江華府, 地潟鹵甚, 少水數旱. 西下者爲安山, 西止於海, 左右多名村沃土, 近京而有魚鹽之利, 多世居士大夫. 南支由水原, 又西去爲南陽, 止於花梁, 與忠淸唐津隔一小海, 卽令公海下流海道稍狹處也"로 대폭 축약되어 있다.

361 **잠**에는 直이 突로 되어 있다.

362 鶴鳥가 **조 존 연 목 팔 청**에는 鸛鳥로, **광 동**에는 鶴焉으로, **금 칠**에는 鶴으로 되어 있다.

島中, 使與永宗掎角可也.

自此西行水路三十里, 爲燕興島. 麗末宗室翼靈君琦, 知麗祚將
亡, 變姓名, 盡室浮海, 逃匿於此島. 及麗亡, 得免沉水之患, 子孫
仍居. 今夷爲馬場牧子, 翼靈君所居屋三間封鎖, 至今謹嚴, 不許
人見. 內儲書冊器皿云, 而不知爲何物也. 昔有一官員, 遊賞至島,
欲開鎖, 諸牧子男女哀乞曰:"開此則子孫輒有死亡之患, 故相戒
不敢開者三百年."官員憐而止.

水原東爲陽城·安城[363], 安城居畿湖海峽之間, 貨物委輸, 工商
走[364]集, 爲漢南都會. 然邑治外雖平善, 地有殺氣, 不可居. 水原
北則果川, 自果川北行十五里, 則爲銅雀津, 渡江而北十五里, 爲
京城南門.

咸鏡道安邊府鐵嶺一脈, 南行五六百里, 到楊州. 殘山自艮方斜逗
以入, 忽起爲道峯山萬丈石峯. 自此向坤方行, 少斷而又特起爲三
角山白雲臺. 自此南下, 爲萬景臺. 一枝西南去, 一枝南爲白岳,
形[365]家言: 衝天木星, 爲宮城之主[366]. 東南北皆大江也, 西通海潮,
盤結於衆水都會之間, 玆爲一國山水聚會精神之處.

昔羅僧道詵留記以爲: 繼王者李, 而都於漢陽. 故麗中葉, 使尹瓘
相地於白岳之南, 仍種李, 及繁茂, 輒芟伐之以壓勝. 及我朝[367]受

363 **잠**에는 "大阜島自花梁……陽城·安城"이 "凡海上之山, 多懦弱少氣勢, 而惟安山與南陽不
然, 無一點殺氣, 而皆踴躍翔舞, 生氣淋漓, 不比京畿野邑, 而最多可居處. 漢水南, 惟安城·
龍仁, 土沃收多, 水田灌漑如三南"으로 되어 있다.

364 走가 **조 소 금**에는 湊로, **칠**에는 輳로 되어 있다.

365 形이 **연 칠 동 승**에는 術로, **목 청**에는 地로 되어 있다.

366 **잠**에는 "咸鏡道安邊…… 爲宮城之主"가 "鐵嶺一脈, 南至楊州, 由艮方斜逗以入, 聳而爲萬
丈石峯, 三角·白岳, 作宮城之主"로 되어 있다.

367 **덕 승 금 화 등**에는 我朝가 我太祖로 되어 있다.

완역 정본 택리지

452

禪, 使僧無學定都邑之地. 無學自白雲臺尋脈, 到萬景[368], 西南行至碑峯, 見一石碑, 大刻有無學誤尋到此六字, 卽道詵所立也. 無學遂改路, 從萬景正南脈, 直到白岳下, 見三脈合爲一坪, 遂定宮城之址, 卽麗時種李處也.

欲築外城, 未定周圍遠近. 一夜天下大雪, 外積內消, 太祖異之, 命從雪立城址, 卽今城形也. 雖因山爲址, 震坤低虛, 且不設雉, 不浚濠, 壬辰·丙子二亂, 皆不能守. 昔在肅廟乙酉, 朝家議改築都城, 或以爲東方太低, 若壅江灌城, 則盡爲魚鼈, 議遂寢. 然玆爲三百年聲明文物之區, 儒風大振, 學士輩出, 儼然一小中華矣.

楊州·抱川·加平·永平爲東郊, 高陽·積城·坡州·交河爲西郊, 二郊俱土薄民貧. 京城外少可居處. 士大夫家貧失勢下三南者, 能保有家世[369], 出郊者寒儉凋殘[370], 一二傳[371]之後, 多夷爲品官平民矣.

漢陽前面, 旣阻大江, 獨西一路, 通黃海·平安. 而自都城西去五里爲沙峴, 踰峴又有綠礬峴, 唐將過此時, 謂: "一夫當關, 萬夫莫開"云.

又西行四十里爲碧蹄嶺, 卽壬辰李如松敗兵處也. 倭自平壤敗歸漢陽, 以羸兵弱卒出沒於高陽縣. 如松在開城聞之, 貪擄獲立功, 住大隊, 以輕兵掩之. 纔踰嶺, 倭四面大至, 如松麾下家丁, 多被銃死. 天將駱尙志[372], 素多力, 號爲駱千斤, 被重鎧, 挾如松於腋

---

368 다수 사본에는 景 뒤에 臺가 더 있다.

369 **덕 취 목 등**에는 世가 勢로 되어 있다.

370 **잠**에는 殘 뒤에 "輒失婚班, 而"가 더 있다.

371 **잠**에는 傳이 轉으로 되어 있다.

372 **상**에는 志 뒤에 時年八十餘가 더 있다.

下, 且戰且退, 僅以身免. 如松自此沮喪, 仍退師. 及聞倭離漢陽
去, 始整兵, 南追至慶尙而還. 二峴及嶺, 皆可設關門, 而一國無
截路作關之處, 故委棄天險, 良可惜也.

自碧蹄嶺, 西行四十餘里, 爲臨津渡, 卽漢陽北江下流. 而江岸南
麓[373], 如天作城形, 且當西路要扼, 臨江絶險, 眞可守之地, 而不
得不置城處也. 然至今不築城, 絶可恨也.

渡津由長湍, 西行四十里爲開城府, 卽高麗國都也. 松岳爲鎭, 而
下爲滿月臺,《宋史》所謂'依大山立宮殿'者, 卽此地也. 金寬毅《通
編》, 以此爲金豚臥處, 道詵所謂種穄之田也.

謹按, 唐宣宗少時, 離十六院, 久勞於外, 隨商船渡海. 至開城後西
江北, 見浦岸泥濘, 以舟中所載錢, 鋪地上登陸, 故至今號曰錢浦.
自此至五冠山下寶育家, 寶育知唐貴人, 以少女辰義薦枕. 臨別知
有娠, 遺一彤弓曰:"若生男, 則可持此尋中國來. 子名作帝建."

及壯, 持父所遺彤弓, 習射精妙. 從商船, 泛海入唐, 至海中, 舟僵
個不去. 舟中人大懼, 約投笠卜吉凶, 惟建笠沉水中, 遂具糧, 下
建[374]於島, 使待舟回.

建獨在島中, 一童子自水中湧出, 謂曰:"龍王請見[375], 但瞑目自
至." 建從之. 至水府, 見一老翁, 謂之曰:"老夫居此已久, 而近
有一白龍爭窟宅, 約以來日會戰. 知君善射, 可助吾射彼." 建曰:
"何以知之?"曰:"明日午, 風雨波浪, 是戰時也. 戰酣, 各出背曲,

---

373 江岸南麓이 다수 사본에는 江南岸山麓으로, **조**에는 江岸南一麓으로 되어 있다. **칠**에는
南麓이 빠져 있다.

374 建이 다수 사본에는 作帝建으로, **광 조 칠**에는 帝建으로 되어 있다. **청**에는 作帝建이라
고 쓰고 作을 지웠다.

375 많은 사본에 見請으로 되어 있으나 **연 금 화**를 따라 請見으로 수정하였다. 請見이 **상**에
는 見待로, **존 팔**에는 見邀로 되어 있다.

背青者我也, 背白者彼也." 建諾, 出島伺之. 翌日, 果如其言, 建在島上, 射中白者. 少頃, 天晴波平, 童子出而復邀建, 出少女妻之曰:"君貴種也. 還鄉自有大福."

久留而並妻送之. 出島上, 則商船至矣. 遂以龍女歸泊昌陵[376]. 鹽·白太守聞作帝建娶龍女至, 並捐貨出力, 築室以居之. 自昌陵, 又移居於松岳下, 生一子名隆. 後以失信責作帝建, 率少女, 入井化龍, 歸西海. 隆又生子, 別製姓名曰王建, 實李氏也.

王太祖卽位, 卽父所居爲正殿, 追尊龍女爲溫成王后, 作帝建爲懿祖. 其立國適丁五代之初, 昭宣帝亡於中國, 而王太祖興於海外, 統合三韓, 子孫享國, 垂五百年. 此唐太宗之餘烈, 如陳亡而田氏大於齊. 天之報施, 可謂不薄矣.

龍女事, 人或不信, 而諺傳太祖所生子女兩腋, 或有龍鱗. 太祖以外家旣龍, 而龍女歸海時, 又率少女化龍, 故恐女子下降, 輒生王者. 女子無鱗者下嫁, 有鱗者皆令繼序之君, 留爲後宮, 不顧瀆倫之恥. 及中葉, 有以妹爲妃者, 《宋史》譏之, 而殊不知獨王家爲然而民俗不然也.

我太祖威化回軍後, 以王禑爲辛旽子, 廢之, 而立恭讓王瑤爲君, 又使恭讓誅禑於江陵. 禑臨刑, 擧腋以示觀者曰:"以我爲辛氏, 而王氏, 龍種也. 腋下有鱗, 爾等視之." 觀者逼視, 如其言, 此最殊異.

洪武壬申, 我太祖大王受恭讓禪, 移都漢陽. 王氏之臣世家大族不欲臣服者, 皆留不從. 土人號其居洞曰杜門. 太祖惡之, 命限百年停士子之科擧. 留居者, 傳子至孫, 遂爲平民, 以商賈爲生, 不治士業. 三百年來, 遂無士大夫之名, 京城士大夫亦無往居者.

---

376 **연목청성**에는 陵이 隆으로 되어 있다. 아래도 같다.

余嘗見大井里故祠溫成后塑像與昌陵土城, 每詫異曰: "以爲虛而非眞, 則遺跡尙斑斑也, 以爲實而非僞, 則殆近齊東之語, 其孰信之?" 最可痛者, 鄭道傳以牧隱李穡門人, 麗末官至宰列, 而甘爲王儉·褚淵之事, 賣國爲利, 害師戕友. 而旣麗亡, 又獻策除王氏宗室, 托以謫置紫燕島中, 滿載諸王氏於一大舶, 浮之海, 而密令善泅水者, 鑿船底沉之. 時有一山僧與王氏相親者, 臨岸見之. 王氏[377]遂吟一句曰: "一聲柔櫓滄波外, 縱有山僧奈若何?" 今其所沉處, 沙淤泥生, 爲一海中大島, 所謂貞州海也, 在步輦江下.

太祖卽位, 移恭讓王於關東, 毀王氏太廟, 以木主置大船, 浮之臨津江. 船自逆水上, 至麻田縣江上佛寺前止[378]. 縣人以聞, 太祖命移佛像於他寺, 以木主安於寺, 號曰崇義殿. 欲求王氏爲監, 而王氏有名爵者, 前已剪除, 餘者皆逃匿變姓, 或爲馬氏·全氏·玉氏[379], 皆藏王字於字畫中, 而然不自認爲王氏. 故至莊憲朝, 始得王循禮一人, 依箕子殿鮮于氏爲監例, 錫以土田奴婢, 使世襲殿叅奉, 而以奉其祀, 此聖祖之聖[380]德也. 聖祖亦嘗[381]曰: "除王氏, 非太祖之意, 出於功臣之謀"云.

城中有善竹橋, 卽圃隱鄭夢周遇害處也. 恭讓時, 鄭公以相臣獨不附於太祖. 太祖門下諸將[382], 使趙英珪以鐵椎椎殺於善竹橋上,

---

377 **잠 소**에는 王氏가 빠져 있다. 그러면 시를 지은 작자는 산승으로 바뀐다. 그래서 **잠 소**에는 시 2구의 山僧이 王孫으로 바뀌었다.

378 **東**에서는 "卽古仰巖寺, 王太祖所遊處"라는 쌍행주를 달았다.

379 "或爲馬氏·全氏·玉氏"가 **상 팔 청**에는 "或爲馬氏, 或爲田氏, 或爲玉氏"로, **취**에는 "或爲全氏, 或爲玉氏"로, **연 칠 화**에는 "或爲馬氏, 或爲金氏, 或爲玉氏"로 되어 있다.

380 **취 조 연 광 소 금 등**에는 聖이 盛으로 되어 있다.

381 嘗 뒤에 **덕 승 화 등**에는 敎가, **금**에는 下敎가 더 있다.

382 太祖門下諸將이 **상**에는 太宗으로, **칠**에는 太祖로, **화 등**에는 太祖諸門下將으로 되어 있다.

而[383]麗祚遂移矣. 後本朝追贈以本朝職啣議政府領議政, 立碑龍仁墓前, 卽雷擊碎之. 鄭氏子孫改書[384]高麗門下左侍中職名, 至今無事[385], 可見忠魂毅魄之死後不泯也, 其亦可畏也已.

城東南十餘里有德積山, 山上有崔瑩祠. 祠有塑像, 土民祈禱有驗. 而祠傍置寢室, 土人以民間處女侍祠, 老病則更以少艾換, 至今三百年如一日. 侍女自言: "夜輒降靈交婚"云. 余曰: "瑩以無謀之勇夫, 女爲王禑[386]妃, 而謀國不臧, 斷送社稷於他人之手. 不升天, 不入地, 爲神於國郊之外, 獨不忘男女之道. 可見其不服其死, 而亦可謂汪昏不明矣." 然自數十年來, 其祠絶無靈應, 亦可訝也.

滿月臺卽一仰面長坡, 道[387]詵留記以爲: "不毁土, 培以土石而爲宮殿." 故麗太祖鍊石爲層階, 護麓身而上立宮殿. 及麗亡, 宮殿毁撤, 而只階礎宛然. 久而官不守護, 開城富商大賈, 輒盜舁而爲墓石, 近漸罕存矣.

臺後有紫霞洞, 乃松岳之下, 泉石幽絶. 城中辰地有男[388]山, 卽賊臣崔忠獻所居. 而崔氏滅, 恭愍王建花園 · 八角殿於上. 王禑之被圍也, 亦於此處.

南有龍首 · 進鳳二山, 幷自松岳流下, 而爲城中內案. 堪輿家以進鳳爲玉女粧臺之形, 麗主累世得尙上國公主, 以此. 而巽有筆山, 故國人多占科甲於中國. 但虎山强而龍山弱, 故國無名相, 而屢有

---

383 **조 청**에는 而 앞에 "血痕至今尙存"이 더 있다.

384 改書가 **연 칠 소**에는 改書以로, **목 성**에는 係以로, **광**에는 請改書로 되어 있다. **청**에는 係以라 쓰고 改書로 교정하였다.

385 **승 등**에는 事 뒤에 "善竹橋上血痕, 至今不減"이 더 있다. **칠**에는 無事가 빠져 있다.

386 **연 팔**에는 王禑가 辛禑로 되어 있다. **조**에는 王이 빠져 있다.

387 道 앞에 **조 잠**에는 新羅僧이, **소**에는 羅僧이, **팔**에는 新羅가 더 있다.

388 **잠 칠**에는 男이 南으로 되어 있다. **목 청 성**에는 男 앞에 子가 더 있다.

武臣之亂, 亦以此云.

城東北有山臺巖, 卽毅王遇亂處. 臺西北有靈通洞, 卽寶育故居, 舊有歸法寺, 今廢. 洞北有花潭, 泉石絶奇, 卽中廟朝徵士徐敬德隱居處也. 北踰一嶺, 卽玄化寺故基, 今但有碑塔. 玄化之西爲大興洞, 卽五冠·聖居兩山間一大洞天也. 肅廟朝, 築山城於此, 外險內坦, 眞天險, 而官置糗糧兵器, 創大寺, 使僧徒守之以備不虞. 洞中巖壁, 嵬峨壯大, 而溪澗亦泓深滙渟, 下爲大瀑, 卽朴淵也.

府城西門外有萬壽山, 麗朝七陵在焉. 自此北踰小嶺, 則爲靑石洞, 長谷十餘里屈曲盤回, 而兩崖壁立千仞, 大溪中瀉, 而山如門戶者屢次. 淸皇帝[389]丙子襲我也, 至此大畏之, 欲殺龍胡. 龍胡以爲必無守, 詗知乃過. 及回軍日, 乃改路, 而從開城東北白峙而去. 府南則豐德, 府東則長湍. 永平江[390]自東, 澄波江自北, 合於麻田, 循長湍南爲臨津, 又西會漢江爲豐德昇天浦.

長湍邑治, 在臨津北白鶴山下, 邑北有華藏山, 寺有西域僧指空所留貝葉經·旃檀香. 華藏以南, 皆細麓平川, 自麗至鮮, 多公卿塚墓, 人比之洛陽北邙.

臨津東有漣川·麻田, 北有朔寧, 直漢陽北百餘里, 水道通二京. 然並土薄民貧, 少可居處. 其中朔寧田地頗善, 而臨江多勝槩[391]. 漣川有許眉叟穆故居.

---

389 淸皇帝가 **덕**에는 淸虜로, **잠**에는 淸太宗으로, **연 광**에는 淸皇으로, **상**에는 淸主로 되어 있다. **둥**에는 丙子淸帝襲我也로 되어 있다.

390 **相**에는 大灘江으로 되어 있다.

391 **목 청 성**에는 槩 뒤에 "亦多士大夫"가 더 있다.

卜居論

卜居論 序說[392]

大抵卜居之地[393], 地理爲上, 生利次之, 次則人心, 次則山水. 四
者缺一, 非樂土也. 地理雖佳, 生利乏則不能久居, 生利雖好, 地
理惡則不能久居. 地理及生利俱好, 而人心不淑, 則必有悔吝, 近
處無山水可賞處, 則無以陶瀉性情.

地理[394]

何以論地理[395]? 先看水口, 次看野勢, 次看山形, 次看土色, 次看
水理, 次看朝山 · 朝水. 凡水口虧疏空闊處, 雖有良田萬頃 · 廣
厦千間, 類不能傳世, 自然消散耗敗. 故尋相[396]陽基, 必於水口關
鎖內開野處着眼. 然山中易得關鎖, 而野中難以固密, 則必須逆水

---

392 **덕 총 광**에서는 〈복거총론卜居總論〉으로, **소**에서는 〈복거卜居〉로, **조**에서는 〈사대부가
거처士大夫可居處〉로, **연**에서는 〈총론總論〉으로, **칠**에서는 〈총론복거령요總論卜居領
要〉로, **치원본扈園本**에서는 〈복거통론卜居通論〉으로 제목을 붙였다. **취 존 잠 상 승 목 금
국 팔 화 등 청 성**에서는 제목을 붙이지 않았다.

393 **상**에는 之地가 빠져 있다.

394 **덕 총 연 광 상 소**에서는 〈지리地理〉로, **칠**에서는 〈선론지리先論地理〉로 붙였다. **청**에서
는 난외에 '지산地産'이라 달았다. **조 존 잠 승 목 금 국 팔 화 등 성**에서는 제목을 붙이지
않았다.

395 **치원본**에는 "何以論地理"를 相地之法이라 수정하였다. **상**에는 "何以論地理"가, **존**에는 地
理爲上······ 何以論地理가 빠져 있다.

396 **덕 취 칠 금 화**에는 相이 常으로 되어 있다. 이는 살펴본다는 뜻으로 쓰인 尋相을 尋常이
라는 흔히 쓰이는 어휘로 오인하여 발생한 오자이다.

砂. 毋論高山陰坂, 有力沰流遮攔堂[397]局則吉. 一重固好, 三重五重[398]尤大吉, 可爲完固[399]綿遠之基[400]矣.

凡人受陽氣以生, 天乃陽光也, 少見天處, 決不可居. 是故野愈廣則基愈美. 須使日月星辰之光, 粲然恒臨, 風雨寒暑之候, 盎然得中, 人才多出, 而亦少疾病. 最忌四山高壓, 日晚出而早入, 夜[401]或不見北斗. 靈光旣少, 陰氣易乘, 則或作神叢鬼窟, 朝夕嵐瘴之氣[402], 又使人易病, 此所以峽居不如野居. 而大野中殘山周回, 則此不可以山指, 而統以野稱之者, 由天光不隔, 風氣遠通也. 至於高山之中, 亦須開野處, 方可作基.

凡山形, 祖宗有堪輿家樓閣飛揚之勢, 主山又秀麗端正·淸明軟嫺者爲上. 後山綿綿, 渡野忽起, 高大峰巒, 紆回枝葉, 結作洞府, 如入宮[403]府之內, 而主勢穩重豐碩, 如重屋高殿者次之. 四山遠却平圍, 而山脈落下平地, 遇水卽止, 爲野基者又次之. 最忌來龍懶弱頑鈍而無生色, 或破碎欹斜而少吉氣. 凡地無生色吉氣[404], 則人才不出, 此所以不可不擇山形也.

凡村居, 無論山中水邊, 土色沙土堅密, 則井泉亦淸洌, 如此則可

<hr>

397 **총 칠 목 금 팔 청**에는 堂이 當으로 되어 있다.

398 **승 금**에는 五重이 빠져 있다. **조**에는 三重五重이 二重三重四重五重으로, **소**에는 二三重四五重으로 되어 있다. **등**에는 三五重으로 되어 있다.

399 完固가《아주잡록》(이하 **鵝**). **잠 칠 목 청**에는 永世로, **소**에는 完固永世로 되어 있다.

400 基가 **덕 조 칠 목**에는 地로, **잠 연 목 청**에는 地基로 되어 있다.

401 **잠 칠 목**에는 夜가 빠져 있다. **칠**에는 앞에 있는 而가 夜로 되어 있다. **청**에는 或이라고 쓰고 夜로 교정하였다.

402 다수 사본에는 氣가 候로 되어 있다.

403 다수 사본에는 宮이 官으로 되어 있다. **언**에서는 관가[官]로 해석하였다.

404 **덕 소 鵝**에는 凡地無生色吉氣가 빠져 있다.

居. 若赤粘黑礫黃細, 則是死土也. 其地所出井泉, 必有嵐瘴, 如此則不可居.

凡無水之地, 自不可居[405]. 山必得本配水, 然後方盡生化之妙. 然水必來去合理, 然後方成鍾毓之吉. 此有堪輿家書, 姑不具論. 然陽基異於陰宅. 水管財祿, 故積水之濱, 多富厚之家 · 名村盛塢. 雖山中, 亦有溪澗聚會, 方爲世代久遠之居[406].

凡朝山, 或有巉惡石峯, 或有欹斜孤峯, 或有崩落之形, 或有窺闞之容, 或有異石怪巖, 見於山上山下, 或有長谷沖砂, 見於左右前後, 皆不宜居. 必也遠則淸秀, 近則明淨, 一見令人歡喜, 而無崚嶒憎惡之狀則吉.

朝水則謂水外水也. 小川小溪逆朝爲吉, 至於大川大江, 決不可逆受. 凡逆大水處, 毋論陽基陰宅, 初雖興發, 久則無不敗滅, 不可不戒. 來水又必與龍向, 合其陰陽[407], 而又屈曲悠揚而朝來, 不可一直如射. 是故將欲建宅立舍, 爲子孫傳世之計, 則於地理不可不

---

405 **금 연**에는 "凡無水之地, 自不可居"가 빠져 있다.

406 **잠 칠 목 소 청 鵝**에는 "此有堪輿家書…… 方爲世代久遠之居"의 내용 대신에 "故一依堪輿家定論, 左旋陽基, 須以正五行, 雙山五行, 消水, 右旋陽基, 只以眞五行, 消水. 第宅坐向, 又須與來水合淨陽淨陰, 方爲純美(之地)"가 실려 있다. **연**에는 이 내용이 더 있고 뒤에 "然陽基異於陰宅…… 方爲世代久遠之居"가 있다. **상**에서는 頭註로 부기했고, **조**에서는 '地理' 본문 끝에 주석으로 첨부하였다. 초고본 계열의 사본에 두루 나타나는 특징이다. 이 내용이 전문적인 풍수설을 다룬 것이라 이중환이 일반 내용으로 개정하면서 "이것은 감여가의 책에 있으므로 굳이 자세하게 논하지 않겠다(此有堪輿家書, 姑不具論)"라고 밝힌 것으로 본다. 居가 **조 팔**에는 地로, **승 금 화 등**에는 基로 되어 있다.

407 **연**에는 合其陰陽이 合於淨陰淨陽으로 되어 있다. "又必與龍向, 合其陰陽"이 **조**에는 "又必與龍向合其陰陽, 淨陰淨陽"으로, **잠 목 鵝**에는 "又(必)宜合於淨陰淨陽"으로, **칠**에는 "又必宜龍向合於陰陽(淨陽淨陰)"으로, **상**에는 "又必與龍向一合於淨陰淨陽, 合其陰陽"으로, **소**에는 "又必合於淨陰淨陽, 而與龍合"으로, **금**에는 "又必與龍合其陰陽"으로 되어 있다. **청**에는 "又必宜合於淨陰淨陽"이라 쓰고 "又必與龍向合其陰陽"으로 교정하였다.

相而擇之, 而此六者乃要旨也.

生利[408]

何以論生利[409]? 人生於世, 旣不能吸風飲露, 衣羽蔽毛, 則不得不
從事於衣食, 而上以供祖先父母, 下以畜妻子奴婢, 又不得不營而
廣之. 孔子之敎, 亦旣庶[410]而敎之. 何嘗使裸體乞食, 不奉祖先之
祀, 不顧父母之養, 不有妻子之倫, 而坐談道德仁義哉?

夫世之騖空名・背實用, 久矣. 每欲强爲難强之事, 故人不能無
陰惡而陽善. 是以不如先務衣食之源, 後治禮義之端者, 欲人之
無隱惡而顯之也. 夫靑松爲友, 白雲爲伴, 枕石漱流, 耕煙汲月,
其名豈不美哉? 然此自上古禮文未備, 擧世皆民之事. 必以此爲
律, 則冠.不必償相, 婚不必親迎, 喪不必棺槨, 祭不必俎豆, 此
豈可得行[411]於今日哉! 故人生一世, 養生送死, 皆需賴世財, 而
財非天降地涌. 故土沃爲上, 舟車人物都會, 可以貿遷有無者次
之.

土沃[412]謂地宜五穀, 又宜木綿. 而水田種稻一斗, 收六[413]十斗者爲

408　**덕 총 연 광 상 소**에는 〈생리〉란 제목을, **칠**에는 〈차론생리次論生理〉란 제목을 붙였다. **청**
　　에는 난외에 '생리生利'라 달았다. **취 조 존 잠 승 목 금 국 팔 화 등**에는 제목을 붙이지 않
　　았다.

409　**조 칠 금**에는 利가 理로 되어 있다. 아래에서는 利와 理가 혼동되고 있는 경우 일일이
　　밝히지 않는다.

410　**덕 승 금 화**에는 庶 뒤에 富가 더 있다. **등**에는 庶 앞에 富가 더 있다. **소**에는 뒤의 敎가
　　富로 되어 있다.

411　**취 총 잠 광 국 화 등**에는 行得으로 되어 있으나 다수 사본에는 得行으로 되어 있어 이것
　　을 채택하였다.

上, 次則種一斗收四五十斗者, 收三[414]十斗以下者, 土薄而不堪居
矣. 國中最沃之土, 惟全羅道南原・求禮[415], 慶尙道晉州・星州等
處. 水田種一斗, 最上者收一百四[416]十斗, 次者收百斗, 最下者收
八十斗, 餘邑不能盡然.

慶尙則左道皆土瘠民貧, 惟右道饒沃. 全羅則左道之傍智異者皆
饒沃, 沿海邑則無水多旱. 忠淸則內浦・車嶺以南, 沃瘠參半, 而
其最沃者不[417]過種一斗, 收六十斗. 自車嶺以北, 至漢南, 亦沃瘠
參半, 而不及車嶺之南, 其沃者多不過四十斗. 漢北則大抵土瘠.
東自江原, 西至開城, 水田一斗所收皆出三十斗, 其下者又不及此
數矣. 江原之嶺東九縣[418]以至咸鏡, 土尤瘠. 黃海沃瘠參半, 平安
則山郡土瘠, 而沿海諸邑頗沃, 不下忠淸矣.

田則峽邑多種粟, 海邑只種豆麥, 野邑山海[419]俱遠處, 無所不宜.
木綿則兩南爲最, 毋論峽土海土, 皆宜種. 自江原嶺東, 北至咸
鏡, 俱闕種, 雖種之, 不成. 江原嶺西則山氣凄寒, 亦不宜種, 而
惟原州・春川近野稍種, 而亦僅僅. 京畿漢水以北, 山邑則山高水
冷, 亦不宜種, 雖野邑, 或種或不種, 而惟開城府最盛. 漢南沿海
諸邑及忠淸沿海地內浦・林川・韓山, 俱不宜種. 雖種之, 土不堅
實, 故苗長而無花. 漢南遠海處間多種之, 而然甚罕. 惟忠州近處

---

412 **연**에는 〈토옥土沃〉이라는 제목을 붙여 독립된 기사로 다루었다.

413 **취**에는 六 앞에 五가 더 있다.

414 **목**에는 三 뒤에 四가 더 있다.

415 **소**에는 求禮 뒤에 長興이, **덕**에는 南原 뒤에 長興이 더 있다.

416 **연**에는 四 뒤에 五가 더 있다.

417 不 앞에 **조 존 연 상 국 팔**에는 多가, **소**에는 亦이 더 있다.

418 縣이 다수 사본에는 郡으로, **칠 목 청**에는 邑으로 되어 있다.

419 **잠 칠 소**에는 山海가 海邑으로 되어 있다.

463

槐山‧延豐‧淸風‧丹陽尤盛. 然猶不及車嶺以南邑邑皆種綿矣.
黃澗[420]‧永同‧沃川‧懷德‧公州爲上, 次則淸州[421]‧文義‧燕
岐‧鎭川等邑爲最. 黃海則惟沿海邑不宜, 山郡及野邑并宜土甚
盛[422]. 平安則惟山郡罕種, 野邑無不宜綿花[423].
此外又有鎭安之煙田, 全州之薑田, 林川‧韓山之苧田, 安東‧禮
安之龍鬚田, 爲國中第一, 爲富人榷[424]利之資. 此乃我國田地之大
略也.

貿遷[425]

貿遷交易之道, 乃神農聖人之法也, 無此則無以生財. 然馬不如車,
車不如船. 我國山多野少, 車行不便, 一國商賈皆以馬載貨. 道遠,
盤纏之費, 贏[426]得少. 是故莫如船運貨財, 而爲貿遷交易之利.
我國東西南皆海, 船無有不通. 然東海風高水悍, 慶尙東海邊諸邑
與江原嶺東‧咸鏡一道, 互相通船, 西南海舶, 則不習水勢, 罕至.
而且西南海則水緩, 故南自全‧慶, 北至漢陽‧開城, 商賈絡繹,

======

420 **잠 목**에는 黃澗이 錦山으로 되어 있다.

421 **연**에는 淸州가 忠州로 되어 있다.

422 **잠 칠 목**에는 "沿海邑不宜, 山郡及野邑并宜土甚盛"이 "沿海邑及山郡皆(俱)不能種綿, 而野
邑多種之"로 되어 있다. **소**에는 甚盛이 빠져 있다.

423 "山郡罕種, 野邑無不宜綿花"가 **잠 칠 목 청**에는 "鴨綠沿江(海)邑不種, 其餘(則)盡宜(種)
綿"으로, **등**에는 "西路之山郡, 罕種野邑無不宜"로 되어 있다.

424 **연**에서는 興(일으킴)으로 해석하였다.

425 **덕 총 소**에는 〈무천〉이란 제목을, **연**에는 〈교역交易〉이란 제목을, **칠**에는 〈신론무천교역
申論貿遷交易〉이란 제목을 붙였다. **청**에는 난외에 '통화通貨'라고 달았다. **취 조 존 잠 광
상 동 승 목 금 국 팔 화**에서는 제목을 붙이지 않았다. (**조 잠 광 동 승 목 금 국 팔 화**에서는
행을 바꾸었고, **취 존 상**에서는 행을 바꾸지 않고 이어서 쓰되 **취 상**에는 ○ 표지를 달
았다.)

426 **조 칠**에는 贏 앞에 失이 더 있다. **등**에는 贏이 費多로 되어 있다. 費가 하나 더 있다.

又北則通黃海・平安矣.

舟商[427]出入, 必以江海相通處, 管利脫貰. 故慶尙則洛江入海處爲金海七星浦, 北沂至尙州, 西沂至晉州. 惟金海管轄其口, 居慶尙一道之水口, 盡管南北海陸之利, 公私皆以販鹽, 大取贏羨[428].

全羅則羅州之靈山江, 靈光之法聖浦, 興德之沙津浦, 全州之斜灘, 水雖短, 皆以其通潮, 而聚商船.

忠淸則錦江一水, 源雖遠, 公州以東, 水淺多灘, 不通江船. 自扶餘・恩津, 始通海潮. 故白馬以下鎭江一帶, 皆通船利. 惟恩津江景一村, 居忠・全兩道陸海之間, 爲錦南野中一大都會. 海夫峽戶皆於此出物交易, 每春夏漁採時, 腥臭滿村, 巨舫小艓日夜如堵墻排立於汉港之間, 一朔六大市, 而委輸遠近之貨物[429]. 內浦則牙山貢稅湖・德山由宮浦, 水大而源長, 洪州廣川・瑞山聖淵[430], 雖溪港, 以通潮, 故并爲商賈居留轉輸[431]之所.

京畿沿海邑, 雖通潮之川, 以近京, 故商船不大集.

漢陽則西南七里許有龍山湖, 漢江本派舊從南岸下過, 而一派逗[432]入北岸下, 爲十里長湖, 西阻鹽倉沙岸, 水不滲泄, 而蓮生其中. 高麗時, 每御駕至, 留連賞蓮, 至本朝定鼎, 鹽倉沙岸忽爲潮水衝擊破壞, 潮水直達龍山, 八道漕運悉泊龍山矣. 龍山西爲麻浦・土亭・籠巖等江村, 并通西海之利, 爲八道舟船之湊集, 城中公侯貴

---

427 **조 연**에는 舟商이 商賈로 되어 있다.

428 **잠 연 목**에는 "居慶尙一道之水口…… 大取贏羨"가 빠져 있다.

429 **잠 연 목 소 청 성**에서는 "惟恩津江景一村…… 而委輸遠近之貨物"을 "惟恩津爲水陸要衝走集"으로 줄이고, 관련 내용을 뒤에 서술했다.

430 **잠 연 목 성**에는 瑞山聖淵이 빠져 있다.

431 **잠 연 목 청 성**에는 居留轉輸가 出入脫貰로 되어 있다.

432 逗가 **칠 금**에는 逼으로, **팔**에는 退로, **화 등 청**에는 斗로 되어 있다.

戚, 幷置亭臺於此, 爲遊宴之所, 于今三百餘年. 漢水漸淺, 漢江以上潮水不至, 鹽倉沙岸歲漸泥生, 將有淤塞之形, 此不可知也.

開城府則水口門外十里爲東江, 通潮爲漕運停泊之所. 國亡後, 潮退不至, 今爲淺川, 舟船不至. 昇天浦則距府遠至四十餘里, 今惟後西江距府不滿三十里, 通外道船利. 舟大則出海遠賈, 舟小則循江出入, 北至江陰, 西至延安, 東通漢江[433]矣.

江華·喬桐二大島, 處後西江之南, 繞以江海, 爲魚鹽所出之鄕, 二都射利之輩, 多於此取販[434].

平安則平壤之大同江, 安州之淸川江, 亦通船利. 然南有長山串[435]之險, 故南船罕至. 長山串者, 卽上所記[436]黃海道長淵地[437], 地[438]入海中爲角尖處, 有礁石濤瀧之險, 船人皆畏之.

――――――

433 다수 사본에는 漢江이 漢陽으로 되어 있다.

434 **잠 연 소 목 청 성**에는 "漢陽則西南…… 多於此取販"이 "漢陽則忠州江與春川江, 合于漢陽東南八十里廣州地, 西過京師, 又西至交河, 又北會長湍·臨津水, 西至江華東北, 爲祖江. 自此岐二, 一派則從江華爲昇天浦·寶輦江, 西入于海, 通黃海·平安. 一派則從江華東爲甲串·永宗島, 南入于海, 通忠·全·慶三道. 自京城南曰龍山, 泝東爲西氷庫·蘺島, 通峽邑之利, 沿西爲麻浦·土亭·楊花渡, 通南北海邑之利. 自江華乘二潮, 可達龍山, 龍山以東, 潮勢不至矣. 東西江名雖殊(異稱), 通上下一江也, 距都城俱不過十里. 故漢陽都輸一國船運之利, 而上下江俱多射利致富之人. 開城府(則)昇天浦爲面前水, 卽漢江下流, 通黃海道水路也. 比漢江尤深闊, 而但距府治稍遠, 至四十(餘)里, 昇天下流爲寶輦江, (西)南入海, 而自寶輦北, 別有一水來會, 卽開城五冠山後水也. 從黃海道平山席灘, 合伊川新溪之水, 大而爲江, 歷江陰, 從開城西, 折而南下, 爲梨浦·錢浦·碧瀾渡·昌陵, 入于寶輦, 通稱後西江. 距府西不滿三十里, 且通潮汐. 昔王氏建都時, 八道饋餉皆萃於此. 今則開城富商大賈多治第宅於江岸, 通外道船利, 不下恩津"으로 되어 있다. 사본마다 조금씩 글자의 차이가 있다. **청**에는 행간에 개정본 계열의 본문을 함께 필사해놓았다.

435 다수 사본에는 長山串이 長山으로 되어 있다.

436 卽上所記가 **잠 연 목 소 청**에는 在로 되어 있고, **등**에는 빠져 있다.

437 **잠 연 목 소 청**에는 地가 府로 되어 있다.

438 地가 **승**에는 斗로, **소**에는 而斗로, **등**에는 陟으로 되어 있다. **잠 연 목 청**에는 地 뒤에 斗가 더 있다

忠淸道內浦泰安, 西有安興串, 亦如長山之[439]斗入於海[440], 海中雙
巖峭起, 而舟從兩石間過去, 船人甚畏之. 惟此南北二串, 屹然相
對於海中, 而舟行到此多敗. 然全羅·慶尙·忠淸三道, 則賦稅皆
漕至京師. 故水道皆置漕軍, 歲內鱗次輪運. 且京城諸宮家及士大
夫家, 無不置庄土於三南, 皆仰其轉輸, 船人水路慣熟, 而商賈亦
多視安興如履門庭矣.

平安與咸鏡[441], 則邑賦無漕至京師之規, 留置本地, 爲勅行及關防
之需. 故官漕旣無, 而又士大夫之所不居, 故私漕亦絶. 以是惟本
道商船往往通京師者有之, 外而或私商時至, 亦不如三南之多. 故
船人不習於渡涉, 畏長山過於安興矣.

至若舍通潮處, 專以江船往來論之, 江船小, 不能出海, 縮利少[442].
然一國之中, 惟漢江最大而源遠, 受潮水多. 東南則淸風之黃江,
忠州之金遷·木溪, 原州之興元倉, 驪州之白涯, 東北則春川之牛
頭, 狼川之元巖, 正北則漣川[443]之澄波渡, 互相通船, 并爲商船賣
脫之所. 而惟漢陽左右通海峽之利, 東西江都輸一國船運之利, 而
多射利致富之人, 惟此爲最[444]. 此乃我國水道船利之大略也.

至於富商大賈, 坐而行貨, 南通倭國, 北通燕[445]都, 積年灌輸天下
之物者, 或有至累百萬金者. 惟漢陽多有之, 次則開城, 又次則安

---

439 之 뒤에 **연 목**에는 險이, **칠**에는 形이 더 있다.

440 **덕 칠 승 소**에는 於海가 빠져 있다. **금**에는 海가 빠져 있다.

441 **잠 목**에는 與咸鏡이 빠져 있다. **연**에는 咸鏡 뒤에 二道가 더 있다. **칠**에는 平安與咸鏡이
西北兩道로 되어 있다.

442 **취 존 연 동**에는 利 다음에 少(小)가 추가되어 있어 이것을 반영하였다. (**조 화**에는 少가
빠져 있다.) **언**에는 "강션은 젹어 능히 바다에 나가지 못하여 니利 보는 것이 젹다"로
번역하였다. **잠 목 소 팔 청**에는 "至若舍通潮處…… 不能出海, 縮利小然"이 빠져 있다.

443 漣川 앞에 **연**에는 鐵原이 더 있다. **팔**에는 正北則이 빠져 있다.

州·平壤[446], 皆以通燕之路, 輒致巨富[447]. 此則又不比舟船之利,
三南無此等伍. 然士大夫不可爲此, 只視魚鹽相通處, 置船受贏,
以備冠婚喪祭四禮之需, 又何害乎?

人心[448]

何以論人心? 孔子曰:"里仁爲美, 擇不處仁, 焉得智?"昔孟母三
遷, 欲敎子也. 擇非其俗, 則不但於身有害, 於子孫必有薰染誑誤
之患, 卜[449]居不可不視其地之謠俗矣.
我國八道中, 平安道人心醇厚爲上, 次則慶尙道風俗質實. 咸鏡道
地接胡境, 民皆勁悍, 黃海道則山水險阻, 故民多獷暴. 江原道則
峽氓多蠢, 全羅道則專尙狡險, 易動以非. 京畿都城外野邑, 則民

---

444 **잠 연 목 소 청 성**에는 "東南則…… 惟此爲最"가 "其上流鐵原之澄波渡, 春川之牛頭(首)村,
原州之興元倉, 忠州之金遷, 皆商船聚會轉販之所. 然江船少, 不能出海, 縮利少, 然旣五(衆)
水都會, 且密邇京城, 而受陸海之貨, 此爲第一. 次則恩津·江景津, 居忠·全二道海陸之間,
爲錦南野中一大都會. 海夫峽戶皆於此出物交易, 每春夏漁採時, 腥臭滿村, 巨舫小艓日夜如
堵墻排立於浃港之間, 一朔六大市, 而委輸遠近之貨物, 自不下漢陽東西江矣. 次則金海七星
浦, 居慶尙一道之水口, 盡管南北海陸之利, 公私皆以販鹽, 大取贏餘羨). 此四處爲上, 餘俱
不及於此"로 되어 있다. **팔**에는 惟此爲最가 빠져 있다.

445 **잠 목 소 성**에는 燕이 淸으로 되어 있다. **청**에는 燕都를 淸道라고 쓰고 燕京으로 교정하
였다.

446 安州·平壤이 **취 잠 연 목 소 국 청 성**에는 平安道平壤·安州로, **상**에는 平安之平壤·安州
로 되어 있다.

447 輒致巨富가 **잠 목 소 청 성**에는 每獲奇羨으로, **화**에는 輒至巨萬으로 되어 있다.

448 **덕 총 연 광 상 소**에는 〈인심〉이란 제목을 붙였다. **청**에는 난외에 '인심人心'이라 달았다.
취 조 존 잠 승 목 국 팔 화 등 성에는 제목을 붙이지 않았다. **칠**은 이것이 〈총론總論〉의
내용에 포함되어 뒤에 "是書論人心一段, 於東邦偏論之局頗詳該"가 더 있다.

449 다수 사본에는 卜 앞에 故가 더 있다.

物凋弊, 忠淸道則專趨勢利, 此乃八道人心之大略也. 然此從細[450]民而論, 至於士大夫風俗, 則又不然.

蓋我國官制異於上世, 雖置三公六卿, 董率諸司, 然歸重臺閣, 設風聞 · 避嫌 · 處置之規, 專以議論爲政. 凡內外除拜, 不於三公而專屬吏曹. 又慮吏曹權重, 至於三司差擬, 不歸之判書, 而專任郎官. 故吏曹正佐郎[451], 又主臺閣之權. 三公六卿, 官雖高大, 少有不厭事, 銓郎輒使三司諸臣論之. 朝廷風俗, 崇廉恥, 重名節, 故一遭彈駁, 不得不去職. 是以銓郎之權, 直與三公等埒.

此所以大小相維, 上下相制, 三百年無大權奸, 而無尾大難掉之患. 此祖宗朝懲麗朝君弱臣强之弊, 默寓防禁之微機也. 是故必以三司中有名德者極選爲之, 而又令自薦其[452]代, 不屬長官, 所以重事權而一付公議也. 是以凡有陞品, 必先以銓郎, 以次陞補, 而後及於他司. 一經銓郎, 苟無大故, 可以平步上公卿. 故名與利俱附, 而年少新進, 無不希覬. 行之已久, 先後通塞之間, 不能無爭端.

宣廟朝, 金孝元[453]有盛名當薦, 吏曹參議沈義謙卽戚里也, 枳孝元不許[454]. 孝元以名家子有學行文章, 又喜推賢讓能, 大得年少士類之心. 於是士類譁然指義謙爲妨賢弄權而攻之. 義謙雖戚里, 曾有

---

450 **총광화** 등에는 細가 庶로 되어 있다.

451 吏曹正佐郎이 **연 소**에는 吏曹佐郎으로, **팔**에는 吏曹正郎으로, **등**에는 吏曹로 되어 있다.

452 **연 목 성**에는 薦其가 빠져 있다.

453 **연**에는 金孝元 옆에 작은 글자로 省菴이라고 쓰여 있다. 이하 인명 옆에는 모두 호가 쓰여 있다.

454 **상**에는 枳孝元不許 뒤에 "考訂義謙以公事, 到領相尹元衡家, 見孝元寢具在元衡妾女婿之私室, 心鄙之, 塞其薦云"이라는 주석이 있다. **언**에는 大得年少士類之心 뒤에 "김효원이 선배 적 윤원형의 집에 가 자다하여 니낭(吏郎)을 막으니라"라는 주석이 있다. **등**에도 비슷한 주석이 붙어 있다.

退權奸扶植士類之功, 年老位高者多擁護之. 於是先輩與後輩岐
貳, 由微至著.

至癸未‧甲申間, 東西名號始分, 以孝元家在東, 故謂之東人, 義
謙家在西, 故謂之西人. 東人推金孝元‧柳成龍‧金宇顒‧李山
海‧鄭芝衍‧鄭惟吉‧許篈‧李潑[455]等, 西人推沈義謙‧朴淳‧
鄭澈[456]‧尹斗壽‧尹根壽‧具思孟[457]等, 此乃朋黨之始[458].

先是李相浚慶臨終遺表, 言搢紳中將有朋黨之漸, 玉堂李珥疏斥以
爲離間君臣, 至詆以人之將死, 其言也惡. 至是患其言之不驗, 力
主調停, 嘗居間兩解之. 然國家屢經士禍, 而皆由戚里. 故士類積
憎戚里, 而義謙適當其機牙, 衆怒朋興. 時仁順大妃上賓, 而宣廟
以宗支入承大統, 義謙於是固絶內援, 而東人執虛名, 攻之太過,
凡右沈者, 擧謂之非士類, 新進之士, 又浮慕名美[459], 而東人甚衆.
珥雖本主[460]調停, 至是見士類議論轉激, 及爲大司憲, 至劾義謙,
珥固非西人也[461]. 其爲兵判也, 一日詣玉堂洪迪家, 誦迪'落花高
下不齊飛'之句, 稱讚以爲唐調. 時名士大會, 迪曰: "吾輩會議者,

---

455 **목**에는 李潑 뒤에 李敬中이 더 있다. **잠**에는 鄭惟吉과 李潑이 빠져 있다.

456 **잠 소**에는 鄭澈 뒤에 李珥‧成渾이 더 있다.

457 **잠**에는 尹根壽‧具思孟이 빠져 있다. **목**에는 具思孟 뒤에 金繼輝‧辛應時‧李海壽‧洪
聖民이 더 있다.

458 **잠**에는 始 뒤에 "而始則西人少而東人多, 互相傾軋者八九年, 壬辰亂後, 黨論少止, 東西合仕
于朝"이 더 있다.

459 **연 목 등 청**에는 美가 빠져 있다. **화**에는 美가 利로 되어 있다. **덕 칠 승 소 금**에는 名美가
美名으로 되어 있다. 又浮慕名美이 **취**에는 又疾惡太甚으로, **국**에는 又嫉惡太甚으로 되
어 있다.

460 **취 국**에는 本主가 托名으로 되어 있다.

461 **취 소 국**에는 珥固非西人也가 "意在自拔(也), (而)乃與(成)鄭相爲表裏, 忌嫉轉甚, 專權
(擅)是事"로 되어 있다.

劾公事也." 珥曰: "旣有公議, 吾不可在此." 遂起去. 許篈疏上,
上怒竄之, 大司諫宋應漑又劾珥, 上又竄之, 都承旨朴謹元率同僚
覆逆, 上又竄之, 是爲三竄. 然篈所論, 多是拘撫[462]而無[463]其實. 於
是右珥者多於右沈, 而西人至是亦衆. 珥以儒[464]有盛名, 亦不以西
人自名[465], 而三竄輕易下手, 遂令朝局一渙而不可復收, 三竄於是
乎不得辭其責矣[466].

未幾[467]珥卒, 而有己丑鄭汝立之獄. 上使鄭澈以委官治獄[468], 凡東
人之平日峻激者, 不死則竄, 朝廷爲之一空. 自己丑至辛卯, 鞫獄
不罷, 連延甚廣. 時李山海爲領相, 澈爲左相, 山海疑澈欲借獄而
傾己, 爲蜚語流傳. 方澈在禁府按獄也, 上下備忘記逐之. 於是兩
司臺諫合啓論澈, 至遠竄江界, 兩司又欲加律, 山海以爲不可而
止. 澈旣竄, 山海收召東人之爲澈所斥逐者, 塡補朝廷, 又斥逐附
澈之西人. 是爲辛卯一進一退之局, 自是東人專局.

至壬辰, 宣廟播遷, 至開城府少駐, 有一宗室上疏請治金公諒交
通亂政之罪, 又論李山海誤國之罪, 請竄之, 上只命竄山海, 山海
於是罷領相, 流平海. 上御南門樓, 有上書請召還鄭澈者, 上赦
澈, 使赴行在. 上至義州, 下一詩於政院曰: '痛哭關山[469]月, 傷心

---

462 **취 소**에는 "然篈所論, 多是拘撫"이 "蓋其所論痛見肺肝"으로 되어 있다.

463 **취 국**에는 無가 擧로 되어 있다.

464 **취 소 국**에는 以儒가 方으로 되어 있다.

465 名이 **조 존 칠 광 상 팔**에는 命으로, **연 목 청**에는 處로 되어 있다.

466 **취 소**에는 "亦不以西人自名…… 不得辭其責矣"가 "最荷眷遇, 而三竄憂憤所激, 不顧時勢輕
易, 嬰鱗相繼投竄, 其亦不量其力矣"로 되어 있다.

467 **취 소 국**에는 未幾가 甲申으로 되어 있다.

468 **취 소 국**에는 上使鄭澈以委官治獄이 "鄭澈自郊外, 揚揚入來, 卽拜右相, 獨爲委官, 使之治
獄, 鍛鍊蔓延"으로 되어 있다.

鴨水風. 朝臣今日後, 寧復各西東.' 及回鑾後, 倭屯南海上不去, 朝廷外備倭賊, 內接天將[470], 而事役多端, 東西合仕于朝, 不暇攻擊[471].

及戊戌平秀吉死, 倭兵始撤歸. 時山海敍還在京, 爲原任大臣, 而山海子慶全已登科. 及選玉堂也, 慶全有文名, 且大臣子當銓薦. 蓋朝廷舊例, 選玉堂時, 吏曹郎官於被選中擇第一流, 自薦其代, 謂之吏曹弘文錄. 嶺南人鄭經世以銓郎欲枳李慶全, 揚言以爲慶全自儒生時多浮謗, 不可引入銓地. 山海及附山海者, 咸大怒. 時李德馨在相府, 使人請李埈謂[472]: "子可語景任, 若塞李慶全銓薦, 則必大生風波, 此非鎭靖朝廷之道, 吾非爲私也." 埈與經世同鄕, 而慶全於德馨妻弟也, 故及之, 經世不聽.

已而南以恭以臺諫慘劾首相柳成龍. 蓋經世本柳相弟子, 山海疑經世受柳相指嗾, 使以恭言之, 而非其罪. 於是右成龍者, 如李元翼‧李德馨‧李晬光‧尹承勳‧李光庭‧韓浚謙, 皆名南人, 以成龍嶺南人也. 右山海者, 如柳永慶‧奇自獻‧朴承宗‧柳夢寅‧朴弘耈‧洪汝諄‧任國老‧李爾瞻, 皆名北人, 以山海在京也. 東人雖分爲南北, 而南人絶少矣.

宣廟末年, 北人當國凡十年[473], 光海卽位, 西人與南人俱失勢. 未

---

469 **연 목 청**에는 關山이 龍灣으로 되어 있다.

470 **광**에는 天將이 明將으로 되어 있다.

471 **잠**에는 "先是李相浚慶臨終遺表…… 不暇攻擊"이 빠져 있고 주458과 같이 요약되어 있다.

472 **잠**에는 "及戊戌平秀吉死…… 使人請李埈謂"가 "戊戌亂定, 鄭經世以銓郎枳李山海子慶全銓郎薦, 李相德馨謂李埈曰"로 되어 있다.

473 **팔**에는 年이 餘로 되어 있다. **목**에는 北人當國凡十年 뒤에 "辛丑, 鄭仁弘使朴惺文景斥疏, 論成渾追奪"이 더 있다.

久, 北人又分大小[474], 主張廢母論者爲大北, 岐貳者爲小北. 大北
以李爾瞻爲首, 而許筠・韓纘男・李偌・白大珩等輔之, 小北以
南以恭爲首, 而奇自獻[475]・朴承宗・柳希奮・金藎國等, 雖官高於
以恭, 而以攻斥廢母論爲小北輔之[476].

李慶全初與爾瞻善, 後見爾瞻爲衆所惡, 恐禍及[477]. 癸丑間, 使其
子進士阜[478]上疏, 請斬爾瞻[479]. 方[480]爾瞻與慶全對棋也, 小報至,
有進士李阜請斬爾瞻之疏. 爾瞻驚曰: "令公之子欲殺我矣." 慶全
曰[481]: "寧有是理? 此必有同名者矣." 爾瞻信之, 卒局而起. 後知
其見欺而絶之, 慶全於是遂爲小北[482].

癸亥, 仁廟率西人金瑬・李貴・洪瑞鳳・張維・崔鳴吉・李曙・
具仁垕等反正, 盡戮大北, 於是西人執命而通用南人・小北. 然
自後小北不能自立, 或爲南人, 或爲西人, 而以小北名者至少, 而
不可復振矣[483]. 仁廟以反正功臣多驕恣, 欲抑强扶弱, 凡南人臺諫
攻斥西人, 則必右南人. 金瑬知上意不可回, 恐失勢, 陰下令自中

---

474 다수 사본에는 大小가 大北・小北으로 되어 있다.

475 **목**에는 奇自獻 앞에 柳永慶이 더 있다.

476 **연 목 청**에는 而以攻斥廢母論爲小北輔之가 "以以恭之首斥廢母之論, 推以爲首"로 되어
있다.

477 **덕 잠 승 소 화 등**에는 及 뒤에 己가 더 있다.

478 阜가 다수 사본에는 衮로, **잠**에는 袞로 되어 있다. 아래도 같다. 이경전은 이후李厚, 이
구李久, 이부李阜, 이유李卣, 이무李袤를 낳았다.

479 **잠**에는 "上疏, 請斬爾瞻"이 "請斬爾瞻之疏"로 되어 있다.

480 **상**에는 方이 及으로 되어 있다. **취 조 소 국 화 등**에는 方이 爾瞻 뒤에 있다.

481 **연 목 청**에는 曰 앞에 佯驚이 더 있다.

482 **목**에는 慶全於是遂爲小北 뒤에 "其後鄭昌衍救鄭蘊, 與李溟・柳夢寅爲大北, 爾瞻爲骨北,
韓纘男爲肉北, 許筠爲皮北, 又有淸北濁北之名"이 더 있다.

483 **잠 소**에는 而不可復振矣가 "如江黃邾莒矣"로 되어 있다.

曰: "吏曹參判[484]以下皆許南人, 而吏曹判書以上及政府, 則不可許南人." 故堂下淸宦, 自翰林·吏郎, 上至吏議·吏參, 與西人同仕. 至亞卿, 則永不許陞資, 或陞資, 亦不許吏判. 惟李聖求乘丙子亂[485], 得至相府.

孝廟初, 欲除金自點, 特獎用宋時烈·宋浚吉, 旣誅自點, 擢兩宋至大官. 顯廟末年, 南人許穆·尹鑴·尹善道, 以誤己亥邦禮攻斥兩宋, 顯廟用其言釐正. 時[486]南人許積爲相, 仍受顧命. 肅廟初, 積當國[487]. 先是大妃父淸風府院君金佑明, 葬其父, 用隧道, 宋時烈[488]大斥之. 佑明又以閔愼代父居喪事斥宋, 兩間遂爲大隙. 至是佑明侄錫胄與積合, 引入南人, 以誤禮攻宋時烈, 至竄謫. 西南自此始啓爭端, 而錫胄以玉堂一年內超至兵判.

及庚申, 積庶子堅素驕恣, 爲及第, 常恨不得淸顯, 意希非望, 交通宗室楨·柟[489]兄弟, 又漸與錫胄有隙. 錫胄疑[490]之, 密令私人鄭元老伺察堅動靜, 知其與楨·柟往來而有妖言, 欲圖之. 時上賜許積几杖宴, 宣醞賜樂, 命百官赴席以寵之. 錫胄以是日不赴宴直詣闕, 以鄭元老言奏達, 上卽命設鞫廳, 拿堅與元老質, 堅遂服, 卽輾裂之. 獄仍大起[491], 殺楨·柟及許積·尹鑴·吳挺昌, 延及柳赫

───────

484 **덕 총 금 화**에는 參判이 判書로 되어 있다.

485 **잠**에는 乘丙子亂이 以附塋로 되어 있다. **소**에는 乘丙子亂 앞에 以附塋而가 더 있다.

486 **잠 소**에는 時가 擢으로 되어 있다.

487 **소 등**에는 國이 局으로 되어 있다. **잠**에는 當國이 用事로 되어 있다.

488 **연 칠**에는 時烈이 尤菴으로 되어 있다.

489 사본에 따라 柟이 楠과 혼동되어 쓰였으나 모두 柟으로 통일하고 일일이 밝히지 않는다.

490 **잠**에는 疑가 恨으로 되어 있다.

491 **잠**에는 "欲圖之…… 獄仍大起"가 "遂使鄭元老上變起獄"으로 되어 있다. **조**에는 獄仍大起가 仍大獄起로 되어 있다.

然·李元禎·趙𥙿·李德周, 俱宰相也. 於是南人退而西人復進[492].
壬戌, 又起許璽獄, 人言沸騰[493], 西人中老少又分[494]. 老論以金錫
胄·金萬基爲首, 宋時烈·金壽興·金壽恒·閔維重·閔鼎重[495]
右之, 少論以趙持謙爲首, 韓泰東·吳道一·南九萬·尹趾完·朴
泰輔·崔錫鼎和之. 老論欲盡殺南人, 而少論立異, 此其所以分也.
庚申後十年, 南人閔黯·閔宗道輩得志, 伸庚申冤死人, 惟堅·
楨·柟不原, 又殺宋時烈·金壽恒·李師命·金益勳. 又六年, 西
人復得志, 殺閔黯·李義徵. 自是老少俱當國互爭於朝廷者數十
年. 肅廟末年, 專任老論而少論斥退. 景廟辛丑, 趙泰耇·崔錫
恒[496]用事, 竄逐老論, 壬寅獄起, 殺老論相李頤命·金昌集·李健
命·趙泰采. 今上初, 進用老論而少論斥退. 丁未, 少論復進, 而
戊申變出, 金[497]一鏡·朴弼夢先後以逆誅, 而李師尙[498]·李眞儒·
尹聖時·徐宗廈·李明誼亦以黨與死. 於是少論相趙文命·老論
相洪致中首唱蕩平之論, 合用老少南北四色矣.
今上庚申, 筵臣以爲朋黨之本肇自銓郎, 請罷其權, 以消弭偏論.
上信而許之, 命罷銓郎自代與主張三司通塞之規. 於是銓郎下同

492　**잠 소**에는 南人退而西人復進이 "退南人, 復進用西人, 自此西南火熱水深而"로 되어 있다.

493　**동**에는 "老論盡殺南人云, 故少論立異"가 협주夾註(본문에 추가된 주석)로 달려 있다.

494　西人中老少又分이 **잠**에는 "於是西人中又分老少論"으로, **목 청**에는 "西人中少輩有立異者, 於是老少又分"으로, **소**에는 "西人中又分老論少論"으로 되어 있다.

495　**잠**에는 閔維重이, **화**에는 閔鼎重이 빠져 있다. **잠 소**에는 閔鼎重 뒤에 金益勳·李師命이 더 있다.

496　**소**에는 崔錫恒이 崔錫鼎으로 되어 있다. **승 등**에는 崔錫恒 뒤에 柳鳳輝가 더 있다.

497　**덕 조 칠 목 팔**에는 金이 빠져 있다. 이들 사본은 성명을 직접 쓰지 않고 흔히 호를 썼다. 일일이 밝히지 않는다.

498　**잠 소**에는 李師尙 뒤에 尹就商이 더 있다.

該司郎官, 三百年規例始罷矣.

昔在宣廟朝, 人才林立, 新進無不修名養望, 以希銓通. 有一名官於眾會中呼童加馬豆, 有一名官於眾會中手驅庭租之鳥, 諸名士咸鄙之, 遂枳銓通. 此二事任眞坦率者, 固或有之, 不足爲人品之高下, 而遂見擯於儕輩, 此可發一笑. 然一時遴選之嚴與士類修飭砥礪之風習, 可以想見, 此乃祖宗朝以淸名好爵鼓舞一世之器械也.

是以仁廟朝亦有銓爭, 亦有請罷銓權者, 上問大臣, 大臣以爲祖宗朝故事不可輕改而止. 蓋其時大臣知本朝重銓郎之權者, 欲防大臣爲非, 故避嫌而不當. 至是罷之, 則新進之士無統領, 故各自爲心, 無限閾, 故皆思躐等. 無希名之心, 故又專趨於利, 重外輕內, 皆欲爲監司 · 守令, 放倒廉節, 無復顧忌. 且朝廷行蕩平久, 四色合仕, 窠狹人稠, 固多奔競, 而又罷銓權而盎之. 於是躁貪大作, 搢紳風俗一壞而不可復收矣, 朝廷大權一歸於相府矣.

京城則四色合聚, 俗雖盰不均, 而外方則捨西北三道, 四色分處於東南五道之間[499], 而惟慶尙道皆宗禮安李滉之學. 柳成龍爲滉門人, 南人之名由柳成龍起. 故擧一道士大夫皆爲南人, 議論歸一[500], 他道則四色[501]邑邑錯居矣.

先是李珥門人金長生退居連山, 教授後進, 懷德宋浚吉 · 宋時烈, 尼山尹宣擧兄弟往學焉[502]. 宣擧子拯又學於時烈, 已而有隙. 庚申後, 時烈歸老論, 拯入少論, 久之[503], 尼 · 懷門人互相攻擊如水火.

499　**잠**에는 "京城則四色合聚…… 五道之間"이 "四色舍西北, 分處東南五道"로 되어 있다.

500　**승 등**에는 議論歸一 뒤에 "近或有老論而非其本色"이 더 있다.

501　**잠 소**에는 四色이 빠져 있다.

502　**잠 소**에는 尹宣擧兄弟往學焉 뒤에 "仁廟反正功臣齊薦長生及弟子以山林顯用, 及宣擧與時烈稍岐"가 더 있다.

503　**잠**에는 久之가 拯官亦至相으로 되어 있다. **소**에는 久之가 빠져 있다.

故連·懷近處皆金·宋兩家之門生子孫也. 其中惟尼山[504]一邑皆
少論, 以三尹故也[505].

江原·京畿臨江亭屋多南人故家, 而全羅則國朝中葉以後鮮大官,
不能培植, 人物固少. 士大夫只隨京城親知, 而爲之區別. 故舊多
南北人, 今多老少論. 號爲道內大族者, 不過十餘家, 而多圍於富
厚, 少顯達者. 奇大升·李恒以外, 無先生長者可以彈壓訓迪者.
故人心尤澆薄, 不及於上道矣[506].

大凡士大夫所在處, 人心無不乖敗, 植朋黨以收遊客, 張權利以侵
小民. 旣不能檢飭, 又惡人議己, 皆喜獨霸一方. 或不能而同處一
鄉[507], 則里閈之間訾毁叵測.

自辛壬以來, 朝廷之上, 老少南三色仇怨日甚, 互以逆名加之, 而
風聲所及, 下至鄉曲, 作一戰場. 不但婚嫁不通, 至勢不相容異
色. 與他色親, 則謂之失節, 亦謂之投降, 互相排擯. 以至遊士賤
隷, 一名某家之臣, 則雖欲更事他族, 亦不見納. 士大夫賢愚高下
之品, 獨行於自中一色, 而不行於他色, 此色中人爲彼色所斥, 則
此色尤尊貴之, 彼色亦然. 雖有彌天之罪, 一爲他色所攻, 則毋論
是非曲直, 群起而扶之, 反作無過之人. 雖有篤行隱德, 非同色也,
則必先尋其不是處.

蓋黨色初起甚微, 因子孫守其祖先之論, 二百年來, 遂爲牢不可破
之黨. 老少則自西人分裂者, 纔四十餘年. 故或有兄弟叔侄間分爲

504 **조 칠**에는 尼山이 尼城으로 되어 있다.
505 **잠 소**에는 以三尹故也 뒤에 "然隣邑亦多錯居者(矣)"가 더 있다.
506 **잠**에는 "江原·京畿臨江······ 不及於上道矣"가 빠져 있다. **청**에는 上道라고 쓰고 三道로
    교정하였다.
507 或不能而同處一鄉이 **잠 목 청**에는 "不欲與人同居, 互相避去, 或同居一鄉"으로, **소**에는 "互
    相避居, 或不能同處一鄉"으로 되어 있다.

老少者, 名色一分, 則心腸楚越, 與同色相議者, 至親間不相及, 至是無有天常倫敍矣.

挽近以來, 則四色咸進, 惟取官爵, 將舊來各守之義理, 一幷弁髦, 如斯文是非, 國家忠逆, 摠歸之前塵. 盛氣血鬪之習, 雖比前少減, 於舊俗中添委靡頹惰軟熟柔滑之新病. 其心固自別, 而外以[508]宣於口, 則皆似泯然一色. 每公座稠會, 語到朝廷間事, 不欲露圭角, 而難於對答, 則輒以詼笑彌縫磨滅之. 故衣冠莘集, 惟聞滿堂閧笑, 及見於政令事爲之間, 則惟圖利己, 實鮮有憂國奉公之人. 視官爵甚輕, 視公府如傳舍, 宰相以中庸爲賢, 三司以不言爲高, 外官則以淸儉爲癡, 而末乃駸駸然至無可奈何之域矣[509].

大抵自開闢以來, 天地間萬國中人心之乖敗陷溺, 直失其常性者, 莫如今世朋黨之患. 遵是而無改[510], 則其將爲何如世界乎? 一隅彈丸之國雖蕞爾, 生靈則百萬, 將盡失其心性, 無以救之, 其亦可哀也已!

是以將欲居鄕, 則毋論人心之好不好, 雖燥濕異宜, 此其勢不得不且尋同色多處, 方可有過從談讌之樂, 亦可修文學硏磨之業. 然猶不若擇無士大夫處[511], 杜門息交, 獨善其身, 則雖爲農爲工爲賈, 樂在其中矣. 如此則人心之好不好, 又非可論矣[512].

---

508 **취 존 상 목 국 팔**에는 以가 而로 되어 있고, **칠**에는 以가 빠져 있다. **조 청**에는 而外以가 於外而로 되어 있다.

509 **잠**에는 "挽近以來…… 無可奈何之域矣"가 빠져 있다.

510 **잠 소**에는 "莫如今世朋黨之患, 遵是而無改"가 "莫如此朝鮮, 皇皇上天, 若不降監而正之"로 되어 있다.

511 **잠**에는 然猶不若擇無士大夫處가 "然不如擇其中無士大夫處, 居之也"로 되어 있다.

512 **잠**에는 "杜門息交…… 又非可論矣"가 빠져 있다.

山水[513]

山水通論

何以論山水[514]? 白頭山在女眞·朝鮮之界, 爲一國華蓋. 上有大澤, 周回八十里, 西流爲鴨綠江, 東流爲豆滿江, 北流爲混同江. 豆滿·鴨綠之內, 卽我國[515]也. 自白頭至咸興, 山脈中行, 東枝行於豆滿之南, 西枝行於鴨綠之南. 自咸興山脊偏薄東海, 西枝長亘七八百里, 東枝未滿百里.

大幹則不[516]斷峽, 橫亘南下數千里, 至慶尙太白山, 通爲一派嶺. 而咸鏡·江原之交, 爲鐵嶺, 是爲通北大路. 其下爲湫[517]池嶺, 爲金剛山, 爲延壽嶺, 爲五色嶺, 爲雪岳·寒溪山[518], 爲五臺山, 爲大關嶺, 爲白鳳嶺, 仍作太白山焉. 皆亂山深峽, 危峯疊嶂耳. 謂之嶺者, 仍嶺脊稍低平處[519], 開路通嶺東者. 其餘皆以名山稱者也. 平安一道, 毋論淸南·淸北, 皆自咸興西北枝結作. 黃海一道及開

---

513 대다수 사본에서는 복거총론이 〈인심〉 뒤에 위치하나 **존**에서는 경기도 바로 다음에 위치하고, **금**에서는 〈팔도서론〉 앞에 위치한다. 〈산수〉라는 소제목이 **조 존 잠 승 금 국 팔 화**에는 아예 없고, **칠**에는 〈총서산맥원근總敍山脈遠近〉으로 되어 있다. **청**에는 난외에 '산수'라는 제목을 달았다. **연 칠**에는 소제목 외에 세분화한 제목이 더 있다.

514 **존 상**에는 何以論山水가 빠져 있다.

515 **덕 소**에는 國이 境으로 되어 있다.

516 **금**에는 不 뒤에 過가 더 있다.

517 **덕 연 동 목**에는 湫가 楸로 되어 있다.

518 **조**에는 寒溪山 앞에 爲가 더 있다.

519 仍嶺脊稍低平處가 **덕**에는 仍嶺背稍平處로, **존**에는 仍嶺脊稍底平處로, **칠**에는 仍嶺脊稍低平者로, **상**에는 仍嶺背稍低平處로, **승**에는 仍嶺峽稍低平處로, **목**에는 仍嶺脊低平處로, **금**에는 仍嶺底稍平處로, **화**에는 以嶺脊稍平處로 되어 있다.

城⁵²⁰, 從高原·文川間西枝結作, 鐵原·漢陽, 自安邊鐵嶺發脈結作. 江原一道, 皆自嶺西抽者, 而西局於龍津, 爲一國最短之脈, 過此而無山.

自太白山嶺脊分左右行, 左枝遵東海而下, 右枝自小白南下者, 不比太白以上. 雖萬山中, 脊脈連斷數斷⁵²¹, 大嶺四小嶺七.

小白下竹嶺爲大嶺, 嶺下天柱·大院爲小嶺. 主屹下鳥嶺爲大嶺, 嶺下陽山⁵²²·栗峙爲小嶺. 俗離下火嶺·秋風嶺·黃岳南舞豊嶺爲小嶺, 德裕南六十峙·八良峙爲大嶺, 過此而爲智異矣. 皆南北通行之路, 而所謂小嶺, 皆平地過峽也. 就中俗離·德裕二山分擘尤多. 俗離南下外倒行者⁵²³, 盤礴於畿湖南北之野⁵²⁴. 德裕精氣西爲馬耳, 麤⁵²⁵濁南作智異.

馬耳西北二枝止鎭岑·萬頃⁵²⁶. 其最長者, 自蘆嶺分三派⁵²⁷, 西北

---

520 **잠**에는 及開城이 빠져 있고 대신 鐵原 앞에 開城을 넣었다. **목**에는 黃海一道及이 빠져 있고 開城 뒤에 鐵原이 더 있다. **청**에서는 鐵原 앞에 開城을 썼다가 지우고 여기에 及開城을 넣어야 한다고 교정하였다.

521 連斷數斷이 **취 승 국**에는 連續數斷으로, **연 화**에는 連斷으로, **상**에는 形斷으로, **동**에는 數斷으로, **소**에는 連續不斷으로 되어 있다.

522 **칠**에는 陽山이 陽上으로, **소**에는 曦陽으로 되어 있다.

523 外倒行者가 **잠 목 청**에는 外倒行北去者로, **연**에는 外倒行北者로, **칠 화**에는 外到行者로, **조**에는 外列行者로, **승**에는 爲到行者로, **금**에는 外倒行으로 되어 있다.

524 盤礴於畿湖南北之野가 **잠 청**에는 爲漢南·錦北之山으로, **연**에는 盤礴爲漢南·錦北之山野로, **목**에는 爲南漢·錦北之山矣로 되어 있다.

525 **잠 청 성**에는 麤 앞에 而가 더 있다.

526 **덕 소**에는 馬耳西北二枝止鎭岑·萬頃이 "馬耳西北三枝, 一止於鎭岑·公州, 一止於沃溝中間, 一枝(自金溝而)止於萬頃"으로 되어 있다. 이하에서 **덕 소**에는 상당히 다른 내용이 추가되어 있으나 일일이 밝히지 않는다.

527 **연 성**에는 "馬耳…… 三派"가 "馬耳又分三派, 倒行爲鎭岑鷄龍山, 西行爲金溝母岳山, 西南行爲長城蘆嶺, 南行爲潭陽秋月山. 仍撥作羅州大浦以南諸山, 而又東止於晉州蟾津"으로 되어 있다.

二枝由扶安・務安[528]而散作西海中諸島. 其最長者, 東去爲潭陽秋月山[529], 自秋月西行爲靈巖月出山.

自月出又東行, 止於光陽白雲山, 山脈之屈曲如之字形. 而月出一枝別爲南行, 由海南縣縮頭里[530]爲南海中諸島[531], 渡海[532]千里爲濟州漢挐山. 而或云: "漢挐又渡海爲琉球", 此不可知也, 然蓋知其甚邇也.

仁祖朝, 倭攻琉球虜王去, 其世子載國寶欲贖父, 舟漂到濟州. 牧使某問[533]舟中寶, 世子答以有酒泉石・漫山帳. 酒泉石者, 方石一塊中央凹, 每以淸水貯, 卽變爲美酒. 帳則以蜘蛛絲染藥[534]織成, 小張則可覆一間, 大張則雖太[535]山可覆, 而雨亦不漏, 眞絶寶也. 牧使請之, 世子不許, 牧使遣兵圍捕, 世子被收, 卽以石投海. 牧使盡籍舟中物, 因杖殺之. 世子臨死, 請筆墨書一律曰: '堯語難明桀服身, 臨刑何暇訴蒼旻. 三良入地[536]人誰贖, 二子乘舟賊不仁. 骨暴沙場纏有草, 魂歸故國吊無親. 竹西樓下滔滔水, 遺恨分明咽

---

528 **덕 소**에는 西北二枝由扶安・務安이 "西北二枝, 一止於扶安, (一)南止於務安"으로 되어 있다.

529 **광**에는 東去爲潭陽秋月山이 "東去爲潭陽秋月山・光州無等山"으로 되어 있다.

530 **조 존 상 소 국 팔 등**에는 縮頭里가 館頭里로 되어 있다.

531 **잠 목 청**에는 "馬耳西北…… 南海中諸島"가 "馬耳又分三派, 一倒行爲鎭岑鷄龍, 一西行爲金溝母岳, 一西南爲長城蘆嶺, 一南行爲潭陽秋月山, 仍撥作羅州木浦以南諸山, 而又東西分拕, 西止於靈巖, 東止於晉州蟾津之南"으로 되어 있다.

532 **잠 목 청**에는 渡海 앞에 又自海南이 더 있다.

533 某問이 **취 조 목 국 팔 청**에는 某出見問으로, **연 소 화**에는 出見問으로, **덕**에는 出見牒問으로 되어 있다.

534 **연 목**에는 藥 뒤에 鐵이 더 있다. **팔**에는 染藥이 빠져 있다.

535 다수 사본에는 太가 大로 되어 있다.

536 入地가 **덕 취 조 연 소 등**에는 入穴로, **존 광 승 목 금 국 팔 화**에는 臨穴로 되어 있다.

萬春.' 旣殺之, 又誣以犯境之賊, 啓聞于朝. 後事露, 幾死僅生[537].
一國之水, 則嶺脊之外[538], 北自咸興, 南至東萊, 皆東流入海. 慶
尙一道及蟾津, 南流入海. 嶺以西, 則北[539]自義州, 南至羅州, 水
皆西流入海. 大則爲江, 小則爲浦港. 此皆我國山川之大略也.
古人[540]謂我國爲老人形[541], 而坐亥向巳[542], 向西開面, 有拱揖中國
之狀, 故自昔忠順[543]於中國, 而且無千里之水·百里之野[544], 故
不生巨人. 西戎·北狄與東胡·女眞, 無不入帝中國, 而獨我國
無之, 惟謹守封域, 恪勤事大[545]. 然鰲在海外, 別是一區, 故箕子
不欲臣周, 至此爲君, 是爲忠臣立節之鄕, 流風餘韻至我朝, 雖服
事[546]于淸, 然君臣上下以不忘壬辰再造之恩爲大義理[547].
肅廟朝, 適當甲申三月明亡之周甲, 建大報壇於宮城後苑之西, 以
太牢特祀萬曆皇帝, 而仍命歲一祭焉. 今上庚午又祔祭崇禎皇帝
於傍, 甚盛擧也. 祭必以夜, 而祭時雖天晴, 輒陰風肅烈, 濃雲晦
暝, 過祭卽淸明, 最爲可異.

---

537 다수 사본에는 生이 免으로 되어 있다. **잠 칠 상**에는 "仁祖朝…… 幾死僅生"이 빠져 있다.

538 **잠**에는 "一國之水, 則嶺脊之外"가 "水則不論, 然嶺脊東北"으로 되어 있다.

539 **잠**에는 "嶺以西, 則北"이 嶺脊以西北으로 되어 있다.

540 다수 사본에는 古人 앞에 大抵가 더 있다. **소**에는 古人이 大抵로 되어 있다.

541 **팔**에는 老人形이 老軀戴盤形으로 되어 있다.

542 坐亥向巳가 **칠**에는 坐亥巳向으로, **동**에는 坐亥로, **금**에는 亥坐巳向으로 되어 있다.

543 **광**에는 忠順이 親昵로 되어 있다.

544 **팔**에는 "故自昔…… 百里之野"가 빠져 있다. **칠**에는 "而且…… 之野"가 "中原嘗謂我人曰: 爾國, 水無千里, 野無百里, 何有英雄? 其小視甚矣"로 되어 있다.

545 **광**에는 恪勤事大가 不敢意他로 되어 있다.

546 **칠 광**에는 事가 빠져 있다.

547 **잠**에는 "古人謂我國…… 大義理"가 빠져 있다. **잠**에는 우리나라가 노인 형상이라는 이야기, 대보단 이야기, 홍순언 이야기가 모두 빠져 있다.

余謂宜以石星‧邢玠‧楊鎬‧李如松配食, 並有功於壬辰者也.
世傳譯人洪純彦少時入燕, 以累千金求絶色, 媒婆夜引入一大宅,
見一處女. 盛張燈燭, 侍婢甚衆, 而見純彦而泣. 問其故, 女曰:
"父四川人, 官至主事. 父母俱沒, 欲賣身返葬, 而妾誓不再適. 今
夜相見, 便當永訣, 是以泣耳." 純彦知爲貴家女, 大驚, 請以兄妹
禮結義. 女泣謝從之, 使侍婢還所聘金, 純彦請以助葬, 却之而出.
後壬辰純彦隨使臣, 至兵部尙書石星宅. 星偕入後堂見夫人, 卽前
日結義妹也. 星終始力助我國者, 蓋感純彦之義, 而畢竟以我國事
被禍, 是尤不可不祀也. 星夫人平日手織大錦, 每疋繡報恩字, 遺
純彦, 價直萬金.
丁酉宣廟命建邢玠‧楊鎬生祠於城中[548], 以報素沙破倭之功. 不及
於石星[549]‧李如松, 實欠典也.

名山名刹[550]

全羅[551]‧平安, 則余所不見, 咸鏡‧江原‧黃海‧京畿‧忠淸‧慶
尙, 余多見之矣. 以余所見, 參以所聞, 金剛山萬二千峯, 純是石
峯‧石洞‧石川‧石瀑. 峯巒‧洞府‧水泉‧淵瀑, 無非白石結
作. 故山一名皆骨, 言山無寸土也. 乃至萬仞之嶺‧百丈之潭, 渾
是一石, 此天下所無.
山中央有正陽寺, 寺有歇惺樓, 得地最要, 坐其上, 可得一山眞面

---

548 **칠**에는 城中이 南門內로 되어 있다.
549 다수 사본에는 石星이 빠져 있다.
550 **취 조 존 잠 광 상 승 목 금 국 팔 화 청**에는 〈명산명찰〉이란 소제목이 빠져 있고, **연**에는
〈산세명산명찰山勢名山名刹〉이란 제목으로, **칠**에는 〈잉술견문소급仍述見聞所及〉이란
제목으로, **성**에는 〈통론국중명산通論國中名山〉이란 제목으로 되어 있다.
551 全羅 앞에 다수 사본에는 夫가, **잠 목 청**에는 大抵가 더 있다.

目·眞精神. 如在瓊瑤窟裏, 淸氣爽朗, 令人不覺換滌腸胃間塵土. 正陽西有長安·表訓二寺, 內多元時及前朝古跡, 多宮壺所賜珍寶之物.

從正陽寺北入爲萬瀑洞, 有九潭之勝. 洞壁有楊士彦'蓬萊楓岳元化洞天'八大字, 字畫飛動如生龍活虎, 飄飄然有羽化之意. 內有摩訶衍·普德窟, 凌虛架空, 其結構如神工[552]鬼力, 殆非意慮所到. 最上爲衆香城, 在萬仞峯嶺[553], 地皆白石而有層級, 如鋪床卓. 上安一立石, 如佛像而無眉目, 是天成. 左右石床上, 又兩行排列小小石像, 而亦無眉目. 諺傳曇無竭住此. 前臨絶壑萬丈, 惟從西北角微逕以入. 萬峯嶠如, 而水石潭洞, 曲曲奇巧, 不可盡記. 而名菴小寮籠絡其上, 殆如七金·人鳥·帝釋宮殿, 不似人間有者[554].

上頂曰毗盧峯, 直上剛風, 登陟則雖夏猶寒凜挾纊. 山西北有靈源洞, 別成一界, 而東爲內水站, 卽嶺脊脈也. 踰脊, 卽楡岾寺也.

楡岾東北有九龍洞, 大瀑自高峯飛下, 穴而爲大石臼者九層, 而層皆有一龍守之. 山崖水道, 皆光潔白石, 不但傾危峻側, 不可接足, 森嚴肅烈, 不可嚮邇.

楡岾古跡最多, 僧言五十三佛像, 自天竺泛海而來, 地主盧椿[555]建寺而安置之. 語多荒誕而無謂, 然前世所以崇奉塔廟者, 極其宏賁[556].

楡岾以西謂之內山, 以東謂之外山, 而水流入東海. 內外山自古皆

---

552 다수 사본에는 工이 功으로 되어 있다.

553 嶺이 조 잠 칠 금 팔 화 등에는 巓으로, 연 소에는 顚으로 되어 있다.

554 목 청 성에는 "正陽西有長安·表訓二寺…… 不似人間有者"가 "千層萬曲, 奇勝疊出, 朝雲夕嵐, 光景無限"으로 되어 있다.

555 椿이 다수 사본에는 偆으로, 조 연 광에는 春으로, 상에는 傳로 되어 있다.

556 청에는 "楡岾古跡…… 極其宏賁"이 빠져 있다.

無虎蛇, 夜行不禁. 玆乃天下之奇異, 當爲國中第一名山, 願生高麗之說, 豈虛語也!

佛氏《華嚴經》, 創於周昭王後. 是時西竺不通中國, 況中國外東夷乎? 然而東北海中金剛山之說, 已載於經中, 無以佛眼遙見而記之歟[557]!

由是以南爲雪岳‧寒溪, 亦石山‧石泉, 而嵬峨截壁, 幽深凄冷, 疊嶂喬林, 蔽虧天日. 寒溪有萬丈大瀑, 昔壬辰唐將見之, 謂過廬山瀑布. 又南爲五臺山, 乃土山而千巖萬壑, 重疊深阻. 最上有五臺之勝, 臺各有一菴, 中臺藏佛骨舍利. 上黨韓無畏得道尸解, 而稱修丹福地, 以此山爲第一. 自古兵戈不入[558], 故國家置史庫, 藏歷朝實錄于山下月精寺傍, 置官而守之.

自此嶺脊稍夷爲大關嶺, 東通江陵, 而嶺有丘山洞, 泉石絶勝.

大小白, 又土山也, 然土色皆秀穎. 太白有潢池之勝地, 是山上開野, 頗有峽氓保聚成村, 燒畬爲生. 然地氣高寒早霜, 民惟以粟麥耕種.

潢池上芍藥峯下有禁穴, 世傳國朝祖地, 而不得葬處. 山之下平地有覺化寺‧弘濟菴, 往往有高僧‧異流, 棲息其間. 自古又稱三災不入, 故國家亦置史庫於此.

小白有郁錦洞, 泉石數十里. 上有毗盧殿, 卽新羅古刹也, 洞口有退溪李滉書院.

大凡大小白泉石, 皆在洞府低平處. 山腰以上無石, 故雖雄大而少殺氣. 遠而望之, 峯巒不起, 鬱紆如行雲流水. 際天障北, 時有紫

---

557 **청**에는 "佛氏…… 記之歟"가 빠져 있다.

558 **목 청 성**에는 "臺各有一菴…… 自古兵戈不入"이 "又兵戈不入, 世稱福地"로 되어 있어 불교와 도교 관련 이야기가 없다.

白雲在上. 昔有方士南師古見小白, 輒下馬拜曰: "此活人山也."
著言以大小白爲避兵第一地.

大抵自白頭至太白, 通爲一派嶺[559], 故無星峯. 小白以下斷峽者數,
始爲俗離. 俗離, 堪輿家謂之石火星, 然石勢高大重疊, 峯巒皆石
尖叢聚, 形如初發芙蓉, 又如遠列炬火. 而山下皆石作洞府, 紆回
深遠, 有八曲九逕之名. 山旣秀石而泉出於石, 故水味淸冽, 色亦
紺碧, 可愛. 乃忠州達川上流也.

環一山多異洞·別墅·幽泉·奇石, 幽妙[560]窈窕之狀, 亞於金剛.
俗離南有幻寂臺洞, 千峯萬壑巉巖幽邃, 人不知其逕路. 是谷之水
合爲小川, 渡小坰, 循靑華山南而東注龍湫, 是爲甁川.

川南爲道藏山, 亦俗離一支來會, 與靑華偪側相對. 而兩山之間龍
湫以上, 通稱龍游洞. 洞中平地皆盤石, 大川自西至此, 闊展平鋪
於石上. 遇石之稜層處, 則爲小瀑, 遇石之狹凹處, 則爲小澗, 遇
石之方廣處, 則爲小池, 遇石之圓坎處, 則爲小井, 遇平坦處, 水
如眞珠簾, 洄洑處[561], 水如香煙篆.

石如槽如鼎如釜如臼, 如石假山, 如小島嶼, 如羊虎, 如鷄犬, 奇
奇怪怪. 而水環繞旋轉, 或澎湃, 或渟滀, 或激射, 或倒瀉. 兩崖樹
木蕭瑟, 而谷風凄冽, 殆天下之奇觀也. 當中有宋氏亭舍.

靑華山東北有仙遊山[562], 爲上[563]聚局, 絶頂夷坦, 洞壑甚長. 上有

---

559 다수 사본에는 一派嶺이 一嶺派로 되어 있다.

560 幽妙가 취·조·존·국·팔에는 幽眇로, 잠에는 幽渺로, 동·상에는 幽窅로, 목·청에는 微眇로 되
어 있다.

561 조·소·금·청에는 洄洑處 앞에 遇가 더 있는데 문맥상 遇가 들어가는 것이 옳다.

562 仙遊山이 취에는 仙遊洞山으로, 연·목·소에는 仙遊洞으로, 청에는 內仙遊洞으로 되어 있다.

563 爲上이 칠에는 山爲上으로, 상·소에는 爲山上으로, 승에는 爲山으로, 금에는 山上으로 되
어 있다.

七星臺·虎巢窟, 昔崔眞人潙·南宮道士斗, 修鍊於此, 著記言欲修道者, 可於此山安棲云. 是谷之水流下爲闓風苑, 與梁山寺前谷水合下加恩倉東, 流入聞慶犬灘.

自七星臺西踰嶺脊, 是爲外仙遊洞, 稍下爲葩串. 洞天深邃, 而大溪日夜瀉下於石洞·石崖之下間, 千回萬轉, 不可殫述. 比金剛萬瀑洞雄壯少遜, 而或曰奇巧淸妙過之. 蓋金剛以後, 無此水石, 當爲三南第一矣.

靑華旣背負內外仙遊, 前臨龍遊, 水石[564]之奇絶, 勝俗離. 山之高大, 雖不及俗離, 無俗離之險絶. 土峰帶石, 皆明穎少殺[565], 形容端正平善, 而秀氣迸露不掩, 殆福地也.

華陽洞在葩串之下, 葩串之水至此益大, 石亦益奇. 宋尤齋擬朱子雲谷, 築室於中, 又擬朱子恢復大義, 祀皇明神宗皇帝, 於洞中建祠曰萬東. 嘗有詩曰: '綠水喧如怒, 靑山默似嚬'云[566].

自俗離南下爲火嶺·秋風嶺, 頗有溪山之幽致, 皆低平, 宜村居, 不可以山稱. 德裕, 土山也. 上有九泉[567]洞, 泉石幽邃. 下有赤裳山城, 周回皆石壁如裳, 上則夷坦. 故自國朝築城於玆, 又藏史記·實錄.

山東則安陰·知禮, 北有雪川·舞豐. 雪川·舞豐, 南師古稱福地. 洞府之外傍一山, 田土饒沃, 多富村. 此則又非俗離以上之比也.

---

564 다수 사본에는 水石 앞에 前後가 더 있다.

565 **잠 연 칠 소 금 청**에는 殺 뒤에 氣가 더 있다.

566 **취**에는 云 뒤에 "'坐看山水意, 嫌我向紅塵.' 山僧和之曰: '綠水元無怒, 靑山亦不嚬. 若知山水意, 何事向紅塵?'"이라는 세주가 더 있다. **목 청**에는 "華陽洞在葩串之下······ 云"이 빠져 있다.

567 泉이 **조 목**에는 天으로, **상 등**에는 川으로 되어 있다.

원문

487

智異山在南海上, 是爲白頭之大盡脈, 故一名頭流山. 世以金剛爲蓬萊, 以智異爲方丈, 以漢挐爲瀛洲, 所謂三神山也. 地誌以智異爲太乙所居, 群仙所會. 洞府盤回深鉅, 土性又肉厚膏沃, 一山皆宜人居. 內多百里長谷, 外狹內廣, 往往有人不知處, 不應官稅. 地近南海, 氣候溫暖, 山中多竹, 又柿栗極多, 自開自落. 撒黍粟於高峰之上, 無不茂苗, 平地田皆畝種之收[568]. 故山中村居, 與僧寺錯居, 僧俗折大竹拾柿栗, 不勞而足爲生利, 農功亦不甚勞而周足. 是以一山不知年歲豐凶, 故號爲富山.

山之陽面, 有花開洞 · 岳陽洞, 皆人居而山水甚佳. 高麗中葉, 韓惟漢見李資謙橫甚, 知禍將作, 棄官挈家隱岳陽. 朝廷物色之, 拜官召之, 惟漢仍逃隱, 不見於世, 不知所終, 或以爲仙去[569].

西有華嚴 · 燕谷寺, 南有神凝[570] · 雙溪寺. 寺有崔孤雲[571]致遠畫像, 沿溪石壁多刻孤雲大字. 世傳孤雲得道, 至今往來於伽倻 · 智異兩山間云. 宣廟辛卯年間, 寺僧得一紙於巖石間, 有絕句一首曰[572]: "東國花開洞[573], 壺中別有天. 仙人推玉枕, 身世倏千年." 字畫如新, 其字法則與世所傳孤雲筆同[574].

舊傳有萬壽洞 · 靑鶴洞, 萬壽卽今九品臺, 靑鶴卽今梅溪也, 近始

---

568 畝種之收가 **조**에는 畝種收으로, **증**에는 畝鍾之收로, **칠**에는 種之로, **상 동**에는 畝種으로, **소**에는 畝種而收之로 되어 있다. **팔**에는 平地田皆畝種之收가 빠져 있다.

569 **상**에는 仙去 뒤에 "考訂, 惟漢熙宗時人, 見崔忠獻擅政, 歸之隱"이라는 고증이 달려 있다. **화**에는 去가 居로 되어 있다. **소**에는 去 뒤에 云이 더 있다.

570 **조 청**에는 神凝 뒤에 寺가 더 있다. **동**에는 凝 앞에 興이 더 있다. 신응사가 신흥사로도 불리는 사실을 반영하였다.

571 **취 조 잠 광 상 국 청**에는 崔孤雲 앞에 新羅가 더 있다. **칠**에는 孤雲이 빠져 있다.

572 有絕句一首曰이 **취 조 연 국 팔 청**에는 "有十絕句, 其首曰"로, **잠**에는 "有十絕, 其一曰"로, **상**에는 "有十絕句, 其一云"으로 되어 있다.

573 **잠**에는 '東國花開洞' 한 구만 싣고 間註로 "餘句載〈智異山記〉"라 밝혔다.

稍通人跡路. 山北皆咸陽地, 有靈源洞·君子寺·鍮店村[575], 南師古以爲福地. 又有碧霄雲洞[576]·楸城洞, 俱勝地也[577].

智異以北澗谷之水, 合爲臨川, 爲龍游潭, 到郡南[578]嚴川, 沿溪上下泉石幷絶奇. 但地太深阻, 村多亡命逋逃之流, 亦時有盜賊竊發. 又一山多淫祠鬼堂, 每春秋四隣巫覡雲集祈禱, 或至男女露處相混, 酒肉臭穢狼藉, 最爲不潔.

山雖大, 小發脈, 西南局於蟾津上流. 水泉多帶嵐瘴, 通一山皆少淸氣, 此其所欠也.

惟此八山爲嶺脊之最, 若其離嶺脊而爲名山者, 咸鏡一道, 皆太山荒谷, 無可以名山稱者. 惟明川七寶山, 據東海結作, 而入洞府, 石勢巉削, 雕鏤[579]奇巧之狀, 殆如鬼剜神刻.

次平安道寧邊妙香山, 外則皆土山, 巒頭皆土星[580]. 但峰腰以下, 皆奇巖秀石, 而又不險惡. 內多平地坦夷, 大川闊布其間, 殆如野

---

574 **칠**에는 "世傳孤雲得道…… 其字法則與世所傳孤雲筆同"이, **목**에는 "西有華嚴·燕谷寺…… 其字法則與世所傳孤雲筆同"이 빠져 있다. **상**에는 "宣廟辛卯年間…… 其字法則與世博孤雲筆同"이라는 상세한 주석이 있고, **동**에는 빠져 있다. **성**에는 "高麗中葉…… 孤雲筆同"이 빠져 있고, **청**에는 줄 사이에 보충되어 있다.

575 다수 사본에는 君子寺와 鍮店村 앞에 각각 有가 더 있다. **팔**에는 鍮店村 앞에만 有가 더 있고, **등**에는 君子寺 앞에만 有가 더 있다.

576 碧霄雲洞이 **덕 잠 동**에는 碧霄洞으로, **소**에는 靑霄洞으로, 일부 사본에는 碧雲洞으로 되어 있다.

577 **연**에는 也가 빠진 뒤에 "卽雲峰咸陽界也"가 더 있다. **청**에는 "南師古以爲福地…… 俱勝地也"가 "有碧霄雲洞, 有楸城洞, 南師古以爲福地, 卽雲峰咸陽界也"로 되어 있다.

578 다수 사본에는 郡南 뒤에 爲가 더 있다.

579 다수 사본에는 雕鏤 뒤에 嵌空이 더 있다. **팔**에는 雕鏤 뒤에 嵌이 더 있고, 뒤에 나오는 巧가 怪로 되어 있다.

580 巒頭皆土星이 다수 사본에는 巒頭皆土成으로, **칠**에는 峰巒皆土로 되어 있다. **소**에는 皆가 亦으로 되어 있다.

中村落. 山枝回複, 洞府重疊, 如城郭之狀, 而他無蹊逕, 惟從西南[581]水口以入焉, 只容一人單行. 舊稱太白山上有檀君化生之石窟, 山內有三大刹, 小菴寮極多, 爲緇流入定講道之所.

慶尙一道, 無石火星, 而惟陜川伽倻山石尖連紆如火炎, 離立空中, 極高且秀. 洞口有紅流洞·武陵橋, 飛泉盤石數十里. 世傳崔孤雲遺履於此地, 不知所之. 石上刻孤雲大字, 至今宛然如新. 孤雲詩: '狂奔疊[582]石吼重巒, 人語難分咫尺間. 常恐是非聲到耳, 故敎流水盡籠山'者, 卽此地也. 壬辰之亂, 金剛·智異·德裕·俗離, 皆不免倭入, 獨五臺·小白及此山不至, 故自古亦稱三災不入. 內有海印寺, 新羅哀莊王旣死, 已斂而復蘇. 與冥官約發願, 送使入唐, 購八萬大藏經, 以舶載來, 刻而加漆, 以銅錫爲粧, 而建閣百二十間藏庋. 至今千餘年, 板如新刻, 而飛鳥回避此閣, 不坐屋瓦上, 此實可異也. 儒家經典, 雖內府秘書之閣, 萬無飛鳥不度屋上之理, 內典則却如此神奇, 此不可以思惟曉解也.

寺西北爲伽倻上峰, 石勢戌削四面, 人不可升, 上似有平坦處, 而人不得以知之也. 其上恒有雲氣罩冪, 樵童牧竪, 時聞樂聲出於峰上. 寺僧或傳大霧中, 山上時有馬跡聲云.

洞外伽倻川[583], 水田極沃, 種一斗, 出百二三十斗, 少不下八十斗. 水饒而不知旱災, 又木綿爲上田, 最稱衣食之鄕. 山東北有萬水洞, 亦深奧長谷, 稱福地, 可以棲遯.

---

581 西南이 **취 조 존 잠 팔 청**에는 西面으로, **소**에는 西南面으로 되어 있다.

582 **상 목 국**에는 疊이 觸으로 되어 있다. **덕 취 조 팔 화 청 연**에는 狂奔疊이 奔流觸으로 되어 있다.

583 伽倻川이 **취 잠**에는 係倻川으로, **조 상 청**에는 係伽倻川으로, **팔**에는 係伽川으로 되어 있다.

安東淸凉山, 自太白下野, 而結峙於禮安江上, 自外望之, 只土巒
數朵耳. 渡江入洞府, 四面石壁周回, 皆萬丈, 尊嚴奇險, 不可名
狀. 內有爛柯臺, 卽崔孤雲奕棋處, 有石如方罫. 傍有一老嫗像,
安於石窟中, 相傳是孤雲棲山時, 奉爨婢也. 山有蓮臺寺, 寺多新
羅金生親筆所書佛經[584]. 近有一士人讀書于寺, 仍竊取一卷, 至家
卽遘癘死, 其族人畏之, 卽還于寺云.

惟此四山, 與嶺脊八山爲國中大名山, 爲隱流藏修之所. 古語曰:
"天下名山僧占多." 我國有佛敎, 無道敎, 故凡此十二名山, 皆爲
佛宮所據[585].

外此而地以大名刹見稱於世, 而有奇蹟異景者. 大小二白之間, 有
浮石寺, 卽新羅時古刹也. 佛殿後有一巨巖, 橫而竪, 上又有一巨
巖, 如屋下覆. 驟看似上下相承接, 細察二石間不相連, 壓而有些
空隙, 以繩度之, 出入無碍, 始知其爲浮也. 寺以此得名, 此理殊
不可曉.

寺門外有息沙如塊, 自古不渺, 削之更起, 似息壤. 新羅時僧義相
得道, 將入西域天竺, 植杖於所居寮門前簷[586]曰: "吾去後, 此杖必
生枝葉. 此樹不枯死, 則可知吾不死也." 義相去後, 寺僧卽所居,
塑義相像安置, 而樹在窓外, 卽生枝葉. 雖日月照之, 雨露不沾,

---

584 親筆所書佛經이 **잠**에는 親筆佛經<u>으로</u>, **칠**에는 手書佛經<u>으로</u> 되어 있다. **잠**에는 "慶州金
鰲山麓有新羅時宮殿遺基, 後人建昌林寺, 有碑, 元學士趙子昂昌林碑跋云: 右唐新羅僧金生
所書, 字畫深有典刑, 雖唐人名刻, 無以遠過, 古語云何地不生賢, 信然. 今則寺癈, 字頑缺"이
라는 두주가 더 있다.

585 **相** 권2에서는 이 문장이 "右四山, 與嶺脊八山爲國中大名山, 多爲梵宮·佛宇之所占. 然苟
能勅斷家事, 如向子平放絕世務, 如許句容, 則雖金剛·雪嶽之顚, 亦未始不可居也"<u>으로</u> 크
게 수정되어 있다.

586 다수 사본에는 簷 뒤에 內가 더 있다.

而長至⁵⁸⁷屋宇, 亦不穿上, 僅一丈有餘, 千年如一.

光海朝鄭造爲慶尙監司, 至寺見之曰: "仙人所杖, 吾亦欲杖." 卽令鉅斷, 而去後卽抽二莖, 如前而長. 仁廟癸亥造以逆誅, 樹至今四時長靑, 亦無開落, 僧人號爲仙飛⁵⁸⁸花樹. 昔退溪嘗詠樹有詩曰: '擢玉亭亭倚寺門, 僧言錫杖化靈根. 杖頭自有曹溪水, 不借乾坤雨露恩'云.

後有⁵⁸⁹聚遠樓, 宏闊縹緲, 若出天地之中央, 氣勢精神, 似全壓慶尙一道. 壁上有退溪詩板, 余於癸卯秋⁵⁹⁰, 與李承旨仁復同遊太白山, 登是寺, 遂次其韻曰⁵⁹¹: '縹緲危樓十二闌, 東南千里眼前看. 人間渺渺新羅國, 天下深深太白山. 秋壑冥煙飛鳥外, 海門殘照亂雲端. 行行不到上方寺, 豈識千秋行路難?'又有詩曰: '茫茫太白與天通, 舊刹雄開左海東. 河岳遠朝千里外, 殿樓飛出二儀中. 名僧去住花生樹, 故國興亡鳥度空. 誰識周南留滯客, 浮雲落日意無窮.'

樓上奧隅作室⁵⁹², 內懸新羅以來是寺之超骨出舍利名僧畫像十餘幅, 皆形容古怪, 神彩淸淨, 儼然如相對定時. 樓之上, 地勢透迤垂下, 有小庵寮, 以處講經入定僧云.

寺係慶尙順興府地, 而又有梁山之通度寺, 大丘之桐華寺, 全羅則

---

587 **덕 총 칠 광 금**에는 至가 在로 되어 있다.

588 다수 사본에는 仙飛가 飛仙으로 되어 있다.

589 後有가 **조**에는 寺後로, **존**에는 寺有로, **잠**에는 上有로, **칠**에는 前有로, **상**에는 其後有로 되어 있다.

590 余於癸卯秋가 **조 금**에는 余於癸卯로, **연**에는 注書李重煥으로, **목**에는 故余於癸卯秋로 되어 있다. **등**에는 景廟癸卯秋로 되어 있다.

591 **잠**에는 "余於癸卯秋…… 遂次其韻曰"이 "余嘗有詩曰"로 되어 있다.

592 **잠**에는 "樓上奧隅作室"부터 끝까지의 내용이 "又慶尙之通度·桐華·直旨, 全羅之松廣·大芚·金山·華嚴, 並稱於世"로 대폭 축약되어 있다.

靈巖之道岬寺, 海南之天柱寺, 高山之大芚寺, 金溝之金山寺, 順天之松廣寺, 興陽之楞迦寺, 並新羅時大刹.

而通度則唐初慈藏法師入天竺, 得釋迦頭骨及舍利, 瘞寺後, 作塔以鎭. 歲久少傾, 肅廟乙酉, 僧聖能欲重修毀塔, 則內書外道聖能重修. 而以銀函錦袱貯頭骨, 大如盆盎, 錦已千有餘年, 不朽如新. 又有小金盒, 貯舍利, 光奪人目. 旣改, 又建碑閣, 碑文蔡學士彭胤撰, 我先大夫書.

桐華則羅僧弘眞飛錫空中, 止於此, 遂建寺以居. 地形回合, 屋宇宏傑, 自古多名僧修行者.

道岬則新羅僧道詵發跡之所. 洞外立二石, 一刻皇長生三字, 一刻國長生三字, 不知何意.

天柱則處南海上, 而地如深峽, 松篁橘柚森立洞府. 宮殿壯麗, 物力富饒, 爲一道盛刹.

大芚則後山爲鷄龍小祖, 而寺後有白雲庵. 壬辰倭亂, 咸悅人孫某[593]幼時失母, 設水陸道場於此庵凡七日, 孫忽於俯伏中夢, 一羅漢謂曰: "汝母在前山." 孫驚起遍視, 果有一老嫗在前山石上, 急往詢之, 卽其母也. 母言: "被擄在倭國中, 平朝提甕行汲, 有一僧負之而來在[594]此, 不知何故"云. 大衆驚動, 仍改名其庵曰得母.

金山則本龍湫, 深不測, 在母岳山南. 新羅時祖師以鹽累萬石塡實而龍徙, 仍築基建大殿. 殿四角階下細澗環周, 至今樓閣嵬煥. 洞府深邃[595], 亦湖南大名藍, 距全州府治甚近[596].《麗史》甄神劒囚父

593 咸悅人孫某가 연에는 咸悅孫姓人으로, 칠에는 有咸悅人孫某로, 광에는 咸悅人孫順穆으로 되어 있다.

594 조 칠 광 승 소 금에는 在가 빠져 있다.

595 邃가 취에는 隆으로, 다수 사본에는 嚴으로 되어 있다.

萱於金山寺, 卽此寺也.

松廣則殿寮架閣, 結構雖多, 極精緻工巧. 水石又淸潔幽邃, 峯巒
亦明麗峭直, 四面境界, 亦[597]端妙窈窕. 而鍾樓前有水閣, 前有一
樹, 昔普照國師臨化時曰: "此樹, 我去後必枯, 若更生枝葉, 則知
我再生." 今千年而不生葉, 人以刀括皮, 則內津津有生氣. 若眞枯
則必朽倒, 而至今挺直如常, 此可怪也.

楞迦則在八靈山下. 昔琉球國太子漂到, 邃於寺伏禱[598]觀世音, 請
歸國七日七夜, 大士現像, 挾太子凌波去. 寺僧繪其像於壁, 至今
仍在.

都邑隱遁[599]

凡山形必秀石作峯, 山方秀而水亦淸. 又必結作於江海交會之處,
斯爲大力量. 如此者國中有四, 一則開城五冠, 一則漢陽三角, 一
則鎭岑鷄龍, 一則文化九月也.

五冠則道詵謂水母木幹, 勢極長遠, 而又大斷爲松岳, 卽堪輿家所
謂湊天土也. 氣勢雄健博大, 意思包蓄渾厚. 東有麻田江, 西有後
西江, 而昇天浦爲前朝. 喬桐・江華二大島在海中, 橫亘如一字,
障南海而北貯漢江下流, 暗拱于前山之外, 而深闊浩大. 董越所謂
"風氣比平壤尤固密"云者, 是也. 五冠左右多洞府, 朴淵在西, 花
潭在東, 而竝泉瀑絶勝.

---

596 **목**에는 甚近이 五十里로 되어 있다.

597 다수 사본에는 亦이 皆로 되어 있다.

598 邃於寺伏禱가 **덕 연**에는 邃於此寺伏禱로, **조**에는 邃於寺後伏禱로 되어 있다.

599 **조 존 광 상 승 박 상 팔 화 청**에는 〈도읍은둔〉이란 제목이 없다. **연**에는 〈국도國都〉란 제
목으로, **칠**에는 〈부상형국체세復詳形局體勢〉란 제목으로, **덕 총**에는 〈도읍은둔〉이란
제목으로 되어 있다.

漢陽三角爲巽山, 在百里外, 秀入靑天. 而前面平善, 西北高障, 東南敞遠, 兹爲天府名墟, 所乏者沃野千里耳. 三角則道峯・三角連紆爲勢, 石峯極意淸秀, 如萬火朝天, 別有異氣, 畵亦難形, 但山無輔弼而亦少洞府耳. 舊有重興泉石, 而至築北漢山城, 盡皆剗平.

城內白岳・仁王, 石勢使人可畏, 不及松岳之脫殺. 所恃者, 只南山一枝, 逆江作局耳. 內水口低, 虛前面, 冠岳雖隔江亦太近. 雖火星朝拱, 堪輿家每以午地方位[600]爲不吉. 然局內明朗森肅, 土色淨潔堅白, 雖墮飯於道, 似可拾食. 故漢陽人士多疏通明穎, 而恨無雄氣.

鷄龍則雄不及五冠, 秀不及三角. 前面又少朝水, 只錦江一帶[601]周回龍身而已. 凡回龍顧祖之地, 本少力量. 故雖以金陵見之, 每爲偏覇之邦. 明太祖雖一統, 易世之後, 未免遷都. 故鷄龍南洞, 比漢陽・開城, 氣勢逈遜. 又局中平地少, 而東南又不敞豁. 然其來旣遠, 而洞府深蓄, 局內西北有龍淵, 極深且大, 溢爲局中大溪, 此則開城・漢陽所無也. 山南北亦多好泉石, 東有鳳林, 北有岬寺及東鶴[602]寺之奇勝.

九月亦爲回龍顧祖之形, 而西北負海, 東南逆受平壤・載寧二江之水, 通潮汐魚鹽之利. 全據黃海一道之勝, 而南五里又爲百里沃野. 水勢及地理之險阻, 田地之饒沃, 大勝於鷄龍, 石山鉅齒之勢, 亦不下於五冠三角. 環一山, 寺刹多至十餘區, 而上又築山城爲天險矣.

諺傳: 檀君子孫避箕子, 自平壤移都於此, 所謂莊莊坪也[603]. 尚有

600 **잠**에는 方位가 旗形으로 되어 있다.
601 다수 사본에는 帶가 水로 되어 있다.
602 鶴이 學으로 된 사본이 매우 많다.

檀氏三君祠, 國家春秋降香以祭. 然檀氏偏據, 不足以盡玆地之勝, 此當爲一番都會.

外此而爲名山者, 春川淸平山, 爲貊國故都, 而但結作於二江之間, 距西海遠, 故來勢短. 金溝母岳, 下有平地洞府, 諺傳可作都邑, 然來勢亦短. 安東鶴駕山在二水間, 山勢恰似五冠・三角, 而恨少石峯. 下有豐山之野, 或稱可都. 此三山皆不及上四山.

夫下野之山, 雖無大力量, 其奇勝亦多可述. 原州赤岳, 雖土山, 然內多洞府泉石, 東西又多名村塢. 且山多靈應, 獵者不敢捕獸於此. 獅子山在赤岳東北, 水石三十里, 而酒泉江發源於此. 南有桃花洞・杜[604]陵洞, 竝溪泉絶勝, 而又稱福地, 眞避世之地.

公州茂盛山, 與天安廣德山相連, 而皆土山也. 然兩山南北長谷甚多, 不但佛寺僧寮擅勝于中, 谷谷有村閭田疇, 雜錯隱映於長林溪水上, 宛然一桃源圖也.

海美伽倻山, 東南則土山, 西北則石山. 東有伽倻寺洞壑, 卽上古象王宮闕基址. 西有水簾洞, 巖瀑絶奇. 北有講堂洞・武陵洞, 水石亦佳, 而竝皆近村墅, 可以居止. 雖不及陜川伽倻, 亦足以擅勝海上.

藍浦聖住山, 南北二山合爲大洞, 山中夷坦, 溪山明淨, 水石瀟灑. 山外産玄玉, 作硯爲奇品. 昔梅月堂金時習坐化於鴻山無量寺, 卽此山也. 溪洞之間, 亦多可居.

蘆嶺一枝, 北至扶安, 斗入西海中, 西南北皆大海, 內有千峯萬壑, 是爲邊山. 無論高峯絶巓平地仄崖, 皆落落長松, 參天翳日. 洞外

---

603 **조 칠 청**에는 이 뒤에 "莊莊坪, 一云唐藏京, 在文化東, 有三聖祠, 檀君入阿斯達山, 卽九月山也"라는 原註가 있다.

604 **상**에는 杜가 武로 되어 있다.

皆鹽戶漁父, 山中多良田沃疇. 居民上山採蔬菜, 下山就魚鹽, 薪炭蠃蛤, 不待價[605]而足, 只恨水泉帶瘴.

上所謂諸山, 大則爲都邑, 小可爲高人隱士棲遯之地[606].

至於人不可居, 而山以名勝稱者. 永平白雲山, 有三釜淵瀑布之[607]壯. 谷山高達山, 極深且阻, 有巖竇洞穴之奇. 光州無等山, 上有石條[608]數十, 排列於空中, 如卓笏, 山勢峻極而雄壓一道. 靈巖月出山, 石尖飛動如道峯・三角, 而但太逼於海, 且少洞府. 長興天冠山, 石勢奇勝, 恒有紫白雲在上[609]. 興陽八靈山, 入海如島, 南師古稱福地[610], 壬辰倭船出沒左右, 而終不入. 光陽白雲山, 爲道詵修道之所, 泉石亦佳. 順天曹溪山, 南有松廣溪洞之勝.

大丘八公山, 亦石峯橫亘, 山東南溪山頗佳. 但山西築山城, 爲關防重鎭, 此爲不雅耳. 大丘[611]琵琶[612]山, 內有湧泉泉石. 清道雲門山・蔚山圓寂山, 竝連峯疊嶂, 洞天深邃, 而僧家稱千聖出世之處, 亦稱避兵福地. 清河內延山, 巖瀑之勝, 奇妙幽閑, 殆勝清涼山. 青松周房[613]山, 皆石作洞府, 驚心駭目, 而泉瀑亦絕奇.

諸山只宜仙釋棲止, 而可一時遊觀, 非置家永居之地. 此外雖多以

---

605 **존 금**에는 價가 賈로 되어 있다.

606 **相** 권2에는 이 문장이 "以上諸山, 雖不如嶺南八名山之大鋪敍, 而亦可爲高人逸士棲遯之地"로 크게 수정되어 있다.

607 다수 사본에는 之 뒤에 奇가 더 있고, **팔**에는 勝이 더 있다.

608 **조**에는 條가 柱로 되어 있다. **청**에는 條라고 쓰고 柱로 교정하였다.

609 **연 청**에는 上 뒤에 "興德半登山, 巓有大池, 深不可測, 諺傳李如松, 釣龍所藏. 每夏月, 乘雲(氣)上下, 而雲頭向處, 輒有瀑雨㳜(㧱)水"가 더 있다.

610 **잠**에는 地 뒤에 "諺傳觀音大士凌波現像之所"가 더 있다.

611 大丘가 **조 잠 연**에는 密陽으로, **팔**에는 玄風으로 되어 있고, **상 소**에는 빠져 있다.

612 **존 잠 팔**에는 琶가 瑟로 되어 있다.

613 房이 **존 칠 소 팔**에는 王으로, **금**에는 芳으로 되어 있다.

山稱者, 無洞府不論, 無泉石不載.

海山[614]

夫海中山, 亦多奇異. 濟州漢拏山是爲瀛洲山, 上有大池[615], 每人語喧鬧, 則輒雲霧大作. 絶頂有一方巖, 如人鑿成, 其下莎草成蹊, 香風滿山. 時聞笙簫聲, 不知自何來, 諺傳神仙恒遊之處.

山北則濟州邑治, 古耽羅國也. 自新羅來附, 元以爲房星分野, 縱駿馬牝牡於山爲牧場, 至今産良馬歲貢. 濟州邑治東西有旌義·大靜二縣, 與濟州大同俗. 而牧使與二邑守令, 自古往來無漂溺. 又朝廷搢紳多竄謫於此, 而亦無漂溺, 可見王靈之遠暨, 而百神奉順也.

南海縣在慶尙固城海中, 距陸水路十里, 而內有錦山洞天. 卽崔孤雲所遊處, 孤雲所書大字尙留石壁上. 莞島在全羅康津海中, 距陸十里, 卽新羅淸海鎭, 張保皐所據地, 而內多好泉石, 今置僉使鎭[616]. 群[617]山島在全羅道萬頃海中, 亦置僉使鎭. 而全身爲石山, 群峯障後, 左右環擁, 中爲汊港, 可藏船舶. 而前爲魚梁, 每春夏漁採時, 各邑商船雲擁霧簇, 販賣於海上. 居民以此致富, 競治室屋衣食, 其豪侈甚於陸民.

德積島在忠淸瑞山北海中, 卽唐蘇定方伐百濟時駐兵之所也. 三石峯在後揷天, 而支麓環衛. 內爲汊港, 水淺可泊舟船. 飛泉自高

---

614 **조 팔 화** 청에는 〈해산〉이란 제목이 없다. **연**에는 〈제주제도濟州諸島〉란 제목으로 되어 있고, **칠**에는 〈추론해중기승抽論海中氣勝〉이란 제목으로 되어 있다.

615 **목 청**에는 池 뒤에 名曰鹿潭이 더 있다. **연**에는 池가 地로 되어 있다.

616 **소**에는 鎭 뒤에 卽加里浦也가 더 있다.

617 **소**에는 群 앞에 古가 더 있다.

瀉下, 逶迤平川, 層巖盤石, 曲曲淸潔. 每春夏, 杜鵑·躑躅滿山遍開, 洞壑之間, 爛若錦繡. 海邊皆白沙汀, 而往往海棠透沙爛開. 雖海島, 眞仙境也. 居民竝以漁採多富厚者. 然諸島多瘴泉, 獨德積與群山無之.

鬱陵島在江原三陟海中, 天晴登高, 或望見如雲氣. 肅廟朝遣三陟營將張漢相, 自咸鏡安邊府, 因順流發船, 向東南尋之, 風便二日始至. 見大石山聳立海中, 上岸無人居, 而有古人遺址. 內有石壁石澗, 洞壑甚多, 有猫鼠極大, 不知避人. 竹大如杠, 亦有桃李桑柘荣茹之屬, 珍木異草不知名者亦多, 疑卽古于山國也. 然東海處倭與我國之間, 舊有水宗如嶺, 彼此不相通. 近日水勢漸變, 倭船多漂至嶺東, 此可慮也.

上所錄皆以山論. 至如雖非名山之下, 或山峽中挾江挾川, 而水石奇勝, 或野壠中嫩山名湖映帶而絶勝者, 開錄于下.

嶺東山水[618]

山水之勝, 當以江原嶺東爲第一. 高城三日浦, 淸妙中濃麗, 幽閑中開朗, 如淑女靚粧, 可愛而可敬. 江陵鏡浦臺, 如漢高祖氣像, 豁達中雄渾, 眘遠中安穩, 有不可名狀. 歙谷侍中臺, 明朗中森嚴, 平易中深邃, 如名相據府, 可親而不可侮.

此三湖, 爲湖山第一景. 次則杆城花潭, 如月墮淸泉, 永郎湖, 如珠藏大澤, 襄陽靑草湖, 如鏡開畫盦, 此三湖奇勝, 亞於上三湖.

我國八道, 俱無湖水, 惟嶺東六湖, 殆非人世間所有[619]. 然三日浦

---

618 **조 팔 화 청 존 승**에는 〈영동산수〉란 제목이 없다. **칠**에는 〈전론영동제호全論嶺東諸湖〉란 제목으로 되어 있다.

619 **잠**에는 有 뒤에 "細閱西湖之景, 必遜讓於此"가 더 있다.

則湖中心有四仙亭, 卽新羅永郎·述郎·南石行·安詳所遊處.
四人結爲友, 不仕, 遊山水間, 世傳得道仙去. 湖之南石壁有丹書,
卽四仙題名, 丹痕漬壁, 風雨不泐, 千有餘年, 亦可訝也.

邑治客館東, 又有海山亭, 西顧則金剛千疊, 東望則滄海萬里, 南
臨則長江一面[620], 闊遠雄壯[621], 兼大小幽曠之致[622].

南江上流有鉢淵寺, 傍有鑑湖. 昔楊蓬萊士彦, 構亭於湖上, 手寫
飛來亭三大字揭壁. 一日所揭飛字, 忽風吹捲入天中, 不知所之,
詢其日時, 卽楊化去日也. 人謂楊一生精神在飛字, 及氣散也, 與
之俱散, 此實可異也.

鏡浦則一小麓東向而峙, 臺在其上. 前有湖水, 周圍二十里, 水深
不過人腹, 可行小船. 東有江門橋, 橋外白沙堤重重互遮. 湖水通
海, 而堤外碧海連天. 昔崔澱弱冠到臺上, 題詩曰:"蓬壺一入三千
年, 銀海茫茫水淸淺. 鸞笙今日獨飛來, 碧桃花下無人見."遂爲古
今絶唱, 人無有繼之者. 或曰:"詩無一點煙火氣, 此仙語也."或
曰:"太虛而幽, 此鬼詩也."澱歸而卽逝.

世傳湖舊爲富民所居, 有丐僧乞米, 民以糞與之, 所居忽陷爲湖,
所積穀悉化爲細小蛤. 每歲歉則蛤多産, 歲豐則蛤少産, 蛤味甘
香, 可以療飢, 土人謂之積穀蛤. 春夏時四遠男女負戴, 採者相屬
於道, 湖底尙有瓦礫器皿之屬, 泅浴者往往得之.

湖南岸, 有故判書沈彦光故居. 彦光仕于朝, 每畫湖景[623]於座隅
曰:"吾有如此湖山, 子孫不能振拔而必衰."湖南數里許有寒松亭,

620 잠에는 面 뒤에 臨江府海背가 더 있고, 광에는 面이 臺로, 팔에는 帶로 되어 있다.

621 잠에는 壯 뒤에 淸明灑落이 더 있다.

622 잠에는 致 뒤에 "景槪當爲天下第一, 未知中原岳陽樓與此比何如也"가 더 있다.

623 다수 사본에는 湖景이 鏡湖로 되어 있다.

有石鼎·石臼之屬, 卽四仙遊處.

侍中湖則無亭屋, 而沙岸重疊交牙, 湖水屈曲滙渟, 潔淨森嚴, 景概絶勝. 昔韓明澮以監司宴遊於此, 拜相之報適至, 邑人號爲侍中湖.

通川叢石亭, 則金剛一麓, 直入大海中如島嶼. 而麓北海中, 有大石柱, 隨麓身一行排立, 根入海中, 上與麓身齊高, 相距未滿百步, 柱高可百仞. 凡石峯上銳下豐, 而此則上下如一, 是柱非峯矣. 柱體圓, 圓中有斲削痕, 自下達上, 似木匠刀鍊. 柱之上, 或古松點綴, 柱下海波中, 小石柱無數, 或竪或倒, 與波濤相嚙蝕, 酷似人作, 造物賦形至巧至奇[624]. 此天下之奇觀, 而又必天下之所無也.

三陟竹西樓, 則據五十川爲勝. 而絶壁下有暗竇, 水至其上, 漏如落漈, 餘者循樓前石壁, 橫過邑村. 昔有人船游誤入竇中, 不知所之. 人謂邑基穴坐空亡, 故人材不出云.

其他如襄陽洛山寺·杆城淸澗亭·蔚珍望洋亭·平海越松亭, 並據海結構[625], 海水絶碧, 與天爲一, 前無遮蔽. 而海岸如江汀溪畔, 小石奇巖錯立岸上, 隱映於滄波之間. 海邊皆粲然雪色之沙, 履之戞戞有鳴聲, 如步珠玉之上. 沙上海棠爛開, 往往松林落落參天[626]. 入其中, 使人意想忽變, 不知塵世之爲何境, 形骸之爲何物, 怳惚然有凌空步虛之意. 一涉玆境, 其人自爲別人, 經過者雖十年之後, 眉宇猶有煙霞山水氣.

嶺東九郡外[627], 歙谷北, 則咸鏡道安邊府也. 鐵嶺一枝, 東走海上,

---

624 잠에는 奇 뒤에 非思議所及이 더 있다.

625 잠에는 "其他如…… 結構"가 "其他如杆城淸澗亭·襄陽洛山寺·江陵寒松亭, 皆據東海爲勝"으로 되어 있다.

626 잠에는 落落參天이 蔽虧天日로 되어 있다.

層層展開如張高下[628]屛帳[629], 渺然如畵. 左右兩枝, 回環於海門, 如人拱手之狀. 其空缺處, 則小巖壁羅列, 如萬竈在野, 離離互遮, 不見海色. 其內爲鶴浦大湖, 周回三十餘里, 水深而空明淸澈. 四面皆白沙岸, 而沙中海棠透開, 爛披雲錦. 每微風乍吹, 細沙遊[630]走, 小則成堆, 大則成峯. 朝暮遷徙, 一日之內, 變化莫測, 正類西海金沙, 甚可怪也. 後則秀峯嫩岡, 窈窕婉峀, 似遠似近. 前則淸波細浪, 瀲瀲平徐, 似動似靜. 中國人以浙江西湖, 比之於明粧美人, 我國之可以媲美西湖者, 惟此湖而已. 此則又非嶺東六湖之所可比方也.

湖舊屬歙谷, 中間割移安邊. 歙民與安民, 爭訟此湖於朝堂, 而不能得. 以其淪入於北道, 而北道又非士大夫之所可居, 故絶勝名區, 虛閑委棄於絶海之陬, 只供過客遊玩. 地亦有遇不遇如此, 良可惜也.

海中十餘里, 又有國島. 後則石柱撑起攢立, 上成石峯. 四圍皆石, 而內傅以莎土[631], 中[632]産竹箭甚良. 無人居, 使客遊玩到此, 若吹鑼笛, 則下有龍湫, 輒有雷霆風雨之異.

---

627 嶺東九郡外 앞에 다른 본에는 제목이 없이 관북 산수의 내용이 서술되었으나 **소**에는 〈관북산수關北山水〉로, **연**에는 〈승구勝區〉로 제목을 따로 달았다.
628 **광**에는 下가 蓋로 되어 있다.
629 다수 사본에는 帳이 障으로 되어 있다. **화**에는 屛帳이 山障으로 되어 있다.
630 **덕 조 청**에는 遊가 流로, **존**에는 游로 되어 있다.
631 **광 상**에는 土가 草로 되어 있다.
632 **취 조 존 광 소 목 청**에는 中 뒤에 則이 더 있다.

四郡山水[633]

永春·丹陽·淸風·堤川四郡, 雖忠淸境, 實據漢江上流. 峽中沿江多石壁盤石, 其中丹陽爲最. 郡一境皆在萬山中, 無十里野, 有江溪巖洞之勝[634].

世稱有二潭·三巖, 二潭者島潭在永春境, 江流瀦渟深闊. 水中聳三石峯, 各離立而一行如絃直, 鑱鏤奇巧, 如人家所蓄石假山. 但恨低小無嵬峨巉嶪之容.

龜潭在淸風境, 兩岸石壁參[635]天翳日, 江瀉其間. 石峽重重互遮如門戶, 而左右有降仙臺·彩雲峯·玉筍峯. 臺則臨江, 高巖離立, 盤陀上可坐百人. 二峯則萬仞純是一石, 而玉筍尤挺直, 如巨人拱立. 歲戊子夏, 余從安東上京也, 乘舟於丹陽邑前, 過玉筍, 得一聯曰: '地上形高端士立, 波心影動老龍飜.' 又曰: '精神秀發江山色, 氣勢高撑宇宙形.' 江中又多盤石, 水落則石出, 水深則石沒.

三巖者, 在郡西南峽中. 山中大溪, 從石洞流下, 溪底及兩岸俱石. 岸上奇巖, 或作小峯岫, 或如床榻展鋪, 或如城磚鋪築.

上有古松老樹, 或偃仆, 或點綴. 溪水到長凹石, 則如石槽貯水, 到圓凹石, 則如石釜盛水. 水石相激, 日夜喧豗, 傍水不聞人語. 左右峽脊, 喬林翳鬱, 百鳥喞啾, 實非世間境界. 如此有三, 上曰上仙巖, 中曰中仙巖, 下曰下仙巖[636]. 余戊子過丹陽時, 與郡守金重禹·都事李德運, 嘗遊此, 得一聯曰: '萬峽怳疑春夢到, 千秋長

---

633 **조 팔 화 청**에는 〈사군산수〉란 제목이 없다. **연**에는 〈사군〉이란 제목으로, **칠**에는 〈단론사군산수單論四郡山水〉란 제목으로 되어 있다.

634 **잠**에는 有江溪巖洞之勝이 "有江山之勝, 又有溪山之奇"로 되어 있다.

635 參이 **조 존 소 목 팔**에는 巉으로, **청**에는 鑱으로 되어 있다.

636 **잠**에는 巖 뒤에 "故惟此一郡, 實兼江山溪山之勝, 而實爲國中泉石之第一"이 더 있다.

擬地仙遊.' 未知他時果得了仙債否也?

邑東南有雲巖, 一小麓自山下野, 而突兀隆起. 下有石壁, 而東南山峽[637]之水大而爲溪, 旋繞於石壁下. 上有西厓故亭址, 頗有溪山之致.

昔西厓以御賜豹皮, 買此亭基, 作數間屋. 戊戌南以恭之爲李慶全劾西厓也, 以此至比之於郿塢. 西厓書中以爲'丹崖翠壁, 亦入彈墨之中', 卽此地也. 西厓罷歸後, 宣廟使李相恒福, 選朝臣中淸白吏, 李相卽以西厓應薦[638], 蓋痛以恭之誣也. 西厓之出城, 至廣津, 作詩曰: '田園歸路三千里, 帷幄恩深四十年.' 其眷顧宗國不忍便訣之意, 可以想見矣. 及西厓沒, 而亭仍以毁.

然嶺東地僻逼海, 丹陽險阻狹隘, 俱非可居之地.

江居[639]

夫高山急水·險峽驚湍, 雖有一時賞玩之致, 只宜寺觀棲止, 不可作永居世奠[640]之所. 其必也野邑, 有溪山江山之勝[641], 或夷曠而明麗, 或蕭洒而幽雅, 或山不高而秀, 或水不大而淸. 雖有奇巖秀石, 而絶無陰慘險厲之容, 玆爲靈氣鍾聚, 在邑爲名城, 在鄕爲名村矣.

江居則以平壤外城爲八道第一. 蓋平壤前後百里開野, 豁然明朗, 故氣像宏恢. 山色秀嫩, 江不急瀉而平徐, 演漾於前. 山與野稱, 野與水稱, 平坦秀麗, 浩浩洋洋. 商船賈舶, 出沒波中; 秀石層巖,

---

637 東南山峽이 **상**에는 竹嶺長林으로 되어 있고, **화**에는 그 뒤에 竹嶺長林이 더 있다.

638 **광 상 금 팔 화**에는 薦이 選으로 되어 있다.

639 **조 팔 화 청**에는 〈강거〉란 제목이 없다. **연**에는 〈지세地勢〉란 제목으로 되어 있고, **칠**에는 〈별서역내가거別敍域內可居〉란 제목으로 되어 있다.

640 奠이 **덕 총**에는 守로, **칠 소 금**에는 傳으로 되어 있다.

641 다수 사본에는 勝이 致로 되어 있다.

邐迆江岸. 西北則良田平疇, 極目瀰漫[642], 是一別乾坤也[643].

內城則公廨官屬之家, 而平民人士皆聚居外城. 外城云者, 以衛滿・朱蒙時, 築土城爲郛郭. 雖夷漫尚有形址, 撲地閭閻在此中[644]. 南臨大江, 每春夏浣女洴澼, 十里粲然, 擊漂之聲, 鷗鳧驚飛. 室屋櫛比, 市廛繁華, 自箕子時, 至今無盛衰, 亦可想地理之佳矣.

然諺傳平壤地理[645]爲行舟形, 忌鑿井. 舊鑿井, 邑多火災, 遂堙塞之. 一邑無論公私, 皆汲江日用, 樵採路遠, 薪蒭極貴, 此其所欠也.

次則春川牛頭村, 在昭陽江上二水合衿之內. 臨水有石, 石下有江, 江外有野, 野外有山. 雖峽中, 開拓旣遠, 敞豁明爽, 又通下江舟楫, 魚鹽之利, 居人多以商販致富, 自貊國時, 人煙至今不衰.

次則驪州邑治, 在漢江上流南岸. 岸南之野直通四十餘里, 故氣像淸遠. 江不雄迫, 自東趨西北, 而上有馬巖・甓寺之石, 殺其水勢, 西北[646]平夷, 故爲邑治者數千年.

凡江村罕兼農利, 或村在兩山間, 前阻江水沙磧, 無田土可耕. 雖有之, 或遠不可耕收, 或地勢低下, 水澇無收. 不然有者, 皆薄土耳. 水深大, 不可灌漑, 旱澇易入, 故江居徒有江山耳, 少衣食之利. 惟三處最勝[647], 以開野故也.

642　極目瀰漫이 **잠**에는 一望無際로, **연**에는 極目無際로 되어 있다.

643　**잠**에는 也 뒤에 "城上有練光亭, 朱天使之蕃登亭上, 叫號稱快, 寫天下第一江山六字揭額. 及丙子, 淸主回軍日見之, 以爲中原有金陵・浙江, 此安得爲天下第一? 若天下第一江山云, 則歸重小國後大國, 氣槪爲非, 宜令打破字板. 已而惜其華書, 只令鉅去天下二字. 以此推之, 其勝槪雖中原少對偶矣"가 더 있다.

644　**잠**에는 中이 上으로 되어 있고, 그 뒤에 "故謂之第一也"가 더 있다.

645　**존**에는 地理가 빠져 있다.

646　西北이 **덕 취 잠 소 팔**에는 面水로, **상**에는 而水面으로, **화**에는 面水西北으로 되어 있다.

647　**잠**에는 最勝이 且兼農利로 되어 있다.

至如豐德昇天浦·開城後西江, 幷濁潮帶瘴[648]. 漢陽諸江村, 前山太近[649]. 忠州則金遷·木溪外[650], 餘皆寂寞孤村. 惟公州則惟錦壁絶勝, 而但狹隘僻巷[651]. 尙州洛東則兩岸荒谷[652], 羅州木浦·光陽蟾津·晋州濃江, 所處太遠.

惟扶餘以下, 南至恩津[653], 西至臨陂, 多據水爲村. 處三南中心, 且距京不遠, 野近而土頗沃[654], 可以耕耘. 有秔稻·苧麻·魚蟹之利, 受南北委輸, 爲江海舟船之湊集. 漢水以外, 惟此可居.

鴨綠·豆滿不論[655].

溪居[656]

諺曰: "溪居不如江居, 江居不如海居." 此以通貨財取魚鹽而論耳. 其實則海上多風, 人面易黑, 又多脚氣·水腫·瘴瘧之疾. 水泉旣乏, 土地且瀉, 濁水潮至, 淸韻絶少. 我國地勢, 東高西低, 江自峽出, 少悠遠平穩之意, 恒有倒捲急瀉之勢. 凡臨江構亭屋者, 地理多舛, 興歇無常. 惟溪居有安穩之美·瀟洒之致, 又有灌漑耕耘之樂. 故曰: "海居不如江居, 江居不如溪居."

---

648 **잠**에는 瘴 뒤에 皆不可居가 더 있다.

649 **잠**에는 近 뒤에 且乏農場이 더 있다.

650 **잠**에는 金遷·木溪外가 "北村·月灘·荷潭稍勝"으로 되어 있다.

651 **잠**에는 "公州…… 僻巷"이 "公州北面獨樂·四松稍佳, 皆狹窄小局"으로 되어 있다.

652 **잠**에는 則兩岸荒谷이 "觀水·月波頗稱, 而只兩岸荒村"으로 되어 있다.

653 **잠**에는 恩津이 江景으로 되어 있다.

654 **취 존 연 칠 상 팔**에는 沃이 饒로 되어 있다. **잠**에는 野近而土頗沃이 野曠土沃으로 되어 있다.

655 **총 조**에는 論이 錄으로 되어 있다.

656 **조 팔 화 청**에는 〈계거〉란 제목이 없다. **연**에는 〈택가거처擇可居處〉라는 제목으로 수록되어 있다.

凡溪居必離嶺不遠, 然後平時亂世, 皆宜久居. 故溪居當以嶺南禮安陶山 · 安東河洄爲第一. 陶山則兩山合爲長谷而山不甚高, 潢池之水, 至此始大, 到谷口外爲大溪, 而兩山足皆有石壁, 據水爲勝. 水足以容舠艓, 洞中古樹甚多, 從容閒雅, 蕭洒幽靜. 而山後溪南, 皆良田平疇. 退溪所居巖棲軒二間, 舊屋尚在, 內藏退溪硯匣杖屨與紙製璇璣玉衡.

河洄則一平坡, 自潢南向西北, 而西厓故宅在焉. 潢水周回, 演漾渟深於前, 水北山自鶴駕山分來, 紆回於江上, 而皆石壁, 石色亦雍容秀麗, 絶無險厲之狀. 上有玉淵亭及小僧菴, 點綴於巖石間, 而蒙以松檜, 眞絶境也.

陶山下流爲汾江, 卽李聾巖賢輔故居, 水南卽禹祭酒倬故居, 皆有幽勝之致. 河洄上下又有三龜亭 · 繡洞 · 九潭[657] · 佳逸等村, 皆臨江名村. 下流多灘, 俱不通洛東商船, 而然面前亦可以用舠艓. 且田地不遠, 平時可以耕耘, 小白最邇, 亂世又可隱居. 故曰:"溪居, 惟此二處, 實爲國中第一, 不特地以人貴也."

此外安東東南, 又有故臨河縣, 卽靑松邑溪下流之會潢水者也. 臨川有鶴峰金誠一故居, 至今門族蕃衍爲名村, 傍有夢仙閣 · 陶淵 · 仙刹之勝. 州北有奈城村, 卽故權貳相橃故居. 有靑巖亭, 亭在池中大石上如島嶼, 而四面環以川流, 頗有幽致. 又北有春陽村, 卽太白之陽, 有正言[658]權斗經世傳寒水亭, 亦臨溪翛然, 有幽妙之致.

臨河上流爲靑松府, 有二大川, 會合於邑前, 而頗開郊坰. 白沙碧流映帶於禾黍田疇之間, 四山皆海松子薈蔚陰翳, 四時長靑, 瀟灑

---

657 **광**에는 九潭이 빠져 있다.

658 **잠**에는 正言이 修撰으로 되어 있다.

窈窕, 殆非塵世間風氣.

榮川西北有順興府治, 有竹溪, 溪自小白山[659]流出, 野闊山低, 而水石淸明. 上有白雲洞書院, 祀安文成公裕[660], 卽明廟時副提學周世鵬莅豐基時所剏也. 玆爲我國書院之始. 院前有樓, 據溪而晃朗昭曠, 全攬一邑之勝.

玆二邑居, 溪山物色, 土地生利, 與安東諸名村, 相上下焉. 故曰: "二白之下, 潢水之上, 實爲士大夫可居處."

其次則赤登之南, 龍潭有珠峯川, 錦山有濟原[661]川, 長水有長溪, 茂朱有朱溪. 四處溪山絶勝, 而土地爲上腴, 宜綿宜稻. 野得灌漑, 不知年歲豐凶, 玆則又非二白潢水之比矣.

四邑中間, 又有前島·後島·竹島三島之勝. 雖有溪山勝槪, 但恨農場少遠. 然四邑東西皆太山深谷, 故最多避兵處. 遵是而北下, 溪折而東入沃川地, 爲陽山彩霞溪·利山九龍溪. 雖隨地異名, 實一水, 而幷居赤登之上.

沿溪多層巖秀壁, 西北高障, 東南敞豁, 淸而幽, 窈而曠. 山則雖高而秀, 無巉險之形, 水則雖不通下流之船, 往往滙深淳潭, 可用舠艓. 足可比美於陶山·河洄, 而東近黃岳·德裕, 又可以避兵. 但水田少, 故居民專治綿爲業, 而貿遷之利, 足以抵當膏腴水田. 故生利亦不減上四邑, 眞高人逸士之所居處也.

又其次則火嶺·秋風嶺兩間, 有安平溪, 有錦溪, 有龍華溪. 三溪尙州·永同·黃澗之交, 溪山絶勝, 而有灌漑之利, 水田爲上腴, 而地多綿田. 介居湖嶺間, 地不甚僻, 商賈輻湊, 貿遷有無, 而土

659 **조 잠 연 상 목**에는 山 뒤에 郁錦洞이 더 있다.
660 **잠**에는 裕가 珦으로 되어 있다. **취 잠 승 국 상**에는 裕 뒤에 三世가 더 있다.
661 **취 존 잠 칠 상 소 팔**에는 原이 源으로 되어 있다.

多富厚者. 故生利比諸處爲第一. 然野不開拓, 故淸明氣像, 不及
於潢北與陽 · 利山[662]矣. 然北接俗離, 有甑項 · 道莊; 南隣黃岳,
有上 · 下弓谷, 皆可以避兵, 眞福地也.

又其次則聞慶甁川, 有加恩 · 鳳笙 · 靑華 · 龍遊之勝. 而北接仙
遊洞壑, 溪山泉石奇絶, 而水田饒沃, 土宜柿栗, 周回百里, 皆是
避兵福地, 眞隱者之可居也. 然所處旣僻, 而山不脫殺, 宜避世修
道, 而非平時可居處也.

又其次則俗離北 · 達川上流, 爲槐山槐灘. 上有孤山亭, 卽故判書
柳根別業也. 朱之蕃奉使時, 遣畵工, 圖形以看, 作詩揭額. 雖峽
中窄隘, 溪山明淨, 又有田地耕稼之樂. 東有曦陽山, 可以避兵.
沿溪以南, 有靑川 · 龜灣 · 龍華 · 松面等村, 在俗離之北.

南踰栗峙, 則爲聞慶甁川, 而栗峙以北, 地勢最高, 諸村皆背山
臨流, 而原野綠淨, 草樹馨香, 是亦一別乾坤. 雖在萬山中, 亦無
巉險之峰, 眞隱者之所居. 而但田多而水田少, 土瘠少收, 不及甁
川 · 槐灘矣.

又其次則爲原州酒泉, 絶峽中頗開野, 山不甚高而水極淸. 但恨無
水田, 居民只以黍粟爲生. 西則赤岳參天, 隔斷人間, 只宜避兵避
世, 而比靑川 · 甁川, 尤貧儉矣.

至於離嶺而下野溪村, 則指不勝屈. 當以公州甲川爲第一, 全州栗
潭爲第二, 淸州鵲川爲第三, 善山甘川爲第四, 求禮九灣爲第五.
甲川則原野極廣, 四山淸麗. 三大川合注於中, 而幷得灌漑, 土皆
畝種, 又宜木綿. 江景不遠, 而前有大市, 通海峽之利, 可作永遠
世居之地.

---

662 **조**에는 山 앞에 等이 더 있고, **청**에는 山 뒤에 等이 더 있다. 陽·利山이 **연**에는 利陽山으
로, **칠**에는 歸山村으로, **소**에는 陽利諸處로 되어 있다.

栗潭則東挾高山, 西隣良田, 南有大川, 水田皆畝種. 漁釣之樂,
耕稼之利, 不下甲川, 密邇全州, 利用厚生兼備.

鵲川則川西有長命·金城·紫的·鼎坐等村, 川谷至多, 并得灌
漑之利, 自古多富厚之家.

甘川則發源於黃岳, 而沿溪皆灌漑上腴之水田, 人不知豐凶, 而多
世代富厚者. 故⁶⁶³風俗甚淳厚.

九灣則智異山有東枝無西枝, 獨一脈西抽, 大盡於此, 而潺水曲
抱, 江外五峰南朝. 介二道間, 爲貨財委輸之所, 而廣野皆上腴.
星稀月明之夜, 江上小艇無人而或自浮泛兩岸, 世傳五峰山有仙
人, 往來智異而致然. 大抵九灣一村, 比諸溪村, 生利尤厚, 而但
近南海, 水土不并⁶⁶⁴以北.

此五處地理與生利俱極佳, 比陶山河洞尤勝. 而以離嶺稍遠, 故只
堪平時世居, 而不可避兵. 此其所以不及於潢北諸村矣. 然其中惟
九灣東有智異, 治亂皆可居止.

此五處, 地理與生利俱極佳, 比陶山·河洞尤勝. 而以離嶺稍遠,
故只堪平時世居, 而不可避兵. 此其所以不及於潢北諸村矣. 然其
中惟九灣, 東有智異, 治亂皆可居止.

此外忠淸則保寧靑蘿洞·洪州廣川·海美武陵洞·藍浦花溪, 俱
多世居富厚者. 且隣比諸邑, 海道便近, 故京城士大夫, 皆仰其轉
輸之利. 雖無深山鉅谷, 以海隅地僻, 故兵戈初不入, 故最稱福地.

全羅則南原蓼川·興德長淵·長城鳳淵, 皆腴壤名村, 多世居土
豪. 慶尙則大丘琴湖·星州伽川·金山鳳溪, 并甫田腴壤, 自新羅

연에는 故 뒤에 人心이 더 있다. **화**에는 故가 빠져 있다. **잠**에는 "不知…… 故"가 "民安土
重遷, 畏罪遠邪而"로 되어 있다.

664 并이 **총**에는 佳로, **연**에는 佳不并으로, **칠 승**에는 美로, **목**에는 佳甁川으로 되어 있다.

至今, 人煙不衰. 地理·生利, 皆可作世居之地, 但不可避兵. 惟伽川·鳳溪近嶺, 治亂皆可居止.

京畿則龍仁魚肥川·陰竹淸美[665]川, 土沃如三南而可居. 江原則原州安昌溪一帶, 橫城邑川左右, 幷溪山絶勝, 而但土瘠, 其不及三南遠甚. 黃海則惟海州竹川·松禾水回村, 頗有溪山勝致, 而土亦不薄. 西有海汀魚鹽之利, 實爲可居.

黃海·江原之交, 平康有亭子淵, 是黃氏世居地. 在鐵原北, 而大野中平岡紆回, 而大溪自安邊三方峙西南流下, 至村前益深大, 可容舠艓, 而江岸石壁如屛風, 有亭臺樹木之幽致.

西則伊川邑, 北有廣福村. 安邊永豐之水, 至廣福泓深環繞, 可以容舟, 地皆白石明沙, 晃然有奇異氣. 一邑少水田, 而惟廣福引水灌漑, 土極饒沃. 北有古美灘·劍山之深阻, 平時亂世皆可居, 而但恨處地太僻, 所居只富民, 而無士大夫. 廣福之水, 至伊川邑前, 大而爲江. 每夏秋水漲, 直發賦稅之船, 漕至京師. 江水到安峽, 會古美灘水, 經兎山, 至朔寧澄波渡, 江山淸遠, 始有京城士大夫亭臺樓閣矣.[666]

夫山水也者, 所以怡神暢情者也. 居而無此, 則令人野矣. 然山水好處, 生利多薄. 人旣不能鼇家蚓食, 則亦不可徒取山水以爲生. 不如擇沃土廣野地理佳處築居, 買名山佳水於十里之外, 或半日程內. 每一意到, 時時往彼以消憂, 或留宿而返, 此乃可繼之道也. 昔朱子好武夷山, 川曲峰巓, 無不藻繪而賁飾之, 亦未嘗置家於此. 嘗曰: "春間至彼, 紅綠相映, 亦自不惡." 後之好山水者, 可以此爲法也.

665　美가 칠에는 湄로, 금에는 渼로 되어 있다.
666　칠에는 이하의 내용을 〈총론〉이란 제목으로 구분하였다.

結論⁶⁶⁷

我⁶⁶⁸國寧有士大夫哉? 中原人除五胡裔, 皆以帝王聖賢之後, 修堯·舜·文·武·周·孔之法制⁶⁶⁹, 此爲眞正士大夫, 乃我國之所謂士大夫, 皆本國人苗裔耳⁶⁷⁰. 我⁶⁷¹國處中國之外, 不及參於禹貢錫姓之時, 卽一東夷⁶⁷²也⁶⁷³. 但箕子之後爲鮮于氏, 高句麗爲高氏, 新羅諸王朴·昔·金三姓及駕洛國君金氏⁶⁷⁴, 俱以王者自命其姓, 此爲貴種.

自新羅末通中國, 而始制姓氏. 然只仕宦士族略有之, 民庶則皆無有也. 至高麗混一三韓, 而始倣中國氏族, 頒姓於八路, 而人皆有姓. 然未頒之前, 派族各異, 故但擇同貫爲同姓. 若他邑則姓雖同, 不以爲族, 而婚娶不禁者, 以祖先不同也. 然則高麗賜姓有何可⁶⁷⁵尊貴者? 今世士大夫, 欲持是而妄相物我則惑矣.

我朝開運, 以名分立國, 至今士大夫之名甚盛且衆, 用人專取門

---

667 **총 덕 취 소**에는 〈사민총론四民總論〉으로, **광**에는 〈총론總論〉으로, **연**에는 〈아국총론我國總論〉으로, **상**에는 〈인품人品〉으로 되어 있다. **존 동**에는 내용 전체가 없다. **잠 목 국 팔**에는 제목 없이 〈계거溪居〉 뒤에 붙어 있는데 단락은 구분되어 있으며, **금 승 화**에는 제목 없이 〈계거〉 뒤에 단락 구분 없이 붙어 있다. **조 칠 등 청**에는 제목 없이 〈서론〉 뒤에 수록되었다. **東**에는 '士大夫來歷及偏論出後處身難'이란 설명 뒤에 이 글을 수록했다.

668 **취 잠 상 국 팔**에는 我 앞에 李子曰이 더 있다.

669 **국**에는 法制가 德으로 되어 있다.

670 **광**에는 "我國寧有士大夫…… 皆本國人苗裔耳"의 쉰일곱 자가 빠져 있다. 주체성을 격하하는 점이 있어 의도적으로 생략했다.

671 **광**에는 我 앞에 李子曰이 더 있다.

672 **광**에는 夷를 國으로 썼다. 앞과 같은 이유로 수정했다.

673 也 앞에 **취 소 국**에는 人이 더 있고, **광 상**에는 民이 더 있다.

674 **승 금**에는 氏 뒤에 許氏가 더 있다.

675 다수 사본에 可가 있어서 이를 채택한다.

완
역
정
본
택
리
지

512

閥故⁶⁷⁶也. 人品層級甚多, 宗室與士大夫爲朝廷搢紳之家, 下士大夫則爲鄕曲品官中正功曹之類, 下此爲士庶人及將校·譯官·算員⁶⁷⁷·醫官·方外閒散人, 又下此者爲吏胥·軍戶·良民之屬, 下此爲公私賤奴婢矣. 自奴婢至京外吏胥, 爲下人一層也, 庶孼及雜色人, 爲中人一層也, 品官與士大夫, 雖同謂之兩班, 然品官一層也, 士大夫一層也.

士大夫中又有大家·名家之限, 名目甚多, 婚娶交遊不相通. 其拘碍促刺如此, 不能無盛衰存亡之變, 故士大夫或夷爲平民, 平民久遠, 則或昇漸⁶⁷⁸爲士大夫者矣⁶⁷⁹. 故鮮于氏爲平安品官, 今無士大夫, 昔氏·王氏·高氏絶種. 惟新羅朴氏·金氏及駕洛金氏爲王者後, 至今貴顯繁盛. 此二⁶⁸⁰姓方爲本國中甲族.

且中國人亦多留種於此者, 有隨箕子·衛滿而來者, 有隨麗王妃公主而來者. 麗元混爲一國, 人民往來無禁, 亦有遷徙而仍居者. 此則雖非高麗賜姓, 然其派系未詳, 亦少顯者. 至於自中原流落而爲顯家者, 如溫陽之孟, 延安之李, 驪州之李, 南陽之洪, 原州之元, 海州之吳, 宜寧之南, 居昌之愼, 昌原之黃⁶⁸¹, 不入於此中, 而其餘⁶⁸²皆高麗賜姓耳. 故今世士大夫, 考其譜, 所起始祖多出此中⁶⁸³.

---

676 **취 잠 연 목 국 팔 연**에는 故 뒤에 久가 더 있다.

677 算員이 **소 칠**에는 計士로, **상**에는 籌員으로 되어 있다. **총** 등에는 직업 전체를 장교의역將校醫譯으로 줄이거나 **금**에서처럼 장교將校로 줄이기도 했다. 정조의 어명御命을 피하기 위해 글자가 바뀌었다.

678 昇漸이 **칠 국** 등에는 漸升으로, **청**에는 漸昇으로 되어 있다. 의미가 어색하여 수정한 것으로 보인다. **소**에는 漸이 빠져 있다.

679 者矣가 빠진 사본이 꽤 있으나 초고본 계열을 따랐다. **팔**에는 "故士大夫…… 爲士大夫者矣"가 빠져 있다.

680 **상 승 금**에는 二가 三으로 되어 있다.

然物久則難變, 自高麗至今八百餘年, 由卑賤至尊貴, 以尊貴傳襲累世, 其德行功業, 又足以光史乘傳簡策, 則此豈下崔·盧·王·謝之後哉?

我朝比麗尤文明. 昔莊憲[684]大王, 以聖人之資莅君師之位, 束一世於禮法名敎之中. 於是士大夫家家文章, 戶戶道德, 彬然文彩, 與皇朝士大夫一樣[685]. 是故才學鹵莽, 則謂之傖楚, 婚娶少失, 則[686]待以荒外, 行義有玷, 則不齒交遊, 而介胄之夫, 商賈之人, 雖出於士大夫之中, 亦賤之矣. 故爲士大夫自難, 必攻文學, 力行義, 修身齊家, 然後方可以行於世矣. 是以出處隱顯之間, 動靜語默之節, 皆被人指目[687].

自莊憲大王, 至宣廟二百年來, 時有汚隆, 人不能盡善, 於是乎偏論大作. 自偏論產出來, 賢者未必服人, 不肖者易以藏身, 士大夫行身立名尤難. 蓋國制雖優重士大夫, 亦輕用殺戮. 故無良者得志, 輒借國刑以報私怨, 而搢紳之禍屢作. 無名則見棄, 得名則見忌, 忌則必殺之後已, 誠難仕之國也.

及其衰也, 是非之爭大, 爭大而讐深, 讐深而互以殺機[688]加之[689].

---

681 이상의 가문 목록은 사본에 따라 추가되거나 삭제되었다. **잠**에는 溫陽之孟과 昌原之黃이, **금**에는 驪州之李가 빠져 있다. **잠**에는 洪 뒤에 羅州之丁이, **상**에는 黃氏 뒤에 平壤之趙가 추가되어 있다.

682 **팔**에는 餘가 姓으로 되어 있다.

683 **잠**에는 多出此中이 多吏胥로 되어 있고, 그 뒤에 "泒本言之, 皆無可以稱尊貴者矣. 大體或者欲以此夸世而自足則妄也"의 스물여덟 자가 더 있다. **팔**에는 此中이 빠져 있다.

684 莊憲이 **광**에는 世宗으로 되어 있고, 아래도 마찬가지다.

685 **광**에는 "與皇朝士大夫一樣"의 여덟 자가 빠져 있다. 중국을 기준으로 삼지 않음으로써 주체성을 보이기 위해 삭제하였다.

686 則이 다수 사본에는 없으나 **잠 상 금**에 의거하여 보충하였다.

687 **잠 연 목**에는 目 뒤에 "一有所失, 便落坑塹, 豈不難哉"의 열두 자가 더 있다.

嗚呼! 士大夫不得於朝, 則山林而已. 此誼通古今, 而今則不然. 不幸戊申諸賊, 其身則以士大夫, 從鄕邑首事. 故及芟除之後, 朝廷每疑山林幽僻有大盜竊發, 不疑其爲盜, 則又疑其心迹[690], 加以詭僻之名. 欲進而仕於朝, 則刀鉅鼎鑊之爭, 紛然未已也. 欲退而處於野, 則非無靑山萬疊綠水千重, 卒未易往, 士大夫於是乎將安歸乎?

不惟山林不可往, 一言語一行事之間, 其見疑不在於品官與中人・下人, 每在於士大夫, 而毋論其顯晦用舍與在野在朝, 殆無所容其身. 至此, 咸悔其讀書修業爲士大夫, 而反有羨於農工賈之名, 則前日士大夫泰然自尊於農工賈之上, 到今眞有所不及. 物極則反, 固其理然也. 故普天之下, 一名士大夫, 則無所可往. 其將舍士大夫之名, 而居於農工賈, 則或可以安身立名歟? 曰: "否!"

今日偏論之害, 不惟在士大夫. 從品官・中人, 至及於輿儓下賤, 各以其所與好者, 不免人之名目. 抑農工賈, 其獨無所相好者乎? 斯人也, 旣不能爲木石禽獸, 而與斯人也同處於斯世, 則擧頭撞目, 卽與物接. 夫惟接物生親疎, 親疎生好惡, 親與好生向合, 疎與惡生離背. 一名向背離合, 則便有界限, 彼亦不能入, 此亦不能出, 而雖欲左右壟斷於中, 不可得矣. 惟此界限大囿斯人, 非山河而堅於鐵壁, 無方所而確有定位, 無有一人能自解免於此中, 此今世偏論之形也.

惟此偏論, 初生於士大夫, 末流之弊, 至使人無所相容. 古語曰: "火生於木, 火發必剋." 故曰: "東亦不可居, 西亦不可居, 南亦不

---

688 **조 칠 목 화 팔 청**에는 機가 戴으로 되어 있다.

689 **잠**에는 之 뒤에 "於是士大夫不有難仕, 亦難以持其身矣"의 열여섯 자가 더 있다.

690 **잠**에는 心迹이 遯世而蓄不臣之心으로 되어 있다.

可居, 北亦不可居." 如此則將無地, 無地則無東西南北, 無東西南北, 則便一混淪太極圖[691]也. 如此則無士大夫, 無農工賈, 亦無可居處矣, 此謂非地之地. 於是乎作《士大夫可居處[692]》.

---

691 **목**에는 太極圖가 世界로 되어 있다.

692 **연 청**에는 處가 誌로 되어 있다. **광 상 목**에는 處 뒤에 記가 더 있다.

跋文

擇里志後跋[693]

李重煥輝祖

昔孔子以道不行, 托魯史, 假以行王道, 褒貶善惡, 此將實以寓意也. 莊子不欲出於世, 著諸篇爲宏闊勝[694]大之言, 齊萬物一彭殤混凡聖, 此將虛以寓意也. 虛實雖殊, 寓意則同[695]. 昔余在黃山江上, 夏日無事, 登八卦亭, 消暑, 偶有所論著. 是[696]將我國山川·人物·風俗·政敎·沿革·治否·得失·美[697]惡, 而編次以記之耳. 古人[698]曰: "禮樂豈玉帛鍾鼓云乎?" 是欲擇可居[699]處而恨無可居處耳. 活看者, 求之於文字之外, 可也. 噫! 實則關石和勻, 虛則芥子[700]須彌, 後必有卜之者. 白羊初夏上浣[701], 靑華山人書[702].

---

693 **東**에는 〈청화산인 자찬 가거지 발문靑華山人自撰可居誌跋文〉이란 제목으로, **팔**에는 〈택리지 발〉이란 제목으로, **청**에는 〈발跋〉이란 제목으로 수록했다.

694 **동**에는 勝이 盛으로 되어 있다.

695 **팔**에는 同이 一也로 되어 있다.

696 **연**에는 是 뒤에 篇이 더 있다.

697 **조**에는 美가 善으로 되어 있다.

698 **연**에는 人이 語로 되어 있다.

699 **승**에는 居 뒤에 之가 더 있다.

700 **화**에는 芥가 介로 되어 있고, 子가 빠져 있다.

701 **연 팔**에는 白羊初夏上浣의 여섯 자가 모두 빠져 있고, **소**에는 白羊夏로 되어 있다.

702 **소**에는 書가 跋로 되어 있고, **조 청**에는 書 뒤에 "靑華山人, 注書李重煥號也"가 주석으로 달려 있다.

擇里志跋

睦聖觀敦詩

《擇里志》者, 卽靑華山人所著也. 今讀其書, 則雖寓言於八域可居
處, 而其意豈爲[703]是也? 其論歷代之沿革‧人材之盛衰‧風俗之
汚隆, 輒[704]致意焉. 其事略而蒐集廣, 其說約而包括盡, 儼然一部
東國史也.

其於山川道里之夷險‧關防城池之興廢, 如目睹足涉[705], 不遺巨
細, 是則祝和父之《方輿誌》也. 其於公私財貨之源委‧海山[706]土産
之貴賤, 殆毫分縷析, 曲有條理, 是則班孟堅之《食貨誌[707]》也. 上
下古今累千百年, 纖悉具備[708], 無復餘蘊. 如堪輿茫昧之說‧仙佛
靈異之跡, 幷皆收錄, 非聰明博大有其文者, 何以與此?

噫! 我朝大報壇一事, 誠萬古大義. 獨恨夫皇朝諸公, 凡有恩於我
者, 未有配食之擧[709]. 今於石‧邢‧楊‧李四公, 眷眷[710]不已. 苟
世有用其言者, 是猶下泉卒章追思郇伯之勞, 同其義[711]也. 愚於此,
尤有感焉. 壬[712]申初夏[713], 弗過軒散人[714]書.

---

703 **덕**에는 爲가 无로 되어 있다.

704 **동**에는 輒이 最로 되어 있다.

705 涉이 **동**에는 踐으로, **취**에는 跤로 되어 있다.

706 **팔 화**에는 海山이 山海로 되어 있다.

707 **팔**에는 誌가 志로 되어 있다.

708 **취 동 국 팔**에는 具備가 備具로 되어 있다.

709 **팔**에는 擧가 義로 되어 있다.

710 **국 팔**에는 眷眷이 拳拳으로 되어 있으나 의미상 둘 다 가능하다.

711 義가 **취**에는 意로, **국**에는 義로, **덕**에는 美로 되어있으나 **국**을 따라 義로 썼다.

712 **취 동**에는 壬 앞에 歲가 더 있다.

擇里志跋

睦會敬公集

士大夫之名, 非古也. 蓋自晉宋以降, 王謝崔盧而始著. 故古之所謂士者, 離經辨志, 所業雖殊, 其居則與農工賈而混. 後之謂士大夫者, 卽古之世卿世大夫, 而喬木之家也. 故所居截然於農工賈之中, 而不相混居而雜處. 進而仕於朝, 則宜於[715]京輦人海朝夕禁局之外; 退而處於野, 則宜於名都大邑佳山勝水交親之所萃處, 則宅里之不可不擇也.

青華李子以名門[716]子, 早歲決科, 文學才猷伏一世, 固可以煥皇猷裨國論, 若將平步青雲. 而不幸文章憎命, 神猜鬼怒, 長途之轍, 輒猶而縋, 流離頓躓, 至無所家. 而卒乃願爲老農老圃而不可得, 則《擇里誌》之所以作, 而至謂不宜於西, 不宜於北, 亦無宜於東與南, 而蹙蹙有靡聘之歎, 則人心之傾險, 世道之迫阨, 於此可見, 而其志蓋可憐[717]矣.

然而居者, 所以安吾身, 而卽外也. 心之所樂者, 不在於是, 而卽內也. 苟能審於內外之卞, 而虛舟其身, 隨遇而安, 則世間之[718]矛淅劍炊, 盡是佳境. 而將與野老漁叟, 爭席而爭隈矣[719], 又何居之必擇也. 壬申仲冬東溪畸人識[720].

---

713 **팔**에는 壬申初夏 네 자가 빠져 있다.

714 **팔**에는 散人이 빠져 있다.

715 **연**에는 於가 以로 되어 있고, **국**에는 宜於가 빠져 있다.

716 **연**에는 名門子가 卿子로 되어 있다.

717 **취 국**에는 憐이 怖로 되어 있다. **화**에는 蓋가 益으로 되어 있다.

718 **연**에는 世間之가 빠져 있다.

719 **취 국**에는 矣가 則으로 되어 있다. **덕**에는 矣 옆 행간에 一云則을 보입하였다.

八域可居處跋[721]

孔子始爲擇里說, 而欲居九夷. 況今一天下, 惟此爲淨土[722], 雖孔
子復起, 必桴于東海矣. 然則可居處, 孰此地若也. 靑華子乃以爲
八域無可居處, 何其與孔子所擇者異也? 然而[723]在孔子時, 已人疑
其陋, 而今則其陋尤有甚焉, 靑華子[724]此論無亦爲此而發歟?
雖然孔子欲居而終不居, 靑華子生於此土, 雖欲不居, 自不得不
居. 第以聖人所謂君子之居居之, 則向之不可居處, 擧將一變爲可
居處. 東亦可居, 西亦可居, 南北亦可居[725], 尙可曰無之云爾乎?
癸酉暮春, 龍門散人書[726].

鄕居小誌(擇里志跋)

按事之難兼, 而必欲全美者, 古人譬之, "腰纏十萬貫, 騎鶴上楊州."
語雖近戱, 理則實然. 今觀右人所論, 則必欲得十全大結作之地, 兼
有土地之饒沃 · 山川之明秀, 又有舟楫魚鹽[727]之利, 又不遠避兵之

---

720 **연**에는 "壬申…… 人識"이 東溪畸人으로 되어 있다.

721 **덕 취 국**에는 이 제목으로 되어 있고, **연**에는 〈발跋〉로 되어 있다.

722 **연 팔**에는 土가 地로 되어 있다.

723 **덕**에는 而가 則으로 되어 있다.

724 **덕 연 팔**에는 子가 빠져 있다.

725 **팔**에는 "東亦…… 可居"가 東西南北自可居止로 되어 있다.

726 **연**에는 "癸酉…… 人書"가 龍門散人으로 되어 있다.

완역 정본 택리지

520

處, 然後可居. 一猶難兼, 其可兼有其三四乎? 我國本無如此地, 是人也, 必將一生奔走道路, 大喘渴死, 而終不離跬步者也.

又論偏黨之禍・風俗之薄, 譏人之必欲獨霸一方, 不欲與他人同居, 而及其歸宿, 則要擇其同色所居, 或無士大夫之地而居之, 是何在人則譏之, 在己則願之耶? 夫人生天地間, 不可與麋鹿爲群, 木石爲[728]伍, 必人與人同居, 則何必先設其猜防, 以自狹其廣闊世界耶? 歷觀今世士大夫之禍, 多由於黨論, 而亦由其人平日[729]主張黨論者罹之, 又或有禍起於所交游所親厚者. 如此者[730], 將何適從而同居乎?

且以地理生利言之, 名邑大都, 亦有貧丐之人; 孤村殘里, 亦有富厚之民, 又豈可專責於地理與生利耶? 故愚以爲士大夫處世居鄉, 當先論主人翁之賢不肖. 主人翁賢, 則無往而非樂土, 不然則天下雖大, 終無投足之地耳. 余居鄉得拙法者三, 故玆錄于下[731].

士大夫誰不欲求名山水好田地而居之? 然勢有所不可者, 其一離親戚也, 其二遠丘墓也, 其三難於白地營立也. 是故求之於松楸之下, 以爲畢命之地者, 上也. 就庄土所在處而居之者, 亦其次也. 余之所居, 非擇地而處也. 此地卽呀然一荒谷也. 旣無水石之勝, 又有瘠确之患, 而一朝剪蒙翳, 剗磊砢, 而築室焉. 蓋爲與卯君之居僅卄里, 而先墓在中間, 展省之餘, 兄往弟來, 輒留數日而返,

727　팔에는 舟楫魚鹽이 魚鹽舟楫으로 되어 있다.

728　鵝에는 爲가 與로 되어 있다.

729　팔에는 平日이 빠져 있다.

730　팔에는 者가 則으로 되어 있다. 鵝에는 如此者가 빠져 있다.

731　팔에는 下 뒤에 東平尉鄭載崙敍라는 설명이 첨가되었으나 이는 작자를 잘못 기록한 오류이다. 그 뒤의 내용이 모두 빠져 있다.

無間一月, 不知人間何樂可以易此也. 茅屋僅蔽風雨, 飮食僅充飢渴, 被服僅備寒暑, 餘外華靡之習, 一切掃去, 無墜先代儒素之風, 敎兒孫讀書以知義方, 課僮僕服田以供饔飧. 宅後種桑百餘株, 門前種綿半畝地, 舍家子董率少婦女奴, 繰絲織布. 隙地種雜菜十餘種, 以代脯胙. 一室之內, 終歲經營, 惟此數事而已. 居處自奉, 雖不免寒儉, 然其視顔子之陋巷, 黔婁之短衾, 亦已過矣. 常恐無德以堪, 況可別營産業爲子孫計耶? 凡居鄕之人, 無不殖利取贏, 而余則不但食無餘粟, 雖有之, 亦不欲爲之.

槪人之誤入, 惟利最甚, 而鄕黨之所賤, 隣里之所怨, 亦惟在是. 故每以疏廣"賢而多財, 損其智; 愚而多財, 益其過."之語爲深誡. 此吾居家之粗法也, 其視擇風水之完美·置田土之膏腴而居之者, 可謂拙之甚矣.

余居鄕日久, 鄕黨時有來訪, 無問色目異同, 又不論情意親疎. 一以坦懷相對, 不設畦畛, 所言惟鄕家雜務而已. 若語及朝廷得失·官長是非·鄕黨毁譽者, 以他言應之, 不與之酬酢. 或遠來晚歸者, 沽酒而勸之, 或爲黍以餉之. 來不因邀請, 去不欲挽執. 有所求索, 有則應副, 無則以情告之. 或要轉囑官家者, 則一切謝以不敢. 至於官府所屬之人, 閭里閑雜之徒, 雖來見, 不問姓名, 不假色辭, 故一再來見而後不來者多. 此吾接人之拙法也. 是故, 雖無大聲譽, 亦無大怨謗. 未知其與避異色人擇無士夫鄕而居者, 得失何如也.

余於治屋之後, 繞屋挿辛夷蕠藜, 作樊籬. 門巷種柳數十株, 門內種紅碧桃, 庭際階上種紅白梅美人桃, 堂前仍泉, 鑿上下池一方一圓, 池內種芙蕖, 直池之南, 有峯亭秀. 方春, 山花盛開, 與桃李梅杏, 一一倒映於池面, 作錦紋. 人行其中, 芬色縟眼鼻, 蘂鬚襲衣裾. 余於此時, 詠"野塘春水漫, 花塢夕陽遲"之句.

初夏, 園林風微, 黃鳥弄聲, 門無剝啄, 竹陰送凉, 桐影蔽日. 忽
前峰送雨, 池水添響, 淙淙潨潨於枕席之間, 就榻午睡, 夢亦淸涼.
余於此時, 詠"高臥北窓下, 自謂羲皇人"之句.

方秋霜落, 赤葉滿山, 黃菊盈階. 杖屨穿林, 上招提, 遠望伽倻·
道姑·廣德·雪莪諸山, 若遠若近, 縹渺雲際, 如活畵十疊. 余於
此時, 詠"采菊東籬下, 悠然見南山"之句.

深冬大雪, 村逕無人, 柴門不開, 一室幽靜, 人事都盡. 拓窓視之,
但見山鳥從樹梢飛過, 晴雪紛紛墜下, 亦一山家之淸賞[732].

古人所謂"會心處不必在遠"者, 此也. 何必山陰棹雪灞橋尋梅也?
余於此時, 詠"窓外政風雪, 擁爐開酒缸"之句矣.

余之取賞於四時者, 皆從拙樸眞率中成就, 故得之不難, 而樂亦無
窮矣. 彼神皐福地, 造物所秘, 非有奇緣淸福者, 不可入. 其與痞
寐[733]懸想, 而終身不得往者, 孰勝而孰負耶? 士大夫之有志居鄕
者, 必有能取捨焉爾. 花隱翁書于三拙軒.(《鵝州雜錄》卷百七)

觀擇里志書示兒輩

洪龜範

《擇里誌》靑華山人所著, 八域中山川風氣·俗尙美惡·人物盛
衰·政敎得失·生利厚薄, 無不備載. 於士大夫可居處, 歷歷如指
掌, 較輿誌有詳而實得史體, 誠不易得. 篇末附傾軋戕害之說而結
之曰: "偏論出於士大夫, 末流之弊, 無所相容." 小跋又曰: "欲擇

---

732 鵝에는 賞이 賫으로 되어 있다.
733 鵝에는 寐가 寢으로 되어 있다.

可居處而恨無可居處." 隱然有荷蓧者離世絶倫之想. 時象果如此,
讀此, 令人有衰世之感.

蓬萊·方丈·瀛洲, [缺]海東三神山而亦輿地中物, 則梯航所及,
無人不通, 人所通處, [缺]靈眞窟宅, 混染是非凹, 恨無可居之語,
非過矣. 旣不能高飛遠走, 又不欲隨波同浴, 則盍思所以自靖之道
乎?

朋黨始於邪正周比, 轉成痼疾. 今則得失榮辱爲一大機關, 大者設
穽縛虎, 小者改以虱附而逞快於一時. 當運氣乘除, 禍福相隨, 捷
於影響, 此亦陰陽少長之理也.

明哲保身, 君子所貴. 苟使吾於世不忮不求, 擇山野間閒曠幽邃,
竭力樹藝, 待豐歉實甁罍以制一年經用, 小一室積書籍課兒教孫,
聯丌對讀. 或有自城市來者, 語朝廷官事, 搖手掉頭曰: "非吾所
知, 卿且去." [缺]浮白, 做一榻鼾睡, 告夕飯起, 內外卷集, 列坐
昭穆, 糧糒藜藿, 欣欣相勉. 彼朱門厭粱肉者, 猶懷畏懼, 顧我不
然. 燈下取時曆, 問春分穀雨, 課奴理檃鋤, 戒家人賦稅, 當先祭
祀盡敬, 賓客以禮.

科宦非好事, 儉者奢, 恭者驕. 貪餌之魚必中鉤, 小成可保門戶,
然此亦不可汲汲以喪志. 人有唾面, 待自乾, 以笑答怒罵. 當世大
議論, 微我自有爲之者. 爲朋黨者, 雖曰大議論, 都是私一字橫肚
裏, 心術日壞, 熱火寒氷, [缺]其禍不少, 可不懼哉?

擇人而友, 於經學上論辨, 亦不可務立己見. 持心公正, 人言是,
幡然段從; 人言不是, 反覆曉喩. 不聽則近來湖洛黨, 同室操戈,
一器薰蕕, 皆角勝所致, 此亦足監戒也.

攝身苟如是, 雖處於六國五季之時, 喜報憾如郭解·范雎者流, 無
記釁處. 蠻貊可居, 況我八域化囿之內耶? 邵子曰: "平生不作皺
眉事, 天下應無切齒人." 雖然, 過於此, 則恐無模楷, 只要方寸間

義理, 愛而知其惡, 惡而知其美而涵養致知而已. 青華子無處可居
之說, 亦不能擺脫私字, 殆近於波底世尊臥笑落水羅漢也.(《闊岸
集》卷三)

跋擇里志

丁若鏞美庸

右《擇里志》一卷, 故正字李重煥之撰, 論國內士大夫莊墅之美惡
者也. 余論生居之理, 宜先視水火, 其次五穀, 其次風俗, 其次山
川之勝. 水火遠則人力詘, 五穀不備則凶年數, 俗尙文則多言, 尙
武則多鬪, 尙利則民詐薄, 徒力作則孤陋而獷, 山川濁惡則民物寡
秀拔而志不淸, 此其大端也.
國中莊墅之美, 唯嶺南爲最. 故士大夫阨於時數百年, 而其尊富不
衰. 其俗家各戴一祖占一莊, 族居而不散處, 所以維持鞏固而根本
不拔也. 如李氏戴退溪占陶山, 柳氏戴西崖占河洄, 金氏戴鶴峰占
川前, 權氏戴冲齋占雞谷, 金氏戴開岊占虎坪, 金氏戴鶴沙占五
嵋, 金氏戴柏巖占鶴亭, 李氏戴存齋占葛山, 李氏戴大山占蘇湖,
李氏戴石潭[734]占石田, 李氏戴晦齋占玉山, 適派占楊子[735]谷. 張氏
戴旅軒占玉山, 鄭氏戴愚伏占愚山, 崔氏戴訒齋占海平之類, 不可

---

734 사본에 모두 石田으로 되어 있으나 田은 潭의 오기로 보인다. 석담石潭은 경상도 칠곡
　　군 돌밭에 입향한 이윤우李潤雨(1569~1634)를 가리킨다. 그는 한강 정구의 제자로
　　조야의 신망을 얻어 집안을 일으켰으며, 본래의 터전인 웃갓[上枝]에서 돌밭으로 이
　　주해 새로운 계파를 열었다.

735 楊子는 良佐의 오류로 보인다. 양좌동良佐洞은 현재 경주 양동마을을 가리키는데, 이
　　언적이 양자로 들인 이응인李應仁이 이곳에 터전을 잡고 살았다.

勝數.

其次湖西爲勝. 故如懷川宋氏‧尼岑尹氏‧連山金氏‧瑞山金氏‧炭坊權氏‧扶餘鄭氏‧沔川李氏‧溫陽李氏之類, 皆盤踞世雄. 湖南俗任俠少質, 故唯高氏霽峰孫‧奇氏高峰孫‧尹氏孤山孫數家之外, 雄顯者蓋少. 遵洌水以上, 唯驪州白厓‧忠州木溪稱善. 然北江之濱, 如春川之泉浦‧楊根之迷源更勝也.

余家苕川之墅, 水取於數弓之地, 火取於十里之外, 五穀無所種, 俗尙利, 蓋非樂郊, 所取唯江山絶勝. 然士大夫之占地而傳世也, 如上古諸侯之有其國, 遷徙寄寓而不能大振, 則與亡國者等. 余所以眷係遲徊而不能去苕川也.(《與猶堂全書》第一集 詩文集 卷十四)

李淸潭重煥의 擇里誌

鄭寅普

『擇里誌』上下 一册은 李淸潭重煥의 著이다. 或 八域志라고 하고, 或 博綜志라고도 한다. 淸潭은 肅宗 庚午(一六九○)生이오 卒年은 아즉 考見치 못하얏스나 書中에 "蕩平論" 以後 朝象‧野習의 壞敗함이 더욱 甚함을 指斥하고, 이어서 銓郎制度 廢止한 말이 잇슴을 보아 英祖 庚申後 얼마 동안 在世하얏던 것은 미루어 알 수 잇다. 淸潭의 父는 震休오 星湖의 三從孫이니 일즉부터 星湖의 學을 傳承하얏슴은 무론이다. 이 책은 士友間에 傳寫ㅣ 자못 落莫하지 아니하얏고, 이제 어대서 刊行한 本짜지 잇스나, 대개 書中의 間見한 "살만한 곳" 이야기가 書名의 擇里와 서로 얼리고 山形水勢를 말한 것이 風水의 說을 얼마쯤 包含한

완역 정본 택리지

듯함으로 書名대로 一種의 住居에 對한 한 指示처럼 안다. 아니다. 淸潭의 著書한 本懷 여긔 잇는 것이 아니다. 中國學者들이 말호대 司馬遷의 「貨殖傳」의 敍述한 地産과 民俗이 이제껏 큰 差誤ㅣ 업다고 하고, 酈道元 『水經注』에 帶敍한 古蹟이 지금 古中國研究에 잇서 거의 다시 업슬 寶典이라 하나, 淸潭의 『擇里誌』는 「貨殖(傳)」에 比하야 博綜함이 지나고 『水經注』에 較하야 翔實할 성이 낫다. 이제 멀리 馬·酈과 長을 較하지 안는다 하더라도 朝鮮의 地理書로서 古今의 이에 지날 良著ㅣ 업슴은 事實이니 金古山의 『大東地志』의 詳核과 并垂할 만한대, 古山의 志는 數學的이오 淸潭의 書는 哲學的이며, 古山의 志는 靜止오 區分이오 淸潭의 書는 活現이오 融貫이다. 八方의 風俗이 그 地域과 故實에 依하야 薰成한 것과 物産, 道路의 交輸되는 大勢와 關防要害의 注重할 곳과 絶島孤嶼의 形勝까지에 어느 것에 범연한 곳이 업고 眼光이 깁히 쏘임을 쌀하 往古의 成敗의 眞跡을 海山寂寞한 속에서 그윽이 어루만진 것도 만흐니, 하나를 들어보건대, 珍島 碧波亭의 急垂된 海流를 敍述하다가 壬辰難 李如松의 平壤捷이 실상 李忠武公의 功績임을 推論하야 갈오대,

"그때 沈惟敬이 封黃으로써 倭軍을 속이어 平壤에 멈을게 하얏다 하나, 平壤에 멈은 것은 뒤조차오는 水軍을 기다려 合勢코자 한 것임으로 자못 信約을 직히는 듯이 보이엇스나 이 도로 속임이라, 李如松이 두 편이 서로 속이는 틈을 타, 이를 襲破한 것이니, 海上의 大捷이 업섯던들 敵의 水陸軍이 合하얏슬 것이오, 合하고 보면 區區한 封黃의 說로써 어찌 敵의 縱兵함을 막을 수 잇섯스랴"

하얏다. 이만하야도 名著다. 이러한 名著의 眞價를 알아주지들 못하야 十勝을 찻고 三災를 怯내는 一流의 囊箱必携로 굴러다

니게 된 것이 이 엇지 一書의 埋沒됨을 哀惜함에 쓰칠 것이랴.
그러나 淸潭의 本懷로 말하면 擇里 그대로만 봄이 隔靴搔(癢)
임은 다시 말할 것도 업거니와, 이보다 나아가 地理書로서 良著
라 하는 것짜지도 깁흔 知音은 아니다. 淸潭은 그 時代에 對한
恝恻念이 가장 切實하던 이라, 下篇卜居總論에 地理, 生利, 人
心, 山水를 分說호대, 人心一段은 朝鮮近古의 黨禍의 始末로써
起結하엿고, 士大夫를 主로 하야 살만한 곳을 고른다는 말이 上
篇부터 屢見하엿는데, 人心下段에는 "大凡士夫所在處, 人心無不
壞敗"라 하얏다. 이것을 보면 그의 微意가 어대 잇슴을 짐작할
수 잇다. 대개 人心의 壞敗는 黨習으로부터 된 것이니, 이 黨習
을 가지고는 아무리 어엽븐 山水, 조흔 生利가 잇다 하야도 마
침내 安保하지 못한다는 것이다. 山水나 生利는 影子오 根本膏
胸에 대한 排擊이 正意인줄 알어야 한다. 書中에 反言, 宕辭가
만하 歇看하면 正意를 모르기 쉽다. 末篇 四民總論의 "我國寧有
士大夫? 中原人, 除五胡裔, 皆以帝王賢聖之後, 修堯舜文武周公
孔子之法制, 此爲眞正士大夫. 乃我國之所謂士大夫, 皆本國人苗
裔耳. 我國處中國之外, 不及參於禹貢錫姓之時, 卽一東夷也."
라 한 것이 거죽으로 自國을 卑視하는 것가트나 실상 自族尊重
의 精神을 일코 당치아니한 假面으로 互衿 共推하는 그 可憐狀
을 冷諷한 것이며, 쓰트로
"東亦不可居, 西亦不可居, 南亦不可居, 北亦不可居. 如此則將無
地, 無地則無東西南北, 無東西南北, 則便一混圖太極圖也. 如此
則無士大夫, 無農工賈, 亦無可居處矣, 此謂非地之地. 於是乎作
士大夫可居處."
라 하엿다. 이는 다른 말이 아니라 偏私한 黨見을 뿌릿재 쏍아
버린 뒤라야 비로소 自心의 本地를 차질 것이며, 自心의 本地를

차진 뒤라야 비로소 사람으로 설 쌍이 잇다는 것이다. 그런즉 擇里의 影을 假하야 本心喚起의 實로써 歸宿을 삼는 그 布置 이미 慘淡한 意匠이어니와, 八域의 實相을 材料삼아 隱然히 喪亡의 驚動과 睠顧心의 觸撥을 兩行코자함이 이 또한 作者의 暗運한 妙腕이니 讀者ㅣ 泛過할 수 업는 것이다. 近刊한 本은 誤錯과 缺落이 만하 準據할 수 업고 오래된 寫本을 보면 卷尾에 淸潭自跋이 잇는데, 먼저 古人의 寓言의 例를 累述하고 나서

"余在黃山江上, 夏日無事, 登八卦亭, 消暑, 偶有所論著. 是將我國山川人物風俗政敎沿革治否得失美惡, 而編次而記之耳. 古人曰禮樂玉帛鍾鼓云乎者, 欲擇可居處而恨無可居處耳. 活看者, 求之於文字之外, 可. 噫! 實則關石和勻, 虛則芥子須彌, 後必有卞之者."

라 한 것이 잇다. 이는 곳 淸潭의 著作한 本懷를 自明한 것이다. 不遇의 志士ㅣ 그 胸懷를 直抒하엿다 하야도 遺文, 殘墨이 뒷사람의 惑懷를 이르킬만 하거든 하물며 直抒조차 自由롭지 못함이 잇서 區區히 저가튼 布置를 하게 됨에랴. 뉘 淸潭의 文章을 기리랴는가 뉘 淸潭의 苦心을 늣기랴는가. (〈조선고서해제朝鮮古書解題〉 제40회,《동아일보》1931년 4월 6일자)

騎省佐郎李公墓碣銘 幷序

李瀷

維我驪州之李, 自受姓以來, 至大司馬諡敬憲諱繼孫, 在家在邦, 聞譽照世. 及其孫婦李安人, 攜二子, 退居南原之古達里, 卽母金氏鄕云. 旣而曰: "非所以居子." 歸于京. 其次子諱士弼, 官至應敎. 歷司宰監僉正諱友仁, 至政府左贊成諱尙毅, 有子七人, 世所稱聽蟬堂諱志定, 卽第四也. 以草聖鳴世, 前此黃孤山耆老得東海翁張弼眞訣, 傳至公, 位至牧使. 又歷贈吏曹參判諱泳, 至諱震休官禮曹參判, 亦用功筆藝, 燕使至國, 謂東來壯觀.

參判有一子, 諱重煥, 字輝祖, 愛重不肯督斅. 天賦透明, 不煩勤馴, 入詞翰間域, 妙歲而彬彬有文. 遂博觀無方, 尤邃於子長書, 往往出語驚人. 年二十四, 及第出身, 由槐院正字, 出補金泉察訪, 金泉有去思碑. 己亥薦授政院注書, 肅廟之喪, 嗣王受寶璽而無拜, 君呼與承旨語: "儀注有闕!", 禮官之失也. 於是, 景廟旣離次, 乃復位四拜如儀, 廷中屬目. 陞典籍, 移兵曹爲佐郎.

時有發不軌之圖者, 搢紳多逮. 獄成, 主讞者卻顧後憂, 鉤人爲移笞之計, 影外求形, 戈取君名, 非理也. 同列駭而焚滅之, 時黨議膠固, 猶沾沾不捨, 媒糵而下于理. 卒賴日月之明, 容光必照, 白脫以放. 出又齗齗不已, 不免於薄竄, 甚矣! 朝廷旣下敍用之命, 有司竊竊焉枳之. 至癸酉, 以先朝邇班, 始陞通政階. 丙子春正月二日殁, 距其生庚午十二月二十五日, 壽六十七, 墓在金川雪羅山庚坐之原, 從先兆也.

嗚呼! 君之祖考公, 與我爲小功晜弟, 君少我九歲, 情義密化, 簡

篇往還, 不以違離有阻也. 吾門素稱詞藻, 君其尤也. 渟涵勃發,
爲羽爲儀, 蓋將騰亨衢而飭文治. 當是時, 與陛朝諸學士, 結爲詩
社, 篇什翩翩, 至其適意, 或類神助, 諸學士莫能方焉. 巇嶮世也,
迍邅命也, 只草草遺卷, 留藏於家箱中, 果誰識認哉?
配淑人泗川睦氏, 大司憲林一之女, 有貞一之操, 歾於癸丑. 旣殮,
有光如虹如月, 起於殮上, 屬天中, 君爲作〈瑞光篇〉悼之, 葬於燕
歧縣巢鶴洞子坐之原. 有二男二女, 男莊輔・莊翼, 女適沈鍾岳,
次適韓復養. 後娶文化柳氏士人義益之女, 有一女, 未行. 銘曰:
晉如摧如, 獨行紆餘. 才從天賦, 吾壽吾有. 永留卷於地上, 與元
氣而俱往. 噫!(《星湖全集》第六十二卷)

찾아보기

찾아보기

완역 정본 택리지

1판 1쇄 발행일 2018년 10월 29일
1판 4쇄 발행일 2020년 9월 21일

지은이 이중환
옮긴이 안대회 이승용 외

발행인 김학원
발행처 (주)휴머니스트 출판그룹
출판등록 제313-2007-000007호(2007년 1월 5일)
주소 (03991) 서울시 마포구 동교로23길 76(연남동)
전화 02-335-4422 **팩스** 02-334-3427
저자·독자 서비스 humanist@humanistbooks.com
홈페이지 www.humanistbooks.com
유튜브 youtube.com/user/humanistma **포스트** post.naver.com/hmcv
페이스북 facebook.com/hmcv2001 **인스타그램** @humanist_insta

편집주간 황서현 **편집** 전두현 이효온 박기효 **디자인** 김태형
조판 홍영사 **용지** 화인페이퍼 **인쇄** 청아디앤피 **제본** 경일제책

ⓒ 안대회, 2018

ISBN 979-11-6080-166-8 03810

이 도서의 국립중앙도서관 출판예정도서목록(CIP)은 서지정보유통지원시스템 홈페이지(http://seoji.nl.go.kr)와
국가자료공동목록시스템(http://www.nl.go.kr/kolisnet)에서 이용하실 수 있습니다.(CIP제어번호: CIP2018031587)

• 이 책은 저작권법에 따라 보호받는 저작물이므로 무단 전재와 무단 복제를 금합니다.
• 이 책의 전부 또는 일부를 이용하려면 반드시 저자와 (주)휴머니스트 출판그룹의 동의를 받아야 합니다.